뷰티풀 보이

Beautiful Boy

뷰티풀 보이

데이비드 셰프 지음
황소연 옮김

시공사

중독이 무엇인지 이해하고 재활원에서, 병원에서,

연구 센터에서, 평범하기도 하고 그렇지 않기도 한 가정에서,

약물 남용 치료와 예방 교육에 힘쓰는 단체에서 중독과 싸워온 분들의

삶에 이 책을 바칩니다. 또한 밤낮으로 수많은 열두 단계 프로그램에

참석하고 있을 이름 모를 전 세계인들과 그들의 가정도 빼놓을 수

없겠지요. 그분들은 나처럼 자식이, 형제자매가, 친구가, 동반자가,

배우자가, 부모가 중독자인 가정에서 살아온 분들이니 내 이야기를

이해할 것입니다. 스콧 피츠제럴드는 "당신은 그들을 도울 수 없으니

모든 것이 암담하다"라고 말했지만, 당신은 그들을 돕고 있고

우리는 서로를 돕고 있습니다. 이것이 진실입니다. 당신이 나를

도왔듯이 말입니다. 그분들 모두에게 그리고 내 아내 캐런 바버와

내 아이들 닉, 재스퍼, 데이지 셰프에게 이 책을 바칩니다.

차
례

길을 건너기 전에

내 손을 잡아요.

-존 레넌, 〈뷰티풀 보이〉

나는 너무 괴로워 그 아이를 구원하지도, 보호하지도, 해로운 길을 못 가게 말리지도, 고통을 막아주지도 못한다. 고작 이런 것들도 해주지 못한다면 아버지가 무슨 소용이 있을까?

— 토머스 린치, 〈우리의 본모습〉

"안녕, 아빠. 와, 얼마나 집에 가고 싶은지 몰라요. 다들 보고 싶어요. 이제 딱 하루 남았어요! 너무 신나요!"

닉이 여름방학을 맞아 집으로 출발하기 하루 전에 이메일을 보냈다. 여덟 살 난 재스퍼와 다섯 살 난 데이지는 부엌 식탁에 앉아 자르고 붙이고 색칠을 하면서 닉을 환영하는 플래카드 만들기가 한창이었다.

아침에 공항으로 출발할 시각이 되자 나는 아이들을 불러 모으러 밖으로 나갔다. 데이지는 물과 진흙을 뒤집어쓴 꼴로 단풍나무의 높은 가지 위에 앉아 있고, 그 아래에 재스퍼가 서 있었다.

"그거 내놓든가, 아니면 각오해!"

재스퍼가 경고했다.

"싫어, 내 거야."

딸아이가 응수했다. 눈에는 대담한 반항기가 어려 있다. 그때 아들놈이 나무를 기어오르기 시작하자, 딸아이는 간달프 인형을 아래쪽 아들 녀석에게 내던졌다.

닉을 데리러 갈 시간이라고 말하자, 아이들은 "니키, 니키, 니키" 하고 재잘거리며 집 안으로 뛰어 들어갔다.

우리는 차를 타고 공항을 향해 한 시간 반가량 달려갔다. 터미널에 도착했을 때 재스퍼가 소리치며 가리켰다.

"형이다, 저기!"

닉은 군복 무늬 배낭을 어깨에 둘러메고 수하물 구역 밖 인도 가장자리에 세워진 주차 금지 입간판에 기대어 있었다. 연홍색 티셔츠, 여자 친구의 카디건, 뼈가 불거진 골반 밑에 걸린 헐렁한 청바지, 빨간 캔버스 올스타 차림으로 우리를 보더니 얼굴이 환해지며 손을 흔들었다.

두 꼬맹이는 서로 닉의 옆자리에 앉겠다고 난리였다. 닉은 배낭을 차 안에 던져 넣은 뒤 재스퍼를 타 넘어 두 꼬마 사이에 앉고 나서 안전벨트를 채웠다. 그러고는 손바닥으로 두 꼬맹이의 머리를 각각 감싸 쥐고는 뺨에 입을 맞췄다.

"너희들 보니까 진짜 좋다. 보고 싶었다, 요 철부지들. 엄청 보고 싶었어." 닉은 앞자리의 우리에게 덧붙였다. "두 분도요."

공항을 빠져나가자 닉은 타고 온 비행기 이야기를 했다.

"최악이었어. 옆자리에 앉은 여자가 잠시도 입을 다물지 않아서. 정수리까지 묶어 올린 은발 머리가 꼭 레몬 머랭 파이 같았다니까. 크루엘라 드빌*의 뿔테 안경에, 자주색 입술, 분홍색 파우더를 떡칠했더라고."

"크루엘라 드빌?"

재스퍼가 눈이 커다래져서 물었다. 닉이 고개를 끄덕였다.

"딱 그 여자야. 긴 가짜 속눈썹은 보라색이고, 방귀를 모아 만든 향수를 뿌렸나 보더라."

닉은 코를 움켜쥐었다.

"웩."

아이들은 넋이 빠져 닉의 이야기에 집중했다. 그사이 우리는 골든게이트교를 건넜다. 다리 밑으로 물안개 짙은 강물이 넘실대며 마린 헤드랜즈**를 휘감아 흘렀다.

"형, 우리 진학식에 올 거지?"

재스퍼가 묻는다. 코앞으로 다가온 진학 축하 행사를 두고 하는 말이었다. 꼬맹이들은 각각 2학년에서 3학년으로, 유치원에서 1학년으로 올라갈 예정이었다.

"하늘이 두 쪽 나도 놓칠 수 없지."

닉이 대답하자 이번에는 데이지가 물었다.

"오빠, 다니엘라라는 여자애 기억나? 높은 데서 떨어져서 발가락이 부러졌던 애."

"아팠겠다."

"걔 깁스 했어."

* 애니메이션 〈101마리 달마시안〉의 악역 여주인공.
** 골든게이트교 맞은편에 위치한 반도.

"발가락에 깁스를? 깜찍하겠는데."

"쇠톱으로 자를 거래."

재스퍼가 음산하게 거들었다.

"발가락을?"

닉의 말에 다 함께 깔깔깔 웃었다. 잠시 후 닉이 아이들에게 말했다.

"너희들 주려고 가져온 게 있어. 내 가방 안에."

"선물이구나!"

"집에 가서 줄게."

아이들이 뭔지 말해달라고 졸라댔지만 닉은 고개를 저었다.

"안 돼, 깜짝 선물이란 말이야."

백미러로 세 아이들의 모습이 들어왔다. 재스퍼와 데이지의 안색은 매끄러운 올리브빛이다. 닉도 예전에는 그랬는데 지금은 수척해진 데다 종잇장처럼 얇고 건조했다. 둘의 눈은 갈색에 초롱초롱한데, 닉의 눈은 마치 검은 공 같았다. 둘의 머리카락은 진갈색인데, 어릴 때 긴 금발이었던 닉의 머리카락은 이제 군데군데 꺼지고 노란 다발들이 툭툭 불거진 늦여름 들판 같았다.

"형, 피제이 얘기 해줘, 응?"

재스퍼가 졸랐다. '피제이 펌블범블의 모험'은 닉이 오래전에 지어낸 영국인 경찰 이야기인데, 두 아이는 그 이야기 듣는 걸 좋아했다.

"나중에, 동생아. 약속할게."

우리는 고속도로를 타고 북쪽으로 향하다가 서쪽으로 꺾어 여러 작은 도시들과 주립공원, 경사진 목초지를 구불구불 통과했다. 우편물을 가지러 '포인트 러예스 스테이션'*에 차를 멈췄다. 마을로 들어가니 마주치는 친구들이 열 명도 넘었다. 그들은 매번 닉에게 학교생활은 어떤지, 여름방학 계획은 무엇인지 질문을 퍼부었다. 마침내 마을을 벗어나 도로를 타고 달리다가 왼편으로 꺾어져 언덕을 오른 뒤, 우리 집 진입로에 차를 세웠다.

"우리도 깜짝 선물 있어, 오빠."

데이지가 말하자 재스퍼가 동생을 쎄려봤다.

"말하지 마!"

"플래카드야. 우리가 만들었어."

"데이지!"

닉은 가방들을 끌어내 들고 꼬맹이들을 따라 집 안으로 들어갔다. 개들이 닉에게 달려들며 왈왈 짖어대고 낑낑거렸다. 계단 꼭대기에서 닉은 동생들이 만든 플래카드와 고슴도치 그림을 마주했다. 그림에는 '보고 싶었어 형, 흑흑'이라는 말풍선이 그려져 있다. 재스퍼가 그린 것이다. 닉은 아이들의 솜씨를 칭찬하고는 짐을 풀기 위해 방으로 들어갔다. 집의 끄트머리에 위치한, 회색빛이 도는 빨간색 방이 닉의 방이다. 닉이 대학으로 떠난 이후 '마하라자 성'과 '움직이는 알투디투'를 포함해 재스퍼의 레고 조립 작품들이 전시된 보조 놀이방이 되었다. 캐런은 돌아올 닉을 위해 데이지의 야생동물 인형들을 싹 치우고 침대에 두툼한 이불과 새 베개를 마련해놓았다.

닉이 선물들을 한 아름 안고 나타났다. 데이지의 선물은 '아메

---

* 캘리포니아 마린 카운티에 있는 작은 마을.

리칸걸' 인형인 조세피나와 커스틴인데, 닉의 여자 친구가 어릴 때 가지고 놀던 것들이었다. 둘 다 수놓인 주름 블라우스와 알록달록한 망토, 초록색 벨벳 점퍼로 예쁘게 차려입었다. 재스퍼는 특대형 물총을 받았다.

"저녁 먹고 나서 한판 붙어. 흠뻑 젖어서 집까지 헤엄쳐 오게 해줄게."

"형이야말로 쫄딱 젖어서 보트가 필요할걸."

"국수보다 더 퉁퉁 불게 해주지."

"푹 젖어서 1년 동안 샤워 안 해도 되게 해줄게."

"그거 괜찮네. 시간 절약하고 좋지, 뭐."

닉이 하하 웃으며 말했다. 우리는 곧 밥을 먹었다. 식사 후 두 아들은 물총에 물을 가득 채운 뒤 바람 부는 저녁 속으로 나가 서로 반대 방향으로 내달렸다. 캐런과 나는 거실에서 아이들을 지켜봤다. 아이들은 서로를 주시하면서 서양노송나무와 오크나무 사이에 몸을 숨기고, 정원 가구 밑에 웅크리고, 산울타리 뒤로 기어들었다. 상대가 사정거리 안에 들어오자 서로에게 가느다란 물줄기를 쏘아댔다. 데이지는 근처 수국 화분들 뒤에 숨어서 오빠들을 지켜보았다. 아들들이 휙 지나쳐 달려갔을 때, 딸아이가 한 손으로 잡고 있던 수도꼭지를 휘릭휘릭 돌려 틀었다. 그러고는 다른 손에 쥐고 있던 정원 호스를 오빠들에게 겨냥하더니 물 폭탄을 안겼다. 아들 녀석들이 딸아이를 붙잡으려는 순간, 나는 상황을 정리했다.

"데이지, 넌 구출될 자격이 없지만 이제 그만 잘 시간이구나."

재스퍼와 데이지는 목욕을 하고 파자마를 입은 뒤 닉에게 책을 읽어달라고 말했다.

닉은 두 침대 사이의 아동용 소파에 앉아 긴 두 다리를 바닥에 쭉 폈다. 그리고 로알드 달의 《마녀를 잡아라》를 읽어주었다. 옆방에 있는 우리에게 닉이 내는 다양한 목소리들이 들려왔다. 경탄과 진심이 가득한 해설자 소년, 퉁명스럽고 걸걸한 할머니, 빽빽거리는 여왕 마녀.

"꼬마 녀석들은 고약하고 불결하기 짝이 없다! 더럽고 악취가 난다! 꼬마 녀석들한테서는 개똥 냄새가 난다! 꼬마 녀석들은 개똥만도 못한 놈들이다! 꼬마 녀석들에 비하면 개똥은 제비꽃 향기 같다!"

닉의 매혹적인 연기에 꼬맹이들은 늘 그렇듯 홀딱 빠져들었다.

자정 무렵, 그간 꾸준히 위협을 가하던 폭풍이 결국 들이닥쳤다. 거센 빗방울이 떨어지고, 중간중간 우박이 기관총처럼 동판 지붕을 두들겨댔다. 천둥과 번개를 동반한 비는 드문데 오늘 밤은 플래시전구가 터지듯 번쩍번쩍했다.

천둥이 치는 사이사이에 나뭇가지들이 바스락대는 소리가 들려왔다. 닉이 복도를 걸어 다니고, 부엌에서 차를 끓이고, 조용히 기타를 퉁기며 비요크, 발리우드 영화음악, 톰 웨이츠를 연주하는 소리가 들려왔다. 톰 웨이츠는 "죽으면 차를 운전하지 못한다"는 경고를 담은 현명한 노래를 불렀다. 나는 닉의 불면증이 걱정스러웠지만 저번 학기에 버클리를 중퇴한 이후 지금껏 얼마나 많은 걸 해냈는지 생각하면서 걱정을 접어두기로 했다. 이번 학기에 닉은 동부에서 대학을 다녔고 1학년을 마쳤다. 지금까지 우리가 겪은 일을 떠올리면 마치 기적처럼 느껴졌다. 세어보니 오늘은 닉이 메스암페타민* 없이 보낸 백오십 번째 날이었다.

폭우가 물러가고 축축한 단풍나무 잎사귀에서 햇빛이 반짝이는 아침이다. 나는 옷을 입고 부엌에 있는 캐런과 아이들에게 갔다. 닉은 플란넬 파자마 바지에 올이 풀린 양모 스웨터, 장난감 안경 차림으로 터덜터덜 들어와 부엌을 서성이면서 에스프레소 기계를 가지고 법석을 떨었다. 기계에 물과 커피를 채우고 작동시키더니 재스퍼와 데이지와 함께 시리얼 그릇 앞에 앉았다.

"데이지, 호스 공격은 기발했어. 하지만 내가 되갚아줄 거니까 등 뒤를 잘 보고 조심해라."

닉의 말에 데이지가 고개를 쭉 빼서 돌렸다.

"등 뒤는 안 보이는데."

"사랑한다, 미치광이 내 동생."

얼마 뒤 데이지와 재스퍼는 학교에 갔고, 엄마들 대여섯 명이 찾아왔다. 캐런과 같이 어느 인기 많은 교사에게 줄 작별 선물을 만들러 온 것이었다. 그들은 조개껍데기와 반질반질한 돌, 학생들이 만든 수제 타일로 정원용 콘크리트 대야를 장식했다. 작업을 하면서 수다도 떨고 차도 마셨다. 나는 서둘러 서재로 피신했다.

여자들은 문이 열린 부엌에서 점심 겸 휴식 시간을 보냈다. 한 여자가 중국식 닭고기 샐러드를 가져왔다. 자러 갔던 닉이 방에

---

* 필로폰이라는 상품명으로 불리며, 암페타민과 작용이 유사하지만 중추신경의 흥분 작용이 더 강하다. '메스', '크리스털 메스'로도 불린다.

서 나와 머리를 흔들어 졸음을 털어내고는 인사를 건넸다. 그들이 묻는 질문—역시나 대학 생활과 여름방학 계획에 대해—에 정중히 대답하고 나서 아르바이트 면접을 보러 가야 한다면서 양해를 구하고 자리를 떴다.

닉이 나가자 엄마들이 닉에 관해 하는 말이 들려왔다.

"어쩜 저리 사랑스러울까."

"남자애가 참 싹싹해."

닉의 태도가 훌륭하다면서 이런 말도 나왔다.

"당신은 참 복도 많아. 우리 집 아들은 툴툴대지 않으면 잠시도 우리랑 같이 안 있어."

두 시간 뒤 닉이 돌아왔다. 내일부터 이탈리안 레스토랑에 가서 웨이터 교육을 받을 예정이었다. 뻣뻣한 검정 신발과 암적색 조끼를 포함해 유니폼을 입어야 한다는 것이 어이없긴 하지만 팁을 두둑이 받게 될 거라는 말을 들었단다.

다음 날 오후, 닉은 교육을 받고 와서 우리를 상대로 연습을 했다. 추억의 영화 〈레이디와 트램프〉에 등장하는 웨이터 흉내를 내면서. 우리는 저녁 식사를 하러 앉았다. 닉은 높이 쳐든 한 손으로 가상의 쟁반을 받쳐 들고 이탈리아인의 억양을 섞어가며 경쾌한 노래를 흥얼거렸다.

"아, 밤이 왔네, 아름다운 밤이라네, 벨라 노테*라 부르리."

저녁을 먹고 나서 닉은 AA** 모임에 가야 하니 차를 써도 되냐

---

* 이탈리아어로 '아름다운 밤'이라는 뜻.
** Alcoholics Anonymous. 알코올 중독에서 벗어나기 위해 익명으로 이야기를 나누는 모임으로 전 세계적인 조직을 갖추고 있다.

고 물었다. 귀가 시간을 어기고 차 두 대를 망가뜨리며(한 차로 다른 차를 박아 단번에 효율적으로 이룩한 성과) 규칙들을 위반하는 바람에 닉은 작년 여름쯤 운전 금지령을 받았다. 하지만 이번에는 운전을 할 만한 상황인 듯해서—AA 모임은 아들의 재활 과정에 꼭 필요한 과정이므로—허락했다. 닉은 이전의 사고로 찌그러진 스테이션왜건을 타고 집을 나섰다. 그리고 모임을 마치고 착실히 집에 돌아왔다. 모임에서 만난 어떤 사람에게 시내에 있는 동안 멘토가 되어달라고 부탁했다고 했다.

다음 날 닉은 다시 차를 쓰겠다고 했다. 이번에는 멘토와 점심을 먹으러 간다면서. 나는 흔쾌히 허락했다. 닉이 이처럼 성실하게 정해진 규율을 철저히 지켜주니 흡족했다. 닉은 행선지와 돌아올 시간을 미리 알렸다. 그리고 약속한 시각에 정확히 귀가했다. 이번에도 딱 두 시간 동안 나갔다가 들어왔다.

다음 날 오후, 거실 벽난로에서는 불이 타닥타닥 탔다. 캐런과 닉은 쌍둥이 소파를 하나씩 차지했고, 나는 근처 밝은 빛깔의 깔개 위에서 책을 읽었다. 재스퍼와 데이지는 레고 인간들과 노는 중이었다. 데이지가 땅 요정에게서 고개를 들더니 '못된 감자 대가리'라는 남자애가 친구 알라나를 밀쳤다고 말했다. 닉은 학교로 찾아가서 그 녀석을 '못된 감자 죽 대가리'로 만들어주겠다고 대꾸했다.

잠시 후 닉이 가볍게 코를 고는 소리에 나는 깜짝 놀랐다. 곧 닉은 화들짝 깨더니 손목시계를 확인하고는 벌떡 일어났다. "모임에 못 갈 뻔했네"라며 다시 차를 써도 되냐고 물었다.

나는 피곤에 시달리고 밤에 잠을 못 이루면서도 재활 치료에 애쓰는 닉이 기특했다. 닉은 일어나서 얼굴에 물을 끼얹고는 눈가를 덮은 머리카락을 쓸어 넘긴 뒤, 깨끗한 셔츠를 입고 제시간에 도착하려고 집에서 뛰어나갔다.

11시가 넘었는데도 닉이 돌아오지 않았다. 나는 몹시 피곤한데도 말똥말똥한 정신으로 침대에 누워 있었다. 갈수록 불안해졌다. 늦을 만한 사정은 얼마든지 있었다. AA 모임 후 어울려 커피를 마시거나 새 멘토와 이야기를 나누고 있는지도 몰랐다. 상반되는 두 목소리가 동시에 말을 걸어와 나는 갈등했다. 한 목소리는 나더러 바보처럼 굴지 말라고, 괜한 노파심이라고 안심시켰고, 다른 목소리는 뭔가 단단히 잘못된 거라고 말했다. 걱정해봐야 아무 소용 없는데도 불안감이 밀려와 신경이 곤두섰다. 최악을 예상하긴 싫었지만 닉의 귀가 시간 위반은 재앙의 전주곡이었다.

나는 멍하니 어둠을 바라보았다. 불안감이 점점 커져갔다. 서글프게도 예전의 처지로 돌아가고 말았다. 나는 오랫동안 닉을 기다려왔다. 닉의 귀가 시간이 지나면 녀석의 차 엔진 소리를 기다렸다. 차가 진입로에 들어와 멈추고 엔진이 웅웅거리다 멈추기를. 마침내…… 닉이 왔다. 차 문이 닫히는 소리, 발소리, 현관문이 딸각거리며 열리는 소리. 닉은 살며시 움직이려 애썼지만 초콜릿색 래브라도 레트리버 브루투스는 십중팔구 왈 하고 짖다 멈추곤 했다. 어느 때는 전화벨 소리를 기다리기도 했다. "안녕, 아빠. 뭐 하고 있어요?"라고 말하는 닉일 수도 있었고, "셰프 씨, 우리가 댁의 아드님을 데리고 있습니다"라고 말하는 경찰일 수도 있었다. 닉이 늦도록 귀가하지 않거나 전화를 하지 않을 때마다 나는 재앙을 떠올렸다. 닉이 죽었다고. 늘 닉이 죽는 생각을 했다.

하지만 닉은 매번 집에 들어왔다. 손으로 난간을 스르륵 쓸면서 살금살금 복도 계단을 올라갔다. 아니면 전화벨이 울렸다. "죄송해요, 아빠. 나 지금 리처드 집에 있는데 깜빡 잠이 들었어요. 지금 이 시간에 운전하느니 그냥 여기서 자고 갈게요. 아침에 봐요. 사랑해요." 그러면 분노와 안도감이 동시에 밀려왔다. 이미 머릿속에선 아들 녀석을 땅에 묻은 뒤였으니까.

밤은 깊어만 가는데 내 아들은 감감무소식이었다. 나는 비참한 심정으로 겨우 선잠에 빠져들었다. 막 1시가 넘었을 때 캐런이 나를 깨웠다. 닉이 들어오는 소리를 들었다고 했다. 동작 감지기가 달린 정원등에 불이 들어와 뒷마당을 환히 비추고 있었다. 나는 파자마 바람으로 녀석을 잡으러 뒷문 쪽으로 나갔다.

밤공기가 쌀쌀했다. 나뭇가지가 부러지는 소리가 들렸다. 나는 모퉁이를 돌자마자 거대한 수사슴과 정면으로 맞닥뜨렸다. 수사슴은 재빨리 펄쩍 뛰어 정원 속으로 들어가더니 울타리를 훌쩍 뛰어넘어 사라졌다.

캐런과 나는 말똥한 정신으로 침대에 누워 있었다. 1시 30분. 2시가 다 되었다. 나는 다시 닉의 방을 확인했다.

2시 30분.

마침내 차 소리가 들렸다.

나는 부엌에서 닉과 대면했다. 녀석이 변명을 늘어놓았다. 나는 닉에게 더 이상 차를 쓸 수 없다고 통보했다.

"그러든가요."

"너 약 했니? 말해봐."

"맙소사! 안 했어요."

"닉, 우리 약속했잖아. 어디 갔었어?"

"정말 왜 이래요?" 닉이 고개를 떨구었다. "모임 끝나고 어떤 여자네 집에 가서 다 같이 영화 봤어요."

"거긴 전화도 없다니?"

"알아들었다고요. 죄송하다고 말했잖아요."

"아침에 다시 얘기하자."

내가 맞받아쳤지만 닉은 이미 자기 방으로 도망쳐 문을 대차게 닫고 잠가버렸다.

아침 식탁에서 나는 닉을 빤히 쳐다보았다. 닉의 몸이 모든 걸 말해주었다. 시동 걸린 자동차처럼 온몸이 덜덜 떨렸고, 아래턱은 움찔움찔했고, 눈은 휙휙 움직이는 오팔 같았다. 닉은 동생들과 학교 끝나고 무얼 할지 계획을 세운 뒤 아이들을 껴안았지만 목소리에는 날이 서 있었다. 캐런과 꼬맹이들이 나가자, 내가 말을 꺼냈다.

"닉, 얘기 좀 하자."

"무슨 얘기요?"

닉이 경계하며 나를 쳐다보았다.

"너 다시 시작한 거 알아. 다 안다고."

닉이 나를 노려보았다.

"무슨 소리 하는 거예요? 아니에요."

"그럼 약물검사해도 괜찮겠지?"

"그러든가요. 상관없어요."

"좋아. 당장 해보자."

"알았어요!"

"옷 입어라."

"전화 안 한 건 잘못했어요. 그치만 약은 안 한다니까요."

닉은 짖다시피 말했다.

"어서 가자."

닉은 자기 방으로 휙 들어가 문을 닫더니 소닉 유스 티셔츠와 블랙진 차림으로 나왔다. 한 손을 주머니에 찔러 넣고 고개를 떨 군 채, 한쪽 어깨에 배낭을 메고 있다. 다른 손으로는 전기기타의 목을 붙잡고 있었다.

"아빠 말이 맞아요. 집에 온 이후 줄곧 했어요. 학기 중에도 내 내 했어요."

닉은 나를 밀치고 그대로 집을 나가 문을 쾅 닫았다. 나는 밖으 로 달려 나가 닉을 불렀지만 녀석은 이미 사라지고 없었다. 잠시 넋 놓고 있다가 닉의 방으로 들어가서 흐트러진 침대에 걸터앉았 다. 책상 밑에서 동그랗게 뭉쳐진 종이를 발견했다. 닉이 쓴 글이 었다.

나는 여리고 연약하다.
알게 뭐람, 다른 길을 원하는데.

그날 오후 늦게 재스퍼와 데이지가 집으로 뛰어 들어와 이 방에 서 저 방으로 달리다가 멈춰 서더니 나를 올려다보며 물었다.

"닉은 어딨어?"

나는 아들의 메스 중독을 막으려고 갖은 노력을 기울였다. 닉이 헤로인이나 코카인에 중독됐다고 해도 쉽진 않았겠지만, 메스 중독자의 부모라면 이 약물의 독특하면서도 무서운 특성을 알게 된다. 그룹 '서드 아이 블라인드'의 보컬 스테판 젠킨스는 어느 인터뷰에서 메스암페타민을 하면 "찬란하고 반짝이는" 기분이 든다고 말했다. 이 약물은 편집증과 망상, 파괴 욕구, 자기 파괴적 성향을 부추긴다. 그 찬란하고 반짝이는 기분을 다시 느끼려 비양심적인 짓을 저지르게 된다. 닉은 섬세하고 슬기롭고 대단히 영특하고 활달한 아이였지만, 메스암페타민에 빠지자 본모습을 잃어갔다.

닉은 늘 유행을 앞서갔다. '케어 베어스', 〈마이 리틀 포니〉, 〈트랜스포머〉, 〈닌자 터틀〉, 〈스타워즈〉, 닌텐도, '건스 앤 로지스', 그런지, 백 등등. 메스도 남들보다 먼저 경험했다. 그때는 정치인들이 메스를 최악의 약물이라고 비난하기 전이었다. 이후 메스는 전국을 강타했다. 미국에서만 적어도 1,200만 명이 메스를 복용했고, 150만 명 이상이 중독되었다고 추정된다. 전 세계적으로 메스 복용자는 3,500만 명이 넘는다. 메스는 가장 많이 남용되고 가장 중독성이 강한 마약으로, 그 위력은 헤로인과 코카인을 합친 것보다 더 강력하다. "처음 시험 삼아 했을 땐 그저 그랬다"고 말했던 닉은 평생 메스암페타민을 찾아 헤매며 살았다고 고백했다.

우리 가족의 이야기는 물론 특별하기도 하지만 보편적이기도 하다. 모든 중독자의 이야기에는 누구나 공감할 면이 있기 때문이다. 처음 알아넌*에 참석했을 때 그곳에 모인 사람들의 사연이 우리와 대단히 유사하다는 걸 알게 됐다. 오랫동안 그 모임에 참석하지 않았지만, 이런 모임들은 눈물샘을 자극하긴 해도 나를 더 강하게 만들고 고립감을 누그러뜨려주었다. 괴로운 마음이 조금은 가벼워졌다. 게다가 다른 사람의 사연을 들으면서 언제 나를 습격할지 모르는 시련에 대한 각오를 다질 수 있었다. 명쾌한 해결책은 없었지만 더없이 다정한 위로와 조언에 감사함을 느꼈다.

나는 닉을 도우려 몸부림쳤다. 내 아들이 망가지는 걸 막으려, 내 아들을 구하려 눈이 뒤집혔다. 여기에 죄책감과 근심이 가세하자 나는 허물어졌다. 본업이 작가였기 때문에 우리에게 일어난 일을 냉철하게 파악하고 미처 보지 못한 돌파구를, 치유책을 찾는 차원에서 글을 쓴 것은 자연스러운 일이었다. 나는 이 약물과 중독과 치료에 대한 탐구에 매달렸다. 이 작업을 끔찍한 적을 때려잡는 몽둥이이자 정화제로 삼고 매달린 작가는 내가 처음은 아니었다. 하늘이 무너졌지만 어떻게든—뭐든—붙잡아야 했다. 경험과 그것을 압도하는 감정을 조절하고 제한하는 것은 괴로운 과정이었다. 그러나 결국 내 노력은 닉을 구출하지 못했다. 글쓰기 또한 도움이 되긴 했지만 나를 치유하지는 못했다.

다른 작가의 글도 도움이 되었다. 토머스 린치의 《움직이고 쉬는 몸: 은유와 도덕성에 관하여》를 책장에서 꺼내 들 때면 자연스럽게 95쪽이 펴지면서 〈우리의 본모습〉이라는 수필이 나왔다.

---

* 알코올 중독자 가족이 서로를 격려하고 돕기 위해 모이는 모임.

그것을 수십 번쯤 읽었나 보다. 읽을 때마다 조금씩 눈물이 났다. 장의사이자 시인이며 수필가인 린치는 체포되어 유치장과 병원을 수차례 들락거린 뒤 실신해 소파에 널브러진 자식을 보면서, 슬프지만 명쾌한 체념에 젖어 중독자가 되어버린 소중한 아들을 바라보면서 이렇게 썼다. "나는 아이의 본모습을 기억하고 싶다. 사진 속에서 밝고 환히 웃던 파란 눈의 주근깨 소년으로, 할아버지의 배에서 망상어를 들고 있던 모습으로, 누나의 졸업 파티에서 처음 정장을 차려입었던 모습으로, 부엌 조리대에서 그림을 그리면서 엄지손가락을 빨던 모습으로, 첫 기타를 손에 잡고 치던 모습으로, 입학한 첫날 형제들과 저 멀리서 포즈를 취하던 모습으로 기억하고 싶다."

왜 다른 사람의 글을 읽는 것이 도움이 될까? 불행은—내가 알기로는—동행을 좋아한다. 자기중심적이라 너무 많은 동반자를 원하지는 않지만. 다른 사람의 경험담은 어지러운 마음을 가라앉히는 데 도움이 되었다. 글을 읽으면 미칠 것 같은 기분이 조금 누그러졌다. 알아넌 모임에서 이야기를 들을 때처럼, 다른 이의 글이 누구도 간 적 없는 바다에서 길잡이 역할을 했다. 토머스 린치는 헤매는 아이라도, 비록 영원히 헤맬지라도 그 아이를 사랑할 수 있다는 걸 내게 보여주었다.

나는 우리 가족이 겪은 일을 써서 〈뉴욕 타임스 매거진〉에 기고했다. 우리의 악몽에 사람들을 초대하는 게 아닐까 싶어 두렵기도 했지만 그래도 해야 할 일 같았다. 린치와 다른 작가들이 나를 도왔듯이, 나도 누군가를 도울 수 있다면 가치가 있을 것 같았다. 나는 닉을 비롯해 다른 가족들과 그 문제를 상의했다. 그들은 찬성했지만 나는 우리 가족이 대중의 눈과 판단에 노출되는 것이 불안했다. 하지만 기사에 대한 반응은 내게 힘이 되었고, 닉을—닉의 말에 의하면—담대하게 만들었다. 한 출판사는 닉에게 겪은 일을 글로 써보라고 권했다. 중독과 싸우는 다른 젊은이들에게 도움을 줄 수 있을 거라면서. 닉은 자기 이야기를 하고 싶어 했다. 무엇보다 AA 모임에 열심이었고 친구들은—심지어 낯선 이들까지도—기사 속의 소년과 닉을 연관시키고는 따뜻하게 안아주고 자랑스럽다고 말해주었다. 그것이 닉의 어려운 회복 과정에 큰 힘이 되었다.

중독자와 그들의 가족, 형제자매들, 자식들, 친척들, 무엇보다 부모들 수백 명이 내게 연락을 주었다. 그중 몇몇 반응은 뼈아프게 다가왔다. 어떤 사람은 내가 사적인 목적으로 닉을 착취했다고 비난했고, 어떤 사람은 내가 옷을 뒤집어 입은 닉을 보고도 그냥 두었다는 대목에서 분통을 터뜨렸다. "아들이 옷을 뒤집어 입은 걸 그냥 놔뒀다고요? 아들이 중독자가 된 게 놀랍지도 않네요." 하지만 대다수의 편지는 연민과 위로, 조언, 공감하는 슬픔으로 가득했다. 많은 사람들이 자신이 겪고 있는 일을 드디어 이해받게 되었다고 느낀 듯했다. 이렇듯 불행은 동행을 좋아한다. 혼자 고통받는 게 아니고 더 거대한 무엇—이 경우에는 사회적 전염병—의 일부라는 것을 깨달을 때 안도한다. 이유가 무엇이든 그들은 생판 모르는 사람의 이야기를 읽으면서 자기 이야기를 털어놓아도 좋다는 허락으로 생각한 듯했다. 이 사람이라면 이해하겠구나 하고. 물론 나는 그들을 이해했다.

어떤 남자는 이런 글을 보내왔다. "지금 나는 손을 덜덜 떨면서 울고 있습니다. 자식을 잃은 아버지들과 함께한 조찬 자리에서 당신의 글을 접했어요. 내게 그 글을 건넨 남자는 3년 전 약물로 열여섯 살짜리 아들을 잃었습니다."

다른 아버지의 글도 있다. "우리 이야기가 당신 이야기예요. 다른 약물, 다른 도시, 다른 재활원이지만 이야기는 같아요."

이런 편지도 있었다. "처음에는 누군가 내 자식의 이야기를 허락 없이 쓴 줄 알고 깜짝 놀랐습니다. 너무 익숙한 사건과 명백한 결말이 가득한 내용을 반쯤 읽고 나서야, 중대한 사건이 발생한 날짜가 다르다는 걸 깨닫고는 다른 부모들도 내가 겪은 일을, 생각지도 못한 똑같은 비극을 겪을지 모른다는 결론을 얻었습니다……. 25년 동안 얻은 깨달음이 마지막 문단을 고쳐 쓰게 하는군요. 내 아들은 재활원에서 도망쳐 나왔고, 약물 과용으로 죽다 살아났습니다. 이후 다른 도시의 프로그램으로 보내져 2년간 약을 끊고 지내다가, 다시 사라지기 시작했지요. 때로는 몇 달씩, 때로는 몇 년씩 종적을 감추었어요. 전국 고교 석차 최상위권이었던 아들이 중급 단과대학을 졸업하는 데 20년이 걸렸습니다. 나 역시 부질없는 희망을 버리고, 내 아들은 약을 끊을 수도 없고 끊지도 않을 것임을 인정하는 데 오랜 세월이 걸렸습니다. 아들은 이제 마흔 살인데 정부의 원조를 받으면서 성인 중독자들을 위한 집에서 지냅니다."

수없이 많은 사람들이 납득할 수 없는 파국을 맞이했다. "하지만 내 이야기의 끝은 다릅니다. 내 아들은 작년에 약물 과용으로 죽었습니다. 겨우 열일곱 살이었어요." 이런 사연도 있었다. "내 아름다운 딸이 죽었어요. 열다섯 살에 약물 과용으로." 이런 사연도 있었다. "내 딸이 죽었어요." 또 있었다. "내 아들이 죽었어요." 이런 편지와 이메일은 지금도 여전히 내 일상에 끼어들어 중독의 대가를 일깨우고 있다.

나는 계속 글을 썼다. 고통스러운 과정을 거쳐 우리가 겪은 일을 나름대로 이해하게 되었고, 중독이 무엇인지도 이해하게 되었다. 그렇게 이 책이 탄생했다. 임의적이고 가공되지 않은 낱말을 문장으로 다듬고, 문장을 문단으로, 문단을 장으로 만들어내자 혼돈과 광기가 난무하던 곳에서 질서와 올바른 지각이 형체를 드러냈다. 나는 처음 잡지에 기고할 때처럼 우리 이야기를 책으로 펴내는 것이 두려웠지만 주인공들의 계속된 격려에 전진할 수 있었다. 중독자의 흥미로운 경험담은 얼마든지 찾아볼 수 있고, 그중 최고의 이야기들은 흥미를 느낀 사람들에게 깨달음마저 선사한다. 나는 닉의 책이 흥미로운 이야기가 되길 바란다. 하지만 우리의 이야기가 흥미롭다는 반응은 아직까지 없었다. 그런 삶을 겪었거나 지금 겪고 있는 사람이라면 중독자를 좋아하는 것이 중독을 좋아하는 것만큼이나 복잡하고 우려스럽고 성가신 일이라는 걸 안다. 상황이 더없이 안 좋을 때면, 중독자도 약을 하고 있을 때만큼은 잠시나마 고통에서 벗어나 한숨 돌린다는 이유로 닉에게 화가 치민 적도 있었다. 중독자의 부모나 자식, 남편, 아내, 그를 사랑하는 사람들은 한순간도 그와 비슷한 안도감을 느끼지 못한다.

닉은 10년 이상 간헐적으로 약물을 복용했다. 당시 나는 중독자의 부모라면 느끼고 생각하고 행동할 만한 모든 것들을 느끼고 생각하고 행동했다. 중독자의 가족들에게는 명쾌한 한 가지 정답도, 분명한 로드맵도 없다는 걸 지금은 안다. 하지만 우리의 이야기를 읽는 사람들이 조금이나마 위안과 지침, 그것도 아니라면 동행이라도 발견할 수 있기를 바란다. 그리고 사랑하는 이가 중독의 여러 단계를 거치는 동안 어떤 불가사의한 상황이 펼쳐지는지 어렴풋이라도 들여다보는 계기가 되기를 바란다. 자주 인용되는 니체의 말이 있다. "우리를 죽이지 않는 것은 우리를 더 강하게 만든다." 중독자 가족에게 이것은 절대적으로 맞는 말이다. 나는 여전히 버티고 있으며, 한때 가능하다고 생각했던 것보다 더 많이 알고, 더 많이 느끼고 있다.

우리 이야기를 풀어낼 때 나는 뒷일을 암시하려는 유혹을 되도록 억눌렀다. 앞으로 어떤 일이 펼쳐질지 예상할 수 있는 인간이 있다고 말한다면 그것은 부정직한—그리고 이런 일을 겪게 될 누군가에게 피해를 주는—짓이기 때문이다. 내 경우에는 당장 내일 무슨 일이 일어날지 전혀 알지 못했다.

나는 닉과 우리 가족에게 영향을 끼친 주요한 사건들을 정직하게 전달하려 노력했다. 좋은 일이든 충격적인 일이든 있는 그대로 보여주려 했다. 내가 얼마나 많은 일을 했는지, 한편으론 또 얼마나 많은 일을 하지 않았는지 생각하면 참으로 경악스럽다. 모든 전문가들이 친절하게도 중독자의 부모에게 "당신 잘못이 아니었다"라고 말하지만, 나와 전혀 무관하다고 생각하지는 않는다. 때로는 내가 내 아들을 완전히 망쳤다는 기분이 든다. 나는 이것을 인정하고 연민도 면죄부도 구하지 않을 것이며, 이 일을 겪은 대부분의 부모라면 인정할 진실만을 이야기할 것이다.

내 이야기를 들은 누군가는 닉이 중독자였다는 데 당혹감을 표시하면서 말했다. "하지만 당신의 가정은 고장 나지 않았잖아요." 우리는 고장 났다. 다른 가정이 그렇듯이 우리도 그렇다. 심할 때도 있고 덜할 때도 있을 뿐이다. 과연 '고장 나지 않은' 가정이 있기나 한지 의심스럽다. 고장 나지 않은 것이 어떤 시련도 없는 가정과 어떤 문제도 없는 가족을 의미한다면 말이다. 중독자 본인만큼이나 중독자의 가족들은 이야기의 시작이자 끝이다. 망가졌으나 멀쩡한 가정에서 중독자는 생겨난다. 그들은 오래된 실패작이자 동시에 큰 성공작이다. 지적이고 매력적인 남자와 여자들이 몰락해 주변인들을 어리둥절하게 만든 사례는 강연에서, 알아넌에서, AA 모임에서 얼마든지 찾아볼 수 있다. 어떤 의사는 한 알코올 중독자에게 피츠제럴드의 소설* 속 한 구절인 "당신은 자신에게 이런 짓을 하기엔 너무 좋은 사람이에요"라고 말했다. 닉을 알고 지낸 많은, 아주 많은 사람들이 비슷한 감정을 표현했다. 어느 사람은 이렇게 말하기도 했다. "그 애에게 이런 일이 생기리라고는 상상조차 못 했어요. 닉만은 절대 안 그럴 줄 알았는데. 그러기엔 너무 야무지고 너무 똑똑하잖아요."

부모들은 세심히 편집된 회상과 상충되는 것이면 모두 차단하고 재량껏 기억을 조절하는 경향이 있다. 이에 반해 아이들은 더 강한 인상을 받기 때문에 피하지 못했던 고통스러운 기억에 매달리는 경우가 많다. 나는 닉의 생모와 이혼했다. 냉혹한 양육권 분

* 《어떤 알코올 중독의 사례(An Alcoholic Case)》.

쟁으로 서로 멀리 떨어져 지낸 적도 있지만 닉은 단점과 실수투성이 인간을 아빠로 두긴 했어도 비교적 평탄한 어린 시절을 보냈다. 다만, 이 말이 내가 부모들의 수정주의에 빠져 하는 말이 아니기를 바랄 뿐이다. 닉도 이것을 인정했지만 그저 내가 듣기 좋으라고 한 빈말일 수도 있다.

이렇게 납득할 수 없는 일을 납득하려 되풀이하는 것은 중독자 가정에서 흔히 일어나는 현상이다. 그뿐만이 아니다. 우리는 사랑하는 사람이 얼마나 큰 문제를 가졌는지 그 심각성을 부인하곤 하는데, 이것은 우리가 순진해서가 아니라 무지하기 때문이다. 많은 사람들이—전체 아이들의 절반 이상이—약물을 복용하려 한다는 것은 나와 달리 약물 복용 경험이 없는 사람도 부인하기 힘든 엄연한 사실이다. 그들 중 일부에게 약물은 삶에 큰 악영향을 끼치지 않겠지만, 다른 사람들에게는 치명적인 결과를 낳을 것이다. 우리 부모들은 할 수 있는 모든 것을 해야 하고 모든 전문가와 의논해야 한다. 때로는 그것만으로도 충분하지 않다. 꼭 지나고 나서 돌이켜보면 노력은 부족했고, 노력했더라도 잘못된 것이었음을 깨닫곤 한다. 중독자가 부인하는 삶을 살아가고 중독자의 가족이 그들과 더불어 부인하는 삶을 살아가는 것은 진실이 생각을 뛰어넘고 너무 고통스러우며 너무 두려울 때가 많기 때문이다. 하지만 아무리 흔해도 부인은 위험한 것이다. 누군가 나를 붙잡고 "할 수 있을 때, 너무 늦기 전에 개입해요"라고 말해줬더라면. 그랬다 한들 과연 무엇이 달라졌을까 싶지만, 잘 모르겠다. 나를 붙들고 그런 말을 한 사람은 없었다. 설령 누군가 그랬다고 해도 듣지 않았을지도 모른다. 어쩌면 어려운 길을 배워야만 했는지도 모른다.

앞서 말했듯이 나는 나 자신에게 면죄부를 줄 생각은 없다. 그렇지만 닉에게는 어디까지 책임을 물어야 할지 여전히 고민된다. 닉은 똑똑하고, 매력적이며, 카리스마 있고, 사랑이 많은 사람이다. 약을 복용하지 않을 때는. 하지만 모든 중독자들이 그렇듯 약을 복용할 때는 낯선 사람이 된다. 서먹하고, 멍청하고, 자기 파괴적이며, 허약하고, 위험하다. 나는 이 두 사람을 화해시키려 애써왔다. 무엇이 원인이든 간에—유전적 소인, 이혼, 나의 약물 경력, 나의 과잉보호, 닉을 지키지 못한 나의 실패, 나의 관용, 나의 냉혹함, 나의 미성숙함, 이 모든 것들이 원인일 수 있다—닉의 중독은 스스로 자신의 삶을 살아온 듯하다. 나는 중독이 얼마나 교활하게 한 가정에 파고들어 장악하는지 밝히려 애썼다. 지난 10여 년 동안 나는 무지나 희망, 혹은 두려움에서 수없이 실수를 저질렀다. 독자들이 잘못된 길을 가기 전에 미리 알아볼 수 있기를 바라는 마음에서 내가 저질렀던 실수를 빠짐없이 기록하려 노력했다. 그러나 미처 알아보지 못하고 그 길을 갔더라도 자신을 원망해서는 안 된다는 걸 깨닫기를 바란다.

닉이 태어날 때만 해도, 나는 아이가 이런 식으로 고통받을 줄은 상상도 하지 못했다. 부모는 자식에게 좋은 일만 일어나기를 바란다. 나는 이런 일이 우리에게—내 아들에게—일어나리라고는 전혀 예상하지 못한 전형적인 부모였다. 닉은 독특한 경우이지만 누구의 자식도 예외일 수 없다. 누구나 닉처럼 될 수 있다.

나는 실제 인물의 신원이 드러나는 것을 막기 위해 이 책에 등장하는 몇몇 이름과 세부 사항을 바꾸었다. 이야기는 닉이 태어날 때부터 시작된다. 모든 가정은 아니더라도 대다수 가정에게 아이의 탄생은 기쁘고 희망적이며 획기적인 사건이다. 우리에게도 그랬다.

1부　잠 못 이루는 밤

내 딸아이는 과거의 나를 떠올리게 한다. 그 아이는 사랑과 기쁨이 넘치며 만나는 사람마다 입을 맞춘다. 그들이 훌륭하고 자기를 해치지 않을 거라고 생각하기 때문이다. 나는 그것 때문에 넋이 나가도록 두려움에 사로잡히곤 한다.

– 커트 코베인의 유서 중에서

1

비키와 나는 버클리의 하얀 나무로 된 방갈로에 살았다. 1920
년대에 지어진 집으로 거리 쪽에서는 검은 대나무 산울타리에 가
려 보이지 않았다. 1982년 여름으로 가는 길목에서, 우리는 다른
것은 모두―일도, 사람들과의 약속도―때를 엿보며 미뤄두고
있었다. 7월에 아기가 태어날 예정이었다.

초음파 검사로는 아들이었다. 우리는 아기를 맞이할 준비를 했
다. 칠하고 장식한 아기방에 하얀 요람과 하늘색 옷장, 책장을 들
여놓고는 모리스 샌닥과 닥터 수스의 책들을 꽂아두었다. 아기방
문간 양쪽에는 친구가 일찌감치 보내준 거대한 판다 인형 한 쌍
을 보초 삼아 하나씩 앉혔다. 또 다른 친구는 집안의 가보를 빌려
주었다. 초승달 모양의 버터색 요람이었다. 거실 구석의 쇠사슬
에 걸어두니 멀리서 보면 반짝반짝한 것이 샌프란시스코 상공을
떠다니는 것처럼 보였다.

7월 20일, 자정을 넘긴 한밤중에 비키는 진통을 시작했다. 우리

는 라마즈 분만 수업에서 배운 대로 진통의 간격을 쟀다. 때가 왔다. 우리는 차를 몰고 병원으로 갔다.

닉은 동틀 녘에 태어났다. 아름다운 우리 아들.

우리는 아이에게 홀딱 빠졌다. 잠자는 시간도 기꺼이 희생했다. 아기가 울면 달랬고 자장가를 불러주었다. 결국 금세 피곤에 절었다. 친구들의 경우라면 경악하고도 남을 상황이었지만—실제로 많은 친구들이 우리를 보고 경악했다—우리는 몽환적인 만족감에 취했다. 인생은 피트 시거, 라임라이터스, 라피의 노래가 배경음악으로 깔린 영화가 되었다. 노래는 반복되고, 반복되고, 반복되고, 반복되고, 반복되고, 반복되고, 반복되었다. 아무리 독한 범인도 이 반복 고문만은 못 견디고 자백했을 만큼. 우리는 아기의 앙증맞은 주먹과 초롱초롱하고 윤이 나는 눈동자를 넋 놓고 바라보곤 했다.

우리는 남의 시선을 의식하는 첫 부모 세대에 속했다. 앞선 세대도 아이들을 길렀지만 우리는 적극적인 부모였다. 자식에게 최고의 것—최고급 유모차와 〈컨슈머 리포트〉*가 추천한 카시트 같은—을 찾아 나서고, 장난감, 기저귀, 옷, 유아식, 의약품, 공갈젖꼭지, 예방접종 등 모든 면에서 까다롭게 굴었다.

얼마 못 가 요람은 얼룩말 무늬 이불이 깔린 싱글 침대로 바뀌었다. 우리는 유모차를 밀거나 아기띠를 차고 공원과 놀이방에서 놀거나 동물원에 갔다. 닉의 책장은 미어터지기 시작했다. 나는 《잘 자요, 달님》, 《팻 더 버니》, 《괴물들이 사는 나라》, 《구멍은 파

* 미국의 비영리단체 소비자 연맹이 발간하는 소비재 전문 월간지.

는 것》 등 책들을 달달 외울 정도로 읽어주고 또 읽어주었다.

"아침 케이크엔 우유, 우유, 우유."

"여기에서 저기로, 저기에서 여기로 재미난 것들은 곳곳에 있어요."

"개들은 사람에게 뽀뽀를 해요. 눈덩이는 데굴데굴 굴러요. 단추는 사람을 따뜻하게 해줘요. 부들리, 부들리, 부들리."

닉이 세 살이 되자 일주일에 몇 번 집에서 조금 떨어진 알록달록한 유아원에 보냈다. 아이의 하루는 서클 타임*, '덕, 덕, 구스'** 같은 게임, 색칠 놀이와 찰흙 놀이, 노래하기로 이루어졌다. 놀이터에서 미끄럼틀을 기어오르고 그네를 타는 시간도 있었다. 닉은 첫 놀이 친구들을 사귀고 몇몇 아이들의 집으로 놀러 다녔다. 가끔 우리는 공원에서 다른 가족들을 만나기도 했다. 그곳에는 지붕처럼 넓은 오크나무 밑으로 언덕 기슭을 따라 내려오는 콘크리트 미끄럼틀이 있었다. 닉은 회전목마를 타고 빙빙 돌았다.

닉은 건축가의 소질을 보였다. 흩어진 벽돌과 듀플로, 레고를 닥치는 대로 쌓아 올렸다. 그리고 말하는 곰 인형과 파운드 퍼피스, 쌍둥이 판다 인형을 특히 아꼈다. 바퀴가 큰 세발자전거를 타고 집 주위를 빙빙 돌거나, 빨간 벽돌이 깔린 앞마당에서 우리 부모님이 선물한 장난감 자동차를 탔다. 발목까지 올라오는 운동화를 신고 하늘색 플라스틱 컨버터블 자동차를 맹렬히 몰곤 했다.

우리는 근처 소노마의 트레인 타운을 방문했다. 닉은 그곳에서 증기기관차를 몰고 미니어처 헛간과 풍차를 지났다. 요세미티 국

* 다 같이 둘러앉아 이야기를 나누는 시간.
** 수건돌리기와 비슷한 게임.

립공원도 갔다. 야생화가 만개한 봄철에는 폭포까지 하이킹을 했고, 겨울에는 하프 돔 아래 계곡의 눈밭에서 놀았다. 몬트레이 베이 수족관에 갔을 때 닉은 형광빛 해파리와 빙빙 도는 상어에 반했다.

인형극도 했고, 보드게임도 했고, 탬버린을 치며 노래도 불렀다. 닉은 기모노 가운과 플란넬 파자마 바지 차림으로 플라스틱 기타를 들고 목청껏 노래를 불렀다.

> 틴가라요, 달려 내 작은 당나귀야, 달려
> 틴가라요, 달려 내 작은 당나귀야, 달려
> 나 당나귀가 걷는다, 나 당나귀가 말한다
> 나 당나귀가 나이프와 포크로 먹는다
> 나 당나귀가 걷는다, 나 당나귀가 말한다
> 나 당나귀가 나이프와 포크로 먹는다

우리는 거리를 산책했다. 닉은 자기 발보다 큰 부츠를 신고 터벅터벅 걸었다. 나의 큰 손이 닉의 작은 손을 감싸 쥐었고, 닉의 플라스틱 기타는 녀석의 어깨에서 달랑거렸다. 닉은 물웅덩이를 만날 때마다 철벅철벅 밟았다.

닉의 눈은 생각에 잠긴 듯 구릿빛을 띠다가 가끔씩 초록빛으로 변하며 바다처럼 살아났다. 닉이 들고 있던 노란색 우산을 머리 위로 들더니 우스꽝스런 춤을 추며 걸었다.

"쯧, 쯧, 비가 올 것 같아."

이런 목가적인 생활은 우리 앞에 도사린 재앙을 가려버렸다. 비키와 나는 닉이 세 살이 될 때까지 초보 부모가 그렇듯 몽롱하고 고단한 행복감에 취해 있었다. 그러다 눈부신 빛과 싸늘한 한기에 정신을 차려보니 결혼 생활은 산산조각이 나 있었다. 우리의 불화는 내가 한 여자와 사랑에 빠져 생긴 일임을 겸허히 인정한다. 그 여자의 아들과 닉은 함께 노는 친구 사이였다.

비키와 나는 닉에게 헌신했지만, 점점 심각해지는 부부간의 문제에 대처할 능력이 없었다. 부부 상담 치료를 받으러 갔을 때, 나는 너무 늦었다고 선언했다. 우리의 결혼 생활은 그렇게 끝이 났다. 비키는 뒤통수를 맞은 셈이었다. 내게 첫 파경은 아니었으나 이번에는 아이가 있었다. 닉.

집에서 아이 엄마와 내가 언쟁을 벌일 때마다 닉은 판다 인형의 무릎 위로 피신했다.

이혼의 비통함과 야만성에서 이득을 얻는 아이는 없다. 우리의 경우도 그랬다. 방사능 낙진처럼 부수적인 피해는 널리 퍼졌고 오래갔다. 닉은 큰 타격을 입었다.

비키와 나는 도자기와 예술품을 나누듯이 우리 아들을 나누었다. 공동 양육이 최선의 방책임이 분명했다. 우리는 닉을 원했고 아이는 엄마와 아빠의 손에 자라는 것이 최선이라는 흔한 격언을 의심할 이유도 없었다. 얼마 후 닉에게는 집이 둘 생겼다. 낮에 닉을 차에 태워 애 엄마의 집에 데려다주었고, 우리는 포옹하며 헤어졌다. 나는 하얀 말뚝 울타리 대문 앞에서 닉에게 작별 인사를 하고는 녀석이 안으로 들어가는 것을 지켜보았다.

비키는 재혼하면서 로스앤젤레스로 이사했다. 우리는 둘 다 여전히 닉을 원했지만, 이제 둘 사이에는 800킬로미터가 놓여 있었고, 왔다 갔다 하는 비공식적 공동 양육은 더 이상 통하지 않았다. 우리는 상대의 파트너가 아니라 자기 손으로 닉을 키우는 것이 아이를 위하는 일이라고 진심으로—질 수 없다는 마음으로—믿었고, 각자 이혼 전문 변호사를 고용했다.

일부 변호사들은 적정한 선에서 타협을 이끌어내지만, 양육권 분쟁은 대부분 법정 다툼까지 간다. 대개 출혈이 크고 비용이 많이 든다. 변호사는 시간당 200달러가 넘는 비용과 5천에서 1만 달러에 달하는 착수금을 요구했다. 판사들이 법원이 지정한 소아 정신과 의사가 내놓는 제안서를 따르는 일이 많다는 사실을 알게 됐을 때는, 이성도 은행 잔고도 바닥을 드러냈다. 닉은 우리가 별거한 직후부터 심리 치료를 받았는데, 우리는 담당 정신과 의사에게 평가서를 맡기고 그 결정에 따르겠다고 동의했다.

정신과 의사는 세 달 동안 심문이나 다름없는 조사를 진행했다. 우리 두 사람과 친구들, 가족들을 면담했고 샌프란시스코와 로스앤젤레스에 있는 양쪽 집을 방문했으며, 진료실에서 닉과 체스 게임이니 카드 게임, 블록 쌓기를 하면서 기나긴 상담 치료를 병행했다. 닉은 그녀를 '걱정 선생님'이라 불렀다. 어느 날 닉은 진료실에서 인형 놀이를 하다가 한쪽에 있는 엄마의 집과 반대쪽에 있는 아빠의 집을 의사에게 보여주었다. 의사가 아들의 방은 어디 있냐고 묻자 닉은 "걘 어디서 자야 할지 몰라요"라고 대답했다.

우리는 진료실에서 만났다. 여기저기에 인형과 현대적 가구, 액자에 끼워진 고틀리브와 로스코의 모조 그림이 있었다. 의사가 평결을 내리는 순간이었다. 비키와 나는 똑같은 모양의 가죽 안락의자에 앉아 의사를 마주했다. 유리병처럼 두꺼운 안경알에 새까만 곱슬머리, 꽃무늬 원피스 차림의 그녀는 안경 안쪽에서 꿰뚫어 보는 시선이 인상적인 여성이었다. 그녀는 양손을 무릎에 포개고는 말문을 열었다.

"두 분 모두 아드님을 사랑하고 아드님이 잘되기를 바라는 부모님이세요. 평가 과정 동안 제가 닉에 대해 알게 된 것들이 몇 가지 있습니다. 닉이 특출한 아이라는 건 굳이 말씀드릴 필요가 없겠지요. 닉은 슬기롭고, 섬세하고, 표현력이 풍부하고, 대단히 영특한 아이예요. 닉이 부모님의 이혼과 불확실한 앞날로 인해 고통받고 있다는 것도 아실 겁니다. 어려운 결정을 내리기까지 저는 모든 요소를 고려하고 최선책을 찾으려 노력했습니다. 이상적인 선택이 불가능한 상황에서 찾은 최선책입니다. 닉이 받을 스트레스는 최소한으로 줄이고 환경은 최대한 일관되게 유지되기를 바랍니다."

그녀는 우리를 번갈아 쳐다보더니 서류를 휘릭휘릭 넘겼다. 그러고 나서 한숨을 푹 내쉰 다음 말했다. 닉이 학기 동안에는 샌프란시스코에서 나와 같이 지내고 휴가철과 여름에는 남부 캘리포니아에서 비키와 함께 지내게 될 거라고.

나는 그 말이 정확히 무슨 뜻인가 곰곰이 따져보았다. 내가 이겼다. 아니, 졌다. 비키도 마찬가지 상황이었다. 닉이 학교를 다니는 동안에는 날마다 닉과 함께 지낼 테지만, 크리스마스를 닉 없이 보낸다고? 추수감사절은? 여름휴가는? 의사는 결정의 개요가 담긴 서류의 사본을 우리에게 건넸다. 우리는 그 서류에 각자 서명했다. 누런 갱지에 가느다란 펜 자국이 생기자마자 나는 내 아들의 유년기 절반을 떠나보내고 말았다.

비키와 내게도 시련이었지만 닉에게는 더 큰 시련이었다. 닉은 이 손에서 저 손으로 패스되는 공처럼 장난감 자물쇠와 열쇠가 달린 헬로 키티 여행 가방에 장난감과 옷을 쌌다. 나는 닉을 차에 태워 공항에 데려다주었다. 닉은 가슴에 구멍이 났다고 말했다. 엄마와 새아빠가 보고 싶지 않아서가 아니라—실제로 보고 싶어했다—떠나기 싫어서 그렇다고.

처음엔 비키와 내가 번갈아 닉과 함께 비행기를 탔지만, 다섯 살이 되면서 닉은 혼자 여행하기 시작했다. 작은 여행 가방은 버리고 캔버스 배낭에 수시로 물갈이되는 필수품들(책, 일기장, 스타트렉 모형, 플라스틱 흡혈귀 이빨, 휴대용 CD 플레이어와 CD, 게 인형)을 가득 채웠다. 매번 승무원이 닉을 데리고 비행기에 올랐다. 우리는 서로에게 "전부 다야"라고 말했다. "사랑해, 보고 싶어, 미안해"를 줄여 표현한 것이다. 닉이 오고 갈 때마다 마음이 착잡했다.

비행기를 타고 샌프란시스코와 로스앤젤레스를 오가는 여행은 닉이 부모의 지배를 벗어나는 유일한 시간이었다. 닉은 비행기 안에서 집에서는 금지된 코카콜라를 주문했다. 승무원들은 아이에게 충치가 생기면 어쩌나 걱정하지 않는다. 하지만 비행기가 추락하면 어떡하나 하는 닉의 두려움에 비하면 그것은 극히 사소한 이점이었다.

닉은 다섯 살에 유치원에 입학했다. 진보적인 학교의 부설 유치원이었는데 지은 지 100년 된 붉은 삼목 지붕 건물 안에 있었다. 간식 시간에 건물 안으로 들어가 보면 십중팔구 학부모들이 아이들과 함께 뭔가를, 예를 들면 케사디야를 굽고 있다. 석재 계단이 있고, 오래된 헛간 같은 문은 바닥이 재생 폐타이어 조각으로 만들어져 푹신푹신한 놀이마당으로 연결된다. 테더볼*과 삼나무로 만든 오르기 구조물, 농구대도 구비돼 있다. 전인 교육에 충실한 교사들이 주류를 이루기 때문에 '3R' 수업, 즉 작문, 미술, 체육은 인상적인 음악 프로그램, 아이들이 직접 쓴 연극(닉은 매년 열린 익살극에 여러 번 출연했고 모기 역을 맡은 첫 공연 때는 무대 위에서 잠들어버렸다), 예술, 얼음땡이나 빗자루 하키 같은 비경쟁적 운동, 창의적 맞춤법, 그리고 크리스마스 및 하누카, 춘절, 콴자** 같은 세속 명절과 종교 휴일의 축하와 연계되었다. 닉에게는 더없이 좋은 학교 같았다. 닉은 찰흙 공예와 핑거페인팅, 그리고 창의적 옷차림에 소질을 보였다. 닉은 모양이 구겨진 커다란 카우보이모자를 부엉이 같은 두 눈 바로 위까지 푹 눌러쓰고, 키스 해링 티셔츠 위에 술이 달린 가죽조끼를 걸치고, 파란색 타이즈 위에 팬티를 입고, 코끼리 귀 모양의 벨크로로 여미는 운동화를 신었다. 다른 아이들이 "타이즈는 여자애나 신는 거야"라고 놀려대면 "아니, 아니, 타이즈는 슈퍼맨도 신어"라고 대꾸했다.

나는 닉의 자신감과 개성이 자랑스러웠다. 닉은 다양한 부류의 친구를 사귀었다. 장차 비밀 요원을 꿈꾸는 남자애와 정기적으로

---

* 기둥에 매단 공을 라켓으로 치며 하는 놀이.
** 미국 및 전 세계의 흑인들이 12월 26일부터 1월 1일까지 7일간 갖는 감사 축제.

만나 놀았다. 닉은 그 아이와 함께 배를 깔고 엎드린 자세로 슬금
슬금 기어서 공원 벤치에 앉아 수다 삼매경에 빠진 부모들을 기
습했다. 통로들이 미로처럼 얼기설기 연결된 돔형 구조물 안에서
술래잡기도 했다. 절친한 친구는 또 있었다. 닉은 검은 머리가 닭
의 볏처럼 솟아 있고 꿰뚫는 듯한 에메랄드빛 눈의 아이와 레고
도시를 세우고, 판목으로 경주로를 만들어 장난감 자동차로 승부
를 겨루었다.

　닉은 영화도 좋아했다. 지방 잡지사에서 편집자로 일하는 내 친
구 하나가 닉의 영화 취향에 감탄하며 닉에게 '닉이 콕 찍은 영화
들'이라는 제목으로 글을 한 편 써보라고 권했다. 닉의 논평은 이
랬다. "때때로 아이들은 비디오를 골라야 할 때 무엇을 볼지 결
정을 못 내리고 고민하곤 한다. 하지만 결정은 신속해야 한다. 왜
냐하면 어른들이 10분 안에 이발소에 가야 하기 때문이다." 닉
은 이렇게 글을 시작해 이어서 〈레이디와 트램프〉와 〈곰돌이 푸〉
의 영화평을 썼다. "덤보는 대단하다. 대단한 노래, 대단한 까마
귀다." 〈네버엔딩 스토리〉에 대해서는 "이 이야기에는 엔딩이 있
다"라고 썼다.

　내가 여섯 살이 되었을 때 어머니는 코코넛과 화이트 초콜릿을
바른 기린 모양의 케이크를 구워주었고, 나는 친구들과 '당나귀
꼬리 붙이기 놀이'*를 했다. 반면에 닉은 마구간에서 열리는 생일
파티에 가고 놀이공원과 워터파크, 직접 체험할 수 있는 샌프란
시스코 과학관에 갔다. 그런 곳에서는 티샌드위치**나 초밥, 직접

---

* 제자리 돌기를 여러 번 한 다음 당나귀 그림에 꼬리를 붙이는 놀이.
** 한입에 들어가도록 작게 만든 샌드위치.

갈아 만든 사과 주스, 밀가루를 넣지 않은 컵케이크가 나왔다.

어느 날 오후, 닉은 학교의 크리스마스맞이 장난감 나눔 행사에 자기 것을 기부하겠다고 선언했다. 그리고 방을 뒤져서 천 인형 거의 전부, '캔디랜드'와 '슈츠 앤드 래더스' 같은 보드게임, 트롤 인형, 한물간 캐릭터 인형을 골라냈다. 책장에서도 많은 그림책들이 쫓겨났고, 《나니아 연대기》와 《레드월》시리즈, E. B. 화이트의 책들이 그 자리를 대신했다. 닉은 어른이 되려고 열심히 노력하는 중이었다. 자기 나름대로 선별해가면서. 하지만 판다 인형과 〈인어 공주〉에 나오는 게, 세바스찬 인형은 남겼다.

닉은 〈마이 리틀 포니〉부터 〈마스터스 오브 유니버스〉에 이르기까지 다가올 대중문화의 유행을 웬만한 또래보다 먼저 감지하는 안목이 있었다. 디즈니(〈101마리 달마시안〉과 〈메리 포핀스〉)는 〈스타워즈〉에 자리를 내주었다. 닉과 닉의 친구들이 닌텐도를 발견하고 나서는 미니보스, 워프존, 비밀 레벨, 원업을 주는 호박 같은 어른들에게는 불가사의한 언어로 말하기 시작했다. 한번은 할로윈에 닌자 거북이로 분장하기도 했다(닉은 미켈란젤로, 닉의 친구는 도나텔로였다). 언젠가는 인디애나 존스로 분하기도 했다.

닉은 때때로 가벼운 말썽을 부렸다. 친구네 집에 자러 가서 〈심슨네 가족들〉의 내용을 따라 장난 전화를 하다가 걸린 적도 있었다. 두 녀석은 전화번호부에 있는 술집에 전화를 걸었다.

"여보세요, 거기 혹시 술 선생님 계신가요? 이름은 고래예요."

"잠깐만, 애야." 전화받은 사람이 사람들을 향해 소리쳤다. "여기 술고래 씨 계십니까?"

두 녀석은 와락 웃음을 터뜨리며 전화를 확 끊었다.

다음 날에는 전화번호부에서 아무 번호나 골라 다이얼을 눌렀다.

"거기 존* 있나요?" 잠시 후, "없어요? 그럼 마려울 땐 어디로 가나요?"

하지만 닉은 대체로 얌전했다. 한번은 닉의 담임 선생님이 성적표에 닉이 가끔씩 우울해한다고 적은 적이 있다. 나는 닉이 일주일에 한 번 만나는 새 심리 치료사에게 이 사실을 알려두었다. 하지만 이어지는 내용은 이랬다. "닉은 스스로 그 감정에서 빠져나와요. 그리고 활기차고, 참여도가 높고, 재미나고, 반에서 리더 노릇을 합니다." 그 밖에 다른 선생님들의 의견은 닉의 창의성과 유머 감각, 공감 능력, 참여도, 뛰어난 성과를 과장되게 칭찬하는 내용이었다.

나는 닉의 그림과 작문 숙제들을 상자 안에 모아두었는데, 그중에는 '항상 최선을 다하는 것이 맞는가'라는 질문에 대한 글도 있었다. "항상 최선을 다할 필요는 없다고 생각한다. 왜냐하면 마약 중독자가 마약을 구해달라고 요구할 경우 그에게 마약을 구해주려고 최선을 다할 필요는 없기 때문이다."

상자 안에는 내게 보내는 호소력 있는 편지도 있다. 학생들이 주제에 상관없이 찬성 혹은 반대하는 주장을 펴라는 지시에 따라 쓴 것이었다. 편지는 이렇게 마무리된다. "따라서 결론적으로, 나는 간식을 더 많이 먹어야 한다고 생각해요."

닉은 가끔 악몽을 꾸었다. 한번은 이런 꿈을 꾸었다. 닉과 같은

---

* 'John'은 사람의 이름을 뜻하기도 하나 화장실이라는 뜻으로도 쓰인다.

반 아이들이 학교에 갔을 때 뱀파이어를 색출하는 검사를 받아야 했다. 그것은 머릿니가 퍼졌을 때 하는 검사와 유사했다 — 교사들은 수술 장갑을 낀 손가락으로 어미 원숭이처럼 학생들의 머리카락 안쪽을 뒤적거리며 모낭을 검사해 머릿니를 찾는다. 서캐가 하나라도 발견될 경우 감염된 아이는 집으로 가서 치료제로 머릿니를 박멸하고 촘촘한 빗으로 꼼꼼히 머리를 빗어야 한다. 그것이 어찌나 아픈지 아이는 비명을 질러대고, 이웃 사람들은 그 소리에 걱정이 되어 아동보호단체에 신고를 한다.

꿈속에서 닉과 친구들은 뱀파이어 색출을 위해 늘어섰다. 교사들은 아이들의 견치가 동물의 긴 송곳니로 변했는지 보려고 윗입술 옆쪽을 들어 올렸다. 뱀파이어인 아이들은 가슴에 말뚝이 박히는 순간 곧장 죽어버렸다. 어느 날 아침 차 안에서 닉은 그 꿈을 돌이키면서 뱀파이어가 불공정한 대우를 받고 있다고 말했다. 그들이 달리 어쩔 수 있겠냐면서.

우리의 끊임없는 경각심 때문인지, 우유갑에 실리는 실종 아동의 얼굴 때문인지, 아니면 우연히 들려오는 무서운 이야기들 때문인지는 모르지만 아이들이 지나치게 겁을 먹고 있는 것 같았다. 닉도 마찬가지였다. 아파트 뒤편에 작은 마당이 있었지만 내가 따라가지 않으면 밖에서 놀려 하지 않았다. 부모들은 아이가 어둠이 무서워 밤에 울음을 터뜨리고 혼자 잠자려 하지 않거나 친구네 집에서 자는 걸 두려워한다고 걱정했다. 닉도 동화책을 읽고 나서 잠자러 가기 전이면 15분마다 와서 자기를 살펴달라고 부탁했다. 나는 닉에게 노래를 불러주었다.

눈을 감으렴

두려워 말고

괴물은 갔단다

놈은 도망쳤고 아빠가 여기 있단다*

2

일어나아아아아아요!

일어나요! 일어나요! 일어나요!

일어낫! 일어낫! 일어낫!

나는 미스터 세뇨르 러브 대디예요

여러분이 선택한 목소리

'위 러브' 라디오, 108 FM에서 제공하는

유일무이하고 강력한 12시간 방송

맨 마지막 주파수, 그러나 여러분의 마음에선 일등

사실이 그래요, 루스

상쾌한 가을 아침이 닉의 목소리와 함께 시작됐다. 닉은 좋아하는 영화 〈똑바로 살아라〉의 첫 장면에 등장하는 독백을 종알종알 암송했다. 우리는 옷을 입고 골든게이트 공원으로 산책을 나갔다.

* 존 레넌의 〈뷰티풀 보이〉 중 첫 몇 소절.

"저기 오렌지색 좀 봐." 닉이 꽃이 핀 온실 옆을 지나며 말했다.
"와, 초록색도 있고, 빨간색도 있고, 황금색도 있다! 어젯밤에 거인들이 손가락으로 세상을 색칠해놓은 것 같아."

닉은 집에 돌아와서 팬케이크 반죽 만드는 걸 도왔다. 다른 것은 다 하면서 달걀 깨는 건 거부했다. 손에 '찐득찐득한' 걸 묻히고 싶지 않다면서. 그러고는 팬케이크 크기가 벅 삼촌*이 먹는 것 정도는 돼야 한단다. 그 영화에서는 팬케이크가 하도 거대해서 벅 삼촌은 주걱 대신 눈삽을 쓴다.

우리 집은 어린이의 영토였다. 나는 닉의 영향력을 아이 방 안에 한정하려 무진 애썼지만 소용없었다. 전날 집 안을 싹 치운 것 같은데 어느새 아이 옷들이 여기저기에 널려 있다. 거실 가운데에는 보드게임(전날 닉이 나를 격파한 '스트라테고')이며 비디오게임(우리가 끝에서 두 번째 레벨에 있는 '젤다의 전설'), 총천연색의 레고 바다가 펼쳐져 있다. 사실, 레고는 어디에나 있다. 식기 서랍에도, 소파 쿠션 밑에도, 화분 속 뿌리 사이에도 숨겨져 있다. 한번은 프린터가 작동하지 않은 적이 있는데, 수리 기사는 프린터의 데이지 휠 뒤에 끼어 있던 레고 톱니 하나가 문제였다고 진단했다.

닉은 자기 그림들이 테이프로 줄줄이 붙어 있는 벽 아래 식탁에 앉아 팬케이크를 기다리면서 줄 쳐진 종이에 두툼한 빨간 색연필로 뭔가를 끼적였다.

"어제 학교에서 우리가 먹을 피자를 직접 만들어야 했어. 체더 치즈냐, 아니면 모던 잭이냐 선택할 수 있었어. 근데 아빠, '우우

* 영화 〈아저씨는 못 말려〉의 주인공.

우' 하는 말 언제 쓰는 줄 알아? 제이크가 엘레나에게 키스했을 때 모든 아이들이 '우우우우우우' 하고 말했대. 부엉이가 머리를 한 바퀴 빙 돌릴 수 있다는 거 알고 있었어?"

나는 팬케이크를 닉 앞에 놓았다. 팬케이크는 실망스럽게도 보통 크기였다. 닉은 위에 메이플 시럽을 뿌리면서 음향효과를 넣었다.

"이야아아! 뜨거운 용암이다!"

그러는 동안 나는 땅콩버터젤리 샌드위치 하나, 썬 당근, 사과 하나, 쿠키 하나, 주스 팩 하나를 챙겨 닉의 점심 도시락을 쌌다.

닉은 학교에 가려고 옷을 입었다. 신발 끈을 매면서 흥얼거렸다.

"쪼끔 쪼꼬미 거미."

늦을 것 같아서 닉에게 서두르라고 재촉했다. 얼마 후 닉은 뒷좌석에서 아빠 곰 인형에 침을 뱉고 있었다.

"뭐 하는 거니?"

"얘가 더러운 데 있었나 봐, 끈적끈적해. 아빠, 내 무릎 좀 간지럽혀줘."

내가 손을 뒤로 뻗어 손가락으로 녀석의 무릎 옆을 긁자 녀석이 비명을 질렀다.

"됐어, 됐어, 그만해. 간지러운 느낌이 어떤 건지 기억하려고 그랬어."

닉이 말을 돌리며 학교에서 스페인어 대신 클링턴* 말을 배워도

---

* 영화 〈스타트렉〉에 등장하는 외계 종족.

되냐고 물었다.

"클링턴은 왜?"

"〈스타트렉〉 볼 때 자막 안 읽어도 되니깐."

학교 주차장에 차를 세웠을 때 수업 종이 울리기까지 아직 몇 분쯤 남아 있었다. 내 일과 중에 가장 큰 난제가 닉을 제시간에 등교시키는 일이었는데, 오늘은 뭔가 이상했다. 다른 자동차들은 다 어디 간 거지? 떼 지어 몰려드는 부산한 아이들과 아이들을 맞이하는 선생님은? 그제야 밀려드는 깨달음. 오늘은 토요일이었다.

나는 업보의 개념은 인정하지 않지만, 존 레넌이 동명의 노래에서 규정한 인과응보는 진실이라 믿는다. 인과응보란 현세에서 뿌린 대로 거둔다는 뜻인데, 이것에 의하면 내가 전처에게 저지른 죄과를 여자 친구에게 고스란히 돌려받은 것이 전부 설명된다. 사실, 아주 명쾌하게 납득되는 것은 아니다. 여자 친구가 남미로 달아났을 때 동행한 남자는 내가 잘 모르는 남자였으니까. 물론 나는 제정신이 아니었고 닉이 싸워야 하는 상대는 비탄에 빠진 아버지뿐 아니라 수개월간 허덕대다 겨우 정신을 차린 아버지의 여자 친구들이었다. 몇 가지 재능은 있었지만 하나같이 어머니 노릇에는 영 꽝인 여자들이었다. 말하자면 〈에디 아빠의 구애 작전〉과 비슷한 상황이었으나 그래도 에디는 아침을 먹으러 부엌에 들어갈 때마다 가운을 걸친 채 자기 시리얼을 먹고 있는 낯선 여자와 마주치지는 않았다.

"누구세요?"

닉이 부엌으로 슬렁슬렁 들어와 물었다. 현란한 조명이 흑백 체스 무늬 리놀륨 바닥을 비추었다. 닉은 파자마 바지에 오스카 글라우치* 슬리퍼 차림이었다. 닉이 질문을 던진 사람은 화산을 연상시키는 드레드록 머리를 한 여자였는데, 본인의 은밀한 부위를 찍은 흑백사진에 핸드컬러링한 작품으로 얼마 전 전시회를 연 예술가였다. 그녀가 자기를 소개하고는 말했다.

"나는 너 아는데. 닉이잖아. 네 얘기 많이 들었어."

"난 아줌마 얘기 못 들었는데요."

닉이 대꾸했다.

어느 날 저녁, 닉과 나는 체스트넛 스트리트에 있는 이탈리안 레스토랑에서 또 다른 여자와 저녁을 먹었다. 이번에는 곱슬거리는 금발에 짙은 초록빛 눈을 가진 여자였다. 우리의 데이트는 마리나 그린에서 닉과 함께 셋이 프리스비를 하고, 일요일에 한 번 샌프란시스코 자이언츠 경기를 보러 가서 닉이 파울볼을 주운 단계까지 진척된 상황이었다. 그날 우리 셋은 저녁을 먹은 뒤 아파트로 돌아와서 〈닥터 T의 5천 개 손가락〉을 보았다. 그러고 나서 그녀가 거실에서 잡지를 휘릭휘릭 넘기는 동안 나는 닉의 방에서 닉이 잠들 때까지 책을 읽어주었다.

평소 침실의 문을 철저히 잠그는 편이었는데 그날따라 깜빡 잊고 말았다. 아침에 닉이 내 침대로 기어들다가 여자를 발견하고

* 어린이 프로그램 〈세서미 스트리트〉의 캐릭터.

는 물었다(여자도 잠에서 깨서 아이와 눈이 마주쳤다).

"여기서 뭐 하세요?"

그녀가 참으로 참신한 대답을 했다.

"밤을 보냈지."

"아……."

"친구랑 같이 자는 거랑 비슷한 거야."

"아……."

나는 닉에게 옷을 입으라고 말하고 방으로 돌려보냈다. 나중에 아이에게 설명하려 애썼지만 어마어마한 실수를 저질렀다는 걸 깨달았다.

머지않아 나는 아이 아버지이면서 총각처럼 사는 내 생활 방식이 닉에게 과히 좋지 않을지 모른다는 생각을 하고 여자들과의 데이트를 잠정 중단했다. 그리고 이혼과 관계의 실패를 유발한 당혹스럽고 너무나 고통스러운 실수들을 기필코 반복하지 않겠다고 다짐하고는 혼자 지내면서 자아 성찰과 치유에 집중하는 시기에 돌입했다.

우리의 삶은 더 고요해졌다. 우리는 선창가를 돌아다니고, 코잇 타워를 향해 텔레그래프 힐을 오르고, 케이블카를 타고 차이나타운에 가서 딤섬을 먹고, 폭죽을 쏘고, 닉의 비공식적 대부나 다름없는 이웃 사람들과 카스트로 극장으로 영화를 보러 갔다. 영화 상영 전에 오르간 연주자가 윌리처 오르간으로 〈일할 땐 휘파람을 불지 마요〉와 〈샌프란시스코〉를 연주했다. 기차를 타고 버클리로 가서 옷에 작은 토스트 조각 수십 개를 핀으로 꽂은 여자나

무심하게 거니는 '섬세한 나체남'을 만날까 경계하면서 텔레그래프 애비뉴를 따라 걸었다.

주중 저녁에는 닉이 숙제를 끝내면 같이 게임을 했다. 종종 함께 요리도 했다. 그리고 책을 읽었다. 닉은 책을 좋아했다. 《시간의 주름》, 로알드 달의 책들, 《아웃사이더》, 《호빗》 등등. 닉의 생일이 아니어도 파티는 자주 열렸다. 《이상한 나라의 앨리스》와 《거울 나라의 앨리스》를 읽고 나서 부쩍 심해진 현상이었다. 어느 날 밤 우리는 격식을 갖춰 상을 차리고 봉제 인형들을 각자 자리에 앉힌 다음, 술탄처럼 베개 위에 기대앉은 인형들과 둘러앉아 저녁을 먹었다.

1989년 어느 여름 저녁 나는 친구의 디너파티에 갔다. 내 맞은편에는 맨해튼에서 마린 카운티로 부모님을 보러 왔다는 여자가 앉아 있었다. 진갈색 머리에 단순한 검정색 원피스를 입은 캐런은 화가였다. 그녀는 글도 쓰고 동화의 삽화도 그렸다. 캐런은 다음 날 뉴욕으로 돌아간다고 말했고, 나는 다음 주에 인터뷰를 하러 뉴욕에 간다고 말했다. 어색한 침묵이 흘렀다. 옆자리에 앉은 친구가 내게 종이 한 장과 펜 하나를 건네면서 속삭였다.

"전화번호를 받아."

나는 그렇게 했다. 다음 날 그녀의 부모님 집으로 전화해 그녀를 찾았다. 전화기 너머에서 없다고 하라는 그녀의 목소리가 들렸지만, 그녀의 어머니는 무시하고 전화기를 건넸다. 그녀는 내가 뉴욕에 오면 만나겠다고 대답했다.

우리의 조심스런 첫 데이트는 어퍼이스트사이드에 사는 한 친구의 파티에서 이루어졌다. '파인 영 카니발스'의 노래가 흐르고 웨이터들이 샴페인과 카나페가 놓인 쟁반을 들고 돌아다녔다. 후텁지근한 밤이었지만 나는 캐런을 맨해튼 반대편 시내에 있는 그녀의 다락집까지 데려다주었다. 걸어가는 두 시간 동안 우리는 쉬지 않고 이야기를 나누었다. 밤샘 영업하는 식료품 가게가 나올 때마다 팝시클*을 사 먹었다. 새벽녘이 돼서야 우리는 그녀의 집 앞에서 작별 인사를 나누었다.

캐런과 나는 전화와 편지로 연락을 주고받았다. 그녀가 부모님을 보러 오거나 내가 뉴욕으로 출장을 갈 때마다 만났다. 그렇게 6개월쯤 지난 뒤 캐런이 샌프란시스코에 왔을 때 닉에게 캐런을 소개했다. 캐런은 닉에게 자신의 화집을 보여주었고, 둘은 오랫동안 만화를 그리며 함께 시간을 보냈다. 그들은 며칠에 걸쳐 고기 포장용지에 긴 만화를 그렸고, 그 결과 우아하게 장식된 공원이 하나 탄생했다. 공원에는 벤치에 앉아 참치 샌드위치를 먹는 불평 씨, 빼빼 마른 국수 씨와 국수 아기, 가발 씨, 노 바디 부부(정말 몸이 없었다)가 있었다.

세계무역센터 근처 엘리베이터 없는 건물의 5층에서 6년간 살았던 캐런은 샌프란시스코의 우리 집으로 이사했다. 아무래도 캐런이 우리 곁에 오래 머물 것이 유력해 보이자 닉은 자신의 삶에 나타난 새 인물에게 잘 보이고 싶었는지 작문 숙제로 캐런에 대한 글을 썼다. "캐런 아줌마는 햄 헤븐이라는 식당 위의 큰 다락집에서 살았다. 그 다락집은 멋진 곳이었고, 지붕에서 폭죽을 쏠

---

* 막대기에 얼린 아이스크림.

수도 있었다……. 아줌마는 새로운 가족과 함께 살러 샌프란시스코로 돌아왔다. 아줌마의 새 가정은 아빠와 나, 그리고 아줌마로 이루어졌다."

얼마 후 우리는 골든게이트교 맞은편 소살리토에 집을 한 채 빌렸다. 이제 우리에게도 뒷마당이 생겼다. 우리 집은 가장 오래되었다고 명성이 자자한 빅토리아풍 집들 중 하나였는데, 여기저기 삐걱거리고 물이 새기 일쑤인 데다, 집 안은 집 밖보다 조금 더 따뜻한 수준이었다. 그래서 우리는 벽난로에 불을 피우고 밤에는 두툼한 퀼트 이불을 여러 겹 깔고 덮었다. 우리 셋은 다운 점퍼로 몸을 싸매고 썰물로 군데군데 웅덩이가 생긴 바닷가를 따라 걷다가 연락선을 타고 만을 건너 앨커트래즈섬을 지나 샌프란시스코로 갔다. 우리는 샌프란시스코에 있는 닉의 학교까지 다른 집과 카풀을 했다. 이제 4학년이 된 닉은 지역 소년야구 팀에서 활약했다. 캐런과 나는 닉을 응원하러 다녔다. 닉은 브레이브스의 초록빛 저지 유니폼과 야구 모자 차림으로 2루수 위치에서 자세를 취하고 집중했다. 다른 아이들이 장난치며 돌아다닐 때도 닉은 사뭇 진지했다. 코치는 닉이 주장이고 다른 아이들이 닉을 잘 따른다고 말했다.

가끔씩 부모들은 자기 자식 이야기를 하다가도 닉을 아는 사람이 없냐고 묻거나 닉의 유머 감각과 창의성, 전염성이 강한 낙천적 기질을 칭찬했다. 닉은 학교 연극에서나 디너파티에서나 자기도 모르게 관심의 대상이 될 때가 많았다. 어느 날 한 캐스팅 담당자가 닉의 학교에 찾아와서 운동장에 있는 아이들을 지켜보다가 몇 명을 면담했다. 그날 저녁 담당자는 우리 집으로 전화해서 닉을 텔레비전 광고에 출연시키고 싶다며 의향을 물었다. 닉은 재미있을 것 같다고 말했고 나도 동의했다. 닉은 100달러 출연료 중 10달러를 용돈으로 받았고, 우리는 나머지 돈으로 닉의 대학 학자금 통장을 개설했다.

5월에 캐런과 나는 캐런의 부모님 집 마당 위로 피어난 장미꽃과 부겐빌레아 아래에서 결혼식을 올렸다. 옥스퍼드 반팔 셔츠 밖으로 빼빼한 팔과 목이 도드라진 아홉 살배기 닉은 우리가 아무리 다독여도 초조함을 감추지 못했는데, 막상 결혼식 날 아침에는 상당히 안정돼 보였다.

"모든 게 똑같네."

닉은 나와 캐런을 차례로 쳐다본 뒤 집을 획 둘러보고는 다시 나를 쳐다보며 말했다.

"정말 이상해."

"에이미 양, 그 늙고 못된 계집. 계모들은 원래 다 그래." 트루먼 커포티는 계모에 대한 일반적인 시선을 이렇게 요약했다. 이것은 어제오늘 생겨난 정서가 아니다. 에우리피데스는 "계모보다 하인이 낫다"고 말했다. 하지만 캐런과 닉은 점점 가까워졌다. 내가 보고 싶은 것만 보았던 걸까? 아니기를 바란다. 아니라고 생각한다. 두 사람은 늘 함께 그림을 그렸다. 항상 '같이 그리는 그림'을 그렸다. 한 명이 뭔가를 추가하고 다른 한 명이 또 추가하는 식이었다. 작품집을 보고 예술가들에 대해 이야기했다. 캐런은 닉을 미술관에 데려갔고 닉은 바닥에 앉아 그림판을 무릎에 놓고는 피카소, 엘머 비쇼프, 시그마 풀케에 자극을 받아 열심히 메모하고 스케치했다.

캐런은 닉에게 프랑스어를 가르쳐주었고, 같이 차를 타고 갈 때 닉의 어휘 실력을 점검했다. 둘 다 좋아하는 책이나 닉의 반 아이들, 영화, 특히 피터 셀러스와 레슬리 닐슨이 나온 〈형사 클루소〉 시리즈와 〈에어플레인〉, 〈총알 탄 사나이〉 본편과 속편에 대해 이야기를 나눌 때면 참으로 볼만했다. 무슨 이유에서인지 두 사람은 나흘 연속으로 〈폴리애나〉를 끝까지 보려 애쓰다가 매번 너무 졸려 중간에 끄곤 했다. 하지만 닷새째 되는 날 영화를 끝까지 보았고, 이후 그 영화는 둘만이 공감하는 언어가 되었다. 닉은 "캐런, 그 작은 코가 막혔군요" 하고 아그네스 무어헤드를 흉내 내곤 했다.

닉은 나와 스트리트파이터 2를 하고 싶어 했지만, 나는 후려치고 박치기하고 물어뜯는 것에 금세 싫증을 냈다. 하지만 캐런은 그 게임을 좋아한 것은 물론이고 실력이 늘어서 닉을 이겨버렸다. 캐런은 닉이 듣는 음악도 좋아해서 나와는 달리 닉에게 소리 좀 줄이라는 말도 하지 않았다.

캐런과 닉은 서로를 놀려댔다. 지치지도 않고. 가끔 캐런이 지나치게 닉을 놀리는 바람에 닉이 골을 부리기도 했다. 함께 외식을 나가면 둘은 늘 밀크셰이크를 주문했다. 닉은 천천히 음미했지만 캐런은 재빨리 마셔버리고는 닉의 것을 몰래 훔쳐 마시려 했다.

둘은 말 잇기 게임을 하면서 배를 잡고 웃어댔다. 캐런이 말한다.

"데이브."

닉이 말한다.

"엉덩이."

캐런이 말한다.

"는."

닉.

"원숭이."

캐런.

"엉덩이."

나는 잡지에서 눈을 들고 말한다.

"아이고 재밌어라."

닉이 다시 말한다.

"미안. 어떤."

캐런.

"남자."

닉.

"가."

캐런.

"이런."

닉.

"말."

캐런.

"을."

닉.

"했다."

캐런.

"데이브."

닉.

"엉덩이."

캐런.

"는."

닉.

"원숭이."

캐런.

"엉덩이."

그들은 그런 식으로 계속해서 놀았다. 나는 고개를 절레절레 저었다.

캐런의 일이 많아져 엄마 노릇을 마다할 때도 있었지만 때때로 카풀을 활용했고 어느 저녁에는 미트로프를 만들기도 했다. 맛은 형편없었고 닉은 절대 먹지 않았다. 캐런이 닉에게 무릎에 냅킨을 놓으라고 말하기 시작하자 닉은 분개했다.

캐런은 닉에게 이런저런 집안일을 맡겼고, 정원의 민달팽이 포획에 닉을 고용했다. 닉은 한 마리당 10센트를 받기로 하고 민달팽이를 삽에 모았다가 울타리 너머 숲 속으로 내던졌다.

닉은 캐런을 마마, 혹은 마마시타*, 혹은 케이비(KB)라고 불렀다(캐런은 닉을 '스푸트닉'이라 불렀다). 캐런은 닉과의 사이가 자기에

---

* '자기야' 혹은 '아가씨'를 뜻하는 스페인어.

게는 익숙하지 않은 관계임을 인정했다. 한번은 캐런과 캐런의 어머니 낸시, 닉이 같이 차를 타고 갈 때 닉이 별것도 아닌 일에 싫증을 내고 짜증을 부리다가 울기 시작했다. 캐런은 의아해서 낸시에게 "쟤가 왜 저럴까?" 하고 물었다. 그러자 낸시는 "어린 애잖니. 애들은 원래 그래" 하고 대답했다. 한번은 저녁에 캐런의 부모님 집에 있을 때 이런 일도 있었다. 다 같이 텔레비전 앞에 앉아 있는데 낸시가 닉을 옆에 끼고 등을 쓸어주었다. 닉은 지극히 만족스러워 보였다. 캐런은 그 순간 계시처럼 깨달음을 얻었다고 했다. 처음에 닉을 어색하게 느꼈던 건 그녀가 어릴 때부터 아이들 틈에서 살지 않았기 때문이라고. 캐런은 "나로선 예상하지 못했던 일이야. 전혀 몰랐어. 나한테 뭐가 부족한지 몰랐던 거야"라고 회상했다.

캐런은 늘 이런 식의 기분에 사로잡혔다. 닉이 간혹가다 떼를 쓰는 일이 있긴 했지만(물론 아빠인 나한테도 떼를 썼다), 더 큰 문제는 새엄마라는 입장에 내재돼 있었다. 가끔 캐런은 닉의 진짜 엄마였으면 좋겠다고 말했지만, 자신이 닉의 진짜 엄마가 아니라는 사실을 인지하고 있었다. 닉에게는 닉이 사랑하고 애착을 느끼는 엄마가 있었다. 캐런은 새엄마는 엄마가 아니라는 생각을 자주 떠올렸다. 아이에게 상당한 책임감을 느꼈지만 부모의 권위는 가질 수 없었다. 나는 닉이 식탁에 팔꿈치를 올리는 걸 캐런이 나무랄 때면 조용히 입을 다물기도 했지만, 그녀에게 할 말은 마음에 담아두지 말고 다 하라고 권하면서도 종종 닉의 편을 들었다. "걔 태도엔 문제가 없어" 하고 역성을 들고 나서야 내가 또다시 그녀의 자리를 침범했음을 깨달았다. 닉의 입장에선 엄마가 아닌 사람과 가까워지는 것에 죄책감을 느끼는 것이 가장 큰 문제였는데, 캐런이 침대 옆 탁자에 상비하는 의붓 부모 지침서에 따르면 그것은 흔한 일이었다.

가끔씩 우리는 비키의 부재를 절감했다. 엄마가 보고 싶을 때 닉은 전화의 도움을 받았다. 엄마 목소리를 듣고 나면 더 슬퍼질 수도 있었지만. 우리는 닉에게 언제든 가능하면 엄마를 보러 가라고, 원하면 언제든 전화하라고 권했다. 그리고 그런 문제를 터놓고 이야기하게끔 유도했다. 우리가 아는 것은 그것뿐이었다.

닉은 간헐적으로 일어나는 변신의 과정을 거치고 있었고 나는 그것을 감지했다. 마치 닉의 마음속에서 주도권 싸움이 벌어지고 있는 듯했다. 닉은 게 인형과 판다 인형을 계속 끼고 있으면서도 너바나의 포스터를 벽에 붙여두었다. 기존의 습관과 취향에 자주 반감을 표시하면서도 점점 또래들의 성향에 휩쓸렸다. 뭔가 어설픈 데다 슬금슬금 피해 다니는 꼴이 영락없는 사춘기 이전의 아이였고, 지저분한 플란넬 바지에 투박한 닥터마틴을 신고 터덜터덜 돌아다녔다. 그리고 커트 코베인처럼 앞머리를 눈 위로 내리고 헤나 염색을 했다. 그걸 보고 어떡할까 고민하다가 그냥 놔두었다. 그러다가 이내 머리를 자르라고 명령했다. 닉은 분개했지만. 나는 관계 요소들을 고려해 전투 여부를 결정했다. 닉은 간혹 침울해졌지만 다른 아이들보다 더하다고 볼 수는 없었다. 학교에서 가볍게 혼이 난 적도 있었는데, 공책에 "소피아는 밥맛이다"라고 썼을 때도 그랬다(소피아는 고집이 센 같은 반 친구였다). 한번은 스페인어 수업을 방해하다가 반성문을 쓰기도 했다. 하지만 대체로 무난히 학교생활을 해나갔다. 선생님은 닉의 성적표에 "쑥쑥

자라나는 친절하고 관대한 마음씨"에 대해 쓰고는 이렇게 마무리했다. "닉이 장차 세상에 놀라운 재능을 펼쳐 보이게 될 거라 믿어 의심치 않습니다."

3

골든게이트교에서 북쪽으로 한 시간 거리에 있는, 포인트 러예스 반도의 소도시 인버네스는 수백만 년 전에는 남부 캘리포니아에 위치해 있었다. 그 화살 모양의 대지는 느긋한 걸음으로 1년에 2.5센티미터씩 꾸준히 북쪽으로 꾸물꾸물 기어오르고 있다. 다시 수백만 년이 지나면 인버네스는 주변의 능선과 산비탈, 계곡, 수킬로미터씩 펼쳐진 목장, 해안선과 함께 워싱턴 해안의 섬으로 떠 있을 것이다.

인버네스는 19킬로미터 길이의 토말스 베이에 의해 내륙 지역과 분리된다. 토말스 베이는 샌앤드레아스 단층 위로 들쑥날쑥한 해안선을 그리며 바다로 이어지는데, 바다 밑에 잠긴 그 경계선 때문인지 덧없고 가녀린 감성, 천상의 우아함이 어렴풋이 감돈다.

포인트 러예스 스테이션은 내륙에 위치한 마을이다. 식료품점 하나, 자동차 정비소 하나, 서점 둘이 있고, 유기농, 방목, 목초 사육에서 얻은 이 지방 식재료에 특화한 식당들도 있다. 카우걸 크리머리에서는 인근 스트라우스 낙농장의 우유로 만든 둥근 치즈를 판다. 토비스 피드 반은 건초, 라벤더 목욕 소금, 갓 짠 올리브기름, 말린 돼지 귀, 스트라우스 농장의 생크림, 개 구충제 같은 각종 토산물을 취급한다. 그리고 이발소 하나, 정육점 하나, 부동산 중개소 몇 곳, 철물점 하나, 우체국 하나가 거리를 따라 늘어서 있다.

이곳에는 각양각색의 사람들이 거주한다. 특히 남미와 멕시코에서 몰려온 이민 1세대와 2세대 가정들이 많다. 할리우드가 싫어 떠나온 사람도 있고, 솜씨 좋은 장인, 건축업자, 소목장, 석공도 있고, 어부와 굴 양식업자도 있고, 나이 든 히피도 있다(마을은 홀치기염색 상점을 지원한다). 전직 IT업계 임원, 교사, 예술가, 목장주, 농장 일꾼, 피서객, 주말 방문객, 승마 애호가, 여성 안마사, 여러 분야의 심리 치료사, 환경 운동가, 그리고 어떤 환자든 다 진료하는 병원이 한 곳 있다. 몇몇 구두쇠 노인들과 그들의 자식 세대가 있다. 차이점을 포용하는 주민들도 일부 있으나 각자 음식을 싸 와서 나눠 먹는 바비큐 파티에 야구장에서나 파는 핫도그를 가져간다면— 두부도 아니고 말이다 —따돌림을 당하기 십상이다. 열혈 사회 운동가—평화를 위해 나체 시위를 하는 여성—가 있는가 하면, 블랙베리 밭을 밟고 지나는 사람에게 자기가 밭 주인이라면서 욕을 하는 사람도 있다. 그러나 대체로 관대함과 아량이 넘쳐흐르는 곳이다.

캐런은 인버네스에 정원이 딸린 작은 농가를 한 채 가지고 있다. 읍내에서 멀지 않은 곳인데, 우리는 거기서 최대한 많은 시간을 보냈다. 시간을 보낼수록 고풍스러운 마을 분위기와 장대한 자연의 아름다움을 실감했다. 우리는 정기적으로 낡은 카누를 끌고 목초지 위로 은빛 리본처럼 떨어지는 페이퍼밀 크리크로 가서 수달들 사이로 노를 저었다. 만조 때는 만 위쪽의 외진 내포로 올라가서 피크닉을 하고 해변의 바위틈에서 원주민 미워크족의 화살촉을 캤다. 해양국립공원과 주립공원이 교차하는 등산로를 따라 하이킹도 했다. 봄이면 무수한 야생화들이 피어나고, 한여름 들판이 금빛으로 바짝 달아오를 땐 블랙베리가 익어가고 블루아이리스가 황홀하게 만발했다. 겨울에는 축축이 젖은 몸을 웅크리고 국립공원을 걸어 통과하거나 6미터가 넘는 태평양의 파도가 넘실대는 북쪽 해안과 남쪽 해안을 따라 걸으면서 이동하는 쇠고래를 구경했다.

이 반도는 삼면이 야생 그대로의 장대한 해안선에 둘러싸여 있다. 그동안 여간해선 해변에 가지 않았던 닉이—몸에 모래 묻히는 걸 싫어했다—얼마 못 가 물가나 물속에서 살게 되었다. 우리는 썰물을 구경하러 노란 갓꽃이 피어난 넓은 들판을 지나 매클루어 비치로 차를 몰았다. 해안을 따라 걷다가 땅 위로 드러난 바위들까지 갔다. 미끌거리는 바위 위에서 균형을 잡으면서 부서지는 파도를 바라보고 웅덩이 안에서 홍합, 불가사리, 말미잘, 문어를 찾아보았다. 리맨투어 비치에 갔을 때 닉은 캐런이 12월 중순의 차가운 바다로 뛰어드는 걸 지켜보다가 덩달아 뛰어들었다. 두 사람은 긴 해초 줄기를 서로에게 휘둘렀다. 닉은 물에서 나와 계속 몸을 덜덜 떨었다. 토말스 베이는 더 따뜻했다. 두 사람은 닉이 캐런의 등에 올라가서 물속으로 뛰어드는 놀이를 했다. 드레익스, 스틴슨, 볼리나스의 모래사장에서 닉은 스킴보드*를 탔

* 얕은 물에서 탈 때 쓰는 타원형이나 직사각형의 작은 서핑보드.

다. 그러고 나서 부기보드*를 타다가 본격적으로 서핑을 했다. 닉은 보드 위에서 자연스럽고 우아해 보였다. 실력이 늘어갈수록 더 서핑에 빠져들었다. 우리는 바다에서 황홀한 시간을 보냈다. 부표와 일기예보를 주시하다가 파도가 높고 해안에 바람이 불면 해변으로 향했다. 닉은 해변에서 보드에 왁스 칠을 했다. 호리호리하고 탄탄하며 햇볕에 탄 구릿빛 몸이었고 목에는 주황색 구슬 목걸이를 걸고 있었다. 길고 유연한 팔다리, 갈색 손과 지저분한 손톱, 길쭉한 갈색 발, 풍성한 검은 속눈썹이 비스듬히 자라난 연한 색의 눈. 닉은 검은 잠수복을 입고 물범의 피부를 장착했다.

우리는 웨스트 마린의 유혹에 넘어가 인버네스의 녹음이 우거진 언덕바지에 집과 화실을 짓고 가을이 오기 전 입주했다. 닉은 새로운 환경에 의기소침해져서 6학년을 다니기 시작했다.

닉이 학교에 다녀온 첫날, 우리는 네모난 보라색 탁자 주위의 등받이가 높은 의자에 둘러앉았다. 닉은 이 학교가 좋아질 것 같다고 말했다.

"선생님이 수학 싫어하는 사람이 몇 명이나 되냐고 물었어. 거의 모든 아이들이 손을 들었어. 나도 들었고. 선생님이 자기도 수학을 싫어했다고 말하더니, 씩 웃으면서 자기와 헤어질 때쯤 되면 수학이 좋아질 거라고 했어."

닉은 착한 아이들이 많은 것 같다고 말했다. 우리 차가 사라졌을 때, 닉은 복도를 따라 걷다가 자기를 부르는 남자애의 목소리

* 짧고 넓적해서 남녀노소 쉽게 타는 서핑보드.

를 들었다고 했다.

"정말 신났지만 다른 사람에게 소리친 것일 수도 있다는 생각이 들었어. 그럼 그 애에게 손을 흔들었다가 완전히 바보가 될 수도 있잖아. 하지만 아니었어. 나를 부른 거였어. 그 애는 내가 저번에 학교에 왔을 때부터 나를 기억하고 있었다니까."

둘째 날, 닉은 다른 남자애에게 친구 소리를 들었다고 말했다.

"체육 시간에 빨간 머리 남자애가 하키 스틱을 줬는데, 다른 애가 자기 스틱이라 안 된다면서 자기가 먼저 찜했다는 거야. 그러니까 그 빨간 머리 애가 '그건 내 친구 닉 거야' 하고 말했어."

이 무렵 닉은 골반에 낮게 걸쳐진 바지, 프라이머스나 너바나 티셔츠, 십 대 아이 특유의 구부정한 자세, 붉은 오렌지색으로 염색한 멋쟁이었다. 닉에게는 근본적으로 한 가지 야망이 있었는데, 집에 돌아와 "아빠, 나 오늘 새 친구 둘 만들었어" 하고 말하는 것이었다.

금요일에 아이들 몇 명이 놀러 왔다. 우리는 차를 타고 스틴슨해변으로 가서 모래사장에서 술래잡기와 발야구를 했고, 닉은 아이들에게 스킴보드를 가르쳐주었다. 제 나이보다 훨씬 어린 꼬마들처럼 어울려 노는 사이, 사춘기 이전 아동의 어설픈 모습은 사라졌다. 그들은 자의식 없이 깔깔대고 모래밭을 뒹굴며 뒤엉켰다. 우리는 어두워지기 전 차를 타고 집으로 돌아와 트위스터와 진실 게임을 했다. "스카이가 귀엽다고 생각해?" 같은 대담한 질문도 나왔다. (닉은 그렇다고 생각했다. 스카이는 눈이 큰 갈색 머리 여자애였는데, 닉은 대답하면서 얼굴을 붉혔다. 밤에는 전화로 스카이와 이야기를 나누곤 했고 가끔씩 한 시간을 넘길 때도 있었다.) "배트맨과 헐크가 죽기를 각오하고 싸우면 누가 이길까?"라는 질문도 나왔다. 대답을 못 하면 매운 고추 피클을 먹고 바비 인형에게 키스해야 했다. 아이들은 피자와 팝콘을 먹었고, 밤이 되자 부모들이 아이들을 데리러 왔다.

캐런과 나는 학예회와 연극에 참석했다. 닉은 〈십이야〉에서 비올라를, 〈우리 읍내〉에서는 조지 깁스를 연기했다. 학부모들은 외국을 소개하는 발표 수업에 초대되었다. 볼리비아를 맡은 닉은 집에서 마분지에 그린 지도로 볼리비아를 보여주고 나서 역사와 지형, 농업, 국민총생산을 설명했다. 그러고는 직접 기타까지 퉁겨가면서 자작곡을 불렀다.

"올리비아, 오, 올리비아. 볼리비아 라파즈에 사는 나의 올리비아."

닉은 영양에 대한 정보가 담긴 '거대 소의 복수'라는 만화를 여러 장의 패널에 그렸다. 과학 숙제 때문에 양동이와 눈금자로 집 욕조와 샤워실의 물 사용량을 각각 측정하기도 했고(샤워기 쪽이 훨씬 더 친환경적이었다) 기름 유출 사고 후 새들을 닦아주는 데 무엇이 가장 좋을지 알아보기 위해 기름 묻은 깃털에 온갖 가정용 세제와 용해제를 실험했다. 결과는 식기세척기 세제 도브의 승리였다. 사과를 오븐에 넣고 오븐 창을 통해 사과가 분해되는 과정을 관찰한 다음, 사과의 입장에서 글을 써서 발표하기도 했다. "나에게서 수분이 빠져나가고 있다. 나는 호소한다. '여보세요? 거기 누구 없어요? 누구 내 목소리 안 들려요? 여기 점점 뜨거워진단 말이에요…….'"

매일 오전과 오후에 카풀하는 차들이 학교와 포인트 러예스 스테이션을 오갔다. 차를 운전할 때 나는 가끔씩 밴 모리슨과 더 킹크스의 전 작품을 비롯해 조마 코커넌, 지미 페이지, 제프 벡, 로빈 트로워, 듀안 올맨, 조니 반 잰트의 기타 솔로 곡들을 가르쳤다(손들이 허공에서 기타를 쳐댔다). 닉과 닉의 친구들은 종종 캐런이 발명한 불평하기 게임을 했다. 사회를 맡은 닉이 TV 프로그램 사회자를 흉내 내며 규칙을 설명했다. 참가자들은 속마음을 털어놓을 때마다 1점에서 10점까지 점수를 받았다. 대개 아이들은 성가신 형제자매나 재수 없는 학교 친구, 야멸찬 선생님, 매정한 부모에게 격분했다. 평범한 불평은 중간대의 점수를 받았지만, 여자애들이 칼에 찔리고 남자가 산 채로 파묻히는 공포 영화를 보고 나서 악몽에 시달리고 있다는 고백은 8점을 받았다. 한 여자애는 자기 아빠에게 유괴당했던 때를 이야기하고 박수갈채와 10점을 받았다. 어느 남자애도 남편 넷을 연속으로 갈아치우는 엄마 때문에 도시 여덟 곳을 전전했다면서 엄마를 공개적으로 비난해 최고점을 받았다. 어떤 여자애는 몇 달 동안 이런 이야기들을 듣다가 자기가 불평할 차례가 돌아오자, "난 너무 평범해. 우리 부모님은 이혼하지 않아서 난 항상 같은 집에서 살았어"라고 말했다. 다른 아이들은 안됐다면서 그 아이에게 10점을 주었다.

캐런은 강아지를 한 마리 데려오려고 휴메인 소사이어티 동물 보호소에 갔다가 냄새나고 슬픈 눈을 한, 아사 직전의 하운드 한 마리에게 반하고 말았다. 녀석은 두 앞발을 십자로 포개고는 철장 우리의 시멘트 바닥에 앉아 있었다. 그렇게 캐런은 우리 가족이 된 문독과 털 공 같은 초콜릿색 래브라도 레트리버 강아지 브루투스를 집에 데려왔다. 그제까지 한 번도 집 안에서 지낸 적이 없던 문독은 다리를 쳐들고 바닥에 오줌을 누고 목재 가구를 씹어놓았다. 차가 지나가거나 누가 정문 쪽으로 다가오면 집 안을 질주하면서 으르렁거리고 왈왈 짖어댔다. 진공청소기가 돌아가면 '아오오' 하고 울부짖었다. 브루투스는 아기 토끼처럼 풀밭을 깡충깡충 뛰어다녔다.

수요일이면 개들을 데리고 캐런의 부모님 댁으로 저녁을 먹으러 갔다. 낸시와 돈은 인버네스에서 30분 거리에 있는 헛간 모양의 나무집에 살았다. 숲이 울창한 계곡 가장자리 안쪽에 들어앉은 집이었다. 높이 7미터 이상의 한 장짜리 판유리 문을 옆으로 밀어 열면 바람이 잘 통하는 동굴 같은 큰 방이 나왔다. 바닥에서 천장까지 이어지는 책장이 두 벽을 차지하고 있었는데, 책장에 조개, 돌, 나무, 새에 관한 책들이 가득했다. 세 자식들의 사진과 (커다란 갈색 눈에 핀을 꽂은 검은 머리의 다섯 살배기 캐런도 있다), 샌드달러*, 백랍 접시, 마멋 그림이 있었다.

돈은 은퇴한 의사였다. 캐런은 왕진 간 아버지를 차 안에서 기다리며 성장했다. 돈은 테라스 텃밭에서 토마토와 호박을 길렀지만 주로 2층 사무실에서 신약의 효과를 평가한 연구들을 검토하며 시간을 보냈다.

돈과 결혼한 지 50년이 넘은 낸시는 매일 정원에서 일했다. 회색 눈, 끝이 동그랗게 말린 은색 단발머리의 그녀는 쾌활하고 멋지고 상냥하고 눈길을 끄는 사람이다.

자식들이 모두 샌프란시스코에 살고 있었기 때문에 아무 날 오

---

* 해변에서 수집되는 둥글고 납작한 모양의 죽은 연잎성게류의 뼈.

후에 그 집을 찾아가면 자식들 중 적어도 한 명이 부엌 식탁에 데운 커피 잔과 쿠키 접시를 놓고 어머니와 이야기를 나누는 모습을 볼 수 있었다.

매주 수요일 저녁 돈과 낸시, 그들의 세 자식들, 자식들의 가족이 한데 모인 저녁 식사 자리에서 복작복작한 잊지 못할 추억이 만들어졌다. 간혹가다 손님들도 자리에 꼈고, 항상 우리 주위를 맴도는 품행 불량한 개들까지 가세해 최고급 소파를 독차지하고 아무도 없을 때 식탁에서 음식을 훔쳐 먹었다.

그 자리에서 낸시는 신문 기사나 텔레비전 뉴스를 이야기했다. 유독한 매트리스, 성추행당한 아이들, 자살한 십 대 아이, 중독 사건, 세균에 감염된 쇼핑 카트 손잡이, 상어의 습격, 자동차 사고, 감전사 등 대부분 참혹하게 죽은 아이들에 대한 끝없는 이야기였다. 낸시는 수영하던 사람이 숨을 너무 오래 참다가 익사한 이야기를 해주었다. 밀 밸리에서 쓰러지는 나무가 자동차를 덮쳐 깔려 죽은 사람의 이야기도 했다. 급증하는 아동 우울증 발병률과 식이 장애, 약물 남용의 소식도 전했다.

"너희도 조심하라고 일러주는 거야."

우리의 경각심을 일깨우려 한 말이었지만 모든 재앙에 일일이 대비할 수는 없는 노릇이다. 안전한 것과 공황 상태는 다르다. 공황 상태는 무용지물이며 지나친 경계는 사람의 숨통을 조인다. 로즈메리 향이 가미된 나쁜 소식들이 마구 쏟아져 나왔다.

1993년 10월의 어느 수요일 저녁, 캐런이 임신 7개월 차에 접어들었을 때, 나는 그녀의 부모님, 형제자매들과 함께 부엌에 둘러앉아 있었다. 닉은 밖에서 브루투스와 놀고 있었다. 낸시가 최근에 일어난 끔찍한 소식을 전했다. 인버네스에서 동쪽으로 자동차로 30분 거리에 있는 페털루마에서 일어난 일이었다. 열두 살난 여자애가 자기 방에서 납치된 사건이었는데, 또래 친구들이 놀러 와 같이 잔 날이었고, 당시 아이 엄마가 집에 있었다.

하루가 못 되어 긴 갈색 머리에 눈이 착한 폴리 클라스의 사진이 모든 상점 창문과 전화선 기둥에 나붙었다. 얼마 후 사이코패스는 체포되었고, 경찰에게 폴리의 시체가 있는 곳을 실토했다. 모든 부모들이 폴리의 죽음을 애도했고, 우리는 아이들을 더 바짝 단속했다.

닉과 카풀하는 아이들은 그 살인 사건에 집착했다. 한 여자애가 자기였다면 비명을 지르고 도망쳤을 거라고 말하자 다른 아이가 "그 남자는 키가 2미터도 넘는 거인"이라면서 어쩔 수 없었을 거라고 말했다. 잠자코 있던 닉이 대꾸했다.

"그래도 비명을 지르고 도망쳐야 해. 빠져나가려고 노력은 해봐야지."

한 남자애는 공범이 있었다고 말했다.

"그 남자는 여자애를 납치해서 아동 매춘 조직에 팔았어."

모두들 입을 다물고 있자 닉이 살인범이 정말 키가 2미터가 넘느냐고 물었다. 여자애가 대답했다.

"2미터 30센티도 넘는대."

부모들은 아이들이 잠을 푹 못 자고 악몽을 꾼다고 말했고, 아이들은 학교에서 주워들은 농담으로 대꾸했다. 아이들이 차 안에서 폴리 클라스만 이야기하는 것은 아니었다.

"제프리 다머의 엄마가 '제프리, 난 네 친구들이 별로 마음에 들지 않는구나'라고 하니까 그 아이가 말했대. '상관없어요. 그냥 채소나 드세요.'"

닉은 신문을 읽지도, 텔레비전 뉴스도 보지 않았지만 이 불쾌한 사건들은 무차별적으로 퍼져나갔다. 왜냐하면 아이들은—차 안에서, 놀이터에서—그 이야기에 푹 빠져들었기 때문이다.

그해 12월 초에 재스퍼가 태어났다.

아기가 태어난 지 몇 시간쯤 되었을 때 낸시와 돈이 아기를 보여주려고 닉을 병원에 데려왔다. 재스퍼의 눈은 안약을 넣어 부어 있었다. 닉은 캐런의 침대 옆에 놓인 분홍색 천 소파에 앉아서 부리토처럼 담요에 돌돌 말린 아기를 안아 들었다. 그러고는 오랫동안 물끄러미 바라보았다.

사람은 자기가 갓 태어났을 때 얼마나 작고 연약한 존재였는지 쉽게 잊는다. 집으로 돌아온 우리는 재스퍼가 잠들었을 때 숨을 쉬는지 확인했다. 아기가 잠시 동안만 우리 곁에 머물 것처럼 언제든 사라질 것만 같아서 노심초사했다.

우리는 닉이 변화에 적응하도록 최선을 다했다. 닉은 재스퍼와 노는 것을 좋아하는 것 같았고 동생에게 푹 빠진 것 같았다. 내가 너무 좋게만 생각한 걸까? 어쩌면 그럴지도 모른다. 닉에게는 분명 복잡한 상황이었을 것이다. 아무리 이상적인 경우라도 이전 가정에서 태어난 아이들에게 재혼으로 생긴 새 가족은 두려운 존재일 수밖에 없다. 우리는 닉을 안심시켰지만 분명 닉은 새 아기가 우리의 삶에 정확히 어떤 식으로 끼어들까 궁금했을 것이다.

캐런과 나는 더 피곤에 시달렸다. 재스퍼는 잠투정이 심했지만 자동차만 타면 곯아떨어졌다. 그래서 우리는 아이를 재우려고 차에 태워 오랫동안 정처 없이 차를 몰았다. 그 외에 달라진 것은 별로 없었다. 닉과 나는 때때로 닉의 친구들까지 끼워서 시간이 날 때마다 서핑을 했다. 함께 기타를 치고 음악을 들었다.

1993년의 마지막 날 오클랜드 콜로세움에서 열리는 너바나 콘서트 표를 구했을 때, 로스앤젤레스의 닉에게 비행기 표를 마련해주었다. 잊을 수 없는 밤이었다. 커트 코베인은 사람의 눈과 마음을 사로잡는 눈부신 공연을 펼쳤다.

나는 그들과 같지 않아
그래도 연기할 수 있지
태양은 사라졌네
그래도 내겐 빛이 있어
하루가 사라졌네
그래도 나는 즐거워

내 마음은 무너졌네
그래도 내겐 접착제가 있어
숨 쉬게 도와줘
내 마음을 고쳐줘
같이 떠다니는 거야
구름 위를 노니는 거야
그리고 내려오는 거야
숙취는 덤이야

그로부터 세 달 뒤 닉과 캐런과 나는 기름 먹인 연청색 삼목 패널 벽 거실에 앉아 있었다. 방 안에는 캐런이 중고 상점에서 찾아낸 빨간 실크 옷감으로 커버를 만들어 씌운 쌍둥이 소파와 어울리지 않는 쿠션들이 놓여 있었다. 우리는 아기 담요에 싸인 재스퍼를 지켜보았다. 녀석이 똑바로 누워 뒤척거리다 기어가려 했지만 아무 데도 가지 못했다. 마침내 재스퍼는 두 손과 두 다리로 바닥을 짚어 제대로 자세를 잡더니 헉헉거리면서 비틀비틀 전진하다가 울기 시작했다. 녀석은 드디어 기기 시작했지만 게처럼 옆으로 갔다.

이튿날 닉은 평소처럼 학교에 갔다. 하지만 집에 돌아왔을 때 우울한 기색이 역력했다. 닉은 가방을 바닥에 떨어뜨리더니 고개를 들고는 커트 코베인이 자기 머리를 쏘아 죽었다고 말했다. 그 뒤에 닉의 방에서 커트 코베인의 목소리가 흘러나왔다.

열심히 찾았는데 찾기가 어렵더라
아, 그래, 뭐가 됐든, 알 게 뭐냐

여름이 가고 닉은 중학교에 올라갔다. 앤 라모트는 자신의 책 《작전 지시》에서 이렇게 말했다. "나나 나의 지인에게는 아무리 훌륭하고 재미있는 사람일지라도, 열네다섯 살은 성경에서 말하는 바로 그 '지옥'이고 '나락'이었다. (중략) 긍정적인 감정들은 싹 사라졌다. 하나도 없었다. 별안간 다이앤 아버스*의 인물들이 나

---

* 기형인을 비롯해 기괴한 사진들을 찍은 사진작가.

타났다. 독일의 히틀러가 봄을 맞이한 것이다."

사춘기를 앞둔 아이들의 서투르고 잔인한 성향이라고 이해하기에는 너무 심각한 문제들이 일어나고 있었다. 평소 알고 지내던 어느 중학교 교장은 학생들이 그 어느 때보다 안 좋은 상황에 처한 것 같다고 말했다. "아이들이 스스로에게, 그리고 서로에게 하는 일들을 난 차마 믿을 수가 없어요."

1940년대 공립학교 교사들을 대상으로 실시한 조사에 따르면, 당시 훈육 사항으로 상위에 꼽혔던 것은 상황에 맞지 않는 말, 껌 씹기, 복도에서 뛰기, 복장 불량, 휴지 아무 데나 버리기였다. 그로부터 50년 이상이 지난 지금은 약물 남용과 알코올 중독, 임신, 자살, 강간, 절도, 폭행이다.

닉은 중학교에 진학해서도 재스퍼와 노는 것을 여전히 좋아하는 듯했다. 재스퍼가 처음 한 말은 '오리'였고, 이후 '위', '바나나', '강아지' 그리고 '니키'였다. 닉은 집 안에 아기가 있을 때 얻는 뜻밖의 이점을 파악했다. 같은 학년 여자애들이 재스퍼에게 몰려든 것이다. 여자애들은 재스퍼와 놀려고 찾아와 재스퍼를 안아주고 옷을 입혀주었다. 닉은 자신의 하렘이 확장되는 것에 기뻐했다.

하지만 닉은 카풀하는 아이들에게 눈에 띄게 흥미를 잃더니 대부분의 여가 시간을 남자애들과 같이 보냈다. 바짝 깎은 머리에 스케이트보드를 타고 실제로 행동에 옮기지는 않지만 여자애들 이야기에 열을 올리고 건스 앤 로지스, 메탈리카, 프라이머스, 지미 헨드릭스의 음악을 듣는 아이들이었다. 늘 그랬듯 닉의 취향은 다방면에 걸쳐 유행을 앞서갔고 때로는 변덕스럽기도 했다.

새로 찾아낸 것에 평생 싫증 내지 않을 것 같다가도—비요크, 톰 웨이츠, 보위—지극히 참신한 음악으로 방향을 틀었다가 다시 싫증을 내버렸다. 위저는 블라인드 멜론에게, 다시 오프스프링에게, 케이크에게, 그린데이에게 자리를 내주었다. 좋아하는 밴드가 히트를 칠 무렵 닉은 그 밴드를 버리고 복고적이고 모호하며 초현대적인 음악이나 희한하기 짝이 없는 음악으로 갈아탔다. 존 콜트레인, 폴카 음반, 〈쉘부르의 우산〉 사운드트랙, 존 존, 엠시 솔라, 자크 브렐, 삼바 같은 것이었는데, 한때 거실에서 삼바에 맞춰 차차 춤을 추기도 했다. 닉은 펄잼의 〈제레미〉라는 노래도 발견했다. 텍사스의 한 소년이 영어 시간에 아이들 앞에서 권총으로 자살했다는 내용이다. 닉이 가장 많이 들은 것은 너바나였다. 닉의 방에서 너바나는 박격포가 터지듯 우릉우릉 울려 퍼졌다.

난 어리석고 전염성이 강하지
우리가 왔으니 이제 우릴 대접해

5월 초순의 어느 날, 나는 낸시와 돈의 집에서 있을 저녁 모임에 가려고 수업을 마친 닉을 태웠다. 녀석이 차에 올라탔을 때 담배 냄새가 훅 났다. 처음에 닉은 담배 피운 걸 부인했다. 담배 피우는 아이들과 같이 있었을 뿐이라면서. 하지만 계속 추궁하자 체육관 뒤에서 남자애들과 같이 몇 모금 빨았다고 인정했다. 나는 닉을 나무랐고 녀석은 다시는 그러지 않겠다고 약속했다.

그다음 주 금요일 방과 후 닉은 집 마당에서 친구와 축구공을 차고 있었다. 그날 밤 친구네 집에서 자고 올 예정이라 나는 닉의 물건들을 챙기다가 스웨터가 들었나 해서 배낭 안을 살폈다. 스웨터는 없었다. 대신 작은 마리화나 갑을 찾아냈다.

4

내가 어렸을 때 우리 가족은 매사추세츠 렉싱턴의 월든 폰드에 살았다. 옆집은 사과나무와 토마토를 키우고 벌을 치는 농가였다. 아버지는 화공 엔지니어였는데, 어느 날 텔레비전에서 축농증에 걸린 사람은 애리조나로 오라는 광고를 보았다. 아버지는 꽃가루 알레르기가 심했던 터라 그 말대로 했다. 피닉스의 반도체 공장에 일자리를 얻은 것이다.

우리는 스코츠데일에 정착했다. 우리가 살게 될 트랙트 하우스가 지어지는 동안에는 모텔에서 지냈다. 아버지가 모토로라에서 새롭게 하게 된 일은 트랜지스터와 마이크로프로세서용 실리콘 웨이퍼를 자르고 다듬는 것이었다. 어머니는 〈스코츠데일 데일리 프로그레스〉에 학교와 동네에 관한 칼럼—과학경시대회 우승자와 리틀리그 결과—을 썼다.

나는 친구들과 종종 지금과는 달랐던 어린 시절을 회상하곤 한다. 그때는 지금보다 훨씬 더 순수하고 안전한 세상이었다. 누이도 형도 나도, 우리 동네 다른 아이들까지도 땅거미가 지고 엄마가 저녁 먹으라고 소리쳐 부를 때까지 거리에서 놀곤 했다. 남의 집 초인종을 누르고 도망가고, 술래잡기를 하고, 남자애들은 여자애들을 쫓아다녔다. 접이식 테이블에 티비디너*가 놓이면—닭 튀김, 으깬 감자, 버터, 애플 코블러가 각각의 칸에 따로따로 담겨 있었다—그것을 먹으면서 게임을 하거나 텔레비전 드라마를 보았다. 우리는 보이스카우트와 걸스카우트 어린이 대원이었다. 바비큐 파티를 하고, 손수레를 직접 만들고, 누이의 장난감 오븐에 케이크를 굽고, 튜브를 타고 솔트 강과 버드 강을 떠내려갔다.

그 시절에 대한 미화된 추억을 정당화하려는 게 아니다. 당시에도 소문은 쉬쉬하는 엄마들의 입을 타고 동네에 퍼졌다. 살인마 찰스 맨슨, 반값 할인, 각종 다이어트 방법이 집 앞에서, 타파웨어 홈파티**에서, 마작 모임에서, 엄마가 머리를 탈색하러 가는 미용실에서 이야기되었다. 동네에 살던 열 살 난 아이가 스스로 목을 매었을 때 사람들은 수근거렸다. 두 집 건너 아랫집에 살던 여자애가 차에 치여 죽었을 때도 그랬다. 차를 운전한 남자애는 죽은 여자애보다는 나이가 많았는데 마약에 취한 상태였다.

멕시코와 가깝다는 지역적 특성은 흔하고 저렴한 마약과 관련이 있다. 그러나 지리적 문제가 결정적 요인은 아니었을 것이다. 알지도 못했고 구할 수도 없었던 별별 희한한 마약들이 1960년대 중반 이후 지역 학교와 동네뿐 아니라 미국 전역에 홍수처럼 쏟아졌다.

가장 흔한 것은 마리화나였다. 방과 후 아이들은 자전거 거치대 주변을 어슬렁거리다가 마리화나를 한 대에 50센트, 1온스 봉지

* 식판 모양의 용기에 여러 음식이 따로 담겨서 한 번에 데워 먹을 수 있었던 인스턴트식품.
** 플라스틱 용기 회사 타파웨어의 컨설턴트가 동네 주민들을 집으로 초대해 자사 제품을 홍보하고 판매하는 다과 파티.

는 10달러에 팔았다. 그 아이들은 화장실에서도, 고등학교를 오가는 길에서도 마리화나를 권했다. 친구 녀석 하나가 마리화나를 구해 피워본 경험을 우리에게 말해주었다. 마리화나 중독자인 어떤 남자애에게 그것을 구해 집 뒷마당에서 피웠는데, 기침만 엄청 나고 별다른 느낌이 없어서 집 안으로 들어가 과자를 한 통 다 먹었다고 했다. 이후 그 친구는 거의 매일 마리화나를 피웠다.

그로부터 1년쯤 지났을까, 동네의 어떤 남자애가 내게 마리화나를 한 대 권했다. 때는 1968년, 당시 나는 고등학교 1학년이었다. 해보니 별 감흥이 없었다. 환각이 보이지도 않았고 아트 링클레터 씨의 딸이 LSD 복용 후 그랬다는 소문처럼 지붕에서 뛰어내리고픈 충동도 일지 않았다.

물론 규율이 있는 것은 아니었으나, 마리화나는 불법적 특성으로 인해 그리 배타적이지 않은 또래 집단에 들어가기 위한 열쇠나 다름없었다. 외로운 괴짜로 중학교를 다녔던 나로서는 무리에 속하니 안심이 됐다. 마리화나를 한—덜 까다로워진— 관객 사이에 있으니 웃음도 많아지고 더 재밌는 사람이 된 듯한 기분도 들었다. 들끓는 불안감을 가라앉히는 임시방편을 얻은 셈이다. 모든 것이—음악도, 자연도—훨씬 더 강렬하게 증폭되어 다가왔다. 그리고 여자애들 앞에선 덜 수줍어했다. 열네다섯 살 난 남자애 입장에선 결코 무시할 수 없는 이점이었다. 세상이 부옇게 흐려지는 동시에 생생하게 다가왔다. 하지만 이것이 내가 마리화나를 계속 피운 주된 이유는 아니었던 것 같다. 계속되는 또래들의 압력과 마약이 주는 도취감에, 마리화나에 불을 붙이는 순간 드는 반항심과 동지애가 더해졌다. 게다가 어색한 기분과 불안감을 달래주었다. 무엇보다 마리화나는 아무 느낌이 없을 땐 느끼게 해주고 감정이 소용돌이칠 땐 몰아내주었다. 그렇게 마리화나는 세상을 더 흐릿하면서도 더 선명하게 만드는 방식으로 더 느끼면서도 덜 느끼는 순간을 선사했다.

　요즘 들어 나와 동년배 사람들은 예전의 마약은 지금과 달랐다는 말을 자주 한다. 마리화나는 더 순했고 환각제는 더 순수했다고. 사실이다. 마리화나에 대한 연구에 따르면, 말아 피우든 파이프로 피우든 오늘날의 마리화나에는 유효성분이 10년 전보다 두 배나 더 많다. 1960년대와 1970년대의 대마초는 지금보다 훨씬 더 강력했지만. 요즘 환각제와 엑스터시는 메스암페타민을 비롯한 다른 약물이나 불순물에 희석되거나 아예 대체되고 있다는 보도가 많다. 우리가 어렸을 때는 아이들이 코카인 대신 드라노*를 코로 들이마신다는 얘기가 돌았다. 한 가지만은 분명히 달라졌다. 마리화나를 포함한 마약이 우리의 신체와 정신에 여러 가지 악영향을 미친다는 사실이 명백히 밝혀진 것이다. 우리는 안전할 거라 생각했지만 안전하지 않았다. 일부 사람들은 마약을 해도 "해롭지 않던" 좋은 시절이 있었다고 생각한다. 그들은 무사히 살아남았지만 많은 사람들이 무사하지 못했다. 그때도 사고, 자살, 약물 과용은 있었다. 나는 60년대와 70년대에 마약을 시작해 지금까지도 거리를 헤매는 피해자들을 수없이 마주치고 있다. 그들 중 일부는 집 없이 노숙을 한다. 일부는 음모론을 외친다. 마

* 배수구 청소액.

약중독자와 알코올중독자의 공통된 특징인 듯하다. 소설 속 허클베리 핀은 주정뱅이 아버지에 대해 "아버지는 술기운이 돌기 시작하면 정부 탓을 했다"라고 말했다.

그래서 나는 닉이 일고여덟 살이 되었을 때부터 마약에 대해 이야기해주었다. '마약 없는 미국을 위한 연대'의 권고대로 우리는 '일찍부터 자주' 이야기를 나누었다. 나는 닉에게 사람들이 마약 때문에 망가지거나 죽었다고 말했다. 나 역시 실수한 적이 있다는 말도 했다. 그리고 십 대 청소년의 알코올 중독과 약물 남용의 조기 징후가 있는지 살폈다(한 단체의 열다섯 번째 권고 항목은 '아이가 별안간 칵테일파티 뒷정리를 자청하면서 다른 집안일은 잊지 않는가?'이다).

내가 어렸을 때 부모님은 마약을 멀리하라고 당부했다. 나는 부모님이 모르는 소리를 한다고 생각하고 그냥 흘려들었다. 부모님은 술은 입에도 대지 않는 분들이었고 그것은 지금도 마찬가지다. 하지만 나는 마약을 직접 경험했고 그만큼 잘 알기 때문에 내가 주의를 주면 닉이 말을 들을 거라 생각했다.

많은 상담사들이 내 세대 부모들에게 마약 복용 전력을 자식에게 말하지 말라고 충고한다. 같은 이유로, 유명한 운동선수가 학교 강당이나 텔레비전 화면에서 아이들을 향해 "여러분, 이런 쓰레기는 하는 게 아니에요. 나 죽을 뻔했어요"라고 말해도 역효과만 날 수 있다. 그들은 여전히 다이아몬드, 금, 수백만 달러 연봉, 시리얼 광고 모델이 가능한 삶을 살고 있기 때문이다. 말은 '죽다 살아났다'인데, 메시지는 '나는 살아남았고 성공했다. 여러분도 그럴 수 있다'이다. 아이들은 자기 부모를 보면서 부모님은 마약을 했지만 결국 잘되었구나 생각한다. 나도 닉에게 거짓말을 하고 마약 전력을 숨겼어야 했을지도 모른다. 하지만 그러지 않았다. 닉은 있는 그대로 알게 되었다. 게다가 나는 닉과 끈끈한 유대감만 있다면 닉이 마약에 노출될 경우 얼마든지 알아챌 수 있을 거라 확신했다. 닉이 마약에 유혹을 느끼면 내게 먼저 말할 거라고 순진하게 믿은 것이다. 내 생각은 빗나갔다.

봄은 왔으나 겨울이 완전히 물러가지 않은 5월, 안개가 자욱하고 쌀쌀한 어느 오후였다. 오후에 지핀 장작불로 나무 타는 냄새가 감돌았다. 그맘때는 해가 일찌감치 산등성이와 포플러나무 뒤로 떨어지는지라 4시밖에 안 됐는데도 벌써 마당에 어스름이 드리웠다. 공을 주거니 받거니 던지는 사내아이들의 발치에서 안개가 휘돌았다. 건성건성 시들한 경기였다. 아이들은 승부보다는 대화에 더 관심이 있는 것 같았다. 여자애들 아니면 밴드 이야기거나, 혹은 어제 포인트 러예스 스테이션에서 광견병 걸린 개를 쏘아 죽인 목장주 얘기 같았다.

닉과 같이 있는 아이는 꽉 끼는 티셔츠 밑으로 불거진 가슴과 이두박근이 돋보이는 근육질의 남자애였다. 닉은 내 헐렁한 회색 카디건을 입고 있었다. 부스스한 머리와 만사 귀찮은 듯한 얼굴, 나른한 동작은 마리화나를 피우는 게 아닌가 하는 의심을 충분히 살 만했다. 하지만 옷차림은 그 모양인 데다 변덕까지 부리고—갈수록 싫증을 내고 시무룩했다—거칠고 냉정한 학교 친구들과 어울리는데도, 내 눈에 닉은 그저 어리고 활달하고 장난스럽고 순진한 어린애로만 보였다. 그래서 나는 돌돌 말린 녹색 마리화나 묶음을 손에 들고 어찌할 바를 몰랐다.

캐런은 거실 소파에 앉아 화첩에 고개를 숙이고 먹으로 그림을 그리고 있었다. 그 옆 소파 위에는 재스퍼가 똑바로 누워 앙증맞은 양손을 동그랗게 말아 쥐고 잠들어 있었다.

나는 캐런에게 다가갔고, 그녀가 고개를 들었다. 그녀에게 마리화나를 보여주었다.

"그거 뭐야? 어디서 그런 걸⋯⋯." 그녀가 덧붙였다. "뭐야? 닉 거야?"

절반은 질문이 아니었다. 캐런은 이미 짐작하고 있었다. 나는 평소처럼 캐런이 패닉에 빠지는 걸 미리 차단해 내 공포심을 억눌렀다.

"괜찮을 거야. 언젠가는 일어날 일이었어. 해결할 수 있어."

내가 테라스에 서서 아이들을 부르자 아이들이 건너왔다. 닉은 손바닥에 공을 들고 숨을 몰아쉬었다.

"얘기 좀 하자."

그들은 내가 내민 손에서 마리화나를 보았다.

"어⋯⋯."

닉이 움찔하더니 순순히 기다렸다. 문득이 다가와 닉의 다리에 코를 디밀었다. 닉은 확실한 증거 앞에서 뻗대는 아이는 아니었다. 멈칫거리고 나를 흘끔흘끔 올려다보면서 두려움에 휘둥그레진 눈으로 얼마나 심각한 상황인지 눈치를 보았다.

"안으로 들어가."

캐런과 나는 아이들을 마주하고 섰다. 나는 어찌할 바를 몰라 캐런을 쳐다보았지만 그녀도 나처럼 갈피를 못 잡고 있었다. 나는 닉이 마리화나를 피운다는 사실보다 내가 그걸 전혀 몰랐다는 것에 더 큰 충격을 받았다.

"이거 피운 지 얼마나 됐니?"

궁지에 몰린 아이들은 서로를 쳐다보았다.

"산 건 처음이에요. 저번에 딱 한 번 피워봤어요."

녀석을 믿어도 될까? 이런 생각을 한다는 것 역시 당혹스러웠다. 이제껏 한 번도 해본 적 없는 생각이었다. 물론 닉을 믿어야지. 닉은 내게 거짓말을 하지 않아. 아니, 거짓말을 할 수도 있잖아? 학교와 집에서 끊임없이 말썽을 부리는 자식을 둔 부모들이 떠올랐다. 가장 당혹스러운 점은 그 아이들의 기만이었다.

"어떻게 된 일인지 정확히 말해봐."

나는 닉의 친구를 쳐다보았다. 그 아이는 아무 말도 하지 않고 바닥만 내려다보았다. 닉이 친구 몫까지 말했다.

"다들 한단 말이에요."

"다들?"

"거의 다요."

닉은 시선을 탁자 위에 쫙 펼쳐진 소년스러운 자신의 긴 손가락으로 돌렸다. 그러더니 손가락을 오므려 주먹을 쥐고는 주머니 안에 넣었다.

"어디서 구했어?"

"어떤 애한테서요."

"누구?"

"그건 중요하지 않잖아요."

"아니, 중요해."

그들은 이름을 말했다.

"그냥 어떤 기분인지 궁금했어요."

"그래서 어떻던?"

"그냥 그랬어요."

닉의 친구는 자기 부모님에게 전화할 거냐고 물었다. 내가 그럴 거라고 하자 그러지 말아달라고 애원했다.

"미안하지만 네 부모님도 아셔야지. 전화하고 나서 집에 데려다주마."

"얘네 집에 가서 자는 건 어떡하고요?"

나는 닉을 노려보았다.

"넌 나랑 따로 얘기해야지."

닉은 계속 아래만 내려다보았다. 닉 친구의 아버지는 알려줘서 고맙다고 말했다. 걱정스럽기는 하지만 그리 놀랍지는 않다고 했다.

"위의 자식 놈들도 같은 문제를 겪었거든요. 다들 거치는 과정인가 봅니다. 애 데리고 얘기해봐야죠." 그리고 체념한 듯 덧붙였다. "너무 바빠서 애를 잘 살필 수가 없네요."

마리화나를 판 아이의 엄마는 내 전화를 받고 자기 아들은 아무 관련이 없다고 펄쩍 뛰었다. 닉과 다른 녀석들이 자기 아들을 모함하는 거라고 주장했다.

나와 단둘이 있을 때 닉은 뉘우치는 모습을 보였다. 캐런과 내가 외출 금지를 결정했다는 말을 듣더니 고개를 끄덕였다.

우리의 생각은 이랬다. 너무 난리를 피우지도 말고 아무 일도 아닌 양 넘어가지도 말자고. 우리가 집안의 규칙 위반을 우리의 관계만큼이나 중대히 여기고 있음을 보여주려면 벌을 내려야 한다고. 행동에는 결과가 따른다. 우리는 이것이 합당한 벌이 되기를 바랐다. 게다가 나는 닉이 새로 사귄 친구들이 못마땅했다. 내가 대신 친구들을 골라줄 수 없다는 것도, 친구들을 못 만나게 하면 오히려 그 아이들의 매력만 부채질하는 꼴이 된다는 것도 알고 있었지만, 적어도 닉이 그 아이들과 어울리는 시간을 최소한으로 줄일 수는 있었다. 닉을 감시하고 싶은 마음도 있었다. 닉을 바라보면서 대체 무슨 일이 벌어지고 있는 건지 판단하고 싶었다.

"얼마 동안 외출 금지예요?"

"우선 2주 동안 해보고 결정하자."

우리는 마주한 소파에 앉아 있었다. 닉은 진심으로 후회하는 것 같았다.

"어째서 마리화나를 하고 싶다는 생각을 한 거니? 얼마 전까지만 해도 마리화나는 고사하고 담배든 뭐든 피운단 생각만 해도 구역질이 난다더니. 너랑 토머스랑 걔 엄마 담배를 버리다가 혼도 났잖아."

토머스는 도시에 사는 닉의 친구였다.

"모르겠어요."

닉은 커피 탁자 위에 있던 빨간 펜으로 신문지 위에 가로세로 빗금을 긋기 시작했다.

"그냥 궁금했던 거 같아요."

잠시 후 닉이 말했다.

"어쨌든 기분은 별로였어요. 그거 할 때요. 모르겠어요. 이상해요." 그러더니 덧붙였다. "걱정하지 마세요. 다신 안 할게요."

"다른 마약은? 해본 적 있니?"

어이없다는 닉의 표정에 나는 닉이 진실을 말하고 있다고 믿어버렸다.

"내가 이번에 바보짓 했다는 거 알아요. 하지만 그 정도로 바보는 아니에요."

"술은? 술 마신 적 있니?"

닉은 뜸을 들이다 대답했다.

"취한 적 있어요. 한 번. 나랑 필립이랑요. 스키 여행 갔을 때."

"그때 그 스키 여행? 타호 호수 말이야?"

닉이 끄덕였다. 재스퍼가 태어나기 전 알파인 미도스에 오두막을 한 채 빌렸던 일이 떠올랐다. 한겨울이었고 주말을 낀 연휴 기간이었다. 닉이 원해서 필립도 같이 데려갔는데, 필립은 우리 가족이 좋아하는 닉의 친구였다. 몸집이 작고 말씨가 얌전하며 앞머리를 이마 위로 가지런히 빗어 내린 아이였다. 우리 부부와 필립의 부모는 친구 사이이기도 했다.

우리는 밤중에 스키장에 도착했다. 눈보라로 도로가 폐쇄되기 직전이었다. 이튿날 아침이 밝았을 때 소나무들은 온통 하얀 가루에 뒤덮여 있었다. 닉은 예전에 스키를 탄 적이 있었지만, 이번에는 필립과 스노보드를 타겠다고 했다. 서핑에 능숙하므로 스노보드도 쉽게 탈 수 있을 거라 생각한 것이다. "물 대신 눈을 가르면 돼요"라고 하더니 이런 말도 했다. "둘 다 균형과 중력의 문제거든요." 하지만 닉은 거기 있는 동안 대부분 산비탈을 굴러다니다가 막판에야 제대로 탈 수 있었다.

"언제 술을 마실 짬이 있었지? 술은 또 어디서 구했고?"

소파 위에서 닉의 몸이 앞뒤로 흔들거렸다.

"아빠랑 캐런이 일찍 잠든 밤이에요. 우리끼리 텔레비전을 보고 있다가 지루해서 카드놀이라도 하려고 했는데 카드를 찾을 수 없었어요. 내가 이리저리 찾으러 다니다가 술병들이 든 캐비닛을 발견했어요. 우리는 잔을 가져와서 조금씩 죄다 따랐어요. 아무도 눈치채지 못하게 조금씩만. 럼, 버번, 진, 사케, 데킬라, 베르무트, 스카치, 똥 맛 나는 이상한 녹색 술, 크리미 어쩌고저쩌고 하는 것……." 닉은 잠시 멈추었다가 계속했다. "그걸 다 마셨어요. 구역질이 났지만 실컷 취하면 어떤 기분인지 알고 싶었어요."

그날 밤이라면 기억한다. 캐런과 나는 두 아이들이 토하는 소리에 잠에서 깼다. 토악질은 아래층 화장실 두 군데서 동시에 일어났다. 우리는 내려가서 아이들을 살폈다. 두 아이는 밤새 앓았고 우리는 아이들이 독감이 걸린 줄로만 알았다.

다음 날 아침 필립의 어머니에게 전화했고 그녀는 "네, 요즘 독감이 유행하긴 해요"라고 수긍했다. 이튿날 아이들은 시에라에서 집으로 돌아가는 차 안에서도 앓았다. 갈 길은 멀고 바람이 불었다. 한번은 차를 얼른 갓길에 댈 수가 없어서 필립이 창문을 열고 밖으로 토한 적도 있었다.

"그때뿐이었어요. 그때 이후로 술은 손도 안 댔어요. 그 생각만 하면 토할 것 같아요."

닉의 해명은 그럴싸했지만, 나는 배를 한 방 얻어맞은 기분이었다. 닉이 술을 마셨을 뿐 아니라 나를 속였다는 사실에 눈앞이 캄캄해졌다. 그러면서도 솔직히 털어놓는 모습에 가슴이 뭉클해졌다. 그래도 이놈이 깨끗이 실토를 하는구나 싶었다. 그때 닉이 말했다.

"이런 말 하면 아빠 마음이 놓일지 모르겠지만 나 이런 거 정말 싫어요. 변명하려는 건 아니지만……." 잠시 머뭇거렸다. "힘들어요."

"뭐가 힘드니?"

"그냥 힘들어요. 모르겠어요. 다들 술을 마셔요. 다들 뭔가를 피우고요."

닉이 좋아하는 샐린저의 소설이 생각났다. 소설 속에서 프래니는 이렇게 말한다. "아주 보잘것없는 사람으로 살아갈 용기조차 내지 못하는 게 이젠 지긋지긋하다."

월요일에 닉의 담임 선생님에게 전화해 이 일을 이야기했다. 그는 방과 후 캐런과 나를 면담하겠다고 시간을 내주었다. 우리는 텅 빈 교실에서 그를 만났다.

선생님은 내게 닉의 수학, 지리, 문학 과제 바인더 중 하나를 건넸다. 닉이 볼펜으로 낙서를 한가득 해놓은 페이지가 나왔다. 가슴이 풍만하고 눈이 커다란 여자 하나, 눈이 퀭한 남자 여럿, 넓적한 머리글자들. 이 그림들은 스타일로 보나 내용으로 보나 교실 앞쪽 칠판에 분필로 음영까지 넣어 정교하게 그려놓은 중세 시대 그림과는 확연한 대조를 이루었다. 다른 벽에는 학생들이 실력껏 그려놓은 자화상들이 붙어 있었다. 닉의 그림을 쉽사리 찾아낼 수 있었다. 환히 웃으면서 큰 눈을 더 크게 뜬 소년을 만화에 가깝게 거칠게 그린 그림이었다.

선생님은 이카보드 크레인* 같은 체구와 앞머리 선이 뒤로 점점 후퇴하는 부스스한 적갈색 머리에 코가 굽은 남자였는데, 작은 의자에 앉아 몸을 숙이고 앞에 놓인 닉의 바인더를 휘릭휘릭 넘겼다.

"수업은 잘 따라가고 있네요. 상당히 잘하고 있어요. 부모님도 잘 아시겠지만요. 반에서 리더 노릇을 하고 있어요. 닉이 다른 아이들을 — 끼지 않으려는 아이들까지—대화에 참여하도록 유도하죠."

"그럼 마리화나는 왜 했을까요?"

캐런이 물었다. 선생님은 작은 의자에 몸을 욱여넣은 채 불안하게 몸을 팔꿈치에 기대고 있었다.

"닉이 아이들 사이에서 쿨하다고 통하는 학생들을 따른다는 건 알고 있었어요. 그 아이들은 몰래 담배를 가지고 다니고 또, 이건 제 추측입니다만 마리화나도 피우는 것 같습니다. 어쩌면요. 하지만 너무 걱정하실 필요는 없을 겁니다. 흔한 일이거든요. 대부분의 아이들이 한 번씩 다 해봅니다."

이번에는 내가 말했다.

"하지만 닉은 겨우 열두 살인데요."

"그렇긴 하죠." 선생님이 한숨을 쉬었다. "그 무렵에 시작들 합니다. 우리가 할 수 있는 건 한계가 있어요. 능력 밖의 일이거든요. 아이들은 늦든 빠르든 그걸 알게 돼 있습니다. 빨리 아는 경우가 많지만요."

* 워싱턴 어빙의 단편소설 〈슬리피 할로의 전설〉의 주인공.

우리가 조언을 요청하자 선생님이 말했다.

"아이를 붙잡고 이야기를 해보시죠. 저도 이야기해보죠. 괜찮으시다면 수업 시간에 이 이야기를 해볼까 합니다. 실제 이름은 언급하지 않고요."

죄책감에서인지 체념에서인지 그는 같은 말을 반복했다.

"우리가 할 수 있는 건 한계가 있어요. 함께 노력한다면, 학교와 가정 모두가요. 어쩌면……."

"혹시 닉에게 그 아이들과 어울리지 말라고 해주실 수 있나요? 닉에게 별로 좋은 영향을 주는 것 같지 않습니다."

나는 그 아이들의 이름을 말했다. 오후의 햇살에 창밖의 나뭇잎들이 살랑거리는 가운데 선생님은 내 요청을 두고 고민했다.

"물론 제가 더 건전한 친구들을 만나라고 권할 수는 있습니다. 하지만 닉을 간섭하는 것이 얼마나 통할지는 장담할 수 없어요. 과거의 경험에 비추어보면, 아이들은 간섭받으면 몰래 하고 싶은 대로 하거든요. 간섭하는 것보다 유도하는 게 더 효과적이에요. 그렇게 해보시죠."

그는 십 대 청소년에 관한 책을 한 권 추천했고 자주 연락을 주겠다고 약속했다.

밖에 나오니 산들바람이 불었다. 운동장에는 우리를 기다리는 닉 외에 아무도 없었다. 닉은 긴 다리를 접고 유치원 놀이터의 작은 그네에 앉아 있었다.

캐런과 나는 이 문제를 상의하면서 당황하고 걱정스러운 마음을 가다듬었다. 나는 무엇을 걱정하고 있었을까? 마리화나가 습관이 되고, 닉이 학업을 게을리하고, 다른 마약에도 손을 댄다면.

이미 닉에게 마리화나가 위험하다고 경고한 적이 있었다. 그 후에 더 강한 마약으로 발전되는 경우가 많다고 말했는데, 닉은 내 말을 믿지 않았던 모양이다. 어릴 적 내가 어른들의 말을 믿지 않았던 것처럼. 우리 세대에 통하는 통념이지만, 여러 마약을 접하기 전 대개 첫 번째 관문으로 거치는 것이 마리화나다. 지인들 중에 고등학교 때 마리화나를 피운 대다수가 다른 마약에 손을 댔다. 역으로, 강한 마약을 하는 사람 중에 마리화나로 시작하지 않은 사람은 만난 적이 없다.

나는 과거에 내렸던 결정들을(시골로 이사한 것까지) 전부 냉정히 돌이켜보았다. 도심에서 먼 교외든, 덜 떨어진 지역이든, 시골이든, 아무리 멀리 떨어져 있어도 도심에 도사린 위험으로부터 안전한 곳이 미국에 있을 거라는 환상은 없었지만, 그래도 인버네스 같은 소도시가 대도시 환락가보다는 더 안전할 줄 알았는데 이제는 그것도 자신할 수 없었다. 샌프란시스코에서 다른 곳으로 이사했더라면 어땠을까? 그랬다고 해도 달라지지 않았을 것이다. 어디에 살든 이런 일은 일어났을 것이다.

이제는 나의 위선이 원망스러웠다. 뜨끔했다. 내가 마약한 적이 있다는 걸 아는 닉에게 어찌 마약을 하지 말라고 말할 수 있겠나? 나는 닉에게 "내가 한 대로 하지 말고 내 말대로 해라"라고 말했다. 마리화나를 하지 않았더라면 좋았을 거라고 후회하는 말도 했다. 마약 때문에 삶이 망가진 친구들 얘기도 해주었다. 그러면서 마음속으로는 늘 그것을 이혼 탓으로 돌렸다. 하지만 이혼한 가정의 아이들이 바르게 자라고 이혼하지 않은 가정의 아이들 중 상당수가 그렇지 않다는 생각도 했다. 어찌 됐든, 닉의 인생에 가장 큰 타격을 줄 이 사건을 돌이킬 방법은 없었다.

그로부터 며칠 동안 나는 닉에게 마약 이야기를 했다. 또래 압력과 진짜 쿨한 게 무엇인지에 대해서도.

"정말 쿨한 건 그런 게 아닐 거야. 오히려 공부하고 배우는 데 몰두하는 게 훨씬 더 쿨한 거지. 돌이켜보면 가장 쿨한 아이들은 마약을 멀리한 아이들이었어."

내가 생각해도 참 어설픈 말이었다. 닉 또래였다면 나 역시 그냥 흘려들었을 것이다. 그럼에도 나는 내 생각이 맞다고 닉을 설득하려 했다. 어디를 가든 마약을 하라는 유혹이 끊이지 않는다는 것도, 그것의 유혹이 얼마나 강한지도 이해한다고 말했다.

닉은 진지하게 귀담아듣는 것 같았지만 과연 진심으로 받아들일지는 알 수 없었다. 나는 우리 사이의 친밀한 유대감이 변했다는 걸 직감했다. 이미 나는 닉이 때때로 터뜨리는 짜증의 표적이 돼 있었다. 우리는 건성으로 한 숙제나 하다 만 집안일 때문에 말다툼을 벌였다. 하지만 나는 혼란스러웠다. 그것들은 모두 수용과 예상이 가능한 사춘기 반항심의 범위 안에 있는 듯 보였기 때문이다.

3주 뒤 닉의 건강검진을 받으러 가는 차 안에서 음악 소리를 줄이고 다시 그 이야기를 꺼냈다. 아이에게 장광설이 아무 소용 없다는 건 알고 있었다. 닉은 그냥 흘려들을 테니까. 하지만 나는 만전을 기하고 싶었다. 경고에서 시작해 간청으로 끝나는 대화가 벌써 몇 주제 계속되고 있었다. 그래도 오늘은 긴장감이 덜했다. 외출 금지를 풀기로 한 캐런과 나의 결정을 알려주자 닉은 고개를 끄덕이고 말했다.

"고마워요."

그로부터 몇 주 동안 나는 닉을 지켜보았다. 닉에게 드리웠던 그늘이 조금은 물러간 것도 같았다. 나는 마리화나 사건을 일탈로 규정하고 잊어버렸다. 그것이 닉에게 따끔한 교훈이 되었다면 오히려 전화위복이 된 거라고 생각하면서.

정말 그랬다. 닉은 2학년에 올라갔고, 상황은 훨씬 나아진 듯 보였다.

닉은 가장 나쁜 영향을 끼치던 아이들과는 잘 어울리지 않았다 (이것은 확실하다). 닉에게 마리화나를 팔았다던(이 점에 관해서 나는 그 아이의 어머니가 아니라 닉의 말을 믿는다) 아이와도 소원해졌다. 대신 닉은 대부분의 여가 시간을 웨스트 마린에서 친구들과 서핑을 하면서 보냈다. 나랑 같이 서핑을 하고, 차를 타고 해안을 달리고, 샌타크루스에서 포인트 아레나까지 파도를 쫓았다. 그렇게 돌아다니는 틈틈이 이야기를 나누었고, 닉은 개방적이고 긍정적으로 행동했다. 학교생활에도 의욕을 보였다. 이 지역의 사립 고등학교에 입학하기 위해서라도 좋은 성적을 얻으려고 노력했다.

닉은 여전히 책을 읽어댔다. 《프래니와 주이》, 《호밀밭의 파수꾼》은 읽고 또 읽었다. 《앵무새 죽이기》를 읽었을 때는 전화의 자동응답기에 남겨진 음성 메시지 형식으로 독후감을 제출했다. 딜이 스카우트와 젬에게 남긴 메시지와 누군가 톰 로빈슨을 변호하면서 애티커스를 위협하는 내용이었다. 《욕망이라는 이름의 전차》를 읽었을 때도 블랑슈 뒤부아와 라디오 인터뷰를 가상한 내용을 녹음했다. 《세일즈맨의 죽음》은 로먼 가족의 가치관을 한

탄하는 내용을 만화로 그려 과제로 제출했다. 위인전 프로젝트 때, 닉은 하얀 가발과 하얀 수염, 하얀 양복 차림으로 무대에 올라가 경쾌한 남부 억양으로 새무얼 클레멘스의 일생을 이야기했다. "내 필명은 마크 트웨인입니다. 편안히 앉아 내 얘기를 좀 들어보세요." 마리화나든 담배든 무얼 피우는 낌새는 전혀 없었다. 닉은 오히려 더 행복해 보였고, 졸업을 앞두고 설레는 마음을 다 잡는 것 같았다.

　따뜻하고 바람 없는 주말이었다. 이제 닉은 열세 살이었다. 집 주변에서 조용한 하루를 보낸 뒤 닉과 나는 남쪽에 큰 파도가 온다는 소식에 스테이션왜건 지붕에 서핑보드를 올려 묶고는 포인트 러예스 남쪽 해변을 향해 난 구불구불한 길을 달렸다. 모래언덕 사이의 수풀 길을 한 시간쯤 걸어 서핑 명소에 도착했다.
　우리는 보드를 팔 밑에 끼고 바다 어귀를 향해 걸어갔다. 거대한 백상아리들의 번식지로 유명한 곳이었다. 토끼들이 깡충깡충 뛰어 지나가고 머리 위로는 펠리컨들이 V자 대열로 날아갔다. 태양이 낮게 걸려 있었다. 햇살이 복숭아색 수채 물감을 덧칠하듯 세상을 물들였다. 땅거미가 내려오면서 안개가 팬케이크 반죽처럼 경사진 목초지 위로 밀려와 만 너머로 흘러넘쳤다. 여기보다 파도가 더 큰 곳은 본 적이 없었다. 2미터에서 2.5미터쯤 되는 파도가 밀려와 길고 매끄러운 선들로 돌돌 말리며 부서졌다. 우리는 얼른 서핑복으로 갈아입고 물속으로 뛰어들어 보드 위로 훌쩍 올라탔다. 사라지는 태양이 서쪽 지평선을 따라 황홀한 루비빛 줄무늬 층을 투사했다. 반대편에는 통통하고 노란 달이 낮게 매달려 있었다. 다른 서퍼 두 명이 물속에 있었지만 곧 떠나는 바람에 우리가 그곳을 독차지했다. 이보다 좋을 수 없을 만큼 짜릿한 서핑이었다.

바다로 팔을 저어 나갈 때면 보드가 쉬이익 하고 물살을 가르는 소리 외에는 아무 소리도 나지 않았고, 우르릉 하고 파도 부서지는 소리가 규칙적인 간격으로 들렸다. 파도를 타고, 바다로 나가고, 다시 파도를 탔다. 한번은 고개를 들어보니 닉이 둥글게 말린 파도 안에서 보드 위에 몸을 잔뜩 낮추고 있었고, 뒤로는 파도의 폭포가 닉을 뒤쫓고 있었다.

날이 더 어두워졌다. 안개가 달을 가리고 우리를 삼켰다. 나는 닉과 서로 다른 해류를 타고 해협 반대편을 향해 멀어지고 있다는 걸 깨달았다. 100미터는 떨어져 있었다. 덜컥 겁이 났다. 짙어가는 안개와 어둠에 서로의 모습이 보이지 않았기 때문이다. 나는 무작정 닉을 향해 팔을 저었다. 그렇게 미친 듯이 닉을 찾으며 해류와 싸우다 보니 팔에 힘이 빠졌다. 한 30분쯤 쉬지 않고 팔을 저었을 때 돌풍이 불어와 안개를 한 움큼 걷어갔다. 그 순간 닉이 보였다. 닉은 상앗빛 은색 보드 위에 높고 당당하게 서서 현란하고 매끄러운 물 벽을 위아래로 갈랐다. 보드 가장자리로 하얀 물방울들이 튀었고, 닉의 얼굴에는 찬란한 미소가 번져 있었다. 닉은 나를 보더니 손을 흔들었다.

오랫동안 서핑을 한 뒤 우리는 녹초가 되어 허기진 몸으로 서핑복을 벗었다. 바람을 맞아 피부도 쓰렸고 몸도 무거웠다. 배낭에 짐을 챙겨서 차로 돌아갔다.

집에 가는 길에 멕시코 식당에 들러서 배불뚝이 돼지만 한 부리토를 먹고 라임소다를 마셨다. 닉은 골똘히 생각하며 미래에 대해, 고등학교에 대해 이야기했다.

"내가 입학했다는 게 아직도 얼떨떨해요."

닉이 처음으로 학교에서 하루 종일 시간을 보내고 온 날, 나는 닉이 그렇게 신이 난 모습을 처음 보았다.

"모두들 정말……." 닉은 잠시 적당한 말을 골랐다. "열정적이에요. 모든 것에 대해서요. 예술, 음악, 역사, 글쓰기, 저널리즘, 정치학. 그리고 선생님들은……."

닉은 다시 숨을 고르느라 말을 멈추었다.

"선생님들은 정말 대단해요. 시문학 교실에 앉아 있었는데 나가고 싶지 않았어요." 닉은 목소리를 낮춰 말했다. "난 절대 입학 못 할 거예요."

입학 경쟁률이 센 학교였지만 닉은 그 학교에 들어갔다. 이제 닉은 식당에서 의기양양하게 단언했다.

"다 잘되어가는 것 같아요."

～

졸업식은 6월 초순의 오후로 정해졌다. 교회 강당이 예약됐고, 학부모들이 각자 의자와 연단, 장식, 간식 탁자 등을 맡아 준비하기로 했다. 졸업식 날 준비를 도우러 일찌감치 강당으로 갔다.

두 시간 뒤 교사들과 졸업생 가족들이 도착해 접이 의자에 나란히 앉았다. 그 뒤에 졸업생들이 도착했다. 화려한 차림새에 어색한 분위기가 흘렀다. 여자아이들은 상당수가 사거나 빌려 입은 드레스 차림이었는데, 대부분 하이힐을 신고 잘 걷지를 못해서 술에 취한 것처럼 비틀거렸다. 남자아이들은 깃을 빳빳이 세운 채 넥타이를 만지작거리고 셔츠 자락을 우울하게 당겨대는 모습이 뚱해 보였다. 셔츠 자락을 조금씩 계속해서 빼는 바람에 나중엔 셔츠가 완전히 바지 밖으로 빠져나왔다.

아이들은 불편한 차림새였지만 기분은 졸업식에 걸맞게 들떠 있었고 그만큼 품위도 있었다. 교장 선생님이 졸업생들을 한 명씩 호명했다. 일부 아이들은 조금 더 침착하게 걸었다. 아이들은 짧은 계단을 올라가 낮은 무대를 가로질러 졸업장을 받았다. 같은 반 아이들은 열광적으로 박수를 쳤다. 오늘은, 오늘만큼은 아낌없이 열정을 다해 서로를 응원했다. 누구에게나 매번 똑같은 기세로 환호하고 소리를 질러댔다. 범생이, 깍쟁이, 소심이, 공주, 들러리, 덩치, 날라리, 왕따 모두 박수를 받았다.

나는 뜻하지 않게 졸업식에서 크게 감동을 받았다. 이들은 지난 3년간 내가 카풀로 등하교를 시켜주고 현장학습에 데려다준 아이들이었다. 우리 집 파티에 초대했고, 참석한 발표회와 연극, 음악회, 운동 경기에서 본 아이들. 내가 부모를 위로했던 집 아이들. 성취와 시련, 짝사랑, 마음의 상처를 직접 혹은 대부분 닉에게 들어 잘 아는 아이들. 그 아이들은 아직은 어리지만 성년의 문을 두드리며 앞으로 나아갔다. 자기 아들은 닉에게 마리화나를 팔지 않았다던 어머니의 아들도. 닉과 함께 술에 취했던 소년도. 닉의 서핑 친구도. 스케이트보드를 타던 빡빡머리 아이들도. 내가 끊으라고 할 때까지 닉이 밤중에 몇 시간이고 전화 통화를 했던 소녀도. 카풀한 아이들도. 모두들 하나같이 비척대면서 얼떨떨해서는 팔랑거리는 졸업장을 손에 들고 연단에서 걸어 내려왔고, 이제 중학교 졸업생이 되어 뱀 구덩이 같은 고등학교를 향해 나아갔다.

∾

졸업식이 열린 주말에 몇몇 가족이 하츠 디자이어 비치에 모였다. 후텁지근한 6월의 오후였다. 만의 풍경은 잔잔했다. 우리는 각자 조금씩 싸 온 과자와 살사 소스, 연어 구이, 그릴 햄버거를 먹고 소다수를 마셨다. 반짝이는 만의 물은 따스했다. 아이들은 수영을 하고 카약과 카누를 타다가 어김없이 뒤집어졌다. 닉의 친구들은 물가에서 젖은 머리와 스웨터 차림으로 무얼 하며 함께 여름방학을 보낼지 이야기했지만 닉은 그러지 않았다. 닉에게 떠날 준비를 하는 것은 한 번도 쉬운 적이 없었다.

안개가 몰려왔고 파티는 중단되었다. 우리는 집으로 돌아와 불가에 둘러앉았다. 닉은 친구들이 졸업 앨범에 남긴 말을 읽어주었다. "넌 고등학교에 가면 여자 친구가 백만 명쯤 생길 거야." "서핑 재밌게 해라." "난 내년에 여기 살지 않을 거니까 너랑은 10년쯤 뒤에 다시 만나겠네. 계속 연락하자." "사랑해, 무지무지 웃긴 녀석. 널 알고 난 이후부터 쭉 사랑했어." "이름은 모르지만 곧 태어날 네 여동생 빨리 보고 싶어 죽겠어. 재스퍼가 아기를 좋아해야 할 텐데." "고등학교에 가는 너에게 행운을 빈다. 태어날 꼬마 방귀쟁이에게도." "난 널 잘 몰라. 그래도 여름방학 재밌게 보내." "여름방학 잘 보내라, 이 멍청이 등신아. 농담이야." "언젠가 책 쓰면 헌사에 나를 넣어줘. 나도 오스카상 타면 너에게 감사 인사 할게. 안녕히……."

닉의 선생님은 이런 말을 남겼다. "어디에 있든, 어디로 가게 되든 진실을 찾고 아름다움을 구하며 선함을 성취하거라."

우리는 로스앤젤레스로 떠나게 될 닉 때문에 다시금 씁쓸하면서도 달콤한 여름의 문턱에 섰다. 닉은 아기가 태어날 때까지 비키와 지내겠다고 했다.

6월 7일 아침, 캐런과 닉, 재스퍼, 그리고 나는 차에 올라탔다. 아기가 거꾸로 들어선 바람에 제왕절개를 하게 되었다. 캐런은 자기 어머니의 생일을 수술 날로 잡았다. 수술 시각은 6시였다. 마음을 가라앉히라며 캐런의 언니가 준 엔야의 음악이 있었지만 캐런은 너바나를 틀라고 했다. 그리고 〈네버마인드〉의 볼륨을 한껏 높였다.

길을 찾아야 해
더 나은 길
기다리는 게 낫겠지
기다리는 게 낫겠지

나는 숲 속으로 차를 몰아 캐런의 부모님 집에 들러 닉과 재스퍼를 내려주었다. 두 아이는 병원에서 전화가 올 때까지 기다리기로 했다.

우리 딸은 아침 7시에 태어났다. 검은 머리카락은 곱슬곱슬했고, 눈은 초롱초롱했다. 우리는 아기 이름을 마거리트라고 짓고 는 데이지라 불렀다.

낸시가 닉과 재스퍼를 데리고 병원에 도착해 안내를 받아 병실 로 들어섰다. 캐런은 침침한 병실에서 데이지를 안고 있었다. 간 호사가 낸시와 닉에게 아기의 첫 목욕을 시켜보겠냐고 물었다. 재스퍼는 캐런 옆에 앉아 있었다. 그동안 낸시와 닉은 간호사의 안내를 받아 데이지를 아기 침대에 태우고 신생아실로 갔고, 그 곳에서 아기의 몸무게를 재고, 목욕을 시키고, 작은 분홍색 코끼 리가 그려진 보드라운 흰색 가운을 입히고, 인형이 신을 만한 양 말을 신겼다. 아기는 몸무게 3.6킬로그램에 키는 53센티미터였 다. 닉이 아기를 물끄러미 보더니 낸시에게 말했다.

"나한테 이런 가족이 생길 줄은 생각도 못 했어요."

다음 날 우리는 차를 타고 집으로 향했다. 닉이 앉은 뒷좌석에 는 이제 카시트가 두 개였다.

이튿날 아침 일찍 깨어보니 두 아들 녀석이 플란넬 파자마 차림 으로 핫초콜릿 컵을 든 채 소파에 앉아 있었다. 닉은 《개구리와 두꺼비는 친구》를 읽어주었고, 재스퍼는 닉 옆에 바짝 붙어 있었 다. 벽난로에서는 작은 장작불이 타고 있었다. 닉은 책을 덮고는 식구들의 아침을 차리겠다며 일어섰다. 그리고 스토브 앞에 서서 걸걸한 톰 웨이츠의 목소리를 그럴싸하게 흉내 냈다.

"달걀이 프라이팬을 돌면서 베이컨을 쫓고 있군."

우리는 아침을 먹었다. 두 아들과 나는 근처 해변으로 산책을 나갔다가 오는 길에 파이를 만들 블랙베리를 땄다. 예상보다 시 간이 오래 걸렸다. 닉과 재스퍼가 두 손과 입이 퍼렇게 되도록 열

매를 따서는 열 개 중에 한 개만 바구니에 넣고 나머지는 모두 자기 입에 넣느라 바빴기 때문이다.

집에 돌아와 파이를 곁들여 일찌감치 저녁을 먹고 나서 닉과 재스퍼는 풀밭에서 놀았다. 재스퍼는 사자 새끼처럼 닉의 머리 위로 기어올랐고, 둘은 커다란 공처럼 뒹굴뒹굴 굴렀다. 캐런은 데이지를 안고 있었고, 데이지는 커다란 눈망울을 이리저리 굴려 주위를 둘러보았다. 브루투스가 졸린 갈색 곰처럼 슬렁슬렁 걸어와 아이들 옆에 퍼질러 누웠다. 닉은 목에 재스퍼를 매단 채 데굴데굴 굴러 개의 늘어진 턱살을 쥐고는 개의 눈을 빤히 보면서 노래를 불렀다. "꿈을 꾸게 키스해주오" 하고는 브루투스의 코에 진하게 뽀뽀를 했다. 브루투스가 하품을 했고, 닉은 재스퍼를 장난스럽게 공중으로 던져 올렸다. 데이지는 까무룩 잠이 들었다.

세 아이를 보고 있자니 당혹감이 되살아났다. 닉이 태어났을 때 처음 느꼈던 느낌이 다시금 나를 흔들었다. 아이의 탄생은 부모가 되었다는 기쁨과 함께 내 약점이 노출된 듯한 통렬한 무력감을 불러온다. 숭고한 감정과 두려움이 동시에 밀려온다.

며칠 전 나는 신문에서 이스라엘에서 발생한 스쿨버스 폭발 사고와 1년 전 오클라호마시티에서 발생한 폭발 사고 때 사망한 몇몇 아이들의 가정을 다룬 기사를 읽었다. 보스니아에서는 빗나간 총알에 난민촌 아이들이 맞았다. 중국에서는 강도짓을 해 사형선고를 받은 죄수가 교수대로 가는 길에 동생을 향해 "내 아들을 부탁해"라고 소리쳤다. 색다른 고통이 나를 덮쳤다. 아마도 부모라면 모든 아이들에게 마음이 쓰일 것이다. 생각보다 훨씬 더 많이. 포플러 나뭇잎 사이로 언뜻언뜻 비치는 황금빛 햇살 속의 세 아이를 바라보자니 이 순간만큼은 내 아이들이 모든 부모가 바라 듯이 안전하고 행복하구나, 하는 생각이 들면서 가슴이 벅차올랐다. 삶이 늘 지금만 같다면, 아이들이 이처럼 가까이에서 사이좋게, 행복하게, 안전하게 지내기만 한다면 얼마나 좋을까.

5

"부인, 댁의 사이코 남편이 내 동생을 고문하고 있어요."

양손을 옆구리에 얹고 내 옆에 서 있던 닉이 마침 방에 들어온 캐런에게 일렀다. 오늘은 닉이 로스앤젤레스로 떠나는 날인데 아침부터 비가 내렸다. 나는 뒤엉킨 재스퍼의 머리를 빗겨주었지만, 재스퍼는 손톱이라도 뽑히는 양 비명을 질러댔다. 닉은 샤워를 마치고 파란색 수건으로 몸을 감싸고 나와 오렌지색 점퍼를 걸치더니 현관에서 커다란 초록색 정원용 장화를 신고는 장난감 고글을 썼다. 그러고 나서 나무 숟가락을 칼처럼 휘둘렀다.

"잭한테서 손을 떼라."

닉이 내게 말했다.

"아, 네게 시련이 닥쳤으니 가슴이 찢어지는 슬픔이로다. 사랑하는 동생아. 아, 불공정해. 잔인해."

그러더니 숟가락에 대고 "나의 용맹한 제군들, 잘들 잤는가" 하면서 〈군함 피나포어〉의 노래를 불러 내가 머리 빗기를 마치도록 재스퍼의 주의를 끌어주었다.

닉은 짐을 다 꾸려놓고 작별 인사를 했다. 재스퍼와 닉은 비밀 악수를 나누었다. 둘만의 복잡한 의식이었다. 평범하게 손을 잡고 흔들기, 손바닥을 마주 대고 쓸어내린 뒤 다시 움켜잡기, 닉의 주먹이 재스퍼의 주먹 위를 툭 치고 차례 바꿔서 다시 툭 치기, 다시 서로 손 잡고 흔들기, 손을 서서히 미끄러뜨려 떨어지다가 두 손끝이 서로를 향한 가운데 "너!"라고 합창하기.

재스퍼는 끝내 울음을 터뜨렸다.

"안 돼, 니키, 형이 가는 거 싫어."

그들은 얼싸안았다. 닉은 아기 데이지의 이마에 뽀뽀했다. 닉과 캐런은 다시 끌어안았다.

"스푸트닉, 내 오랜 벗, 여름 잘 보내."

"보고 싶을 거예요, 케이비."

"편지해."

"답장 보내세요."

나는 공항을 향해 차를 몰았다. 도심을 통과하는 길보다 오션 비치를 따라 난 경치 좋은 길을 택했다. 닉은 거친 바다를 물끄러미 바라보았다. 나는 유나이티드 항공 터미널 앞 주차장에 차를 세우고 닉과 같이 항공사 카운터로 갔다. 닉은 짐을 부쳤다. 우리는 게이트 앞에서 작별 인사를 나누었다.

"전부 다예요."

"전부 다야."

공항에서 작별 인사를 나눌 때마다 매번 처음인 것처럼 가슴이 무너졌지만 잘 버텼다. 그렇지 않아도 속상한 아이의 기분을 더 망치고 싶지 않았기 때문이다.

닉이 탑승한 뒤에도 유리벽 너머로 닉을 태운 거대한 금속 껍데기가 게이트를 빠져나가 날아오르는 것을 한참 동안 바라보았다.

아무리 그 길밖에 없었다지만 공동 양육에 진절머리가 났다. 그것은 아이들이 두 가정을 오가는 상황에서 잘해내리라는 전제를 내포하고 있지만, 실상은 각기 다른 친부, 친모, 새아빠, 새엄마, 때로는 이부이복형제, 거기에다 자주 상충하는 여러 기대감과 훈육, 가치관의 혼재가 공존하는 가정에서 살아간다. 에밀리 디킨슨은 "가정은 성스러운 것"이라고 했지만, 하나 이상의 가정은 모순이다. 두 가정에서 살아가는 것이 어떤 것인지 이해하는 어른이 몇 명이나 될까? 아이들에게 가정은 몸과 마음이 성장하는 요람이자 안정감, 안전한 환경, 인생관 등 부모의 모든 것이 발현되는 실제 공간이다.

닉이 떠난 그 주에 나는 잡지 기사 인터뷰를 위해 저명한 아동심리학자 주디스 월러스타인을 만났다. 그녀는 인버네스에서 멀지 않은 마린 카운티에 '전환기 가족을 위한 주디스 월러스타인 센터'를 설립했고, 1960년대 이후 이혼이 쉬워진 미국 사회에 경종을 울려 전 세계의 이목을 끈 인물이었다. 1960년대 이전만 해도 이혼은 드문 데다 하기도 어려웠고, 한다고 해도 오명을 쓰는 일이었지만, 시대가 변해 이제는 이혼이 쉬워지고 흔해졌다. 그것은 많은 성인들에게 획기적인 변화였다. 사회적 관습이 더 이상 사람들을 불행한 결혼에 가둬두지 못하게 된 것이다. 아이들은 부모 모두와 함께하면 더 행복할 거라는, 희망 사항에 근거한 인식이 사회 전반에 존재했다. 하지만 월러스타인 박사는 그 경우에도 상당수의 아이들이 트라우마에 시달린다는 것을 밝혀냈다.

그녀는 1970년대 초반에 이혼한 가정의 2~17세 사이의 아이들을 인터뷰했다. 아이들은 파경의 후유증에 시달리고 있었지만, 그녀는 그것을 일시적인 스트레스로 추정했다. 그리고 1년 후 그 아이들을 다시 만나 두 번째 인터뷰를 진행했다. 아이들은 회복되기는커녕 더 악화돼 있었다.

그 후로 25년간 몇 년을 간격으로 아이들을 꾸준히 인터뷰하고 그것을 바탕으로 여러 권의 책을 펴냈다. 아이들의 3분의 1은 중증 내지는 심각한 우울증을 겪었고, 대다수는 문제를 일으키고 성적 부진에 시달렸다. 그리고 관계를 구축하고 유지하는 데 어려움을 겪는 경우가 많았다.

아무도 그녀의 메시지를 듣고 싶어 하지 않았고, 메시지는 공격당했다. 페미니스트들은 월러스타인이 반여성적 반동의 일환이라면서 여성들에게 집으로 돌아가 결혼 생활을 유지하고 아이나 키우라고 하는 것이나 다름없다고 말했다. 보수적인 뉴라이트를 포함해 각종 이익단체들은 전통적인 가정의 가치를 옹호하는 그들의 주장을 '입증'하는 데 그녀의 책을 이용했다. 남성권익단체들은 부권이 자식의 삶에서 차지하는 중요성을 강조하기 위해 그녀를 옹호했다가 그녀가 공동 양육의 일부 형태는 아이들에게 해로운 것 같다고 말하자 그녀를 공격했다. 하지만 월러스타인 박사의 책은 온 나라를 뒤흔들었고, 법원과 입법부, 심리 치료사들, 부모들에게 영향을 미쳤다. 베스트셀러에 올라 많은 판사들과 심리학자들에게 계속 성경처럼 활용되었다. 일부 판사들은 이혼하려는 부모들에게 그녀의 책을 읽으라고 권했다.

나는 벨버디어에 있는 너와집에서 월러스타인 박사를 만났다.

그녀는 아담한 체구에 은빛 머리, 파란 수정 같은 상냥한 눈, 단정한 옷차림의 여성이었다. 내가 공동 양육, 특히 닉의 경우처럼 먼 거리에서 이루어지는 공동 양육에 대해 물었을 때, 그녀는 그간 지켜본 아이들의 사례를 이야기해주었다. 그 아이들은 한 가정에서 다른 가정으로 돌아오자마자 이 물건에서 저 물건으로 — 탁자에서 침대로, 소파로 — 돌아다니면서 물건들이 아직 제자리에 있는지 건드려본다고 했다. 십중팔구 집에 없는 아버지나 어머니는 가구보다 훨씬 더 손에 닿지 않는 불확실한 존재였을 것이다. 아이들은 나이가 들면서 손으로 만져보고 확인하는 버릇은 없어지지만 양쪽 가정이 모두 허상이고 일시적인 존재라는 생각을 갖게 된다. 어린 아이들은 한쪽 부모와 오래 떨어져 지내야 한다는 점에서 공동 양육을 힘겨워하지만, 그보다 더 나이 든 아이들에겐 잦은 이동이 해로울 수 있다. 특히 양쪽 부모가 멀리 떨어져 있을 때 더욱 그렇다. 월러스타인 박사는 이렇게 설명했다.

"양쪽을 오가다 보면 아이들은 다른 아이들과 제대로 어울릴 수 없게 됩니다. 십 대 아이들은 친구들 대신 친부나 친모와 여름방학을 보내야 한다며 분통을 터뜨리죠. 우리는 이 아이들이 두 가정 사이에서 나름대로 자기 삶을 구축해가고 양쪽에서 친구들을 사귀며 친부와 친모 모두에게 쉽게 적응할 거라고 믿고 싶지만, 대부분의 아이들은 그런 유연성이 없습니다. 아이들은 그것을 자신의 모자란 성격 탓으로 여기게 되죠. 사실은 두 가지 삶을 병행하는 것 자체가 많은 사람들에게 불가능한 일인데 말이에요."

여름휴가는 많은 가정에게 학기 중에 받은 스트레스로부터 한숨 돌리고, 가족들과 함께 시간을 보내는 데 집중하는 시기다. 하지만 나는 여름이 빨리 지나가기를 고대했다. 닉과 나는 정기적으로 전화 통화를 했다. 닉은 보았던 영화, 치른 야구 경기, 운동장에서 만난 악동 녀석, 새로 사귄 친구, 읽은 책 이야기를 했다. 닉이 로스앤젤레스에 있는 동안 아무래도 더 조용히 지낼 수 있었지만, 다른 한편으론 새로 태어난 아기가 주는 기쁨마저 경미한 우울감에 퇴색되었다. 닉의 부재는 언제나 생소한 것이었다.

우리는 닉과 함께하는 시간을 한시도 허투루 보내지 않았다. 닉이 2주 동안 있을 예정으로 집에 왔을 때는 서핑, 수영, 카약 타기 등등 할 수 있는 모든 것을 집중적으로 했고, 샌프란시스코로 건너가서 친구들과 어울렸다. 저녁이면 닉은 동생들과 놀거나 나와 이야기했다. 닉은 저녁마다 영화 속 장면을 재연해 가족에게 즐거움을 선사하곤 했다.

우리가 로스앤젤레스에 가기도 했다. 약속된 주말에 닉을 차에 태워 북쪽 샌타바버라나 남쪽 샌디에이고로 달렸다. 한번은 코로나도 아일랜드에서 자전거를 빌렸다. 오렌지색 보름달이 뜬 밤이었다. 우리는 널찍한 해변을 걷다가 반짝거리는 정어리 수만 마리가 파도에 모래 위로 밀려와 짝짓기 의식을 치르는 장관에 깜짝 놀랐다. 암컷들은 꿈틀꿈틀 모래 속을 파고들어 알을 낳았고, 수컷들은 뱀장어 같은 몸으로 알을 감싸고 수정시켰다. 30분 만에 파도가 일어나 물고기들을 휩쓸어 다시 바다로 데려갔다. 그것들이 언제 거기 있었나 싶었고, 꿈을 꾼 것 같기도 했다.

그렇게 주말을 보낸 뒤 닉을 친엄마 집에 데려다주고 꼭 끌어안았다. 어느새 닉은 사라지고 없었다.

여름이 끝났다. 드디어. 우리는 공항 게이트 앞에서 공동 양육장을 오가는 비행기가 도착하기를 기다렸다. 여행객들과 그들의 가족들이 한참 동안 줄줄이 지나간 뒤 마지막에 동행 없이 도착한 미성년자들이 나타났는데, 매직펜으로 이름을 쓴 분홍색 종이 이름표를 달고 있었다. 더 어린 아이들은 재킷의 옷깃에 날개 달린 파일럿 배지도 꽂고 있었다. 거기 닉이 있었다. 머리는 짧게 쳤고, 티셔츠 위에 단추 달린 새 하늘색 카디건을 걸치고 있었다. 우리는 차례로 포옹을 했다.

"전부 다야."

닉이 집에 돌아오자 집 안의 소음 지수가 급격히 올라갔다. 꼬맹이 셋에 닉의 친구들, 각종 앰프 장착 악기, 타악기, 개 두 마리로 우리 집은 불협화음의 온상이 되었다. 노래하는 소리, 으아앙 우는 소리, 왈왈 짖는 소리, 와하하 웃는 소리, 낑낑거리는 소리, 라피 음악 소리, 쿵쾅쿵쾅 걷는 소리, 악악 비명 소리, 액슬 로즈, 팡팡 두드리는 소리, 우당탕 부딪치는 소리, 울부짖는 소리까지. 언젠가 담당 에이전트는 내 친구에게 이렇게 말했다고 한다. "그 집은 도대체 어린이집인지 개 우리인지 알 수가 없어."

새 차가 필요했다. 개들과 아이들을 고려하면 적어도 미니밴은 돼야 했다. 우리는 자동차 판매점으로 가서 몇 대를 시승했다. 나는 안전성을 꼼꼼히 따져가며 미니밴들을 비교했다. '미니밴을 싫어하는 사람들을 위한 미니밴'이라는 혼다의 광고에 속은 것은 아니었지만 어쨌든 혼다 오디세이를 구입했다. 소극적인 불만의 표시로 지붕에 서핑 거치대를 추가로 설치했다.

여름 내내 개들과 십 대 아이들이 들끓는 볼리나스 쪽 해변보다 우리 쪽 해변이 훨씬 더 아름답고 한적한 편이다. 하지만 닉의 고교 신입생 오리엔테이션 하루 전날 우리는 그쪽 해변으로 건너갔다. 눈부시게 찬란한 오후였다. 캐런과 재스퍼, 데이지는 모래밭에서 놀았다. 재스퍼가 해초로 데이지를 묶었다. 꼬맹이 둘은 조개를 쌓고, 모래를 먹고, 석호 가장자리의 파도 속에서 뒹굴었다. 브루투스와 문독은 동네 개들과 뒤섞여 미친 듯이 뛰어다녔다. 브루투스는 다른 사람의 바게트를 슬쩍하기도 했다.

닉과 나는 팔을 저어 대기 중인 서퍼들 틈으로 들어가 서핑보드 위에서 자세를 잡았다. 닉은 파도가 오기를 기다리는 동안 내게 여름 내내 하고 보았던 야구 경기와 영화 얘기를 했다. 공원에서 닉에게 시비를 걸고 자전거를 타고 집까지 닉을 쫓아왔던 악동 녀석의 뒷이야기도 해주었다. 다음 날 열릴 신입생 오리엔테이션 이야기를 할 때는 긴장되지만 신난다고 말했다.

하루 중 최고의 파도가 밀려왔고, 우리는 각자 파도에 올라타고 해변까지 밀려갔다. 닉은 재스퍼에게 합류했다. 재스퍼는 모래와 부목을 쌓고 해초와 조개껍데기로 장식하며 호빗 마을을 만드는 중이었다. 같이 작업을 할 때 재스퍼가 닉에게 물었다.

"LA는 어때?"

"큰 도시지. 난 가장자리 쪽의 멋진 동네에 살아. 공원도 있고 해변도 있어. 여기랑 비슷하지만 넌 없지. 거기 있으면 네가 보고 싶어."

"나도 형 보고 싶었어. 형 엄마가 여기로 이사 오면 안 돼? 그럼 다 같이 한집에서 살 수 있으니까 형이 안 가도 되잖아."

"좋은 생각이다. 하지만 그렇게 되긴 힘들어."

집으로 돌아오는 길에 우리는 여기와 로스앤젤레스 사이를 끊임없이 오가는 생활에 대해 이야기를 나누었다. 닉은 불평을 쏟아냈다. 닉은 아버지와 어머니 중에 한쪽을 선택하는 것을 원하지 않았지만 공동 양육을 좋아한 적도 없었다. 나는 결론을 내리지 않을 수 없었다. 공동 양육은 닉의 성격 형성에 분명한 영향을 미쳤다고. 닉은 훌륭한 아이였지만 만약 상황이 달랐다면 지금보다 더 책임감 강하고, 더 섬세하고, 더 현실적이고, 더 생각이 깊고, 더 현명했을 것이다. 우리의 이혼이 동반한—아마도 거의 모든 이혼이 동반하는—지리적이고 감성적인 괴리를 고려하더라도 너무 가혹한 대가였다. 최소한 닉을 그런 억지 여행으로 내몰아서는 안 됐지만 어쩔 수 없었다. 나는 양쪽을 오가는 생활이 몹시 불편하긴 해도 닉에게 순조로운 어린 시절을 가져다줄 것으로 믿었다. 하지만 부모 사이를 오간 대가로 닉이 얻은 것이라고는 씁쓸한 기념품과 웬만한 성인보다 많은 비행 마일리지뿐이었다.

6

고교 시절 나는 학교를 싫어했다. 내가 다닌 고등학교는 패거리 문화와 무작위로 빈발하는 잔혹하고 난폭한 행위의 진화론적 실험장이나 다름없었다. 무슨 이유에서인지 우리 학년은 얌전한 편이어서 말썽에 휘말리는 일은 없었지만 작문 시간 외 수업은 전부 시간 낭비에 불과했다. 나는 아무것도 배우지 못했고 그걸 신경 쓰는 사람도 없었다. 하지만 닉의 고등학교는 작은 인문대학에 가까웠다. 예술, 과학, 수학, 영어, 외국어, 저널리즘 수업이 활발하게 진행되었고, 열성적인 교사들이 미국의 정의와 랭스턴 휴스, 종교, 정치를 가르쳤다. 학비가 비쌌기에 비키와 나는 힘들게 학비를 댔다. 우리 아이들의 교육보다 더 중요한 건 없다고 합리화하면서. 그러면서도 가끔 과연 그것이 중요할까 하는 회의감이 들었다. 어릴 적 내 고향에서는 제법 많은 아이들이 사립학교에 다녔는데, 어찌어찌 주위들은 이야기로는, 내가 다니던 공립학교 아이들보다 크게 뛰어나지도 뒤떨어지지도 않는 것 같았다. 어쨌든 우리는 자식들에게 더 나은, 적어도 더 쉬운 삶을 마련해줄 수 있다고 스스로를 속였던 것 같다.

닉의 학교는 예전 군 사관학교였던 115년 된 캠퍼스에 자리하고 있었다. 교실들은 널찍하고 통풍이 잘됐다. 야외 수영장과 잔디 깔린 운동장, 멋진 과학실, 미술실, 극장도 있었다. 한 달도 안 되어 닉은 1학년 농구팀에 들어갔고 포지션도 정했다. 우리는 학교 캠퍼스와 금요일 저녁 집에서 열리는 모임에서 닉의 새 친구들을 만났다. 좋은 아이들 같았고, 다들 학생회 일이며 지역 정치 참여, 스포츠, 그림, 연기, 극작, 재즈와 클래식 공연 활동으로 바쁘게 지냈다. 닉은 선생님들을 좋아했다. 희망찬 출발이었다.

닉은 비디오의 재생 버튼을 누를 수 있게 된 이후 영화를 닥치는 대로 보았는데 그 집착은 여전했다. 더 어린 나이였을 때 한번은 FBI가 디즈니냐고 물었다. 장르가 모험이든, 로맨스든, 드라

115

마든, 코미디든 화면 맨 처음에 늘 불법 복제 금지문이 등장했기 때문이다. 요즘 새로이 빠져 있는 영화는 〈핑크 팬더〉, 〈틴 맨〉, 〈몬티 파이튼〉 시리즈와 캐런의 영향으로 알게 된 장 뤽 고다르, 잉마르 베리만, 구로사와 아키라 감독의 영화였다.

닉은 방과 후나 영화 보기 전, 운동 경기와 연극 중간중간, 친구들과 놀러 다니는 짬짬이 동생들과 시간을 보냈다. 데이지는 이제 막 말을 알아듣는 단계였는데 무슨 이유에서인지 방향을 틀어 동물의 언어에 입문해서는 꿀꿀, 히이히잉, 야옹야옹 하는 소리를 냈다.

우리는 평온하고 영리한 두 눈 위로 갈색 더벅머리가 늘어진 재스퍼를 지구 주위를 느릿느릿 돈다는 혜성 '헤일밥'을 닮았다고 해서 '바비'라고 불렀다. 재스퍼와 데이지는 닉을 형으로 오빠로 잘 따랐고, 닉도 동생들을 귀여워했다.

닉의 학기는 순풍에 돛 단 배처럼 순조롭게 흘러갔다. 닉은 신속하고 충실하게 숙제를 했다. 캐런은 그 주에 배운 프랑스어 단어를 퀴즈로 냈고, 나는 닉의 작문 숙제를 최종 점검해주었다. 닉의 성적표는 선생님들의 극찬으로 채워졌다.

그러던 5월의 어느 오후, 닉과 재스퍼, 데이지가 캐런과 함께 마당에 있을 때 전화벨이 울렸다. 닉의 1학년 주임 교사였는데, 닉이 학교 캠퍼스에서 마리화나를 구입한 벌로 징계 회의가 열리게 되었으니 캐런과 나더러 참석하라고 했다.

"걔가 어쨌다고요?"

"모르고 계셨습니까?"

닉이 입도 벙긋 안 했으니 알 턱이 없었다. 이미 2년 전에 마리화나를 발견한 전력이 있었음에도 그저 황당했다.

"죄송합니다만, 뭔가 오해가 있는 것 같은데요."

오해가 아니었다. 합리화가 즉시 시작됐다. 아이가 다시 실험을 하고 있다고 생각했다. '많은 아이들이 실험을 하잖아. 그리고 닉은 그렇고 그런 약쟁이가 아니야'라고 스스로를 다독였다. 내 아들은 담배나 피우면서 정처 없이 번화가를 나돌아 다니는 방치된 애들과는 다르다고. 지인의 십 대 아들처럼 헤로인에 취해 자동차 사고를 낸 것은 아니라고. 얼마 전 손목을 그은 후 정신병원에 있다는 닉 또래의 여자아이가 떠올랐다. 그 아이도 헤로인을 하고 있었다. 하지만 닉은 그런 아이들과는 다르다. 닉은 개방적이고 사랑이 많고 부지런한 아이다.

나는 마약을 한 경험이 있지만 한 번도 부모님에게 들킨 적은 없다. 지금 그 사실을 안다 해도 부모님은 내가 지어냈거나 적어도 부풀려진 이야기라 생각할 것이다. 그러나 그것은 지어냈거나 부풀려진 이야기가 아니다. 고등학교에 다닐 때 나는 얼마 안 되는 용돈에 신문을 돌려 번 돈을 보태 마리화나를 샀다. 1960년대 후반과 1970년대에 성장한 아이들이 그랬듯 나 역시 사방에 널린 마리화나와 이전 세대에게 알려지지 않은 갖가지 마약에 노출돼 있었다. 우리 이전에는 아이들이 기껏해야 술이나 좀 훔쳐 먹었을 뿐, 마약 복용자라 하면 이국적인 아편굴에나 있는 아편쟁이 아니면 헤로인에 중독된 재즈 뮤지션뿐이었다. 하지만 내가 살던 미국 중부 지역의 동네에서는 텔레비전 채널이 세 개뿐이고 다이얼 전화기를 쓰던 당시에도 한 이웃은 다락방에 생장 촉진 램프를 켜놓고 마리화나를 키웠고, 또 다른 이웃은 LSD를 팔았다. 학교에 가도 마찬가지였다. 약쟁이 놈은 물론이고 싸움깨나 하는 덩치도, 책을 끼고 사는 여학생도, 고교 시절 내내 내 욕정의 대상이었던 여학생까지도 늘 마리화나를 피우고 알약들을 복용하는 것 같았다.

저녁이면 나는 마리화나와 로큰롤 기운에 취해 새로 사귄 친구들과 거리를 배회하거나 다른 사람의 집으로 몰려갔다. 대개는 제지당하지 않고 집으로 숨어들 수 있었지만 가끔은 딱 걸려서 어쩔 수 없이 부모님과 저녁을 먹었다. 한번은 어머니가 말했다. "오늘 너희 둘 기분이 끝내주게 좋은가 보구나, 응?"

우리는 저녁을 먹고 내 방으로 갔다. 자외선등이 빛나고 벽에는 제퍼슨 에어플레인의 포스터가 붙어 있는 방에서 스테레오 오디오로 비틀스, 존 레넌, 킹크스, 밥 딜런의 음악을 들었다.

"거장들은 현자와 바보를 위해 규율을 만들지만, 엄마, 난 무엇에 의지해 살아가야 할지 모르겠어요."

우리가 경배하던 록스타들이 죽었다. 브라이언 존스, 재니스 조플린, 지미 헨드릭스, 짐 모리슨, 키스 문 모두. 하지만 그들의 비극은 우리의 마약 복용을 조금도 말리지 못했다. 그들의 죽음이 우리에게 와닿지 않은 것은 아마도 그 죽음이 그들의 삶처럼 도를 넘은 일이었기 때문일 것이다. 어떤 면에서 그들은 자신의 음악대로 살다 갔다.

록밴드 '더 후'는 "나는 낭비되었다. 나이 들기 전에 죽고 싶어. 당신들 모두 그냥 꺼져어어어어라"라고 노래했다.

우리는 과속 운전 사망 경고문과 다른 마약 방지 공공 캠페인을 웃어넘겼다. '그들'이—정부와 부모들이—우리를 겁주려는 거라고. 왜? 마약을 할 때 우리는 그들의 속내를 꿰뚫어 보고 더 이상 그들을 두려워하지 않으니까. 그들은 우리를 통제할 수 없으니까.

우리 부모님은 비교적 유행을 앞서가는 편이었다. 허브 앨퍼트와 티후아나 브라스를 들었고, 가끔 토요일 밤에 친구들과 파티를 열곤 했는데, 그때마다 멋 부린 아마추어 뮤지션들이 거실에 모여서 퐁뒤를 먹고 즉흥 연주를 했다. 아버지는 상태가 안 좋은 트럼펫으로 알 허트처럼 연주했다. 어머니는 1960년대에 잠시 오렌지색과 보라색 페이즐리 무늬의 종이 드레스를 선보인 적도 있었지만 대부분 미니스커트를 입고 쌕쌕거리는 아코디언으로 〈이파네마에서 온 소녀〉와 〈남과 여〉의 주제가를 연주했다. 하지만 부모님의 유행 따라 잡기는 마약에 의해 멈추었다. 정작 그 파티에선 술 한 모금 마실 수 없었는데도. 선택할 수 있는 음료수라고 해봐야 프레스카와 산카뿐이었다.

애리조나의 여름은 자동차 보닛에 달걀 프라이를 했을 만큼 불볕더위로 유명하다. 식구 중 누군가가 현관문을 열 때마다 아버지는 소리를 질렀다.

"들어오든가 나가든가 해. 들어오든가 나가든가 하라고. 사막에 에어컨이라도 틀어줄 셈이야?"

나는 저녁이면 자전거를 타고 달렸다. 햇볕에 그을리고 여느 남자애들처럼 머리를 깎은 친구와 함께. 우리 집과 비슷비슷한 집들이 지나갔다. 갑갑한 밀실 같은 집에서 벗어나 원주민 보호구역과 끝없는 사막까지 내려갔다.

숨이 턱턱 막히는 어느 여름밤, 우리는 늘 가는 보호구역까지 달렸다. '출입 금지'와 '위험' 표지판은 가볍게 무시해주고 사막을 관통하는 시멘트 수로의 옆쪽으로 올라갔다. 팔꿈치에 기대어 별을 바라보고 있을 때 친구 녀석이 작은 은박지를 꺼냈다. 접힌 은박지를 펴고는 사자 얼굴이 찍힌 작고 네모난 종잇조각 하나를 내게 건넸다.

"이거 LSD야."

녀석이 말했다. 나는 초조하게 사자를 혀 위에 올려놓았다. 녹는 느낌이 들었다. 처음에는 속이 메스껍고 꼼짝할 수 없었지만 곧 쾌락의 물결이 온몸을 휩쓸기 시작했다. 별안간 기운이 뻗쳐 벌떡 일어섰다. 밤이 환해진 것 같았다. 사막에 폭우가 쏟아져 모든 것을 쓸어가버렸다. 밤중인데도 세상이 그렇게나 잘 보이다니 너무나 놀라웠다. 왜 하현달이 떴을까 싶었지만 약 기운 때문일 거라 생각했다. 산토끼 한 마리가 뛰어가다가 멈춰 서서 멍하니 바라보았다. 그간 계속되던 불안감과 소외감이 사라졌다. 벅찬 만족감, 모든 것이 지극히 잘될 거라는, 잘되고 있다는 느낌이 밀려왔다.

10시까지는 집에 돌아가야 해서 다시 집을 향해 자전거를 타고 달리는데 힘이 하나도 안 들었다. 나는 최대한 빨리 집 안으로 들어갔지만 방으로 철수하던 중 붙잡히고 말았다. 할 수 없이 부엌에 있는 부모님에게 갔다.

"신나게 달리다 왔니?"

부모님은 내게 무슨 일이 있었는지 꿈에도 몰랐다. 나는 부모님과 같이 앉아서 그 주의 영화인 〈007 두 번 산다〉를 보느라 용을 써야 했다.

해가 쨍쨍한 5월의 오후, 캐런과 나는 말없이 차를 몰아 닉의 학교로 갔다. 출입구의 깃대 근처를 서성이던 학생들이 과학관 아래층에 있는 사무실을 알려주었다. 티셔츠와 카키색 반바지, 운동화 차림의 1학년 주임 교사가 우리를 맞이했다. 그는 우리에게 과학 잡지들이 놓인 책상 앞의 플라스틱 의자 두 개를 가리키며 앉으라고 권했다. 바람을 맞은 듯한 검은 머리에 넥타이를 매지 않은 셔츠 차림의 앳된 남자가 합류했다. 그는 학교의 상담 교사라고 했다.

창문 밖 잔디 운동장에서 남자애들이 라크로스 스틱으로 서로를 때리고 있었는데, 닉의 친구들도 끼어 있었다.

주임 교사와 상담 교사는 우리에게 괜찮냐고 물었다.

"좀 나아졌습니다."

내가 대답하자 그들은 고개를 끄덕였다. 그리고 닉의 학칙 위반을 가벼이 여기지 않으면서도 우리를 위로하려 애썼고, 많은 학교들이 무관용 원칙을 적용하고 있지만 이 학교는 요즘 아이들이 처한 현실을 고려해 더 진보적이고 실질적인 방안을 내놓고 있다고 설명했다.

"닉에게 한 번 더 기회를 주려고 합니다. 근신 처분으로요. 하지만 한 번 더 학칙을 위반할 시 퇴학당하게 될 겁니다. 또한 오후에 약물과 알코올 상담을 받아야 합니다."

"정확히 어떻게 된 일입니까?"

내가 물었다.

"한 선생님이 점심시간 후 식당 밖에서 닉이 마리화나를 사는 걸 잡았어요. 누구든 마약을 팔면 학교에서 퇴출당하는 것이 학칙입니다. 닉에게 마리화나를 판 학생은 퇴학당했습니다."

상담 교사가 무릎에 양손을 포갠 채 말했다.

"우리는 닉이 잘못된 선택을 했다고 생각합니다. 닉이 앞으로 더 나은 선택을 하도록 도와주고 싶어요. 이 일을 실수이자 기회로 보고 있죠."

그 말은 설득력 있고 희망적으로 다가왔다. 우리는 닉에게 한 번 더 기회가 주어졌다는 것뿐 아니라 이 문제를 해결하려는 사람이 더 있다는 사실에 감사했다. 그들을 비롯해 교사들은 늘 이런 문제를 겪는다고 했다.

그날 몇 시간에 걸친 대화를 나누면서 나는 닉이 서핑을 좋아해 해변에서 마약에 노출될 수 있다는 걱정을 털어놓았다. 많은 아이들이 어마어마한 태평양의 파도를 타면서도 그 쾌감만으로 만족하지 못하는 것은 이상한 모순이 아닐 수 없다. 나는 바닷가에서 잠수복 차림으로 마리화나를 돌려 피운 다음, 물속으로 뛰어드는 서퍼들을 많이 보았다.

"그 문제라면 닉에게 조언을 해줄 사람이 있습니다."

주임 교사가 말했다. 그는 과학 교사들 중에 서퍼가 있다고 했다.

"돈이라는 선생님입니다."

"좋은 분이죠. 그분이 닉의 조언 교사로 좋겠네요."

그러고 나서 그들은 약물과 알코올 상담을 해주는 센터에 대해 설명해주었다.

우리는 집에 돌아오자마자 전화를 걸어 바로 예약을 잡았다. 다음 날 상담사를 만났고, 캐런과 나는 닉을 상담사에게 맡기고 나왔다. 닉은 두 시간 동안 면담과 약물 상담을 포함한 교육을 받았다. 상담이 끝나고 아이를 데리러 갔을 때 닉은 시간 낭비였다고 말했다.

돈 선생님은 다부진 체격에 모래빛과 구릿빛이 도는 머리카락, 바다를 닮은 눈빛의 남자였다. 부드러우면서도 강인한 인상이었다. 들은 바로는, 호들갑을 떠는 일이 드물고 차분하고 끈기 있게 아이들을 지도하며 자기 과목과 학생들에 대한 열정이 크다고 했다. 조용히 삶을 변화시키는 교사들 중 하나였다. 그는 과학 외에도 수영 수업과 수구 코치를 맡고 있었다. 그리고 관심 학생들을 여럿 두고 관리하고 있었다. 학부모 상담이 있고 나서 며칠 후 닉이 근신 기간을 가진 뒤 학교에 다녀온 날, 우리는 닉이 돈 선생님의 관심 학생이 된 것을 알게 되었다.

"그 사람 말이에요!"

닉은 집 안으로 뛰어 들어와 배낭을 내던지며 냉장고로 가면서 말했다. "그 선생님이…… 점심시간에 내 옆에 앉았어요. 멋진 분이던데요."

닉은 시리얼을 그릇에 붓고 바나나를 한 조각 잘랐다. 그러고는 우유를 붓고 빵을 한 조각 집으며 계속했다.

"엄청난 서퍼더라고요. 평생 서핑을 했대요. 그 선생님 방에 갔었는데, 방이 온통 전 세계 파도 사진들이었어요. 선생님이 같이 서핑하러 가자고 했어요."

며칠 뒤 두 사람은 함께 서핑을 하러 갔다. 닉은 신나서 집에 돌아왔다. 돈 선생님은 학교에서 정기적으로 닉을 살펴보고 집으로 전화해주었다. 학기가 끝나가고 있었기 때문에 돈 선생님은 가을에 시작하는 수영반에 가입하라고 닉을 어르고 달랬지만, 닉은 들은 척도 하지 않았다. 닉이 완강하게 거절하는데도 돈 선생님은 굴하지 않았다. 여름 내내 로스앤젤레스에 있는 닉에게 전화해서 어떻게 지내는지 살폈다. 그리고 수영반에 들어오라고 꾸준히 권했다. 돈은 캘리포니아 북부의 늦여름 서핑 시즌이 지났을 때 제안을 하나 했다. 가을에 수영 연습에 한 번만 참가하면 더이상 가입을 권하지 않겠다고. 닉은 제안을 받아들였다.

닉은 열다섯 살, 고교 2년생이 되었다. 약속대로 첫 연습에 나타났고, 그다음 날에도, 다시 그다음 날에도 참가했다. 길고 탄탄한 몸과 팔다리는 거친 파도를 헤엄치느라 근육이 붙어 이미 건장한 수영 선수나 다름없었다. 닉은 돈 선생님의 지도 아래 빠르게 실력을 쌓아갔다. 수영반의 끈끈한 연대감을 좋아했고 돈 선생님에게 자극을 받았다. 어느 날 닉은 연습에 다녀와서 캐런에게 말했다.

"선생님을 기쁘게 해주고 싶어요."

수영반 모임은 크리스마스 연휴를 앞두고 해산되었다. 그 무렵 돈 선생님은 닉을 수구반의 새 일원으로 합류시키는 데 성공했다. 닉은 주장으로 뽑혔고 우리는 닉의 시합에 꼬박꼬박 참석했다. 캐런과 나는 다른 학부모들과 같이 앉아 있었고 재스퍼와 데이지는 철제 관람석을 오르내리며 가끔씩 "힘내, 니키!"를 외쳤다.

닉은 배우로서도 소질을 보였다. 어느 밤 캐런과 나, 몇몇 친척들과 친구들은 학생들이 연출한 〈깨어나는 봄〉을 보고 충격을 받았다. (이 연극은 아니었지만) 자주 공연이 금지되고 매번 검열에 의해 삭제되는 프랑크 베데킨트의 1891년 희곡이었다. 청소년들이 어른들에게 의지하지도 도움을 요청하지도 못한 채 성에 눈떠가는 현실을 솔직하게 직시하는 이야기였다. 한 소녀는 낙태 약을 먹고 죽게 되고, 또 다른 인물은 자살을 시도한다.

돈 선생님은 닉에게 해양 생물학을 추천했다. 2학년이 끝날 무렵 그는 닉에게 샌디에이고 캘리포니아 대학의 여름 프로그램에 해양 생물학 캠프가 있다는 것을 알려주었다. 어느 날 닉은 집에 돌아와 안내용 책자와 웹사이트에서 인쇄한 캠프 신청서를 흔들면서 가도 되냐고 물었다. 나는 닉의 엄마와 상의했고, 닉은 캠프를 신청했다.

6월 하순의 어느 날 아침, 비행기 창문 밖으로 멋진 풍경이 펼쳐졌다. 하늘은 분홍빛이었고, 태평양은 해안선과 만나는 지점에서 아스라이 파랗게 반짝거렸다. 남부 캘리포니아는 그 어느 때보다 희망차게 보였다. 우리는 샌디에이고에 착륙해 짐을 찾고 렌터카를 구했다. 북쪽으로 달리자 라호이아라는 작은 바닷가 마을로 빠지는 길이 나왔다. 고속도로를 빠져나와 닉을 캘리포니아 대학에 데려다주고 입소 절차를 마쳤다. 닉은 초조해 보였지만 아이들은 닉을 반기는 듯했다. 닉처럼 서핑보드를 가져온 아이들이 몇 명 보여 마음이 조금 놓였다.

우리는 작별 인사를 나누었다. 데이지는 작은 팔로 닉의 목을 끌어안았다.

"괜찮아. 금방 다시 만날 거야."

닉은 전화로 자주 소식을 전했다. 아주 신바람이 나 있었다. 어느 날은 "해양 생물학자가 될까 봐요"라고 했다. 같이 입소한 아이들 이야기도 했다. 수업이 시작되기 전 일찌감치 일어나 서핑을 좋아하는 다른 아이들과 함께 가파른 오솔길을 내려가 블랙스 비치로 간다고 했다. 그리고 내친김에 캠프에서 제공하는 스쿠버 다이빙 자격증을 따겠다고 했다. 밤에는 카탈리나 섬 근처에서 돌고래 떼와 같이 헤엄치기도 했다.

캠프가 끝났을 때 비키가 닉을 데려갔고, 닉은 남은 여름을 로스앤젤레스에서 보냈다. 시간은 예년보다 더 빠르게 흘러갔고, 얼마 후 닉은 집으로 돌아와 3학년에 올라갈 준비를 했다.

가장 활발한 학년이 닉을 기다리고 있었다. 끈끈한 유대감으로 뭉친 친구들과 어울리면서 정치 쟁점과 환경 및 사회 문제에 대한 열렬한 관심을 공유했다. 샌턴 교도소의 사형 집행 반대 시위에 참가하기도 했다. 그곳에 있었던 내 친구가 보도에 걸터앉아 있는 닉을 봤는데, 눈물을 줄줄 흘리고 있었다고 했다. 닉은 수업을 좋아했다. 글쓰기는 여전히 잘했다. 영어 선생님의 권유로 단편소설과 시 창작을 계속하는 한편, 학교 신문의 편집 기자이자 칼럼니스트로도 활동했다. 소수집단 우대 정책, 콜로라도 리틀턴 학교 총격 사건 외 여러 총격 사건들, 코소보 전쟁에 관해 개인적인 이야기를 곁들여 진심이 담긴 정치적 칼럼을 썼다. 편집 회의에 참석하고 저녁 늦게까지 신문의 교정 교열 작업을 도왔다. 닉의 칼럼은 점점 대담해졌다.

저널리즘 교사의 권유에 닉은 이 칼럼을 비롯해 다른 글들을 어니스트 헤밍웨이 문학상 고등학생 부문에 출품했고, 1등을 수상했다. 이후 1999년 2월에 발간된 〈뉴스위크〉 '마이 턴' 지면에 칼럼을 기고했다. 원거리 공동 양육의 폐해를 밝히는 글이었다.

"어쩌면 결혼 서약에 다음과 같은 내용이 추가되어야 할지 모른다. '부자일 때나 가난할 때나, 아플 때나 건강할 때나, 죽음이 갈라놓을 때까지 사랑하고 존경할 것을 맹세합니까? 또한 자식들을 두고 이혼하게 된다면 아이들과 같은 생활 반경 내에 머물 것을 맹세합니까?' 사람들은 워낙 맹세를 자주 깨므로 아예 법으로 정해둬야 할지도 모르겠다. '자식을 두었을 경우, 자식과 가까운 곳에 거주해야 한다. 자식과 떨어져 살 경우에는 부모가 자식을 보러 가야 한다'고."

닉은 공동 양육 제도 아래에서 살아온 시간을 이렇게 씁쓸히 표현했다.

"나는 끊임없이 누군가를 그리워한다."

닉의 독서와 음악 취향은 변화를 거듭했다. 한때 탐닉했던 J. D. 샐린저, 하퍼 리, 존 스타인벡, 마크 트웨인은 인간 혐오자, 중독자, 주정꾼, 우울증 환자, 자살자의 조합, 즉 랭보, 버로스, 케루악, 카프카, 트루먼 커포티, 아서 밀러, 니체, 헤밍웨이, 피츠제럴드로 대체되었다. 닉이 좋아하는 작가 중에는 대학 서점에서 가장 많이 도둑 맞는 것으로 유명한 찰스 부코스키도 있었다. 부코스키는 자신의 독자들을 "패배한 데다 제정신이 아니며 저주받은 사람들"로 요약한 바 있다. 아무리 청소년기가 원래 그런 시기라지만, 나는 닉이 이 작가들에게, 특히 이들이 마약과 방탕을 미화한 점에 강하게 끌린다는 사실이 걱정스러웠다.

봄방학 중에 닉과 나는 중서부와 동부 연안의 대학들을 돌아보았다. 우리는 시카고행 비행기에 올라 안개가 자욱한 아침에 도착했다. 오후 시간이 비어서 시카고 아트 인스티튜트와 박물관들을 방문했고, 저녁에는 연극을 보았다. 닉은 수업을 참관하고 시카고 대학 기숙사에서 하룻밤을 묵었다. 다음 날 아침 우리는 보스턴으로 날아가 렌터카를 빌렸다. 이틀 동안 대학들을 탐방한 뒤 애머스트로 차를 몰았고 날이 저문 뒤에 그곳에 도착했다. 우리는 시내에 차를 세우고 인도 식당에서 저녁을 먹었다. 그러고 나서 사람들에게 호텔로 가는 길을 물었다. 우리가 길을 물은 남자는 우렁찬 목소리로 다급히 대꾸했다.

"쭉 가세요! 양갈래 가로등이 나올 거예요."

그는 우리의 눈을 뚫어져라 들여다보았다.

"오른쪽으로 꺾으세요! 꼭 오른쪽으로 꺾어요, 왼쪽 말고!"

닉과 나는 그의 지시를 정확히 따랐다. 닉은 그 남자의 성량과 말투를 그대로 흉내 내어 내게 지시를 내렸다.

"멈춰요! 오른쪽! 오른쪽! 오른쪽. 꼭 오른쪽으로 꺾어요, 왼쪽 말고!"

우리의 마지막 목적지는 맨해튼이었다. 그곳에서 닉은 뉴욕 대학교와 컬럼비아 대학교를 구경했다.

닉은 집에 돌아와 대학 지원서를 썼다. 우리는 닉의 여름방학 계획을 세웠다. 닉과 캐런은 프랑스어로 계속 대화를 나누었다. 닉은 언어에 소질이 있어서 쉽게 암기했고 청취력도 좋았다. 어휘력이 달렸지만 유창한 파리지앵의 억양으로 부족함을 만회했고 캐런의 도움을 받아 속어를 능숙히 구사했다. 학기가 끝나갈 무렵 닉의 프랑스어 선생님은 닉에게 여름 동안 파리에서 어학연수를 받아보라고 권유했다. 비키와 나는 의논 끝에 보내기로 결정했다.

닉은 6월의 대부분을 로스앤젤레스에서 보낸 뒤 3주간의 일정으로 파리로 떠났다. 닉은 잘 도착했다고 전화했고 즐거운 시간을 보내고 있다고 했다. 프랑스어 실력도 늘고 있고 좋은 친구들도 사귀었다고. 학생이 만든 영화에도 출연했다.

"여기 엄청 좋아요. 그래도 모두들 보고 싶어요. 꼬맹이들에게 안부 전해주세요."

닉은 연수를 마치고 집으로 날아왔다. 나는 공항에서 닉을 만났다. 게이트 앞에서 기다리는데 이동식 탑승교에서 내리는 닉이 보였다. 꼴이 엉망이었다. 그사이에 부쩍 키가 큰 듯 보였지만, 가장 먼저 눈에 띈 것은 덥수룩하고 부스스한 머리였다. 눈 밑 그늘도 짙었다. 전체적으로 혈색이 잿빛을 띠었다. 뚱한 기색이 느껴지는 녀석의 태도에 나는 깜짝 놀랐다. 나는 왜 그러냐고 물었다.

"아무것도 아니에요. 괜찮아요."

"파리에서 무슨 일 있었니?"

"없었어요!"

닉이 버럭 성질을 부리며 대꾸했다. 나는 의심스런 눈초리로 닉을 바라보았다.

"너 어디 아픈 거야?"

"괜찮다니까요."

하지만 며칠 못 가 닉은 복통을 호소했고, 나는 주치의에게 연락해 진찰 약속을 잡았다. 진찰은 한 시간쯤 진행되었다. 닉은 내게 같이 들어가자고 말했다. 의사는 팔짱을 끼고 걱정스러운 눈길을 던졌다. 뭔가 할 말이 더 있는 듯했지만 위궤양이라고 진단했다. 도대체 무슨 열일곱 살짜리가 위궤양에 걸린단 말인가?

7

나는 고등학교를 졸업하고 투손에 있는 애리조나 종합대학에 진학했다. 미국과 멕시코의 국경에 더 가까운 곳이었다. 룸메이트였던 찰스는 맨해튼 출신이었다. 신탁자금이 있었고, 부모님은 돌아가시고 없었다. 그의 부모님이 어떻게 돌아가셨는지는 정확히 들은 바 없지만 술과 마약이 관련되어 있었다. 자살일 가능성도 있었다. 찰스는 《진지해지는 것의 중요성》의 유명한 문구를 도용하곤 했다. "워딩 씨, 부모님 중 한 분만 잃어도 불행한 일로 간주되는데, 두 분 모두 잃었다니 부주의해 보이네요."

찰스는 뚜렷한 콧날과 갈색 곱슬머리, 커피색 눈의 투박한 미남이었다. 언제나 매력과 활력이 넘쳤고, 특유의 노련미와 말발로 나를 비롯해 만나는 사람들의 마음을 사로잡았다. 그는 하이니스 포트*와 근처의 포도밭 '더 빈야드'에서 케네디 일가와 크리스마스를 보낸 이야기나, 모나코와 코트다쥐르에서 보낸 여름 이야기를 해주었다. 어쩌다 나와 다른 친구들을 프랑스 식당에 데려가

* 매사추세츠 주 케네디 일가가 머물렀던 고장.

면 꼭 달팽이 요리, 푸아그라, 돔 페리뇽을 프랑스어를 써가며 주문했고, 피츠제럴드의 작품에나 등장할 법한 (어쩌면 정말 있었던 일일지도 모르는) 고등학교 기숙사의 흥청망청 파티나 헨리 밀러의 작품에서 보았을 법한 (실제일 가능성이 농후한) 연애 행각을 들려주어 청중을 만족시켰다. 누군가 새 셔츠가 필요하다고 말하면, 자기 아버지의 양복을 수년간 지어주었다는 홍콩의 재단사를 추천하는가 하면, 메디슨 애비뉴의 제일가는 시계공이나 칼라일 호텔의 바텐더, 피에르 호텔의 여자 안마사와 아는 사이라고 주장했다. 어느 날, 좋은 캘리포니아 와인을 마셨다고 그에게 한마디 하면, 어김없이 "난 로스차일드의 자손과 샤토 마고를 마셨어" 하는 말을 듣게 되었다. 찰스와 관련된 모든 것들이 어떤 식으로든 감탄을 자아냈다. 그가 술을 마시고 마약을 하는 모습도 그랬다. 당시 그는 일종의 인상적인 결기를 가지고 술을 마시고 마약을 했다.

알고 보니 투손에는 종합대학이 두 곳 존재했다. 하나는 적어도 진지한 마음으로 대학 입학을 선택한 학생들이 다니는 곳이었고, 다른 하나는—내가 다니는 대학—플레이보이들이 전국에서 가장 놀기 좋은 곳으로 찍은 만만한 대학이었다.

나는 찰스에 비하면 그야말로 풋내기였다. 그는 주색잡기에 방해되는 것이라면 수업이든 뭐든 절대 용납하지 않았고, 간혹가다 숙취와 뒤이은 죄책감, 더 열심히 살겠다는 다짐이 끼어들긴 했지만 새로운 면학 의욕은 얼마 못 가 샴페인이나 마르가리타에 밀려나고 말았다.

찰스에게는 뉴욕 시티에서 온 친구들이 있었다. 그들은 대학 반대편 투손 변두리의 스피드웨이 대로에 있는 어도비 하우스*에서 같이 살았는데, 신탁자금은 없었지만 멕시코 유카탄에서 냉동 마법 버섯**을 몰래 들여와 팔았기 때문에 파티를 열고 스테이크로 만찬을 즐길 돈은 있었다.

당시는 카를로스 카스타네다의 《돈 후앙의 가르침》과 그 속편이 대학 캠퍼스에 유행하던 때였다. 인류학자인 카스타네다가 야키족 주술사의 지식을 연구해 펴낸 학술서였는데, 주술사가 그에게 가르쳐준 사이비 종교풍의 철학은 다양한 동서양의 신비주의적 전통을 연상시켰다. 돈 후앙의 영적 탐구는 페요테 선인장, 독말풀, 실로사이빈 성분이 든 버섯을 포함해 향정신성 약물의 복용을 내포할 수밖에 없었다. 나도 친구들도 구미가 당겼다. 그 책들은 버섯이나 다른 환각제를 시도하는 우리의 모험을 퇴폐적 행각이 아니라 지적인 탐구로 포장해주었다. 그리고 마리화나, 쿼일루드***, 잭 다니엘스, 쿠에르보, 코카인, 그 외의 각종 각성제와 안정제를 정당화했다.

투손 외곽의 붉은 바위 고지대 사막으로 들어갔던 때를 지금도 생생히 기억한다. 거기서 가만히 멕시코 데이지 꽃을 바라보자니 그것이 점차 사람의 얼굴로 변해갔고, 곧 그것과 주변의 데이지 꽃들이 통통한 천사의 얼굴 수천으로 서서히 변신한 다음, 다 같이 한 덩어리가 되어 '왜 사는가?' 하는 궁극의 질문에 소곤소곤 대답하기 시작했다. 나는 그것들이 무슨 말을 하는지 들어보려고

* 진흙 벽돌과 건초로 만든 라틴아메리카식 주택.
** 실로사이빈 같은 환각성 물질이 다량으로 포함된 버섯.
*** 진정제로 알려진 메타콸론의 상표명.

가까이 다가갔지만, 웅얼거리는 말소리는 숨죽인 웃음소리에 쫓겨났고, 줄줄이 배열된 흐릿한 얼굴들은 웃어대는 잉글리시 머핀의 들판으로 바뀌었다.

밤이 되어 하얀 보름달이 지평선 위에 낮게 걸렸을 때 나는 결심했다. 문학 강의 시간에 함께 읽은 이탈로 칼비노 작품의 등장인물들이 사다리를 타고 달까지 오를 수 있다면, 나라고 왜 안 되겠는가? 하지만 클럽에 갈 시간이라는 찰스의 선언에 그 생각은 접어야 했다.

찰스는 공부할 때 쓰려고 마약을 샀다. 딱 30분 정도 도움이 되었다. 그 뒤로는 너무 취하는 바람에 어느 술집으로 갈까 결정하는 것 외에는 도무지 집중할 수가 없었다. 찰스는 약에 취하든 술에 취하든 서슴지 않고 운전했고, 푸조 두 대를 박살냈다. 다행히 ─기적적으로─ 다친 사람은 없었다. 적어도 내가 아는 한 그렇다. 나는 조수석에 타곤 했는데, 지금 생각해보면 러시안룰렛이나 다를 바 없었다.

찰스는 롤링 스톤스를 광광 틀어댔다. 〈빛을 비춰라〉를 떠나가라 틀어놓고 믹 재거를 따라 노래를 불렀다.

너는 술에 취해 골목에 있어
옷은 다 찢어졌고
밤늦게 어울린 친구들은
차가운 잿빛 새벽 속에 널 두고 갔구나
파리들은 왜 이리 많이 들러붙는가
나는 도저히 떼어줄 수가 없군

언젠가 한밤중에 찰스와 나는 약 기운에 변덕이 나서 캘리포니아로 해돋이를 보기로 했다. 우리는 여분의 마약을 챙겨 차를 몰고 서쪽으로, 샌디에이고로 내달렸다. 해변에 도착했지만 아직 어두웠다. 어깨에 담요를 두르고 모래밭에 앉아 지평선 너머를 바라보면서 해가 뜨기를 기다렸다. 마리화나를 피우고 이야기를 나누었다. 그렇게 한참 시간이 흐른 뒤에 문득 등불을 발견했다. 우리는 주위를 둘러보았다. 10시쯤 된 게 분명했다. 해는 진작 뜨고도 남을 시각이었다.

"맞다, 해는 동쪽에서 뜨는구나."

찰스가 큰 깨달음을 얻고 말했다. 한번은 스코츠데일의 우리 부모님 집에 갔다가 투손으로 돌아오는 길에 어떤 여자를 태워주었다. 사막 도시 캐사그랜디 한가운데 자리한 스카이다이빙 학교가 그녀의 목적지였다. 그곳에 도착했을 때 그녀는 우리더러 같이 해보자며 스카이다이빙을 권했다. 수업은 담벼락 앞에서 진행되었는데, 담벼락에는 "땅에서 무얼 해봐야 다 부질없다"라는 글귀가 써 있었다. 강사는 "가장 중요한 건 다이빙을 즐기는 겁니다"라고 하더니 강의 막바지에 킬킬대며 말했다.

"다 개소리야. 그냥 날아봅시다."

내 낙하산은 펴지지 않았다. 마지막 순간에 예비 낙하산이 펴져 속도를 줄인 덕분에 겨우 목숨을 건졌다. 거칠게 착지했지만 다친 데는 없었다. 찰스가 내게 뛰어왔다.

"이거 죽인다!"

마약 이야기는 사악하다. 일부 전쟁 이야기처럼 모험과 탈출에 초점을 맞추니까. 유명한 탕자들과 무명의 탕자들, 그리고 그들의 기록자들이 세운 오랜 전통에 따르면 숙취도, 죽음의 문턱에 다녀온 경험도, 응급실에 실려 간 일화까지도 모두 짜릿하게 포장될 수 있다. 그러면서 이야기꾼은 점진적인 퇴행, 트라우마, 사상자 이야기는 쏙 뺀다.

어느 밤 찰스는 이틀에 걸쳐 진탕 퍼마시고 놀다가 돌아와 욕실에 틀어박혀 나오지 않았다. 나는 덜컥 겁이 났다. 아무리 불러도 나오지 않기에 자물쇠를 부수고 문을 열었다. 그는 정신을 잃고 쓰러져 있었다. 바닥에 머리가 깨져 피가 흥건했다. 나는 구급차를 불렀다. 병원에서 의사는 찰스에게 술을 마시지 말라고 경고했고, 찰스는 끊겠다고 약속했지만 물론 그것은 빈말이었다.

그해에 헌터 톰슨*에 자극을 받은 우리는 다시 한 번 샌프란시스코로 차를 몰아 초저녁에 그곳에 도착했다. 나는 샌프란시스코가 처음이었다. 우리는 가장 높은 언덕 꼭대기에 차를 세웠다. 상쾌한 바람이 불어왔다. 애리조나에서 어린 시절을 보낸 나로서는 난생처음으로 제대로 숨통이 트이는 것 같았다.

나는 캘리포니아 대학교 버클리 캠퍼스로 편입을 신청했다. 아직 성적을 망치기 전이었으므로 편입 승인이 나서 가을 학기에 등록했다. 그 대학의 학생들이 사회과학 영역을 개척하는 일이 드물지 않던 시기였다. 내 관심사는 죽음과 인간의 의식이었다.

나는 학업에 열중했지만 그곳에서도 마약은 흔했다. 코카인과 마리화나는 많은 주말을 장식했다. 아버지가 의사인 친구가 있었

* 밀착 취재를 통해 글쓴이의 주관을 강하게 드러내는 주관주의 저널리즘을 창시한 언론인이자 작가. 오토바이 폭주족과 함께 생활한 생생한 경험담을 책으로 발간해 유명세를 탔다.

는데, 자기 아들이 길거리 마약을 하는 꼴은 못 보겠다면서 쿼일루드를 처방해주었다. 마약이라면 나도 꽤 했지만 주변 사람들보다 심한 편은 아니었다. 어쨌든 우리는 그렇게 진화했고, 많은 학생들에게 대학 교육과 술과 약물은 불가분의 관계였다.

나는 찰스와 계속 연락했다. 점차 심화된 찰스의 술과 약물 복용은 먼 훗날 닉에 대한 걱정으로 이어졌다. 나도 약물이라면 상당히 했지만 찰스처럼 하지는 않았다. 내일 수업이 있다는 생각에 새벽 한두 시면 멈추곤 했다. 찰스는 그런 나를 미친 놈 보듯 쳐다보았다. '이제부터 시작인데 왜 저래?' 하는 눈빛으로.

닉은 프랑스에서 여름을 보낸 뒤 학교로 복귀했다. 위궤양은 나았지만 예전의 닉이 아니었다. 대부분의 과목에서 비교적 상위권을 유지하면서 그럭저럭 해나갔지만 학업 성적은 하락세를 탔다. 차라리 완전히 엇나갔더라면 더 나았을지도 모르겠다. 닉은 수영도 수구도 그만두더니 신문 편집부 일도 그만두었다. 자기가 알아서 한다면서 수업도 빠졌다. 집에도 늦게 들어오고 정해진 귀가 시각을 넘기기도 했다. 캐런과 나는 점점 걱정이 커져 상담 교사를 만났다. 그는 우리를 위로하며 말했다.

"닉은 또래 남자아이들에 비해 솔직한 편이니 그나마 다행입니다. 닉과 계속 대화를 해보세요. 닉은 어떻게든 이겨낼 겁니다."

나는 닉과 대화하려 노력했지만 서로 반대되는 두 힘이 우리를 사이에 두고 줄다리기를 하는 것 같았다. 마음속에 도사린 힘에 닉이 굴복하지 않도록 학교 선생님들과 부모가 닉을 계속 떠받치려 애쓰는 형국이었다.

이 학교에서 25년간 근무한 돈 선생님이 다른 학교로 옮기게 되었다. 아무도 돈 선생님만큼 닉에게 영향력을 미친 사람은 없었다. 그렇다고 돈 선생님이—그 누구라도—닉이 나아가는 방향에 영향을 줄 수도 없었다. 한창 치달을 나이였으니까. 일부 선생님들은 닉의 감각과 글솜씨, 그림 실력에 여전히 기대를 걸었다. 닉이 보드게임 '클루주니어' 안쪽에 비명을 지르는 소년을 그리고 그 얼굴 위에 글을 쓴 작품을 전시회에 출품한 일도 잊지 않고 있었다. 하지만 다른 선생님들은 우려했다. 닉이 좋아했던 역사 선생님은 우리에게 전화해서 말했다.

"닉은 뭐가 어떻게 되든, 무슨 말이 나오든 도무지 관심이 없는 것 같습니다."

3학년들이 졸업할 날만 기다리는 것은 흔한 일이지만, 3학년 주임 교사는 닉이 최고 결석률 기록을 경신했다고 했다. 그 무렵 닉이 지원한 여러 대학교에서 하나둘 소식이 들려왔다. 닉은 대부분의 학교에 합격했다.

닉은 어떻게든 집 밖에서 시간을 보내려 했다. 누가 봐도 중독자인 동네 아이들과 어울려 돌아다녔다. 나는 추궁했지만 닉은 아무것도 하지 않는다고 발뺌했다. 그러면서 꾀바르게 그럴싸한 거짓말로 어처구니없는 짓을 정당화했고 자신의 행방을 감추는 데 점점 능숙해졌다. 닉이 우리를 속였다는 걸 처음 알았을 때는 눈앞이 캄캄해졌다. 그간 우리가 친밀하다고, 웬만한 부자지간보다 더 친밀하다고 여기고 있었기 때문이다. 결국 닉은 약을 하고 있다고 인정했다. "다른 사람들처럼", "그냥 마리화나만", "어쩌다가 한 번씩" 하는 거라고. 그리고 약에 취한 사람과는 절대 한 차에 타지 않겠다고 약속했다. 나는 조언하고 애원하고 화도 냈지만 모두 소귀에 경 읽기, 중독자 귀에 잔소리였다. 닉은 계속 나를 안심시켰다.

"별거 아니에요. 해롭지 않아요. 걱정 마세요."

"항상 해롭지 않은 건 아니야."

나는 흔해빠진 말을 반복했다.

"어떤 사람들에게는 문제가 될 수도 있어. 처음에 그냥 몇 번 피웠다가 마리화나를 달고 사는 사람들을 알아……."

닉은 눈알을 굴렸다. 나는 계속했다.

"사실이야. 수십 년간 마리화나를 피우다가 야망이고 뭐고 다 놓아버렸다."

나는 예전에 친구였던 사람의 이야기를 해주었다. 변변한 일자리 하나 없고 관계도 한두 달 이상 지속되지 않는 사람이었다.

"한번은 그 사람이 이러더라. '난 열세 살부터 자욱한 연기와 텔레비전 안에서 살아왔어. 그러니 도무지 삶이 나아지지 않는 것도 이상할 게 없지.'"

"마리화나라면 아빠도 수없이 피웠잖아요. 그래도 잘됐으면서."

"안 피웠으면 더 좋았겠지."

"아빠는 쓸데없는 걱정을 해."

닉이 오만하게 대꾸했다.

가족 모임에 참석하러 애리조나의 부모님 집에 갔을 때, 닉과 나는 동네를 한 바퀴 돌았다. 한때 살았던 곳이라서 그런지 야자수들이 목이 터무니없이 긴 기린처럼 부쩍 가늘고 훌쩍 큰 것처럼 보였다. 이층집으로 개조된 집도 몇 채 있었다. 그 외에 우리 집이 있는 거리는 똑같았다. 닉이 두세 살이었을 때 이 거리를 걸었던 일이 떠올랐다. 닉을 장난감 자동차 운전석에 태우고 차에 밧줄을 묶어 끌어주었던 것도. 새퍼랠 공원에 갔던 일, 거기서 닉이 가상의 브레이크를 밟고 문을 열고는 살짝 닫은 뒤 인공 호숫가로 달려갔던 일, 닉이 오리와 거위에게 빵 부스러기를 먹이다가 조급한 늙은 거위에게 손가락을 물려 울었던 일.

나는 닉이 내게서 멀어지고 있다는 걸 알면서도 여전히 합리화했다. 십 대 아이가 부모에게서 멀어지는 건 흔한 일이라고, 무뚝뚝해지고 거리감이 생기는 게 당연하다고. 앤 라모트의 글이 생각났다. "예수도 열일곱 살 때는 어땠을지 생각해봐야 한다. 성경에 그것에 대한 이야기는 없지만, 예수도 분명 말썽깨나 부렸을 것이다." 나는 닉과 대화하려고 꾸준히 시도했지만 닉은 좀처럼 입을 열지 않았다.

마침내 닉이 나를 돌아보더니 마리화나 한 대 하겠냐고 덤덤하게 물었다. 나는 닉을 응시했다. 나를 시험하려는 걸까? 아니면 자신의 독립성을 주장하려는 걸까? 혹시 손을 내밀려는 걸까? 다가오려는 걸까? 모두 다일지도 몰랐다.

닉은 마리화나를 한 대 꺼내더니 불을 붙이고 내게 건넸다. 나는 한참을 쳐다보았다. 마리화나라면 여전히 피웠지만 어쩌다 한 번씩 있는 일이었다. 파티나 친구 집에서 와인 잔이 돌듯이 자연스럽게 마리화나 연기가 피어오를 때나 가끔 한두 대 피웠다.

하지만 이번에는 경우가 달랐다. 그래도 나는 그것을 받았다. 그러면서 생각했다. 아니, 합리화했다. 이것은 이전 세대의 아버지가 열일곱 살짜리 아들과 맥주를 나눠 마시는 것과 다를 바 없다고, 무해하고 친밀한 순간이라고. 나는 한 모금 빨아들였다. 그렇게 닉과 마리화나를 나눠 피우면서 나의 옛 동네를 거닐었다. 함께 이야기하고 웃는 사이 우리 사이의 긴장감은 잦아들었다.

하지만 긴장감은 되돌아왔다. 그날 저녁 우리는 원래의 자리로 돌아왔다. 닉은 애리조나까지 끌려온 것이 못마땅해 씩씩거리는 공격적이고 분노에 찬 십 대였고, 나는 근심하고 전전긍긍하는, 여러 가지 면에서 서투른 부모였다. 다시 녀석과 마리화나라도 피워야 할까? 물론 그럴 수는 없었다. 나는 절실했다. 닉과의 유대감이 너무나 절실했다. 그렇지만 마리화나를 피울 변명치고는 허술했다.

닉은 새 심리 치료사를 만나보기로 했다. 십 대 남자애들을 기막히게 다룬다고 추천받은 사람이었다. 약속 시간에 맞춰 도착했을 때 닉은 또 정신과 의사냐며 불편하고 못마땅한 기색이 역력했다. 심리 치료사는 큰 키에 약간 구부정하고 건장한 체구, 파란 눈이 대단히 강렬했다. 그와 닉은 악수를 나누고 상담실로 사라졌다.

한 시간 뒤 닉은 웃는 얼굴로 나타났다. 오랜만에 화색이 돌고 발걸음도 경쾌했다.

"좋았어요. 이분은 다른 것 같아요."

닉은 가끔 빠지기는 했지만 매주 방과 후에 심리 치료를 받았다. 캐런과 나도 그 의사를 만나 상담을 받았다. 상담 중에 그는 닉이 대학에 들어가면 마음을 잡을 거라고 말했다. 소가 웃을 말이었다. 언제부터 아이들이 대학 신입생이 되었다고 별안간 마음을 잡았나? 하지만 나는 그 말이 맞기를 바랄 수밖에 없었다.

화창한 늦봄 오후, 비키가 왔다. 비키와 캐런, 데이지, 재스퍼, 나는 닉의 고등학교 졸업식에 참석했다. 졸업식은 운동장에서 열렸다. 닉은 자기 반이 모자와 가운과 걸치는 것으로 선택되었다고 화가 나 있었다. 닉이 졸업식에 나타나지 않아도 놀랍지 않을 상황이었다. 실망은 했겠지만. 하지만 닉은 나타났다. 짧게 깎은 머리에 모자를 쓰고 가운을 걸친 채 앞으로 나아가 교장 선생님에게 졸업장을 받고는 교장 선생님의 뺨에 입을 맞추었다. 기뻐하는 듯했다. 나는 사소한 것이라도 희망적인 징조를 찾아내기 위해 닉을 지켜보았다. 그래, 괜찮을 거야. 결국 다 잘될 거야.

졸업식이 끝난 뒤 닉의 친구들을 집으로 불러 바비큐 파티를 열었다. 분홍색 꽃이 만개한 층층나무 아래 기다란 탁자가 놓여졌다. 음식 접시들이 오가면서 식사가 한창일 때 닉과 닉의 친구들은 이리저리 왔다 갔다 들락날락하다가 인사를 하고는 동네 레크리에이션 센터에서 열리는 "안전하고 취하지 않는" 졸업의 밤 행사에 간다면서 나가버렸다. 그날 밤 닉은 친구의 차를 얻어 타고 들어왔다. 이제 고등학교를 막 졸업한 내 아들은 파티가 어땠냐는 물음에 피곤하다며 자기 방으로 곧장 들어가버렸다.

여름이 되자 닉은 더 이상 자제하는 시늉조차 하지 않았다. 변덕스러운 행동과 감정 기복으로 보아 자주 약에 취해 있는 데다, 마리화나는 물론이고 다른 약물까지 복용하는 게 분명했다. 아무리 겁을 주고 벌을 주고, 더 큰 벌을 주겠다고 협박해도 소용없었다. 닉은 간혹 근심에 싸여 후회감을 보이기도 했지만 혐오감을 더 자주 나타냈다. 나는 뒷전으로 밀려났다. 경고하고, 협상안을 제시하고, 외출을 금지하고, 차를 못 쓰게 하고, 계속 심리 치료사에게 끌고 다니는 것 외에 내가 할 수 있는 일은 없었다. 닉은 대단히 엉큼하고 호전적이고 무모해졌다.

그래도 우리는 낸시와 돈의 수요일 저녁 모임에 갔다. 어른들이 부엌에 모여 있는 동안 아이들은 안 쓰는 가구와 카약, 폴드 보트가 있는 지하실에서 탁구를 치거나 거실에서 그네를 탔다. 내가 알기로 집 안에 그네가 있는 집은 낸시와 돈의 집뿐이었다. 서까래에 굵은 밧줄을 매달고 캔버스 천으로 엉덩이 받침을 만든 그네였다. 가끔 아이들은 그네를 발사대로 써서 볼링을 치기도 했다. 우선 다양한 색깔의 마분지 벽돌로 멋진 탑을 쌓아 올린 뒤 데이지를 그네에 앉히고는 밧줄을 잡고 조준한 다음, 데이지를 날렸다.

낸시의 부엌에서 가장 돋보인 것은 단연 6구 가스레인지가 비치된 목재 조리대였다. 그 위에는 거의 언제나 뭔가가 요리되고 있었는데, 맛 좋고 이국적이면서도 가끔은 탄내가 가미된 냄새가 진동했다. 낸시가 신문에서 찾은 요리법이나 페기 닉커보커의 요리책 아니면, 요리 잡지 〈고메〉에서 본 음식들이었다. 언젠가 한 번은 요구르트와 오이로 만든 라이타, 망고 처트니, 카르다몸으로 맛을 낸 인도식 플랫브레드를 곁들인 노란 치킨 카레가 나왔다. 그 밖에도 풋고추와 치즈를 넣고 보글보글 끓인 멕시코식 캐서롤과 레몬, 말린 자두, 바삭한 감자를 넣은 구운 돼지고기 스튜, 베이컨을 넣은 방울 양배추 부침이 식탁에 올랐다. 식사 시간이 되면 아이들은 각자 취향대로 동물 그림의 도자기 그릇을 가져왔다. 재스퍼는 어김없이 고래 그림을 선택했다. 데이지는 매번 강아지 그림을 갖겠다고 사촌과 싸우다가 포기하고 당나귀에 만족했다.

닉은 여전히 파티처럼 복작대는 이 모임을 좋아하는 것 같았다. 하지만 오늘 밤은 어쩐지 이상하게 행동했다. 부엌에서 궤변을 늘어놓고 있었다.

"어째서 사람들은 원할 때 원하는 사람과 섹스하지 못하는 거예요? 일부일처제는 구시대의 유물이에요."

닉은 낸시에게 설교를 해댔고, 낸시는 레인지 위에서 끓고 있는 냄비를 젓고 있었다.

"닥터 수스는 천재예요."

닉은 최근 꽂힌 개똥철학을 두서없이 주절거렸다. 밤새 친구들하고나 지껄일 법한 이야기들이었다.

나중에서야 닉이 뭔가에 취해 있다는 걸 알아챘다. 아침에 물었더니 닉은 부인했다. 녀석을 다시 겁박했지만 아무 소용 없었다. 마약을 하지 말라고 명령했지만 그것도 소용없었다. 심리 치료사에게 상의했더니 집에서 마약을 금지하지 말라고 조언했다.

"하지 말라고 하면 몰래 할 겁니다. 아드님은 음지에 숨어서 마약을 하게 될 테고, 그럼 아드님을 잃게 될 거예요. 아드님을 집에 붙들어두는 것이 안전합니다."

친구들과 친구의 친구들은 상반된 조언을 했다. 녀석을 쫓아내되 눈앞에서 벗어나지 못하게 하라고. 닉을 내쫓으라고? 그럼 닉에게는 어떤 일이 벌어질까? 닉을 눈앞에서 벗어나지 못하게 하라고? 마약에 취한 열일곱 살짜리를 우리에 가둘 방법이 있다면 당신들이 해보든가.

　닉의 열여덟 살 생일을 앞둔 한여름의 어느 평온한 저녁. 집에 돌아오니 뭔가 이상한 느낌이 들었다. 닉이 집에 없다는 것과 녀석이 현금이며 음식, 와인 상자까지 털어갔다는 것이 차츰 밝혀졌다. 최고급 와인만 골라서 가져갔다는 것도. 나는 눈앞이 캄캄해졌다. 심리 치료사에게 전화를 걸었더니 상황이 이 지경인데도 그는 닉이 괜찮을 거라는 말만 했다. 닉이 "자신의 독립성을 실험하는 중"이라나 뭐라나. 닉의 반항이 극단으로 치닫는다면 그동안 내가 닉에게 반항할 거리를 안 줬기 때문이라고.
　급기야 누군가는 이 모든 게 내 잘못이라고 말했다. 닉이 시큰둥한 것도, 그늘이 진 것도, 마약을 하는 것도, 결국 거짓말을 하고 도둑질까지 하게 된 것도 내 탓이라고. 내가 너무 오냐오냐했다고. 이미 예상한 판결이었다. 내가 망쳤다고 인정할 각오는 이미 돼 있었지만 한편으로 의문이 들었다. 지나치게 엄격한 부모의 자식들이 문제를 일으키고, 나보다 훨씬 더 관대한 부모의 자식들이 잘 자란 경우는 그럼 뭐란 말인가.
　사라진 지 이틀 만에 닉은 집에 전화했다. 닉과 녀석의 친구들은 데스밸리*에서 마약과 술기운에 힘입어 케루악식 방랑을 하고 있는 게 분명했다. 나는 집으로 돌아오라고 명령했고 닉은 집으

---

* 캘리포니아 남동부의 국립공원 내 덥고 건조한 골짜기.

로 돌아왔다. 곧바로 외출을 금지하고 녀석이 훔친 것을 벌충할 방안을 함께 마련했다(숨 돌릴 틈도 없었다).

"아빠 항상 날 마음대로 쥐고 흔들려고만 해!"

어느 날 저녁, 외출 금지 기간이니 나갈 수 없다고 하자 닉이 고함을 질렀다. 헐렁한 초록색 바지에 군복 천 허리띠를 차고 소맷부리를 걷어 올린 하얀 셔츠 차림이었다.

"난 네게 충분히 자유를 줬어. 그걸 남용한 건 너야."

"개소리." 닉은 악에 받쳐 한 번 더 반복했다. "개소리!"

그러고는 쿵쾅쿵쾅 방으로 들어가서 문을 대차게 닫았다.

캐런과 나는 닉을 데리고 상담 치료를 받았다. 폭신한 쌍둥이 의자가 있는 작고 안락한 방이었다. 닉은 우리 맞은편 소파에 풀이 죽어 앉더니 눕다시피 늘어졌다. 심리 치료사는 점잖게 대화를 이끌어가려 무진 애를 썼지만, 닉은 성질을 부리고 방어적으로 굴면서 내가 걱정하는 것을 멍청한 과보호로 폄하했다. 캐런과 내가 자기를 쥐고 흔들려 한다고 또다시 몰아붙였다.

나중에, 한참이 지나고 나서야 나는 닉이 약에 취했었다는 결론을 얻었다. 심리 치료사에게 전화를 걸어 의견을 구했다.

"그랬을 수도 있죠. 하지만 청소년기의 적개심은 흔한 일입니다. 아버님에게 그걸 풀어놓을 수 있으니 다행인 거죠. 건강한 거예요."

우리는 추수상담*을 받았다. 이번에는 좀 더 점잖게 진행되었다. 닉은 사과를 하고 그땐 화가 났었다고 해명했다. 대학에 들어

---

* 상담이 종결된 후 내담자의 행동이나 적응도를 점검하는 보충 상담.

가기 전에 조금 노는 것뿐이라고—"얌전히" 노는 거라고—우리에게 장담하기도 했다.

"나는 그럴 자격이 있다고 느껴요. 고등학교에서 열심히 공부했으니까요."

"그 정도로 열심히 하진 않았다."

"대학에 들어가면 정말 열심히 할 거예요. 그게 얼마나 큰 기회인지 알거든요. 망치지 않을 거예요."

물론 나는 여전히 닉의 말을 믿고 싶었다. 단순히 내가 잘 속는 사람이라기보다는 당시 닉의 행동이 의미하는 바를 가늠할 수 없었기 때문이다. 변화가 점진적으로 일어날 때 그것의 의미를 깨닫기란 쉬운 일이 아니다.

그로부터 보름이 지난 일요일 오후, 캐런은 세 아이를 데리고 해변에 가기로 했다. 나는 급한 원고가 있어서 집에 남아 글을 쓰기로 했다.

안개가 걷혔다. 나는 진입로에서 차에 짐 싣는 걸 도왔다. 같이 가기로 한 친구들의 차가 들어와 섰다. 그 뒤로 순찰차 두 대가 따라왔다. 제복 차림의 경찰관 둘이 다가오길래 길을 물으러 왔나 싶었지만 그들은 나를 지나 닉에게 갔다. 그리고 닉의 두 팔을 뒤로 돌려 팔목에 수갑을 채우더니 경찰차 뒷좌석에 떠밀어 태우고 가버렸다.

우리들 중 적절한 반응을 보인 사람은 당시 여섯 살이던 재스퍼뿐이었다. 재스퍼의 애절한 울음소리는 족히 한 시간가량 계속되었다.

8

닉이 체포된 이유는 마리화나 소지죄로 법정에 출두하라는 소환 명령에 불응했기 때문이었다. 내게는 그걸 알리지도 않았다. 그래도 나는 보석금을 내고 닉을 빼냈다. 이번 한 번뿐이라고 단단히 일러두었다. 체포된 경험이 녀석에게 따끔한 교훈이 되었을 거라 확신했다.

닉은 풀이 죽었지만 밀 밸리의 카페에서 에스프레소와 김이 모락모락 나는 우유를 뽑으며 바리스타로 계속 일했다. 우리는 가끔 그 가게에 들렀다. 닉은 바 뒤에 서서 환히 웃는 얼굴로 우리를 맞이했다. 그리고 다른 직원들에게 동생들을 소개하고는 톨 사이즈 컵에 핫초콜릿을 채우고 그 위에 특별히 보송보송한 휘핑크림을 듬뿍 얹어주었다.

닉은 일터에서 일어난 이야기로 우리를 즐겁게 해주었다. 카페 단골손님들은 몇 가지로 분류되었다. 스몰 커피를 라지 컵에 주문하는 '스마지' 손님. 닉의 설명에 따르면 이 '스마지'들은 바리스타가 라지 컵을 가득 채운다는 걸 알고 그만큼 커피를 덤으로 받음으로써 25센트를 절약한다. '굳이 왜'는 무지방 우유를 넣어 디카페인 카푸치노를 만들어 달라는 부류다. '네 잔'은 에스프레소를 네 잔이나 시키는 커피광들이다. 불쾌하게 구는 손님들은 대가를 톡톡히 치른다. 닉과 동료들은 고의로 주문을 뒤섞어 그들을 응징하는데, 디카페인 커피를 주문한 진상 손님은 쓰디쓴 에스프레소 더블을 받고, 디카페인 커피는 보통 커피를 주문한 손님에게 간다.

닉은 재스퍼와 데이지를 더없이 아꼈다. 어느 날 아침에는 장난기가 발동해 〈폴리애나〉에 등장한 배우 아그네스 무어헤드를 연기했다. 관객은 데이지였다.

"아가씨, 작은 코가 꽉 막혔구려!"

우리는 닉 때문에 허구한 날 속을 끓이면서도 다정하고 익살스런 그 모습에 어느새 무장해제되었다. 사랑과 배려가 넘치고 너그러운 닉, 그리고 자기중심적이고 자기 파괴적인 닉. 이 둘이 어찌 한사람일 수 있을까?

바구니 안에 숨었던 데이지는 벌떡 일어나 화를 냈다.

"오빠, 나 어떻게 찾았어? 이건 불공평해."

숨바꼭질을 할 때면 매번 데이지가 숨은 곳이 가장 먼저 발각되었다. 닉은 거실 책장 옆 바구니 안에 웅크리고 있던 데이지를 찾아냈다.

"쩍쩍거리는 소리 그만하시지."

닉은 목소리를 투박한 해적의 말투로 바꿔 말했다.

"노래하는 바구니가 대체 몇 개나 되는 거냐? 다음에는 속으로 노래해."

둘은 아직 숨어 있는 재스퍼와 사촌들을 찾으러 밖으로 달려 나갔다. 때는 늦여름이라 단풍나무는 빨갛고 장미와 수국은 눈부시게 희고 샛노랬다. 청명한 대기 속으로 한창 게임에 열중한 아이들이 김을 훅훅 뿜어냈다.

닉은 이번엔 칼 몰든 ─ 〈폴리애나〉의 또 다른 등장인물 ─ 으로 분해 재스퍼에게 빽빽 소리를 질렀다.

"너를 찾고야 말겠어. 찾으면 네놈의 고 성가신 발가락을 묶어 매달아주마."

"반드시. 그리고 초콜릿 시럽을 머리 위에 부어줄게."

데이지가 덧붙였다.

닉은 마치 아무 문제도 없는 것처럼 꼬맹이들과 놀았다. 닉이 체포된 이후 나는 이 모순적인 상황에 당황하곤 했다.

닉은 버클리에 진학하기로 결정했다. 따사로운 8월의 오후, 우리는 자동차에 짐을 실었다. 캐런과 나는 아이들과 함께 닉을 차에 태워 대학에 데려다주었다. 닉이 그곳에 적응할 수 있도록 챙겨주기 위해서였다. 우리는 가는 길에 피자를 먹은 뒤 방대한 캠퍼스 안으로 들어가서 오래된 튜더 양식의 기숙사 보울스 홀을 찾아갔다.

"완전 성이네! 우리 형이 성에 살게 됐구나!"

재스퍼가 감동받고 부러워 말했다. 우리는 그 앞에 차를 세운 뒤 닉을 도와 짐을 들고 아치 모양의 입구를 지나 돌계단을 두 층 올라가서 방을 찾아갔다. 닉의 룸메이트들이 짐을 풀고 있었다. 모두들 진지하고 학구적이었다. 하나같이 순둥이처럼 보였다. 부스스한 붉은 머리에 연파란색 크루넥 스웨터 차림의 한 남학생은 집에서 쓰던 정교한 컴퓨터를 조립하고 있었다. 얼룩무늬 타원형 뿔테 안경에 줄무늬 티셔츠를 입은 남학생은 작은 CD 플레이어 위에 조지 마이클, 셀린 디온, 바브라 스트라이샌드, 엘튼 존을 잔뜩 쌓아놓았는데, 타협을 거부하는 닉의 음악 취향을 고려하면 과연 이 작은 방 안에 조화가 이루어질지 의심스러웠다.

닉은 자동차가 있는 곳까지 우리를 따라왔다.

"괜찮을 거예요." 그러고는 불안한 빛으로 말했다 "건물도 고 풍스럽고 멋지잖아요."

닉은 우리를 하나하나 끌어안았다. 내가 조지 마이클 얘기를 꺼내자 닉이 하하 웃었다.

"녀석들 내가 교육 좀 시켜야겠어요. 얼마 못 가서 마크 리봇을 듣게 될걸요."

며칠 후 집에 전화했을 때 닉은 강의, 특히 회화 수업에 푹 빠져 있는 듯했다. 하지만 그 뒤에 전화했을 땐 캔버스 틀이 애를 먹인다는 이야기를 했다.

"아무리 해도 자꾸 비뚤어져요. 그걸 캠퍼스 반대편으로 날라야 해서 십자가를 짊어진 예수가 된 것 같다니까요."

전화는 계속 걸려왔다. 닉은 다른 강의에 대해서도 불평했다.

"수업을 조교가 가르쳐요, 진짜 교수가 아니라. 그 머저리들."

이후 전화 통화를 할 때마다 어쩐지 정신이 딴 데 팔린 듯했다. 그러고는 차츰 전화가 뜸해지기 시작했다. 나는 무슨 일인지 알 수 없었지만 닉의 침묵은 상황이 좋지 않다는 것을 방증했다. 마침내 닉이 소식을 알렸다. "친구들과 같이 지내고 있어요." 이런 말도 했다. "학교도 멋지긴 한데, 요즘 언더그라운드 음악을 들이파는 중이에요."

나는 버클리 대학에 다니는 기회를 잘 살려보라고, 1학년을 무사히 헤쳐나가라고 닉을 격려했다. 또한 학교 의료 센터의 상담사를 만나보고 원하면 예전 심리 치료사와도 상의하라고 말했다. 예전 심리 치료사는 닉을 위해 언제든 시간을 내겠다고 말한 적 있었다.

"원래 1학년들은 처음에 헤매곤 해. 흔한 현상이야. 상담사들이 도움이 될 거야."

내 말에 닉은 좋은 생각이라고 말했다. 한편으로는 그래도 녀석이 그럭저럭 따라가면서 도움을 받을 거라는 생각이 들었지만, 사실 그러지 않을 거라는 마음이 더 컸다. 며칠 후 닉의 룸메이트 중 하나가 집으로 전화를 했다. 닉이 며칠째 보이지 않아 걱정이 된다고 했다. 나는 가슴이 철렁 내려앉았다.

이틀 뒤 가을날의 늦은 오후에 닉이 집으로 전화해 대학에 못 다니겠다고 인정했다. 나는 마약이 문제라 여기고 재활 치료 얘기를 하려고 했지만 닉은 마약은 거의 하고 있지 않다고 했다.

"대학에 다닐 준비가 안 돼 있었어요. 시간이 좀 필요해요. 우선 나 자신부터 추슬러야겠어요. 그동안 힘들었거든요. 많이 우울해요."

신중하게 하는 말 같았다. 듣고 보니 일리가 있었다. 많은 아이들이 정신 이상 증세는 물론이고 우울감 때문에 마약에 의존한다. 아이도 부모도 마약에 초점을 맞추게 되지만 사실은 아이들에게 더 근본적인 문제가 도사리고 있는지도 모른다. 부모가 그걸 어찌 알겠는가? 여러 전문가와 상담을 해도 그들 역시 다 알지는 못한다. 진단은 정확한 과학이 아니며 복잡하다. 특히 잦은 기분 변화와 우울감을 겪는 십 대 아이들과 청년의 경우에는 더욱 그렇다. 이런 장애의 많은 증상들이 약물 남용의 일부 증상과 일치하는 것으로 보인다. 게다가 전문가가 어떤 문제를 찾아낼 무렵, 이미 약물 중독은 근원적인 질병을 악화시키고 근본적인 문제와 융합되어 있다. 무엇이 멈추었고 무엇이 시작됐는지 구분하기가 불가능해진다. 로버트 슈웨벌 박사는《안 된다는 말로는 부족하다》에서 말했다.

"어린 십 대 청소년들의 성숙도와 약물에 대한 접근성, 처음 약물을 접하는 나이 등을 고려해보면, 상당수의 아이들이 심각한 약물 문제를 겪는 것은 놀라운 일이 아니다. 일단 문제가 발생하면 결과는 파괴적이다. 약물은 아이가 현실에 대처하고 미래를 위해 필요한 과제를 완수하는 것을 방해한다. 약물은 기술의 부족을 초래하고, 기술의 부족은 약물 남용을 가져온다. 분명한 자아감의 형성과 지적 능력의 연마, 자기통제를 배우는 것이 어려워진다. 청소년기는 아이에서 어른으로 전환하는 시기다. 약물 문제가 있는 십 대 아이는 어른의 역할에 대비하지 못한다. 나이는 먹으면서도 여전히 정신은 십 대에 머물러 있다."

한 아동 발달 전문가는 아이의 두뇌가 두 살 이전의 시기와 십 대 때 가변성이 가장 크다고— 가장 큰 변화가 일어난다고—말했다. 그녀는 십 대 때 뇌가 악영향에 노출될 위험이 가장 크며, 약물은 십 대 아이들의 두뇌 발달 경로를 급격하게 바꿔놓는다고 설명했다. 그녀의 말대로라면 경험과 행태는 정서 장애를 악화시키는 일종의 순환 주기를 형성한다. 이 신체적 기반은 점점 더 극렬하고 제어가 어렵게 변할 수 있다. 그것이 심리적 장애를 강화함에 따라 심리적 장애는 더욱 견고해진다. 따라서 십 대 때부터 약물을 복용하기 시작한 사람의 경우 치료는 한층 더 복잡하다. 이미 형성된 경로를 파괴하거나 재설정하려면 정서적이고 행동학적인 뿌리뿐만 아니라, 생리적인 구조까지 건드려야 하기 때문이다.

닉이 어렵게 속내를 털어놓았을 때, 그동안 다른 여러 문제와 우울증으로 힘들었다는 말은 그럴듯하게 들렸다. 하지만 신망 높은 정신과 의사들이 그 뻔한 진단을 그동안 쭉 놓쳤단 말인가? 만약 그들이 놓친 거라면, 닉이 그만큼 꽁꽁 잘 숨겼기 때문일 거라는 생각이 들었다. 마약 복용을 꽁꽁 잘 숨겼던 것처럼. 우울증은 변명으로 삼기에 좋고 약물 문제에 비해 받아들이기도 쉽다. 심각하지 않아서가 아니라 마약과 달리 자책하지 않아도 되기 때문이다. 마약은 증상일 뿐, 닉이 안고 있는 문제의 원인이 아니라고 생각하니 그나마 위안이 되었다.

"상담사를 만나러 갔었어요, 아빠 말대로. 그런데 약속을 한번 잡으려면 줄을 서서 한 시간 이상 기다려야 했어요. 겨우 맨 앞줄에 도착했더니 첫 상담이 일주일 후에나 가능하다나."

닉은 버클리가 잘못된 선택이었다고 말했다. 더 작은 대학에 가면 잘할 수 있을 거라고, 버클리의 비인간적이고 딱딱한 체계에 질식할 뻔했다는 의견을 내놓았다.

"다른 대학에 다시 지원하고 싶어요. 1년 정도 학교를 쉬면서 일도 하고 몸도 마음도 건강을 되찾고 싶어요."

닉은 다시 집으로 돌아왔고 규율을 따르겠다고 약속했다. 심리 치료를 받고, 귀가 시간을 지키고, 집안일을 돕고, 일하고, 다른 대학에 지원하겠다고. 닉이 상담에 다녀오고 나서 심리 치료사는 내게 그만하면 잘 해결된 거라고 말했다. 닉의 기분이 조금 나아진 듯 보여서 상황이 호전되고 있다는 생각이 들었다.

닉은 동부 연안의 작은 인문대학 여러 곳에 원서를 넣었다. 가장 먼저 선택한 곳은 매사추세츠 서부의 햄프셔 대학이었다. 닉은 그곳의 활기찬 분위기와 전원 풍경을 좋아했다. 영어와 정치학 강의를 청강하고 음악실과 연극실을 둘러보았다. 나 역시 그곳이 닉의 마음에 들 법한 대학이라고 느꼈다. 닉은 성적이 비교적 뛰어난 편이었으므로 몇 달 후 입학 허가서를 받았다. 닉은 다시 궤도에 들어섰다. 내가 보기에 대학으로 돌아가는 것이 필수인 궤도였다. 우리는 힘든 시련을 겪고 있었지만, 닉이 훌훌 털고 일어날 거라고 기대했다. 하지만 닉은 일하지 않을 때도, 가끔 데이지랑 재스퍼와 놀거나 밥을 먹으러 훌쩍 나타날 때 외에는 자기 방에서 대부분의 시간을 보냈다.

닉이 일하는 날 밤, 나는 일찍 잠이 들었다가 별안간 잠에서 깼다. 자정이 넘은 시각이었다. 뭔가 잘못됐다는 느낌이 들었다. 부모의 육감이랄까. 아니면 임박한 시련의 조기 징조를 본능적으로 감지한 것일 수도 있다. 살그머니 침대를 빠져나왔을 때 그 작디작은 소리에 캐런이 깼다.

"무슨 일 있어?"

"일은 무슨. 다시 자."

바닥도 차갑고 방도 추웠지만 나는 더 부스럭대고 싶지 않아서 슬리퍼도 가운도 찾지 않았다. 복도에는 불이 켜져 있지 않았지만 거실 천창에서 불그스름한 달빛이 들어왔다. 나는 방문을 두드렸다. 대답이 없었다. 문을 열고 안을 들여다보았다. 정리 안된 침대가 텅 비어 있었다.

분노와 근심이 뒤섞인 감정의 격랑이 일었지만 새삼스럽지는 않았다. 분노와 걱정이 서로 치고받으며 더 어두워지고 더 일그러졌다. 암울하고 절망적인 기분이었다. 익히 아는 감정이었지만 그렇다고 감당하기 더 쉬운 것은 아니었다.

닉은 귀가 시간을 계속 어기고 있었다. 이렇게 걱정만 하고 있을 순 없었다. 금방이라도 녀석이 돌아오면 어찌할까 속으로 벼르고 별렀다. 녀석과 담판을 짓자. 맞서는 것이 고통스럽더라도, 내가 녀석의 행동을 바꿀 수 없다는 걸 다시 깨닫게 되더라도.

나는 까치발로 침실로 돌아가 잠을 청했지만 소용없었다. 말똥한 정신으로 누워 있었다. 걱정이 나를 좀먹기 시작했다.

우리 집은 작은 언덕바지에 있다. 길은 우리 집 앞을 거쳐 위로 계속되는데, 이 길을 지나는 차들은 우리 집 앞에서 멈추다시피 속도를 줄였다가 계속 나아간다. 차가 한 대 지나가고, 또 한 대가 올라오더니 멈추었다. 나는 매번 가슴을 졸였다. 닉이구나. 하지만 엔진 소리는 계속되면서 언덕 위로 올라갔다.

새벽 3시. 더는 잠든 척하지 않기로 했다. 자리에서 일어나자 캐런도 일어났다.

"왜 그래?"

나는 캐런에게 닉이 아직 집이 안 들어왔다고 말했다. 우리는 부엌으로 갔다.

"친구들이랑 같이 있다가 너무 늦어서 자고 오는 걸 거야."

캐런이 위로하듯 말했다.

"그랬으면 전화했을걸."

"우리 깨우기 싫어서 그랬겠지."

캐런을 쳐다보니 그녀의 눈에 낙담하고 걱정하는 빛이 어려 있었다. 캐런도 믿지 않는 눈치였다. 시간은 계속 흘러갔다. 우리는 차를 마시고 초콜릿 웨이퍼를 먹었다.

아침 7시에 나는 닉의 친구들에게 전화를 돌렸다. 몇몇은 잠에서 깨 전화를 받았는데, 아무도 닉의 행방을 몰랐다. 닉의 심리치료사에게도 전화했다. 그는 나를 위로하는 것이 자기 할 일이라 생각했는지 이런 상황에서도 나를 안심시켰다.

"닉은 지금 노력하는 중이에요. 괜찮을 겁니다."

공포감이 점점 커져갔다. 전화벨이 울릴 때마다 가슴이 덜컥 내려앉았다. 이 녀석이 어디 있을까? 상상할 수가 없었다. 아니, 정확히는 상상하지 않기로 했다. 소름 돋는 생각들을 밀쳐냈다. 나는 경찰서와 응급실로 전화를 걸어 닉이 유치장에 있는지, 혹시 사고가 났었는지 물었다. 전화를 걸 때마다 생각도 하기 싫은 일에 맞설 각오를 했다. 어쩌면 나누게 될 대화도 떠올렸다. 둔감하고 생소한 목소리가 말하겠지. "아드님이 사망했습니다."

나는 마음을 굳게 먹으려고 그런 생각을 떠올렸다. 생각이 자꾸 그 상상으로 달려가 맴돌았다. 닉이 죽었다.

기다리는 것이 지긋지긋했지만 달리 어쩔 수가 없었다. 얼마 뒤 재스퍼가 맨발에 파자마 바람으로 부엌으로 들어와 초롱초롱한 눈으로 우리를 쳐다보았다. 그러고는 캐런의 무릎 위로 기어올라 토스트를 씹었다. 그다음엔 데이지가 산발한 머리로 하품을 하며 들어왔다.

우리는 아이들을 걱정시키고 싶지 않았기에 닉 이야기를 하지 않았다. 그래도 이야기를 곧 해야 했다. 아이들은 이미 이상한 낌새를 채고 있었다. 닉이 집에 없다는 걸 알아챈 것이다. 결국 재스퍼가 물었다.

"형은 어딨어?"

나도 모르게 뜻한 것보다 더 감정을 실어 대답했다.

"우리도 모르겠다."

그러자 재스퍼가 울기 시작했다.

"형 괜찮아?"

"우리도 몰라. 그랬으면 좋겠구나."

나는 몸을 떨면서 말했다. 이 공포는 그 뒤로 사흘간 계속됐다.

닷새째 되는 날 밤 마침내 닉한테서 전화가 왔다. 닉의 목소리가 떨렸지만 그래도 목소리를 들으니 살 것 같았다.

"아빠……."

"닉."

어둑한 터널 속에서 나는 듯 목소리가 아득히 들려왔다.

"내가……."

지친 목소리.

"내가 망쳤어."

갸릉갸릉 하는 한숨 소리.

"나 큰일 났어요."

"너 어디 있니?"

닉은 지금 있는 곳을 이야기했고 나는 전화를 끊었다. 서둘러 차를 몰고 산 라파엘의 어느 서점 뒷골목으로 갔다. 차를 세우고 내리니 빈 병들이 든 쓰레기통이며 깨진 유리, 찢어진 판지, 지저분한 이불이 널려 있었다.

"아빠······."

쓰레기통 뒤에서 둔하고 갈라진 목소리가 들려왔다. 버려진 상자들을 헤치며 그쪽으로 걸어가서 모퉁이를 도니 닉이 나를 향해 부들부들 떨면서 걸어왔다. 내 아들이, 미끈한 근육질의 수영 선수였고 수구 선수였던 내 아들이, 의기양양한 미소의 서퍼였던 내 아들이 누르께한 낯빛에 몸은 멍들고 깡마른 데다 눈은 검은 구멍처럼 공허했다. 내가 다가가자 닉은 내 품에서 축 늘어졌다. 닉을 부축해서 가는데 닉의 다리가 비척거렸다.

차 안에서 녀석이 정신을 잃기 전에 재활원에 가야 한다고 못박았다.

"더는 안 돼. 이제 다른 길은 없다."

"알아요, 아빠."

나는 묵묵히 집으로 차를 몰았다. 닉은 잠깐 깨어나 황폐하고 단조로운 목소리로 사람들에게 돈을 빚졌다느니 돈을 갚지 않으면 죽을 거라느니 하는 말을 중얼거리고는 다시 정신을 잃었다. 가끔씩 정신을 차리고 뭐라고 웅얼거렸지만 알아들을 수 없는 말이었다.

그로부터 사흘 동안 닉은 끙끙 앓았다. 쇠약한 몸으로 간혹가다 웅얼거렸고, 침대에 웅크린 채 열병에 걸린 것처럼 몸을 부들부들 떨면서 앓는 소리를 내고 흐느꼈다.

나는 두려웠지만 닉이 재활원에 가겠다고 말한 것에 희망을 걸었다. 닉이 고등학교 1학년 때 방문했던 재활원에 전화를 걸어 약속을 잡았다. 하지만 약속한 당일 아침, 재활원에 가자고 말하자 닉은 반항하는 눈초리로 나를 쳐다보았다.

"개소리 마요."

"닉, 가야 해. 가겠다고 했잖아."

"재활원 따위 필요 없어."

"약속했잖아. 너 죽을 뻔했어."

"실수 좀 한 거예요. 그것뿐이라고요. 걱정 마세요. 나도 깨달은 바가 있으니까."

"닉, 안 돼."

"나 괜찮다고요. 다시는 그 쓰레기 안 해요. 메스가 얼마나 위험한지 이제 안다고요. 그거 사람 잡는 거예요. 나 그 정도로 바보는 아니에요. 다시는 안 해요."

나는 얼어붙었다. 내가 잘못 들은 건가?

"설마 크리스털 메스를 말하는 거니?"

닉이 고개를 끄덕였다. 세상이 무너졌다. 하느님 맙소사, 안 돼. 닉이 메스를 하다니. 두려움이 밀려왔다. 메스라면 나도 해본 적이 있었다.

2부 아들의 마약

아, 하느님, 자기 머릿속을 도둑맞고 싶어 스스로 제 입에 원수를 들이붓는 것
이 인간이로군요! 그렇게 희희낙락 퍼마시고, 박수 치면서 자기 자신을 짐승
으로 바꾸어버립니다!

－셰익스피어, 《오셀로》

9

버클리에서 첫 여름을 맞이했을 때, 찰스가 투손에서 올라와 여름 학기를 등록했다. 우리는 아파트를 하나 빌렸다. 어느 날 그는 집에 돌아와 벽에서 거울을 떼어 커피 탁자 위에 올려놓았다. 그러고는 접은 종이를 펼쳐 안의 내용물을 거울 위에 뿌렸다. 투명한 결정체 가루가 소복이 쌓였다. 그는 지갑에서 면도날을 꺼내 결정체를 잘게 부쉈다. 스테인리스 스틸이 유리를 리드미컬하게 탁탁 두드렸다. 그는 가루를 나란한 네 줄로 나누면서 마이클— 일명 '정비공 마이클'— 수중에 코카인이 다 떨어지고 없더라고 말했다. 그날 찰스가 대신 사 온 것은 크리스털 메스였다.

나는 돌돌 만 지폐를 코에 대고 한 줄을 쭉 들이마셨다. 화학물질에 비강이 화끈거렸고 눈에는 눈물이 고였다. 코로 흡입하든, 말아 피우든, 주사로 맞든 메스는 몸에 신속히 흡수된다. 일단 혈류에 흡수되면 순식간에 중추신경계로 들어간다. 내 경우에는 증기 오르간 같은 불협화음 소리가 들리면서 두개골 안에서 폭죽이

터지는 느낌이 들었다. 메스는 두뇌 신경전달물질을 평소의 열 배 내지 스무 배가량 폭증시킨다. 도파민에다 세로토닌, 노르에 피네프린*이 폭력배의 총에서 쏟아지는 총알처럼 난사된다. 나는 환상적인 기분을 맛보았다. 자신감이 하늘을 찌르고 쾌감이 폭발했다.

메스는 신경전달물질의 분비를 자극한 뒤 신경전달물질이 저장고로 재흡수되는 것을 막아버리는데, 이것은 코카인이나 다른 흥분제도 마찬가지다. 하지만 체내에서 완전히 물질대사되는 코카인과 다르게(반감기는 45분이다) 메스는 열 시간에서 열두 시간 동안 비교적 그대로 살아남아 활동한다.

그날 새벽빛이 블라인드 틈새를 파고들었을 때 침울하고 위축되고 불안한 느낌이 들었다. 침대로 기어들어 온종일 잠을 잤고, 그날 수업은 몽땅 날아갔다. 나는 두 번 다시 메스에 손대지 않았지만, 찰스는 몇 번이고 정비공 마이클을 찾아갔다. 그의 메스는 2주간 지속되었다.

찰스는 생각이 깊고 매력 있고 재미있는 녀석이기도 했지만, 새벽 두세 시에 메스를 하고 나면 형편없고 고약한 인간이 되기도 했다. 난동을 부리고 나서는 낯선 사람이든 친구든 자기에게 당한 사람에게 간곡히 몇 번이고 사과를 했고, 사람들은 대부분 그를 용서해주었다. 나로서는 그를 너무 오랫동안 용서해준 셈이었다. 하지만 그는 버클리에서 투손으로 돌아갔고, 우리는 차츰 멀

* 교감신경계를 자극하는 신경전달물질.

어졌다. 그러다 연락이 끊어졌다. 나중에 들은 바로는, 대학 졸업 후 메스와 코카인, 다른 마약에 절어 살았다고 했다. 재활 치료를 자청해서 혹은 법원 명령에 따라 받았고, 자동차 사고를 냈고, 불 붙은 담배를 입에 물고 잠이 들어 집에 불을 냈고, 마약 과용으로 혹은 사고로 구급차를 타고 응급실에 실려 갔고, 병원과 감옥에 감금되었다. 그러다가 찰스는 마흔 살 생일을 하루 앞두고 세상을 떴다. 술과 헤로인은 간에서 물질대사되고 메스는 콩팥에서 물질대사된다. 찰스는 겨우 마흔 살에 무릎을 꿇었다.

천상의 빛이 네게 비추기를, 찰스. 저녁 햇살처럼 따스하게. 롤링 스톤스를 들으면 찰스가 생각났다. 그런데 메스 이야기를 듣다니. 닉이 그걸 했다니, 정말이지 하늘이 노래졌다.

나는 글을 쓸 때 철저한 연구 조사를 병행한다. 닉이 메스를 한다는 걸 알게 된 이상 그 마약을 샅샅이 파보기로 했다. 단순히 이해하자는 차원이 아니었다. 적을 알아야 승산이 있다고 느꼈기 때문이다. 하지만 알면 알수록 막막해졌다. 메스는 마약 중에서도 가장 해로운 마약 같았다.

메스암페타민의 조상 격인 암페타민을 최초로 제조한 독일 화학자는 1887년의 글에서 이렇게 밝혔다. "나는 기적의 약물을 발견했다. 상상을 일으키고 복용자에게 에너지를 준다."

암페타민은 불수의(不隨意) 활동을 통제하는 신경계를 자극한다. 불수의 활동이란 심장과 분비샘의 활동, 호흡, 소화작용, 반사작용을 말한다. 기관지 확장 효과가 있어 1932년에 처음 의약품으로 활용되었는데, 콧속에 분사하는 천식 치료제가 그것이다.

나중에 진행된 연구에 의하면, 암페타민은 기면증 치료와 아동의 과잉행동장애 완화, 식욕억제에 도움이 된다. 또한 깨어 있는 시간을 연장하는 효과도 있다.

1919년 일본의 한 약리학자는 암페타민의 분자 구조를 조금 변형해 메스암페타민을 최초로 합성했다. 암페타민보다 더 강력한 데다 제조도 쉬웠고, 투명한 가루 형태는 물에 잘 녹아서 주사 투여도 가능했다. 1930년대에 제조된 메테드린은 최초로 상용화된 메스암페타민이다. 흡입기 형태로는 기관지 확장제로 쓰였고, 알약 형태로는 식욕억제제와 각성제로 판매되었다. "더는 권태와 우울로 고생하지 마세요"가 광고 문구였다.

메스는 제2차 세계 대전 중에 일본군과 독일군, 미군 내에서 병사들의 인내력과 활동력을 높이기 위해 널리 활용되었다. 1941년부터 다소 희석시킨 메스암페타민이 필로폰이나 세드린이라는 상표로 약국에서 판매되었다. "졸음을 날리고 활력을 높이"라는 것이 전형적인 광고 문구였다. 1948년 무렵에는 16세에서 25세 사이 전체 일본인의 5퍼센트가 이 약물들을 복용했다. 의사들은 메스가 유발한 정신병을 규정했고, 5만 5천 명에 달하는 사람들이 그 증상을 보였다. 환자들은 고래고래 악을 쓰고 고함을 질렀다. 일부는 환각을 보았고 일부는 폭력을 휘둘렀다. 아이 엄마는 자식을 방기했고, 학대하는 사례도 있었다.

1951년 미국식품의약국은 메스암페타민을 관리 물질로 분류했다. 이제 처방전이 필요했다. 그해에 발간된 〈약리학과 치료〉지에는 메스암페타민이 '기면증, 뇌염 후 파킨슨병, 알코올 중독, 일부 우울증, 비만'에 효과적이라는 연구 결과가 실렸다.

불법적인 일명 '스피드'가 맹위를 떨쳤다. 메스의 파생 물질로, 코로 흡입하는 노란색 가루인 최초의 크랭크와 최초로 주사 투약이 가능한(코로 들이마시는 것도 가능했다) 더 정제된 형태의 크리스털 메스와 같은 스피드가 1960년대 초반 대유행했다. 1962년에는 샌프란시스코에 불법 메스 제조실이 등장했고, 헤이트 애시버리*에 스피드가 범람해 1960년대 중반에서 후반까지 미 전역에 만연할 첫 유행병을 예고했다. 나는 조사를 하다가 샌프란시스코에 있는 데이비드 스미스 박사의 사무실을 찾아가게 되었다. 그는 헤이트 애시버리 무료 진료소의 설립자였는데, 메스가 상륙했을 때를 이렇게 회고했다.

"메스 전에는 기껏해야 LSD로 환각을 체험하곤 했어요. 아무리 독한 것도 상당히 순한 편이었죠. 그런데 메스는 이 일대를 초토화시켰어요. 아이들은 응급실에 실려 가고 일부는 영안실로 갔죠. 메스로 인해 사랑이 넘치는 여름날이 끝나버린 거예요."

진료소를 설립하기 전 스미스 박사는 파르나소스 언덕 위에 자리 잡은 캘리포니아 의과대학의 학생이었다. 이 신종 약물을 과용한 환자가 응급실에 실려 오기 시작하자 그는 약물의 효과에 대한 첫 임상 연구를 시작했다. 쥐에 약물을 소량 투여했더니 하나같이 심한 발작으로 죽어버렸다. 우리 안에 여러 마리를 넣어 놓고 더 소량의 메스를 투여했을 때도 쥐들은 모두 죽었다. 효과는 더 빠르게 나타났고 사망 원인은 달라졌다. 쥐들이 일상적으로 하는 몸단장 행위를 공격으로 간주하고 스미스 박사의 표현을

* 1960년대 히피 문화의 본산이었던 샌프란시스코 거주 지역.

빌리자면 "서로를 찢어발겼기" 때문이다.

1967년 스미스 박사는 사람들 속에서 일하기 위해 파르나소스 언덕을 내려왔다. 스미스 박사는 미국중독의약협회 회장을 역임하고 현재 샌타모니카 재활원의 의료과장을 맡고 있는데 헤이트에 도착했을 때를 이렇게 회고했다.

"거대한 쥐 우리가 있더군요. 우리 안에서 사람들이 스피드를 주사하고, 밤새 깨어 있고, 피해망상에 시달리고, 광기에 날뛰고, 폭력을 휘두르고, 위험한 행동을 일삼았죠."

그가 '스피드로 인한 사망'을 처음 경고할 무렵, 크리스털 팰리스라는 술집에서는 메스의 주사 투약이 이루어졌다. 사람들은 둘러앉아 주사기를 돌렸다. 스미스는 그날을 기억했다.

"아침 7시부터 전화가 오기 시작했어요. 가장 먼저 증상이 나타난 남자는 완전 제정신이 아니었죠."

돌려 쓴 주사기는 C형 간염에 감염돼 있었다.

"내가 간염의 위험성을 경고하면, 메스 중독자들은 '걱정 마요. 마지막 순서는 꼭 누렁이*에게 넘기니까'라는 말만 했지요."

미국에서 메스암페타민의 투약은, 시들었다가 증가한 뒤 최초 전성기를 구가한 날들에 비하면 다시 시들해진 편이다. 많은 전문가들이 메스가 그 어떤 약물보다 강력하고 위력적이라고 말한다. 불과 몇 년 전만 해도 메스는 서부 도시들에 한정돼 있었지만 이제는 전국에 스며든 상태다. 중부에도, 남부에도, 동부 연안에도 넘쳐난다. 메스가 이미 많은 주에 창궐하고 있는데도 워싱

---

* 황인종을 비하하는 속어.

턴은 최근에서야 이 문제의 심각성을 인지했다. 새로운 메스 중독자들이 전국의 병원과 재활 시설, 감옥을 점령하기까지 시간이 걸린 것도 한몫했다. 전 마약단속국 국장 아사 허친슨은 메스암페타민을 "미국의 최대 골칫거리 마약"이라 불렀다. 메스는 법 집행기관과 정책 입안자, 보건 체계를 완전히 압도하고 있다.

2006년 초반 전국의 경찰관 500명이 메스를 문제 약물 1위에 꼽았다는(코카인은 한참 뒤떨어진 2위에 올랐고 마리화나는 3위였다) 전국카운티연합의 설문 조사 결과가 나왔지만, 백악관 마약통제정책국 관리들이 그것을 경시하는 발언을 하는 바람에 부시 행정부는 강력한 정치적 반발에 부딪쳤다. 그해 후반에는 국가마약정보센터가 전국의 마약 단속 기관 3,400곳 중 더 광범위하고 임의적인 표본 집단을 선정해 조사를 실시하고 결과를 발표했다. 조사가 실시된 이래 처음으로 40퍼센트라는 최다수가 가장 심각한 마약으로 메스를 꼽았다.

메스 사용자는 남녀를 불문하고 모든 계층과 인종, 출신 배경을 아우른다. 메스는 오토바이족을 비롯해 시골과 변두리 하류층에 기반을 두고 있지만, 〈뉴스위크〉가 2005년 다룬 특집 기사의 내용대로 "전국으로 확산되었고, 사회경제적 사다리를 타고 올라가며 진격했다." 지금은 "의외의 사람도, 그럴 만한 사람도 모두들 메스암페타민을 한다"고 국립약물남용연구소의 약물 치료학 및 약물남용관리국의 국장 프랭크 보사이는 말했다.

세계보건기구는 세계적으로 코카인 복용자 1,500만 명, 헤로인 복용자 700만 명에 비해 메스암페타민 복용자를 3,500만 명으로 추산한다. 형태가 다른 만큼 이름도 크랭크, 트위크, 크리스털,

리스, 티나, 객, L.A., P, 스피드 등으로 다양하다. 특히나 강력한 아이스는 정제된 코카인처럼 가열해 그 연기를 들이마시는데, 과거에는 호놀룰루 외에 미국 본토 도시에서는 찾아보기 어려웠지만 현재는 본토에서도 출현하고 있다. 태국어로 '미친 약'이란 뜻의 '야바'는 미얀마에서 알약으로 수억 개씩 제조되어 태국으로 밀반출된 뒤, 거기서 다시 미국 서부 해안으로 들어와 클럽과 거리 곳곳에서 판매된다. 달달하고 알록달록한 알약의 형태를 띤 그것을 사람들은 삼키거나 갈아서 가열해 연기로 흡입한다.

미국에서 가장 흔히 접하는 형태는 크리스털이다. 주로 충혈 완화제와 브레이크 세척제 같은 원료를 이용해 제조되는데, 마약 단속국은 가정과 차고 안의 '비비스와 버트헤드' 제조실이라 부르고 있다. 전국 각지의 캠핑카와 밴, 모텔 안에서 이동식 혹은 간이 제조실이 발견되고 있다. 2006년 코미디언 빌 마허는 "미국인의 과학 실력이 더 떨어지면 크리스털 메스의 국내 생산이 불가능해지는 사태가 벌어질 것"이라고 농담한 적도 있다. 하지만 나는 인터넷에 접속해 배송료를 포함한 단돈 30달러에 《메스암페타민 비밀 제조법》이라는 두툼한 설명서를 구매했다. "비밀 화학의 정통 교본"을 개정하고 보강했다는 그 책은 표지에 "정보 교류의 목적으로만 판매한다"는 내용을 써서 법적 책임을 부인하고 있다. 하지만 그 정보에는 메스를 다양한 형태와 분량으로 제조하는 단계별 설명은 물론이고, 법적 처벌을 피하는 조언까지 들어 있다.

메스 가내수공업자들은 처방전 없이 사는 감기약에서 주원료인 수도에페드린을 얻는다. 그것이 문제가 되자 많은 주들이 콘택, 수다페드, 드릭소랄의 1회 구매량을 한정하는 등 제한 조치들을 취하기 시작했다. 그 결과 이 약품의 제조사들은 더 이상 메스 제조에 이용될 수 없게끔 제조법을 바꾸려는 시도를 하고 있다. 한편 월마트와 타깃을 비롯한 상점들은 이 약들을 계산대 안쪽으로 옮겼다.

감기약과 다른 에페드린 및 수도에페드린 제품을 통제하는 조치들은 메스 가내수공업에 영향을 미쳤고, 많은 중소 마약 조제실들이 문을 닫았다. 하지만 국내에서 거둔 성과는 멕시코를 비롯한 국제 마약 조직에 새로운 활로를 열어주었고, 현재 그들은 기존의 코카인, 헤로인, 마리화나 등 다른 마약 경로를 통해 메스를 미국으로 들여오고 있다. 여전히 메스는 차고와 지하실, 주방의 제조실에서 종종 만들어지고 있지만 대부분은 이 카르텔이 운영하는 대규모 제조 시설에서 생산된다. 〈오레고니언〉지의 스티브 수오 기자는 정부가 메스의 대유행을 얼마든지 막을 수 있었다고(지금도 막을 수 있다고) 폭로한 바 있다. 전 세계에 공급되는 에페드린과 수도에페드린은 대부분 아홉 개의 공장에서 제조되고 있지만, 제약회사들과 이들의 손아귀에 있는 입법자들은 그 화학물질들이 대규모 메스 조제실로 흘러들지 않도록 통제하는 모든 조치들을 멈춰버렸다. 수오의 기사에 따르면 정부가 제약업계에 정면으로 맞서지 않는 한 이 마약과의 전쟁은 장난에 불과하다. 근거가 뭐냐고? 하고자 마음만 먹으면 사실상 어디서든 메스를 구할 수 있기 때문이다.

정부는 미국 내 마약 실태가 심각하지 않다는 입장을 고수하고 있지만 그것은 어디를 들여다보느냐에 따라 다르다. 마약과 알코올 중독자가 그 어느 때보다 흔해진 지역사회는 한둘이 아니다. 〈로스앤젤레스 타임스〉에 따르면, 캘리포니아에서는 약물 과용과 다른 약물 관련 사망 건수가 자동차 사고를 제치고 가장 큰 비자연사 요인으로 등극할 전망이다. 각종 지표들은 메스 남용의 급격한 상승을 가리키고 있다. 중독자들의 재활원 입원과 응급실행, 범죄 행각이 증가하는 현상 뒤에는 메스가 있다. 국립약물남용연구소의 제임스 콜리버 박사에 따르면, 1993년부터 2005년까지 메스 중독으로 재활 치료를 받으러 입원한 건수는 한 해 2만 8천 건에서 15만 건으로 무려 다섯 배나 증가했다. 약물남용정신건강관리청은 2006년 보고서에서 메스 남용으로 인한 재활 치료 입원이 폭증하고 있다고 밝혔다. 메스가 만연한 지역사회에서 범죄 발생은 폭증하는 추세에 있다. 몇몇 도시에서는 전체 범죄 중 80퍼센트 내지 100퍼센트가 메스 관련 범죄이고, 몇몇 주의 경찰관들은 증가하는 살인율의 원인으로 이 마약을 꼽고 있다. 메스가 주요한 사회적 문제로 떠오른 도시에서는 배우자 간 범죄와 아동 학대 발생 빈도가 높다. 아이들이 학대당하는 비극적인 사연들이 거기서는 흔한 것이다.

메스 사용자의 절반과 아이스 사용자의 대다수가 이른바 트위킹 증세를 보인다. 이 증상은 1940년대 후반 일본에서 최초로 '메스 정신장애'로 확인되었다. 환청과 환각, 극도의 편집증, 망상 등 다양한 증상을 나타내는데, 이 중에서 일부는 조현병과 구분되지 않는다. 트위킹 증세로 인한 극도의 불안증은 공격성과 폭력성으로 이어질 수 있으므로 경찰관의 '메스 중독자 접근 요령'이 다음과 같이 마련돼 있다.

"메스 남용이 사용자 본인과 의료진, 경찰관 모두에게 가장 위험한 때는 이른바 '트위킹' 단계다. 트위킹 단계의 사용자(트위커)는 사흘에서 보름간 내리 잠을 자지 않았을 가능성이 높아 신경이 날카롭고 편집 증세를 보인다. 또한 폭력적으로 행동하거나 반응할 때가 많다. 경찰관은 단독으로 진압하지 말고 지원을 요청해야 한다."

'트위커에 접근 시 지켜야 할 여섯 가지 안전 수칙'도 있다.

"이삼 미터 거리를 유지하라. 너무 가까이 접근하는 것은 위협 행동으로 비칠 수 있다. 밝은 불빛을 몸에 직접 비추지 않는다. 트위커는 이미 편집 증세를 보이므로 환한 불빛에 앞이 보이지 않으면 도주하거나 과격해질 수 있다. 말의 속도를 늦추고 언성을 낮춰라. 트위커는 이미 빠르고 날카로운 소리를 듣고 있다. 천천히 움직여라. 그래야 트위커가 당신의 신체 움직임을 오해할 소지가 낮아진다. 양손을 보이게 하라. 당신의 양손이 보이지 않으면 위협감을 느끼고 과격해질 수 있다. 트위커가 계속 말하게 유도하라. 입을 다문 트위커는 극도로 위험할 수 있다. 침묵은 트위커의 편집증적 생각이 현실감을 대체하고 누구든 트위커의 망상 속 일부가 될 수 있음을 의미한다."

트위킹 증세 여부와 상관없이 메스 중독자는 다른 마약 중독자보다(코카인 중독자는 예외다) 반사회적 성향을 보일 가능성이 높다. 한 성공한 사업가는 일하는 시간을 늘리려 메스에 손댔다가 중독되어 자기에게 마약과 돈을 빌려간 사람을 살해했다. 아내를 쏘아 죽이고, 다른 사람을 때려죽이고, 자동차와 70달러를 빼앗으려 커플을 살해한 사건도 발생했다. 메스에 중독된 한 커플은 네 살짜리 조카딸을 때리고 굶기고 끓는 물에 데이게 만들었고, 그 아이는 결국 욕조 안에서 사망했다. 일리노이 폰툰 비치에서는 한 남자가 메스에 취한 상태에서 아내를 죽인 뒤 자살했다. 포틀랜드에서는 한 여자가 메스에 취해 18개월 된 자신의 아이를 스카프로 목 졸라 죽인 혐의로 체포됐다. 텍사스의 어떤 남자는 메스에 취한 상태에서 친구와 언쟁을 벌인 뒤 뒤쫓아 친구를 살해했다. 머리에 총을 여섯 발이나 쏘았다. 캘리포니아 벤투라 카운티의 한 남자는 메스를 한 상태로 여성을 강간하고 목 졸라 살해했다. 캘리포니아에서는 어린 두 자녀를 바퀴벌레가 들끓는 추운 개조 차고에 가둔 엄마가 유죄판결을 받은 일도 있었다. 얼마 전 오마하에서는 메스를 주사한 뒤 여자 친구의 아이를 살해한 남자에게 40년형이 내려졌다. 아이는 여러 군데 골절을 입고 질식해 사망했다. 메스를 한 상태로 아기에게 수유를 해 죽게 만든 엄마들의 재판이 피닉스, 덴버, 시카고, 캘리포니아 리버사이드 카운티에서 진행되고 있다. 리버사이드의 한 엄마는 재판 중에 "깨어보니 싸늘한 시체가 옆에 누워 있었다"고 진술했다.

메스암페타민은 범죄를 유발할 뿐 아니라 제조되는 곳의 환경에 중대한 피해도 끼친다. 1파운드의 메스암페타민이 제조될 때마다 6파운드의 부식성 액체, 산성 가스, 중금속, 용해제, 기타 유해 물질이 발생한다. 이 화학물질들은 피부 접촉이나 호흡기 흡입을 통해 질병이나 기형, 사망을 유발할 수 있다. 메스 제조실 운영자들은 폐기물을 거의 항상 무단으로 내버린다. 상황이 이러하니 미국 최대 청과물 산지인—주요한 메스 제조지이기도

하다 — 캘리포니아 센트럴밸리는 지대한 영향을 받을 수밖에 없다. 2000년대 초반 이 지역의 병원에서 치료받은 아이들 중에는 메스 제조의 부산물로 나오는 화학물질로 인한 질병에 감염된 불법체류자 아이들이 많았다. 그곳의 한 연방수사국 경찰관은 이런 말을 했다.

"수백만 파운드의 유독성 물질이 미국의 과일 바구니 안으로 흘러들고 있습니다. 그 화학 성분들은 지하수 표본에서도 위험한 수준까지 갈수록 높게 검출되고 있어요."

메스는 사용자의 건강에 치명적인 타격을 가한다. 투여자가 응급실에 실려 갈 확률은 엑스터시, 케타민, GHB 등 클럽에 도는 다른 모든 약물을 합쳐도 메스만 못하다. UCLA 대학의 조사 결과, 그 도시의 클럽들에서 엑스터시로 팔리는 알약들은 십중팔구 메스 성분을 포함하고 있었다. 꼭 과다 복용하지 않더라도 메스로 인해 사망할 가능성은 있다. 메스는 치명적인 사고와 자살을 직간접적으로 유발하기 때문이다. UCLA의 연구원으로 일하는 정신과 전문의 톰 뉴턴은 마약 사용자의 자살 성향에 대한 연구를 실시한 뒤 "메스암페타민은 자살 충동을 유발할 정도로 심각한 우울감을 유도하는 성향이 강한 약물"이라는 결론을 지었다.

그 밖에도 여러 가지 건강상의 문제가 장기간의 메스 남용과 직결돼 있다. 샌프란시스코의 병원 응급실에서 일하는 한 의사는 대동맥이 '터져' — 말 그대로 파열되어 — 응급실을 찾는 메스 중독자들이 끊이지 않는다고 말했다. 중독자들은 폐의 내벽 덩어리를 토해내기도 한다. 치아를 잃는 경우도 많다. 장기간의 메스 투여는 파킨슨병 증상과 유사한 인지기능 장애와 기억력 감퇴, 과

민성 증상, 그리고 마비 같은 메스 뇌졸중으로 인한 신체 장애를 유발할 수 있다. 단발성 투여 또한 치명적인 결과를 낳을 수 있다. 메스가 일으킨 체온의 급상승은 치명적인 경련과 고열에 의한 사망, 심장박동이 불규칙한 '부정맥에 의한 급사', 혹은 동맥 파열에 의한 사망으로 이어진다. 메스 중독자가 심각하거나 치명적인 질환에 걸릴 확률이 높은 것은 그들이 겪는 과잉 활동 때문이다. 메스 사용자는 흔히 며칠씩 잠을 자지도 먹지도 않는다. 약물과 피로의 조합은 편집 증세와 공격성을 높이는 것으로 나타났다. 이 순환 작용은 신체적, 정신적, 사회적 문제들을 악화시키고, 이것들은 기존의 정신 건강상의 문제들을 더욱 악화시키는데, 메스 투여자들에게서 흔히 나타나는 현상이다.

닉이 메스를 하고 있었다. 나는 닉의 항의와 약속을 무시하고 재활 치료를 받으라고 계속 압박했지만 녀석은 굴복하지 않았다. 이제 닉은 열여덟 살이었기 때문에 강제로 입원시킬 수도 없었다. 닉이 자해를 하거나 타인에게 위협을 가할 경우 복잡한 과정을 거쳐 정신병원에 입원시키고 간단한 정신감정을 받게 할 수는 있었지만 자식의 마약 투여를 걱정하는 부모는 그것에 해당되지 않았다. 이렇게 될 줄 알았으면 할 수 있을 때 닉을 재활 병원에 강제로라도 보냈을 것이다. 그것이 통했을 거라고 장담할 수는 없지만 —그때 닉에게 재활 치료의 취지는 먼 나라 이야기였는지도 모른다— 그래도 속도는 늦출 수 있었을 것이다. 이제는 자기 발로 갈 수밖에 없었다.

닉은 사흘 동안 하루에 스무 시간씩 잠만 잤다. 그러고는 침울하고 풀이 죽어 지내다가 쌀쌀한 봄날의 오후에 아무런 조짐도 없이 훌쩍 사라졌다.

10

닉도 사라졌고 우리 집 낡은 차도 사라졌다. 나는 다시 병원 응급실로 전화를 돌렸다. 체포됐나 해서 경찰서에도 전화를 걸었다. 경찰은 유치장으로 전화를 연결해주기 전에 닉이 나타나면 녀석을 부트 캠프에 보내라고 했다. 한밤중에 아이들을 깨워서 수갑을 채워 강제로 끌고 나가는 곳이라면서. 부트 캠프라면 기사에서 한 번 읽은 적이 있었다. 애리조나의 부모님 집 근처에도 하나 있었다. 여름 동안 소년 하나가 거기서 사망했다. 그곳에서 아이들은 매질당하고, 걷어차이고, 쫄쫄 굶고, 쇠사슬에 묶이고, 물도 없이 섭씨 45도가 넘는 사막을 체험한다.

나는 비슷한 일을 겪은 부모들과 상의했다. 무엇은 하고 무엇은 하지 말라는 익숙한 조언들이 쏟아졌다. 닉이 나타나면 쫓아내라는 조언도 어김없이 나왔다. 하지만 그것은 현실성이 없는 말이었다. 쫓겨나면 어디로 갈지 뻔했기 때문이다. 방치된 친구들의 집이 아니면 지저분하고 위험천만한 마약상의 소굴로 갈 게 분명했다.

닉은 엿새째 행방불명이었다. 간절하다 못해 이제는 미칠 지경이었다. 난생처음 느껴보는 슬픔이 나를 덮쳤다. 인터넷에서 마약에 빠진 아이들의 처참한 이야기들을 읽으니 애가 바짝바짝 탔다. 이런 일을 겪었다는 부모를 물어물어 전화를 걸었다. 닉에게 마약이 어떤 의미인지 이해하려 노력하고 또 노력했다. 한번은 닉이 이런 말을 했다. "내가 좋아하는 작가나 예술가들은 모두 술꾼이거나 중독자예요."

닉이 마약을 하는 이유는 알고 있었다. 마약을 하면 더 똑똑해지는 것 같고 숫기도 더 생기고 불안전한 느낌이 줄어드니까. 게다가 닉은 방탕이 가장 위대한 예술을 낳는다는, 헤밍웨이나 헨드릭스, 바스키아의 경우도 그랬다는 위험한 — 그리고 그릇된 — 생각을 가지고 있었다.

커트 코베인은 유서에 "서서히 흐려지는 것보다 불꽃으로 타버리는 게 낫다"라고 남겼다. 그리고 섹스 피스톨스의 보컬 조니 로튼에 관한 닐 영의 노래를 인용했다. 나는 20대 시절에 존 레넌을 인터뷰한 적이 있다. 그에게 로큰롤에 만연한 이런 감성에 대해 물었는데 레넌은 강경하고 분노하는 입장이었다.

"타버리는 것보다 노병처럼 서서히 사라지는 게 나아요. 나는 살아남은 사람들을 경배합니다. 나는 살아가는 것, 건강한 것을 택하겠어요."

살아가는 것, 건강한 것. 내 아들도 그럴 수 있을지 자신이 없었다.

그래도 재스퍼와 데이지 앞에서 무너지는 모습은 보이지 않았다. 그것만은 용납할 수 없었다. 이미 불안해하는 아이들을 더는 걱정시키고 싶지 않았다. 캐런과 나는 닉을 걱정하고 있다는 사실을 아이들에게 인정했다. 그러면서도 세심하게 균형을 잡으려 애썼다. 아이들에게 겁을 주고 싶지는 않았지만 그렇다고 아무 일도 없는 척 연기하는 것도 원하지 않았다. 무슨 일이 생겼다는 건 이미 아이들도 알고 있었다. 어찌 모르겠는가? 이 위기를 인정하지 않는다면 더 혼란스럽고 진실보다 파괴적인 상황이 올 게 분명했다.

나는 어떻게든 중심을 잡으려 했지만 혼자 있게 되면 눈물을 흘렸다. 아이 티를 벗은 이후로 이렇게 눈물을 쏟기는 처음이었다. 통 눈물이 없다고 닉에게 놀림을 받던 내가 말이다. 어쩌다가 한번 내가 눈시울을 붉히면 닉은 "눈물 변비"라고 농담하곤 했다. 그런데 이제는 눈물이 시도 때도 없이 터졌다. 뚜렷한 이유도 없이, 걷잡을 수 없이 마구 쏟아졌다. 자꾸 눈물이 나서 겁이 났다. 이렇게 헤매고, 무기력하고, 중심을 못 잡고, 두려워하는 것이 겁이 났다.

나는 비키에게 전화를 걸었다. 이혼과 함께 시작된 우리 사이의 악감정은 닉을 걱정하는 공감대가 생기면서 저만치 밀려났다. 우리 사이를 갈라놓은 점 때문이 아니라, 우리를 묶어주는 점 때문에 그녀를 찾게 된 것은 그래도 다행이었다. 우리는 닉을 사랑했다. 오직 부모만이 할 수 있는 방식으로. 캐런과 닉의 새아빠가 닉을 사랑하지 않는 것은 아니었지만, 비키와 나는 오랫동안 통화를 하면서 아무도 대신할 수 없는, 닉의 엄마와 나만이 공유하는 특별한 걱정, 절절하고 본능적인 걱정을 나누었다.

캐런과 나는 서로 돌아가면서 역할을 바꿔 맡았다. 내가 무너지면 캐런이 나를 다독였다.

"닉은 괜찮을 거야."

"그걸 어떻게 알아?"

"그냥 알아. 영리한 아이잖아. 심성도 착하고."

그러다가 캐런이 상심하면 내가 그녀를 위로했다.

"괜찮을 거야. 이 녀석이 좀 헤매느라 그래. 우린 극복할 수 있어. 그 녀석 돌아올 거야."

닉은 다시 돌아왔다.

일주일 후, 아직 날이 쌀쌀한 잿빛 오후에 녀석이 집에 나타났다. 샌프란시스코의 뒷골목에서 찾아냈을 때처럼 희미한 유령처럼 쇠약하고 병든 꼴로 횡설수설했다. 나는 문간에 서 있는 닉을 물끄러미 바라보았다.

"아, 닉⋯⋯."

나는 멍하니 바라보다가 닉의 팔을 붙잡고 방으로 데려갔다. 닉은 옷도 안 벗고 그대로 침대에 눕더니 이불을 뒤집어썼다. 마침 집에 아무도 없어서 상황을 설명하지 않아도 되는 것이 다행이었다. 나는 닉을 바라보았다. 그간 받은 상담 치료가 효과가 없었다면 이제 어쩐다? 재활원 외에는 길이 없었다.

"닉, 재활원에 가자. 이제 어쩔 수 없다."

닉은 내 말을 들었는지 웅얼거리다 잠이 들었다.

어떻게든 닉을 재활 치료 프로그램에 넣어야 했다. 상담사와 전문가에게 전화를 걸어 자문을 받았다. 닉의 심리 치료사는 이제는 재활 치료가 필요하다는 데 동의하고 마약과 알코올 중독에 특화한 동료들에게 접촉했다. 내 친구들도 이런 일을 겪은 지인들에게 전화를 걸었다. 닉은 계속해서 잠을 잤다.

나는 추천받은 여러 시설에 전화해 메스 사용자의 완치율을 문의했다. 이야기를 나누면서 언뜻 깨달은 것은 혼돈 속에서 갈팡질팡하는 미국 의료 분야의 현실이었다. 완치율은 25퍼센트에서 85퍼센트였지만, 여러 프로그램에 통달한 상담사는 그 수치가 신뢰하기 힘들다고 했다.

　"아주 보수적으로 산정된 수치도 지나치게 긍정적이라고 봐야 해요. 이 프로그램을 거친 사람들 중에 17퍼센트만 1년 뒤에도 맨정신으로 살아가거든요."

　메스 중독자의 수치에 대해서는 캘리포니아 북부 병원의 어느 접수계 간호사가 한 말이 가장 정확한 것 같았다.

　"진짜 완치율은 한 자릿수예요. 그 이상을 약속하는 건 거짓말이죠."

　알면 알수록 재활 치료 분야는 체계가 잡혀 있지 않은 것 같았다. 지나치게 포장되고 비싸기만 할 뿐 비효과적인 프로그램도 많았다. 많은 재활 병원들이 천편일률적인 프로그램을 운영했다. 메스 중독자 치료에 관한 한, 사설이든 공립이든 일부 프로그램은 안 하는 것보다 겨우 나은 수준에 머물러 있다고, UCLA 통합 약물남용 프로그램의 부소장 리처드 로슨 박사는 말했다. 그는 그런 프로그램들을 "땜질 재활"이라 부르면서 "덧칠한 페인트는 오래 못 간다"고 말했다.

　로슨 박사의 말은 무용지물인 프로그램이 대다수라는 뜻은 아니다. 대개는 AA의 원칙에 기반을 두고 있어서 알코올 중독이든 약물 중독이든, 취하지 않은 맨정신을 유지하는 것을 기조로 삼은 듯하다. 하지만 그 외에는 행동학, 심리학, 인지과학의 심리 치료들을 엉성하게 짜깁기해 제공할 뿐이다. 많은 프로그램들이 강연, 개인 상담, 나태함을 몰아내는 잡일, 단체 상담을 포함한다. 단체 상담 때는 고백과 반박, 치료를 거부하는 환자에 대한 질타 과정이 포함된다(이 프로그램을 진행하는 약물과 알코올 상담사들에 따르면 저항은 부인을 뜻하고, 부인은 재발로 이어진다). 몇몇 프로그램은 이력서 작성 같은 기술 교육과 운동, 단체 상담 및 가족을 동반한 개인 상담, 약물 처방이 가능한 외과 의사와 정신과 의사의 진료를 제공한다. 일부 재활 시설은 마사지와 식습관 상담도 제공한다. 일부 외래 프로그램은 유관관리*, 즉 금욕 보상 시스템이라는 비교적 새로운 접근법을 채택한다. 하지만 검증된 규약과 그것에 근거한 기준이 부재한 상태에서 환자들은 프로그램 담당자의 철학에 좌우되는 일이 빈번하고, 일부 프로그램 담당자들은 본인의 중독 경험 외에 별다른 자격이 없는 경우도 있다.

"자식을 여섯 두었다고 해서 좋은 산부인과 의사가 되는 것은 아니다." 신경과 전문의이자 UCLA 프로그램 책임자 월터 링이 한 말이다. 노련한 의학박사와 임상의로 운영되는 재활 병원마저도 상당수 검증되지 않은 치료법을 다양하게 채택하고 있다. 핵심은 이것이다. 몇몇 전문가들은 메스암페타민을 가장 치료하기 어려운 약물로 꼽지만, 많은 프로그램이 메스암페타민의 특수한 성질을 고려하지 않는다는 것이다. 그렇다고 내가 달리 뭘 할 수 있었겠나.

나는 추천받은 오클랜드의 한 시설을 선택하고 약속을 잡았다.

---

* 가족 구성원 사이에 보상을 약속해 긍정적인 행동을 강화하는 치료법.

아이를 위해서라면 이전에는 상상조차 못 했던 모진 짓도 불사하기로 마음을 굳게 먹었다. 비록 점점 꺼져가지만 아직 내게 남은 마지막 영향력을 총동원해—녀석을 집에서 쫓아내고 모든 지원을 끊는 한이 있어도—어떻게든 닉을 끌고 가야 했다. 진심이었다. 비록 더 쉬운 길은 아니었으나 우리의 유일한 희망이라 확신했기 때문이다.

이튿날 데이지와 재스퍼가 학교에 가고 없을 때 나는 닉의 방으로 들어갔다. 녀석은 아직도 곯아떨어져 있었고, 긴장이 풀린 평온한 얼굴이었다. 아이처럼 자는구나. 그렇게 가만히 지켜보고 있는데 닉이 움찔움찔 경련하고 얼굴을 찌푸리고 이를 갈았다. 나는 녀석을 깨우고는 가야 할 곳을 통보했다. 그러자 닉이 발끈했다.

"개소리 마요!"

"가자, 닉, 그만 끊어내자."

나는 애원했다. 닉은 일어서더니 달달 떨리는 손으로 머리카락을 뒤로 쓸어 넘겼다. 그러고는 문고리를 붙잡고 몸을 지탱했다.

"개소리 말라고 했잖아요."

닉은 웅얼웅얼 지껄이면서 비틀거렸다.

"더는 안 된다, 닉. 가야 해. 선택할 수 있는 일이 아니야."

나는 단호하게 말하려 했지만 목소리가 떨렸다.

"절대 싫어. 무슨 개짓거리야?"

"여기서 살고 싶고 내가 널 돕기를 바란다면, 내가 네 대학 학비를 대주길 바란다면, 우리를 계속 보면서 살고 싶다면……."

나는 닉을 쳐다보다 말했다.

"닉, 너 죽고 싶은 거니? 그래서 지금 이러는 거야?"

닉은 벽을 걷어차고 주먹으로 탁자를 내려치고는 눈물을 흘렸다.

"가자."

닉은 계속해서 펄펄 뛰었지만 결국 나를 따라 차를 탔다.

3부 될 대로 돼라

"이제 안전해. 엄마 여기 있어. 이제 괜찮아질 거야."

UCLA 대학병원 중환자실에서 퀸타나를 처음 보았을 때 속삭였다. 딸의 머리는 수술을 받느라 절반이 빡빡 밀린 상태였다. 긴 절개 자국과 그 부위를 고정한 금속 스테이플이 보였다. 퀸타나는 튜브를 통해서만 숨을 쉬고 있었다. 엄마가 여기 있어. 다 괜찮아질 거야……. 내가 딸을 보살필 것이다. 괜찮아질 것이다. 지키지 못할 약속이라는 생각이 들었다. 언제까지고 내가 딸아이를 보살필 수는 없었다. 항상 딸 옆을 지킬 수도 없었다. 딸은 더 이상 어린애가 아니었다. 성인이었다. 살다 보면 엄마들이 막을 수도, 고칠 수도 없는 일들이 일어났다.

― 조앤 디디온, 《상실》

11

나는 낡은 차를 운전했다. 소금기 머금은 바닷바람에 녹이 슬고 닉이 낸 사고로 우그러진 빛바랜 파란색 볼보였다. 차 안은 닉의 담배 냄새가 배어 있었다. 녀석이 가져갔던 차였다. 닉은 헝겊 인형처럼 털썩 주저앉더니 차 문에 바짝 들러붙어 내게서 최대한 멀리 떨어졌다. 우리는 둘 다 아무 말도 하지 않았다.

뒷좌석에는 검은색 픽가드에 몸체가 버터색인 전자 기타가 실려 있었다. 그 옆에 닉의 일탈이 남긴 흔적이 더 있었다. 유리 비커와 해포석 파이프로 만든 복잡한 문양의 물 담뱃대. 또 있었다. 손전등 하나, 표지가 구깃구깃한 랭보 한 권, 더티 진 하나, 반쯤 빈 게토레이 병 하나, 〈샌프란시스코 베이 가디언〉 한 부, 가죽 재킷 하나, 빈 맥주병들, 카세트테이프들, 묵은 샌드위치 하나.

닉은 내게 가지 말자고 몇 번 설득을 시도했다.

"이건 말도 안 되는 짓이야." 닉이 맥없이 애원했다. "나 망가진 거 알아요. 그치만 나름대로 교훈을 얻었다고요."

나는 대꾸하지 않았다.

"나 못 하겠어. 안 할래."

그러다 닉이 돌연 분개했다. 녀석은 나를 쏘아보며 말했다.

"도망칠 거야. 망할, 아빠가 날 알아? 나에 대해 아무것도 모르면서. 항상 쥐고 흔들려고만 해."

녀석은 거만하고 거들먹거리는 데다 흉포했다. 목이 쉴 때까지 고래고래 악을 썼다. 지껄인다고 지껄이는데 어눌한 말투가 심상치 않았다. 녀석은 약에 취해 있었다. 또다시. 여전히.

"오늘은 뭘 했니, 닉?"

나는 이해할 수 없다는 투로 물었다. 녀석한테서 분노한 속삭임이 흘러나왔다.

"개소리."

나는 닉을 쳐다보았다. 녀석의 무표정한 얼굴을 자세히 들여다보았다. 제 엄마를 닮아 이목구비가 아름다웠다. 비키처럼 키가 크고 날씬하며 코와 입 모양이 멋졌다. 성장하면서 짙어지긴 했지만 머리카락도 엄마를 닮아 금발이었다. 그럼에도 나는 가끔 닉의 얼굴을 쳐다볼 때면 마치 거울을 보는 듯한 느낌이 들었다. 나와 비슷하게 생겨서가 아니었다. 녀석의 눈 속에서, 표정 속에서 숨겨진 나를 보고는 깜짝 놀라곤 했다. 어쩌면 아이들은 자라면서 부모의 특성과 버릇을 체득하고 점점 더 부모를 닮아가는지도 모르겠다. 나 역시 지금의 내 모습에서 예전 젊은 시절에는 보지 못했던 아버지의 모습을 보곤 하니까. 하지만 그날 차 안에서 나는 낯선 사람을 보았다. 닉은 낯설었지만, 아이의 모든 면면은 익숙했다. 아이의 눈이 떠올랐다. 신이 날 때도 실망할 때도 녹녹

해지는 아이의 눈, 병이 나서 해쓱해진 아이의 얼굴, 햇볕에 타서 붉어진 아이의 얼굴, 치과에서 치료받고 교정을 하던 아이의 입과 치아, 살갗이 까져 내가 밴드를 붙여준 아이의 무릎, 자외선 차단제를 바른 아이의 어깨, 박힌 가시를 빼내던 아이의 발. 닉의 모든 부분이 떠올랐다. 아이를 지켜보고 같이 살고 가까이에 있으면서 아이의 구석구석을 알던 내가, 지금은 오클랜드를 향해 차를 몰고 있었다. 나는 닉의 의기소침함, 분노, 공허함, 닉의 후퇴, 닉의 혼란을 바라보았다. 그리고 생각했다. 너는 누구니?

오클랜드의 재활원 앞에 차를 세우고 유리문을 통과해 소박한 대기실로 들어갔다. 나는 접수원에게 약속을 하고 왔다고 말했고, 닉은 내 뒤에 서 있다가 발끈해 휙 돌아서더니 팔짱을 꼈다.

잠시 후 검은 눈에 길게 머리를 묶은 상담사가 나오더니 자기를 소개했다. 먼저 닉이 들어오고 그다음에 나더러 들어오라 했다. 닉은 그 말에 구시렁대는 소리로 응수했다. 닉은 시키는 대로 그 여자를 따라 다른 방으로 들어갔다. 자세는 구부정했고, 발은 앞으로 나아가는 둥 마는 둥 했다.

나는 지난 〈피플〉지를 뒤적거렸다. 거의 한 시간쯤 지났을 때 상담사가 나타나 나와 따로 면담하자고 말했다. 닉은 잔뜩 골이 나서 대기실 안의 내가 앉았던 자리에 앉았다. 나는 상담사를 따라 작은 방으로 들어갔다. 철제 책상 하나와 의자 두 개, 부연 어항 하나가 있었다.

"현재 아드님 상태는 심각합니다. 치료가 시급합니다. 지금처럼 온갖 약물을 투여하다가는 죽을 수도 있어요."

"무슨 말씀이신지……."

"나이가 이제 열여덟인데, 훨씬 나이 든 사람들보다 더 많은 약물을 그것도 섞어서 투여하고 있어요. 그리고 태도도 위험합니다. 자기가 위험에 빠졌다는 걸 인정하지 않아요. 자신이 골수 중독자라는 걸 자랑스럽게 여기고 훈장처럼 내세워요. 여기 프로그램은 아드님과 맞지 않네요. 이미 만성에 가까운 데다 치료를 거부하는 상태라서요. 저희에게는 흔한 일입니다만, 아드님은 지금 부인 단계에 있습니다. 괜찮을 거라 믿고 그 생각을 고수하는 중독자한테서 흔히 나타나는 증상입니다. 내가 원할 때 멈출 수 있다, 문제는 내가 아니라 다른 사람들이다, 나는 괜찮다, 모든 걸 잃게 되더라도, 길거리에 나앉는 한이 있어도, 감옥이나 병원에 가게 되더라도 할 수 없다는 식이죠."

"그럼 어떻게 해야 합니까?"

"반드시 치료를 받아야 합니다. 여기는 안 되고, 다른 곳에서요."

그녀는 다른 프로그램을 추천해주었다. 심각한 말투와 표정으로 보아 닉에게 가망이 없다고 여기는 듯했다. 집으로 돌아오는 차 안에서 긴장감이 차츰 쌓이다가 결국 폭발하고 말았다. 닉이 고함을 질렀다.

"이건 정말 개짓거리야!"

녀석이 차 밖으로 뛰쳐나갈 기세여서 나는 차를 고속도로 갓길에 세웠다.

"개짓거리 맞아." 내가 응수했다. "네 스스로 목숨을 내던지고 싶다면 나도 어쩔 수 없다."

"내 인생이야!"

닉이 갈라진 목소리로 소리치고는 신경질적으로 와락 울음을 터뜨렸다. 대시보드에 주먹질을 하고 발길질을 해댔다.

집에 도착했지만 데이지와 재스퍼가 있어서 닉을 안으로 데리고 들어가지 않았다. 한 30분쯤 차 안에 같이 앉아 있자 녀석이 제풀에 지쳤다. 닉이 멀게만 느껴졌다. 녀석은 약 기운과 화를 쏟아낸 것 때문에 노곤한지 호흡이 느려지다가 결국 곯아떨어졌다. 나는 녀석을 차 안에 그대로 두고 가끔씩 가서 확인했다. 닉은 "15분마다 와서 확인할 셈이에요?"라고 묻더니 곧장 자기 방으로 향했다. 재스퍼와 데이지는 닉이 맥없이 거실을 가로질러 가는 모습을 말없이 쳐다보았다.

닉을 맡길 프로그램을 한시라도 빨리 찾아야 했다. 녀석을 영영 잃기 전에.

닉이 방에서 잠든 사이 나는 아이들을 데리고 앉았다. 닉이 다시 약물에 빠져 아프다는 사실을 최선을 다해 아이들에게 설명했다. 닉을 도울 수 있는 병원이나 재활 프로그램을 찾고 있다고. 그리고 형이나 오빠, 혹은 부모가 약물에 빠졌을 때 아이들은 그것을 자기 탓으로 돌리는 경우가 있다고.

"이건 너희들 잘못이 아니야. 아빠 말 믿으렴."

아이들은 나를 물끄러미 보았다. 슬픔이 가득하면서도 도무지 이해할 수 없다는 눈빛이었다.

"닉은 심각한 문제가 있어. 하지만 우리가 필요한 도움을 받게할 거야. 도움을 받으면 괜찮아질 수 있어."

닉은 계속해서 끙끙 앓았다. 고통스럽게 얕은 잠을 자다 깨기를 반복하면서 욕설을 지껄였다. 나는 더 많은 재활 치료 프로그램에 전화를 걸었다. 샌프란시스코의 올호프 재활원에 빈자리가 하나 있었다. 베이 지역의 많은 전문가들이 추천하는 평판 좋은 프로그램이었다. 한 친구의 지인은 내게 헤로인에 중독됐던 자신의 아들이 그 프로그램 덕에 다른 삶을 살게 됐다고 말했다.

"아들은 지금 플로리다에 살아요. 자기 가정을 꾸렸죠. 좋아하는 일을 하고 있고 틈틈이 약물 문제가 있는 아이들을 돕는 자원봉사도 하고 있어요."

중독자의 부모는 이런 고무적인 이야기에 힘을 얻어 살아간다. 닉이 잠에서 깨자, 나는 시내에 있는 한 프로그램을 찾았다고 말했고, 닉은 마지못해 다시 한 번 검사를 받아보기로 동의했다. 그리고 침울하게 나를 따라 차에 탔다.

올호프 재활원은 둥근 지붕이 있는 장중하고 고풍스러운 3층짜리 빅토리아풍 대저택이었다. 내가 목재 패널로 마감된 근사한 로비에서 기다리는 동안 닉은 프로그램 담당자와 면담을 하러 들어갔다. 그녀가 맡은 28일짜리 프로그램은 학교의 기초반에 해당했다. 본격적으로 재활과 회복에 들어가기 전 밟는 예비 단계인 셈이었다.

면담이 끝난 뒤 나는 삭막한 느낌의 방으로 불려 들어가 빈 의자에 앉았다. 닉과 나의 맞은편에는 담당자가 앉았다. 그녀의 태도와 지친 듯한 눈빛을 보니 닉이 이전의 상담사에게 그랬듯 이번에도 적대적으로 군 모양이었지만, 그녀는 이전 상담사보다는 덜 불안해 보였다. 그녀가 말문을 열었다.

"닉은 자기가 중독자라는 걸 인정하지 않아요."

"아니니까요."

닉의 빈정에도 그녀는 개의치 않고 계속했다.

"그리고 아버님이 강요해서 치료받는 거라고 하는군요."

"알고 있습니다."

이번에는 내가 말했다.

"하지만 괜찮습니다. 자발적으로 여기 오는 사람은 많지 않거든요. 억지로 왔든, 제 발로 기어 와서 치료해달라고 애걸하든 어차피 약을 끊을 확률은 같아요."

"그렇군요."

내가 대답하자 닉이 노려보았다.

"아드님을 28일 프로그램 오전반에 넣어드리죠."

닉은 저녁 내내 자기 방에 틀어박혀 지냈다. 우리는 데이지와 재스퍼에게 닉이 오전 치료 프로그램에 들어가게 됐는데 겁을 먹었다고 말해주었다. 캐런이 아이들에게 동화책을 다 읽어주었을 때 나는 아이들 옆에 앉았다.

"닉 때문에 이런 일을 겪게 해서 정말 미안하다."

이미 수없이 한 말이었다. 달리 뭘 어쩌겠나?

"우리 가족에게 이런 문제가 생긴 건 참 슬픈 일이야. 원한다면 아빠는 너희들이 학교 선생님이나 친구들과 이 문제를 이야기하기를 바란다. 궁금한 것이나 걱정되는 게 있다면 아빠나 엄마에게 물어봐."

재스퍼는 시무룩하게 고개를 끄덕였다. 데이지는 가만히 있다가 보급판 가필드를 읽기 시작했다. 재스퍼가 책을 낚아채 빼앗았다. 데이지는 재스퍼를 할퀴었고 재스퍼는 데이지를 밀쳤다. 결국 둘 다 울음을 터뜨렸다.

이튿날 아침 시내로 가는 차 안에서 닉은 도끼눈을 뜨면서도 기운이 없어 거의 한 마디도 하지 않았다. 유죄 선고를 받은, 체념하고 겁먹은 죄수. 아이가 눈물을 삼키는 게 보였다.

나는 그 오래된 저택 앞에 차를 세우고 더플백을 짊어진 닉과 함께 걸었다. 닉은 찢어진 남방과 큰 청바지 안에 숨어 고개를 푹 숙이고 바들바들 떨었다. 우리는 담배를 피우는 중독자들(입원한 중독자들 같았다) 사이를 지나면서 계단을 올라갔다. 그들은 현관 계단 곳곳에 흩어져 있었다. 지켜보는 나도 몸이 덜덜 떨렸다. 몇몇 남자들이 닉의 가방과, 불안하게 흘끔거리는 닉의 시선을 보더니 닉에게 말을 붙였다.

"어이."

"야."

"어서 와, 정신병원은 처음이지?"

닉은 사무실에서 프로그램 담당자와 잠깐 면담한 뒤 종이를 한 장 받았다. 그러고는 "아래에 서명한 본인은 알코올 및 약물 회복 프로그램을 신청합니다" 등과 같은 질문지에 서명했다. 복도에서 닉이 담당자 옆에 서 있을 때 담당자가 내게 말했다.

"이제 가보셔도 됩니다. 첫 주에는 전화 통화가 금지됩니다."

나는 닉에게 돌아섰고 우리는 어색하게 포옹했다. 그리고 그곳을 나왔다.

밖으로 나가니 쌀쌀한 공기가 어렴풋이 상쾌하게 다가왔다. 벅찬 감정이 한 번만 더 밀려들면 그대로 무너질 것 같았다. 뜬금없이 내가 닉을 배신하고, 닉을 버리고, 닉을 신고한 듯한 기분이 들었다. 그러면서도 아이가 어디 있는지 안다는 사실이 작은 위안이 되었다. 그날 밤은 몇 주 만에 처음으로 단잠을 잤다.

이튿날 아침, 닉의 방으로 들어가 암막을 높이 걷어 올리고 창문을 활짝 열어젖혔다. 정원이 내다보였다. 침침한 붉은 방 안에 책들, 반쯤 그리다 만 캔버스들, 지저분한 옷가지, 스피커가 널려 있었고, 침대 위에는 노란 기타가 있었다. 닉이 매직펜으로 여러 남자와 여자의 몸을 길게 늘이고 기괴하게 뒤틀어 그린 그림이 여러 장 벽에 붙어 있었다. 방 안에서 닉의 냄새가 났다. 한때 풍겼던 달콤한 어린아이의 체취가 아니라, 향초와 마리화나, 담배와 애프터쉐이브 로션의 느끼한 냄새가 났다. 희미한 암모니아나 포르말린 냄새, 메스를 태운 잔향도 났다. 데오도란트 냄새처럼 느껴졌다.

캐런이 지켜보는 가운데 나는 닉의 서랍장과 책상 서랍, 옷장을 뒤져 녀석의 비밀 병기들 — 마리화나용 유리 물파이프, 수제 메스 파이프, 담배 마는 종이, 깨진 거울 조각, 면도칼, 다 쓴 플라스틱 라이터, 빈 병 — 을 한데 모아서 몽땅 검정색 쓰레기봉투에 넣고 내다 버렸다.

그 뒤로 며칠 동안 친구들과 친구의 지인들로부터 조언 세례가 쏟아졌다. 캐런의 친구는 닉의 소식을 듣고 얼마나 있느냐고 물었다. 캐런이 4주짜리 프로그램이라고 설명하자 그녀는 고개를 저으며 "그걸로는 어림도 없어"라고 말했다.

캐런이 무슨 소리냐고 묻자 그녀는 자신의 아들이 4주짜리 프로그램을 두 번 끝냈을 때 1년짜리 프로그램에 다시 보냈다고 말했다. 아들은 현재 재활 교육과 고등교육을 병행하는 곳에 있다고 했다. 아들이 아직 열일곱 살이라 강제로 보낼 수 있었다면서, 캐런의 친구는 말했다.

"1년짜리도 안심이 안 돼."

어떤 친구는 재활원은 잘못된 접근이고 닉에게 필요한 것은 아웃워드 바운드 학교*라고 말했다. 어떤 사람들은 심리 치료의 효과를 믿었고 어떤 사람들은 혐오했다. 수년간 닉을 지켜본 심리학자들과 정신과 의사들이 내게 유용한 조언과 지원을 해주고 닉을 도와줄 수 있으리라 예상했지만, 우리가 자문을 구한 거의 모든 전문가들은 약물 중독에 경험이 없다면서 정확한 진단에 실패했다. 모두들 나름의 의견을 가지고 있었다. 선의에서 비롯된 조언들이 끊임없이 쏟아졌다. 캐런과 나는 열심히 귀 기울였다. 결국은 대부분 따르지 않았지만 그래도 사람들의 관심이 고마웠다.

우리 아이들과 같은 학교에 다니는 한 아이의 엄마는 이 지역의 약물 중독 전문가를 추천해주었다. 자기 친구가 도움을 받았는데, 이 방면에서는 자기가 아는 한 어떤 전문가보다 더 유능하다고 했다. 우리는 이 추천을 귀담아듣고 만나기로 약속을 잡았다.

심리 치료사의 진료실은 샌안셀모의 미술용품 가게 위층에 자

---

* 경험이 풍부한 리더와 함께 자연에서 생활하는 청소년 프로그램.

리하고 있었다. 이제까지 찾아간 어떤 진료실보다 격식을 차리지 않은 소박한 분위기였고 부부 전문 심리 치료사와 공간을 나눠 쓰고 있었다. 세 명 중 한 명꼴로 어떤 식으로든 심리 치료 분야에 종사할 것 같은 곳이 샌프란시스코 베이 지역인데, 이제 이 지역의 약물과 알코올 상담사, 심리학자, 정신과 의사라면 죄다 만나본 것 같았다. 이 사람은 무슨 말을 해줄까? 스콧 펙은 가장 병든 사람과 가장 건강한 사람이 심리 치료를 받는다고 말했다. 우리는 어느 쪽일까?

벗어져가는 머리에 넥타이를 매지 않은 정장 셔츠와 양모 재킷 차림의 의사 양반이 주름진 얼굴에 조용한 미소를 짓고 있었다. 안정감 있고 상냥하며 공감력이 높아 보였다. 그의 외모와 태도, 부드러운 목소리와 눈빛에서 그가 우리와 같은 일을 경험했고 우리의 심정을 잘 알고 있다는 걸 알 수 있었다.

우리는 그에게 닉에 관한 모든 것을 털어놓았다. 닉이 현재 올호프 재활원에서 재활 치료를 받고 있는데 과연 잘한 일인지 확신이 들지 않는다고 말했다. 재스퍼와 데이지도 걱정이 되고, 프로그램이 끝나면 어떡해야 할지 막막하다고.

놀랍게도 그는 이렇다 할 조언을 하지 않았다. 적어도 닉에게 도움이 될 만한 건 없었다. 하지만 닉에게 재활 치료를 받게 한 것은 잘한 결정이라고 지지해주었다. 그가 조언한 것은 대부분 우리 부부에 관한 것이었다.

"서로를 잘 챙겨주세요. 결혼 생활에 관심을 기울이세요. 아이가 약물 중독일 경우 가정이 깨지는 일이 많습니다."

그리고 프로그램이 끝나면 어떡해야 할지 결정할 수도 없을뿐

더러 해서도 안 된다고 말했다. 그사이에 많은 일이 일어날 수 있다고.

"하루씩 감당하세요."

그는 흔한 문구대로 하라고 충고했다. 상담이 끝나갈 무렵 우리 쪽으로 몸을 내밀더니 절절한 말투로 말했다.

"같이 나가서 데이트하세요."

"지금 하고 있어요. 이게 데이트죠."

캐런이 말했다. 우리는 서로를 쳐다보며 아이러니한 심정을 공감했다. 단둘이 오붓하게 외출한 게 언제인지 까마득했다. 상심해서 집에만 있으려 했고 아이들과 떨어지면 불안했다. 그날 저녁 우리는 아이들을 낸시와 돈의 집에 맡기고 외출하기로 했다.

상담할 때 심리 치료사는 알아넌에 가본 적이 있냐고 물었다. 나는 없다고 대답했다. "내 생각에 알아넌은……" 하고 말끝을 흐리자 치료사가 말했다.

"밑져야 본전이잖아요."

전화 통화는 금지돼 있었지만 닉은 올호프에 들어간 지 사흘 째 되는 날 기어코 전화를 해서 집에 가고 싶다고 애원했다. 내가 거절하자 닉은 수화기를 쾅 내려놓았다. 걱정이 되어 담당 상담사에게 전화를 했고, 그녀에게 들으니 닉은 퉁명스럽고 침울하고 공격적인 데다 달아나겠다고 위협하고 있다고 했다.

"하지만 처음엔 다들 이래요."

"정말 달아나면요?"

"그건 막을 수 없어요. 아드님은 성인이니까요."

캐런과 나는 샌안셀모의 심리 치료사에게 여러 번에 걸쳐 상담을 받았다. 그는 우리 이야기를 경청했다. 어쩌면 그것이 당시 우리에게 가장 필요한 것이었을지도 모르지만, 그 이상의 성과는 없었다. 그는 우리가 닉을 위해 할 수 있는 일과 할 수 없는 일을 구분하는 데 도움을 주었다. 그리고 약물에 중독된 자식을 둔 부모가 가장 힘들어하는 점은 그 상황을 통제할 수 없는 것이라고 알려주었다. 우리는 닉을 구할 수 없었다.

"닉이 회복하도록 지원할 수는 있지만 대신 회복해줄 수는 없어요."

그는 알아넌의 '3C'에 대해 말해주었다. "당신은 이것을 유발하지(Cause) 않았고, 통제하지(Control) 못하며, 치료하지(Cure) 못합니다." 진료실을 나설 때마다 그는 우리에게 당부했다.

"연대하세요. 자신을 돌봐야 한다는 것도 명심하시고요. 해내실 겁니다. 그 누구도 아닌 두 분을 위해, 아이들을 위해서라도요."

～

일단 닉이 안전해졌기 때문에—당분간은—나는 일에 더 열중했다. 인터뷰한 사람 중에 약물에 중독된 자식을 둔 부모이면서 본인도 약물 중독 치료를 받고 있는 사람이 있었다. 얼마 전 아들을 재활원에 보냈다고 말하자 그가 말했다.

"하느님이 보살펴주시길. 나도 거기 다녀왔어요. 지옥이었죠. 하지만 아드님은 하느님의 손안에 있습니다."

나는 그 말에 놀랐다. 우리 가족은 하느님을 믿은 적이 없다고 말했다.

"나도 믿고 싶어요. 그 일을 다른 사람의 손에 맡기고 싶습니다. 강력하고 자애로운 누군가한테. 하지만 나는 그런 건 믿지 않아요."

그러자 그가 말했다.

"이 일이 끝나기 전에 하느님을 믿게 될 겁니다."

나는 올호프의 담당자에게 전화했다. 그녀는 되도록 긍정적인 면을 부각하려 애썼지만 실망한 기색이 역력한 목소리였다.

"메스암페타민은 유달리 까다롭습니다. 악마의 마약이라 할 만하죠. 사람에게 참혹한 짓을 하거든요." 그녀는 잠시 머뭇거리다가 말했다. "그래도 아직은 초기니까요."

메스가 다른 약물보다 지독하다는 말을 들은 것이 처음은 아니었다. 그 이유를 알기 위해 조사를 계속했고, 메스 연구자들을 찾아다녔다. 그들의 설명에 따르면, 마약 복용자들은 초기에 느꼈던 쾌감을 다시 맛보기 위해 마약 사용량을 점점 늘려 과용하는 일이 많지만, 메스 중독자는 두뇌 도파민의 90퍼센트가 소진된 상태이기 때문에 그것이 불가능하다. 많은 마약이 도파민 부족과 그로 인한 우울증과 불안감을 유발하는데, 메스의 경우에는 유독 심각하다. 이 때문에 마약 투여는 더 많은 마약의 투여를 유도하고, 이는 다시 신경계 손상을 초래해 마약에 대한 강박을 강화한다. 이렇게 중독과 재발의 악순환이 형성된다. 많은 연구자들은 메스의 독특한 신경 독성 때문에 대부분의 다른 마약 사용자들과 달리 메스 중독자는 완치되지 않는다는 입장을 가지고 있다. 내게는 등골이 서늘해지는 결론이었다. 나는 조사에 더욱 매달렸다.

메스암페타민이 대유행하고 메스 중독자들이 높은 재발률과 낮은 재활 프로그램 이수율을 기록하자, 클린턴 행정부는 메스암페타민 치료 연구에 수백만 달러를 배정했다. 연구 목표 중 하나는 중독자의 두뇌가 회복이 불가한 손상을 입는지를 규명하는 것이었다. 만약 그렇다면 파킨슨병처럼 증상을 치료하거나 악화 속도를 늦추는 것이 최선이 될 테고, 완치는 요원한 일일 수밖에 없었다.

1987년 '마약 없는 미국 연대'는 "마약을 한 당신의 두뇌"라는 슬로건으로 마약 퇴치 캠페인을 벌였다. 하지만 메스를 투여한 인간의 두뇌는 그들이 말하는 것처럼 달걀 프라이와는 닮지 않았다. 차라리 전쟁 발발 첫 주 바그다드의 밤하늘과 더 비슷하다. 적어도 약리학자 이디스 런던의 책상 위 컴퓨터 화면에 뜬 것은 그렇게 보였다. 이디스 런던은 UCLA 데이비드 게펜 의과대학의 정신의학·생물행동학과 교수다.

그녀는 학부생 때 적성검사를 받고 나서 자신이 메디컬 일러스트레이션*에 소질이 있다는 걸 알았다고 한다. 그 후 뇌 영상 기술을 통해 그 분야에 진출할 수 있었다. 2000년에는 메스암페타민 남용자 열여섯 명의 뇌를 촬영했다. 그녀의 피실험자들은 대부분의 메스 사용자가 약을 끊었을 때 흔히 그렇듯 병원에 입원한 후 이틀 동안 잠을 잤다. 며칠 뒤 그들이 잠에서 깼을 때 양전

* 복잡한 의학 지식이나 생물학적 정보를 효과적으로 전달하기 위해 시각적으로 표현하는 분야.

자단층촬영(PET) 스캔 작업으로 그들의 뇌 지도를 만들었다. PET 스캔은 방사성 추적자의 움직임과 농도로 혈류와 생화학 반응을 측정함으로써 두뇌 활동을 기록한다. 그 결과 인간의 두뇌 작용이 그림으로 그려지는데, 측정된 활동은 감정과 연관 지을 수 있다. 실험에 어떤 화학물질, 즉 마커를 쓰느냐에 따라 뇌의 전반적 활동이나 특정 신경전달물질의 활동을 스캔하게 된다. 런던 박사가 메스 중독자들의 뇌를 스캔할 때 중점을 둔 것은 마약을 중단한 초기 단계의 뇌 상태였다. 재활원에 들어간 직후 그들의 뇌는 어떤 모양을 띨까?

런던 박사는 상냥한 말씨에 앞머리를 이마 위로 내린 검은 단발머리의 여성이었다. 나는 의학 센터 안에 있는 작은 연구실에서 그녀와 마주하고 앉아 있었다. 그녀가 평면 모니터를 돌리자 나는 중독자의 뇌가 작동하는(정확히는 오작동하는) 이미지를 볼 수 있었다. 그 이미지는 뇌 활동을 기록하는 PET 스캔과 뇌 구조를 정밀하게 잡아내는 MRI를 종합해 도출한 중독자의 평균적인 뇌라고 했다. 런던 박사가 이미지들에 색깔을 지정하자 그 결과가 눈앞에 나타났다. 지도는 중독자와 정상인의 뇌 사이에 확연한 차이가 있음을 보여주었다. 그것은 옆에서 본 뇌의 단면이었는데, 회색 부분은 MRI로 잡아낸 회백질이었다. 파란 부분은 통제 집단에 비해 메스 사용자의 뇌에서 극히 드물게 나타났다. 노란색에서 빨간색에 이르는 '뜨거운' 부위는 정상인의 뇌보다 중독자의 뇌에서 확연히 활성화되어 있었다. 런던 박사는 얼마간 스크린을 뚫어져라 응시하다가 한숨을 내쉬더니 말했다.

"아름다우면서도 참 슬프네요."

내 생각은 닉에게로 흘러갔다. 닉이 평균적인 메스 투여자라고 가정하면, 크기도 모양도 꼬리 없는 생쥐를 닮은 가장 넓고 가장 뜨거운 저 붉은 부위가 닉의 후대상피질을 차지하고 있겠구나. 그녀는 바깥쪽으로 점차 오렌지색을 띠는 원 중앙의 노란 부위를 가리키며 설명했다.

"여기 이 부위가 바로 사람들이 고통을 느끼는 동안 활성화되는 부위예요." 그 말의 강조점은 '동안'에 있었다. 그녀는 말을 이었다. "메스암페타민을 끊으면 바로 이 부위가 대기하고 있죠."

메스 중독자를 다뤄본 임상의들은 메스 중독자들이 자주 우울해하고 언쟁을 벌이고 불안감에 시달리고 치료를 기피한다는 걸 — 정확히 닉의 경우처럼 — 이미 알고 있었지만, 런던 박사의 스캔 이미지는 그 증상들의 생물학적 근거를 제시했다. 그리고 그동안 간과된 심각성을 부각했다. 이것을 근거로 그녀는 메스 중독자들이 메스를 중단한 초반기부터 일반적인 재활 치료를 거부하는 것일지 모른다고 결론지었다. 그들이 재활 치료를 포기하고 다시 마약에 빠지는 것은 도덕성의 결여나 의지박약의 문제라기보다 손상된 두뇌의 결과일 수 있다.

인지기능이 훼손된 환자에게 집중력과 논리, 기억력이 필요한 치료는 불가능한 과제일지 모른다고 런던 박사는 말했다. 또한 고도의 우울감과 불안감을 보이거나 런던 박사가 말한 '만성 통증'으로 고생하는 환자는 인지행동 치료에 불리한 상황이라 봐야 한다. 닉이 치료 첫 주에 도망치고 싶어 한 것도 무리는 아니었다. 나는 런던 박사의 연구를 접하고 마음이 무거웠다. 다른 연구 결과도 그렇지만 그녀의 연구가 손상된 두뇌가 정상으로 돌아가기까지 얼마나 걸릴지, 과연 돌아갈 수 있을지에 대한 문제를 제기했기 때문이다.

메스를 끊은 지 한 달이 지나면 우울감과 고통을 수반하는 금단 증상이 완화되는 경우도 많지만, 좀체 증상이 호전되지 않는 경우도 상당하다. 따라서 재활 시설에서 제공하는 치료 프로그램이 대부분 실패하는 것도 놀랄 일은 아니다. 내가 전화해 문의한 곳들 중에는 고작 일주일짜리 치료 과정도 있었다. 많은 프로그램들이 올호프처럼 28일 과정에 그치고 있다. 시 차원에서 공개적으로 장기 프로그램을 지원하는 경우는 드물고, 지속적인 집중치료의 비용을 보장하는 보험도 드물다. 더 긴 프로그램, 특히 입원 치료 프로그램은 비용이 비싸서 대부분의 사람들에겐 그림의 떡이다. 4주라는 기간은 메스 중독자 본인이 지속적인 치료가 필요하다는 걸 이해하는 데는 충분할지 모르나 완치되기에는 충분하지 않을 수 있다. 런던 박사의 뇌 사진은 가장 효과적인 프로그램이 왜 수개월 과정인지를 말해준다. 환자가 어느 정도 회복이 되어 성과 있는 치료를 받게 되기까지 적어도 두 달은 필요하다.

재활원을 찾은 환자에게 어떤 방법을 써야 할까? 헤로인을 투여한 지 불과 며칠밖에 안 된 헤로인 중독자에게 재활 프로그램의 근간인 인지행동 요법을 적용하는 것은 맞지 않다. 이미 입증되었듯이 헤로인 중독자는 약을 끊게 되면 떨림과 발작 등과 같은 신체 증상을 보인다. 반면, 메스암페타민을 끊었을 때의 신체 증상은 주로 심리적이고 감정적인 측면과 연관되어 나타나지만 —런던 박사의 파란색과 주황색이 들어간 컴퓨터 화면이 그것을 입증한다— 어쨌든 근본적으로 신체 증상이다.

'뜨겁게' 활성화된 두뇌 부위는 지속적인 특성 불안 및 상황에 따른 상태 불안과 관련이 있는데, 이것은 통제집단보다 메스 환자들한테서 훨씬 더 많이 나타났다. 이러한 사진은 메스 중독자한테만 나타나는 독특한 경우라고 런던 박사는 설명했다.

"헤로인이나 코카인, 알코올 중독자들의 뇌는 이러한 변화를 보이지 않습니다."

그 이미지가 던진 또 다른 시사점은 인지기능 장애다. 런던 박사는 내측 안와전두피질에 나타난 파란 부위를 걱정했다. 이 부위의 활성화는 의사 결정 능력과 관계가 있기 때문이다. 통제집단의 경우 고통과 감정에 관계된 후대상피질은 활성화되지 않았지만, 메스 사용자들의 경우에는 그 부위에 환히 불이 들어왔다. 부정적인 감정과 연계된 뇌 부위가 활성화됐을 때 사고력이 떨어지는 것은 당연하다. 런던 박사는 "메스 복용자들은 적어도 치료 초반에는 뇌의 인지 전략이 비정상적"이라고 말했다. 메스를 끊은 사람들은 고도의 불안감과 우울감 같은 생리적 증상뿐 아니라 인지기능에도 심각한 타격을 입게 된다는 뜻이다.

그 후 나는 조사를 계속하다가 토론토 대학 의료 센터에서 근무하는 스테판 키시 박사가 런던 박사보다 3년 앞서 실시한 연구 자료를 발견했다. 그는 메스 사용자의 두뇌를 해부했다(그가 해부한 사람들은 메스암페타민 과용으로 사망했거나, 총에 맞아 살해당하거나 사고로 사망할 당시 체내에 메스암페타민 수치가 높았던 사람들이다). 알코올 중독자의 쪼그라들고 말라비틀어지고 약화된 뇌는 크림색 스펀지 같은 건강한 뇌와 비교되어 여러 세대 전부터 고등학교 보건 수업에서 슬라이드로 상영되었다. 알코올 중독자와 달리 메스 중독자의 두뇌에서는 육안으로는 손상된 부위를 찾아볼 수 없다. 하지만 현미경으로 보면 마약을 한 두뇌를 달걀 프라이에 빗댈 만하다는 생각이 든다. 연구원들은 그 신경세포의 끝이 탄 것을 확인했다. 뇌세포 조직 검사는 많은 것을 말해준다. 키시 박사는 생화학 탐침을 사용해 뇌 조직 20밀리그램을 추출했다. 그리고 특정한 신경전달물질들의 양을 측정해 정상 두뇌의 양과 비교했다.

연구 결과에 따르면, 세로토닌을 비롯한 여러 신경전달물질들은 다소 감소한 반면, 도파민의 수치는 급격히— 90퍼센트에서 95퍼센트가량— 감소했다. 키시 박사는 도파민이 분비되는 부위에 잔존한 도파민 운반체의 양도 측정했는데, 이것도 고갈된 상태였다. 메스에 중독된 원숭이, 개코원숭이, 생쥐, 집쥐의 뇌를 분석한 다른 학자들도 유사한 고갈 증상을 발견하고 메스가 신경계를 손상시킨다는 결론을 내렸다. 메스가 코카인이나 다른 마약들보다 뇌에 훨씬 더 큰 물리적 변형을 일으킨다는 뜻이다. 그렇다면 자연스럽게 한 가지 의문을 생긴다. 나 역시 궁금하지 않을 수 없었다. 닉이 메스를 끊는다 해도 뇌가 복구될까?

도파민의 격감은 입증되었지만 도파민 터미널의 물리적 소실이 입증된 것은 아니었다. 키시 박사에 따르면, 메스에 의해 영구히 파괴된 도파민 터미널은 회복될 가능성이 낮았다. 그래서 그는 뇌세포 샘플에서 지표라 할 만한 '소포성 모노아민 수송체', 즉 V-MAT2를 살펴보았다. 파킨슨병 환자의 경우, 도파민 신경세포가 영구히 상실된 부위는 V-MAT2 수치가 극히 낮았다. 메스 중독자 뇌에 이 지표가 고갈되었다면 신경 말단이 상실되었을 가능성이 크므로 손상된 뇌는 회복이 불가능했다. 하지만 검사 결과 V—MAT2 수치는 정상이었다. 놀랍고도 희망적인 결과였다. 키시 박사의 이 연구와 후속 연구들은 '타버린' 신경 말단도 길게 는 2년까지 걸릴 수 있으나 다시 자랄 수 있다는 것을 시사했다.

2년. 메스 중독자도 회복될 수 있다는 뜻이었다.

메스 중독자를 자식으로 둔 사람들에게는 희소식이 아닐 수 없었다. 물론 나는 닉이 살아남기를 바랐지만, 그 이상을 바라는 것도 사실이었다. 나는 아이가 다시 건강해지기를 바랐다. 연구 결과들은 아직 확증되지 않았고 논란의 여지도 있었지만, 내 아들이 그 마약을 멀리할 수만 있다면 다시 건강해질 거라는 희망의 불씨가 되었다. 닉이 그 마약을 멀리할 수만 있다면.

캐런과 나는 저녁을 먹고 닉이 있는 재활원으로 향했다. 그 무렵 우리는 재스퍼와 데이지에게 읽어주던 《레모니 스니켓의 위험한 대결》에 나오는 악당 '올라프 백작'에서 착안해 올호프 재활원을 '올호프 백작'이라 불렀다. 계단에서 담배 피우는 사람들을 지나 철제 대문을 통과해 들어갔다. 마당의 정원은 오랫동안 담배 연기와 중독에 찌들어 허덕이는 것처럼 보였다.

환자와 가족이 함께하는 단체 상담이 예정돼 있었다. 상담은 눅눅한 방에서 열렸다. 캐런과 나는 다른 환자의 부모, 배우자, 파트너, 다른 중독자들과 같이 해진 소파와 접이 의자에 둘러앉았다. 나이는 할머니뻘쯤 되고 목소리는 위스키를 몇 잔 걸친 듯한 (20년간 술 한 방울 입에 대지 않은 사람이었지만) 상담사가 대화를 주도했다.

"지금 부모님이랑 같이 여기 있는데, 이것이 어떤 의미인지 좀 말해볼까요, 닉?"

"될 대로 돼라죠. 난 됐어요."

참으로 참담하고 서글프고 가슴 아픈 모임이었다. 중독자들과 각자의 가족들이 서로 알게 되었다. 메스 중독자들 중에 열아홉 살짜리 여자가 있었는데, 순박한 소녀의 얼굴과 양 갈래로 땋아 내린 부스스한 커피색 머리에, 눈에는 낙담한 빛이 가득했다. 그 여자는 메스에 중독된 채 아이를 낳았고 양육권을 빼앗겼다고 했다. 주삿바늘 자국 외에는 아직 앳돼 보였다. 환자들 중에는 헤로인 중독자, 마리화나 골초, 초고령 노인도 끼어 있었다. 얼룩덜룩 검버섯이 핀 노인은 《술과 장미의 나날》의 실사판이라고 할 만한 알코올 중독자였다. 우리는 각자의 사연을 들었다. 알코올 중독자 할아버지는 걸핏하면 인사 한마디 없이 자식들과 아내를 두고 가출했다. 그러고는 집으로 돌아가서 사과했다.

"그렇게 네다섯 번쯤 반복했더니 더는 내 사과를 귓등으로도 안 들더라고."

노인은 결국 가족에게 버림받고 재활원에 들어왔다고 했다. 닉보다 조금 나이가 많고 머리카락과 눈동자가 무채색인 한 청년은 뉴욕 시티에서 왔다고 했다. 원래는 건축을 공부하러 샌프란시스코에 왔는데, "메스암페타민 때문에 진로가 바뀌었다"고.

샌프란시스코에 위치한 재활원이었으니 환자들 중 절반이 '티나'를 하는 게이들인 것도 놀라운 일은 아니었다. 그들 세계에서 메스암페타민은 '티나'로 통했다. 스피드는 도시의 많은 게이 사회를 초토화시켰고, UCLA 가정의학과 내 정신과 전문의 스티븐

숍토에 의하면, "그들을 에이즈 전 1972년대로 돌려보냈다." 보건 전문가들은 샌프란시스코와 뉴욕, 로스앤젤레스의 게이들 중 45퍼센트가 크리스털을 하고 있다고 추산한다. 새롭게 에이즈에 감염된 게이들 중 30퍼센트가 메스 사용자들이다. 캘리포니아에 거주하는 게이 인구 중 스피드를 하는 게이는 하지 않는 게이에 비해 에이즈 양성 판정을 받을 확률이 두 배나 높다. 이성애자와 동성애자, 남자와 여자 모두 장시간 섹스를 지속하기 위해 메스를 이용한다. 이른바 '스피드 섹스'는 시간도 오래가고 더 강렬하다. 초반에는 사용자에게 "활기차고 적극적이며 자신감이 넘치고 섹시한" 느낌을 선사한다고, 캘리포니아 의학 센터 부설 연구소 내 중독 약물학 실험실의 연구원 갠트 갤러웨이는 말했다. "하지만 얼마 못 가 발기가 불가능해진다. 그때쯤 되면 사용자는 그 마약이 없으면 섹스를 못 하게 되는데 그런 섹스는 바이러스처럼 퍼져나간다."

닉이 속한 프로그램에 에이즈 양성 판정을 받은 게이가 한 명 있었는데, 7년이나 메스를 투여한 중독자였다. 그는 바르르 떨리는 목소리로 가만가만 이야기했다.

"치아가 거의 다 빠져버렸어요."

그가 말하면서 외로이 북쪽을 향해 솟은 아랫니 한 쌍을 내보였다.

"폐에는 구멍이 났고요. 이 지랄 맞은 게 낫지를 않아요. 객혈도 해요. 기침하면 위장의 일부가 나와요. 몸이 안 아플 때가 없어요."

그가 바들바들 떨리는 손으로 티셔츠 자락을 들어 올려 염증으로 불그스름하고 푹 꺼진 배를 내밀었다.

3주차 가족 상담 때 닉은 상담사의 격려에 입을 열었다. 캐런과 나에게 대학에 가지 않겠다고 선언했다.

"그동안 부모님 때문에 다닌 거예요. 일하고 싶어요. 당분간 혼자 지낼래요. 독립해야 하잖아요."

상담을 마치고 나오자 거세고 차디찬 돌풍이 캐런과 나를 맞이했다. 우리는 외투를 단단히 여미고 한참을 걸었다. 대학을 포기하겠다는 닉의 결정에 캐런도 나도 충격을 받았다. 솔직히 당시에 나는 입으로는 닉이 마약 중독자라 떠들면서도 속으로는 사실을 부인하고 있었다. 재활 치료는 불가피하겠지만 결국 괜찮아질거라 믿었다. 닉은 그 방 안의 다른 중독자들과는 다르다고, 잠시헤매는 것일 뿐 영리한 아이라고 생각했다. 친구들의 경고도 무시했다. 4주간의 치료를 받고 나면 녀석이 정신을 차릴 거라 생각했다. 하마터면 인생을 망칠 뻔했다면서 가슴을 쓸어내릴 거야, 그쯤에서 멈추겠지, 대학으로 돌아가서 졸업하고 평범한 삶을 살아갈 거야.

무모한 환상에 눈이 먼 나는 재활원 상담사들에게 화를 냈다. 그들의 시각은 단순하고 명료했다. 그들에게 가장 중요한 것은 재활 치료였다. 그 외에 다른 것은 안중에 없었다.

걷기가 끝나갈 때쯤 나는 새로운 판단을 내렸다. 닉은 대학 진학을 미룬 거라고. 그것뿐이라고. 그럼 말이 된다. 나는 이 새로운 시나리오를 채택했다. 닉은 이제 겨우 열여덟 살이었다. 많은 사람들이 대학 진학을 미루지만 잘해나간다고 생각하고 말았다.

4주째 가족 상담 시간에 닉은 또다시 우리를 놀라게 만들었다. 이번에는 치료를 더 받아야겠다면서 재활원에서 운영하는 사회 복귀 훈련 시설에서 지내도 되냐고 물었다. UCLA의 링 박사가 이런 말을 한 적이 있다.

"마약을 끊은 시간은 얼마나 더 마약을 끊을지에 대한 최고의 지표이다." 두려운 계획이었지만―나는 끝장을 보고 싶었다, 녀석이 완치가 되기를 바랐다―합리적인 계획이기도 했다. 또한 솔직히 인정하건대, 닉이 집에 돌아오면 어떤 일이 벌어질까 두렵기도 했다.

그래서 우리는 닉이 사회 복귀 훈련 시설에서 지내는 것에 동의했다. 닉이 입주하고 나서 사흘 뒤 안부차 전화를 걸었지만 닉은 사라지고 없었다.

12

일정한 시점이 되면 부모는 본의 아니게 자식의 자멸을 재촉할 수 있다. 하지만 그러기엔 나는 아는 것이 너무 많았다. 경찰서와 병원 응급실에 전화를 걸었지만 그 외엔 아무것도 하지 않았다. 아무 소식 없이 하루가 흘렀다. 또 하루가 가고, 또 하루가 갔다. 나는 다시 한 번 재스퍼와 데이지에게 최선을 다해 상황을 설명했다. 꼬맹이들은 닉이 곤경에 빠졌고 엄마와 아빠가 속상해한다는 정도로만 이해했다. 재스퍼가 집으로 경찰관이 찾아왔던 일을 떠올리고 물었다.

"형 감옥 갔어?"

"감옥에는 전화해봤는데, 거긴 없었어."

"그럼 형은 어디서 자?"

"모르겠다."

"형도 친구 있으니까 거기서 잘 거야."

"그럼 좋을 텐데."

나는 대체 뭐가 어떻게 돌아가는 것인지 이해하려 애썼다. 닉은 어떻게 되는 걸까. 우리 가족은 어떻게 되는 걸까. 우리는 닉에게 붙잡힌 신세였다. 나는 꼬맹이들 앞에서 항상 조심했지만 캐런에게는 딱딱거렸다. 캐런은 내가 버럭 화를 내고 짜증을 부려도 대부분 이해하고 넘겼지만 가끔은 닉에게 집착하는 나의 모습에 진저리를 내기도 했다. 이해하지 못해서가 아니라 그녀도 사람인지라 인내심이 바닥났기 때문이다. 도무지 나아질 기미가 보이지 않았다. 나는 통 잠을 이루지 못했다. 캐런은 한밤중에 거실의 벽난로 불을 멍하니 바라보는 나를 발견하곤 했다. 나는 샌프란시스코 길거리를 헤매는 닉의 모습이 자꾸 떠올라 잠이 안 온다고 솔직히 털어놓았다. 다치고 곤경에 처한 닉의 모습, 죽어가는 닉의 모습이 머릿속을 떠나지 않았다.

"알아, 나도 그래."

캐런의 말에 우리는 처음으로 서로를 붙잡고 울음을 터뜨렸다. 갈수록 애가 타서 견딜 수가 없었다. 닉이 괜찮은지 알고 싶었고 알아야만 했다. 구름이 잔뜩 낀 쌀쌀한 아침, 헛걸음 삼아 닉이 나타날 만한 곳을 둘러보러 차를 몰고 골든게이트교를 건너갔다. 정처 없이 미션 지역을 돌다가 반대편으로 건너가서 애시버리에 차를 세워두고 헤이트 스트리트를 걷기 시작했다. 닉이 즐겨 찾던 음반 상점에도 들어가보고, 카페와 서점 안도 기웃거렸다.

젠트리피케이션에도 불구하고 헤이트 스트리트는 1960년대의 펑키한 분위기를 간직하고 있었고, 알싸한 마리화나 냄새가 공중에 감돌았다. 가출한 아이들이—염색한 머리, 문신, 홀치기염색 옷, 주삿바늘 자국, 풀린 눈—문간을 서성였다. 예전에 닉이 말한 적이 있었다.

"그 거리 애들은 여전히 헤이트 애시버리의 환상에 매달려 있지만 거긴 더 이상 평화와 사랑이 없어요. 이제 거긴 펑크 음악과 나태함, 마약뿐이에요."

물론, 작가 데이브 에거스가 《비틀거리는 천재의 가슴 아픈 이야기》에서 말했듯이 인근 마린 지역에서 온 형편없는 히피 청소년들이 동전을 구걸하는 광경도 빼놓을 수는 없다. 중독이 질병이라는 데 동의하는 사람이라면 이렇게나 많은 아이들이—망상증과 불안감에 시달리고, 몸은 멍들고, 경련하고, 쇠약해질 대로 쇠약해져 종종 정신병까지 걸린 꼴로—아파하면서 서서히 죽어가는 실태에 경악할 것이다. 이 아이들이 다른 질병에 걸렸다면 우리는 절대 좌시하지 않았을 테고, 아이들은 지금 거리가 아니라 병원에 있을 것이다.

나는 아이들에게 혹시 내 아들을 아냐고 수없이 물었다. 대부분 나를 무시하거나 노려보았다. 나는 그들 쪽으로 다가가거나 지나치면서 얼굴들을 하나하나 뜯어보았다. 그 아이들의 사연도, 그 부모들의 사연도 궁금하지 않을 수 없었다.

나는 골든게이트 공원으로 들어갔다. 길을 따라 롤러브레이드나 자전거 타는 사람들을 피해 작은 숲으로 들어갔다. 회전목마 근처에서 경찰관 한 명을 붙잡고 메스 중독자인 아들을 찾고 있다고 설명했다.

"트위커들이야 모를 수가 없죠."

그가 그런 아이들이 자주 출몰하는 곳을 안다면서 나를 데리고 오솔길을 걸어갔다. 그가 목련 나무 아래 풀이 난 둔덕을 가리켰다. 사람들 10여 명이 거기 모여 있었다.

나는 다른 사람들과 떨어져 벤치에 홀로 앉아 있는 여자아이에게 다가갔다. 호리호리한 몸매에 안색은 파리하고 지저분한 줄무늬 스웨터를 걸친 소녀였다. 가까이 다가가니 메스 중독자 표식이 또렷이 보였다. 꽉 다물린 턱, 움찔움찔하는 몸. 나를 소개하자 소녀는 몸을 뒤로 뺐다.

"아저씨 경찰이에요?"

나는 아니라고 말하고는 아까 너를 가리킨 게 경찰관이었다고 말했다. 걸어서 사라지는 경찰관을 가리키자 아이는 마음을 놓는 것 같았다.

"저 경찰은 쿨해요. 누굴 괴롭히지도 않아요. 소란을 떨거나 운동장 꼬맹이들 앞에서 마약을 하지만 않으면요."

그러면서 손으로 가리켰다. 물론 나는 그 운동장을 알고 있었다. 닉이 비밀 요원 놀이를 하던 곳이었다.

이런저런 잡담을 하고 나서 소녀에게 닉 이야기를 해주고 혹시 어디 있는지 아냐고 물었다. 닉의 생김새를 묻길래 알려주자 아이는 고개를 저었다.

"내가 아는 남자들 절반은 다 그렇게 생겼어요. 본인이 직접 나타나지 않는 이상 못 찾을걸요."

"너 배 안 고프니? 내가 당장은 딱히 할 일이 없어. 먹을 걸 좀 사줄까 하는데."

여자애가 고개를 끄덕였다. 우리는 맥도널드로 걸어갔다. 아이가 치즈버거를 삼키며 말했다.

"요새 크리스털 다이어트 중이에요."

나는 그 애가 어쩌다가 거기에 있게 됐는지 궁금해졌다. 아이는 조용한 목소리로 멈칫거리며 내 질문에 대답했다.

"난 속 썩이는 애는 아니었어요. 착한 애였죠."

인형 놀이를 좋아했고, 트위스터 게임의 달인이었으며, 고등학교 밴드부에서 활약했고, 역사 과목을 좋아했고, 프랑스어를 잘했다고 했다. 책을 엄청 읽었다면서 가느다란 손가락을 꼽아가며 좋아하는 작가들의 이름을 줄줄 댔다. 닉이 더 어렸다면 읊었을 법한 작가들이었다. 하퍼 리, 톨킨, 디킨스, E. B. 화이트, 헤밍웨이, 카프카, 루이스 캐럴, 도스토옙스키.

"도스토옙스키는 내 신이었고, 《카라마조프가의 형제들》은 내 성경이었어요. 지금은 그 쓰레기를 읽지 않지만요."

여자애는 고개를 들더니 말했다.

"사실 나 치어리더였어요. 거짓말 아니에요. 졸업 파티는 참석 못 했지만요."

깔깔대는 아이의 웃음소리에 자의식이 흘러넘쳤다. 아이는 덜덜 떨리는 손으로 입을 가렸다가 지저분한 머리카락을 당겼다.

"궁지에서 건져줄 요정 할머니는 없더라고요."

메스는 열네 살 때 어떤 소년한테서 얻었다고 했다. 5년 전이었다. 아이는 탄산수를 삼키더니 몸을 앞뒤로 흔들다가 덧붙였다.

"메스는…… 신세 망치는 길인 거 알아요. 그치만 모든 걸 돌이킬 수 있다 해도 난 다시 할 거예요. 그 약 없이는 살 수 없고 살고 싶지도 않아요. 좋을 때는 그게 얼마나 좋은지 상상도 못 할걸요. 내 삶에 꼭 필요해요."

아이는 코카콜라 컵에서 얼음조각을 몇 개 꺼내 탁자 위에 놓고는 손가락으로 퉁기면서 그것이 플라스틱 탁자 위로 미끄러지는 것을 바라보았다. 그러더니 자기 아버지는 은행가이고 어머니는 부동산 중개인이라고 말했다. 부모님은 자기가 자란 오하이오의 집에서 아직 산다고 했다.

"하얗고, 장미꽃과 말뚝 울타리가 있는…… 미국에 널린 그런 집이요."

소녀가 친구와 함께 차를 얻어 타고 샌프란시스코로 첫 가출을 시도했을 때 부모님은 딸을 찾으려 사립탐정을 고용했다. 탐정이 노숙자 쉼터까지 소녀를 찾아와 설득해 집으로 데려갔다. 딸이 집에 돌아오자 부모님은 크리스털을 끊게 하려고 딸을 병원에 보냈다.

"지옥이었어요. 딱 죽고 싶더라고요."

소녀는 신경안정제 발리움을 훔쳤고, 퇴원하는 날 그걸 왕창 삼켰다. 부모님은 아이가 회복되자 중서부의 유명한 재활 치료 시설인 헤이즐던에 입원시켰지만, 소녀는 도망쳤다. 소녀의 부모님은 다시 소녀를 찾아내 다른 재활원에 보냈다.

"어처구니없는 데였어요, 광신도 집단이 따로 없었어요. 하느님이 어쩌고저쩌고 헛소리나 하고."

소녀는 다시 도망쳐 예전 남자 친구한테서 크랭크를 구한 뒤 히치하이킹을 해서 샌프란시스코로 돌아왔다. 메스를 피우는 트럭 운전사가 가장 많은 거리를 태워주었다. 헤이트 스트리트에 눌러앉은 뒤 크리스털을 매매하고 '슬래밍'— 주사 투여 —을 시작했다. 지금은 난방은 되는데 물이 안 나오는 차고의 낡은 매트리스에서 지낸다고 했다.

소녀는 거의 매일 크리스털을 한다고 했다. 끓여서 연기를 흡입하거나 주사하면서. 그러면 72시간 넘게 깨어 있기도 하고 며칠씩 잠만 자기도 한다고. 잠을 잘 땐 '무시무시한' 꿈을 꾸었다. 응급실에는 세 번 실려 갔는데, 한 번은 폐렴으로, "배가 아프고 각혈을 해서", 그리고 "환각 증상" 때문이었다. 커피 마실 돈과 담뱃값은 구걸로 해결했다. 한번은 어떤 남자를 칼로 찌른 적이 있었다. 메스 살 돈은 마약 거래로 벌었다.

"살 돈이 없으면 입으로 해주든가 그렇게 해서 벌어요."

이 말을 하고는 유쾌하지 못한 기억이 떠올랐는지 부끄러워했다. 고개를 옆으로 돌리더니 아래를 내려다보았다. 감지 못한 머리카락이 늘어진 소녀의 옆얼굴은 실제 나이의 반도 안 되게 앳돼 보였다.

"약이 떨어지면 미친년이 되거든요. 메스를 하면 괜찮은데."

"부모님은 어떡하고?"

"뭘 어떡해요?"

"보고 싶지 않아?"

"별로. 그런 것 같기도 하고."

"부모님에게 연락해봐."

"왜요?"

"분명 널 보고 싶어 하고 걱정하고 계실 거야. 널 도와주실 수도 있고."

"재활원으로 돌아가라는 말만 하던데요."

"그것도 나쁜 생각은 아닌 것 같다."

"이미 가봤고, 더는 안 가요."

"그래도 전화는 해보렴. 네가 살아 있다는 소식이라도 전해."

소녀는 대답하지 않았다.

"전화해봐. 네가 살아 있는지 아닌지 알고 싶어 하실 거야."

나는 집으로 돌아왔다. 닉 없이. 그 소녀의 부모가 궁금해졌다. 내 짐작이 틀리지 않다면―그들이 나와 다르지 않다면― 지금 그들은 형식적으로 대처하고 있을 뿐 제정신이 아닐 게 분명했다. 딸 걱정으로 하루도 편한 날이 없을 것이다. 대체 뭐가 잘못된 걸까, 아이가 살아 있을까 궁금할 것이다. 우리가 무슨 잘못을 했을까 궁금할 것이다. 나 역시 답이 없는 똑같은 질문으로 스스로를 고문했다.

내가 아이를 망친 걸까?

내가 너무 오냐오냐했을까?

내 관심이 부족했을까?

관심이 너무 지나쳤을까?

만약에 우리가 시골로 이사하지 않았다면.

만약에 내가 마약을 한 적이 없었다면.

만약에 닉의 엄마와 헤어지지 않았더라면.

만약에, 만약에, 만약에…….

  죄책감과 자책은 중독자 부모가 흔히 보이는 반응이다. 비벌리 코니어는 《가정 안의 중독자》에서 이렇게 말했다.

  "대부분의 부모들은 자식을 어떻게 키웠는지 되돌아보면서 적잖이 후회하곤 한다. 더 혹은 덜 엄격했더라면 좋았을걸, 아이에게 기대를 더 혹은 덜 걸었더라면 좋았을걸, 아이와 같이 더 시간을 보냈더라면 좋았을걸, 아이를 과보호하지 않았더라면 좋았을걸. 그리고 이혼이나 가족의 죽음 같은 과거의 시련을 돌아보면서 그 일들이 아이의 정신 건강에 전환점이 되었을 거라 생각한다. 가정에 충격을 주고 불신을 가져온 외도 같은 지난 사건에 강한 수치심과 부담감을 느끼기도 한다. 부모가 어떤 잘못을 했든, 약에 빠진 자식은 이 취약점을 발견하고 이용하려 든다. 자식들은 과거에 있었던 크고 작은 고난을 들먹이면서 많은 불평을 해댄다. 그들의 비난은 어느 정도 진실을 담고 있기도 하다. 가족들은 중독자에게 고통을 주는 존재일 수밖에 없다. 그리고 중대한 측면에서 중독자에게 실망감을 안길 수밖에 없다. 어떤 인간관계가 완벽할 수 있을까? 하지만 중독자는 상황을 개선하거나 오랜 상처를 치유하기 위해 이 문제들을 끄집어내는 것이 아니다. 오로지 죄책감을 유발하기 위해서, 그 죄책감을 무기 삼아 남을 조종하고 종국에는 마약을 계속하기 위해서다."

  그럼에도 불구하고 후회는 계속된다. 만약에, 만약에, 만약에. 걱정과 죄책감과 후회는 양심을 다지는 기능도 하지만 과도하면 무용할 뿐 아니라 오히려 해롭다. 하지만 나 역시 그 목소리들을 제압하지 못했다.

어느 날 연락을 뚝 끊었던 닉이 예전 여자 친구의 집에서 전화를 걸었다. 말을 줄줄 쏟아냈지만 뻔한 거짓말이었다. 자의로 약을 끊었으며 맨정신으로 지낸 지 닷새째라고 했다. 나는 닉에게두 가지 길이 있다고 말했다. 재활원에 다시 들어가든가 길거리에서 살든가. 강경하게 말했지만 당장 달려가 녀석을 품에 안고싶은 마음을 드러내고 말았다.

닉은 재활 치료는 필요 없다고 — 스스로 끊을 수 있다고 — 고집을 부렸지만 나는 협상의 여지가 없다고 잘라 말했다. 결국 닉은 다시 해보겠다고 마지못해 동의하면서 "될 대로 돼라지"라고덧붙였다.

나는 막다른 골목에 차를 세우고 시동을 켠 채 밖에서 기다렸다. 닉이 덤덤하게 차에 올라탔다. 뺨에 검은 멍 자국과 이마에찢어진 상처가 보였다. 무슨 일이 있었냐고 묻자 닉은 하늘을 올려다보다가 눈을 감았다.

"별일 아니에요. 어떤 병신이 나를 두들겨 패고 돈을 털어갔어요."

나는 놀라서 빽 소리를 질렀다.

"그게 별거 아니란 말이냐?"

닉은 연약하고 빈털터리처럼 보였다. 짐도 배낭도 아무것도 없었다.

"네 물건들은 어쩌고?"

"몽땅 도둑맞았어요."

이 아이는 도대체 누구란 말인가? 지금 내 옆자리에 앉아 있는이 소년은 닉이 아니었다. 내가 기억하는 그 아이와 조금도 닮은

면이 없었다. 그때 마침 내 생각을 확인이라도 시키듯이 닉이 말했다.

"씨발! 내가 지금 여기서 뭘 하고 있는 건데? 다 헛짓거리야. 난 재활 따위 필요 없어. 개짓거리니까. 떠날 거야."

"떠나? 어디로?"

"파리. 나한테 필요한 건, 이 개 같은 나라를 뜨는 거야."

"파리에서 뭘 할 건데?"

"톰이랑 데이브랑 같이 지하철에서 연주할 거야, 작은 원숭이도 한 마리 세워두고 옛날 악사들처럼."

이후 24시간 동안 닉은 불안증과 탈진 상태를 오갔다. 원숭이 쇼 외에도 멕시코로 배낭여행을 가겠다, 평화 봉사단에 들어가겠다, 남미 시골에서 농사를 짓겠다고 하면서 계획을 늘어놓았지만, 매번 재활원으로 돌아가게 될 거라는 우울한 체념을 벗어나지 못했다. 그러다가 또다시 자신은 그거 필요 없다, 맨정신이다, 지랄 마라 하는 말을 해대다가는 약이 필요하다, 약 없이 살 수 없다고 말했다.

"사는 게 개 같아서 취하지 않곤 못 배기겠어."

과연 4주간의 재활 치료가 효과가 있을지 의문이었지만 밑져야 본전이었다. 이번에는 어울리지 않게 나파 밸리 와인 농장 지대에 위치한 세인트헬레나 병원에 들어가기로 했다.

많은 가정들이 끊임없는 재활 치료 프로그램이니, 부트 캠프니, 야생 캠프니, 온갖 심리 치료니 비용을 대느라 집을 저당잡히고, 자식의 대학 자금과 본인들의 노후 자금까지 거덜 낼 정도로 동전 한 푼까지 몽땅 써버린다. 우리 경우엔 닉의 엄마와 내 보험으로 프로그램의 비용을 대부분 충당했다. 보험이 없었다면 과연 우리가 그럴 수 있었을지 의문이다. 28일간의 치료에 2만 달러에 달하는 비용이 들었다.

다음 날 아침, 캐런과 나는 닉과 함께 끝없이 펼쳐진 노란 들판과 초록빛 들판—갓꽃과 기하학적 무늬의 포도밭—을 지나 병원으로 향했다.

나파 밸리 위쪽 실버라도 트레일을 빠져나와 병원으로 이어지는 길로 차를 몰았다. 닉은 간판을 보더니 고개를 젓고는 씁쓸히 말했다.

"대단해. 이번엔 심리 치료 캠프인가? 또 여기 왔네."

주차를 하는데 닉이 어깨 뒤쪽을 돌아보는 것이 보였다. 달아날 속셈이었다.

"꿈도 꾸지 마라."

"겁이 나서 그래요, 됐어요? 나 참! 정말 악몽이 따로 없네."

"두들겨 맞고 죽을 뻔한 것보다 더?"

"더."

우리는 본관으로 들어가서 약물 남용 프로그램 표지판을 따라갔다. 엘리베이터를 타고 2층으로 올라가서 통로를 따라 걸었다. 올호프 재활원과 대조적으로 이곳은 삭막한 병원이었다. 잿빛 카펫, 형광등, 끝없는 복도, 흰옷의 간호사들, 파란색 옷의 인부들. 우리는 분주한 간호사실 옆의 천 의자에 앉아 서류를 작성했다. 아무 말 없이.

곱슬곱슬한 짧은 금발 머리에 커다란 분홍색 안경을 쓴 간호사가 닉을 데리러 왔다. 닉에게 입원 전에 면담과 신체검사를 받아야 한다고 말하고는 내게 말했다.

"한 시간쯤 걸려요. 여기서 다시 뵙도록 하죠."

캐런과 나는 아래층 구내 상점으로 내려가서 빈약한 물건들 중에서 닉이 쓸 몇 가지 욕실용품을 샀다. 그곳으로 돌아가니 닉이 자기 방으로 가야 할 시간이라고 말했다. 우리는 복도를 따라 얼마간 걸었다. 닉이 내 팔을 붙잡았다. 아이가 공중으로 뜰 것처럼 너무나 가볍게 느껴졌다. 우리는 어색하게 끌어안았다.

"잘해. 몸조리 잘하고."

"고마워요, 아빠. 고마워요, 케이비."

"사랑한다."

캐런이 말했다.

"나도 사랑해요."

닉은 캐런에게 대답한 후 나를 보고 말했다.

"전부 다예요."

눈물이 흘러내렸다.

세인트헬레나의 프로그램은 올호프와 유사했다. 다만 운동 시간이 더 많아서 요가와 콩팥 모양의 부설 수영장에서 수영을 시켰고, 내과 의사와 정신과 의사에게 진료로 받게 했다. 그리고 중독자에 대한 뇌 화학 강의와 영화 상영을 포함한 교육, 매일 있는 AA 모임과 NA* 모임, 일주일에 두 번 있는 가족 상담에 주안점을 두었다. 더는 재활 치료에 낙관적이지 않았지만 그래도 실낱

* Narcotics Anonymous, 약물 중독자들의 익명 모임.

같은 희망은 남겨두었다. 브루스 스프링스틴의 노래처럼 "힘겨운 하루가 끝나갈 무렵 사람들은 믿어야 할 이유를 한 줌 찾게 된다." 내 경우엔 약간의 희망과 닉이 어디 있는지 안다는, 다시 얻은 미약한 안도감이었다.

이제 단잠은 아니지만 잠을 잘 수는 있었다. 닉이 마약을 하는 악몽을 꾸었다. 꿈에서 나는 닉에게 분통을 터뜨리고, 애원하고, 눈물로 호소했다. 닉은 약에 취해 아랑곳하지 않았다. 약에 취해 공허하고 차갑게 나를 바라볼 뿐이었다.

다른 사람들은 카버네이, 피노 누아, 진흙 목욕, 맛있는 음식을 즐기러 이곳을 방문하지만, 캐런과 나는 병원에서 주말 가족 모임을 가졌다. 첫 가족 상담이 있기 전 한 상담사는 우리에게 가족이 적극적으로 참여할수록 예후가 좋다고 말했다.

"가장 우려스러운 것이 가족이 없는 환자예요. 닉은 운이 좋은 경우에 속하죠. 니콜라스는 몰라보게 달라질 겁니다."

같이 하얀 복도를 걸어가는데 그녀가 말했다.

"지금은 좀 침울해하지만요. 해독 과정에서 누구나 겪는 일이에요, 메스의 경우엔 더 심하고요."

이곳의 가족 상담은 '올호프 백작'과는 구조적으로 달랐다. 우리가 모인 곳은 의자들이 교탁과 텔레비전 모니터들을 향해 가지런히 놓인 큰 방이었다. 병원 측은 매주 일요일마다 네 가지 교육 강연을 번갈아 하나씩 진행했다. 우리가 처음 들은 강연은 중독의 질환 모델에 관한 것이었다. 나로서는 생소한 개념이었다. 환자의 자발적 의향이 증상으로 나타나는 질병이 또 있을까? 닉은 스피드를 할 때마다 매번 스스로 선택을 한 것이다. (그렇지 않나?)

흡연자들은 폐암에 걸릴 위험을 무릅쓴 것일 수 있지만, 그 외에 다른 암 환자들은 암에 걸렸다고 해서 손가락질을 당하지는 않는다. 하지만 마약 중독자들은 본인의 책임이라 간주된다. (그렇지 않나?)

강사는 중독이 유전적인 것이라고, 중독에 취약한 소인이 존재한다고 설명했다. 말하자면 닉의 유전자에 일부분 책임이 있다는 소리였다. 닉 조상들의 유전자 조합, 더 정확히 말하면 부계 쪽의 피부가 가무잡잡한 러시아계 유대인 선조와 모계 쪽 남부 감리교도의 조합이 문제라는 것이다. 비키의 아버지가 알코올 중독으로 사망했기 때문에 우리는 혈통을 멀리까지 뒤질 필요도 없었다. 그 소인이라는 것이 정확히 어떻게 대물림되는지 아무도 모르지만. 대략 사람들의 10퍼센트가 그 소인을 가지고 있다고 했다. 그렇다면 약물과 술이 질병을 '활성화'한다는 뜻이었다.

"스위치가 켜진 거죠."

그녀가 말했다. 스위치는 한번 활성화되면 다시 비활성화될 수 없다는 것이다. 판도라의 상자는 다시 닫힐 수 없다. 이때 한 남자가 끼어들었다.

"사람들에게 면죄부를 주는 소리 같군요. 아무도 내 아들에게 마약상에게 가서 메스를 사서 투여하라고 등 떠밀지 않았어요. 코카인을 주사하고 우리 돈을 털고 주류점을 털고 할아버지 할머니 집을 털라고 하지 않았다고요."

"물론이죠. 아무도 시키지 않았어요. 아드님 스스로 한 거예요. 하지만 아드님은 병이 걸린 겁니다. 그것도 아주 고약한 질병에요. 이 경우 사람들은 어떻게 할지 선택해요. 당뇨병과 같은 질병도 마찬가지입니다. 당뇨병 환자는 자신의 인슐린 수치를 조절하고 약을 복용하기로 선택할 수 있어요. 중독자도 재활 치료를 통해 자신의 질병을 치료하기로 선택할 수 있습니다. 두 가지 경우 모두 질병을 치료하지 않으면 병세가 악화되고 환자는 사망할 수 있죠."

"하지만," 남자가 다시 끼어들었다. "당뇨병 환자는 훔치고 기만하고 거짓말하지 않지요. 당뇨병 환자는 헤로인을 주사하는 걸 선택하지 않아요."

"이미 중독된 사람들은 일단 시작하고 나면 쉽사리 멈추거나 제어할 수 없는 일종의 강박증을 느끼게 됩니다. 호흡하는 것과 비슷해요. 의지의 문제가 아니라는 겁니다. 그들은 스스로 멈출 수도 없고 멈추려 하지도 않습니다. 중독자가 되려는 사람은 아무도 없어요. 마약이 사람을 지배하는 거예요. 사람의 합리적 이성이 아니라 마약이 통제권을 쥔 거죠. 우리는 지속적인 재활 작업을 통해 중독자들에게 질병을 다루는 법을 가르칩니다. 그 방법밖에는 없습니다. 스스로 통제할 수 있다고 말하는 사람들은 이 질병의 속성을 이해하지 못하는 거예요. 통제권은 이미 질병에게 있거든요."

나는 속으로 아니라고 생각했다. 닉은 통제할 수 있어. 아니, 닉은 통제할 수 없어.

발표가 끝나고 질의응답 시간이 됐다. 강의 후에 우리는 다른 방에 모여 빙 둘러앉았다. 또다시 원이 만들어졌다. 우리는 중독자의 부모와 자녀, 배우자로 구성된 이 비현실적인 원에 익숙해져가고 있었다. 각자 돌아가면서 자기소개를 하고 각자의 간략한 사연을 공유했다. 저마다 달랐다. 다른 마약, 다른 거짓말, 다른 배신. 하지만 참혹하고 가슴이 미어지는 이야기라는 점은 모두 같았다. 다들 극심한 근심과 슬픔과 뚜렷한 절박함에 붙잡혀 있었다.

점심시간이 되어 가족들과 환자가 같이 밥을 먹기 위해 흩어졌다. 닉은 몸을 부들부들 떨면서 우리를 향해 복도를 걸어왔다. 얼굴이 해쓱했고 한 걸음 한 걸음이 극심한 고통을 일으키는 것처럼 동작이 굼떴다. 닉은 우리를 만나 진심으로 반가운 듯했다. 우리를 한 명씩 따뜻하게 오랫동안 끌어안았다. 닉의 뺨이 내 뺨에 지긋이 와 닿았다.

우리는 플라스틱 용기 안에 든 샌드위치를 골랐다. 그리고 플라스틱 컵에 커피를 부어 쟁반에 담고 야외 발코니에 있는 빈 벤치로 가져갔다. 닉은 샌드위치를 딱 한 입 먹고 나서 옆으로 밀어내고는 기운이 하나도 없어서 못 먹겠다고 했다. 안정화 과정 차원에서 진정제를 맞고 있어서 그렇다고. 하루에 두 번 '간호사 래처드'가 와서 놓아준다고 했다. 닉은 영화 〈뻐꾸기 둥지 위로 날아간 새〉의 루이스 플레처*를 흉내 냈다.

"맥머피 씨가 입으로 약을 먹지 않겠다면, 다른 방식으로 얼마든지 먹일 수 있지."

닉은 쿡쿡 웃었지만 김빠진 연기였다. 연기력을 발휘하기엔 약 기운이 너무 강했다. 점심을 먹고 나서 닉은 자기 방을 보여주었다. 싱글 침대 두 개와 협탁 둘, 의자가 두 개 딸린 작은 원탁이

* 영화에서 래처드 간호사를 연기한 배우.

하나 있었다. 간소한 호텔 방처럼 안락해 보였다. 닉은 한쪽 벽에 붙은 침대를 가리키면서 룸메이트 이야기를 했다. "좋은 남자예요. 요리사래요. 술꾼이고. 예쁜 여자랑 결혼도 했어요. 봐요······."

닉이 침대 옆 탁자에서 대나무 액자에 든 사진을 집어 들었다. 두 살 정도 된 천사 같은 여자아이와 아이 엄마 사진이었는데, 아이 엄마는 구불구불한 노란색 머리카락이 바다처럼 물결치고 미소가 환한 미인이었다.

"아내가 이번이 마지막 기회라고 그랬대요. 이번에도 못 끊으면 떠나겠다고."

닉의 침대 협탁 위에는 AA 교본과 재활 관련 책들이 쌓여 있었다. 작은 옷장과 서랍장이 하나씩 있었는데, 우리가 가져다준 옷을 고이 접어 넣어둔 작은 뭉치가 들어 있었다. 닉은 우리를 발코니 밖으로 안내했다. 포도밭이 내다보였다.

"미안하게 생각해요, 모두 다요."

닉이 불쑥 말했다. 나는 캐런을 쳐다보았다. 우리 둘 다 아무 말도 할 수 없었다.

13

와인 산지에 또다시 주말이 찾아왔다. 오전 강의는 '중독된 가정', 바로 우리 이야기였다.

"가족들에게 영향을 미치는 질병인 건 굳이 말씀드리지 않아도 아실 겁니다."

프로그램 상담사인 강사가 말했다.

"가족들은 잠도 못 자고 먹지도 못해서 병이 나죠. 많은 사람들이 그 고통을 혼자 간직합니다. 차라리 자식이 암에 걸렸다면 친구들과 가족들로부터 지원이 쏟아졌을 텐데 말이에요. 중독이라는 오명 때문에 쉬쉬하게 되죠. 친구들도 가족들도 도움의 손길을 내밀 수 있지만 그러면서 은연중에 혹은 대놓고 재단할 수 있거든요."

교탁 옆쪽 천장에 매달린 모빌이 표현하고 있듯이 중독자 가정의 역학 관계는 충분히 예상이 가능했다. 강사는 모빌을 가리키면서 불편할 정도로 정곡을 찌르며 가족 구성원들의 입장을 설명했다.

모빌 한가운데에 매달린 종이 인형은 중독자를 뜻했다. 그리고 더 작은 인형들이 중앙의 인물을 빙 둘러싸고 있었다. 측면에서 달랑거리는 인물들은 주변부로 밀려나 무기력한 아이들과 캐런을 뜻했는데, 중앙의 마약 중독자의 기분과 변덕에 필연적으로 연관되었다. 그들 사이에 위태롭게 매달린 인물이 또 하나 있었다. 나였다. 나는 닉을 일으키려는 조력자였다. 닉을 위해 변명하고, 닉을 보살피려 갖은 노력을 기울이고, 닉으로부터 캐런과 재스퍼와 데이지를 보호하려 애쓰고, 그러면서도 그들 모두의 유대감을 유지하려 노력하는.

"이건 여러분의 잘못이 아닙니다. 우선 그것부터 아셔야 합니다. 학대당하며 자란 중독자가 있는 반면, 이상적인 어린 시절을 보낸 중독자도 있습니다. 그런데도 많은 가족들이 자책합니다. 그리고 문제를 바로잡으려 들죠. 술병과 약을 숨기고, 마약을 찾아내려고 사랑하는 사람의 옷과 방을 뒤지고, 중독자를 AA나 NA 모임에 데려다줍니다. 중독자가 어디를 가는지, 무얼 하는지, 누구와 어울리는지 일거수일투족을 통제하려 하죠. 그 심정은 이해하지만 소용없는 일입니다. 중독자를 통제할 순 없으니까요."

강의 후반부에 강사가 말했다.

"중독자 한 명이 온 가족을 장악할 수 있어요. 부모의 관심을 독차지하게 되죠, 다른 자식들과 배우자에게 갈 관심까지 모조리요. 가족들의 기분은 중독자가 어떤 행동을 하느냐에 좌우됩니다. 그러다 집착하게 되죠. 이해는 가지만 해로운 일입니다. 너무 두려워서 전에 없이 통제 욕구가 강해지기도 합니다. 그리고 배우자든, 자식이든, 부모든 중독된 내 가족보다 더 중요한 게 없다는 생각에 자신의 정체성을 잃습니다. 삶의 기쁨이 전부 사라지는 겁니다."

점심시간에 닉을 만나 보니 혈색이 어느 정도 돌아왔고 눈에도 생기가 돌았다. 움직임도 더 수월해 보였고 더 이상 고통에 움찔거리지도 않았다. 그래도 자세는 구부정하고 의기소침해 보였다. 우리는 닉의 방 발코니에 있는 의자에 앉아 이야기를 나누었다.

"여기도 나와 안 맞는 것 같아요. 걸핏하면 하느님 이야기만 해요……."

닉이 입을 다물었다.

"모두들 어디서나 하느님 이야기를 해요. 그걸 참을 수가 없어요."

내가 대답했다.

"하느님이 아니라 '더 큰 힘'*을 이야기하는 거야. 차이가 있어."

"그게 그거죠. 여기선 그걸 믿어야 하는데, 나는 안 믿어요. 그걸 믿지 않으면 여기선 못 버텨요. 열두 단계 중 첫 번째 단계는 받아들일 수 있어요. 사실 가끔 그러기도 하니까요. 마약과 술 앞에 무력하고 내 삶이 걷잡을 수 없이 굴러갔다는 건 분명한 것 같아요. 그것 외엔 죄다 헛소리예요."

닉이 책갈피를 꽂아둔 2단계와 3단계를 읽었다.

"2단계, 우리보다 위대한 힘이 우리를 온전하게 회복시킬 것을 믿게 되었다. 3단계, 그분을 이해함에 따라 우리의 의지와 삶을 하느님의 가호 아래 맡기겠다고 결심했다."

나는 지적했다.

"3단계는 해석의 여지가 많아."

"난 그분이란 게 대체 뭔지 통 모르겠어요."

어떤 사람들에게는 이것—부모, 특히 내게 물려받은 선물, 즉 닉의 무신론—이 닉의 문제를 충분히 설명해준다고 말할지도 모른다. 나로서는 어떤 한 가지 요인이 닉의 운명을 바꿀 수 있었을 거라고 믿지 않지만, 그걸 누가 장담할 수 있을까? 하느님에 대한 믿음이나 종교적인 양육이 중독을 불가능하게 한다면, 종교적 성장 배경과 믿음을 가진 사람들이 중독자가 된 것은 어떻게 설명할 수 있을까? 독실함도 예외가 되진 않는다.

---

* Higher Power, 1930년대 AA의 열두 단계 프로그램에서 처음 쓰인 말로 정확히는 '나 자신보다 더 큰 힘'을 뜻하며 일반적으로 절대자, 신을 뜻하기도 한다.

나는 열정적이지도 냉소적이지도 않은 말투로 닉에게 절대자의 존재를 수용할 수 있는 길을 제시했다. 비록 닉을 종교 없이 키우긴 했지만 닉의 성장 과정에 윤리 의식이 결여된 것은 아니었다. 닉을 키울 때 나는 도덕관념이 그 자체로 옳다는 생각을 꾸준히 심어주었다. 달라이 라마가 최근 〈뉴욕 타임스〉에 기고한 글은 내 생각을 잘 대변해준다.

"우리는 인간으로서 공감, 인내, 아끼는 마음, 배려, 지식과 권력의 사용에 대한 책임감 같은 핵심 윤리 원칙들을 공유한다. 이것은 종교를 믿는 자와 믿지 않는 자, 이 종교를 따르는 자와 저 종교를 따르는 자 사이의 장벽을 초월한다."

나에게는 이런 원칙들이 절대자이고 우리 모두에게 닿을 수 있는 존재이다. 예전에 나의 아버지는 신에 대한 개념을 우리 내부의 "고요하고 작은 목소리", 즉 우리의 양심으로 설명한 적 있다. 나는 그것을 신이라 부르지는 않지만 우리의 양심은 믿는다. 그 목소리에 귀 기울일 때 비로소 올바른 길을 간다. 그것에 실패할 때 올바른 길과는 멀어진다. 그간 나는 이 점에 충분한 관심을 기울이며 살아오진 않았지만—어떻게 해야 할지 잘 몰라서—이제는 노력하고 있다. 그 소리를 귀담아듣고 행동하면 더 많이 공감하고 자기밖에 모르는 면은 줄어들고 사랑은 더 많아진다. 나는 닉에게 나의 절대적 힘을 이야기해주었다. 하지만 닉은 시큰둥했다.

"합리화예요. 완전 뻥, 새빨간 거짓말."

올호프의 상담사들과 상담 때 만난 사람들, 그리고 세인트헬레나의 직원들마저 한결같이 닉을 설득하려 노력한 것이 있었다.

절대적 힘이란 무엇을 상상하든 모든 것이 될 수 있고, 자신의 외부에서 오는 지시의 근원이며, 자신의 뇌, 즉 중독된 뇌에서 나오는 왜곡된 지시, 마약에 좌우되는 지시에 의존하는 건 위험하다는 것을. 한번은 상담사가 닉에게 말했다.

"어떤 사람들에겐 믿음의 차원이기도 하죠. 우리보다 큰 무언가가 저기 어딘가에 존재한다는 걸 믿어야 합니다. 무언가가 우리에게 삶의 돌파구를 터줄 수 있다는 걸. 첫 번째 단계는 정직입니다. 내 삶은 통제 불능이라는 걸 인정하는 것이죠. 그렇다면 무얼 선택할 수 있을까요? 가던 길을 계속 가느냐, 아니면 절대적인 힘에 순종하느냐죠. 모험을 해보는 거예요. 용기 내어 믿음을 갖는 거죠, 뭔가 더 큰 것이 우리를 도울 수 있다는 걸 믿어보는 거예요."

우리는 구내식당의 야외 자리에서 점심을 먹었다. 닉은 그곳에서 사귄 친구 둘을 소개했다. 이미 이들의 아내들과 가족 상담을 같이 받았기 때문에 아는 사람들을 만나는 느낌이었다. 제임스는 빨간 머리에 주근깨가 많은 미남으로 제임스 스튜어트*처럼 안정감 있는 분위기의 쾌활한 사업가였다. 그는 진통제 비코딘 중독자였다. 허리 수술 후에 약을 처방받고 나서 세인트헬레나에 입원하기 전에는 날마다 약을 40개씩 삼켰다고 했다. 닉의 또 다른 친구는 룸메이트인 스테판이었다. 그는 베이 지역의 가장 유명한 식당들에서 근무한 경력이 있었다. 닉에게 듣자니, 모래 빛깔의 머리와 근육질의 몸, 처진 파란 눈의 그는 온갖 약물을 복용했

---

* 특유의 느긋하고 건실한 인물상으로 큰 인기를 끈 배우.

지만 주로 중독된 것은 술이었고, 그로 인해 결혼 생활이 파탄 날 지경에 처하고 당사자는 두 번이나 죽을 고비를 넘겼다고 했다. 게다가 30대 초반에 이미 알코올 중독 때문에 간과 췌장 수술을 받은 바 있었다. 그의 실제 나이를 들으니 충격이 아닐 수 없었다. 50대는 돼 보였기 때문이다.

우리는 긴 탁자에 그들 내외와 함께 둘러앉았다. 아내들은 심성이 착하고 다정했지만 말도 못하게 지쳐 보였다. 닉과 제임스, 스테판은 비슷한 종류의 유머 감각을 공유하고 있었다. 수개월 혹은 수년에 걸쳐 쌓이는 그런 종류의 친밀감과 애정을 공유하고 있었는데, 서로의 본모습이 밑바닥까지 노출되는 재활원이라는 환경이 짧은 시간 안에 만들어낸 일이었다. 나중에 닉은 이들과 친하게 지내는 것이 얼마나 큰 힘이 되는지 이야기해주었다.

"한밤중에 모두들 잠들었을 때 같이 병원 주방으로 몰래 들어갔어요."

"그래도 되는 거니?"

캐런이 물었다.

"아무도 신경 안 써요. 저번 날 밤에는 스테판이 아티초크 스플레랑 리크 수프를 만들었어요. 어젯밤에는 치킨 코돈부르를 만들어 먹었어요. 나는 부주방장이었어요."

우리는 그날 아침과 지난주 강의에 대해 이야기하다가 닉에게 중독이 질병이라는 것에 동의하냐고 물었다. 닉은 어깨를 으쓱거리고는 말했다.

"그런 거 같기도 하고 아닌 것 같기도 해요."

"만약 스위치가 켜진 게 맞다면 언제였을까? 버클리 다닐 때?"

"에이, 아뇨. 그전이에요. 훨씬 전."

"그전이라면 얼마나? 타호 호수에서 술에 취했을 때? 처음 마리화나를 피웠을 때?"

잠시 후 닉이 말했다.

"파리였던 것 같아요."

나는 위궤양을 떠올리며 고개를 끄덕이고는 물었다.

"파리에서 무슨 일이 있었니?"

닉은 도저히 다른 아이들을 따라갈 수 없었다고 인정했다. 게다가 사방에 술이 넘쳐났다. 웨이터들은 열여섯 살짜리 아이들에게 아무렇지 않게 와인을 내주었다. 그 결과 닉은 술에 취한 영웅들을 모방하는 데 대부분의 시간을 보냈고 글쓰기와 그림은 잊어버렸다.

"어느 날 밤에는 술에 떡이 되서 센 강변에 정박한 요트 안으로 기어 들어가 그대로 뻗은 적도 있었어요. 한참 자다가 깨보니까 다음 날 아침이었어요."

"그러다 죽을 수도 있었어."

닉의 눈에 시인하는 빛이 떠올랐다.

"알아요." 닉이 침울하게 말했다. "집으로 돌아올 때 가방 안에 와인병 몇 개를 숨겨 왔는데, 며칠 만에 다 떨어졌어요. 그때는 제정신이 아니었어요. 파리에 있을 땐 매일 밤 술집으로, 클럽으로 놀러 다니면서 진탕 퍼마셨는데, 집에 오니까 다시 고등학생이 되어 어른들이랑 같이 살고 있었어요."

닉이 아래를 내려다보았다.

"너무 이상했어요. 술을 구할 수가 없어서 매일 마리화나를 피우기 시작했어요. 똑같진 않았지만 더 쉽게 구할 수 있었어요."

"독한 마약은 어떻게 된 거니?"

나는 대답을 듣기가 겁났지만 그래도 물었다.

"언제 시작한 거야?"

"고등학교 졸업식 날 밤에 바비큐 파티 하다가 나간 거 기억하세요? 우리가 갔던 파티에 엑스터시가 있었어요. 몇 알 먹었죠. 하늘을 나는 것 같았어요. 모두와 친해지고 길고 의미 있는 작별 인사를 나누는 기분이었어요. 그 뒤로 닥치는 대로 뭐든 했어요. E, LSD, 버섯, 그러다가……."

아래를 보고 있던 닉이 고개를 들었다.

"크리스털까지. 그걸 했더니 기분이…… 그 어떤 순간보다 더 기분이 좋았어요."

환자와 환자의 가족들이 오후 단체 상담을 위해 다시 한 번 큰 회의실에 모였다. 인원이 50명이 넘었기 때문에 여분의 의자를 수납장 안에서 꺼내 왔다. 원은 길게 늘어져 구불구불한 타원형이 되어 벽에까지 닿았다. 상담사가 나서서 상담을 이끌었고, 평소처럼 자기를 소개하는 것으로 시작되었다. 울분과 슬픔과 분노가 방을 가득 채웠다.

"딸 외에는 아무것도 생각할 수가 없어요. 그 생각을 떨칠 수가 없어요. 꿈에도 딸이 나와요. 어떡해야 해요? 살아도 사는 게 아니에요. 사람들은 그냥 놓아버리라 하지만, 어떻게 딸자식을 놓아버릴 수가 있겠어요?"

그 말을 한 사람은 울고 또 울었다. 그녀의 딸은 바로 옆자리에 무표정한 얼굴로 앉아 있었다. 닉은 자기 차례가 되자 말했다.

"난 닉이고, 마약 중독에 알코올 중독이에요."

닉이 이 말을 할 때마다 나는 매번 충격을 받았다. 여기 상담 시간에서도, 샌프란시스코의 상담 시간에서도, 두 번 참석했던 AA 모임에서도 들었는데도 그랬다. 내 아들이 마약 중독에 알코올 중독이라니. 한편으론 정말 인정하기 어려운 것을 인정하는 모습을 보니 대견하기도 했다. 하지만 진심으로 하는 말일까? 아니, 그건 아닐 것이다.

샌프란시스코의 그 오래된 빅토리아풍 재활원에 모였던 사람들에 비하면, 세인트헬레나를 찾은 사람들은 옷차림이 더 나은 편이었다. 어떤 노부인은 몇 시간 전 길거리에 유기된 듯한 차림새를 하고 있긴 했지만. 환자들과 그들의 가족들이 각자의 사연을 공유하는 것으로 단체 심리 치료가 시작되었다. 가끔씩 서로의 이야기에 의견을 보태기도 했다. 노부인의 말에 나는 충격을 받았다. 그녀가 걸걸한 목소리로 이렇게 말했기 때문이다.

"나는 박사 학위 소지자예요. 교사죠. 좋은 선생 같아요."

그러고는 말을 멈추더니 잠시 멍하니 앞을 바라보았다.

"좋은 선생이었죠. 스피드를 하기 전까지는."

중독자들의 가족은 모두 희망을 버렸으면서도 동시에 희망에 매달리고 있었다. 나처럼.

가끔은 참을 수 없는 고통이 방 전체를 덮칠 때도 있었다. 우리는 사랑하는 사람이 메스에 중독되는 바람에 황폐해진 삶의 이야기들을 숨 돌릴 틈도 없이 보고 들으면서 가슴이 아린 고통을 느꼈다. 메스가 아닌 경우도 크게 다르지 않아서 '어떤 마약을 선택했느냐'는 그다지 중요하지 않았다. 메스, 헤로인, 모르핀, 클로노핀, 코카인, 크랙, 발리움, 비코딘, 술. 대부분은 이 모든 것들의 조합이었다. 둥글게 둘러앉은 사람들은 다르면서도 같았다. 모두들 깊이 상처를 입은 사람들이었다.

닉의 친구 스테판이 말했다. 그는 일평생 술과 '춤추며' 살아온 이야기를 털어놓았다. 열 살 때 처음으로 술에 취했다고 했다. 그의 아내는 내내 눈물을 흘렸다. 가족들이 말할 차례가 되었을 때 그녀가 스테판에게 말했다.

"우린 당신을 많이 사랑해. 하지만 당신이 후회하는 말은 전에도 들었어. 당신의 약속도 들었고. 이렇게는 못 살겠어."

제임스의 아내는 "온 세상에서 가장 존경하던 사람, 소울 메이트"였던 남편이 약물에 덜미가 잡혀 다른 모든 걸 내던지는 사람으로 추락했다고 말했다.

"더없이 친절하고 점잖던 그이가……."

상담사가 나직하고 차분한 목소리로 끼어들었다.

"당사자에게 직접 말씀하시죠. 남편분에게 말씀하세요."

그녀는 몸을 떨면서 제임스의 눈을 똑바로 보며 말을 이었다.

"내 평생 당신만큼 친절하고 점잖은 남자는 없었는데, 그런 당신이 낯선 사람처럼 굴었어. 내게 소리치고, 무기력하고, 우울하고, 퉁명스럽고, 솔직하게 친밀한 감정을 나눌 수 없는 사람이 됐어. 난 계속 나 자신에게 물었어……."

그녀는 울음을 터뜨렸다. 이런 이야기들이 나오고 또 나왔다. 그들은 자기 이야기를 하고, 사랑하는 사람에게 말하고, 사과하고, 책망하고, 눈물을 흘렸다. 모두들 근본적으로 닮은꼴이었다.

정도의 차이는 있었지만 다른 사람이라면 절대 용인하지 않았을 행동을 사랑하는 사람이 하는데도 사랑한다는 이유로 그것을 수용하고 합리화하는 데 오랜 세월을 보낸 것이다. 우리는 그들을 보호하고 그들의 중독을 숨겼다. 그들에게 화를 내고 그것에 죄책감을 느꼈다. 분개하고 그것에 죄책감을 느꼈다. 더 이상 그들의 잔혹하고, 기만적이고, 이기적이고, 무책임한 행동을 용인하지 않겠다고 다짐한 뒤 그들을 용서했다. 그들에게 분노했지만 자주 속으로 삭였다. 우리 자신을 탓했다. 그들이 스스로 목숨을 끊을까 봐 걱정했다. 끊임없이 걱정했다.

중독자들의 고백에도 비슷한 주제와 — 후회, 대부분 자신을 향한 걷잡을 수 없는 분노 — 무기력감이 등장했다. 한 남자는 덜덜 떠는 아내의 얼굴에 대고 소리쳤다.

"나라고 원해서 이렇게 되었을 것 같아? 그렇게 생각해? 그렇게 생각하냐고? 나도 내가 싫어!"

둘 다 울고 울고 또 울었다.

"나는 여기 온 우리 그이가 정말 자랑스러워요." 한 여자는 헤로인 중독자인 남편에 대해 말했다. "하지만 앞으로 어떻게 될까요? 난 겁이 나요."

변호사인 언니가 메스에 중독이 되었다는 한 중년 부인은 이렇게 말했다.

"더 이상 언니에게 돈을 주지 않을 겁니다. 하지만 언니를 먹이고, 차에 태워 의사에게 데려가고, 치료비를 댈 거예요." 그리고 덧붙였다. "언니는 건너편 냉장고까지 가지를 못해요."

상담사가 정곡을 찔렀다.

"마약은 살 수 있으면서 냉장고까지는 걷지 못한다고요?"

그러자 다른 부모가 끼어들었다.

"그 심정 나도 이해해요. 내 아들이 학교도 직장도 못 다니고 심리 치료도 못 받겠다면서 전당포도 마약상도 잘만 찾아가고, 원하는 마약은 무엇이든 손에 넣고, 술을 사고, 무단 침입을 하고, 주삿바늘이든 뭐든 필요한 건 모두 구하는 동안 나도 그랬거든요. 메스암페타민을 끓이는 과정은 꽤나 정교한 기술이 필요하지만, 아들이 얼마나 우울할까 생각하면 참 안쓰러운 생각이 들어요. 우리 아들은 독하지가 못해요. 무능하기도 하고요. 아들이 입원하게 되면 물론 그 비용은 내가 내요. 아들의 집세도 내가 내죠, 안 그럼 거리에 나앉을 테니까요. 그렇게 아들이 편안한 집에서 마약에 취할 수 있게 비용을 댄 지도 1년 정도 됐어요."

적갈색 머리를 짧게 자르고 실크 블라우스와 카디건, 모직 바지를 입은 한 멋진 여자는 자신을 의사라고 소개했다. 그녀는 1년 넘게 메스에 취한 상태로 수술을 해왔다는 사실을 깊은 슬픔 속에 고백했다. 처음 메스를 한 것은 어느 파티에서였다.

"내 평생 그렇게 기분이 좋았던 적은 없었어요. 무엇이든 할 수 있을 것 같았죠. 그 느낌을 절대 잃고 싶지 않았어요. 나머지 이야기는 짐작하는 대로예요. 약을 코로 들이마시니 밤새 일할 수 있었어요. 일하지 않을 때도 들이마셨어요. 나도 내게 문제가 있다는 건 알고 있었어요. 하지만 여기 온 건 내 동료가 스스로 내 중독을 해결하지 않으면 고발하겠다고 협박했기 때문이에요."

다른 환자가 그녀를 나무랐다.

"약에 취한 상태로 수술을 했다고! 당신 고발당해도 싸. 누군가를 죽일 뻔했으니까."

상담사는 그 환자에게 고개를 돌리더니 언성을 높이지 않고 말했다.

"그러는 환자분은 취해서 운전하다 잠들었다고 하지 않았나요? 누군가를 죽일 뻔한 건 마찬가지예요."

나로서는 도저히 이해할 수 없는 이야기도 나왔다. 큰 스웨터와 운동복 바지 속으로 사라질 듯이 왜소하고 안절부절못하는 어떤 여자는 자기 아들의 생일날을 떠올렸다.

"내가 크랙을 할 때였어요." 그녀가 과거를 돌이켰다. "그날 집을 나왔어요, 아들을 두고, 내 남편도 두고. 크랙 때문에. 아들은 세 살이었죠."

창백한 피부와 축 늘어진 금발 머리, 탁한 황금색 눈동자의 한 여자는 판사가 남편을 감옥 대신 여기로 보냈다고 말했다. 직업 군인인 그녀의 남편은 바짝 깎은 머리에 단추를 끝까지 채운 반팔 셔츠 차림으로 그녀의 오른쪽에 뻣뻣하게 앉아 있었다. 공허한 눈빛으로 물끄러미 앞만 바라보았다.

그녀는 남편이 메스에 취해 자신을 공격했다고 말했다. 머리를 바닥에 찧인 그녀는 911에 신고하려 했지만 기절하고 말았다. 남편은 말할 차례가 오자 법원이 감옥 대신 재활원으로 보낸 것을 하늘에 감사했다.

"내가 아내를 공격했다는 게 아직도 믿기지 않아요. 내 목숨보다 더 사랑하는 아내를…… 하지만 이제는 내게 문제가 있다는 걸 압니다. 다음 주면 치료 과정을 끝내고 집으로 돌아가서 새로운 삶을 시작할 겁니다."

그의 아내는 남편과 눈을 맞추지 않았다. 겁에 질린 것처럼 보였다.

휴식 시간이 주어졌다. 닉은 구내식당에 앉아서 아까 그 여자의 남편 쪽을 슬쩍 쳐다보면서 그 여자는 남편이 갇혀 있어야 안전할 거라고 말했다.

"저 남자는 사람을 겁주는 개자식이에요."

상담이 재개되었다. 가슴 아픈 사연들과 눈물이 계속해서 쏟아졌다. 상담을 마무리할 때마다 상담사는 항상 마지막으로 할 말이 있는 사람이 있냐고 물었다. 그럴 때면 가족들이 환자를 얼마나 사랑하는지 말하기도 하고 많이 나아 보인다는 말도 한다. 환자들은 상담에 참여해줘서 고맙다는 인사를 한다. 50여 명이 구불구불한 타원형을 그리며 둘러앉은 그날 그 방에서 닉이 할 말이 있다고 했다. 닉은 아내를 공격했다는 직업군인에게 말했다.

"미안하지만 당신에게 한마디 해야지 안 되겠어요, 케빈. 당신이 말한 대로 당신은 다음 주에 여기를 나가니까요."

닉은 방 반대편의 그를 똑바로 응시했다.

"난 여기 온 이후 쭉 당신과 같이 상담을 받아왔어요. 다른 사람들은 모두 진지하게 마음을 터놓고 중독이 무엇인지 배우려 성실히 노력하는데 당신은 여기가 어떤 곳인지 이해 못 하는 것 같아요. 이 프로그램은 겸손함을 요구하는데 당신은 오만해요. 당신은 중독 앞에서 무력하다는 걸 이해하지도 인정하지도 않는 것 같고요. 계속 다른 사람들 말을 끊기도 해요. 자기 말은 많이 하는데 다른 사람의 말은 듣질 않아요."

그러고 나서 닉은 그 남자의 아내를 쳐다보았다. 둥그레진 그녀의 눈에서 눈물이 쏟아졌다. 그녀는 겁에 질린 동물처럼 벌벌 떨었다. 닉은 그녀에게 말했다.

"당신을 위해 말하는 거예요. 케빈은 집에 돌아가기엔 아직 시간이 더 필요한 것 같아서 걱정이 되거든요. 당신에게 아무 일이 없기를 바랍니다."

아무도, 상담사마저도 입을 열지 않았다. 그 남자는 원 반대편의 닉에게 덤벼들 기세였다. 그 남자도 다른 사람들도 숨을 죽여가며 흐느끼는 그의 아내를 말없이 바라보았다. 마침내 그녀가 눈물을 흘리면서도 마음을 다잡고 똑바로 앉더니 닉에게 말했다.

"고마워요. 나도 알아요. 난 이이를 믿지 않아요."

옆에 앉은 여자가 그녀의 어깨에 팔을 둘렀다. 그녀는 고개를 남편에게 돌리더니 남편의 얼굴에 대고 매섭고 거칠게 말했다.

"다시 한 번 나나 아이들에게 손을 댔다간……."

그녀는 말을 끝내지 못했다. 울음이 터져 말을 삼켜버렸기 때문이다. 남자는 아내를 처다보았다. 그의 얼굴에 나타난 감정은 후회도, 사랑도, 슬픔도 아니었다. 그는 상처받고, 창피하고, 화나 보였다. 의자에서 꼿꼿이 몸을 세우고 앉더니 시선을 방 여기저기로 휙휙 돌렸다.

마침내 상담사가 입을 열어 상담을 끝냈다. 참여해준 모든 사람들에게 감사를 표하고 나서 모임을 해산했다. 케빈의 아내는 원을 곧장 가로질러 가서 계속 흐느끼면서 닉을 끌어안고 고맙다고 말했다.

그녀의 남편은 의자에서 꼼짝하지 않고 방 건너편을 험악하게 노려보았다. 우리가 그곳을 떠날 때 캐런이 닉에게 속삭였다.

"몸조심하렴."

14

재활 치료 프로그램의 환자들은 일기를 썼다. 닉은 일기의 첫머리를 우리에게 보여주었다.

"대체 난 어쩌다가 여기에 오게 됐을까? 얼마 전까지만 해도 그 망할 놈의 수구반에 있었는데. 학교 신문의 편집자였고, 봄 학기 연극 무대에 오르고, 좋아하는 여학생들을 따라다니고, 같은 반 아이들과 마르크스와 도스토옙스키에 대해 이야기했는데. 같은 반 아이들은 지금 대학에 다닌다. 슬프기보다는 황당하다. 그때는 세상이 희망찼고 해롭지 않아 보였다."

닉이 입원한 지 3주째가 되었다. 나는 가족 면회 시간에 병원으로 갔다. 오전 집단 치료 후 닉은 우리가 묵고 있는 숙소에 가보려고 외출증을 받았다.

닉은 진솔하게 자신의 감정을 내보였고 이 프로그램에 넣어줘서 고맙다는 말도 했다. 진심인 것 같았다. 그러고 나서 새로운 이야기를 꺼냈는데, 대학 진학이 아직 가능한 일인지 알고 싶어했다. 엄청난 실수를 저질렀지만 햄프셔 대학에 갈 수 있다면 뭐든 하겠다면서 학업에 대한 열의를 내비쳤다. 자기에게 마약 문제가 있다는 걸 알고 있으니 정기적으로 AA 모임에 나가고 노력해보겠다고 약속했다. 그리고 많은 대학 기숙사들이 마약 금지 기숙사를 운영하고 있다고 들었는데, 그런 곳을 신청하겠다고 했다. 마약에 다시 손대면 아빠가 말한 대로 모든 지원이 끊기고 대학에서도 쫓겨나고 혼자 살아가야 한다는 것도 안다고.

캐런과 재스퍼와 데이지를 만나러 숙소로 가는 차 안에서 닉은 마음을 바꾼 계기가 있었다고 말했다. 단체 상담 치료를 받는 사람들이 우리가 닉을 대학에 보내려 한다는 말을 듣고 닉을 다 같이 몰아세웠다고 했다. 그들의 전반적인 의견은 술과 약물 중독으로 부모님은 물론 형제들과도 멀어진 한 남자의 말로 요약할 수 있었다.

"너 돌았냐? 부모님이 있다고? 너를 사랑한다고? 널 대학에 보낼 생각을 아직 갖고 있다고? 대학에 가. 머저리짓 하지 말고. 난 대학에 갈 수 있다면 무슨 짓이라도 하겠다."

나는 닉의 제안을 곰곰이 생각해보았고 캐런과 상의해보겠다고 말했다.

"네 엄마와도 이야기해보고. 약속하기 전에 분명히 짚고 넘어갈 게 있어. 네가 정말 이걸 원하고 해낼 자신이 있어야 해."

나는 모든 게 좋아질 거라는 생각에 여전히 매달리고 있었다. 닉은 약을 끊을 거야. 자기 문제를 알고 있어. 이 녀석이 자기 인생을 ─ 몸도 뇌도 ─ 완전히 망치지 않아서 앞날을 도모할 여지가 아직 남아 있는 게 얼마나 다행인지 몰라. 아직은 대학에 진학해서 학위를 따고 좋은 일자리를 구하고 연애도 할 수 있어. 모두다 잘될 거야.

나는 우리 숙소로 차를 몰았다. 포도밭과 금이 간 수영장, 금이 간 테니스장이 딸린 낡은 리조트였는데, 늙은 말들이 부지 안을 어슬렁거렸다. 차가 정문을 통과하자 닉이 긴장한 빛을 보였다.

세 달 전 올호프에 입원한 이후 재스퍼와 데이지를 처음 만나는 날이었기 때문이다.

재스퍼와 데이지는 처음에 쭈뼛거렸지만 닉은 동생들을 보고 마냥 기뻐했다. 꼬맹이들이 마지막으로 본 닉은 약 기운이 떨어져 우울한 상태로 성질을 부리면서 올호프로 떠나는 모습이었다. 결국은 꼬맹이들도 닉을 보고 기뻐했다. 닉은 동생들과 얼음장처럼 차가운 물에서 철벅거리고 테니스공을 주거니 받거니 치며 놀았다. 나는 포도나무 아래 피크닉 벤치에 앉아 캐런까지 가세해 넷이 크리켓을 하는 모습을 바라보았다. 함께 공을 치고 이리저리 굴리면서 닉은 꼬맹이들에게 학교생활과 친구들 이야기를 묻고는, 병원 마당에 사는 고양이들 이야기를 해주었다. 닉을 다시 병원으로 데려다줄 시간이 되자 재스퍼와 데이지는 어리둥절해했다. 우리는 닉이 어떤 상황에 있는지 최선을 다해 설명했지만 아이들의 눈에는 닉이 멀쩡하게만 보였다. 닉이 왜 우리랑 같이 집에 갈 수 없는지 이해하지 못했다.

세인트헬레나로 돌아가는 차 안에서 닉은 그 주에 있었던 두 가지 일화를 이야기해주었다. 먼저 슬픈 소식. 스테판이 프로그램을 마치고 떠났다. 오후 한낮에 작별 의식도 없이 병원을 나가 칼리스토가를 향해 난 길을 그냥 걸어갔다고 했다. 그는 술집으로 직행했고 병이 재발했다는 소식이 환자들에게 전해졌다. 닉은 슬퍼했지만 그리 놀라지는 않았다.

"겉으로는 술을 끊겠다고 단단히 결심한 것처럼 보였는데. 본인도 까딱하면 아내와 예쁜 아기를 잃게 될 걸 알고 있었어요. 그러면서도 심각하게 생각하진 않았죠. 그 사람은 아내 탓만 했어요. 부모 탓도 했고요. 자기만 빼고 모든 사람 탓을 했어요. 그 사람 절대 이해하지 못할 거예요."

다른 소식은 더 믿기 힘들었다. 누군가 28일간의 프로그램을 마치면 다른 환자들이 송별식을 해준다고 했다. 졸업생은 다른 환자를 지정해 '일어서서' 세상으로 나가는 졸업생을 위해 한마디 해달라고 부탁한다. 이 의식은 졸업생의 용기를 북돋고 신참을 격려하기 위함이다.

그날 아침에 직업군인 케빈이 졸업을 했는데, 그가 닉에게 다가오더니 이렇게 말했다.

"배짱 하난 두둑한 새끼. 그건 인정한다."

그러고는 닉을 붙잡고 한바탕 흔들더니 작별 의식에서 자기를 위해 한마디 해달라고 부탁했다.

"널 존경한다. 쭉 지켜봤는데 우리 중 해낼 사람은 너뿐이야. 인생을 완전히 죽 쑤기엔 넌 아직 젊어. 사랑하는 가족도 있고. 그리고 지독하게 똘똘하지. 나도 그 어느 때보다 해내고 싶은 마음이 커. 네 말이 틀렸다는 걸 증명하고 싶다. 해내고 싶어."

닉은 그러겠다고 했다.

"그래서 일어서서 그를 위해 발언했어요. 그 남자가 해내길 바라고 기원한다고 말했죠. 이 프로그램이 도움이 됐기를 바란다고. 그리고 이렇게 말했어요. '당신에게도, 당신 아내에게도, 당신 자식에게도 도움이 되기를 바랍니다.' 나중에 그 남자랑 그 남자 아내가 떠날 때 나를 꼭 끌어안아주었어요. 그리고 둘이 손을 꼭 붙잡고 떠났어요."

일주일 후 닉은 프로그램을 졸업했다. 녀석을 데리고 오는데 긴장이 됐다. 차창은 내려져 있었고 공기는 따스했다. 닉은 밝은 모습으로 앞날을 이야기했다. 밝은 기운은 닉의 명료한 머릿속뿐아니라 몸가짐에도 깃들어 있었고, 자신감이 넘치고 튼튼했다. 눈에는 다시금 총기가 돌았다. 닉은 마약을 멀리하기로 굳게 결심했다고 말했다. 나는 덩달아 희망에 젖으면서도 그 건전한 정신은 재활 치료 프로그램처럼 안전하고 체계적인 환경 속에서 훨씬 유지되기 쉽다는 걸 알고 있었다. 내 희망은 한계가 있을 수밖에 없었다. 모든 게 잘될 거라고 믿어야만 하면서도 모든 게 잘될 거라고 믿을 수가 없었다.

집에서는 가끔씩 긴장감이 돌긴 했어도 순조로운 날들이 흘러갔다. 닉이 AA 모임에 가기 위해 집을 나설 때마다 걱정이 됐다. 녀석이 산만하거나 풀이 죽어 있을 때도 걱정이 됐다. 8월이 되어 닉이 대학으로 떠날 때가 됐을 때도 그랬다. 이번에는 5천 킬로미터나 떨어진 곳이었다.

햄프셔 대학은 예전 과수원 자리에 위치해 농장 분위기를 간직한 곳이었다. 인상적이고 흥미로운 인문 교양 수업을 비롯해 수많은 전공 학과와 교육과정을 제공했다. 그것으로 부족하다면 매사추세츠 종합대학, 애머스트 대학, 스미스 대학, 마운트 홀리오크 대학과 결성한 컨소시엄을 통해 다른 캠퍼스에서 제공하는 강의를 선택해 들을 수 있었다. 캠퍼스 사이를 오가는 셔틀버스가 있었다.

캐런과 나는 닉이 학교와 신입생 오리엔테이션에 적응하도록 도와주기 위해 닉과 같이 동부로 날아갔다. 우리는 인도 식당에서 밥을 먹었다. 1년도 더 전에 닉과 내가 대학들을 돌아볼 때 발견한 식당이었다.

"오른쪽으로 꺾어요! 오른쪽! 오른쪽! 오른쪽."

아침에 우리는 캠퍼스를 향해 차를 몰았다. 따뜻하고 햇살이 좋은 날이었다. 밴이나 스테이션왜건을 타고 자식들을 기숙사에 데려다주러 온 가족들로 북적였다. 여행 가방이며 트렁크, 스테레오 오디오, 드럼, 컴퓨터를 가득 싣고 온 리무진도 있었다.

술과 약물이 금지된 기숙사의 방은 작지만 안락했다. 우리는 짐을 들여놓은 뒤 안내문을 따라 캠퍼스 중앙에서 열리는 바비큐 환영 파티로 갔다. 캐런과 나는 들어오는 신입생들 중에 마약을 거래할 녀석은 없을지부터 살펴보았다.

식사가 끝나갈 무렵 각 학장들이 학부모들 앞에서 인사말을 했다. 나는 학생처장을 찾아가 캠퍼스 안의 마약 실태를 묻고 내 아들이 최근 두 번의 재활 치료를 거쳤다고 설명했다. 그녀는 마리화나가 성행하고 있다고 인정하고 뻔한 사실을 언급했다.

"마약이 미국의 모든 도시, 모든 대학 캠퍼스 곳곳에 퍼져 있어서 젊은이들은 마약 틈에서 살아가는 방법을 터득해야 할 정도예요."

그녀는 학교 의료 센터의 책임자를 알려주었고, 의료 센터 책임자는 내게 자기 이름과 전화번호를 종이에 적어주면서 어떻게든 닉을 돕겠다고 말했다. 그리고 열두 단계 모임에 데리고 가서 재활 중인 다른 학생들에게 소개해주겠다고 했다.

"닉만 그런 게 아니에요. 원하는 사람은 얼마든지 도움을 받을 수 있습니다."

"안녕, 아빠." 닉이 전화기 너머에서 말했다. "저예요, 닉."

닉은 기숙사에서 전화하는 중이었다. 닉이 말을 하는 동안 나는 녀석의 모습을 상상했다. 다 해어진 티셔츠, 축 처진 꼬질꼬질한 바지, 바지를 골반에 고정하는 징 박힌 벨트, 캔버스 스니커즈, 눈을 덮은 긴 곱슬머리를 뒤로 넘기는 손길. 닉은 학교생활이 즐거운 듯했다. 나는 전화를 끊고 나서 희망에 부풀었다. 예전처럼 또다시. 닉의 학업에 대한 나의 환상은 계속되었다. 캠퍼스에 있는 녀석의 모습, 배낭을 메고 강의실로 걸어가는 녀석의 모습이 눈앞에 떠올랐다. 토론하다가 변증법적 유물론, 니체, 칸트, 프루스트를 말하는 녀석의 목소리가 들리는 듯했다.

한 달 후 닉의 목소리는 괜찮은 듯했으나 신경이 곤두선 것 같았다. 전화를 끊기 전 닉의 한숨 소리가 들렸다. 그래, 쉽지 않겠지. 버티느라 용을 쓰고 있는 게 분명했다.

닉은 강의 외에도 학교에서 추천한 약물과 알코올 중독 상담사에게 정기적으로 상담을 받았다. 나와 합의한 대로 AA 모임에도 나가고 멘토도 구했다. 멘토는 일요일마다 여러 학생들을 자기 집으로 초대해 머핀과 커피를 대접하고 모임을 주재하는 매사추세츠 대학의 대학원생이었다.

닉이 꼬박꼬박 연락을 주자 늘 무겁던 내 마음도 조금씩 가벼워지기 시작했다. 상황이 정상 궤도에 진입할 무렵, 닉은 교수들에 대한 이야기를 부쩍 자주 했다. 새 친구들 얘기도 했다. 그 주에 참석한 AA와 NA 모임 이야기도 들려주었다.

또 한 달이 지난 후, 닉은 돌연 내 전화에 응답하지 않고 소식을 끊었다. 나는 재발했을 거라 짐작했다. 닉은 아니라고 부인했지만 애초에 가망 없는 일이었다. 닉의 잘해보려는 의지도(이건 확실하지 않다), 약물 금지 기숙사 생활도 큰 도움이 안 됐을 것이다. 닉이 발끈하면서 약물이 없는 곳이라 주장했던 그곳은 약물 금지 기숙사가 아니었다. 금요일과 토요일 밤이면 흥청망청하고, 쓰러지고, 넘어지고, 토하는 소리가 들린다고 얘기한 적이 있으니까.

재활 치료가 끝나자마자 그렇게 빨리 닉을 대학에 보낸 것이 도박이었다. 하지만 당시에 모든 사람들이 그 계획을 지지했다. 세인트헬레나의 상담사들까지도. 닉이 워낙 열성적으로 노력했기 때문이었다.

나는 마침 애머스트를 방문할 예정인 친구에게 닉이 어떤지 살펴달라고 부탁했다. 친구는 닉이 자기 방에 틀어박혀 약에 단단히 취해 있더라고 했다.

나는 경고를 실행에 옮기고 모든 지원을 끊을 각오를 했지만, 우선 햄프셔 대학 의료 센터의 상담사에게 전화를 걸어 이 문제를 의논하기로 했다. 책상 뒤에 앉은 그녀의 모습이 그려졌다. 칙칙거리는 히터와 창밖에 흩날리는 눈송이도.

닉이 재발했다는 것을 알리자 뜻밖의 대답이 들려왔다. 그녀는 "재발도 회복의 과정"이라면서 인내심을 가지라 했다. 상식에 반하는 말이었다. 비행기 추락 사고는 파일럿에게 유용한 훈련이라는 말과 뭐가 다른가. 나는 올호프 재활원과 세인트헬레나 병원에서 이 병의 진행 속성상 치료 후에 재발한 경우는 회복이 더 힘들 수 있다는 말을 들은 적이 있다. 하지만 정작 중독자 본인은 시간이 흐르고 실수를 거듭하고 나서야 이 병이 얼마나 치명적인지, 게다가 재발은 얼마나 쉬운지 깨달을 수 있고 실제로 빈번하게 일어나는 일이라 했다. 나는 그런 말을 듣고도 이 지독한 위력과 지속성을 실감하지 못했던 것이다. 반면에 거듭되는 실패가 성공으로 이어질 수 있다는 것도 완전히 납득하기 어려웠다.

"중증 중독자들 중에 한 번의 치료로 단번에 완치되는 경우도 있지만, 흡연자들이 담배를 끊으려 여러 번 시도하거나 살을 빼려는 사람이 거듭된 도전을 하는 것처럼 대부분은 재활과 재발을 반복하게 된다"고 로슨 박사는 말했다. UCLA의 약물남용 연구 센터의 공동 책임자인 더글러스 앵글린 박사는 이것을 "치료가 점차 환자를 따라잡는 현상"이라고 〈뉴욕 타임스 매거진〉의 재활 특집 기사에서 말했다.

"5년간 중독된 채 살아온 헤로인 중독자의 경우 마약을 끊기까지 10년에서 15년이 걸릴 수 있어요. 스물다섯 살에 재활 치료를 시작했다고 가정하면, 마흔 살이 돼서야 치료가 끝난다고 봐야 하죠. 만약 성공하지 못한다면 대부분 마흔 전에 소멸되는 것이고요."

고무적인 소식은 아니었다. 하지만 치료의 개념을 단발성 처치가 아니라 지속적인 과정으로 본다면, 색다르고 더 희망적인 —훨씬 더 현실적인— 성공 개념이 부상한다. '국립 치료개선 평가 연구'에 따르면, 재발 가능성이 있지만 1년 정도 치료하면 마약 투여량이 50퍼센트 줄고 범법 행위도 80퍼센트까지 줄어든다. 또한 위험한 성적 행위에 가담하거나 응급실 치료를 받을 가능성도 낮아진다. 정부의 생활보호 대상이 될 가능성이 줄고 정신 건강이 전반적으로 향상된다는 것도 여타 연구들을 통해 밝혀졌다.

그렇지만 거의 모든 재발은 치명적 가능성을 내포한다. 중독자가 재발 후에도 맨정신을 유지할 수 있다는 것은 못마땅한 — 그리고 두려운 — 사실이다. 그것도 죽기 전까지의 일이지만.

내 친구의 성화에 못 이겨 닉이 전화를 했다. 녀석은 망했다고 인정한 후 끊어보겠다 약속했다.

"닉……."

침통하고 엄중한 내 목소리에, 실망한 아버지의 목소리에 닉이 즉시 방어적으로 돌변했다.

"그 말 하지 말아요, 무슨 말 할지 아니까. 어쩔 수 없었어요. 배우는 과정이라고요."

기다리기가 힘들었다. 더구나 반대편 해안에 있으니 더욱 힘들었지만, 나는 닉이 내 손에 재활원으로 끌려가는 것이 아니라 스스로 재발의 수렁에서 나온다면 상당한 발전일 거라고 생각했다. 재발은 회복의 일부이기도 하다. 나는 그 말을 하고 또 했고, 머릿속에서 계속 되뇌었다. 그리고 기다렸다.

닉은 자주 연락했고 겨울방학이 되자 집에 왔다. 아무런 일도 없었다. 닉은 훨씬, 훨씬 좋아 보였다. 한 번 미끄러진 것뿐이라는 생각이 들었다. 재발은 회복의 일부이기도 하다. 표백제로 머리를 탈색하다가 두피에 화상을 입은 것 외에 닉은 괜찮아 보였다.

봄 학기가 되어 닉은 햄프셔로 돌아갔다. 어느 날 저녁에 집으로 전화해서는 유명한 작가이자 존경하는 선생님이 작문 강의를 한다고 신이 나서 떠들었다.

"1학년과 2학년은 사실상 수강하기 힘들지만 한번 도전해보려고요. 어젯밤 늦게까지 공들여 이야기를 한 편 써서 제출했어요."

교수가 금요일에 선택된 학생들의 명단을 붙여놓을 거라 했다. 금요일 늦저녁때 닉이 전화해서 자기 이름이 명단에 올라 있다고 기뻐했다. 그런데 닉의 이름 옆에만 별표가 붙어 있었고, 명단 아래쪽에 "면담 필요"라는 각주가 붙어 있었다.

닉은 즉시 교수실로 들어갔다. 교수 맞은편 의자에 앉는데 긴장해서 몸이 벌벌 떨렸단다. 교수는 대뜸 닉에게 중독자냐고 물었다. 닉이 제출한 글을 보고 그렇게 추측했던 것이다. 닉의 글은 올호프 재활원과 세인트헬레나 병원에서 만난 사람들 중 기억나는 몇몇 인물들을 가상화한 소설이었다. 닉이 그렇다고, 재활원에 있었다고 말했다.

"만약 네가 약을 끊는다면, 같이 작업하면서 더 좋은 작가가 되도록 도와주마. 못 끊으면 그대로 끝이고. 네게 달렸어."

월요일에 닉은 교수를 찾아가 그와 악수를 나누었다.

닉은 이 강의를 비롯해 학업에 정신이 팔려 있는 것 같았다. 안정된 목소리였고, 열두 단계 모임에도 꼬박꼬박 참석했고, 멘토와도 계속 만났다. 강의도 잘 따라가는 듯했고, 여자 친구도 생겨서 모임에 데려다준다고 했다.

늦겨울에 나는 보스턴을 방문했다. 닉과 닉의 여자 친구 줄리아가 나를 만나기 위해 애머스트에서 왔다. 눈이 내리는 밤 두 사람은 두툼한 외투와 스카프로 몸을 감싸고 케임브리지에 있는 내 호텔에 도착했다.

우리는 초밥 식당을 찾아 하버드 스퀘어를 돌아다녔다. 둘은 한 팔씩 팔짱을 끼고는 나머지 팔로 서로를 단단히 감싸고 발 맞춰 걸었다. 우리 셋은 저녁을 먹고 나서 더 걸었다. 책과 — 헤겔, 마르크스, 토마스 만 — 정치, 영화에 관해 열띤 대화를 나누었다. '케빈 베이컨의 여섯 단계 게임'*을 할 때 닉이 독주했지만 줄리아가 헐크 호건으로 닉을 궁지에 몰았다. 하지만 닉은 그것도 여섯 단계 중 다섯 단계로 해냈다.

"좋아." 닉이 도전 의지를 불태우며 말했다. "그는 〈록키 4〉에 실베스터 스탤론과 함께 출연했고, 실베스터 스탤론은 영화 〈캅랜드〉에 레이 리오타와 같이 출연했고, 레이 리오타는 영화 〈나크〉에 제이슨 패트릭과 같이 출연했고, 제이슨 패트릭은 영화 〈로스트 보이〉에 키퍼 서덜랜드랑 같이 출연했지."

닉이 회심의 미소를 지었다.

"그리고 키퍼 서덜랜드는 〈플랫라이너〉에 케빈 베이컨과 같이 출연했어."

나는 이번 보스턴 여행에 우리 가족과 가까운 사이인 한 친구와 동행했는데, 그는 내가 집필 중인 책의 주인공이었고 상하이에 거주하면서 일하고 있었다. 우리 셋은 그를 만나 커피를 마셨다. 그는 닉과 줄리아를 마음에 들어 하면서 애머스트로 떠나기 전에 중국에서 여름휴가를 보낼 의향이 있냐고 물었다. 그가 영

---

* 적어도 한 나라 안에서는 모든 사람이 여섯 단계를 거치면 서로 아는 사이라는 '분리의 여섯 단계 이론'에 근거한 게임.

어 교사 자리를 알아봐줄 수 있다고 했다. 아니면 유치원에서 자원봉사를 해도 좋다고, 지낼 숙소도 마련해주겠다고 했다. 둘은 반색하면서 감사를 표시했다. 집으로 날아가는 비행기 안에서 나는 가슴이 벅차올랐다. 닉은 앞으로 나아가고 있었다. 마약 문제는 저만치 뒤에 두고서.

　학기는 끝나가고 중국 여행이 현실로 다가왔다. 두 사람은 상하이에서 6주간 일한 뒤 윈난성과 티베트로 여행을 떠나기로 했다. 중국으로 떠나기 전 5월 하순에 집에 와서 일을 해 여행 비용을 벌 예정이었다. 나중에 줄리아가 합류해서 같이 중국으로 떠나기로 되어 있었다. 닉은 이 모든 일이, 집에 오는 것이 설레는 것 같았다. 무엇보다 재스퍼와 데이지를 만난다고 들떠 있었다. 꼬맹이들도 기뻐했다. 닉의 귀향에는 두려움과 기대감이 혼재했다.
　그래서 집에서도, 학기 중에도 내내 마약을 했다는 닉의 고백은 충격일 수밖에 없었다. 닉은 문을 쾅 닫고 집을 나갔다. 나는 넋이 나갔다. 안 돼, 안 돼, 안 돼……. 재스퍼와 데이지가 학교를 마치고 집 안으로 불쑥 들어왔다. 주위를 두리번거리더니 닉이 없자 물었다.
　"닉은 어딨어?"
　"나도 모르겠다."
　나는 겨우 소리를 내어 말했다. 쏟아지는 눈물을 막을 수가 없었다.

　닉이 사라진 뒤 나는 비참하고 익숙한, 그 넌더리 나는 고통 속으로 침전했다. 고통이 물러가면 애타는 두려움이 찾아왔다. 매 순간 닉의 부재를 실감했다.

아침이 밝았다. 천창 밑의 십자형 창틀이 조리대 위로 줄무늬 그림자를 던졌다. 거실의 창가 자리에 앉아 어떤 기사의 첫 단락을 읽고 또 읽고 있을 때, 재스퍼가 자고 일어나 부스스해진 머리로 거실로 들어왔다. 공단 상자 하나를 들고 있었는데, 그동안 모은 8달러를 넣어둔 상자였다. 재스퍼가 당황해서 말했다.

"형이 내 돈을 가져갔나 봐."

나는 재스퍼를 쳐다보았다. 한창 자라나는 튼튼한 몸과 영문을 몰라 어리둥절한 눈. 내가 두 팔을 내밀자 재스퍼가 내 무릎 위로 기어 올라왔다. 여덟 살짜리에게 사랑하는 형이 네 돈을 훔쳐 갔다는 말을 어찌 해야 할지 난감했다.

4부 만약에

만취. 느리지만 확실한 독약. 그것을 향한 맹렬한 갈망은 다른 모든 생각을 짓밟고, 아내도 자식도 친구도 행복도 신분도 모두 내치며, 피해자를 타락과 죽음으로 미친 듯이 몰아간다.

— 찰스 디킨스, 《보즈 스케치》

지금이 좋겠지, 죽음이 가까이 왔으니,
더는 놈을 찾을 필요가 없겠군,
더는 놈에게 대적하지 않을 테다,
놀리지도, 함께 놀지도 않을 테다.
놈은 지금 여기 내 곁에 있으니
고양이처럼, 벽에 걸린 달력처럼.

— 찰스 부코스키, 〈일흔한 살이 된다고 생각하니〉

15

5월 하순의 수요일 밤, 캐런과 나는 아이들 봐줄 사람을 고용했다. 외출을 해야 했다. 닉의 재발에 우리의 데이트는 다시 뒷전으로 밀려났다.

내키지 않았지만 노바토로 차를 몰았다. 마린 북쪽 변두리에 자리한 전원풍 도시 노바토에서 알아넌 모임이 있었다. 밤늦게 열리는 이 모임에 가게 될 줄 누가 알았을까. AA처럼 알아넌 모임이 열리는 전국의 교회 지하실과 도서관, 지역 센터가 사람들로 꽉꽉 채워졌다. 나는 정식 가입자는 아니었다. 참석자들이 억지로 기분을 털어놓는 이런 모임을 되도록 피해왔는데 오늘은 여기에 있었다.

나는 오랫동안 우리 가족의 비밀을 꽁꽁 숨겨왔다. 창피해서가 아니라 닉을 보호하기 위해서였다. 우리 가족의 친구들과 지인들이 닉에 대해 가진 좋은 인상을 지키고 싶었다. 하지만 AA의 격언이 옳았음을 깨달았다. 비밀이 클수록 병세는 심각하다. 내 아들의 중독을 털어놓고, 돌이켜 생각하고, 다른 이들의 이야기를 듣고 읽는 것이 얼마나 큰 도움이 되는지도 깨달았다. 캐런과 나는 상담을 받을 때마다 알아넌을 추천받았지만 여기에 오기까지 한참이 걸렸다.

모임은 어느 우중충한 방에서 열렸다. 둥그렇게 원을 그리며 놓인 플라스틱 의자에 10여 명의 사람들이 둘러앉아 있었다. 또 하나의 원. 폴저스 커피와 하얀 설탕 가루를 뿌린 도넛이 제공됐다. 머리 위로 형광등 불빛이 깜빡거리며 웅웅거렸고, 구석에는 기우뚱한 선풍기 한 대가 틱틱거리며 돌아갔다. 정숙이 요청되었다. 상투적인 발언들, 종종 유달리 듣기 거북한 발언들이 나왔다. 알아넌도 AA처럼 상투적인 발언이 주류를 이루는 듯했다. 이를테면, "놓아주고 하느님께 맡깁시다" 같은 말. 매번 믿을 수는 없었지만 "당신은 이것을 유발하지 않았고, 통제하지 못하며, 치료하지 못한다"는 '3C'는 도움이 되었다. 그들이 뭐라 말하든 마음속 한구석에 내 잘못이라는 믿음이 있었다. 나는 마약을 끊는 것이 쉬웠지만, 닉은 끊지 못했다. 어쩌면 닉에게 시발점은 나였는지도 모른다. 마약에 대한 나의 위선적인 경고, 마약을 해도 괜찮다는 무언의 허락이 단초가 된 것은 아닐까. 닉과 같이 마리화나를 피웠던 기억이 두려움과 함께 되살아났다. 중독자는 다른 사람을 탓하려 하고 탓할 만한 사람은 얼마든지 있기 마련이다. 내가 무슨 짓을 했든, 순진하고 어리석어서, 성숙하지 못해 생긴 일이었지만 그렇다고 달라지는 것은 없었다. 나 자신이 원망스러웠다. 세상 사람들이 손가락질해도 어쩔 수 없었다. 나를 비난하고 욕해도 어쩔 수 없었다. 닉이 나를 원망해도 어쩔 수 없었다. 하지만 그들이 나를 어떤 말로 욕하고 어떻게 취급해도 매일 내가 나 자신에게 한 짓에 비할 바가 아니었다. 당신은 이것을 유발하지 않았다는 그 말을 믿을 수 없었다.

모임에서 가장 먼저 나를 사로잡은 감정은 겸손이었다. 주위를 둘러보는데 거북한 느낌이 들면서 내가 지금 무얼 하고 있나 하는 생각이 들었다. 염색한 머리에 바지 정장 차림의 여자들, 단추를 끝까지 채운 반팔 셔츠와 면바지 차림의 배불뚝이 남자들과 나는 여기서 무얼 하고 있나? 그러나 모임을 떠날 무렵엔 참석한 모든 사람들에게 친밀감을 느꼈다. 그들은 마약 중독자의 부모, 자식, 남편, 아내, 연인, 형제자매였다. 나는 그들이 안쓰럽고 가슴이 아팠다. 나도 그들 중 하나였다. 나는 마지못해 입을 열었다.

"아들이 사라졌습니다. 녀석이 어디 있는지 모르겠어요."

눈물이 터졌다. 말을 이을 수가 없었다. 남들 앞에서 이런 꼴을 보이다니 자괴감이 들면서도 큰 안도감이 밀려왔다. 모임이 끝날 무렵 사람들은 '평온 기도문'를 되뇌었다. "하느님, 부디 바꿀 수 없는 것들을 그대로 받아들이는 평온을 주시고, 가능한 것들을 바꾸려는 용기를 주시고, 그 차이를 아는 지혜를 주소서."

제발, 제발, 제발, 내가 바꿀 수 없는 것들을 그대로 받아들이는 평온을 주시고, 가능한 것들을 바꾸려는 용기를 주시고, 그 차이를 아는 지혜를 주소서. 나는 속으로 계속 되뇌었다. 우리는 구호를 외치며 모임을 마무리했다.

"계속 만납시다."

나는 모임에 계속 나갔다. 이번에는 호화로운 동네였다. 더 좋은 커피가 나왔다. 마침내 재미난 이야기도 나왔다. 복숭아색 바람막이 점퍼 차림의 한 남자는 모든 약을 — 졸로프트, 베타 차단제, 고혈압 약, 수면제, 비아그라 등등 — 병 하나에 넣어 아들의 손이 닿지 않는 곳에 숨겨두었다고 했다. 방 안 사람들이 알 만하다는 듯 고개를 끄덕였다. 가족들이 못 찾게 약이나 술을 숨기는 일은 다반사 아닌가.

어느 날 그는 프레젠테이션을 앞두고 급히 집을 나서기 전 그 병에서 베타 차단제 한 알을 꺼냈다. 원래는 베타 차단제를 먹으려 한 것인데 비아그라 알약을 삼키고 말았다. 여러 사람 앞에서 막 일어서려는 순간 약 효과가 나타났다. 하필 몸을 숨길 만한 탁자 하나 없었다.

웃음소리가 잦아들 때쯤 숫기 없는 한 여자가 갈라진 목소리로 며칠 전 자살을 기도했다고 털어놓았다. 쓰는 용어로 보아 의사나 변호사 같았다. 화장하지 않은 얼굴은 푸르스름한 빛이 돌 정도로 창백했고, 머리는 들쭉날쭉 헝클어졌고, 눈에는 졸음기가 가득했다. 그녀는 차를 몰고 골든게이트교를 건넌 뒤 차를 세웠다고 한다. 그러고는 차에서 내려 골든게이트교 위에 올라섰다.

"살을 에는 듯한 바람이 불어왔어요. 눈물이 얼굴 위로 흘러내렸죠. 아래쪽 물을 내려다보았어요. 뛰어내리려면 울타리를 타넘어야 했는데, 양쪽 모두에 그물이 쳐져 있었어요. 차라리 총이 쉽겠다 싶더라고요. 아버지는 침실 안 잠긴 서랍 안에 총을 넣어두셨죠. 열쇠는 내가 가지고 있었어요. 아버지 집으로, 그 서랍으로 가자. 총이 더 빠를 것이다. 춥지도 않을 테고."

그녀는 다리를 따라 차를 세워둔 곳으로 걸어갔지만 차를 찾을 수가 없었다. 처음에는 차를 세운 곳을 잊은 줄 알았다고 한다. 둘러보았지만 그녀의 차는 사라지고 없었다. 그녀는 안내 표지판을 올려다보았다. 거기는 주차 금지 구역이었다. 차는 견인되고 없었다.

"정말 지긋지긋해서 웃음이 나더군요. 웃음도 나고 울음도 터졌어요. 문득, 아직 웃을 수 있다면 목숨을 버릴 때는 아니라는 생각이 들었어요."

그녀의 뺨으로 눈물이 흘러내렸고, 우리들도 그녀를 따라 같이 울었다.

나는 노바토의 교회에서 열리는 모임에 다시 나갔다. 이제 낯익은 얼굴들이 많았다. 우리는 서로를 부둥켜안았다. 다른 곳에 가면 어떻게 지내냐고 모두 내게 물었지만 여기 사람들은 말하지 않아도 알고 있었다.

한 엄마는 몸을 이리저리 흔들면서 말했다. 나는 하얀 타일 바닥을 내려다보았다. 회색 철제 의자에 구부정하게 앉은 내 몸과 무릎에 포개진 두 손이 보였다. 그 여자는 검소한 정장 차림으로 종이컵에 든 커피를 홀짝거렸다. 긴 머리는 땋아 내렸고, 복숭아 빛깔의 블러셔와 검은 아이라이너를 칠한 얼굴이었다. 그녀는 떨리는 목소리로 딸이 마약 단속에 걸려 2년형을 받고 수감돼 있다고 말했다. 그리고 의자 안으로 갈수록 움츠러들다 울음을 터뜨렸다. 이제 어디를 가든 사방이 눈물바다였다.

"난 이제 행복해요. 그 애가 어디 있는지 아니까요. 살아 있다는 걸 아니까요. 작년만 해도 딸애가 하버드에 입학해서 우리가 얼마나 신이 났었는지 몰라요."

머리가 하얗게 센 어느 여성이 자기도 그 심정을 안다면서 끼어들었다.

"내 딸이 감옥에 있는 걸 매일 하느님께 감사드려요. 하느님께 감사의 기도를 올리죠. 딸애는 6개월 전 마약 투여 및 거래, 매춘 혐의로 유죄를 받았어요."

그녀가 잠시 숨을 가다듬고는 사람들에게 하는 말인지 혼잣말인지 모를 말투로 말했다.

"이제 딸은 더 안전한 곳에 있죠."

나는 생각했다. 이것이 우리가 처한 현실이구나. 물론 모두가 그런 것은 아니었다. 하지만 우리들 중 일부는 자식이 감옥에 있다는 걸 희소식으로 여기는 지경에 몰려 있었다.

나는 이것을 통제할 수도 치료할 수도 없지만 그래도 내가 할 수 있는 일이 있을 거라는 생각을 떨칠 수 없었다. "한순간 희망의 불꽃이 반짝거리는가 싶다가도 절망이 바다처럼 일렁인다. 고통은 여전하다. 고통이 끊이지 않는다. 괴로움은 한결같고, 같은 것들이 계속되고 계속된다"는 톨스토이의 글처럼.

닉에게서는 아무런 연락이 없었다. 매시간, 매일, 매주가 신체의 고통이나 다름없는 침묵의 고문으로 다가왔다. 나는 대부분의 시간을 불에 타는 듯한 고통에 시달렸다. 고난은 인격을 쌓아 올린다는 말이 사실일지도 모르나, 그것은 동시에 인격을 파괴하기도 한다. 알아넌 모임의 사람들은 타격을 받았다. 몇몇은 눈에 띄게 타격을 입었고, 정신적 타격은 예외가 없었다. 그러면서도 그

들은 내가 아는 사람들 중 가장 진솔하고, 역동적이고, 관대한 축
에 속했다.

알아넌에서 상담을 받을 때 나는 '거리 두기'를 시도했다. 놓아
버리고 신의 손에 맡기자는 것인데, 대체 어떤 부모가 자식을 놓
아버릴 수 있단 말인가? 나는 그럴 수 없었다. 그것이 어떻게 가
능한지도 알 수 없었다.

닉이 그동안 내내 마약을 하고 있었는데, 심지어 집에서도 했는
데 어떻게 나는 까맣게 몰랐을까? 그동안 닉이 중독되었다는 사
실에 너무 상심한 나머지 현실과 환상을 혼동한 탓일까. 무엇이
정상이고 무엇이 터무니없는 것인지 판별하지 못한 탓일까. 어디
가 끝이고 어디가 시작인지 구분할 수 없다는 걸 부인하고 합리
화하는 데 능한 내 태도가 문제일까. 아니면 그저 중독자는 경험
이 쌓이면서 그럴싸한 거짓말이 늘어가고 자식의 거짓말에 갈수
록 약해지는 부모의 성향이 함께 작용한 탓일 수도 있었다. 그간
내가 닉의 말을 믿은 것은 믿고 싶어서, 너무나 간절히 믿고 싶은
마음 때문이었다.

내 아들에게 무슨 일이 일어난 걸까? 나는 어디서부터 길을 잘
못 들었나? 알아넌은 내 잘못이 아니라고 했다. 하지만 나는 책
임을 통감했다. 그 길고 장황한 가정법을 반복했다. 만약에 내가
한계를 더 엄히 설정했더라면. 만약에 내가 더 일관성이 있었더
라면. 만약에 내가 닉을 더 잘 보호했더라면. 만약에 내가 마약을
하지 않았더라면. 만약에 닉의 엄마와 내가 헤어지지 않았더라
면. 만약에 이혼 후 우리가 같은 도시에 살았더라면.

우리의 이혼과 양육권 조정이 닉에게는 유년기의 가장 아픈 부

분이었을 것이다. 열네 살 이전에 약물과 술에 손댈 확률은 이혼 가정의 아이들이 그렇지 않은 가정의 아이들보다 더 높다. 한 연구에 따르면 이혼 가정의 아이들 중 85퍼센트가 고교 시절 심각한 중독에 빠지는 반면, 그렇지 않은 가정의 아이들은 24퍼센트에 불과하다. 이혼한 집의 아이들은 딸의 경우 더 일찍 성 경험을 하고, 성별을 불문하고 우울증에 걸릴 확률이 더 높다.

첫 결혼의 절반이 이혼으로 끝나고 두 번째 결혼의 65퍼센트가 파경을 맞는 세상이 도래한 이후, 우리들 중 누구도 이혼이 아이들에게 흔히 재앙이 되고 그것이 약물 남용과 다른 심각한 문제로 이어질 수 있다는 사실을 직시하려 하지 않았다. 그럼에도 그렇게 단정하는 것은 지나친 생각일지도 모른다. 많은 아이들이 이혼을 겪으면서도 — 나보다 훨씬 더 진흙탕을 뒹굴며 이혼하는 경우도 있다 — 마약에 의존하지 않기 때문이다. 게다가 내가 만난 많은 중독자들은 깨지지 않은 가정에서 자랐다. 진실은 알 길이 없다. 우리가 다른 대부분의 가정보다 더 미친 인간들이라서? 터무니없는 소리다.

그렇다면 무얼 탓해야 하는가? 가끔씩 나는 특권층의 아이들이 여러 가지 뚜렷한 이유로 마약 중독의 주요 후보라는 생각을 하기도 했다. 그렇다면 지독히 가난한 환경에서 성장한 그 많은 중독자들은 어찌 설명해야 할까? 가난 탓으로 돌리기에는 다양한 사회경제 계층의 자식들을 재활원에서, AA 모임에서 마주치고 있었다. 공립학교 아이들이 마약 문제를 덜 겪었더라면 나는 사립학교 탓을 했을 것이다. 하지만 그렇지 않다는 것이 여러 연구에 의해 밝혀졌다. 중독은 누구에게나 찾아오는, 기회가 공평한 시련이다. 경제적 형편, 교육 수준, 인종, 거주 지역, 아이큐, 다른 어떤 요인에도 치우치지 않는다. 어쩌면 복수의 요인들이 복합적으로 작용해―자연의 섭리와 부모 양육의 강력하지만 알 수 없는 조합에 의해―중독을 일으키는지도 모른다.

가끔은 무엇도, 누구도 탓할 수 없다는 생각이 들었다. 그러다가 다시 무너져서 모두 내 탓이라는 책임감에 젖었다. 확실한 것은 닉이 끔찍한 병에 걸렸다는 사실뿐이라는 생각이 들었다.

그래도 나는 그 사실을 받아들이기가 어려웠다. 양측의 주장을 모두 따져보았다. 암 환자도 폐기종 환자도 심장병 환자도 거짓말하고 도둑질을 하지는 않는다. 그런 질병으로 죽어가는 사람이라면 어떻게든 살려고 발버둥치지 않는가. 바로 여기에 중독의 어려움이 있다. 고통당하는 사람들은 밖에서는 뻔히 보이는 단순한 해결책도 실행하지 못하는 경향이 있다. 그저 술을 마시지 않으면 되고 마약을 하지 않으면 되는데도. 그 작은 희생만 감수하면 다른 시한부 환자들은 뭐든 내주고도 얻으려 할 귀한 선물, 생명을 얻을 수 있는데 말이다.

로슨 박사는 "이 질병의 증상은 소비다. 통제 불능 역시 또 다른 증상이다. 욕망을 채우려는 요구 또한 또 다른 증상"이라고 말했다. 모임에서 만난 한 중독자는 그것의 막강한 힘을 "어미의 젖을 빨려는 굶주린 아기의 요구"에 비유했다. "선택권은 있지만 그 이상도 그 이하도 아닌 딱 그런 상황에서 처한 소비"라고.

사람들이 중독을 질병으로 이해할 수밖에 없는 현실적인 이유가 있다. 보험회사는 질병 치료를 보장하고 치료비를 내준다. 좋은 일이다. 병세가 악화되어서 간과 심장, 콩팥 이식 수술을 해도 그들이 비용을 대주기 때문이다. 하지만 정신병과 치매로 발전한 중독자의 정신적 질환은 책임지지 않는다. 그 때문에 일을 할 수 없게 되어 파탄 난 가족의 희생은 책임지지 않는다. 중독과 관련한 범죄에서 비롯된 비용도 책임지지 않는다.

혹자는 중독이 질병이라는 주장을 여전히 인정하지 않는다. 그들에게 중독은 도덕의 해이일 뿐이다. 마약 사용자는 약에 취하고 싶을 뿐이다, 더 무슨 설명이 필요하냐는 시각이다. 아무도 그렇게 하라고 등 떠민 사람은 없다는 것이다. 워싱턴 DC의 오아시스 약물 치료 클리닉의 정신과 전문의이며 미국 기업 연구소의 연구원인 샐리 사텔은 이렇게 말한 바 있다. "중독자가 코카인을 생각하거나 코카인을 하는 생각을 할 때 뇌의 특정한 부위가 활성화되는 것은 이견의 여지가 없습니다. 하지만 그것에서 유추할 수 있는 것은, 중독이 생리적 조건일 뿐 아니라 여러 가지 경화증에 해당된다는 겁니다. 뇌 질환에는 의지의 요소가 없습니다."

하지만 나는 계속 되뇌어야 했다. 마약을 할 때의 닉은 닉이 아니라고. 시련이 닥친 이래 나는 닉의 뇌를 꼬드겨 움직이는 이 힘을 파악하려 무던히 애써왔다. 가끔씩 닉의 상습적 범행이 도덕의 해이 때문인지 성격상 결함 탓인지 궁금했다. 때로는 치료 프로그램 탓을 하기도 했다. 그러다가 내 탓을 했다. 이리저리 마음이 흔들렸다. 하지만 항상 같은 지점으로 돌아왔다. 만약 아프지 않았다면 닉은 거짓말하지 않았을 것이다. 만약 아프지 않았다면 닉은 도둑질하지 않았을 것이다. 만약 아프지 않았다면 닉은 가족을 두려움에 빠뜨리지 않았을 것이다. 친구들도, 자기 엄마도, 캐런도, 재스퍼도, 데이지도 저버리지 않았을 것이다. 나를 저버리지 않았을 것이다. 절대로. 닉은 병에 걸렸다. 그것도 모든 질병을 통틀어 가장 난해한 중독이라는 질병에. 비난과 수치심, 굴욕감을 동반하는 독특한 질병에.

애초에 병에 걸린 것은 닉의 잘못이 아니었지만 병이 재발한 것은 닉의 잘못이었다. 재발을 막는 데 꼭 필요한 일을 할 수 있는 것은 닉 본인뿐이기 때문이다. 닉의 잘못이든 아니든, 어떤 식으로든 책임을 져야 마땅했다. 이런 와중에 머릿속을 떠나지 않고 웅웅대는 소리가 있었다. 세인트헬레나에 있을 때 닉은 가끔 차라리 다른 병에 걸렸더라면 좋았을 거라 생각한다고, 그랬다면 아무에게도 비난받지 않았을 거라고 말한 적이 있다. 하지만 만약 암 환자가 이런 말을 들으면 마땅히 질색할지도 모르겠다. 마약 중독자든 알코올 중독자든 예외 없이 약을 끊고 술을 끊어야 한다. 암 환자에겐 비슷한 선택권이 주어지지 않는다.

중독자의 부모는 자식과 똑같은 문제를 안고 있다. 이 질병의 부조리함과 타협해야 한다는 것. 이것과 맞서보지 않은 사람은 이 모순을 완전히 이해할 수 없다. 대부분의 사람들은 이 점을 헤아리지 못하므로 그들에게 진정한 이해를 기대해선 안 된다. 얇게 포장된 겸손에 딸려오는 연민뿐. 알아넌 모임에 있을 때를 제외하면, 우리에게 닥친 일을 듣고 위로하려 전화한 부모들과 이야기할 때조차 나는 자주 소외감을 느꼈다. 그리고 자꾸 이해하려는 마음을 자제해야 하는 거의 불가능한 도전에 직면했다. 밴 모리슨은 노래했다. "왜, 왜, 왜는 없어 왜, 왜, 왜는 없어. 그냥 그런 거야."

그냥 그런 것이다. 그러나 국립약물남용 연구소장 노라 볼코 박사는 중독이 개선 가능한 질병이라 믿으며 다음과 같이 말했다.

"나는 술, 코카인, 메스암페타민, 헤로인, 마리화나, 최근에는 비만까지 연구해왔다. 강박증에는 패턴이 존재한다. 내가 만난 사람 중에 중독되고 싶어 중독된 사람은 단 한 사람도 없었다. 그들의 뇌에서 일어난 무엇이 그런 과정을 초래한 것이다."

한번은 닉의 할아버지가 우리를 만나러 온 적이 있다. 아주 오래전 비키와 내가 로스앤젤레스에서 살 때였다. 공항에서 우리 아파트로 가는 길에 그가 담배를 사고 싶으니 가게에 잠깐 들르자고 했다. 그는 숨기려 했으나 우리는 그가 종이봉투에 버번을 넣어 가져온 것을 보았다. 저녁 식사가 끝날 무렵 술병은 바닥났다. 그로부터 2년이 못 되어 비키의 아버지는 죽었다. 그는 친절하고 사랑이 많으며 근면하고 가정적인 농부였으나, 삶은 비극으로 퇴화했다. 하지만 스피드나 헤로인이 아니라 술이었기 때문에 그의 추락은 수십 년이 걸렸다. 그는 60대의 나이로 사망했다.

"술은 훨씬 더 오랜 기간에 걸쳐 같은 파괴를 자행합니다. 마약은 그 속도가 훨씬 빠르죠. 차이는 그것뿐이에요."

한 모임에서 어떤 사람이 말했다. 선택한 마약의 작용과 유독성에 차이가 있는 것 말고는 마약 중독자와 알코올 중독자 사이의 차이점은 결국 무의미하다. 같은 말로를 맞이하기 때문이다. 그들은 비슷하게 쇠락하고 비슷하게 고립되며 비슷하게 죽는다.

나는 《다시 찾은 브라이즈헤드》를 읽다가 에벌린 워가 60년도 더 전에 남긴 "서배스천의 경우는 달라"라는 말에 충격을 받았다. 그것은 줄리아가 자기 오빠에 대해 한 말이었다.

"오빠는 누군가 나서서 말리지 않으면 술고래가 될 거야. 오빠 핏속에 그게 있거든. 서배스천이 술 마시는 걸 보면 난 그게 보여."

그러자 브라이즈헤드가 말한다.

"술에 취하고 싶은 사람을 무슨 수로 말려. 우리 어머니도 아버지를 말리지 못했어."

단어 몇 개만 바꾸면 내 아들의 경우와 완벽히 일치한다. "닉의 경우엔 달라. 닉은 누군가 나서서 말리지 않으면 중독자가 될 거야. 걔 핏속에 그게 있거든. 걔가 약 하는 걸 보면 난 그게 보여. 약에 취하고 싶은 사람을 무슨 수로 말려."

회복 프로그램에서 얼마간 시간을 보낸 사람이라면 파티에 가든 책을 읽든 영화를 보든 술꾼과 약쟁이를 다른 시선으로 보게 된다. 나는 마약과 술에 탐닉하는 자신을 희화해 말하는 헌터 톰슨의 우스갯소리가 더는 재미있지 않다. 그저 안쓰러울 뿐이다. 드라마 〈틴 맨〉에서 닉 찰스가 아침, 점심, 저녁으로, 그리고 끼니 사이사이와 식사 후에 마티니를 꿀꺽꿀꺽 들이켜는 모습도 흥겹지 않다. 극중에서 노라는 자기 남편이 알코올 중독자라고 농담을 한다. 맞는 소리다. 많은 사람들이 와인 애호가에 관한 2005년 영화 〈사이드 웨이〉에 매료됐지만 나는 그것이 혐오스러웠다. 내게는 그저 비참한 알코올 중독자의 이야기일 뿐이다.

제 앞가림을 하는 알코올 중독자가 있듯이 제 앞가림을 하는 마약 중독자도 있다. 그들은 할 수 있을 때까지 제 앞가림을 하기는 한다. 그들이 거리의 주정뱅이나 약에 찌든 부랑자와 다른 점은 약간의 돈을 가지고 있다는 점뿐이다. 그들은 집세와 공과금을 내고 끼니를 때우고 나서 그다음에 술을 마신다.

혹자는 알코올, 크랙, 헤로인, 메스, 처방 약물 등 어떤 중독이든 중독을 일탈 행위라기보다 뇌 질환으로 보는 시각이 중독자에게 재발의 구실을 준다는 입장을 고수한다. 국립약물남용연구소의 책임자를 지내고 현재 미과학진흥협회 회장으로 있는 앨런 레쉬너는 중독자들에게 면죄부를 주어서는 안 된다는 데 동의한다. 그는 "중독을 뇌 질환으로 부르는 것은 사람들이 중독자를 무기력한 희생자로 여길 위험성을 내포한다"고 말한다. 또한 2001년 발간한 〈과학과 테크놀로지의 이슈들〉에서 이렇게 말했다. "중독자 본인의 자발적인 행위로 시작된 것이므로 사실상 중독은 중독자 본인이 자초한 것이다."

이에 볼코 박사는 반대하는 입장이다. "어떤 사람이 심장병에 걸렸을 때 우리는 그 사람에게 아무런 책임을 지우지 않는가? 아니다. 우리는 그들에게 운동을 권한다. 덜 먹고 금연하기를 바란다. 누군가 병에 걸렸다는 것은 변화가 일어났다는 뜻이며, 이 경우에는 변화가 일어난 곳이 뇌일 뿐이다. 다른 질병과 마찬가지로 환자는 자기에게 맞는 치료와 회복 과정에 동참해야 한다. 콜레스테롤 수치가 높은 사람이 계속 감자튀김을 먹는 경우는 어떨까? 질병이 행동에 영향을 받는다고 해서 그것의 생리적인 면을 부인할까? 애초에 중독자가 되길 원해서 시작하는 사람은 없다. 그냥 마약을 좋아할 뿐이다. 애초에 심장마비를 일으키고 싶어 시작하는 사람은 없다. 그냥 닭튀김을 좋아할 뿐이다. 중독자 본인이 자초한 일이라는 사실을 가지고 왜 에너지와 분노를 허비하는가? 이것은 뇌 질환일 수도 있고, 동시에 중독자가 자초한 일일 수도 있으며, 당사자가 병을 치료하려 뭐든 해야 하는 일이기도 하다."

나는 닉을 비난하지 않으려 노력했다. 비난하지 않았다. 하지만 가끔은 그러기도 했다.

16

6월의 화창한 아침 재스퍼와 데이지의 진학식이 열렸지만 닉은 약속과 다르게 축하 손님들 속에 끼어 있지 않았다.

베이지 스포츠 재킷에 밝은색 넥타이를 맨 교장 선생님은 온화하게 웃는 얼굴과 학생들에 대한 한없는 애정이 담긴 눈, 부드러운 목소리의 소유자였다. 교장 선생님도 아이들도 학부모들도 모두 환히 웃었다. 그는 마이크 뒤에 서서 각 학년을 호명하며 예식을 진행했다. 학생들은 지시에 따라 일어서서 앉아 있던 계단에서 한 계단 위로 일제히 올라섰다. 하얀 셔츠를 입고 갈색 머리를 이마 위로 가지런히 빗어 내린 재스퍼는 친구들 속에서 빛을 발했다. 녀석은 이제 3학년이 되었다. 교장 선생님이 말했다.

"올해 1학년생들은 일어나세요."

아이들이 일어섰다.

"내년에 2학년이 될 학생들은 한 계단 올라가세요."

이제 데이지 학년의 차례였다.

"올해 유치원 반은 일어나세요."

연파란색 주름 드레스―낸시가 어렸을 때 입었던 드레스―차림의 데이지가 같은 반 아이들과 함께 일어섰다.

"내년에 1학년이 될 반은 한 계단 올라가세요."

우레와 같은 박수와 발을 구르는 소리가 울려 퍼졌다. 이 학교의 전통이었다. 데이지와 다른 유치원생들이 1학년 계단으로 올라서자 귀가 먹먹해질 정도의 환호성이 터져나왔다. 유치원 교사들이 올가을에 들어올 다섯 살배기 아이들을 기다리며 학생들 없이 맨 아래층에 서 있는 풍경은 쓸쓸하게 느껴졌다.

나는 마음에 불구멍이 난 것 같았다. 저 위에 있는 아이들의 천진한 모습과 또 다른 아들의 부재가 만들어내는 모순을 한 머릿속에 담자니 힘에 부쳤다.

진학식이 끝나고 송별사가 있은 뒤, 가을에 고등학교에 올라가는 학생들의 졸업식이 이어졌다. 눈물을 흘리는 부모가 나만은 아니었지만, 눈물이 평소와 다르게 느껴지는 것은 어쩔 수 없었다. 나는 차려입은 재스퍼와 데이지를 바라보았다. 칼라가 목을 간질이는 하얀 옥스퍼드 셔츠의 재스퍼와 할머니의 드레스에 하얀 양말, 메리제인 구두의 데이지는 단정한 차림새와 긴장되고 설레는 얼굴로 반 아이들과 같이 서 있다. 닉도 눈부신 모습으로 의젓하게 저기 서 있었는데, 지금은 어디 있는 걸까?

밖으로 파란 하늘이 펼쳐졌지만 지나간 폭풍우의 흔적에—여름이 다가온다는 예고에—처진 기분은 도무지 나아지지 않았다. 부엌에서 차 마실 물을 끓이고 있는데 별안간 전화벨이 울렸다. 나도 모르게 들뜬 티를 냈다. 그 이른 아침에 전화할 사람이 누가 있겠나? 닉이 틀림없었다. 나는 전화기 쪽으로 손을 뻗으면서 혼잣말을 했다. "아니야, 닉이 아니야." 닉이 아닐 경우에 느껴질 쓰디쓴 실망감을 예방하기 위해서였다.

닉이 아니었다.

"저는 실비아 로버슨이라고 해요." 어떤 여자가 쾌활한 목소리로 말했다. "조녀선 엄마인데, 제가 앵그리 투나의 학부모 대표거든요."

'앵그리 투나'는 재스퍼의 수영반 이름이었다. 그녀는 다음 주말 모임에 간식 당번을 해줄 수 있냐고 물었다.

"물론이죠. 기꺼이 하겠습니다."

나는 전화를 끊으려 했다.

"앵그리 투나 화이팅."

그녀가 명랑하게 말했다.

"앵그리 투나 화이팅."

부엌에 정적이 감돌았다.

개수대 위 선반에는 사기그릇과 찻잔, 유리그릇, 그리고 사진이 한 장 놓여 있었다. 우리 가족이 어느 호수 위 요트에 함께 있는 사진이었다. 내 아버지는 선글라스와 어부 모자 차림으로 손을 흔들며 미소를 지었다. 캐런의 무릎 위에 있는 데이지는 아기였는데, 챙 넓은 모자에 가려 얼굴이 보이지 않았다. 사내 녀석들은 카메라 바로 앞에서 카메라를 향해 미소를 지었다.

재스퍼는 팔팔한 얼굴에 머리를 자른 지 얼마 안 되어 갈색 앞머리가 가지런했고, 닉은 짧게 친 머리에 치아 교정기가 반짝였다. 내 아들들. 사진 뒷면에 찍힌 1996년 10월 12일이라는 글자로 보아 닉이 열네 살 때였다.

이놈은 지금 어디 있을까? 같은 시각 협곡의 언덕 위에 자리한 캐런의 부모님 집에서 돈은 작업실에서 나와 볕이 잘 드는 거실 구석의 지정석에 자리를 잡았다. 그리고 낡은 보트슈즈와 해져 올이 풀린 티셔츠, 반바지 차림으로 라탄 의자에 앉아 넬슨 제독 이야기를 읽었다. 낸시는 고불고불한 오솔길 저편 정원에서 부지런히 일손을 놀리다가 문득 빨래가 다 됐을 거라는 생각이 들어 전지가위를 벨트에 찬 가죽집에 꽂고 집 안으로 들어왔다.

낸시는 정원 장갑을 벗으면서 아래층으로 통하는 문을 지나 물건이 가득하고 곰팡내와 세탁비누 냄새가 진동하는 지하실로 내려갔다. 세탁기와 건조기를 지나면 재봉실과 그 집 아들이 십 대 때 쓰던 작은 침실이 나온다. 그 방 벽에는 친구들 —블랙풋 미원주민 부족— 이 낸시의 부모님에게 선물한 활들이 쌓여 있었다. 그 방은 손주들이 잘 때만 쓰는 빈방이었다.

낸시는 세탁한 시트와 베갯잇을 건조기에 넣기 전에 우선 세탁한 옷 뭉치를 꺼내야 했다. 꺼낸 옷 뭉치는 나중에 개려고 그 방 침대 위에 쌓았다.

그러다 낸시는 깜짝 놀랐다. 양모 이불 밑에 사람의 몸이 있었기 때문이다. 낸시는 정신을 가다듬고 자세히 들여다보았다. 닉이었다. 피골이 상접한 몸뚱이가 덜덜 떨면서 잠을 자다가 낸시가 놀라 외친 소리에 잠에서 깼다.

"닉! 이게 무슨……."

닉은 멍하고 퀭한 눈에 청바지와 긴팔 셔츠 차림으로 낸시를 쳐다보고는 일어나 앉았다.

"어? 낸……."

둘 다 말문이 막혔다.

"여기서 뭐 하니?"

"아, 그게……."

"너 괜찮니?"

닉은 일어나서 가방을 들고 더듬더듬 사과를 했다.

"닉, 아니야. 괜찮아. 간 떨어질 뻔했지만."

"죄, 죄송해요."

"닉, 너 약 한 거니?"

닉은 아무 말도 하지 않았다.

"언제든 여기 있어도 좋아. 괜찮아. 말만 해. 몰래 들어오진 말고. 너 때문에 심장마비 일으킬 뻔했다."

닉은 방을 나가 계단을 올라갔고 낸시는 닉을 따라갔다.

"밥 먹었니? 뭐 좀 만들어줄까?"

"아뇨, 괜찮아요. 바나나나 먹을까 봐요. 괜찮으시다면."

"닉…… 내가 널 어떻게 도우면 될까?"

낸시는 눈물을 글썽이다 눈을 깜빡였다.

"내가 어떻게 하면 좋을지 말해봐."

닉은 두서없는 말을 웅얼거리며 사과하고는 부엌의 바구니 안에서 바나나를 하나 꺼냈다. 그리고 고맙다, 죄송하다 말하고는 현관문 밖으로 훌쩍 나가 진입로를 따라 걸어갔다.

"닉!"

낸시는 닉을 쫓아가서 불렀지만 닉은 멈추지 않았다. 낸시가 바깥길에 도달했을 때 닉은 사라지고 없었다. 낸시는 내게 전화해 있었던 일을 이야기했다. 그때 돈이 옆을 서성이다 그 소식을 들었다. 낸시는 얼마든지 화를 낼 만한 상황인데도 내게 사과를 했다.

"미안하게 됐네. 경황이 없어서."

나는 어쩔 수 없었다고 장모님을 안심시켰다.

"죄송해요, 녀석 때문에 놀라셨을 텐데. 녀석을 그런 식으로 보게 만든 것도 죄송하고요."

낸시는 내 말을 듣지 않았다.

"애를 붙잡으려 했는데. 애 꼴이⋯⋯."

낸시가 목이 메어 말을 잇지 못했다.

아무런 소식 없이 일주일이 지났을 때 닉이 대부에게 전화를 걸었다. 닉의 대부는 트윈 픽스 근처의 자기 집으로 닉을 불렀다. 대부는 닉의 몰골에 깜짝 놀라―그는 "바람이 불면 그대로 날아갈 것 같았어요"라고 말했다―고기 찜을 해주었고, 닉은 그걸 게걸스럽게 삼켰다. 그는 닉에게 도움을 받으라 간청했다.

"저 괜찮아요. 약 끊었어요." 닉이 거짓말을 했다. "당분간 혼자 지내려고요."

대부는 닉을 보내고 나서 내게 전화했다. 그는 닉이 온 이야기를 하고 나서 입을 다물었다.

"그나마 뭐라도 먹었으니 다행이지."

그 뒤로 보름 동안 아무 소식 없이 불안한 상황이 이어졌다. 나는 다시 유치장에 전화를 돌려 녀석이 체포되었는지 확인했다. 그리고 병원 응급실에 전화를 돌렸다. 캐런의 오빠가 닉을 보았다고, 닉을 본 것 같다고 했다. 헤이트 스트리트 길모퉁이에서 몸을 웅크리고 있었는데, 뭔가 켕기는 게 있는 것처럼 초조해하면서 잔뜩 경계하는 모습이었다고.

나는 제정신이 아니었다. 어이가 없었다. 두려웠다. 닉의 행방을 모른다는 사실에 처음 느끼는 극심한 불안감에 시달렸다. 상처 입고 궁지에 몰린 몸으로 샌프란시스코 거리를 야생동물처럼 배회하는 닉의 모습이 아른거렸다. 자기 뇌를 수술하는 미치광이 마취과 의사처럼 닉은 황홀경을 맛보려 마약을 계속 투여하지만 희열이 빠르게 그리고 필연적으로 점점 사그라들면서 금단의 지옥으로 떠밀려가고 있었다.

나는 닉의 방 낡은 책상 서랍에서 대리석 무늬의 작문 공책을 발견했다. 거기에 손글씨로 하루에 투여하는 약들의 메뉴를 적은 기록이 있었다.

스피드 1½그램
버섯 1/8온스
클로노핀 2알
코데인 3알
발리움 2알
e 2대

나는 서재로 돌아와서 글을 쓰려 했지만 일손이 잡히지 않았다. 캐런이 들어와 나를 쳐다보고는 앞만 보며 가만히 앉아 있다가 한숨을 쉬었다. 그녀는 작은 종이를 들고 있었다.

"이것 좀 봐."

그녀가 취소된 수표를 내밀었다. 닉이 발행한 수표였는데, 비뚤비뚤 쓰인 서명에서 위조된 티가 났다.

"일부러 그런 건 아닐 거야……."

나는 그렇게 말하면서도 내가 틀렸다는 걸 알고 있었다. 닉을 끔찍이 아끼는 캐런이 충격과 상처를 받고 분통을 터뜨렸다.

"가엾은 녀석." 내가 말했다. "제정신이었다면 이런 짓까지 안 했을 거야."

"가엾다고?"

나는 방을 나가려고 홱 돌아서는 캐런의 뒤에 대고 소리쳤다.

"이건 닉이 아니야."

캐런은 나를 쳐다보더니 고개를 절레절레 저었다. 더는 듣기 싫다는 뜻이었다. 나도 더 이상 닉의 편을 들어줄 수 없었다.

나는 고통과 두려움 속에서 며칠을 더 보냈다. 어느 날 밤 아이들은 잠이 들었고, 캐런은 아이들에게 《아라비안나이트》를 읽어주고 와서 침대에서 신문을 읽고 있었다. 나는 서재에서 글을 쓰다가 무슨 소리를 들었다. 현관문?

나는 두근거리는 가슴으로 살펴보러 가다가 복도에서 닉과 마주쳤다. 닉은 기어드는 목소리로 "안녕"이라고 말하더니 나를 지나쳤다. 자기 방으로 부리나케 가다가 내 말에 걸음을 멈추었다.

"닉! 그동안 어디 있었니?"

"왜 이래요, 뭐 잘못 먹었어요?"

닉은 일부러 세게 나왔다.

"내가 물었잖아. 그동안 어디 있었어?"

닉은 분노를 있는 대로 쏟아내며 펄펄 뛰다가 어깨 너머로 나를 흘끔 보더니 내뱉었다.

"아무 데도 안 갔어요."

그러고는 제 방으로 들어갔다.

"닉!"

나는 닉을 따라 그 탁하고 붉은 굴속으로 들어갔다. 닉은 서랍들을 열었다가 쾅쾅 닫았다. 녀석의 시선이 수납장 안의 책장을 훑었다. 해진 빨간 티셔츠와 찢어진 청바지 차림이었다. 빨간 캔버스 운동화는 끈이 풀렸고, 양말은 안 신고 있었다. 닉이 미친 듯이 움직였다. 뭔가를, 돈이나 마약을 찾고 있는 게 분명했다.

"지금 뭐 하는 거니?"

닉이 나를 노려보았다.

"걱정 마세요. 닷새 동안 안 했으니까."

나는 녀석이 침대 위에 둔 가방을 집어 지퍼를 열고 안을 살폈다. 안에 든 청바지 주머니를 뒤지고, 말린 양말을 풀어보고, 이불을 털고, 손전등도 열어보았다(배터리가 꽉 차 있었다). 내가 그러는 동안 닉은 문고리에 몸을 기대고 가슴에 팔짱을 낀 채 물끄러미 쳐다보기만 했다. 그러다가 들릴락 말락 하게 큭큭거리더니 말했다.

"그만 좀 하세요."

그러고는 옷가지며 물건들을 가방 안에 도로 넣었다.

"나 갈 거예요."

나는 앉아서 얘기 좀 하자고 했다.

"재활 치료 타령이라면 난 할 말 없어요."

"닉……."

"할 말 없다고요."

"다시 해야 해. 닉, 나 좀 봐라."

닉은 쳐다보지 않았다.

"넌 모든 걸 내던지고 있어."

"내던지든 말든 내 인생이야."

"네 인생을 내던지지 말아라."

"더 내던질 것도 없어요."

"닉!"

닉은 나를 밀치고 지나가서 눈도 들지 않고 말했다.

"죄송해요."

그러더니 복도로 쏜살같이 나갔다. 닉은 캐런을 지나치면서 말했다.

"안녕, 엄마."

캐런은 이해할 수 없다는 눈빛으로 닉을 응시했다. 캐런은 신문을 손에 들고 내 옆에 섰고 우리는 창밖을 내다보았다. 인적 없는 길을 따라 사라지는 닉이 보였다.

붙들고 늘어지는 것 말고 내가 무얼 할 수 있었을까? 녀석을 붙잡고 싶었다. 녀석이 떠난 뒤에 몰려들 쓸쓸한 공허함과 애타는 불안감이 두려웠지만, 나는 아무것도 하지 않았다.

마약에 중독된 자식이 행방마저 묘연할 때 흔히 그 부모들이 그렇듯 나는 새벽 4시에 깨어 있었다. 끝없이 반복되는 보름달이 다시 찾아온 밤이었다. 그러고 보니 오늘은 닉의 생일이었다. 오늘 내 아들은 스무 살이 된 것이다.

나는 뼈아픈 후회와 싸워야 했다. 뭐든 내가 할 수 있는 일이 있었을 거라는. 그렇게 녀석을 보내는 게 아니었는데. 닉을 찾아야 했다.

마약 중독이 진행성 질병이라는 말은 숱하게 들었지만 다음 날 아침 전화를 받았을 때 비로소 그 말을 절감하게 되었다. 지난겨울 보스턴에서 만났던 닉의 여자 친구 줄리아였다. 그들의 중국 여행은 닉이 행방을 감추면서 자연히 무산되었다. 줄리아는 버지니아 부모님 집에서 전화하는 거라고 갈라진 목소리로 말했다. 울고 있었다.

"지난달에 같이 여기 왔을 때 닉이 엄마 집에서 주삿바늘을 훔쳐 갔어요."

"주삿바늘?"

"엄마 암 치료에 쓰는 거예요. 모르핀도 훔쳐 갔어요."

줄리아가 흐느꼈다.

"내가 참 할 말이 없구나."

"저도 그래요."

잠시 침묵 후 줄리아가 말했다.

"이건 하난 확실해요. 절대 닉을 도와주지 마세요. 돈도 주시면 안 돼요. 아저씨의 도움을 얻으려 갖은 수를 쓸 거예요. 그다음엔 걔 엄마 차례겠죠. 닉을 도와주시면 더 빨리 죽이는 거나 같아요. 우리 언니도 중독자였기 때문에 잘 알아요."

"나는 몰랐어. 내가 어리석어서……. 난 닉이 나아지는 줄만 알았어. 약을 끊고 학교에 잘 다니는 줄만 알았지."

"아저씨도 저처럼 닉을 믿고 싶었겠죠."

줄리아가 전화를 끊으려 했다.

"우리 언니도 그런 처지라 제가 드릴 수 있는 말씀은, 아저씨 건강 잘 챙기시라는 거예요."

"너도 건강 잘 챙기렴."

그간 그토록 많은 일들을 겪고도 황망한 심정이었다. 닉이 주사 투여까지 하다니. 자기 팔에 마약을 주사하다니. 오래전 야구공을 던지고 레고 성을 쌓았던 그 팔에, 내가 밤에 차 안에서 잠이 든 녀석을 안아 들면 내 목을 꼭 끌어안던 그 팔에.

다음 날은 꼬맹이들을 데리고 수족관에 가기로 약속한 날이었다. 나를 둘러싼 두 세상 사이의 괴리감이 아찔하고 버겁게 다가왔다. 가끔은 두 세상의 공존이 부조리하게 느껴졌다. 그렇다고 집에 앉아 전화기가 울리기를 기다려봐야 아무 소용 없었다. 우리는 우리대로 계속 살아가야 했다.

우리는 몬트레이로 차를 몰았다. 중간에 샌타크루즈에서 차를 세우고 벼랑을 따라 난 들쑥날쑥한 산길을 따라 동굴로 내려갔다. 동굴 바로 아래에는 물거품을 품고 일렁이는 태평양의 물이 있었다. 아래쪽 바위는 바닷물에 닿아 미끌거렸다. 아이들은 근처 해변에서 수영을 했다. 내 아이들은—셋 모두—바다에서도 육지에서처럼 편안해하는 것 같았다. 마치 돌고래처럼.

수족관에서 우리는 나른한 만의 풍경과 수백 마리 가마우지를 담은 영화를 보았다. 새들이 놀듯이 파도 속에서 첨벙거렸다. 느닷없이 무시무시한 잿빛 이빨이 빽빽이 들어찬 입이 물과 함께 쑥 일어나더니 거대한 백상아리가 가마우지 한 마리를 통째로 삼켰다. 상어의 꼬리가 휘리릭 움직이는 밧줄처럼 낭창거리며 사라졌다.

내가 그 가마우지와 뭐가 다른가 싶었다. 상어 한 마리가 깊은 물속에서 나타났다. 나는 가만히 바라보았다. 그것이 다가오는 것을 속절없이 바라보았다. 위태로운 닉의 현실이 생각났다. 죽음의 문턱에 다다른 닉을 보는 것만 같았다. 구토가 날 것 같아서 더는 보고 있을 수가 없었다.

우리는 수족관 구경을 마치고 고속도로를 타고 남쪽으로 달려 카르멜로 갔다. 아이들은 해변에서 놀다가 공원에서 나무를 탔다. 햇볕에 탄 피부가 벗겨지듯 나무껍질이 벗겨지는 나이 든 마드론 나무였다. 아이들을 바라보는 동안 잠시 긴장이 풀리긴 했지만 이미 불안감은 내 몸 안에 단단히 똬리를 튼 상태였다.

집으로 돌아오는 길에 닉 이야기는 꺼내지 않았다. 그렇다고 닉을 생각하지 않는 것은 아니었다. 중독자인 닉의 모습과 쌍둥이처럼 닮은 죽음의 망령이 매번 폐부를 파고들었다. 캐런과 나는 전화벨과 함께 들려올 최악의 소식에 대비해 마음을 굳게 먹었다.

닉은 여전히 행방이 묘연했지만 우리의 삶은 계속되었다. 캐런이 작업실에서 늦게까지 작업을 하던 날, 나는 재스퍼와 데이지를 데리고 시내로 나가 저녁을 먹었다. 식사를 끝내고 우리는 식료품점으로 걸어갔다. 마켓 안은 한산했다. 나는 카트를 밀고 통로들을 돌아다녔다. 재스퍼와 데이지는 코카 펩스나 오레오를 카트 안으로 계속 던져 넣었고, 나는 계속 그것들을 빼내다가 그만하라고 나무란 뒤 녀석들을 다른 방향으로, 우유, 버터, 빵 같은 사야 할 것들이 있는 쪽으로 보내버렸다. 나는 건조된 파스타들이 벽처럼 줄줄이 쌓인 통로에 서 있었다. 스피커에서 죽은 아들을 위해 만든 에릭 클랩튼의 노래가 흘러나왔다.

"천국에서 만나면 내 이름을 기억해주겠니?"

인내심이 한계에 부딪쳤다. 나는 마켓 한복판에서 무너지고 말았다. 재스퍼와 데이지는 물건들을 한 아름씩 안고 함께 모퉁이를 돌았다가 눈물을 쏟는 나를 발견했다. 아이들은 충격을 받고 겁을 먹었다.

이 대목에서 중독자 자식을 둔 부모들에게 음악 선택에 신중을 기하라 당부하고 싶다. 루이 암스트롱의 〈왓 어 원더풀 월드〉는 무조건, 폴라로이드든 코닥이든 이 노래가 나오는 광고까지 피해야 한다. 기피해야 할 노래는 〈턴 어라운드〉와 〈선라이즈 선셋〉을 비롯해 수천 곡이 넘는다. 신디 로퍼의 〈타임 애프터 타임〉과 에릭 클랩튼이 아들 이야기를 한 이 노래도 피해야 한다. 레너드 코헨의 〈할렐루야〉도 서서히 옥죄어든다. 꼭 감상적인 노래만 위험한 게 아니다. 브루스 스프링스틴도 위험할 수 있다. 존 레넌과 요코, 비요크, 밥 딜런도 마찬가지다. 너바나를 들으면 감정이 북받친다. 커트 코베인처럼 고래고래 소리 지르고 싶다. 그에게 소리치고 싶다. 이것은 음악에 국한되지 않는다. 위태위태한 순간은 수시로 찾아온다. 고속도로를 타고 달리다 부서지는 파도를 볼 때, 예전 카풀할 때 좌회전하던 랜초 니카시오 근처의 두 갈림길에 다다를 때, 고요한 밤 올레마 힐 꼭대기 쪽으로 유성이 떨어질 때, 닉이 좋아할 만한 농담을 친구들에게 들을 때, 꼬맹이들이 재미나고 사랑스러운 행동을 할 때. 어떤 이야기, 어떤 낡은 스웨터, 어떤 영화에도 그 순간은 찾아온다. 바람을 느끼며 고개를 들고 자전거를 달릴 때에도. 그런 순간들은 헤아릴 수 없이 많다.

그 뒤로도 보름 넘게 아무런 소식이 없다가 닉에게서 이메일이 왔다. 나는 안도감부터 느꼈다. 닉은 살아 있었다. 말도 어느 정도 조리 있게 했고, 컴퓨터를 쓰려고 공공 도서관에 갔다면 거동하는 데도 문제가 없다는 뜻이었다. 닉은 도움을 요청했다. 돈을 달라고 했다. 그러면 길거리에서 살지 않아도 된다고. 나는 치료를 받게끔 도와주겠다는 말만 써서 답장을 보냈다. 알아넌에서의 엄격한 사랑을 흉내 내는 것도 아니었고 마음이 떠나 냉담해진 것도 아니었다. 나는 메스에 완패했고 백기를 든 상태였다. 그간 녀석을 보석으로 빼내고, 녀석의 빚을 갚아주고, 녀석을 정신과 의사와 상담사에게 끌고 가고, 거리를 전전하는 녀석을 데려왔지만, 모두 허사였다. 메스는 난공불락이었다. 경각심과 사랑이 내 자식들에게 안락한 삶을 보장할 거라는 믿음을 늘 가지고 있었는데 그것만으론 부족했다.

닉은 내 제안을 거절했다. 햄프셔 대학에서 닉과 악수를 나누고 자기 반에 받아주었던 교수가 닉이 재발했다는 소식을 듣고 편지를 보냈다.

"약을 하지 않을 때 닉은 반짝반짝합니다. 수년간 워낙 많은 사람들을 잃고 나니 이젠 이런 소식이 새삼스럽지도 않아요."

고통스러운 한 주가 다시 흐른 뒤 닉이 전화를 했다. 수신자 부담 전화였다.

"안녕, 아빠, 저예요."

"닉."

"어떻게 지내세요?"

"지금 그게 문제가 아니잖아. 넌 어떠니?"

"전 괜찮아요."

"어디 있니?"

"도시요."

"지낼 곳은 있어? 어디에서 지내고 있니?"

"전 괜찮아요."

"닉, 우리 만날까?"

"좋은 생각 같지 않아요."

"그냥 만나자. 나무라지 않으마. 그냥 점심만 먹자."

"글쎄요."

"제발 부탁이다."

"좋아요."

왜 닉을 만나고 싶었을까? 나는 가망이 없다는 걸 알면서도 닉을 설득할 수 있지 않을까 하는 실낱같은 희망을 품고 있었다. 사실, 희망은 없었다. 정확히는 녀석을 설득할 수 없다는 걸 알고 있었지만 녀석의 뺨이라도 만져보고 싶었다.

닉은 만날 장소로 '스텝스 오브 롬'을 골랐다. 노스 비치에 있는 카페였다. 노스 비치는 내가 혼자 닉을 키우면서 살았던 동네였다. '세인츠 피터 앤 폴' 교회 맞은편 워싱턴 스퀘어는 닉이 놀던 곳이었다. 우리는 서점 시티 라이츠를 둘러본 뒤 가파른 오르막

길을 올라 부둣가까지 걸어간 다음 보도 가장자리에 걸터앉아 휴먼 주크박스*의 트럼펫 연주를 구경하다가 기라델리 초콜릿 공장 앞에서 바나나를 조각내 먹었다. 차이나타운의 브로드웨이 맞은편에서 청경채와 멜론을 사고 집으로 돌아가는 길에 카페 트리스테에 들러 커피와 핫초콜릿을 먹었다. 가끔 초밥 식당에서 이른 저녁을 먹곤 했는데, 닉은 메뉴에 없는 주황색 야채(당근과 참마) 튀김만 주문했다. 이탈리아 식당 바네시도 갔다. 자주색 상의와 검은 주름 바지 차림의 웨이터들이 담황색 머리에 앞니 빠진 꼬맹이 닉을 전화번호부가 쌓인 카운터 앞 스툴에 앉혔다. 닉은 줄줄이 늘어선 요리사들이 프라이팬에 브랜디를 뿌려 선보이는 불꽃 쇼를 동그래진 눈으로 구경하곤 했다. 술에 불이 붙으면 닉은 좋아 죽었다. 거기 요리사들은 닉의 주문을 외우고 있었다. 아동용으로 양을 줄인 시저 샐러드, 라비올리 트리앙골로, 멋들어진 황동 그릇에서 휘저어 만든 자발리오네. 집으로 걸어가면서 브로드웨이 스트립바 앞에 서 있는 여자들을 지나칠 때면 닉은 차림새로 여자들을 알아보았다. 원더우먼, 우주의 여왕 쉬라, 캣우먼 등등. 닉은 그들이 노스 비치로 순찰을 나온 슈퍼히어로로 생각했다. 녀석이 졸려 하면 나는 녀석을 안았고, 녀석의 작은 팔이 내 목을 끌어안았다.

　나는 카페의 구석 자리에 앉아 초조하게 닉을 기다렸다. 평생 이성과 사랑을 신조로 삼고 살아오다 미지의 영역에 들어선 셈이었다. 바에서 냅킨을 접는 웨이터 둘을 제외하고 안은 텅 비어 있

* 거리에서 소정의 돈을 받고 원하는 노래와 곡을 연주하는 가수 혹은 연주자.

었다. 나는 커피를 주문하면서도 닉에게 먹힐 만한 참신한 방안이 없는지 궁리했다.

약속된 시각이 지나고 30분 넘게 기다리자 걱정에 숨이 막힐 것 같았고 비통함과 분노가 함께 밀려왔다.

약속 시각이 45분 넘게 지났을 때 나는 닉이 오지 않을 거라 생각하고—대체 뭘 기대한 거지?—그만 가기로 했다. 하지만 완전히 포기가 안 돼서 주변을 한 바퀴 돈 후 돌아와 카페 안을 들여다본 뒤, 다시 주변을 한 바퀴 더 돌았다. 30분이 더 흐른 뒤 정말 집에 가야겠다고 생각한 순간, 닉이 눈에 들어왔다. 닉이 나를 향해 걸어왔다. 시선은 바닥을 향해 있고 가느다란 두 팔은 축 늘어져 덜렁거렸다. 타락하고 쇠약한 모습이 어느 때보다 에곤 실레의 유령 같은 자화상과 닮아 있었다.

닉은 나를 보고는 멈칫했다가 조심스레 다시 걸음을 뗐다. 우리는 어색하게 끌어안았다. 내 팔이 닉의 바스라질 듯한 등허리를 감쌌다. 나는 닉의 뺨에 입 맞추었다. 닉은 분필처럼 창백했다. 우리는 그렇게 포옹한 뒤 창가 자리에 앉았다. 닉은 내 눈을 똑바로 쳐다보지 못했다. 늦은 것을 사과하지도 않았다. 그저 음료수 빨대를 접었다가 펴기를 반복하고, 의자에서 초조하게 몸을 이리저리 흔들었다. 손가락을 달달 떨고 아래턱을 둥글게 움직이면서 이를 갈았다. 우리는 주문을 했다. 닉이 먼저 말문을 열어 질문을 차단했다.

"나…… 괜찮아요. 해야 할 일을 하고 있고, 내 앞가림을 스스로 하고 있어요."

"아빠는 너 정말 걱정돼."

침묵.

"캐런이랑 아이들은 어때요?"

"잘 지내. 우리 모두 너를 걱정하고 있어."

"네, 그렇겠죠."

"닉, 끊을 생각은 있는 거니? 온전한 삶으로 돌아올 생각이 있어?"

"또 그 소리."

"재스퍼와 데이지가 널 보고 싶어 해. 걔들은……."

닉이 내 말을 잘랐다.

"그런 소리 나한테 안 통해요. 죄책감 씌우려 하지 마요."

닉은 포크 옆면으로 접시 안의 음식을 싹싹 긁어 먹고 커피를 들이켰다. 녀석이 앞머리를 쓸어 넘겼을 때 부푼 상처가 보였다. 녀석이 손가락으로 그것을 만졌지만 나는 묻지 않았다.

우리는 작별 인사를 나누었고 나는 닉이 일어서서 떠나는 것을 바라보았다. 닉은 몸을 덜덜 떨면서 배를 움켜쥐고 있었다. 닉이 마약에 중독되고 나서부터 깨달은 것이 있다. 부모란 거의 모든 것을 인내할 수 있는 존재라는 것이다. 우리는 더 이상은 못 참겠다 싶은 지경에 몰려서도 매번 고비를 넘겼다. 나는 한때 상상조차 할 수 없었던 것들을 합리화하고 인내하는 나 자신을 보며 경악했다. 합리화는 갈수록 진화했다. 닉은 그저 실험하는 중이야. 이것도 한때일 거야. 그냥 마리화나인데, 뭐. 닉은 주말에만 약을 해. 그래도 독한 마약은 안 하잖아. 헤로인을 안 하는 게 어디야. 그래도 주사 투여는 안 하잖아. 어쨌든 녀석이 살아 있어. 하나 더 깨달은 것은, 부모들이 자식에게 기대하고 희망을 걸 때 생각보다 융통성을 더 발휘한다는 것이다. 닉이 한창 자랄 때, 나는 닉이 살아가면서 어떤 선택을 하든 만족할 거라 생각했다. 하지만 실제로는 닉이 대학에 갈 거라고 기대했다. 닉이 대학에 가는 것을 당연시했고 한 번도 의심하지 않았다. 닉이 썩 괜찮은 직업을 가지고 연애도 하고 종국에는 아이들을 낳는 모습을 상상했다. 그러나 닉의 마약 문제가 심각해지면서 내 희망과 기대를 수정했다. 대학이 요원해 보이자 대학을 건너뛰고 곧장 일터로 직행하는 방안을 수용하기 시작했다. 많은 아이들이 자기 자신을 찾기까지 멀리 돌아가기도 하니까. 하지만 그것마저 난망해지자 나는 닉이 마음의 평온을 찾는 데 만족하기로 했다. 지금은 흔하디흔한 일상이나 건강한 삶은 고사하고, 내 아들이 스물한 살까지 살 수나 있을지 걱정하는 판국이 됐다.

여름이 끝났다. 전화벨이 울릴 때마다 나는 가슴을 졸였다. 메스의 희열이 영영 떠나가고 한참이 지나면 — 술의 경우라면 테네시 윌리엄스가 《뜨거운 양철 지붕 위의 고양이》에서 표현한 대로 "이제 그 짜릿함은 내게 두 번 다시 없을 거야"가 되겠다 — 중독자는 불안감과 혼란에 시달리면서 대개 먹는 것도, 자는 것도 못하게 된다. 물론 중독자의 부모도 잠을 이루지 못한다.

17

어떤 마을에서는 교회 종소리나 시계탑 종소리로 정오를 알린다. 포인트 러예스에서는 정오가 되면 수탉이 울어대는 소리와 뒤이어 가세한 소 울음의 하모니가 웨스턴 살롱 술집 꼭대기에 설치된 안내 방송 확성기를 통해 울려 퍼진다. 그 소리에 사람들은 잠시 걸음을 멈춘다.

나는 데이지와 재스퍼를 데리고 농산물 코너에 있었다. 영화 〈오클라호마〉의 한 장면처럼! 이웃 사람들과 친구들이 토마토며 오이, 샐러드용 채소, 치즈를 사고 있었다.

우리는 캐런의 오빠와 언니, 그리고 그들의 아이들과 마주쳤다. 그 옆으로는 바질 같은 재배용 허브들이 현지인의 생활상을 그린 벽화를 따라 줄지어 늘어서 있었고, 벽화에는 니트 모자를 쓴 토비와 아기 때의 내 조카딸도 있었다.

이제는 거의 모든 마을 사람들이 닉의 소식을 들어 알고 있는 터라 사람들은 적잖이 걱정하며 닉의 안부를 물었다. 자식 때문에 같은 일을 겪은 로렐은 ─ 헤로인 중독자인 그녀의 딸은 차 사고로 거의 죽을 뻔했다 ─ 나를 껴안더니 울기 시작했다. 재스퍼와 데이지가 사촌들과 같이 바이올린과 베이스 악단의 블루그래스를 들으러 가고 없는 게 다행이었다.

그때 휴대폰이 울렸다. 닉이 분명했다. 나는 사람들이 없는 조용한 자리를 찾다가 병아리 우리 옆에서 마땅한 곳을 발견했다. 나는 전화를 받았지만 대답이 없었다. 메시지를 확인했다. 하나가 있었다. 닉에게 온 것이었다. 닉이 혀 꼬부라진 소리로 거만하게 말했다.

"알았어요, 알았어……. 내가 미안해요. 와, 이거 정말 힘드네. 미안해요. 끊을게요. 하지만 그냥 내가 관두는 거예요. 일에 집중

해야 해서……. 잠을 많이 자요. 몸이 말을 잘 안 들어서 금요일부터 내리 잤어요. 토요일에 깼는데 하루가 통째로 지났는지도 몰랐어요. 그래서 다른 건 몰라요. 헷갈려요."

그리고 전화가 뚝 끊겼다. 재스퍼가 티셔츠와 카키색 반바지 차림으로 달려왔다.

"생강 쿠키 사도 돼요?"

녀석이 내 낌새가 심상치 않음을 알고 멈춰 섰다.

"왜요?"

재스퍼는 손에 들린 휴대폰을 보더니 걱정스런 눈빛으로 물었다.

"형이야?"

일주일쯤 뒤 닉은 제 친엄마에게 연락해 이메일로 도움을 청했다.

"솔직히 엄마도 내 생활을 아시면 경악할 거예요. 이런 식으로 지내다 보니까 거지 같은 일이 자꾸 생겨요. 나 곤경에 처했어요. 두 달 전에 결국 집에서 쫓겨나게 되어 미칠 지경이에요. 돈도 떨어졌고……. 재활 치료 다시 안 받으면 집에는 못 들어가요. 다른 길이 없어요. 재활 교육은 이미 받았어요. 그 더 큰 힘이라는 건 도무지 나랑은 안 맞아요. 지독히 허무한 기분만 들거든요."

거기서 별안간 내용이 끊겼다. 비키는 다시 이메일을 받았다.

"몸도 마음도 많이 망가졌어요. 두서없더라도 이해해주세요. 전화하려 했는데 시간이 너무 늦었어요. 그냥 몇 가지 차근차근 적는 게 좋겠다 싶어서. 친구 엄마의 수표를 훔쳤어요. 구속될 수도 있어서 그들에게 돈을 갚아야 해요. 아니면 계속 숨어 지내야 해요."

무엇이 최선의 대책인가를 놓고 비키와 나는 의견이 엇갈렸다. 두려운 마음이야 충분히 이해하지만 그녀가 닉의 빚을 갚아주자고 했을 때 나는 난감했다. 자연스러운 본능일 수도 있지만, 닉이 계속 약을 하는 동안 이루어지는 지원은 닉의 위험천만한 폭주를 방치하는 꼴이 될 수 있었다. 비키는 빚은 갚아주되 닉에게 현금을 주지 않겠다고 말했다. 진행 중인 중독자에게 현금을 주는 것은 자살하려는 사람에게 장전된 총을 쥐어주는 것과 같았다.

캐런에게 그 이메일을 이야기해주고 닉이 그런 혐오스런—너무나 자기 파괴적인—짓을 하다니 이해가 안 간다고 말하자, 캐런은 버럭 화를 냈다.

"정말 지긋지긋해."

"나더러 어쩌라는 거야?"

"그냥 지긋지긋해."

그녀는 방을 나가버렸다.

닉은 사라졌다가 나타나기를 반복하면서 내가 아니라 자기 엄마에게 간헐적으로 연락을 주었다.

뉴욕에 사는 오랜 친구들이 샌프란시스코를 방문했을 때, 비키는 닉이 그들을 만나게끔 주선했다. 닉은 비키의 애원에 그들의 호텔에 가보기로 했다. 추레한 차림새와 누가 봐도 약에 취한 몰골 때문에 호텔 로비에 발도 못 들이던 닉은 거기 묵는 친구들에게 전화 한 통만 넣어달라고 호텔 경비원에게 사정사정해야 했다.

움찔움찔하고 횡설수설하는 잿빛 해골이 발발 떨면서 휘청휘청 들어서자 방 안에 있던 두 사람은 닉의 처참한 상태와 팔에 난 주삿바늘 자국을 보고 경악했다. 그들은 뉴욕으로 와서 같이 지내면서 해독 치료를 받자고 닉을 설득했다. 샌프란시스코에 대한 애정이 식어서였을까, 아니면 싫증나고 두려워서였을까, 그것도 아니면 뉴욕으로 이주하는 것에 흥미가 생겼던 것일까. 닉은 가겠다고 했다. 하지만 떠나기 전 다시 약을 하러 달아났다. 마약상은 작별 선물로 메스를 듬뿍 퍼주었고, 닉은 그것을 코로 들이마신 뒤 나라를 횡단하는 비행기에 올랐다.

뉴욕에서 친구들은 닉을 설득해 중독 전문 정신과 전문의를 만나보게 했다. 의사는 수면제를 처방해주었고, 닉은 일주일 내내 거의 잠만 잤다. 닉은 신체적 금단증세와 정신적 고통을 참아냈다. 닉은 전화로 "후회, 수치감, 의구심, 약을 향한 욕망, 죽고 싶은 욕망"이라는 말로 자기의 심정을 표현했다. 말문이 막혔다. 그저 사랑한다, 미안하다는 말밖에는 할 말이 없었다.

일주일 뒤 나는 전화를 받았다. 예전에 계좌를 가지고 있었던 은행의 직원이었다. 누군가 폐쇄된 내 계좌 앞으로 500달러짜리 수표를 발행했다고 했다. 매번 배신당할 때마다 새로운 감정들이 분출했고, 수많은 감정들이 머리 안에서 격돌했다. 도둑을 맞는다는 것은 어찌 됐든 격정을 일으키고 정신적 외상을 남기는 경험이다. 아들에게 사기를 당하다니⋯⋯. 처음에는 캐런, 이제는 나였다.

한 달쯤 뒤 닉이 전화를 했다. 목소리에 쓸쓸한 빛이 덜했다. 비키의 도움으로 브루클린에 아파트를 마련하고 일자리도 구했다고 했다. 닉은 대학이 멍청한 짓이라 결론 내린 바 있지만 최저임금의 일자리는 더 멍청한 짓이라 차라리 학교로 돌아가겠다고 했다.

"내 힘으로 해볼게요. 그동안 여러 번 기회를 날렸지만 이번에는 안 그럴 거예요."

닉은 다시는 크리스털 메스를 하지 않겠다고 말했다. 의사가 마리화나나 와인 한 잔 정도는 "평정을 유지"하는 데 도움이 되니 괜찮다고 했다면서. 그 말을 듣고 나는 또다시 각오를 해야 했다. 걱정할 만한 이유가 있었다. 메스 중독자는 마리화나를 피우거나 술을 마실 경우 재발할 확률이 열두 배나 더 높다는 UCLA 연구가 있었기 때문이다.

그렇다고 일요일 새벽 5시에 걸려오는 전화까지 기대한 것은 아니었다. 나는 벌떡 일어났다. 심장이 날뛰었다. 캐런이 고개를 들더니 나를 쳐다보았다. 나는 전화기를 들었다. 닉의 대부였다. 닉의 대부? 그와는 20년 동안 몇 번 이야기를 나눈 것이 전부였다. 이 시각에? 그는 방금 브루클린의 한 의사로부터 전화를 받았는데 닉이 마약 과용으로 병원 응급실에 있다고 했다.

"위중한 상태고 생명 유지 장치에 의존하고 있답니다."

언젠가 이런 전화를 받게 되리라 각오는 했지만, 자주 예감했다고 해서 견디기가 더 쉬운 것은 아니었다. 나는 전화를 끊고 캐런에게 말했다.

"괜찮을까?"

"모르겠어."

나는 기도를 하기 시작했다. 한 번도 믿은 적 없는 신에게 간청했다.

"하느님, 제발 그 아이를 죽게 두지 마십시오. 제발 그 아이를 죽게 두지 마십시오."

나는 병원에 전화를 걸었다. 의사에게 들으니 누군가—어젯밤 닉이 쓰러질 때 함께 있던 아이들 중 하나—가 닉이 의식을 잃자 911에 전화를 건 모양이었다. 구급차가 닉의 아파트로 왔고, 아파트 집주인이 구급차를 보고 아파트 임차인인 비키에게 전화를 했다. 의사는 응급 의료팀이 즉시 처치하지 않았다면 닉은 죽었을 거라고 했다. 그리고 지금도 장담할 수 없다고 했다.

이 무렵 나는 애끓는 고통과 함께 살아가는 법을 터득한 상태였다. 중독자는 그 지경이 된 데에 대한 책임이 없을 수도 있지만 당사자 외엔 책임질 사람이 없다고 생각한 것이다. 그리고 나의 문제는 해결책이 없고 돌파구마저 없을지 모른다는 것을 받아들인 점이다. 한계를 확실히 그어야 하지만—내가 받아들일 것, 내가 할 것, 내가 받아들일 수 없는 것, 내가 더 이상 할 수 없는 것—그러면서도 융통성 있게 그것을 지우고 새로운 선을 그을 줄 알아야 한다는 것도 알았다. 그런데 닉이 병원에 입원한 지금은 내가 어느 때보다 더 닉을 사랑하고 어느 때보다 더 안쓰러워한다는 생각이 들었다.

나는 뉴욕행 비행기를 예약하고 여행 가방에 물건을 몇 가지 던져 넣었다. 다시 전화벨이 울렸다. 의사였다. 그는 심각하지만 안타까워하는 목소리로 닉이 회복될 거라 말했다. 활력 징후가 정상으로 돌아가고 있다고 했다.

내 아들에게 다시 기회가 생긴 것이다. 새벽에 전화를 받은 이후 처음으로 한숨을 돌릴 수 있었다. 재스퍼와 데이지가 잠에서 깼다. 안으로 들어와서 내 상태를 살폈다. 캐런과 나는 아이들에게 닉이 잘 이겨내기를 빌어보자고 말했다.

나는 병원으로 전화해 닉과 통화가 가능한지 물었다. 의사는 닉이 잠들어 지금은 안 되지만 몇 시간 뒤에 다시 해보라 했다. 나는 이리저리 서성였다. 정원을 거닐었다. 비키와 나는 몇 차례 통화하면서 서로를 다독였다. 우리 아이가 죽을 뻔했다. 재스퍼와 데이지는 닉이 괜찮냐고 재차 물었다.

나는 한 시간 만에 병원으로 전화했고, 닉의 침대 바로 옆에 있는 전화로 연결되었다. 닉은 말에 조리가 없었지만 절박한 목소리로 재활 프로그램에 다시 가고 싶다고, 그것만이 유일한 길이라고 말했다. 나는 닉에게 지금 바로 뉴욕으로 갈 거라고 말해주었다. 나는 공항으로 향하는 차 안에서 병원으로 전화해 닉의 상태를 물었다. 간호사는 닉이 이미 퇴원했다고 말했다.

"퇴원했다니 무슨 소리죠?"

"의사가 말렸는데도 그냥 퇴원해버렸어요."

닉이 링거와 도관을 뽑아버리고 사라진 것이다. 나는 전화를 끊고 고속도로를 빠져나왔다. 이번에도 녀석을 멈추지 못한다면 아무 소용 없었다. 나는 부들부들 떨면서 집으로 돌아왔다.

그날 밤 침대에 누워 열린 창문으로 날아드는 스타재스민 향기를 맡으며 어둠 속을 바라보았다.

"안 자, 캐런?"

"당신은?"

우리는 둘 다 잠을 이루지 못했다. 도대체 어떻게 된 일인지 이해가 가지 않았지만 닉이 금단증세를 감당하지 못했거나, 재활 치료를 받을 생각에 지레 지쳤거나, 아니면 고통이 너무 심해 약을 하러 떠났을 거라 추측했다. 익숙한 공포감이 또다시 머릿속을 휘저었다. 이번 일과 몸도 마음도 패배했다는 감정에 압도당해 스스로 목숨을 끊는 닉이 떠올랐다. 닉의 휴대폰은 꺼져 있다.

아침에 닉이 전화를 했다. 기진맥진하고 우울한 목소리였다.

"닉⋯⋯."

"네, 알아요."

"어디 있니?"

닉은 자기 아파트에 있다고 했다.

"어떻게 된 거냐? 병원은 왜 나온 거야?"

"너무 두려웠어요. 모르겠어요. 아무튼 거길 나와야 했어요."

브루클린의 건물 지하 아파트에 있는 닉의 모습이 떠올랐다. 지난번 방문했을 때 본 바로는 실내장식이 안 돼 있고 가구도 바닥에 깔린 매트리스 하나와 닉이 길거리에서 주워 온 서랍장 하나, 햇빛을 차단하기 위해 단단히 쳐놓은 암막 외엔 아무것도 없었다. 병실 옷장에서 슬쩍해 신고 온 부츠만 벗어던지고 옷은 벗을 생각조차 하지 않았을 테고, 팔에는 링거 주삿바늘을 고정했던 반창고 조각이 붙어 있을 것이다. 아파트에 도착해 곧장 안으로 들어가서 무덤 안으로 고꾸라지듯 매트리스로 엎어졌을 것이다. 닉이 내게 올 거냐고 물었다. 가야 할까?

"너 어떡할 셈이니?"

이번에 닉은 외부의 강요에 의해서가 아니라 스스로 재활 치료를 선택했다. 아니, 간청했다. 바닥을 친 것일까? 바닥을 친 중독자는 새로운 방식으로 회복 과정에 임한다는 것이 모든 전문가들의 일치된 의견이다.

나는 닉을 헤이즐던 재활원의 맨해튼 센터에 입원시키려 뉴욕으로 날아갔다. 탁한 라벤더색 하늘이 비를 뿌렸다. 나는 택시를 잡아탔다. 닉이 있는 곳으로 달리는 중에 이런저런 생각이 들었다. 닉을 보게 되면 어떤 기분이 들까. 살아 있는 걸 보고 마냥 기쁠까. 목숨을 잃을 뻔한 녀석에게 분노가 치밀까.

나는 만나기로 약속한 호텔 로비에서 닉을 기다렸다. 별안간 닉이 내 앞에 서 있었다.

"안녕, 아빠!"

닉이 나타나는 순간은 늘 드라마의 한 장면 같았다. 닉은 용사의 역할을 자처했지만 기아에서 살아남은 사람처럼 보였다. 얼굴은 주름진 종이 같았고 유령처럼 창백했다. 티셔츠와 찢어진 청바지 위에 찢어진 재킷, 해진 스니커즈 차림이었다. 우리는 뻣뻣하게 포옹했다. 녀석을 사랑하는 마음이 녀석을 두려워하는 마음에 눌려 수그러들었다.

그날 밤 닉은 내가 잡은 호텔에서 묵었다. 우리는 시간을 때우려 〈펀치 드렁크 러브〉라는 영화를 보고 카페에서 파스타를 먹었다. 닉은 자기에게 있었던 일을 설명하려 했지만, 우리는 그것을 다음 기회로 넘겼다. 어차피 내일 아침이면 닉은 또다시 재활원에 입원할 예정이었기 때문이다.

우리는 저녁을 먹고 나서 텔레비전을 보았다. 젊은이들이 서로에게 어처구니없고 부끄러운 짓을 하는 것을 촬영하는 프로그램이었다. 프로야구 선수들이 머릿기름을 바른 남자들의 사타구니에 시속 160킬로미터의 강속구를 던지는 장면도 나왔다. 명중할 때마다 남자들이 괴로워 푹 엎어졌다. 대체 왜 이런 걸 만들어 방송에 내보내는 걸까? 왜 우리는 이런 걸 보고 있는 거지?

우리는 두툼한 흰 이불이 깔린 더블 침대에 각자 누워 빵빵한 베개에 머리를 뉘었다. 레터맨 쇼가 방송되었다. 닉은 한참을 보다가 용건이 있어 외출해야 한다고 말했다. 나는 제정신이냐는 눈초리로 닉을 쳐다보았다. 정말 제정신이 아닌 듯했다.

"용건? 무슨 용건?"

"괜찮아요. 금방 갔다가 돌아올 거예요."

"안 돼. 용건은 무슨, 네 발등에 떨어진 불부터 꺼."

"가봐야 해요. 해결해야 할 게 있어요."

닉이 운동화를 신었다. 나는 녀석을 말릴 자신이 없었다.

"그럼 같이 가자."

나는 신발을 신었고, 우리는 차가운 밤거리로 나갔다. 지하철을 타고 지저분한 아파트 건물들 앞에 멈추었다. 초인종을 눌렀지만 다행히 응답이 없었다. 우리는 마침 장바구니를 들고 안으로 들어가는 인도계 여성을 따라 안으로 들어가서 다섯 층계를 올라갔다. 나는 닉의 옆에 섰고, 닉은 문을 팡팡 두드렸다. 받을 돈이 조금 있다고 했다.

닉은 결국 포기했고, 그제야 나는 안심이 됐다. 벌써 새벽 2시가 가까운 시각이었다. 택시가 우리를 호텔 앞에 내려주었다. 엘리베이터를 타고 올라갈 때 우리는 〈트위티와 실베스터〉 만화가 나오는 조그만 화면을 올려다보았다.

다음 날 아침, 우리는 재활원에 입원할 시각이 될 때까지 주변을 거닐었다. 헤이즐던은 스타이버슨 스퀘어 공원을 굽어보는 위풍당당한 브라운스톤 건물이었다. 닉이 면담하는 동안 나는 공원 벤치에 앉아 기다렸다. 남자애들 여럿이 공원 철제 대문 근처 구석진 곳에 뭉쳐 있었다. 마약 거래가 이뤄지고 있었다.

아마도 헤이즐던은 미국에서 가장 유명한 마약 및 알코올 재활 센터일 것이다. 본원은 미네소타에 있지만 뉴욕과 오리건, 시카고에서도 프로그램을 운영했다. 여기는 본 프로그램은 아니었다. 닉은 이미 재활 프로그램을 두 번 거쳤다. 프로그램은 6개월 과정이었는데 닉이 어떤 경과를 보이냐에 따라 연장될 수도 있었다. 기본적인 재활 치료를 4주에 몰아넣는 속성 과정과 달리 환자들은 일을 하거나 학교에 다녀야 했다. 회복을 일상과 융합하는 법을 배우자는 것이 취지였다. 전문가 심리 치료, 집단 심리 치료를 정기적으로 제공하고 AA 모임 참석도 필수다. 잡일도 해야 한다. 지켜야 할 규율은 많지만 다른 프로그램과 다르게 환자들은 원할 때마다 외출이 가능했다. 단, 저녁 식사 자리와 필수적인 모임 및 약속에 참석해야 하고 통금 시간 전에 돌아와야 했다.

닉이 문가에서 내게 손짓했다. 때가 되었다. 나는 위층으로 올라갔다. 우리는 체리목 책장이 즐비한 널찍한 로비에 앉았다. 할 말은 별로 없었지만 잠시 가죽 소파에 앉아 있었다. 직원이 닉을 불렀을 때—입원할 시간이라 헤어져야 한다고 했다 — 우리는 일어서서 서로를 쳐다보았다.

우리는 부둥켜안았다. 닉의 몸이 부서질 것처럼 가녀렸다.

18

몇 주가 지나고 몇 달이 지나갔다. 나는 멀리서 닉이 회복되는 과정을 지켜보면서 메스에 대한 조사를 계속했다. 이번에는 국내의 저명한 연구자들에게 자문을 구했고 나의 경우 무엇이 가장 핵심적인 문제인지 물었다. 만약 자신의 가족이 이 마약에 중독되었다면 어떻게 하겠느냐고.

그들은 첫 단계로 평가 작업을 꼽았다. 중독자가 메스암페타민 정신병 증세를 보이면 진정제와 다른 약물이 처방되어야 한다("가끔 그들은 조치가 필요한 정신병 증세를 보인다"고 UCLA의 링 박사는 말했다). 메스 중독자들은 다른 중독자들에 비해 부수적 정신 질환 상태에 처할 가능성이 서너 배 높지만, 그 증세는 메스 금단증세와 구분하기 어렵다. 일부 의사들은 의례적으로 중독자들에게 우울증 치료를 적용하곤 한다. 높은 치료비가 요구되므로 환자들은 2차 질병의 진단과 치료에 들어가기 전 적어도 한 달은 메스를 끊어야 한다고 몇몇 연구자들은 주장한다.

입원 프로그램과 외래 프로그램 중 어느 쪽이 더 효과적인지에 대해서는 전문가들의 의견이 엇갈린다. 입원 프로그램은 비싸지만 환자를 면밀히 감시하는 안전하고 통제된 환경을 제공한다. 하지만 실생활에 맞춘 재활 치료가 보장되지 않고 퇴원 후 재발하는 경우가 잦다. 외래 프로그램은 회복 치료를 중독자의 삶에 융합하지만 삐끗할 기회가 많다. 대부분의 전문가들은 가능한 한 긴 입원 프로그램을 선택한 다음 이후 1년 이상의 기간을 두고 포괄적인 외래 프로그램으로 차차 전환하는 것이 이상적이라고 한다. 일주일에 네다섯 차례의 저녁 상담으로 시작해서 일주일에 한 번으로 빈도수를 점점 줄여나간다.

전문가들은 입원 치료든 외래 치료든 금단증세 초반에 인지행동 치료를 시작하는 것은 무리라는 데 의견을 같이한다. 신중한 관찰과 함께 진정제 처방과 마사지나 침술 치료, 운동 프로그램을 병행하면 환자들이 최악의 금단증세를 이겨내는 데 많은 도움을 줄 수 있다. 외래 프로그램 환자들은 도움을 받아 다음 치료까지 따를 스케줄을 스스로 정할 수 있다는 이점이 있다. 전문가들은 약물 검사 및 재발 시 강력한 벌점 부과는 필수라고 주장한다. 인지행동 치료는 천천히 추가해야 한다. 실행할 때는 중독자가 따라갈 수 있는 수준을 벗어나지 않도록 조절한다. 정신과 치료는 일부 의사들은 찬성하지만 대부분은 아니다. UCLA의 로슨 박사는 거의 효과가 없다고 말했다. 링 박사가 "대화로 복잡한 배선 불량 문제를 해결할 순 없죠"라며 거들었다. "무언가를 이해하는 것이 중독된 삶을 변화시키진 않아요. 무언가를 하는 것이 변화를 일으키죠."

의사들은 이중 진단*을 통해 우울증이나 조울증, 급성 불안증 같은 상태로 진단된 경우 정신과 치료와 정신약리학 치료를 처방한다.

첫 번째 목표는 중독자가 인지행동 치료를 받을 수 있을 때까지 그들을 오래 붙잡아두고 인지행동 치료로 훈련 또는 재훈련시키는 것이다. 로슨 박사와 그의 UCLA 동료들이 건립한 마약 재활

* 특정 대상이나 행위에 중독된 환자의 핵심 문제가 중독인지 다른 정신 건강의 문제인지를 판별하는 일련의 과정.

원 매트릭스에서는 다양한 심리 치료를 실행하고 실험하고 있다. 매트릭스의 메스 프로그램은 원래 코카인 중독자를 위해 개발된 프로그램을 변형한 것이다. 이 프로그램의 심리 치료는 과거에 재발로 이어졌던 상황들을 가능하면 피하고, 가능하지 않으면 재구성하라고 가르친다. 이론상 새로운 행위는 결국 습관으로 발전한다. 매트릭스의 중독자들은 분노, 실망 같은 감정에 대해 평상시 보였던 반응을 멈추는 훈련을 받는다. 또한 '촉발'과 '신호' 같은 재발을 일으키는 중독의 요소들에 대해 배운다. 촉발은 일회성이거나 우발적인 마약 사용이 완전한 재발을 일으키는 메커니즘이다. 중독자는 회복 중 특정 단계에서 삐끗할 수 있기 때문에 프로그램은 사건을 재구성하는 훈련을 시킨다. 그러면 중독자는 촉발에 반응하지 않고 '선택 지점'에서 그 과정을 멈출 수 있다. 그 순간에 대안적 행동을 시도하는 것이다. 강렬한 갈망이 마약 사용으로 빈번히 이어지는 사이클이 있는데, '신호'는 중독자가 이 사이클을 일으키는 기폭제와 만날 때 일어난다. 나는 영화 〈레퀴엠〉에 대한 나와 닉의 상이한 반응을 보고 '신호'가 일어나는 방식을 이해하게 되었다. 닉은 대런 애러노프스키 감독이 그려낸 헤로인과 스피드에 중독된 아들과 엄마의 처절한 이야기를 좋아했다. 나는 좋기는커녕 괴롭기만 했다. 지인들 중 그 영화를 좋아한 사람들도 황폐하고 타락한 분위기에 우울해했지만, 닉은 짜릿함을 느꼈다. 크로노스 콰르텟의 쿵쿵거리는 음악이 흐르는 마약 장면은 대부분의 사람들에겐 고문이었지만 닉은 그것을 보고 마약에 취하고 싶은 충동을 느꼈다고 내게 고백했다.

연구들에 따르면 '신호'는 중독자의 활력 징후에 급격한 변화를 일으킨다. 바늘처럼 반드시 노골적인 것들만 '신호'가 되는 것은 아니다. 파이프에서 메스가 탈 때 나는 냄새와 유사한 화학물질 냄새부터 마약과 관련된 '사람', '장소', '사물'까지 모든 것이 될 수 있다. 어떤 중독자에게는 월급날, 어느 길모퉁이, 어떤 노래, 다른 사람은 모르는 미묘하고 은밀한 소리조차 신호가 될 수 있다. 많은 메스 중독자들이 메스를 섹스와 결부시킨다. 드라마 〈식스 핏 언더〉의 카사노바 고교생의 표현처럼, 메스는 "세상을 한층 더 밝게 타오르게 하고 섹스는 완전히 원시적인 것으로 만든다." 대부분의 중증 사용자들은 결국 섹스가 불가능한 상태에 이르게 되지만 성적 자극은—포르노 영화부터 관능적인 상황에 이르기까지—강력한 기폭제로 남을 수 있다. "그 단계에서 마약 사용을 중단하는 것은 기차 앞으로 뛰어드는 것과 같다"고 로슨 박사는 말했다. 하지만 UCLA의 슙토 박사가 고안한 특별 심리 치료는 메스를 섹스와 연관하는 게이 중독자들이 성적 자극에 대한 반응을 재구성하도록 돕는다. 반사적인 행동과 강박적인 행동을 포함한 모든 행동은 의식화할 수 있으므로 중단할 수 있다는 것이 골자다. 마약 사용자는 그 움직이는 기차를 멈추고 AA 멘토나 마약 상담사에게 전화하거나, 회복 모임에 참석하거나, 체육관에서 운동하거나, 다른 건설적인 선택을 하도록 교육받을 수 있다. 다시 말하지만, 뚜렷한 변화를 얻기 위해서는 수년은 아니더라도 수개월에 걸친 치료 시간이 꼭 필요하다. 그 과정에서 사용자의 뇌는 재생되고 도파민 수치는 정상으로 회복된다. 금욕의 사이클이 중독의 사이클을 대신한다.

스키너식 접근법이 메스 중독자들에게 효과적이라는 것이 최근의 임상 시험에서 밝혀졌다. 소변검사 결과가 깨끗한(즉 마약 성분이 없는) 중독자에게 보상을 하는 것인데, 소정의 현금 혹은 상품권을 지급하거나, 중독자의 아이에게 무료 접종을 해주고 스케이트장 무료 입장권을 주거나, 고장 난 잔디 깎기 기계 수리 자격증을 준다. UCLA 연구에 따르면, 이러한 유관관리 전략은 인지행동 치료 프로그램과 병행할 경우 인지행동 치료를 단독으로 진행할 때보다 성공 가능성이 두세 배 높다.

약물 치료 또한 도움이 될 수 있다. 현재 메스 사용자를 위한 치료제는 없다. 또한 과용했을 때 메스를 중화하거나, 증상을 완화하거나, 신경 독성을 치료하거나, 약 기운을 떨어뜨리는 약물도 없는데, 만약 있다면 각각의 치료 단계에서 모두 유용할 것이다. 치료제가 없는 이유는 아마도 헤로인과 코카인에 비해 메스에 대한 연구가 부족하기 때문이라 봐도 좋을 것이다. 헤로인과 코카인은 오래전부터 동부 해안, 특히 뉴욕에서 워싱턴에 이르는 지역에 널리 퍼져 많은 연구가 이루어졌지만 메스는 그렇지 않다. 메스가 동쪽으로 확산되는 추세에 따라 분위기가 달라지고 있지만 아직까지 메스는 연구 지원금을 배정하는 정책 입안자들의 현안으로 떠오른 적이 없다. 메스암페타민과 헤로인의 분자구조 차이도 원인으로 꼽을 수 있다. 한 연구자는 "메스암페타민이 더 까다롭다"고 설명했다. 임상의들은 중독 치료의 승산을 높일 만한, 즉 도파민을 대체하거나 신경 손상을 치료하거나 증상을 없애거나 억제하는 치료 약물이 시급하다고 인정한다. 그러나 이 분야의 최고 연구자들은 기울이는 노력에 비해 전망은 그리 낙관적이지 않다고 인정한다. 금단증상을 완화하는 약물 치료의 초기 단계에 있다는 한 의사는 이렇게 인정했다.

"성공할 가능성이요? 소수의 환자들에게 경미한 효과만 봤어요. 효과는 아예 없거나 미미한 정도라서 미미한 효과만 나타나도 정말 기쁠 겁니다."

그는 더 희망적인 편에 속하는 약물을 쓰고 있는데도 그랬다. 금단증세 초반에는 우울증이 두드러지므로 몇몇 연구자들은 항우울제가 도움이 된다는 입장을 고수한다. 그러나 프로작, 졸로프트, SSRI(선택적 세로토닌 재흡수 억제제)의 예비시험에 따르면, 이 약물들은 거의 아무런 효과를 내지 않는 것으로 보인다. 현재 연구자들이 주목하고 연구하는 항우울제는 세로토닌과 도파민 수송체 및 수용기의 하위 체계와 상호작용하는 부프로피온(웰부트린)과 구토 예방약 온단세트론이다. 그 외에도 계획된 연구들이 여럿 있다. 북미 전역의 연구자들은 도움이 될 만한 약물이 수십 가지 정도 된다고 말했다. 그중 하나가 레보도파(엘도파)인데, 파킨슨병의 퇴행증을 완화하는 데 사용돼온 약물이다. 이것은 시간이 지남에 따라 약효가 감소하긴 하지만 부족한 도파민을 대체한다. 코카인 사용자에게 투여했을 때는 아무런 효과를 내지 못했다. 하지만 도파민 수치가 조금 줄어든 코카인 사용자들에 비해 도파민 수치가 거의 바닥에 가까운 메스 중독자들에게는 강한 약효를 발휘할 것으로 보인다.

치료 약물이 메스 중독의 초반 금단증세나 다른 회복 단계에 도움이 되는 것으로 드러났지만, 연구자 갠트 갤러웨이는 치료 약물은 부수적 역할에 지나지 않는다고 확신한다.

"문을 열기 전 밖을 내다보고 마약상이 와 있으면 문을 열지 않게 하는 핍홀* 같은 약물은 나오지 않을 겁니다. 완벽한 해독 작용과 효과적인 약물 치료에 성공해서 메스 사용자의 뇌를 메스 사용 이전으로 돌려놓는 데 성공한다 해도, 시간은 다시 앞으로 흘러가기 마련이죠. 이것은 영화 〈사랑의 블랙홀〉과 같아요. 그때부터는 인지행동 치료를 통해 그들의 인생에 다른 길이 나타났고 그 길을 갈 수 있다는 것을 가르쳐주어야 합니다."

닉은 때때로 내게 연락했다. 매일 저녁 환자들과 AA 모임에 참석한다고 했다. 그러면서 특유의 정색하는 농담조로 나들이를 표현했다.

"우리가 시내를 걸어가면 참 볼만해요. 사교적인 부적응자들을 모아놓은 것 같거든요."

나도 모임에 다녔다. 알아넌 모임이 만능은 아니었지만 위안은 되었다. 다른 사람들의 이야기를 들을 때마다 가슴이 미어졌다. 점심시간에 열린 한 모임에서 나는 떨리는 목소리로 "내 아들이 다시 재활원에 들어갔어요"라는 말로 시작해 짧게 발언했다. 모임이 끝난 뒤 한 여자가 다가와 〈알아넌의 세 가지 시각〉이라는 소책자를 수줍게 건네며 말했다.

"저한테는 도움이 됐어요."

집에서 읽어보았다. '중독자의 편지'라는 내용이 있었다.

"내 약속을 믿지 말아요. 나는 곤경을 모면하려 무엇이든 약속할 거예요. 하지만 아무리 진심에서 한 약속이라도 내가 걸린 질병 때문에 그 약속을 지키지 못할 겁니다. 내가 하는 말은 아무것

* 집주인이 안전하게 밖을 내다볼 수 있게 벽이나 문에 만들어놓은 작은 구멍.

도 믿지 마세요. 아마도 거짓말일 테니까요. 현실 부정은 내 질병의 증상입니다. 게다가 나는 속이기 쉬운 사람은 존중하지 않는 경향이 있어요. 내가 어떤 식으로든 당신을 이용하거나 착취하게 두어선 안 됩니다. 정의의 차원 없이 사랑은 오래 지속될 수 없습니다."

닉이 다시 재활 치료를 받고 있었으므로 캐런과 나는 도서관에서 중독에 관한 책들을 빌려 데이지와 재스퍼에게 읽어주었다. 우리는 아이들이 솔직한 느낌과 생각을 말하도록 최선을 다했다. 그리고 선생님들을 만나 아이들이 어떻게 지내는지 상의했다. 다행히 아이들은 잘 지내고 있는 것 같았다.

12월에 헤이즐던 뉴욕 분원의 입원 프로그램이 문을 닫았다. 시설 측은 맨해튼의 외래 프로그램은 유지한다면서 폐쇄 이유로 경기 불황을 들었다. 유료 환자들이 충분하지 않아 침대가 다 차지 않는다고 했다. 닉은 베이 지역을 꺼렸다. 닉에게 베이 지역은 메스와 연관된 곳이었다. 닉은 상담사와 상의한 끝에 로스앤젤레스로 이주해 비키와 가까운 곳에서 살기로 결정했다.

컬버 시티에 위치한 금단의 집 허버트 하우스는 부겐빌레아와 장미꽃이 늘어진 하얀 방갈로 단지였다. 작은 포치에는 2인용 소파와 흔들의자가 놓여 있고 벽돌로 지은 중앙의 마당에는 야자수와 피크닉 테이블, 정원 가구들이 있어 중독자들을 위한 작은 빌라촌 같았다.

닉은 그곳에 정착했고 마음에 들어 했다. 다른 환자들과 친구가 되었고 특히 프로그램 책임자 제이스와 가깝게 지냈다. 제이스는 마약과 알코올 중독자들에게 평생 헌신해온 인정이 많은 남자였다. 허버트 하우스는 규율이 엄격했고 잡일은 필수였다. 거주민들은 밤마다 열리는 모임에 참석해야 했다. 닉은 인근의 외래 프로그램에도 다니고, 새 정신과 의사를 만나고, AA 모임의 멘토 랜디의 도움도 받았다. 닉은 자전거를 타고 해안 고속도로를 따라 한참을 달려서 랜디를 만나러 갔다. 파란 눈이 강렬한 랜디는 15년 동안 약을 끊고 살고 있었다. 닉은 랜디가 영감을 주고 "이런 멋진 인생도 있다는 걸 보여준다"고 말했다.

전화기 너머로 예전의 닉, 정상이었던 닉의 목소리가 들려왔다. 지금의 닉과 마약을 했던 그 사람이 한사람이라고는 도저히 믿기지 않았다. 닉은 그간 겪은 시행착오와 수개월간 헤이즐던에서 얻은 도움, 허버트 하우스의 지원, 외래 상담 치료, AA 모임, 랜디, 같이 회복 중인 친구들의 이야기를 기반으로 포괄적인 프로그램을 구성했는데, 내 생각에 이것은 모든 메스 중독자들에게 적용이 가능할 것 같았다.

닉은 AA 모임 친구들의 도움으로 프로미스에서 기술직 일자리를 얻었다. 말리부에 위치한 프로미스시는 유명한 마약 및 알코올 중독 재활 프로그램을 운영하는 곳이었다. 닉은 환자들을 차에 태워 모임과 약속이 된 의사에게 데려다주고, 치료용 약을 배분하고, 여러모로 상담사를 보조했다. 닉은 그 일로 성취감을 얻었다. 일을 하면서 도움을 얻었기 때문에 다른 사람들을 도울 수도 있었다.

7월에 닉은 스물한 살이 되었다. 나는 생일을 축하하러 로스앤젤레스로 닉을 찾아갔다. 따뜻한 여름날 오후 나는 허버트 하우스 앞에서 닉을 차에 태웠다. 닉은 차에 펄쩍 올라탔다. 우리는 서로를 끌어안았다. 닉은 다시 온전해 보였다. 스물한 살은 누구에게나 인생의 이정표가 되는 나이인데, 이는 부모에게도 마찬가지다. 내게는 또 다른 기적처럼 느껴졌다.

캐런은 아직 닉을 만날 마음이 없다고 했다. 우리는 닉이 데이지와 재스퍼를 만나는 것도 허락할 수 없었다. 아이들에게 또다시 상처를 줄 수는 없었다. 우리 모두는 두려움과 사랑 사이에서 갈등하고 있었다. 데이지와 재스퍼를 보호하고 싶었지만 아이들은 닉을 사랑했고 닉도 아이들을 사랑했다. 또다시 우리는 의문에 사로잡혔다. 언제쯤 닉을 온전히 믿을 수 있게 될까?

마침내 여름이 끝나갈 무렵, 일 문제로 로스앤젤레스로 내려가게 되었을 때 캐런과 아이들이 나를 따라나섰다. 우리 가족은 해변에서 다시 재회했다. 닉과 재스퍼, 데이지는 모래성을 쌓고 파도 속에서 놀았다. 그날 이후 우리는 한동안 주말마다 닉을 보러 갔다. 닉의 일터로 찾아갔을 때 닉은 우리를 동료들에게 소개했다. 그들은 닉을 아끼는 듯했고 닉도 그들을 아끼는 것 같았다. 닉은 우리를 말리부 근처의 한적한 해변으로 안내했다. 가파른 오솔길을 따라 한참을 내려가야 나오는 곳이었다. 한번은 닉의 엄마와 새아빠의 개들인 페이슨과 앤드루를 데리고(닉이 개들을 돌봐주는 중이라) 협곡을 따라 하이킹을 했다. 우리는 산길을 따라 전망 좋은 곳으로 올라갔다. 할리우드에서부터 바다까지 탁 트인 전경이 펼쳐졌다. 우리가 요트를 전세 냈을 때 닉은 경주용 자전거를 타고 우리를 만나러 왔다. 우리는 함께 베니스 해변 산책로를 달리다가 멈춰 서서 그래피티 예술가와 역기 드는 사람들을 구경했다. 늘 그랬듯 박물관과 화랑도 갔다. MOCA 현대미술관에서 신예 예술가 집단 로열 아트 로지도 보았고, 샌타모니카의 갤러리에서는 닉 태거트가 아내이자 협업자인 로라 쿠퍼를 찍은 수천 장의 사진들도 보았다. 지난 13년간 아침에 막 깨어난 로라 쿠퍼의 모습들을 담아낸 전시였다.

  닉은 자주 전화했다. 우리는 전화로 친밀감을 나누었다. 때로는 잡담을 나누기도 했고, 때로는 닉의 치료에 대해 이야기했다. 영화와 책 이야기는 빠지는 법이 없었다. 특히 영화가 그랬다. 스파이크 존스, 데이비드 O. 러셀, 토드 솔론즈, 코엔 형제, P.T. 앤더슨, 웨스 앤더슨, 페드로 알모도바르, 로버트 알트만 등 우리가 좋아하는 감독의 신작이나 찰리 코프먼이 시나리오를 맡은 영화를 보게 되면 상대가 볼 때까지 못 기다리고 이야기를 해버렸다. 내가 닉에게 볼 영화(〈강과 조수〉)를 추천하기도 했고 닉이 캐런과 내가 볼 만한 영화(프랑수아 오종의 〈여덟 명의 여인들〉과 닉이 현재 빠져 있는 라이너 베르너 파스빈더의 〈페트라 폰 칸트의 쓰디쓴 눈물〉)를 추천하기도 했다.
  "앤서니 레인의 새 스타워즈 영화평 읽었어요?"
  어느 날 닉이 물었다. 그러고는 그 기사를 읽어주었다.
  "(요다에 대해) 이왕 말이 나온 김에 한마디 더. 대체 그 요상한 대사는 뭔지 모르겠다. 명색이 은하계 최고의 현자가 책 귀퉁이가 접힌 명언집이나 뒤적이는 당일치기 여행자처럼 말하니 말이다. '그대가 옳길 바라 마지않네.' 제발 좀 집어치우길 바라 마지않는다."
  가끔 닉은 자신이 이뤄낸 성과들을 이야기했다. 다른 사람들에게는 아무것도 아닌 일이었으나 닉에게는 갖은 노력을 기울여야 하는 일이었다. 은행 계좌를 열고 신용카드를 발급받는 사소한 일들. 닉은 돈도 저축했다. 주인이 다섯 번은 바뀐 중고 마쓰다를 400달러에 샀고, 나중에는 새 자전거도 구입했다. 그리고 랜디의 멘토가 사는 아파트에 방을 하나 얻어 이사했다. 은빛 머리카락과 턱수염을 기른 랜디의 멘토 테드는 아주 친절했고 지팡이를 짚고 다녔다. 테드는 재활원에 30년간 있었고 많은 젊은 중독자들을 돕고 있었다.

때로는 고문과도 같은 날들도 있었다. 닉의 목소리에서 느낄 수 있었다. 닉은 외로워했다. 랜디를 비롯해 좋은 친구들이 있었지만 인생에 특별한 의미가 되어줄 사람을 원했다. 앞날에 대한 걱정에 휘둘릴 때도 있었다. 기분이 오락가락하고 마약 생각이 간절할 때도 있었다. 닉은 이런 감정 기복을 냉철한 의지를 가지고 설명하기도 했지만, 때로는 눈물을 삼키기도 했다.

"가끔은 약 생각 말고 아무 생각도 안 나요. 너무 힘들어요. 도저히 해내지 못할 것 같은 느낌이 들어요. 그럴 때 랜디에게 전화를 걸어요. 랜디가 하라는 대로 하면 정말 도움이 돼요."

9월에 닉은 재활 1주년을 맞이했다. 자식의 생일이 부모에게 중요하듯이, 내게 재활 1주년은 스물한 살처럼, 아니 그보다 더 중요한 의미를 띠었다.

가끔 닉은 'Z'라는 여자와 시작한 연애 이야기를 해주었는데, 어느 날 전화해서는 울먹였다. 그 여자에게 차였다고 했다. 예전 같으면 마약상 아니면 약쟁이 친구들에게 전화하거나 마리화나

혹은 맥주를 찾았겠지만 이제는 랜디에게 전화했다.

닉은 랜디에게 찾아갔고 그들은 세 시간 동안 자전거를 탔다. 테메스칼 계곡에서 내게 전화했는데 신난 목소리였다.

"괜찮아지겠죠, 뭐."

그 후로 한 달이 지났다. 닉은 내 전화에 응답하지 않았다. 뭔가 잘못된 것이다. 마지막으로 통화했을 때 닉은 실연의 고통에 아직 휘청거리고 있다고 털어놓았다.

"그 여자 생각이 떠나질 않아요."

연락이 끊긴 지 사흘째 되던 날 아침, 데이지와 재스퍼는 프렌치토스트를 먹고 나서 자기들 방에서 잠시 놀고는 비가 부슬부슬 내리는데도 밖으로 나갔다. 학교에 늦을 것 같아 나는 아이들을 불러들였다. 아이들에게 양치하는 거 잊지 말라고 말하자 데이지가 어쿠스틱 칫솔을 써도 되냐고 물었다.

"어쿠스틱 칫솔?"

"평범한 거. 일렉트릭한 거 말고."

데이지는 치아 교정기를 뗀 이후 칫솔질을 열심히 했다. 하지만 부착된 유지 장치가 거슬리는 모양이었다.

"혀로 계속 그걸 건드리게 돼."

"그러지 않으려 노력해봐."

"자꾸 하게 돼."

아이들은 집 안을 뛰어다니며 숙제며 운동화를 모아 배낭에 쑤셔 넣었다. 캐런은 데이지의 헝클어진 땋은 머리를 매만져주고 나서 아이들을 학교에 데려다주러 밖으로 나갔다. 그들이 떠난 뒤 나는 무너져내렸다. 또다시.

왜 일이 틀어졌다고 생각한 걸까? 닉이 내 전화에 응답하지 않아서만은 아니었다. 부모의 직감이랄까? 그간 모르고 지나쳤던 적신호가 의식 속으로 조금씩 떠올랐기 때문일까? 부지불식간에 닉이 하는 말에서 어떤 단서를 포착했던 걸까? 닉이 말을 하는 사이사이 흘렀던 침묵에 단서가 있었을까? 닉은 어디 있을까? 가장 갈 만한 곳은 가지 않았을 것이다. 재발했으니까.

닉은 잘해왔다. 힘이 되어주는 친구들과 좋은 일자리도 가지고 있었다. 자전거도 타고 글도 썼다. AA 모임에 나가고 허버트 하우스 모임에도 나가서 제이스와 친구들을 만났다. 가장 친한 친구라 할 만한 랜디와 열두 단계 작업도 열심히 했다. 자기평가, 속죄, 닉이 '인격의 재형성'이라고 표현한 것까지 모두. 대체로 닉은 열심히 살아가는 것처럼 보였다. 가끔 외로워했지만 세상에 안 그런 사람도 있나? 가끔 의기소침했지만 세상에 안 그런 사람도 있나? 가끔 감정에 휘둘릴 때도 있었지만 세상에 안 그런 사람도 있나?

하지만 재발한 게 확실했다. 그것 외에 닉이 사라진 것을 설명할 길은 없었다. 나의 망상이 지나친 걸까? 그간 나는 촉각을 곤두세우고 위험한 징후를 찾으려 경계할 법도 했지만 닉이 앞으로 전진하고 자기 삶을 살도록 풀어줄 수밖에 없었다. 어쩌면 새 여자 친구가 생긴 건지도 몰랐다. 어쩌면 기분이 처져 혼자 시간을 보내고 싶은 건지도. 내가 부모님에게서 떨어져 혼자 지낼 시간이 필요했던 것처럼. 나는 비키에게 전화를 걸었다. 비키는 며칠 전에 닉을 만났다면서 잘 있을 거라고 나를 안심시켰다. 그래도 나는 비키에게 닉의 아파트에 가서 확인을 해달라고 부탁했다.

한 시간 뒤 비키에게서 전화가 왔다. 닉의 룸메이트는 한동안 닉을 못 보았고 닉의 침대에도 잠을 잔 흔적이 없다고 했다. 우리는 프로미시스에 전화했다. 한 동료는 닉이 이틀 전부터 출근하지 않았다고 했다. 우리는 닉의 친구들에게 전화를 돌렸지만 닉에게서 연락을 받은 이들은 없었다. 그중 한 명은 어제 닉과 만나 점심을 먹고 자전거를 타기로 했는데 닉이 나타나지 않았다고 했다. 나는 사고가 있었는지 확인하기 위해 경찰서에 전화했다. 또다시. 병원 응급실에도 전화했다. 비키가 샌타모니카 경찰서로 가서 실종자 신고서를 작성했다.

남성. 백인.

스물한 살.

어릴 적 금발이었던 닉의 머리는 이제 구릿빛으로 바뀌었다. 눈물방울 모양의 눈매에 녹황색 눈동자, 햇볕에 그을린 올리브빛 피부. 웃는 상. 182센티미터가 조금 넘는 키, 날씬한 몸매에 수영선수 같은 근육질의 팔뚝과 가슴, 사이클 선수의 튼튼한 허벅지와 종아리. 사이클용 반바지와 셔츠를 입지 않을 땐 주로 티셔츠와 청바지, 캔버스 운동화 차림. 어깨에는 딸기 모양의 반점.

나는 재스퍼와 데이지 앞에서 무너지지 않으려—아무렇지 않은 척—안간힘을 썼다. 캐런과 나는 더 확실히 알기 전까지 닉에 대해 이야기하지 않기로 했다. 더는 아이들을 걱정하게 만들고 싶지 않았다. 그 아이들은 고작 일곱 살과 아홉 살이었다. 무슨 말을 할 수 있겠나?

"닉이 또 사라졌어. 재발한 모양이야. 우리도 잘 모르겠어."

하지만 무슨 말이든 해야 했다. 또다시 우리 가정을 점령한 고통과 히스테리를 오랫동안 숨길 수는 없었다. 단순한 일상생활을 하는 것도, 움직이는 것조차 힘들었다. 위장은 요동치고, 심장은 질주하고, 머릿속에서는 CSI 영화의 고화질 장면들이 끊임없이 재생되었다. 밤중에 아이들이 거리에서 당하는 최악의 일들 중에서도 가장 흉악한 장면들.

나는 닉에게 계속 전화를 걸었지만 매번 음성 사서함으로 넘어갔다. 새 소식이 있나 해서 닉의 엄마에게도 계속 전화했지만 아무 소식도 없었다. 혹시나 해서 통신사 고객센터로 전화해 최근 닉의 휴대폰이 전화를 걸거나 받은 적이 있는지 문의했지만 상담원은 개인 정보에 접근할 수 없다고 했다. 하지만 닉의 전화가 통신망에 연결돼 있는지 여부는 알려줄 수 있다고 했다.

"원래는 규정 위반이에요. 하지만 저도 십 대 아이를 키우는 엄마예요."

탁탁 키보드 누르는 소리가 몇 번 들린 뒤 그녀가 말했다.

"휴대폰은 켜져 있어요. 새크라멘토 탑에 연결돼 있거든요."

새크라멘토? 나는 닉의 엄마와 친구들에게 전화했다. 닉이 새크라멘토에 있을 만한 이유를 아는 사람은 없었다. 거기에 친구가 있는 사람도 없었다.

두 시간쯤 뒤 아까 그 상담원이 내게 전화를 했다.

"다시 알아봤어요. 전화기는 아직 켜져 있고요. 지금은 르노예요."

르노? 르노는 메스의 온상이라고 경찰관에게 들은 적이 있었다. 그렇다면 말이 되면서도 동시에 말이 안 되기도 했다. 군이 마약을 구하러 르노까지 갈 필요가 없기 때문이다.

아니야, 재발한 게 아니야. 그냥 메스를 끊은 지 17개월 된 것을 축하하고 있을 거야. 어디 그뿐이랴. 닉은 현재 재활원에서 일도 하고 중독자들을 돕고 있었다.

나는 일을 하려 했지만 일손이 잡히지 않았다. 그날 종일 아무 소식이 없었다. 캐런과 나는 학교를 마친 재스퍼와 데이지를 각기 다른 수영장에 데려다주었다. 수영 연습 후 아이들은 뚝딱 만든 저녁을 먹고, 숙제하고, 목욕하고, 침대에 누워 우리가 읽어주는 동화를 듣다가 잠이 들었다.

나는 통신사 상담원에게 다시 전화했다. 그녀는 자기 개인 번호를 알려주었다. 그리고 아침에 직장에서 다시 전화를 주겠다고 했다. 그래서 나는 또다시 뜬눈으로 밤을 새웠다. 아침에 그녀가 전화해서 닉의 휴대폰은 아직 켜져 있고 지금은 몬태나의 빌링스에 있다고 했다.

나는 이치에 닿는 이유를 찾느라 머리를 쥐어짰다. 혹시 납치되었나? 나라를 횡단해 동쪽으로 도망치는 사이코패스의 차 트렁크 안에 시체가 되어 누워 있나? 나는 빌링스 경찰서와 FBI로 전화를 걸었다.

19

비가 내렸다. 아이들은 아직 학교에 있었다. 캐런과 나는 문독과 함께 부엌 콘크리트 바닥에 앉아 있었다. 문독은 캐런의 무릎을 베고 있었고, 캐런은 녀석의 벨벳 같은 귀를 어루만졌다.

문독은 암에 쓰러졌고 이제는 잘 일어서지도 못했다. 녀석이 몸을 벌벌 떨면서 고통에 울부짖었다. 그만 녀석을 불행에서 구해 줘야 할 때였지만 우리는 충격에 망연자실했다. 캐런은 부들부들 떨면서 눈물을 흘렸다. 그 일로 수의사가 와 있었다. 수의사가 문독에게 무언가를 주사하자 녀석이 깊게 잠들었다. 나도 눈물을 흘렸다. 녀석의 호흡이 거칠어졌다. 두 번째 주사를 놓자 호흡이 멈췄다. 수의사는 잠시 우리와 함께 앉아 있다가 떠났다. 캐런과 나는 문독의 무거운 몸을 담요에 실어 정원의 삼나무 아래 파놓은 구덩이로 옮긴 뒤 묻어주었다.

학교에서 돌아온 데이지와 재스퍼가 캐런을 도와 문독의 무덤을 만들었다. 온 집안이 지극한 슬픔에 젖었다. 아이들이 자려고 누웠을 때 캐런과 나는 아이들에게 《강아지 천국》이라는 그림책을 읽어주었다.

"가끔씩 천사는 개를 데리고 잠시 땅으로 내려옵니다. 조용히, 아무도 모르게요. 개는 살던 집 뒷마당을 쿵쿵거리며 돌아다니고, 옆집 고양이를 살피고, 그 집 아이를 따라 학교에 가기도 합니다……."

닉은 어디 있을까? 닉이 사라진 지 나흘째 되는 늦은 아침이었다. 나는 닉의 휴대폰으로 계속 전화를 걸었다. 마침내 누군가가 전화를 받았다. 낯선 남자의 목소리. 닉은 아니었다.

"여보세요?"

"닉? 닉이니?"

"닉은 여기 없는데요."

"누구세요?"

"그쪽은 누군데요?"

"닉 아버지입니다. 닉 어딨어요?"

"걔가 자기 휴대폰을 줬어요."

"휴대폰을 줬다고요? 닉 어딨어요?"

"내가 그걸 어떻게 알아?"

"어디서 휴대폰을 준 거요?"

"난 걔가 누군지도 몰라요. 버스 정류장에 있었어요. 시내에요. 걔가 자기 휴대폰을 줬고 그러고 나선 못 봤수."

"자기 휴대폰을 줬다고요? 애가 왜 댁한테 휴대폰을 줍니까?"

침묵. 그가 전화를 뚝 끊었다. 나는 휴대폰 통신사 상담원에게 전화해서 아무래도 전화기가 도난당한 것 같으니 통신을 끊어달라고 요청했다. 그리고 도와주고 걱정해줘서 고맙다고 말했다.

비키와 나는 제정신이 아니었다. 또다시. 우리는 여기저기 전화를 돌렸다. 혹시나 해서, 어떤 소식이라도 있을까 해서. 비키가 결국 닉의 전 여자 친구에게 전화했다. 역시나 얼마 전 닉의 연락을 받았다고 했다. 닉이 그녀에게 전화를 건 곳은 샌프란시스코였다. 또다시 시작된 것이다. 닉은 약에 취해 그녀에게 전화를 했다. 왜 아니겠나.

제발 좀 그만했으면. 이제 더는 참을 수 없었다. 닉을 내 머릿속에서 삭제하고 싶었다. 찰리 코프먼이 각본을 쓴 영화 〈이터널 선샤인〉처럼 수술이라도 받고 싶었다. 그 영화에서는 의사가 실연의 상처로 괴로워하는 사람들에게 수술을 해준다. 상처를 준 사람의 기억을 말끔히 지워주는 것이다. 나는 머릿속에서 닉을 말끔히 지워버리는 상상을 했다. 전두엽 절제술이라도 받으면 좀 나을까 하는 생각도 가끔 했다. 닉은 어디 있을까? 더는 참을 수 없었다. 매번 더는 못 참겠다 싶다가도 결국 참아냈지만.

쓰디쓴 실망감이 물러나고 뭐든 해야 한다는 격렬한 충동이 일어났다. 헛수고라는 걸 알면서도 어떻게든 닉을 찾아야 한다는 생각뿐이었다. 캐런은 내 계획을 듣더니 고개를 저었다.

"본인이 원하지 않는 이상 찾아봐야 아무 소용 없어."

캐런이 나를 쳐다보았다. 걱정스런 눈초리였다. 걱정만 담긴 게 아니었다. 짜증과 슬픔도 있었다.

"실망만 할 거야."

"알아."

나는 그렇게 대꾸하고 더는 말하지 않았지만 속으로 이리저리 생각이 많았다. 닉이 원하지 않는데도 내가 녀석을 찾아내면 아무 도움이 되지 않겠지만, 이대로 손 놓고 있다가 녀석이 죽어버리면 그땐 너무 늦을 것이다. 마냥 기다리자니 피가 말랐다. 캐런은 괴로운 내 마음을 눈치채고 백기를 들었다.

"가서 찾아봐. 손해 볼 건 없으니까."

나도 모르지 않았다. 캐런이 나나 닉을 단죄하지 않으려 애써 참고 있다는 걸, 이 끝없는 고통에 점차 넌더리가 나고 재스퍼와 데이지에게, 우리에게, 나에게 가해지는 충격에 분노하고 있다는 걸. 그녀는 망가진 내 모습에 분노하고 있었다.

"가봐. 뭐라도 하면 기분이 나아지겠지."

나는 다시 시내로 나가 차를 타고 거리를 돌아다녔다. 문을 연상점이며 멕시코 식당, 술집 안을 들여다보았다. 보이는 얼굴마다 뜯어보았다. 자꾸 닉의 얼굴이 보였다. 지나가는 사람들이 모두 닉처럼 보였다. 나는 애시버리에 차를 세워놓고 헤이트 스트리트를 따라 천천히 길 양쪽을 오가면서 갈지자로 나아갔다. 헤드샵*, 서점, 피자 가게, 카페, 음반 상점 아메바를 기웃거렸다. 그리고 골든게이트 공원으로 돌아가 메스에 중독된 오하이오 출신의 소녀를 만났던 공터로 가보았다. 여자 둘과 담요 위에서 노는 그들의 갓난쟁이들 외에 아무도 없었다.

집으로 돌아와 랜디에게 전화했다. 그는 괴로워하는 내 목소리를 끈기 있게 듣고 나서 나를 위로했다.

"닉도 오래 나가 있진 않을 거예요. 어차피 재미가 없을 테니까요."

그 말이 맞기를 바랐지만 닉이 마약을 과용하거나 회복될 수 없을 만큼 몸이 상할까 봐 두려웠다.

닉이 사라지고 나서 일주일이 지나고 다시 일주일이 지났다. 낮과 밤이 번갈아 찾아왔다. 나는 일부러 바쁘게 지냈다. 일을 하고 친구들과 함께 시간을 보내기로 했다. 닉이 체포되던 날 캐런하고 아이들과 해변에 가기로 했던 사람들이었다. 티 없이 맑고 청명한 토요일 아침, 우리는 차 지붕과 뒤편에 자전거를 싣고 베어밸리 앞 주차장에서 그들과 만났다. 두 가족이 탈 자전거는 화려한 14단 자전거부터 작고 멋진 최연소 여자아이용 스윈까지 모두

*마약 관련 용품을 파는 가게.

여덟 대였다.

베어 밸리는 황금빛과 초록빛이었다. 나무 사이로 보이는 하늘
은 파랗고 하얀 캐노피 같았다. 우리는 흙길을 따라 페달을 밟아
들판으로 나간 다음, 아치록을 향해 돌길을 내려갔다. 마지막 1.6
킬로미터는 자전거를 놔두고 걸어가야 했다.

시냇물을 따라 난 숲길 가장자리로 전나무와 무리카타소나무,
밤나무, 옹이 지고 굽이진 오크나무가 이어졌다. 마지막으로 가
파른 벼랑을 기어오르자 바다가 내려다보이는 멋진 전망이 나타
났다. 바다 위로 빙산처럼 솟은 들쭉날쭉한 바위섬 옆에서 물범
들이 고개를 쏙쏙 내밀었다.

우리는 끈적끈적한 물꽈리아재비, 도금양, 붓꽃이 줄줄이 피어
난 산길을 따라갔다. 화강암 바위 위에 적갈색 이끼가 자라나 있
었다. 재스퍼가 〈반지의 제왕〉에 나오는 프로도의 원정대 같다고
말했다. 아치록 밑에서 우리는 파도가 바다로 빨려나갔다가 다시
밀려올 때까지 걸리는 시간을 계산해 바위 지대를 지난 뒤 손톱
모양으로 돌출한 해변으로 기어 내려갔다. 바다에 반들반들한 석
영과 스펀지 같은 해초가 깔려 있었다.

길은 산길 어귀로 다시 연결되었다. 재스퍼와 내가 가장 먼저
도착했다. 우리는 자전거에 올라 선두에 섰다. 다 같이 들판에서
만날 예정이었다. 우리는 들판에 도착해 자전거를 나무에 기대어
놓고 오크나무 아래 쓰러진 통나무에 걸터앉아 쉬었다. 재스퍼가
들판 어느 곳을 가리켰다.

"저기 봐요!"

눈부신 진분홍 꽃밭이 있었다. 오래전 버려진 정원에서 살아남

은 외래종 꽃들이었는데, 칵테일 핑크 레이디나 분홍빛 솜사탕을 닮은 빛깔이었다. 우리는 거기에 조용히 앉아 새소리와 나뭇잎이 바람에 흔들리는 소리를 들었다. 갑자기 기시감이 일어났다. 예전에도 여기 온 적이 있었다. 이 통나무도 예전에 앉았던 그 나무였다. 하지만 그땐 닉과 함께였다. 10년도 더 전에. 심장이 질주하고 눈에 눈물이 고였다. 닉은 이 오크나무를 기어올랐고 나무를 오르면서 내게 소리쳤다.

"아빠, 나 좀 봐요! 나 여기까지 올라왔어!"

닉이 무심결에 노래를 불렀다.

"버고로는 죄다 점잔을 빼고 어리석은 라스는 꽥꽥 울었네."

닉은 더 높이 올라간 뒤 들판 위로 뻗어나간 굵은 나뭇가지 위로 흔들흔들 올라섰다.

"나 봐요, 아빠! 나 좀 봐요!"

"응, 보여."

"나 하늘 위에 있어."

"멋지다."

"구름보다 더 높아!"

닉이 옹이 진 나뭇가지를 따라 바깥쪽으로 더 나아갔다.

"잡초를 뽑는다. 돌을 골라낸다. 우리는 꿈이고 뼈로구나."

닉이 노래를 불렀다. 한 줄기 바람이 그 나무를 흔들자 잎사귀와 가지들이 부르르 떨렸다.

"나 내려가고 싶어."

별안간 닉이 말했다.

"괜찮아, 닉. 아무 일 없어. 그냥 조금씩 내려와."

"못 하겠어. 나 여기 갇혔어."

"할 수 있어. 할 수 있어."

"못 내려가겠어."

닉이 울기 시작했다.

"천천히 내려와. 한 번에 한 발씩 발 디딜 곳을 찾아. 천천히 가."

"못 하겠어."

"할 수 있어."

닉은 가느다란 팔다리로 나뭇가지를 더 꼭 끌어안았다.

"떨어질 거야."

"안 떨어져."

"떨어져."

나는 바로 밑에 서서 닉에게 소리쳤다.

"괜찮아. 천천히 내려와."

나는 말은 그렇게 했지만 네가 떨어지면 내가 받을게, 하고 생각했다.

재스퍼와 그곳에 앉아 옛 기억을 떠올리자 눈에서 눈물방울이 뚝뚝 떨어졌다. 재스퍼가 그것을 보더니 말했다.

"형 생각하는구나."

나는 고개를 끄덕였다.

"미안해. 네 형 생각이 나서. 형이 네 또래였을 때 여기 같이 왔던 기억이 나서."

재스퍼가 고개를 끄덕였다.

"나도 형 생각 많이 해."

우리는 그 오래된 나무 아래에 말없이 함께 앉아 있었다. 캐런과 데이지, 친구들이 우리를 향해 소리칠 때까지.

다음 주 아침에 캐런은 집 안이 어쩐지 이상하다는 느낌을 받았다. 몇 가지 물건들이 제자리에 있지 않았다. 바닥에 떨어진 머리빗, 소파에 흩어진 책과 잡지 몇 권. 스웨터가 한 장 없어졌다. 나는 작업실에서 일을 하다가 거실에 있는 캐런에게 갔다.

"무슨 소리 하는 거야?"

나는 즉시 방어 태세를 갖추고 나도 모르게 캐런이 과민한 편집증 환자처럼 툭하면 닉 탓을 한다는 식으로 반응했다.

"그게 아냐. 누군가…… 와서 직접 봐."

캐런을 따라가는데 방어 태세가 수용으로 즉시 전환됐다. 닉이 다녀갔다. 집 안에 몰래 들어온 것이다. 우리는 집 안을 살펴보다가 침실 안에서 잠가놓은 유리문 두 짝이 부서진 것을 발견했다. 삼나무 문짝선이 수리가 불가능할 정도로 쪼개져 있었다. 책상 서랍들을 뒤진 흔적이 있었다.

캐런도 나도 집을 침입한 흔적을 발견할 때마다 슬픔과 분노가 뒤섞인 복잡한 심정이 되었다. 어떻게 이런 짓을 할 수 있을까? 저번에 녀석이 우리 서명을 위조해 수표를 쓰는 바람에 은행 계좌를 닫아야 했는데 그걸 또 반복해야 하다니. 나는 열쇠 수리공과 경비 회사에 전화를 걸었다. 그리고 경찰관에게 전화해 주거 침입이 있었다고 신고했다.

중독의 덫에 걸리기 전 누군가 내게 내 손으로 내 아들을 신고하게 될 거라 말했다면 아마도 나는 이 사람이 약에 취해 헛소리를 하는구나 생각했을 것이다. 닉이 체포되는 건 바라지 않았다. 닉이 감옥에 있는 상상만 해도 미칠 것 같았다. 감옥에 가서 좋은 일이 하나라도 있던가? 문득 알아넌 모임에서 들은 이야기가 생각났다. 자식을 감옥에 보냈다던 그 부모들의 심정을 알 것 같았다. "적어도 이젠 애가 어디 있는지 알아요." "더 안전한 곳에 있어요." 닉에게 거칠고 황폐하며 희망 없는 감옥이 길거리보다 더 안전하다니 슬픈 아이러니가 아닐 수 없었다.

열쇠 수리공은 청바지와 작업 셔츠 차림의 덩치 큰 남자였다. 나는 문과 창문의 잠금 장치를 보여주고 교체해달라고 주문했다. 돈이 많이 깨지는 데다 그의 질문에 솔직히 대꾸를 하자니 망신이 아닐 수 없었다.

"예방 조치 차원인가요? 아니면 무슨 문제라도 있었습니까?"

"내 아들 때문에……."

대답을 하는데 목이 메었다. 이튿날 우리는 인버네스의 친구들로부터 연락을 받았다. 그들은 사냥 오두막을 개조한 유명한 식당 만카 아래쪽에 살았는데, 오늘 아침 인부 하나가 거기 도착해 동료들을 만났을 때 사내놈 둘이 그들의 집 창문으로 빠져나가는 걸 보았다고 했다. 사내놈들은 집 옆으로 뛰어가 연홍색 고물 마쓰다를 타고 달아났다. 녀석들은 재빨리 도주했지만 우리와 안면이 있던 인부가 닉을 알아보았다. 나는 그 집으로 건너갔다. 닉이 밤을 보낸 흔적이 고스란히 남아 있었다. 아이들은 거실 바닥에서 잠을 잔 모양이었다. 많이 어질러진 것은 아니었지만 탈지면과 은박 포장지, 메스를 태우고 주사한 장비들이 있었다.

닉이 몰래 들어갈 만한 데가 달리 또 어디 있었겠나? 무엇이 마약 중독자들의 구미를 자극하는지 헤아리기란 쉽지 않지만, 내 생각에 닉은 한때 사랑받았던 곳들에 이끌리는 것 같았다. 우리 집, 친구들의 집, 할아버지 할머니의 집 같은 곳. 어디로 갈지 막막할 때 편한 곳을 찾는 것일 수도 있지만 안전하게 집으로 돌아가고 싶은 무의식적인 욕망이 발동한 게 아닐까? 어떤 이유였든 닉이 미친 짓으로 우리를 곤경에 빠뜨릴 때마다 우리의 연민은 조금씩 바닥을 보였다. 이제는 닉이 두려웠다.

이튿날 아침, 캐런은 밖에 있다가 닉이 마쓰다를 몰고 지나가는 믿지 못할 광경을 목격했다. 마쓰다 배기통이 연기를 풀풀 내뿜었고, 두 사람은 눈이 마주쳤다. 닉이 가속페달을 밟자 차는 총알처럼 집을 지나 언덕 위로 올라가버렸다. 캐런은 어리둥절해하다가 나를 소리쳐 불렀다.

나는 차에 올라타고 녀석을 뒤쫓았다. 다른 방도가 없었다. 우리가 얼마나 억장이 무너지는지 녀석을 붙잡고 말이라도 해주고 싶었다. 그리고 경찰이 쫓고 있다는 경고도 하고 싶었다. 그만 멈추고 도움을 받는 게, 랜디에게 전화하는 게 좋을 거라는 말도.

나는 운전해 우리 집 위쪽으로 난 구불구불한 언덕길을 올라갔다. 10년 전쯤 이곳에 산불이 난 적 있었는데, 그때 집 마흔다섯 채와 1,500평이 넘는 지역이 불에 탔다. 다시 자라난 오크나무와 소나무, 미송은 작은 크리스마스트리만 했다. 계곡과 능선을 따라 굽이굽이 이어지는 길을 뒤졌지만 닉을 찾지는 못했다.

언덕을 도로 내려와 차를 세우고 보니 다른 차가 사라지고 없었다. 나는 집 안으로 뛰어 들어갔다. 재스퍼와 데이지는 캐런이 차를 몰고 언덕을 내려가는 닉을 보고 차에 올라탔다고 했다. 캐런은 시속 60킬로미터를 못 넘기는 낡고 녹슨 고물 볼보 스테이션왜건으로 닉의 고물 자동차를 뒤쫓고 있었다.

나는 캐런의 휴대폰으로 전화를 걸었지만 침실 안 몇 걸음 떨어진 곳에서 웅웅거리는 소리와 전화벨 소리가 났다. 아이들이 걱정스런 표정이라 나는 아이들을 다독였다. 아이들은 닉이 재발한걸 알고 있었지만, 엄마가 자기들을 집에 홀로 두고 차에 올라탄뒤 자기 형이고 오빠인 닉을 뒤쫓아 간 상황을 어찌 이해하겠는가?

캐런은 한 시간이 다 되도록 집에 돌아오지 않았다. 나는 걱정이 돼 미칠 것 같았지만 괜찮은 척하면서 아이들을 안심시켰다. 우리는 거실에서 캐런을 기다렸다. 마침내 캐런이 진입로로 들어왔을 때 우리는 밖으로 달려나갔다. 닉을 쫓아 고속도로로 들어가 산악 지형의 스틴슨 해변로까지 올라갔지만, 다 부질없다는 생각이 들어—닉을 잡는다 해도 무얼 할 수 있겠나?—추적을 멈추었다고 했다.

"형을 잡으면 어떡하려고 했는데?"

재스퍼가 물었다.

"글쎄다."

캐런이 말했다. 괴로워 보였다. 아까부터 울고 있었다. 나중에 우리끼리 있을 때 캐런이 털어놓았다.

"닉에게 도움을 받으라고 말하고 싶어서 쫓아갔어. 하지만 그보다는 그 애가 우리 집에서 멀어지는 것 같아서, 재스퍼와 데이지에게서 멀어지는 것 같아서 그랬어."

굳이 말하지 않아도 알고 있었지만, 그날 아침의 터무니없는 사건은 우리 삶이 얼마나 멋대로 굴러가고 있는가를 일깨워주었다. 닉을 쫓아간 것은 바보짓이기도 했지만 중독과 함께 곪아가는 부조리함에 우리가 굴복한 사건이기도 했다.

사흘 뒤 토요일 아침에 전화벨이 울렸다. 하지만 전화를 건 쪽에서 아무런 말이 없었다. 새삼스러운 일도 아니었다. 발신인 번호는 모르는 번호였다. 발신자를 추적하는 사이트에 접속해 알아보니 익숙한 이름이 나왔다. 한참 기억을 더듬었다. 닉이 고등학교 때 알던 여자애의 부모님 번호였다. 나는 그 번호로 전화를 걸었지만 자동응답기로 넘어갔다.

"제 아들을 찾고 있습니다. 이름은 닉 셰프고요. 내 아들이 이 번호로 전화했습니다."

그 여자애의 새엄마가 내 메시지를 듣고 전화해서 놀라운 이야기를 했다.

"그쪽이 닉의 아버지신가요? 통화하게 되서 반가워요. 정말 훌륭한 아들을 두셨어요. 같이 있으면 즐거워지는 아이더군요. 우리 에이프릴 때문에 걱정이 많은데 아드님이 좋은 영향을 주었어요."

"좋은 영향을 주었다고요?"

나는 한숨을 쉬었다. 닉이 재발해 사라졌다고 말하자 그녀는 황당해했다. 자기 딸이 마약 중독으로 재활원을 드나들고 있는데 딸이 회복되는 데 닉이 큰 힘이 되어준 것 같다고 했다.

그날 오후 닉이 전화해서 내게 전부 털어놓았다. 재발했고 메스와 헤로인을 하고 있다고. 나는 매번 하던 말로 대답했다. 여러 번 한 말이었는데도 몸이 덜덜 떨렸다. 이제 더는 내가 해줄 수 있는 일이 없다고 말했다. 모든 게 네게 달렸다고. 경찰이 찾고 있다는 말도, 비키가 샌타모니카 경찰에 실종 신고를 했다는 말도, 마린 지역 경찰관들이 우리 집과 네가 침입한 친구들 집을 주시하면서 순찰하고 있다는 말도 해주었다.

"결국 감옥에 가고 싶은 거니? 네가 결국 가려는 데가 감옥이로구나."

"좀 봐줘요. 날더러 뭘 어쩌라는 거예요?"

"내가 너한테 해줄 말은 네가 죄다 아는 것뿐이야. 프로그램에서 만난 사람들이 네게 뭐라고 하던? 멘토에게 전화해. 랜디에게 전화해. 더는 해줄 말이 없다."

닉은 울고 있었다. 나는 아무 말도 하지 않았지만 마음은 달랐다. 차를 몰고 시내로 나가 닉을 데려오고 싶었다. 하지만 아까 한 말을 반복했다.

"랜디에게 전화해."

그리고 널 사랑한다, 제발 지금부터라도 제대로 살아가라는 말을 덧붙였다. 내 목소리는 단호하고 체념한 듯 들렸을 테지만 사실 전혀 그렇지 않았다.

나는 전화를 끊었다. 맥박이 고동쳤다. 다시 전화하고 싶었다. 아빠가 당장 간다고 말해주고 싶었다. 하지만 그러지 않았다.

한 30분쯤 지났을까, 랜디에게 전화가 왔다. 닉에게 전화를 받았고 로스앤젤레스로 돌아오라고 달랬다고 했다.

"보고 싶다고 말해줬어요. 그게 사실이니까요. 엉덩이 잽싸게 움직여서 이리 오라고 했어요. 내가 기다린다고. 닉도 정말 오고 싶은 눈치던데요."

나는 그제야 숨통이 트였다. 내가 고맙다고 인사하자 랜디가 말했다.

"고맙다는 말은 하실 필요 없어요. 그래야 저도 숨 쉬고 살 거든요. 그 머저리 같은 녀석이 정말 보고 싶기도 하고요."

비키와 나는 이야기를 나누었다. 우리 둘 다 닉이 로스앤젤레스로, 랜디와 프로그램으로 돌아가기로 했다는 소식에 한숨 돌렸다. 그러면서도 여전히 충격에서 헤어나지 못했다. 이제 모든 게 다시 잘될 거라는 생각은 할 수도 없었고 할 엄두도 나지 않았다. 살얼음판을 걷는 것 같았다.

저녁에 비키가 전화를 했다. 닉이 남은 돈으로 택시를 타고 공항으로 가서 비행기 표를 끊고 로스앤젤레스로 돌아왔다고 했다. 비키는 공항으로 마중을 나가 닉을 아파트로 데려다주었고, 룸메이트는 등을 두드려 닉을 환영해주었다. 닉은 방으로 직행해 곯아떨어졌다. 나는 닉에게 전화를 걸었다. 닉의 룸메이트인 테드는 닉이 잠으로 이겨내는 중이라고 했다.

"해독은 유쾌하지 않은 일이지만 본인이 이겨낼 수밖에 없어요. 아버님이 할 수 있는 일은 없습니다. 그냥 기도하세요."

다음 날 아침 닉이 전화했다. 잠긴 목소리였다. 좀 어떠냐고 물으니 퉁명스럽게 대꾸했다.

"어떻겠어요? 난 랜디가 하라는 대로 했어요. 기도했어요. '제발 도와주세요'라고 반복했어요. 하고 또 했어요. 간신히 떠날 마음을 먹었는데 에이프릴이 나를 보더니 난리를 쳤어요. 내 다리를 붙잡고 울면서 나더러 떠나지 말라고 소리치잖아요. 하지만 거기 계속 머물렀으면 우리 둘 다 죽었을 거예요. 내가 그렇게 말을 하는데도 소용없었어요."

닉이 울음을 터뜨렸다.

"난 정말…… 엉망진창이에요."

닉과 통화한 후 며칠 동안 마음을 다잡으려 애썼지만 심란해 미칠 것 같았다. 데이지와 재스퍼 앞에서는 여전히 괜찮은 척했지만 캐런과 있을 때는 무너졌다.

나는 코르테마데라의 교회 건물에서 열린 알아넌 모임에 나갔다. 몸이 덜덜 떨렸다. 몸이 말을 잘 안 들었다. 내 차례가 되었을 때 지난 몇 주 동안 일어난 일들을 쏟아냈다. 이야기하는데 눈물이 쏟아지고 공포감이 밀려왔다. 누군가 다른 사람이 이야기를 하는 것 같았다. 내 이야기가 아닌 것 같았다. 나는 기진맥진해서 말했다.

"여기 계신 모든 분들이 어떻게 그런 일을 겪어냈는지 모르겠어요."

나는 울음을 터뜨렸고 많은 사람들이 같이 울었다. 모임이 끝나고 철제 의자를 접어 쌓는 일을 돕고 있을 때 전에 만난 적 없는 여자가 다가와 나를 끌어안았다. 어이없게도 나는 그녀의 품속에서 눈물을 흘렸다. 그녀는 "계속 만납시다"라며 알아넌식 작별 인사를 했다.

삶은 계속되었다. 문득문득 그것을 깨닫고 놀라기는 했지만 삶은 가차 없이 계속되었다. 재스퍼가 내 작업실로 들어왔다. 짧은 플란넬 파자마와 복슬복슬한 슬리퍼 차림이었다. 자느라 머리가 까치집이 된 데이지는 티셔츠와 무지갯빛 바지 차림으로 유니콘 인형 위니를 안고 있었다. 우리는 와플을 만들었다. 와플을 먹고 나서 재스퍼와 데이지는 숨바꼭질을 시작했다. 재스퍼가 술래가 되었고 데이지는 복도 저편으로 쌩하니 사라졌다. 재스퍼가 "꼭 꼭 숨어라, 머리카락 보일라" 하고 외치더니 데이지를 찾으러 갔고 금방 찾아냈다. 데이지는 늘 숨는 바구니 안에 고양이처럼 몸을 동그랗게 말고 숨어 있었다. 재스퍼가 바구니를 엎자 데이지가 콘크리트 바닥으로 또르르 굴러 나왔다. 재스퍼는 뻗어버린 데이지 몸에 발이 걸려 데이지 위로 쓰러졌다. 둘이 하이에나처럼 깔깔거렸다. 데이지가 몸을 빼내 발딱 일어서서 달아나자 재스퍼가 열띤 추적에 나섰다. 두 녀석이 우리 옆을 아슬아슬하게 지나 닉의 빈방으로 뛰어들었다. 그 방은 벽마다 나쁜 기억이 배어 있었지만 아이들에겐 지정된 놀이터였다.

아이들은 옷을 입고 밖으로 나가 라크로스 공을 주고받았다. 역시나 몇 분 만에 공을 잃어버렸다. 정원에 공을 빨아들이는 신비한 힘이 있는 것 같았다. 라크로스 공, 테니스공, 축구공, 야구공. 공만이 아니었다. 종이비행기, 모형 로켓, 프리스비까지. 아이들은 한동안 덤불 밑과 산울타리 밑을 들여다보았지만 공은 정원의 블랙홀 속으로 사라지고 없었다. 녀석들은 포기하고 자갈밭에 앉았다. 둘이 짝짝 손뼉을 부딪치는 소리가 우리에게 들려왔다.

"레모네이드, 얼음 깨물고, 한 번 치고, 두 번 치고" 하는 재스퍼의 말소리가 들렸다. "형 말이야. 밥 딜런 닮은 것 같지 않아?"

지난밤에 우리는 밥 딜런의 공연 비디오를 보았다. 20년도 더 전에 밥 딜런이 그리니치빌리지에서 공연한 영상이었다. 데이지는 얼른 대답하지 않고 꾸물거리다가 되물었다.

"그 사람이 왜 마약 하는지 알아?"

"기분이 더 좋아서겠지."

"아니야. 그거 하면 슬프고 기분이 더 나빠져."

그러자 재스퍼가 대꾸했다.

"좋아서 하는 건 아닐걸. 어쩔 수 없으니까 하는 거지. 만화에 나오는 한쪽 어깨에 악마가 있고 다른 쪽 어깨에 천사가 있는 그런 사람이랑 비슷해. 악마는 형의 귀에 대고 속삭이겠지. 어떨 때는 목소리가 너무 커서 형이 그 말을 듣게 되는 거야. 천사도 거기 있지만 소리가 작아서 형은 못 들어."

그날 저녁 닉이 전화해 랜디의 성화에 못 이겨 침대에서 끌려나가 자전거를 탔다고 말했다.

"딱 죽고 싶은 기분이었는데, 랜디가 대꾸할 틈도 안 줬어요. 나를 데리러 온대서 할 수 없이 준비를 했죠. 마지못해 자전거를 타는데 정말 미치겠더라고요. 해변까지 가는 건 고사하고 페달을 밟을 수 있을까 싶었는데, 일단 타니까 바람이 느껴지고 내 몸에 새겨진 기억이 발동하는 거예요. 우리는 한동안 달렸어요."

닉의 목소리에 생기가 돌았고 내 눈앞에 희망적인 장면이 떠올랐다. 남부 캘리포니아의 햇살 속에서 자전거를 타고 해변을 따라 달리는 닉의 모습이.

주말에 통화할 때 닉은 말을 줄줄 쏟아냈다. 재발한 것이 아직도 믿기지 않는다고 했다.

"18개월 동안 끊고 지내다 보니까 자만했어요. 중독의 함정이란 게 이런 건가 봐요. 내 삶이 잘 굴러가는구나, 난 괜찮아, 하는 생각에 겸손을 잃은 거예요. 난 똑똑하니까 이걸 요리할 수 있다고 생각한 거죠."

그리고 이번에 재발한 것이 부끄럽다고— 분하다고— 인정하면서 두 배로 노력할 거라고 큰소리쳤다.

"요즘 모임을 하루에 두 군데 나가고 있어요. 처음 단계부터 다시 밟아야겠어요."

나는 마음을 놓았고 또다시 희망을 가졌다. 또다시. 나는 매번 평가를 했다. 이번에는 뭐가 달라졌지? 다르기는 한가? 닉은 전진하고 있었다. 날마다 주시하면서 평가해야 알 수 있는 그런 진전이기는 했지만. 닉은 랜디의 주선으로 새 일자리를 얻었다. 둘은 함께 열두 단계를 다시 시작했다. 출근하기 전과 퇴근 후 오랫동안 함께 자전거를 탔다.

캐런과 나도 인버네스의 집에서 자체적으로 회복 치료에 들어갔다. 우리는 알아넌 모임을 비롯해 때때로 찾았던 심리 치료사를 통해 그동안 우리 가족의 삶마저 엉망이 됐다는 걸 깨달았다. 내 삶도 엉망이기는 마찬가지였다. 내 복지는 전적으로 닉의 삶에 달려 있었다. 닉이 마약을 할 때는 폭풍우에 휩쓸리고, 닉이 약을 끊을 때는 무사했지만 미약한 안도감에 그쳤다. 상담사는 마약을 하는 자식을 둔 부모들이 흔히 스트레스 장애에 시달린다면서 재발하는 중독의 특성상 스트레스 장애가 악화되는 일이 많다고 말했다. 전쟁터에서 돌아온 병사가 저격당하고 폭탄이 터지는 상상에 시달리듯이, 중독자의 부모는 언제 터질지 모르는 총

탄 세례를 의식한다. 우리는 아무 일 없는 척, 괜찮은 척하는 것으로 나름의 보호막을 쳤다. 하지만 언제나 시한폭탄과 함께 살아갔다. 타인의 기분과 결정과 행동에 좌우되는 삶이 온전할 리 없었다. '상호의존적'이라는 말을 들었을 때 나는 그것이 자기계발서에서 남발되는 상투적인 말이라 화가 치밀었다. 하지만 내가 닉과 상호의존적인 것은 사실이었다. 정확히는 내 복지에 해당하는 닉의 복지에 상호의존하고 있었다. 어떤 부모가 자식의 건강에 상호의존하지 않고 초연할 수 있을까? 하지만 대안을 마련해야 했다. 더는 이렇게 살 수 없었다. 내가 아무리 걱정을 해봐야 닉에게는 아무런 도움이 되지 않고 재스퍼와 데이지, 캐런, 그리고 나 자신에게 해롭기만 하다는 걸 깨달았다.

한 달이 지나고 두 달이 지났다. 6월에 인터뷰를 하러 로스앤젤레스에 가는 김에 닉에게 같이 저녁을 먹자고 했다.

나는 닉의 아파트로 닉을 데리러 갔다. 우리는 서로를 보고 부둥켜안았다. 나는 뒤로 물러서서 닉이 어떤지 살펴보았다. 중독자, 특히 메스 중독자는 회복이 불가능하다는 건 이미 알고 있었다. 회복이 가능하다 해도 아주 오래 걸리고, 일부는 절대 복구되지 않는다. 정신은 물론이고 신체에도 영구적인 타격을 입을 수 있다. 하지만 눈앞의 닉은 갈색 눈이 초롱초롱한 데다 몸도 다시 튼튼해진 것 같았다. 아직 회복이 가능할 만큼 젊은 나이였다. 적어도 내게는 그렇게 보였다. 웃음소리도 편안하고 진솔하게 들렸다. 하지만 이런 변화는 예전에도 본 적이 있었다. 우리는 걸으면서 다가오는 선거 등 이런저런 잡담을 나누었다. 영화는 항상 안전한 주제였다.

"사과하고 싶어요."

닉은 말을 꺼냈지만 목이 메어 입을 다물었다. 말을 계속하기가 어려운 듯했다. 사과할 게 너무 많아서 그런 것 같기도 했다.

다음 날 저녁에 우리는 다시 만났다. 나는 닉을 따라 AA 모임에 나갔다. 우리는 종이컵에 든 미지근한 커피를 마시면서 자기소개를 했다.

"닉이라고 해요. 마약과 알코올 중독자예요."

내 차례가 되었다.

"데이비드라고 합니다. 마약과 알코올 중독자의 아버지이고, 내 아들을 응원하러 왔습니다."

한 남자가 1년 동안 재활 치료를 받고 있다고 말했다. 박수가 나왔다. 그는 자신의 삶이 어떤 타격을 입었는지 이야기했다. 지난주에는 그동안 끌림을 느꼈던 친구의 여자 친구와 단둘이 있게 되었다고 했다. 다른 때 같으면 그저 신이 나서 두 번 생각하지 않고 그녀와 잠자리를 했겠지만 그날은 그녀에게 키스를 하다가 멈추었다. 그리고 "이건 아닌 거 같아"라고 말하고는 그곳을 떠났다. 그녀의 아파트를 나와 집으로 걸어가는데 걷잡을 수 없이 울음이 터졌다.

"정신이 맑아졌어요. 분별력이 돌아온 거예요."

닉과 나는 서로를 쳐다보았다. 이건 뭘까? 망설임, 그리고 실로 오랜만에 만나는 애틋한 마음이었다.

닉에게는 그 무엇도 쉽지 않을 거라는 생각이 머릿속을 떠나지 않았다. 내 마음은 닉과 함께 있었다. 어떻게든 도움이 되고 싶었지만 내가 해줄 수 있는 일은 없었다. 닉이 아픈 과거를 인정하고 긍정적으로 생각하길 바랐지만, 닉은 그러지 못했다. 함께 걸을 때 보니, 닉은 약을 끊는 초반에 흔히 겪는 쓰라린 아이러니에 부딪혀 있었다. 회복하려 발버둥 쳐봐야 얻는 것은 마약에 기대면서 벗어나려 했던 고통 속으로 도로 곤두박질친다는 아이러니. 닉은 때로는 희망적이었지만 그렇지 않을 때는 침울하고 쓸쓸하다고 말했다.

"난 안 될 거라는 생각이 들기도 해요. 어쩌다가 이리 엉망진창이 됐을까요? 그런 짓을 했다는 게 믿기지 않아요. 거의 모든 걸 잃을 뻔했잖아요. 다시 시작할 자신이 없어요."

닉은 가끔 다시 약을 하는 상상을 한다고 털어놓았다. 꿈도 꾸었다. 또다시. 매번. 꿈은 생생하고 불쾌했다. 마약에 대한 혐오감과 유혹이 동시에 다가왔다. 맛을 느낄 수도 있었다. 크리스털의 맛을 보고, 연기를 흡입하고, 바늘이 피부를 뚫고, 마약이 몸 안으로 퍼지는 느낌을 느꼈다. 그것이 멈춰지지 않으면서 꿈은 악몽으로 변했다. 그러다 땀에 젖어 헐떡거리면서 깨어났다.

닉이 약을 끊느라 얼마나 힘들지 나로서는 상상조차 하기 어려웠다. 나는 안간힘을 쓰는 닉의 모습이 안쓰럽기도 하고 자랑스럽기도 했다. 거짓말, 무단 침입, 배신 같은 과거의 일로 화가 치밀 때마다 속으로 삭이고 내색하지 않았다. 어차피 부질없는 짓이었다. 닉과 내가 〈로얄 테넌바움〉을 같이 본 것은 아마도 뉴욕이었을 것이다. 니코가 애절한 목소리로 잭슨 브라운의 〈디즈 데이즈〉를 불렀다. 그녀의 노랫말이 들리는 듯했다. "나의 실패를 들먹이지 말아요. 나도 그게 잊히지 않아요."

나는 닉의 재발이 내게 두려운 일이라면 닉에게는 더 참혹한 일일 거라고 되뇌었다. 내가 고통받고, 캐런이 고통받고, 재스퍼와 데이지가 고통받고, 내 부모님이 고통받고, 캐런의 부모님이 고통받고, 닉을 사랑하는 사람들도 고통받겠지만, 닉은 더한 고통을 받을 거라고. "나의 실패를 들먹이지 말아요. 나도 그게 잊히지 않아요."

어느 날, 오늘은 유독 힘들다고 닉이 전화해서 말했다. 풀이 죽은 목소리였다. 면접을 보러 가는 길에 차가 고장 났다고 했다. 기대가 컸던 일자리였는데 면접을 놓치고 말았다고. 이렇게 평범하고 일상적인 스트레스도 닉에게는 너무 벅찬 일이 아닌지 늘 걱정했지만, 닉과 랜디는 그럴 때마다 자전거를 탔다. 둘이 몇 시간이고 자전거를 타면서 프로그램, AA, 열두 단계에 대해 이야기하고 세상을 향해 마음을 여는 것이 얼마나 어려운지, 그럼에도 얻는 게 얼마나 많은지 이야기했다. 약을 끊는 것은 시작에 불과하다고, 시작에 불과하다고.

닉이 재발한 이후 캐런과 재스퍼, 데이지는 전화 통화만 했을 뿐 닉을 만나지 않았다. 우리는 재스퍼와 데이지에게 계속해서 설명해야 했다.

"닉은 병에 걸렸어."

하지만 아이들에게 위안이 되지는 못했다. 허술하고 혼란스러울 뿐이었다. 아이들의 관점에서 병의 증상이란 그저 기침과 열, 목이 아픈 정도였기 때문이다. 재스퍼가 말한, 닉의 영혼을 두고 싸우는 악마와 천사의 이미지가 가장 그럴싸한 설명이었던 셈이다. 데이지와 재스퍼는 여전히 닉을 그리워했다. 캐런과 나는 닉을 집에 데려오는 것이 내키지 않았다. 시간이 더 필요했다. 닉은 이해하는 듯했다. 우리는 아직 닉을 집 안에 들일 자신이 없었다. 수표를 도난당하고, 차 추격전이 벌어지고, 우리 집과 친구들 집이 무단 침입을 당하고, 절도를 당하고, 아무것도 모른다는 사실에 괴로워하고, 닉이 차 트렁크에 실려 새크라멘토, 르노, 몬태나를 거쳐 국토 반대편으로 가고 있다는 상상에 시달리고 나니 도저히 엄두가 나지 않았다. 그러다가 늦여름에 하와이 몰로카이 해변의 캠핑 텐트에서 휴가를 보내게 되었을 때, 캐런이 항공 마일리지를 써서 닉을 부르자고 했다. 마침내 닉을 만날 준비가 된 것이다. 캐런도 나도 중립지대에서 만나는 것이 더 안전하다고 느꼈다. 휴가는 재회의 부담을 덜어주는 좋은 기회였다.

닉이 도착하는 날 우리 넷은 차를 타고 단일 활주로인 몰로카이 공항으로 나갔다. 늘 그렇듯 재회에는 흥분과 격렬한 불안감이 혼재했다.

"데이지, 그 작은 코가 꽉 막혔구나, 꼬마 아가씨. 진짜 반갑다, 우리 깜찍이."

닉은 데이지를 보고 한마디 하고는 번쩍 들어 올려 꼭 끌어안았다가 한 바퀴 빙 돌렸다.

"어이, 청년."

닉이 재스퍼와 눈을 맞추려 쪼그려 앉으면서 말했다

"보고 싶었어, 해님이 달님을 보고 싶어 하는 만큼."

먼 캠핑장으로 달려가는 차 안에는 수줍고 어색한 분위기가 돌았지만, 재스퍼가 피제이 이야기를 해달라고 용기를 낸 덕분에 모두들 안전지대 속으로 들어갔다. 닉이 이야기를 시작했다.

"런던의 위대한 경찰 피제이 펌블범블은 잠에서 깼어."

닉은 영국식 억양을 섞어 만화 〈록키와 불윙클〉의 해설자 음성을 흉내 냈다.

"모두들 알고 있듯이 피제이 펌블범블은 런던을 통틀어 가장 뛰어난 경찰이야. 하지만 평생 동굴 속이나 눈 덮인 오두막에 틀어박혀 산 여러분을 위해 내가 다시 말해주지. 뭔가 일이 꼬일 때가 있잖아. 앵무새가 사라지거나, 내 방에 누군가 몰래 들어왔다거나, 팬케이크에 뿌릴 시럽이 없을 때, 연락할 사람은 딱 한 명밖에 없어. 맞아, 짐작대로 그 사람은 바로 세상에 단 하나뿐인 피제이 펌블범블 경감이야. 아이들은 그처럼 되고 싶어 하고, 어른 남자들은 그를 질투하고, 어른 여자들은 그의 이름만 들어도 황홀해하지."

닉은 몇 년째 피제이와 레이디 페넬로페의 이야기를 연재하고 있었다. 아이들은 이 이야기라면 깜빡 죽었다.

"그는 키가 크고 날씬해. 꼭 막대사탕에 다리가 붙은 것처럼 여리여리하고 호리호리한 몸매이고, 정성껏 손질한 팔자수염을 길렀지. 코는 거대한 매부리코인데, 웬만한 사냥개는 저리 가라 할만큼 냄새를 아주 잘 맡아. 귀도 못지않게 예민하고 엄청나게 커. 머리카락은 허옇게 세기 시작했고, 눈도 좋지 않아 동그란 쇠테 안경을 껴야 하지. 민첩하고 대범하지만 나이 먹은 티는 나. 손은 큼직하고 손가락은 매듭진 밧줄 같아. 동그란 목젖은 멋지게 톡 불거졌어."

피제이 이야기는 캠핑장으로 가는 거의 내내 계속됐다. 이야기가 끝난 뒤—피제이는 사악한 줄리안 교수, 일명 딸딸이 '똥 묻은 신발'을 체포했다—아이들은 닉에게 그간 못 해준 학교와 친구들 이야기를 보충했다.

"타샤는 점점 못되게 굴고 맨날 나를 따라 해." 데이지가 말했다. "리처드가 걔를 졸졸 따라다니는데, 걔가 리처드를 무시해서 리처드가 울었어."

"꾀그만 게 잘난 척이 보통이 아니로군."

닉이 피제이의 영국식 억양으로 대답했다. 우리는 계속 달려가며 붉은 대지의 풍경을 내다보았다. 얼마 후 재스퍼가 조용히 물었다.

"형, 이제 마약 안 할 거지?"

"절대. 네가 걱정하는 거 아는데, 나 이제 괜찮아."

그들은 입을 다물었다. 우리는 붉은 흙바닥을 바라보면서 얼핏 출몰하는 부서지는 파도를 포착했다.

캠핑장에서 우리 다섯은 자전거를 빌려 타고, 모래밭에서 놀고, 파도 속에서 함께 헤엄쳤다. 캐런은 야자수 그늘 아래에서 아이들에게 《보물섬》을 읽어주었다.

오후에는 아이스크림을 먹으러 시내로 나갔다. 등받이와 다리가 꼬인 철사로 된 의자들이 있었다. 여러 가지 맛들이 합쳐져 독특한 하와이의 맛을 냈다. 고구마, 녹차, 마카다미아넛 회오리.

두 개의 현실이 또다시 중첩되자 나는 얼떨떨했다. 잔존한 생존 메커니즘이 작동한 모양이었다. 하지만 감당하기 어려운 재앙과 악마를 떠올리기보다는 아이들이 아름다운 자연 속에서 함께 어우러지는 흐뭇한 광경에 점차 휩쓸려갔다. 우리 가족 모두 바다와 열대의 산들바람에 정화되는 듯한 느낌이 들었다. 다시금 떠오른 닉의 밝은 앞날에 나는 닉의 암울한 중독을 멀리 내던지며 ― 완전히 잊지는 못하고 멀찍이 치워버리며 ― 지극한 행복감을 맛보았다. 황혼, 청명한 초록빛 바닷물, 자동차 CD 플레이어에서 흐르는 음악을 들으며 읽는 시. 존 레넌이 〈줄리아〉를, 밴 모리슨이 〈아스트랄 윅스〉를 불러주었다. 그 순간만큼은 악마는 궁지에 몰려 있었다.

밤은 귀뚜라미 소리와 마룻바닥을 총총 가로지르는 생쥐들의 발소리로 채워졌다. 싱글 침대가 세 개 있는 아이들의 텐트 쪽에서 닉이 재스퍼와 데이지에게 책을 읽어주는 소리가 들려왔다. 닉이 고른 책은 2년 전 읽어주다 만 《마녀를 잡아라》였다.

우리는 공항에서 작별 인사를 나눈 뒤 각자 다른 비행기에 올랐다. 닉은 로스앤젤레스행, 우리는 샌프란시스코행이었다.

일주일 뒤 나는 포인트 러예스 스테이션에서 재스퍼와 함께 우편물을 찾았다. 청구서 다발과 학교에서 보낸 아이들의 새 학기 일정 안내문들 속에 닉이 재스퍼에게 보낸 편지가 한 통 끼어 있었다. 재스퍼는 조심스레 편지를 뜯었다. 그리고 접힌 편지를 펼쳐 들고 소리 내어 읽었다. 공책에서 뜯어낸 종이에 닉이 단정한 손글씨로 써 내려간 편지가 적혀 있었다.

"미안하다는 무의미한 한마디 말보다 너에게 제대로 사과할 방법을 찾고 있어. 네 돈을 훔치고 너에게 두려움과 걱정, 혼란을 야기한 것을 이 돈으로 보상할 순 없겠지. 그런데 어떻게 미안하다는 말을 해야 할지 도무지 모르겠다. 너를 사랑하지만 그렇다고 달라지는 건 없겠지. 너를 많이 아껴. 언제까지나 그럴 거야. 나는 너를 자랑스럽게 여기지만 이런 내 마음으로도 더 나아지는 건 없을 거야. 이것 하나만은 약속할게. 네가 자라면서 언제든 내가 필요할 때—말 상대로든 뭐든—네 옆에 있어주겠다고. 전에는 이런 약속 할 수 없었지만 이젠 할 수 있어. 난 지금 너를 위해 이 자리에 있는 거야. 살아남아 삶을 차곡차곡 쌓아가서 네가 의지할 수 있는 사람이 되려고 해. 그래야 이 바보 같은 편지와 8달러보다는 더 의미 있는 사람이 될 테니까."

5부 아무도 모른다

조엘: 오늘 밤 정확히 어떤 수술을 받게 되는 겁니까?

(미어즈윅 박사가 말하는 동안 방 안의 색이 흐려지고 박사의 목소리도 건조하고 단조롭게 바뀐다.)

미어즈윅: 가장 최근의 기억부터 손을 대서 과거로 거슬러 올라갈 거예요. 모든 기억에는 각각 감정의 핵이 있어서 그 핵을 제거하면 기억이 퇴화하거든요. 아침에 눈을 뜨면 손을 본 부분은 모두 희미해지거나 사라졌을 거예요. 깨어나면 사라지는 꿈처럼.

조엘: 뇌 손상의 위험은 없나요?

미어즈윅: 엄밀히 말하면 이건 뇌에 손상을 가하는 수술이지만, 밤새 술을 진탕 퍼마셨을 때나 비슷해요. 그 외에 잃을 건 없습니다.

— 찰리 코프먼, 〈이터널 선샤인〉

20

내 글 '중독된 아들'이 〈뉴욕 타임스 매거진〉 2월 호에 실렸다. 닉과 나는 각자 친구들과 낯선 이들에게 연락을 받고 그들의 반응을 공유했다. 그것은 우리 둘 모두에게 격려가 되었다. 우리 가족의 이야기가 다른 사람들에게 감동을 준 것 같았기 때문이다. 특히, 같은 일을 겪은 이들과 지금 겪고 있는 이들에게 도움이 되었다는 의견이었다.

닉은 회고록을 써보라는 제안을 받고 열정적으로 일을 추진했다. 나도 닉의 반응에 자극을 받아 이야기를 더 발전시켜보기로 하고 깊이 파고들었다. 곧 원고 마감일이라 무작정 글을 써 내려갔다. 아무리 글쓰기가 엄청난 고통을 수반하는 작업이라지만 우리의 이야기를 쓰는 것은 때때로 고문처럼 느껴졌다. 나는 매일 글을 쓰면서 그때의 기억과 당시에 느꼈던 감정들을 고스란히 다시 겪어야 했다. 그 생지옥을 다시 살아냈다. 하지만 희망과 기적과 사랑의 순간들도 다시 살 수 있었다.

2월 하순경, 가족들과 타호 호수로 주말 스키 여행을 떠났다. 닉도 며칠 휴가를 내고 합류했다. 아이들은 함께 스키를 탔다. 저녁에 닉은 불가에서 동생들에게 피제이 이야기를 해주었다.

닉은 약을 멀리하기 위해 각고의 노력을 기울이고 있는 것 같았다. 나는 섣불리 낙관론에 빠지지 않으려 경계하면서도 닉이 자신의 삶을 재건하고 새로이 만들어가는 이야기를 들을 때마다 흐뭇했다. 닉은 회고록뿐 아니라 단편소설과 온라인 매거진에 영화평도 쓰고 있었다. 영화가 닉의 삶에 워낙 큰 부분을 차지하고 있었으므로 영화평을 쓰는 것은 아주 자연스러운 일 같았다. 닉은 매일 자전거를 타거나, 수영을 하거나, 달리기를 했다. 가끔은 세가지를 다 하기도 했다. 닉과 랜디는 자전거를 타고 샌타모니카 해변을 오르내렸다. 계곡을 통과하고, 언덕을 오르고, 도심을 통과하고, 해변을 따라 달렸다.

어느 날 산행을 다녀온 닉을 공항으로 데려다주는데, 내게 살맛이 난다고 말했다. 정확히 그렇게 말했다. 살맛이 난다고. 닉은 랜디와 달리는 것이 자신을 일으켜주고 지탱해준다고 말했다.

"그 희열이 마약 할 때보다 훨씬 훨씬 훨씬 더 좋아요. 완전한 삶의 희열이랄까. 달리면 모든 걸 느껴요."

당연히 나도 긍정적이 됐다. 이쯤 되면 걱정은 그만해도 되지 않을까? 아직은 아니었다.

6월 2일, 데이지와 재스퍼의 진학식이 열리기 며칠 전. 데이지는 4학년으로, 재스퍼는 6학년으로 진학을 앞두고 있었다. 나는 캐런과 인버네스의 집에 있었다. 갑자기 머리가 터질 것 같았다.

사람들이 이럴 때 흔히 하는 말이 있다. 왜 하필 지금? 하지만 정말 머리가 터질 것 같았다.

"캐런, 911 불러."

캐런은 나를 한참 쳐다보았다. 내 말을 이해 못 하는 것 같았다.

"당신 왜……."

그녀가 다급히 전화를 걸었고 15분쯤 뒤에 남자 셋이 구급상자와 각종 기계, 들것을 들고 도착했다. 그들은 내게 몇 가지 묻고 혈압과 심장 모니터를 설치하면서 예비 검사를 실시했다. 그리고 내게 선호하는 병원이 있냐고 물었다. 나는 구급차 뒤편에 실렸다.

남자 둘이 구급차 안에 누워 있는 나를 굽어보았다. 내게 뭐라고 말을 걸었지만 통 무슨 말인지 알 수 없었다. 속이 울렁거려서 플라스틱 용기에 토하고 사과하기를 반복했다.

구급차로 병원에 도착하니 캐런이 돈과 함께 응급실 안에서 기다리고 있었다. 의사인지 간호사인지 모를 누군가가 처치를 의논할 때 돈이 조용히 말하는 소리가 들렸다.

"지주막하출혈 가능성은 없습니까? CT를 찍어야 하지 않겠어요?"

그러자 그가 어정쩡하게 돈을 쳐다보다가 말했다.

"그럼요, CT도 찍을 겁니다."

나는 이동 침대에 실려 복도를 지나 엘리베이터로 들어갔다. 죽을까 봐 겁이 나지는 않았다. 하도 혼란스러워서 생각을 똑바로 할 수조차 없었다. 이상하게 마음은 편했다. 나는 이동 침대에서 기다란 플라스틱판으로 옮겨진 뒤, 다시 다른 이동 침대로 옮겨졌다. 이번 것은 컨베이어벨트처럼 움직여 내 머리를 작은 터널 안으로 들여보냈다. 나더러 움직이지 말라는 소리가 들렸다. 하 얀빛, 쿵쿵 소리, 푸른빛.

나는 응급실로 다시 실려 왔다. 그때까지 '이게 다 뭐지?' 하는 생각만 들었다. 상태는 악화되었다. 뇌출혈이라는 단어가 들려왔 다. 그 말을 듣긴 들었는데 그게 무얼 뜻하는지 대충만 이해가 되 었다.

그날 밤 늦게 캐런은 부모님의 집으로 갔다. 재스퍼와 데이지가 자고 있었다. 다음 날 아침 일찍 집으로 전화벨이 울렸다. 잠을 제대로 못 잔 캐런이 전화를 받았다. 내 담당 간호사였다.

"알려드려야 할 게 있어서요. 환자분이 말을 못 하세요."

병원에서 신경외과 의사가 캐런을 한쪽으로 데려가더니 내 두 개골에 구멍을 뚫고 션트를 시술하고 싶다고 말했다.

"그러면 뇌압이 떨어질 겁니다."

캐런은 시술에 동의했다. 캐런의 언니는 캘리포니아 대학 의료 센터의 간호사였는데 거기 신경외과 전문의와 친한 사이였다. 그 가 병원으로 찾아와 내 담당 의사와 의논한 끝에 캘리포니아 대 학교 샌프란시스코 분교의 신경외과 집중치료실로 이송될 수 있 도록 주선해주었다.

나는 다시 구급차를 타고 달렸다. 이번에는 골든게이트교를 건 너 시내 쪽으로 갔다. 나는 온 힘을 다해 버둥거리며 버텼다. 항 구토제, 부종을 가라앉히는 약, 항응혈제, 진통제 등 약물 간의 대전투가 벌어지는 바람에 너무 뜨거워서 가만히 누워 있을 수가 없었다. 불안 증세로 혈압이 더 상승해 더 많은 약물이 요구되고 이것은 다시 불안 증세를 부채질했다. 테이프가 붙고, 줄로 묶이고, 바늘에 꽂히고, 관들이 여기저기—양팔과 성기, 정수리에서—튀어나온 내 꼴은 딱 〈매트릭스〉의 네오였다. 혈관 촬영을 위해 음모는 어느새 매끈하게 깎이고 없었다. 모르핀 때문에 몸이 간지러웠다. 무자비한 불빛이 나를 덮치더니 삑삑거리는 모니터에서 끊임없이 쿵쿵대는 소리와 진동이 느껴졌다.

닉, 닉은 어디 있지? 닉은 어디 있지? 닉은 어디 있지? 닉은 어디 있지? 닉에게 전화해야 했다. 닉의 전화번호가 기억나지 않았다. 310. 그다음이 뭐더라? 침대 옆 탁자 위에 정육면체 모양의 시계가 있었는데, 시계에서 은은히 빛나는 청록색 숫자들은 2에서 3으로, 5로, 9로, 다시 넙적한 00으로 형체를 바꾸었다.

310은 닉의 지역 번호였다. 음파 탐지기 같은 저 삐 소리를 멈출 수만 있으면 좋겠는데. 웅웅거리는 저 얼음처럼 차가운 불빛을 꺼버릴 수 있으면 좋겠는데. 닉의 전화번호가 기억나면 좋겠는데.

간호사가 정수리에 삐져나온 션트를 만지작거린다고 나를 나무랐다. 깜빡했어요. 미안해요. 간호사가 나간 뒤 나는 자유로운 손을 들어 올려 면도된 정수리에서 배 꼭지처럼 튀어나온 플라스틱 튜브를 만져보았다. 그 가느다란 호스는 고리를 이루면서 위로 고불고불한 용수로처럼 뻗어나가 철제 스탠드에 대롱대롱 걸린 S자 모양의 고리로 이어진 뒤 거기서 밀봉된 비닐 주머니로 곧장 연결되었다.

나는 머리를 오른쪽으로 움직였다. 아주 조금. 마치 이탈한 동맥처럼 불그스름한 투명 액이 흐르는 튜브가 보였다. 주머니 속으로 천천히 떨어지는 것은 빼낸 뇌척수액이고 붉은 것은 피였다. 간호사가 다시 설명하기를, 뇌 깊숙한 곳 지주막하에서 피를 흘리고 있다고 했다. 이런 경우 대개 동맥류, 즉 동맥의 약한 부위에서 피가 새는 것이 원인이라고. 그러자 뇌출혈은 치명적일 때가 많고 일시적 혹은 영구적 뇌 손상을 가져올 수 있다는 생각이 들었다. 그때 새로운 간호사가 등장했다. 그녀는 모니터의 버튼을 눌러댔다.

"부탁인데, 내 아들한테 전화 좀 해줄래요? 그 애 번호가 기억이 안 나서. 아들한테 전화해야 해요."

"아침에 아내분이 여기 오실 거예요. 아내분에게 전화번호가 있겠죠."

나는 지금 그 번호가 필요했다.

"좀 주무세요. 지금은 전화하기 너무 늦은 시간이에요."

간호사실 쪽에서 웅얼거리는 목소리들이 들려왔다. 310. 전화번호는 310으로 시작했다. 로스앤젤레스 해변과 가장 가까운 지역 코드.

해변. 하얀 모래.

닉이 달리고 있다. 닉은 계곡 위의 잡목림 사이로 난 소방로로 접어든다. 아래쪽에는 인적 없는 작은 만이 있고 말리부가 내려다보인다. 닉의 가늘고 긴 몸통과 튼튼한 두 다리가 달린다. 머리띠를 둘렀다. 큰 운동화, 러닝용 반바지, 근육질의 가슴을 팽팽히 감싼 티셔츠. 닉의 눈은 투명한 녹차 빛깔이다.

전화로 닉의 목소리를 들으면 괴로운 불안감이 찾아들었다. 녀석의 목소리는 기만에 능하다는 걸 알면서도, 진실은 미궁 속에 있다는 걸 알면서도 나는 닉의 목소리를 듣고 안심하는 쪽을 선택했다. 안녕, 아빠, 저예요. 무슨 일이에요? 괜찮아요?

닉은 무사할 것이다. 아니, 무사한지 내가 어떻게 알겠나.

310.

닉이 무사하기는커녕 속을 있는 대로 썩일 때면 머릿속에서 닉의 모든 것을 깨끗이 도려내고 싶었다. 내 머리에서 녀석의 모든 흔적을 싹 삭제하면 더 이상 녀석 때문에 걱정할 일도 없고, 녀석에게 실망할 일도 없고, 녀석에게 상처받을 일도 없고, 자책감을 가질 일도 없고, 녀석을 탓할 일도 없고, 사랑하는 아들이 마약을 하는 추잡하고 끔찍한 슬라이드 쇼가 머릿속에서 끊임없이 계속되는 일도 없겠구나 싶었다. 그리고 남몰래 전두엽 절제술을 꿈꾸었다. 나는 처절한 고통 속에서 안식을 열망했다.

누군가 내 머릿속에서 닉에 관한 기억을 마지막 한 톨까지 말끔히 파내주기를 바랐다. 뭔가 사라졌다는 기억도, 걱정도, 내 고통뿐 아니라 녀석의 고통까지, 이 부글부글 끓는 마음까지 농익은 멜론에서 씨와 과육을 파내듯 썩어버린 살점 하나 남기지 않고 전부 파주었으면. 전두엽 절제술이 아니면 도무지 이 끝없는 고통에서 해방될 길이 없어 보였다.

정신이 들었다. 나는 뇌출혈 후 신경과 집중치료실에 있었다. 전두엽 절제술을 받은 것은 아니었지만 상태는 그에 준했다. 내가 있는 곳은 캘리포니아 대학 샌프란시스코 분교의 의료 센터 내 하얀 병실이었다. 음파 탐지기 같은 모니터 소리가 계속되었고, 친절한 간호사들이 내게 이름이 뭔지(모른다), 올해가 몇 년도인지(2015년?) 물었다.

나는 실제로 뇌 속을 긁어내는 수술을 받았고, 치명타를 입었을
가능성도 있었다. 내 이름이 뭔지, 올해가 몇 년도인지 기억나지
않았지만, 마약 중독자 부모의 애끓는—자식의 목숨이 위태로
울 때 느끼는—심정은 여전했다.

　닉의 목숨이 위태로운가? 닉의 아름다운 뇌, 메스암페타민에
중독되어 사로잡힌 뇌. 그토록 녀석을 제거하고 지우고 삭제하고
싶었는데, 게다가 뇌출혈까지 겪었는데 녀석은 여전히 그대로 있
었다. 부모는 자식들과 어떻게든 연결되어 있다. 그들은 우리의
세포 하나하나와 단단히 얽혀 있고, 우리의 신경세포와 분리될
수 없다. 그들은 우리의 의식을 벗겨낸 다음 모든 구멍과 공동과
구석 곳곳에 자리를 잡는다. 그리고 우리의 원초적 본능마저 장
악하고 우리의 정체성 밑으로, 우리의 인격체 밑으로 깊숙이 파
고든다.

　내 아들. 오직 죽음만이 내게서 내 아들을 삭제할 수 있으리라.
아니다. 죽음으로도 불가능할지 모른다.

　전화번호가 뭐더라?

　닉.

　모니터가 망치처럼 내 두개골을 팡팡 때렸다.

　"눈 좀 붙이세요."

　"뭐요?"

　"좀 자두라고요."

　간호사가 오히려 나를 깨웠다.

　"닉?"

　"진정하세요. 괜찮아요. 혈압 또 올라가겠네."

더 많은 알약들을 종이컵 안의 물과 함께 삼켰다.

"닉······."

"좀 자둬요. 잠이 약이에요."

"내 아들은요?"

"좀 자둬요."

"나 좀 도와줘요, 전화 좀······."

"주무세요."

내가 몸부림을 치다 션트를 잡아 뜯은 모양이다. 피곤에 절고 실망한 기색이 역력한 간호사가 뛰어 들어왔다. 그녀는 내게 진통제를 한 대 더 놔주겠다고 말했다.

약은 내 공포를 제압하지 못했다. 닉에게 전화해서 아이가 괜찮은지 확인하고 싶었다. 닉에게 전화해야 했다. 그런데 전화번호가 기억나지 않았다. 전화번호가 몇 번이더라? 310으로 시작하는 번호인데.

"제발, 그만 좀 자요."

아침에 캐런이 왔다. 의사가 들어와서 내 이름을 말할 수 있겠냐고 물었다. 나는 다시금 슬프게 고개를 저었다.

"여기가 어디인지 알겠어요?"

나는 한참을 생각하다가 대답했다.

"형이상학적 질문인가요?"

의사는 즉각 반응하지 않았다. 마침내 그가 "아뇨, 곧이곧대로 대답하세요" 하고 대꾸했다.

캐런이 눈물을 흘렸다.

"미국의 대통령은 누구죠?"

나는 멍하니 바라보다가 말했다.

"내 편집자에게 그 여행 가방 애기 좀 전해줄래요? 망가졌다고. 자물쇠가 고장이 났다고 좀 전해줘요."

"여행 가방이요?"

"네, 자물쇠가 고장 났어요. 그 여행 가방은 망가졌어요."

"알았어요. 전해드리죠."

그 망가진 여행 가방은 내 머리다. 나의 모든 것이 담겨 있는. 나는 내 이름을 기억하지 못했고 어디 있는지도 알지 못했다. 닉의 전화번호도 기억하지 못했다. 레고 블록 바구니나 닉이 차이나 비치에서 주워 모아둔—녀석이 네 살 때였나?—조개껍질 바구니가 엎어져 안에 든 것이 와르르 쏟아지듯 그 번호는 여행 가방에서 쏟아져버렸다. 자물쇠가 고장 나 내용물이 죄다 쏟아져버렸다.

내 아들은 위험에 처해 있었다. 내 두뇌가 유독한 피에 잠겨 있는 이 판국에도 그것은 잊히지가 않았다.

닉.

"이름이 뭐죠?"

아까 그 간호사였다.

"내 아들에게 전화 좀 해줄래요?"

"전화번호가 뭐죠?"

"31."

"그리고요?"

"몰라요."

간호사가 내게 진정제와 진통제를 더 주사했다. 뜨끈한 물결이 발가락과 다리를 가득 채우더니 점점 팔다리 전체로 번져나갔고, 콜타르처럼 보글보글 끓으면서 복부와 가슴까지 차올라와 어깨를 통과해 팔 아래로, 목 밑으로 침투한 뒤 뒷목을 타고 올라와서 손상된 머리 안으로 진입해 나를 달래주었다. 죽음 같은 잠이 망자의 후손처럼 내게 손짓했다. 콘크리트 덩어리 같은 두 발이 바닥없는 호수 밑으로 내던져져 침전했고, 나도 함께 밑으로 밑으로 가라앉았다. 그러면서도 나는 다친 내 뇌를 쥐어짰다. 310 다음에 뭐더라?

혼자 병실을 썼지만 혼자 있지는 못했다. 문이 열려 있었고, 항상 밝았다. 한두 번 캐런이나 간호사에게 바깥 공기를 쐬게 창문을 열어달라고 했는데 매번 차디찬 바람이 들이쳤다. 캐런의 언니가 다른 병동을 도는 짬짬이 몇 분씩 들러주었다. 처형이 옆에 있을 땐 더 안심이 되었다.

캐런이 옆에 있으면 대부분 마음이 놓였다. 그녀는 내 침대에서 쉬었다. 그녀의 위쪽으로 플라스틱 틀에 싸인 형광등이 있고 그 뒤로 핀 구멍이 송송 뚫린 하얗고 네모난 천장 패널이 있었다. 캐런이 옆에서 쉬면서 책을 읽어주면 나는 잠이 들었다. 캐런은 아이들과 사람들, 이런저런 것들, 일상생활 사이에서 고군분투하고 있었지만, 나는 캐런이 내 옆에 있어주기를 바랐다. 그녀가 필요했다. 캐런이 옆에 있을 때는 모든 것들이 멀리 물러갔다. 걱정과 두려움마저. 캐런은 내 옆에 누워서 내 손을 잡았고, 우리는 볼

만한—내가 줄거리를 이해할 수 있는—유일한 채널을 함께 보았다. 산 풍경이 계속되는 방송이었다.

나는 아이들의 진학식을 놓쳤다. 데이지의 생일 파티도 놓쳤다. 여러 의사들이 연달아 내게 물었다. 이름이 뭡니까? 오늘이 며칠이죠? 여기가 어디죠? 대통령이 누구죠? 그들은 내게 팔을 내밀라, 손바닥을 펴라 주문했다. 내가 손가락을 몇 개나 꼽고 있지요? 발가락을 꼼지락거려보세요. 내 팔을 눌러보세요. 이제 발로 해보세요.

테스트에 또 테스트. 동맥류는 없다는 진단이 나왔다. 지주막하 출혈로 입원한 사람들 중 10퍼센트만이 동맥류가 없다고 했다.

또 테스트, 테스트. 오늘은 의사의 질문에 대답할 수 있었다.

데이비드 셰프.

2005년 6월 11일.

샌프란시스코, 의료 센터.

나는 운이 지지리 없는 사람에서—내가 어쩌다 여기까지 왔을까?—천하의 행운아로 대반전을 이뤄냈다. 이제 움직여도 좋다고 했다. 그래서 걸어보았다. 몸이 벌벌 떨렸다. 간호사의 부축을 받아 병실 밖으로 나가서 누르스름한 형광등이 켜진 복도를 따라가다가 '당신의 안전이 우리의 목표입니다'라는 표지판을 지났다. 문이 열린 병실 안을 들여다보았다. 한 남자가 의식 없이 침대에 누워 있었는데, 면도한 두개골에 축구공처럼 꿰맨 자국이 있었다. 다른 남자는 침대에 일어나 앉아 중얼거렸다. 어떤 여자는 곯아떨어져 있었고, 한 남자와 또 다른 남자는 눈알이 파진 것처럼 눈두덩이 시커멨다.

나는 걸으면서 병들고 불구가 된 사람들과 겁먹고 쇠약한 사람들이 살아남으려 애쓰는 광경을 보았다. 집중치료실 옆에 창문이 하나 있었다. 골든게이트 공원 안에 새로 들어선 꼬인 모양의 구릿빛 드 영 미술관, 줄줄이 이어진 빅토리아풍 주택들, 덩어리 같은 아파트들이 보였다. 나는 그것들을 보다가 시선을 돌려 나를 지나쳐 복도를 지나가는 얼굴들을 바라보았다. 중풍을 맞아 몸을 벌벌 떠는 쪼그라든 노란 머리의 유령 하나는 말라붙은 허연 손으로 쇠지팡이를 움켜쥐고 지나갔고, 쪼글쪼글한 할머니는 잔뜩 겁먹은 눈으로 보조원이 미는 이동 침대에 실려 갔다.

재스퍼와 데이지가 나를 보러 왔다. 아이들이 오니 병실 안이 환해졌다. 아빠는 괜찮을 거라고 아이들을 안심시켰다. 아이들이 침대 위로 기어 올라왔다. 몸을 제대로 움직이지 못하는 나를 보고 아이들이 겁먹지 않을까 걱정이 됐지만 사랑한다고 말하는 것 외에는 할 수 있는 게 없었다. 내가 괜찮다는 걸 아이들이 직접 확인하면 좋을 거라 생각했는데 그것이 최선의 판단이었는지 자신할 수 없었다.

드디어 닉이 전화했다. 닉은 괜찮다. 내가 입원한 이후 닉은 날마다 캐런에게 전화했다. 내 머리에 구멍이 났다면서 농담을 했고 나를 보러 오겠다고 약속도 했다.

닉은 괜찮았다.

≈

2주 뒤 캐런은 운전해 나를 집으로 데려갔다. 나는 침대에서 유리문 너머의 정원을 내다보았다. 빛깔들이 매혹적이었다. 잎사귀, 줄기, 사이프러스 솔잎의 초록빛. 부드러운 흰색도 있었다. 수국. 샛노랑. 장미. 라벤더. 나란한 디딤돌의 틈새를 비집고 자라난 보라색 제비꽃. 새 물통 안에서 파닥대면서 몸치장을 하는 작은 새도 보였다.

나는 잘 익은 복숭아를 먹었다. 넘어가는 게 그것밖에 없었다. 대부분 잠을 잤지만 재스퍼와 카드 게임과 동전 던지기 놀이를 하기도 했다. 데이지는 매일 내게 책을 읽어주었다. 닉과 나는 전화로 이야기를 나누었다. 어느 날 캐런과 침대에 나란히 누워 있었다. 그녀는 〈타임스〉를 읽었고 나는 잡지를 들고 한 문장이라도 읽어보려 노력했다. 〈뉴요커〉의 토막 논평 하나를 겨우 읽었다. '장안의 화제'를 끝까지 읽었을 때는 박사 학위라도 딴 기분이었다. 캐런과 나는 손을 잡았다. 정체불명의 순수하고 소중한 감정이 침대 위 우리 둘 곁에 내려앉았다.

우리는 함께 정원을 거닐었다.

"닉이 전화했어. 여기 오겠대. 곧 볼 텐데 기분이 어때?"

"못 기다리겠어."

그때 닉이 현관문으로 쑥 들어왔다. 왈왈 짖는 브루투스와 돌진하는 데이지, 재스퍼가 닉을 맞이했다. 나는 방에서 그들의 소리를 들었다.

"안녕, 니키."

"닉이다!"

"짜잔!"

"똥싸개 닉!"

"데이지!"

"헤이."

"아야."

"니키."

왈왈.

"이 미치광이들."

"똥싸개."

캐런 등장.

"와, 예쁜 아줌마다!"

"스푸트닉."

"케이비."

"좋네."

"나도요."

"너 보니까."

"좀 어떠세요?"

"회복이 빨라. 괜찮아."

"다행이다."

"안전 운전."

"안전 운전."

"나 축구공 생겼어."

"탁구공?"

"한판 어때?"

"나중에."

"축구공이야."

"할까?"

"응, 나중에."

"나 분필 있어."

"분필?"

"피제이 얘기 해줘, 응?"

"그래그래, 그래. 나중에."

"닉……."

"우리 부친은 어디 계시나?"

닉이 침실 안으로 들어섰고, 뒤이어 아이들과 캐런이 줄줄이 들어왔다. 나는 닉을 제대로 환영하고 싶었다. 나는 몸을 벌벌 떨면서 일어섰고 우리는 포옹했다.

"응."

"응."

"안녕, 아빠."

"안녕, 닉."

"얼굴 보니까 정말 좋네요."

"나도."

나는 툭하면 곯아떨어졌지만 닉이 옆에 앉아 내 손을 잡아주었다. 내가 잠이 들면 닉은 자전거를 타러 나갔다. 얼마 전 AA 모임 친구에게서 산 자동차 뒤에 자전거를 실었다. 엉덩이에 패드를 댄 사이클 반바지와 모토로라 셔츠, 종아리를 덮는 양말, 자전거 페달에 고정되는 사이클 운동화 차림으로 서 있다가 집을 나서서 집 도로를 내려간 뒤 토말스 베이를 따라 서쪽으로 달렸다. 나는 닉이 해변을 따라 달리는 모습을 상상했다. 닉이 놀고 카약을 타고 헤엄치며 성장한 곳이자, 친구들과 마약을 하던 반도의 해변이었다. 닉은 만의 기나긴 해변을 빠져나와 목장들과 우리가 서핑을 하던 에스테로까지 달려갔을 것이다. 닉은 자전거를 타고 돌아와서 나를 살폈다. 방 안으로 몰래 들어와서 내 옆에 앉았다.

"아빠 돌아가시는 줄 알았어요."

나는 닉을 물끄러미 보았다.

"이런 게 대반전 아니겠냐."

졸음이 쏟아졌다. 닉은 재스퍼랑 데이지와 놀려고 아이들 방으로 갔다. 다음 날 닉이 직장 때문에 돌아가야 해서 우리 모두 아쉬워했다. 저녁에 닉은 차를 몰고 로스앤젤레스를 향해 남쪽으로 내려갔다.

나는 조금씩 호전되었다. 오늘은 조금 더 낫다는 느낌이 날마다 더 오래 지속되었다. 캐런은 아침과 해 지기 전에 나를 채근해 같이 정원을 산책했다. 나는 불평했지만 캐런의 작업실까지 갔다가 녹초가 되어 침실로 돌아왔다.

무슨 일이 일어났고 앞으로 무슨 일이 일어날까 생각해보았지만 내가 어떤 일이 일어나기를 바라는지도 알 수 없었다. 평상시로 돌아가고 싶어도 아직은 무리였다. 정확히 평상시 그대로 돌아가고 싶은 것도 아니었다. 닉을 걱정하며 사는 일상으로 돌아가고 싶지는 않았다.

가끔은 미래에 대한 두려움에 사로잡혔다. 나 자신이 무기력한 존재라는, 과거의 고통에서 헤어나지 못한다는 느낌이 들기도 했다. 그래도 오늘은 재스퍼도 데이지도 무사했다. 재스퍼는 일주일 일정으로 캠프에 갔고, 데이지는 아침에 수영을 다녀와서 내게 《사랑해, 루비 라벤더》를 읽어주었다. 닉은 다시 이사했다. 이번에는 할리우드에 있는 아파트였다. 닉은 친구들과 함께 살게 됐다고 좋아했다. 오늘 아침에는 랜디를 만나 해변을 따라 자전거를 타러 가기 전 내게 전화했다.

회복 중인 머리를 굴려 병원에서 있었던 일을 돌이켜 생각하고 또 생각했다. 닉의 전화번호를 떠올리지 못했던 일이 잊히지 않았다. 생과 사를 넘나드는 순간에도 닉을 걱정하는 마음이 가시지 않았다는 게 새삼 놀라웠다. 닉이 가출하고 거리를 떠돌 때, 녀석의 행방이 묘연할 때마다 들던 생각들까지 했었다. 내 머릿속에서 녀석의 기억을 모두 파버리고 싶다. 전두엽 절제술을 받아 티끌 한 점 없는 영원한 빛 속에 살면 더는 녀석 때문에 고통받지 않아도 되겠지. 그 녀석 때문에 고통받지 않을 거야. 그랬던 내가 이제는 모든 것에 감사했다. 그 걱정과 그 고통까지도. 전두엽 절제술도 닉을 삭제하는 것도 원하지 않았다. 뇌출혈 후 찾아온 가장 소중한 감정을 간직하기 위해서라도 그 걱정을 감내할 생각이었다.

어떤 사람들은 용납할 수 없는 길을 가는 자식에게 등을 돌리기도 한다. 용납할 수 없는 길이란 그들의 입장에서 그릇된 종교일 수도 있고 그릇된 성적 취향일 수도 있다. 물론 마약 중독도 빼놓을 수 없다. 그들은 문을 완전히 닫아버린다. "나는 아들이 없어. 그놈은 죽은 셈 칠 거야"라는 대사가 난무하는 마피아 영화와 다를 바 없이. 나는 아들이 있고 내 아들을 죽은 셈 칠 일은 절대 없을 것이다.

나는 닉의 중독으로 비롯된 영원한 고뇌와 끈질긴 불안감, 간헐적인 우울감에 그럭저럭 적응했다. 이전의 나는 기억나지 않았다. 기쁨이 순식간에 사라지고 깊은 나락으로 추락하는 것에 익숙해진 것이다. 그러나 오랫동안 그렇게 지내다 보니 이제는 나락에서 기어 나와 베일을 들추고 조금 달라진 세상을 목도하는 것이 점차 허락되었다. 눈과 귀와 피부를 활짝 열어젖히면, 조금 더 밝고 풍요롭고 생생한 세상이 펼쳐졌다. 눈물이 차올랐다. 그 하나하나가 눈물을 끌어냈다. 한 손에는 불확실한 미래가 있었다. 뇌출혈이 재발할 가능성, 내 아이들이 교통사고로 죽을 가능성, 닉이 재발할 가능성, 수백만 가지의 재앙이 있었다. 다른 손에는 책임과 사랑이 있었다. 내 부모님과 가족에 대한, 내 친구들에 대한, 캐런에 대한, 내 자식들에 대한 책임과 사랑. 그 때문에 마음은 더 약해지고 상처받을 일도 더 많아졌지만 의식은 더 또렷해졌다.

나처럼 죽을 고비를 넘긴 사람들은 이후 모든 것이 더 선명해졌다는 말을 하곤 한다. 중요한 것과 중요하지 않은 것이 예전과 달라졌고, 사랑하는 사람들과 친구들의 소중함을 새삼 깨닫게 되었다고. 군더더기를 솎아내고 그 순간에 충실하는 법을 배우게 되었다고. 내 경우에는 모든 것이 선명하게 느껴지지는 않는다. 어떤 면에서는 모든 것이 덜 선명하다. 높아진 윤리 의식 때문에 생각이 줄어들기는커녕 오히려 더 많아졌다. 사랑하는 사람들과 친구들이 세상 무엇보다 소중하다는 확신은 여전하다. 그렇지 않았던 적은 한 번도 없었다. 그들은 내게 처음부터 소중했다. 현재를 즐기고 가진 것을 소중히 여겨야 한다는 확신도 여전하다. 내가 여러 가지 면에서 행운아라는 것도 확신한다. 특히 아직까지 살아 있다는 것은 가장 큰 행운일 것이다. 나는 무자비한 시간의 흐름 앞에서 숭고함과 기적을 맛보았다. 아이들의 성장은 슬픔이자 기쁨이다. 불가피한 일이다. 나는 그것들을 모두 느끼고 있다.

밖에서 보내는 시간이 점점 늘어났다. 고요하고 신비로운 숲 속을 평화로운 침묵 속에 오래 거닐다 보면 강렬한 색깔들과 마주쳤다. 한층 더 진해진 초록빛 무한대. 나뭇가지에 돋아난 펴지기 전의 새순과 몽우리들. 토끼 한 마리가 뛰어갔고, 머리 위로는 붉은 꼬리 말똥가리와 왜가리 여럿, 물수리 한 마리가 날았다. 신의 존재 여부를 떠나서, 따질 수도 헤아릴 수도 없는 이 복잡하고 아름다운 체계는 워낙 심오해서 기적처럼 느껴진다. 의식도 기적처럼 느껴진다. 흔히들 사랑이라 부르는 감정들의 복합체도 기적처럼 느껴진다. 비록 이 기적들은 악을 몰아내지 못하지만, 나는 이 기적의 일부가 되기 위해 악을 감내할 것이다. 닉, 이제 네가 가진 '더 큰 힘'을 이해하겠니?

닉이 약을 끊은 지 1년이 넘었다. 또다시. 1년하고도 6개월.

닉은 오늘 랜디와 해안을 따라 자전거를 타러 가기 전 내게 전화했다. 재스퍼와 데이지는 사촌들과 같이 밖에서 물미끄럼틀을 만들어 놓고 있다. 아이들의 웃음소리가 빛이 가득한 나뭇잎들 틈으로 들려왔다. 내 뇌에는 구멍이 뚫렸다. 의사들은 그 부위가 다시 자랄 거라 했지만. 런던 박사와 그녀의 컴퓨터 스캔 이미지들이 기억났다. 닉이 마지막으로 메스나 다른 마약을 한 날로부터 1년 반이 되었으므로 나는 런던 박사의 컴퓨터 화면에 떠오른 PET 스캔 이미지들 중에서 일상의 사건에 따라 균형 잡힌 화학 반응이 일어나고 신경전달물질이 정상적으로 증감하는 통제집단의 뇌를 떠올렸다. 정말 내 아들의 뇌가 다시 정상으로 돌아왔을지 궁금했다.

21

데이지는 나와 같이 빅서 갯바위 위에 앉아 있었다. 대성당처럼 비쭉비쭉 솟은 삼나무 숲 속에 늦여름의 선선한 저녁이 찾아왔다. 삼나무의 껍질에는 지형도 같은 고랑이 파져 있고, 달달한 향내를 내뿜는 두툼한 우듬지는 중세 교회의 첨탑들처럼 하늘을 향해 우뚝 솟아 있었다. 날은 안개가 짙어 잿빛이었다. 우리는 재스퍼와 내가 낑낑대며 쳐놓은 텐트 밖에 앉아 있었는데, 그 텐트는 결코 작지 않은 우리의 성공작이었다.

나는 입원 치료 후 집에서 회복하는 데 6월과 7월의 대부분을 날린 터라 여름날의 진수를 조금이라도 맛보려, 떠나가는 여름을 어떻게든 늦춰보려 안간힘을 썼다. 이제는 일상으로 복귀할 준비가 되어 있었다. 아이들은 다음 주에 학교로 돌아갈 예정이었다. 의료진에 따르면 내 머리는 재건되었다. 여행 가방의 자물쇠가 수리된 것이다. 그래서 나는 우리 집 정원을 벗어나 밖으로 나갔다. 이제는 가족들과 며칠씩 하이킹을 하고 빅서의 해변에서 시간을 보내도 거뜬했다. 장엄한 나무들 밑 강가 야영지에 앉아 있던 데이지가 이 순간을 "찬란한 날"이라 선언했다. 우리는 하이킹을 가는 길에 샌드위치를 사려고 어느 가게에 들렀다.

"편의점이라면서 편리하지가 않네. 문이 닫혔어."

재스퍼가 말했다. 우리는 다시 차를 타고 계속 달리면서 변종 스무고개를 했다. 아이들이 참가할 때는 질문이 70개 이상으로 늘어났다. 재스퍼가 H로 시작하는 물건이라면서 문제를 냈다. 답을 맞히는 데 평생이 걸릴 것 같았다. 우리는 다른 가게를 발견하고 가보았다. 열려 있었다. 차로 돌아오자 재스퍼가 다시 문제를 말했다.

"나는 H로 시작해. 뭘까?"

"먹을 수 있는 거야?"

"브루투스보다 커?"

"사람이 만드는 거야?"

"구멍(Hole)이야?"

데이지가 말했다.

"뭐?"

"구멍."

"어떻게 알았어?"

"몰래 훔쳐봤지."

"내 머릿속을 훔쳐봤다고?"

우리는 점심 도시락이 가득한 배낭을 짊어지고 산길에 들어서서 측백나무 숲의 샛길을 걸었다. 모퉁이를 돌자 산길 옆 바위 위에 캘리포니아 콘도르 한 마리가 앉아 있었다. 이 경이로운 생물체의 야생 개체 수는 1982년에 스물다섯 마리가 채 되지 않았지만, 이들을 보호하려는 환경보호 단체의 헌신적인 노력으로 현재 200마리 이상으로 증가했다. 여기에 그중 한 마리가 있었다. 생존자, 동족의 희망이 고개를 갸웃거리며 우리를 빤히 보다가 느닷없이 장대한 날개를 펼치더니 바람을 타고 태평양 위로 유유히 날아갔다. 차로 돌아오자마자 휴대폰이 울렸다.

"요, 뭐 하고 있어요?"

닉이었다. 우리는 잠시 이야기를 나누었다. 닉이 다른 사람들에게 인사를 하고 싶다고 했다. 나는 전화기를 돌렸다. 닉은 함께 일하는 사람들 이야기를 했다. 아이들과 캐런은 우리의 여행에 대해 이야기했다. 닉은 아이들에게 신학기 잘 보내라고 말했다.

날은 이미 저물어 있었다. 집에 돌아갈 시간이었다. 우리의 휴가는 끝나버렸다. 우리는 차를 타고 돌아갔다.

"있잖아."

데이지가 말했다. 우리가 아무리 말려도 데이지는 치아 교정기를 딸깍딸깍 꼈다 빼기를 반복했다.

"내가 생각해봤는데. 난 죽기 전 마지막 날에 사탕을 왕창 먹을 거야, 왜냐하면 그땐 충치가 생기든 말든, 해로운 음식이든 아니든 상관없으니까."

그러고는 덧붙였다.

"늙는 건 슬픈 일일 거야, 왜냐하면 엄마 아빠가 죽어야 하니까." 데이지가 캐런과 나를 가리켰다. "재스퍼 오빠도 죽겠지, 내가 가장 어리니까. 하지만 나는 죽는 게 아주 많이 두렵지는 않을 것 같아. 오늘이랑 비슷할걸. 집으로 돌아갈 준비를 하는 휴가 마지막 날처럼."

개학 첫날인 화요일 아침, 재스퍼와 데이지는 안절부절못하다가 오후에 학교를 다녀와서는 신이 나서 선생님과 친구들 이야기를 떠들었다. 재스퍼는 이제 6학년이었다. 올해 처음으로 해당 교실로 가서 수학과 영어, 역사, 과학, 기타 과목들을 배우게 됐다. 데이지는 새 선생님을 마음에 들어 했다. 데이지의 선생님은 아이들에 대해 더 알고 싶다면서 편지 형식으로 자기소개서를 제출하라고 했다.

"로라 선생님께. 저는 정말 이번 4학년이 기대됩니다. 수학을 더 잘하고 싶습니다. 스페인어는 제 취향에 맞지는 않지만 레옹 선생님은 재미있어요. 과학은 아주 좋아하고요. 책 읽기는 정말 좋아합니다. 얼마 전 치아 교정기를 하게 되어 'G' 발음을 하기가 힘들어요. 점점 나아지고 있긴 하지만요. 입안에서 장치를 자꾸만 똑딱거리는 버릇이 있어요."

그 외에도 좋아하는 음식과 개 이야기도 있었다.

"재스퍼 오빠는 문독을 문탱이라고 부르곤 했는데, 문독은 암으로 죽었어요. 우리 오빠는 말썽을 피웠지만 지금은 끊었어요. 걱정 마세요, 재스퍼 오빠가 그랬다는 게 아니에요. 닉 오빠 얘기랍니다. 지금은 LA에 살아요. 우리 아빠는 뇌추력을 일으켰지만 지금은 괜찮아요. 재스퍼 오빠는 자전거를 타다가 홀렁 자빠졌어요. 자꾸 나쁜 일을 말하고 싶지 않지만, 나는 재킷 지퍼를 올리다가 지퍼에 눈을 집힌 적이 있어요. 지금은 괜찮아요. 이제 모든 것이 괜찮아졌어요. 사랑해요. 데이지가."

여름이 가자 매일 아침이 전쟁이었지만 우리는 아이들을 제시간에 등교시켰다. 나는 다시 글을 썼다. 한 글자도 못 쓰던 때가 있었는데 언제 그랬냐는 듯 다시 글을 쓰게 되었다.

오후가 되자 재스퍼는 축구를 하러 갔고(재스퍼는 축구와 밴드, 수영을 번갈아 했다) 데이지와 나는 산책을 나갔다. 그리고 재스퍼를 데려온 뒤에 매주 낸시와 돈의 집에서 열리는 저녁 식사 모임에 갔다. 아이들은 실내 그네를 탔다.

로스트비프에 요크셔푸딩, 완두콩, 스캘럽 포테이토를 먹고 나서 인버네스로 돌아올 필요 없이 거기서 자고 오기로 했다. 데이지는 구구단을 외운 다음 '가마우지' 같은 단어의 철자를 연습했고, 재스퍼는 《기억 전달자》 독후감을 썼다. 아이들은 숙제를 하고 나서 책을 읽었다. 우리는 아래층 침실에 모였고 캐런이 책을 읽어주었다. 우리는 《해리포터》 시리즈의 신작을 읽기 시작했다.

"잠시 고통을 잠재우면 고통이 살아날 때 더 아플 거야."

덤블도어 교수가 해리에게 말했다. 펠릭스 펠리시스 물약을 한 모금 더 마시고 싶다는 유혹은 날이 갈수록 강해졌다. 아마도 헤르미온느의 말처럼 "상황을 변화시키고" 싶은 마음 때문이 아니었을까?

마침내 해리가 물약을 마셨다.

"어떤 느낌이야?"

헤르미온느가 속삭였다. 해리는 잠시 대답하지 않았다. 무한한 가능성이 열렸다는 희열이 서서히, 그러나 확실히 해리의 몸 안을 퍼져나갔다. 해리는 무엇이든 할 수 있다는, 못 할 것이 없다는 기분에 사로잡혔다. 해리는 일어서서 넘치는 자신감에 미소를 지었다.

"끝내준다. 정말 끝내줘!"

아이들은 잠이 들었다. 캐런과 나는 좁은 계단을 올라가 바람이 잘 드는 3층 구석방으로 갔다. 창문으로 흔들의자처럼 삐걱거리는 나무들이 내다보였다. 나는 인버네스 집의 자동응답기를 확인했다. 닉의 목소리가 들렸다. 불안하고 갈라진 목소리였다. 닉이 울고 있었다. 안 돼. 대체 왜…….

전화를 달라는 말이 마지막이었다. 나는 시간을 확인했다. 닉이 전화한 것은 세 시간 전이었다.

두 번째 전화벨이 울렸을 때 닉이 전화를 받았다. 목소리가 축 늘어져 흐느적댔고, 혀는 말하는 데 거치적거렸다.

"무슨 일이 있었냐면요. 아빠한테는 사실대로 말하고 싶어요. 사흘 전에 어떤 파티에 갔었어요. Z가 코카인을 흡입하고는 나더러 같이 하자고 했어요. 그래서 나도 했어요. 걔가 외출한다고 하는데 혼자 가라고 할 수가 없었어요."

Z는 예전에 닉과 잠깐 사귄 다음 닉을 차버린 여자였다. 그때 닉은 재발했었다. 닉은 그녀와 다시 사귀었고 새 아파트에서 그녀의 아파트로 이사해 같이 살고 있었다.

"닉, 안 돼…….”

"그때 이후 쭉 하고 있어요. 스피드볼이랑 메스."

스피드볼은 헤로인과 코카인을 섞은 것이다.

"지금은 약 기운을 가라앉히려고 수면제를 먹었어요. 다 망했어……. 멈출 거예요."

나는 내가 할 수 있는 말, 닉이 듣기 싫어할 소리를 했다.

"누구에게 전화해야 하는지 알잖니. 도움을 청해. 너무 늦기 전에. 너랑 Z 둘 다. 둘 다 도움이 필요해. 너희들 약 끊고 건강해지기 전까지 함께할 수 없어."

닉은 전화를 끊었다.

안 돼. 안 돼. 안 돼. 안 돼. 안 돼. 안 돼. 안 돼. 안 돼. 안 돼. 안 돼. 안 돼. 안 돼.

이번엔 왜 그랬을까? 2년이 다 되어가는 마당에. 연구자들은 사용자의 뇌가 완전히 회복되려면 2년이 걸릴 수 있다고 말했다. 닉은 약을 끊고 2년을 넘긴 적이 없었다.

오래된 근심—닉이 무슨 일을 당할지 모른다는 생각—이 폭발했지만 나는 피곤에 지쳐 잠이 들었다. 나의 근심은 개조된 뇌 안의 새 구석 자리에 안착했다. 아마도 병원에 있을 때 일어난 변화일 것이다. 걱정의 강도가 약해진 게 아니라 성격이 달라진 것이다. 신경외과 집중치료실에 누워 있을 때 충격처럼 실감한 것이 있다. 내가 닉을—닉뿐 아니라 재스퍼와 데이지도—남겨두고 먼저 죽어야 한다는 사실이었다. 내 죽음이 아이들에게 조금은 영향을 주겠지만, 그래도 아이들은 살아갈 것이다. 아이들이 부모에게 전적으로 의지하는 시기에는 아직 남은 날들이 많아 부모는 아이들이 부모 없이도 살아갈 수 있고, 살아가리라는 사실을 잊곤 한다. 나도 그랬다. 그런데 닉의 중독 문제를 겪어보니 나는 닉의 생존과 거의 무관했다. 닉의 운명은—재스퍼와 데이지의 운명 또한—내 운명과 분리돼 있다는 걸 죽을 고비를 넘기고 나서야 깨달은 것이다. 나는 내 아이들을 보호하고 돕고 이끌어주려 노력하고 사랑할 수는 있지만 그들을 구원할 수는 없다. 내가 세상에 있든 없든 닉과 재스퍼와 데이지는 살아갈 테고 언젠가는 죽음을 맞이할 것이다.

아침에 나는 꼬맹이들에게 닉의 이야기를 할지 말지 고민했다. 데이지는 선생님에게 보내는 편지에서 "우리 오빠는 말썽을 피웠다"고 썼다. 마약 문제를 자기 나름대로 요약한 것이다. 그리고 이런 말도 했다. "이제 모든 것이 괜찮아졌어요." 데이지를 위해 당분간만이라도 모든 것이 괜찮게 흘러가기를 바랄 수밖에 없었다.

닉이 재스퍼에게 보낸 편지로 이 책을 마무리할 수 있었다면 얼마나 좋았을까. 그랬다면 선물 상자 위의 깔끔한 리본처럼 더없이 완벽한 결말이었을 것이다. 해피엔딩. 나는 메스에 얽힌 우리 가족의 이야기를 그렇게 해피엔딩으로 끝내고 싶었다. 그리고 새롭게 시작하고 싶었다. 이쯤에서 닉의 중독은 옛일이 되어버린 우리 가족의 후반기를 쓰고 싶었다. 하지만 모두 물거품이 됐다. 중독이 불치병이라는 사실은 너무나 쉽게 잊히곤 한다. 중독은 평생에 걸쳐 진행되는 질병이기 때문에 중독자 본인이 노력하고 노력하고 또 노력하면 차도가 보이고 제어될 수는 있지만 완치되지는 않는다.

닉의 재발은 이 질병의 끈질기고 무자비한 힘을 유감없이 증명했다. 새삼스러운 일은 아니었으나 이번에는 유형이 달랐다. 닉은 모든 면에서 잘해내고 있었다. 여자 친구도 있었기 때문에 외로움을 탓할 수도 없었다. 하는 일이 지루해서 그랬을 거라고 볼 수도 없었다. 지금 하는 일을 즐기고 동료들도 아끼는 듯했기 때문이다. 동료들을 친구로 여겼다. 출판 제의도 받았고 잡지사 보조 편집자 자리를 얻기 위해 노력하고 있었다. 영화평 덕에 인터뷰도 몇 번 했고 잡지 〈와이어드〉에 글이 실리기도 했다. 무엇보다 닉에게는 서로를 진심으로 아끼는 친한 친구들이 있었다.

이제 이 모든 것들은 무의미했다. 나는 중독이 논리적으로 반응하지 않는다는 걸 알고 있었지만 그래도 인생의 버팀목들 — 여자 친구, 일, 돈, 끈끈한 우정, 사랑하는 사람을 위하고 싶은 마음 — 이 힘이 되어줄 거라는 한 가닥 믿음이 있었다. 그러나 내 생각은 빗나갔다.

하느님, 닉을 낫게 해주세요. 병원에 있을 때 많은 사람들이 나를 위해 기도한다는 말을 듣고 얼마나 고마웠는지 모른다. 그러면서도 기도는 하지 않았다. 아마도 기도를 해본 적이 없고 어떻게 하는지도 모르는 데다 기도를 올릴 신을 마음에 품은 적이 없기 때문일 것이다. 하지만 존 레넌이 말했듯이 "신은 우리의 고통을 측정하는 개념이다." 닉이 다시 약을 하고, 내가 할 수 있는 일은 없고, 같은 일을 반복해야 한다는 현실이 차마 믿기지 않고, 지난 오륙 년간 그토록 두려워했던 소식이 언제 들려올지 모른다고 생각하니 기도가 저절로 나왔다.

하느님, 닉을 낫게 해주세요. 하느님, 닉을 낫게 해주세요. 하느님, 제발 닉을 낫게 해주세요. 더 큰 힘이라는 것이 무엇이든, 나는 많은 재활원과 많은 모임에서 만난 사람들이 저기 어딘가에서 우리 이야기를 듣고 있다고 장담한 그 존재에게 간청하며 매달렸다. 나는 그 말을 머릿속에서 되뇌었다. 가끔은 내가 무슨 말을 하는지도 모르고 반복했다. 하느님, 닉을 낫게 해주세요.

내 고민은 하찮고 속 좁게 보일 만큼 참혹한 소식들이 신문을 장식할 때도 기도했다. 막강한 허리케인과 홍수, 자살 폭탄 테러, 추락 사고, 지진해일, 테러, 암, 전쟁(끝없고 참혹한 전쟁), 질병, 기아, 지진이 끊임없이 일어났다. 중독은 어디를 가나 존재했다. 오늘도 천국은 기도자들의 음성이 가득하다 못해 넘칠 것이다.

나는 한 번 더 기도했다. 하느님, 닉을 낫게 해주세요. 하느님 닉을 낫게 해주세요.

추락은 빨랐다. 닉은 약에 취해 출근했다가 일자리를 잃었다. 휴대폰도 요금을 내지 못해 끊겼다. 닉은 진실된 친구들을 죄다 저버렸다. 가장 슬픈 것은 가장 친한 친구이자 멘토인 랜디마저 저버렸다는 사실이다.

한번은 닉의 메시지를 보니 음식 살 돈이 없어 가진 옷을 내다 팔았다고 했다. 이번 달 집세는 어떻게 냈는지 의아할 정도였다. 다음 달 집세는 또 어떻게 할지 모르겠으나 후원자가 나타나거나 마약을 거래하지 않는 이상 곧 쫓겨날 게 분명했다.

비키는 더 이상 참지 못하고 할리우드에 있는 닉의 아파트로 갔다. 자기 눈으로 직접 확인하고 싶어서, 닉이 살아 있는지 직접 확인하고 싶어서였다. 나는 비키의 전화를 애타게 기다리면서도 내색하지 않았다. 비키는 차를 세우고 조마조마한 마음으로 아파트 건물에 들어섰다. 방충문을 당겨 열고는 문을 두드렸다. 아무런 기척이 없었다. 다시 두드렸다. 문이 빠끔히 열렸다. 틈이 더

넓게 벌어졌다. 아파트 안은 더럽고 불결했다. 바닥에 갈색 액체
가 흥건했다. 쓰레기가 사방에 널려 있었다. 닉이 들이치는 햇빛
을 두 손으로 막으면서 비틀비틀 모습을 드러냈다. 뒤따라 닉의
여자 친구가 나타났다. 내게는 익숙한 광경이었지만 닉의 엄마에
게는 그렇지 않았다. 비키에게 닉의 이런 모습은 처음이었다. 닉
은 수척하고, 창백하지만 누렇고, 팔다리를 벌벌 떨었다. 푹 꺼진
검은 눈 그늘 속의 눈동자는 흐리멍덩했다.

Z의 다리에서 피가 흘렀다. Z는 비키가 노출된 자기 다리를 보
고 있다는 걸 눈치채고는 쭈뼛쭈뼛 말했다.

"전구가 깨져서 치우고 있었어요."

닉은 뻔한 거짓말을 했다.

"우리가 알아서 할게요. 이제 안 해요. 약 끊을 거예요."

닉은 그만 가달라고, 다시는 오지 말라고 말했다. 비키는 내게
전화해서 일들을 이야기해주었다. 그동안 내가 여러 번 겪었던
심경을 이제야 겪고 있는 듯했다. 분노하고 겁먹고 좌절한, 감정
에 압도당해 울음조차 터뜨리지 못하는 목소리였다.

일주일이 지났다. 일요일에 나는 데이지를 태우고 워싱턴 광장
에서 데이지의 친구와 그 어머니를 만나러 시내로 나갔다. 우리
는 그들을 만나 공원을 걷다가 거기서 콜럼버스 기념일 퍼레이드
를 구경했다. 배 한 척에 이사벨라 여왕으로 분한 여남은 명의 여
자들이 타고 있었다. 닉도 한때 여기 있었다. 여섯 살배기 닉. 이

사벨라 여왕들이 지나갔다. 여기는 우리가 살던 동네였다. 닉은 다른 아이들과 함께 오르기 구조물로 달려가서 발끝으로 기어올라 꼭대기에서 퍼레이드를 구경하며 여왕들에게 손을 흔들곤 했다.

나는 데이지와 깔깔거리는 데이지의 친구를 차에 태우고 시내를 가로질러 생일 파티가 열릴 도자기 공방으로 향했다. 두 소녀는 안전벨트에 묶인 채 그림책 《네드는 참 운이 좋아》에서 착안한 게임을 시작했다. 그 책의 내용은 이랬다.

> 다행히도 네드는 깜짝 파티에 초대를 받았어.
> 불행히도 그곳은 1만 마일이나 떨어진 곳이야.
> 다행히도 친구가 네드에게 비행기를 빌려줬어.
> 불행히도 비행기 모터가 폭발했어.
> 다행히도 비행기에 낙하산이 있었어.
> 불행히도 구멍 난 낙하산이었어.

"다행히도 그 애에겐 아주 맛있는 샌드위치가 있었어."
데이지의 친구가 게임 중에 말했다. 이제 데이지의 차례였다.
"불행히도 그 애는 그걸 더러운 길바닥에 떨어뜨렸고 어떤 개가 군침을 흘리면서 다가와 그걸 날름 먹어치웠어."
"다행히도 개가 샌드위치를 토해냈는데, 아주 새것 같았어."
아이들은 깔깔대며 웃었다.
"불행히도 복슬복슬한 꼬맹이 햄스터가 쪼르르 와서 그걸 들고 벽에 난 틈으로 사라진 뒤 다시는 나타나지 않았어."

나도 속으로 게임을 했다. 다행히도 내게는 아들이 있어. 아름다운 아들이지. 불행히도 그 애는 마약 중독자야. 다행히도 그 애는 회복 중이야. 불행히도 그 애는 재발했어. 다행히도 그 애는 다시 회복 중이야. 불행히도 그 애는 재발했어. 다행히도 그 애는 다시 회복 중이야. 불행히도 그 애는 재발했어. 다행히도 그 애는 죽지 않았어.

22

다시 한 주가 흘렀다. 매일 통화하는 비키는 이제 멍하고 무덤덤하다고 했다. 나도 그랬다. 닉을 걱정하지 않아서가 아니라—항상 닉 생각을 했다—망연자실해 넋 나간 꼴로 있지 않았을 뿐이다. 부모란 결국 이렇게 되고 마는 것일까?

나는 더 많은 사람들을 지나치며 거리를 돌아다녔다. 이번에는 산 라파엘이었다. 외롭고 버려진 사람들을 지나치고 타 넘어 지나갔다. 그럴 때마다 이들의 부모는 누구일까 생각했다. 그러다 이런 생각도 들었다. 이러는 게 맞는 걸까? 나도 그 부모들 중 하나, 패배를 받아들인 부모가 되어가는 걸까? 내가 괴로워한다고 해서 닉에게 도움이 된 적은 없었다. 아무 일 없는 척 굴지는 않았다. 그저 내가 할 수 있는 일을 해나갔다.

기다렸다. 빙글빙글 돌며 곤두박질치는 추락. 이것은 변성 질환*

---

* 신경계의 특정한 신경세포가 서서히 기능을 잃어 사멸하는 질환.

이다. 나는 빙글빙글 돌며 곤두박질치는 추락을 상상했다. 아니, 무덤덤하지 않았다. 그럼 오죽 좋겠는가. 가끔씩 못 견디게 힘이 들었다. 마음을 다잡았다. 랜디는 계속 닉에게 전화하고 끊어진 닉의 휴대폰에 메시지를 남겼다. 랜디는 닉의 구명줄이었다. 닉은 아직 끊어지지 않은 여자 친구의 휴대폰을 사용해 전화하고 메시지를 남겼다.

"우리 잘 있어요. 모임에 나갈 생각이에요. 약 끊을 거예요."

닉은 이번에 재발한 것은 딱 한 대 맞고 사흘간 약에 취했던 것뿐이니 문제없다고 주장했다. 하지만 이야기를 하면 할수록 닉이 마약에 취했을 때 내는 목소리라는 사실만 분명해졌다.

나는 기다렸다. 초점이 잘 안 맞는 쌍안경으로 멀찍이 떨어져 철도 사고가 나기 직전의 광경을 바라보는 기분이었다. 닉을 사랑하는 우리들은 서로를 위로했다. 캐런과 나, 비키와 나, 그리고 랜디. 모두들 이해했다. 하지만 우리가 할 수 있는 게 없었다. 나는 메시지를 듣고 닉에게 전화했다.

"닉, 모임에 나가지 않으면 위험하다는 거 잊지 말아라. 네 머리의 논리는 약의 힘 아래 있다는 것도 잊지 말고."

예전에 닉은 랜디와 함께 회복 중일 때 마약의 교활함을 내게 설명한 적이 있다.

"마약을 하는 중독자는 자신의 뇌를 믿어선 안 돼요. 거짓말을 하거든요. '술 한 모금, 마리화나 한 대, 코카인 한 줄은 괜찮잖아. 딱 한 번인데 뭐.'"

한번은 그것이 닉에게 이렇게 말했다고 했다.

"난 이제 멘토를 능가했어. 강박적이고 경계하는 재활 프로그램은 재발 초기에나 필요한 거지, 이젠 필요하지 않아."

이런 말도 했다. "지금 난 어느 때보다 행복하고 완전해." 혹은 "나는 독립적이고 살아 있어."

그래서 닉은 자기 머리를 믿을 수 없다고, 랜디와 모임, 프로그램, 그리고 기도—맞다, 기도—에 의지해야 한다고 말한 것이다. 그래야 전진할 수 있다고. 닉, 여기까지 왔잖니. 닉이 한 말을 들려주고 싶었다.

"프로그램을 따르지 않으면 내가 가진 모든 것들이 사라지고 말 거예요."

이틀 뒤 수요일, 닉이 전화해서 혀 꼬인 소리로 돈을 달라고 했다. 안 된다고 했더니 내가 거절할 줄 알았단다. 돈 이야기는 마지막에 꺼냈는데, 그 전에 이런 말을 했다.

"아빠 많이 사랑해요. 나 안전해. 우리 진짜 엉망이긴 한데, 괜찮을 거예요. 약 기운이 떨어질 때까지 시간이 조금 걸렸어요, 메스랑 코카인, 헤로인을 했거든요……."

비키도 닉의 부탁을 거절했다. 오늘은 금요일이었다. 토요일은 조용히 넘어갔다. 일요일에도. 그렇게 잠잠하다가 월요일에 이메일이 한 통 날아왔다.

"안녕, 아빠. 우리 사막에 있어요. Z가 조슈아트리 옆에서 광고를 찍고 있거든요. 휴대폰이 안 터져서 어떤 스태프의 컴퓨터를 잠시 빌렸어요. 죄송해요. 진짜 갑자기 이런 일이 생겼어요. 어쨌든 통화되는 전화기를 발견하는 대로 전화할게요. 여기는 정말 더워요. 덥고 지루해요. Z는 옷을 갈아입는 중이고, 나는 여기 그늘에서 이메일 쓰고 있어요. 마음 졸이지 마세요. 내가 신나는 소식 전해줄지도 모르잖아요. 사랑해요, 닉."

조슈아트리. 소강상태. 오아시스. 닉이 스스로 약을 끊을지도 모르겠다. 어쩌면 괜찮아질지도.

이틀이 더 잠잠히 지나갔지만 닉은 사막에 있었다. 그늘에서 글을 쓰면서. 하지만 마약은 사막에도 있다.

밤에 캐런과 나는 번갈아 아이들에게 책을 읽어주었다. 점차 《해리포터》의 결말을 향해 다가갔다. 덤블도어 교수가 죽었다. 완전히 죽었다. 이 부분을 읽고 몇 시간씩 운 아이가 한둘이 아니었다. 해리의 보호자이자 이 아이들이 자라날 때 곁에 있어준 앨버스 덤블도어가 죽은 것이다. 악이 승기를 잡았고, 끊임없는 전투에 나도 지쳐갔다.

목요일, 오늘 재스퍼는 방과 후 축구 경기가 있고 데이지는 수영 연습이 있다. 캐런과 나는 아이들을 하나씩 맡았다.

나는 수영장 옆 수영반 방 한쪽 구석에서 글쓰기에 적당한 조용한 자리를 찾아냈다. 문득 고개를 들어 창밖으로 보니 덧창 창살 사이로 검은 형체가 웅크렸다가 물살을 가르는 모습과 발차기를 하는 발 한 쌍이 보였다. 데이지가 수영장 레인에서 왔다 갔다 수영을 했다. 유연하고 균형 잡힌 구릿빛 몸매의 수영 코치는 전직 국가대표 수영 선수로 우리 아이들 셋을 모두 가르친 사람이었다. 그가 레인 끝에 쪼그려 앉아 데이지와 다른 아이들을 격려했다. 데이지는 줄지어 움직이는 파란 수영복 차림의 아이들 틈으로 사라졌다가 반대쪽에서 나타나 레인을 따라 돌아오기 시작했다. 튼튼한 두 팔이 아치 모양의 자유형 팔 젓기로 물을 당겼다. 물속에 있었던 닉의 모습이 떠올랐다. 돌고래처럼 미끈한 몸으로 이 수영장을 가로지르던 닉의 모습.

"저기요, 아저씨. 후딱 가죠."

데이지가 샤워 후 큰 수건을 두른 채 물을 뚝뚝 흘리고 있었다.

닉에게서는 아무런 소식이 없었다. 시련이 들이닥친 후 줄곧 내 삶을 뒤덮었던 공포의 장막은 거둬진 듯했다. 걱정은 했지만 걱정 때문에 미칠 것 같지는 않았다. 견딜 만했다. 마음을 비우는 중이었다. 강한 거부감이 발동했다.

포화가 빗발치는 참호 안의 병사와 비슷한 처지랄까. 꼭 필요하지 않은 감정들 — 걱정, 공포 — 은 모두 차단하고 새로워진 뇌 안의 모든 신경세포를 생존을 위한 순간에만 집중했다.

나는 악마만큼 막강하고 어디에나 존재하는 적과 전쟁 중이었다. 악마? 신을 믿지 않는 것처럼 악마 또한 믿지 않았다. 하지만 이것 하나만은 분명했다. 사탄의 짓이 아니고서야 어찌 자신을 기만하는 질병이 탄생하고, 그래서 그 병에 걸린 사람이 병에 걸린 것도 모르고 치료도 받으려 하지 않고 외부에서 진실을 목도하는 사람들을 비방하는 일이 일어나겠냐고.

저녁 식사 후 재스퍼가 수학 문제와 이번 주의 단어 퀴즈를 내 달라고 했다. 퀴즈를 마치고 우리는 〈매드〉지를 같이 읽었다.

침대에 누웠을 때 나는 침대 옆 탁자에 쌓인 소설들 중 한 권을 집어 들었다. 한 책을 끝까지 읽는 경우가 드물었다. 밤이 되면 너무 피곤해 한두 장씩 읽다 보면 잠이 들었다. 캐런이 내 옆에 누웠다. 한 장, 두 장. 깜빡 잠이 들었다.

전화벨이 울렸다. 무시했다. 수리 견적을 요청한 서비스 업체 직원의 전화겠거니 비몽사몽 중에 생각했다. 아침에 다시 하겠지. 전화벨이 다시 울렸다. 내일 메시지를 확인하기로 했다. 그러자 캐런이 확인해보라고 말했다. 첫 번째 전화는 닉의 대부였다. 방금 닉이 전화해서 메시지를 남겼다고 했다.

"지금 오클랜드에 있답니다." 그가 놀란 목소리로 말했다. "곤란한 지경이라 도움이 필요하다네요. 뭘 어떡해야 할지 모르겠어요."

가슴이 철렁 내려앉았다. 다음 메시지는 비키였다. 닉이 비키에게도 전화를 해서 비슷한 메시지를 남긴 것이다.

"사막 얘기는 거짓말이었어요. 오클랜드에 있다고 말하면 걱정하실까 봐요. 나 약 끊었어요. 도와주세요, 우리 큰일 났어요. 로스앤젤레스로 돌아갈 비행기 표가 필요해요."

닉은 거기까지 가게 된 경위를 구구절절 늘어놓았지만 핵심은 오클랜드의 한 코카인 중독자 집에 있는데 그자가 미쳐 날뛰는 통에 거기서 나와야 한다는 말이었다. 닉은 오클랜드에 있었다.

브루투스가 쿵쿵거리면서 쇠약한 발들을 놀려 콘크리트 바닥을 터덜터덜 건너서 나를 쫓아왔다. 나는 찻주전자에 물을 채워 스토브 위에 올렸다.

비키에게 전화를 걸었다. 비키는 어떡해야 할지, 비행기 표를 사주어야 할지 확신하지 못했다. 나는 그 심정을 이해했지만 안 된다고 말했다. 나라면 도와주지 않겠다고. 닉이 재활원으로 돌아가려 한다면 모를까. 나는 전화를 끊고 닉의 대부에게 전화를 걸었다. 아까 메시지를 남겼을 때보다는 진정된 상태였다. 그가 자신의 자동응답기에 녹음된 닉의 메시지를 들려주었다. 닉은 도움이 필요하다고, 아빠한테는 전화할 수 없다며 어떡해야 할지 모르겠다고 했다. 그러고는 Z의 전화번호를 남겼다. 닉의 대부가 말했다.

"차를 끌고 오클랜드로 가서 닉을 데려오고 싶은 마음 반, 녀석의 목을 비틀고 싶은 마음 반이에요."

또다시 닉은 여기에 와 있었고 약에 취해 있었다. 이상하게 마음이 평온했지만, 문득 닉이 여기 있다면 무얼 하려 할까, 하는 생각이 들었다. 우리 집에 오려고 하지 않을까? 녀석이 집에 오면 나는 어떡해야 하나? 저번에 아래층 방에서 낸시에게 발각됐을 때처럼 또 캐런의 부모님 집으로 간다면? 다시 무단 침입을 하려 한다면? 캐런이 침실에서 나오더니 물었다.

"닉이 우리 부모님 집에 다시 가는 건 아니겠지?"

그녀도 나와 같은 걱정을 하고 있었다. 다시 가지 않을 테지만 혹시 몰랐다. 우리는 캐런의 부모님에게 전화를 해야 하는가를 놓고 언쟁을 벌였다. 괜히 걱정만 끼칠 수도 있었다. 하지만 무방비 상태로 있다가 닉이 나타나면 더 심각한 상황이 될 게 분명했다. 우리는 그들에게 전화를 걸었다. 닉이 갈 만한 데가 또 어디 있을까?

이튿날 닉이 대부와 자기 엄마에게 메시지를 남겼다. 같이 사는 코카인 중독자의 여자 친구가 나타나 비행기값을 주었다는 내용이었다. 나는 코르테마데라 도서관에 가서 책들을 옆에 잔뜩 쌓아놓고 일을 했다. 가져온 노트북에 글을 쓰고 또 썼다. 머릿속에서 빠르게 (또다시) 제멋대로 날뛰는 것들을 담아내려 노력했다.

도서관이라 진동으로 돌려놓은 휴대폰이 격렬히 몸을 떨기 시작하더니 귀신 들린 것처럼 계속 경련을 일으켰다. 남에게 피해를 줄 것 같아 나는 탁자 위에서 전화기를 집어 들었다. 화면에 뜬 현란한 초록빛 글씨를 보니 닉의 여자 친구였다. 거짓말은 더 이상 사절이었다. 나는 전화기를 꺼버렸다.

나중에 아이들을 학교에서 데려오려 차를 몰고 가는 길에 메시지를 들어보았다. 조슈아트리에서 차를 타고 돌아가는 길이고 마침내 휴대폰이 터지는 곳으로 들어왔다는 내용이었다. 그 말을 정확히 옮겨보면 이랬다. "안녕, 아빠, 우리 지금 조슈아트리에서 차를 타고 돌아가는 길인데, 드디어 휴대폰이 다시 되는 데로 들어왔어요."

거짓말이라는 것도 놀라웠지만 그 정교함에 말문이 막혔다. 그냥 "나 LA로 돌아왔어요"라고 하거나, 간단히 안부만 전했어도 됐을 텐데 종전의 거짓말 위에 자세히 살을 붙이고 치장까지 하다니. 내가 묻지 않게 하려고 그랬겠지만, 그것이 거짓말인 줄 몰랐어도 묻지 않았을 것이다. 중독자의 치밀한 거짓말은 익히 들어 알고 있었다. "약물 남용자들은 못 하는 거짓말이 없고 대개 그럴듯한 거짓말을 한다. 중독은 거짓말쟁이들의 질병이다"라고 스티븐 킹은 글에서 말했다. 언젠가 닉이 AA 경구 하나를 들려준 적이 있다.

"알코올 중독자는 지갑을 훔치고 잡아떼지만, 마약 중독자는 지갑을 훔치고 지갑 주인이 지갑 찾는 걸 도와준대요."

어쩌면 중독자는 자기가 정말 지갑을 찾아주었다고 믿을지도 모른다. 나는 그 메시지를 몇 번 반복해 들었다. 똑똑히 기억하고 싶었다. 자기 엄마와 대부에게 전화해 오클랜드에서 곤경에 처했다고 이야기한 것을 깜빡한 것일까? 닉의 대부가 닉이 코카인 중독자의 집에서 곤경에 처했다는 걸 알고도 내게 전화를 안 할 거라 생각했다고? 이쯤 되면 자기 엄마가 지옥의 롤러코스터를 함께 타고 있는 내게 전화해서 대책을 의논할 거라고 생각하는 게 정상 아닌가? 닉의 엄마만큼 닉을 사랑하는 사람이 나 외에 또 누가 있나.

닉의 메시지는 계속되었다. 혀 꼬부라진 소리는 아니었다. 괜찮은 것 같았다. 닉은 내게 보고 싶다고, 사랑한다고 말했다.

23

"안녕, 아빠, 닉이에요. 아빠도 다 알고 있었다면서요."

닉이 남긴 메시지였다. 또다시. 혀 꼬부라진 소리였다. 비키와 이야기를 나누다가 자기가 조슈아트리가 아니라 오클랜드에 다녀온 걸 내가 알고 있다는 사실을 알고 변명하는 중이었다.

"아빠가 걱정할까 봐 그랬어요. 베이 지역에 있는 걸 아빠가 알게 되면 억지로라도 아빠를 보러 가야 할 것 같아서. 그 인간이 그렇게 사이코로 돌변할 줄 누가 알았나요. 우리도 몰랐죠. 최대한 빨리 거기를 탈출했어요. 이제 안전해요. 어쨌든 아빠한테 거짓말한 건 미안해요."

나는 거실의 소파에 앉아 있었다. 뭔가가 시야에 들어왔다. 바닥에 신문지 뭉치가 쌓여 있었다. 맨 위에 〈샌프란시스코 위클리〉가 있었다. 더 자세히 살펴보았다. 〈베이 가디언〉 한 부, 닉이 좋아하는 '아메바 레코드' 전단지 한 장. 그것들을 가만히 쳐다보는데 문득 짚이는 데가 있었다. 안 돼.

나는 "이거 당신 거야?" 하고 캐런에게 물었다. 캐런은 내 것인 줄 알았다고 했다. 닉이 다시 무단 침입을 했다. 확실했다. 캐런도 확신했다. 우리 둘 다 확신했다.

안 돼. 가슴이 무너졌다. 우리는 집 안을 둘러보기 시작했다. 캐런이 멈칫하더니 혹시 지난주 뉴욕에서 왔던 친구가 두고 간 게 아닐까 물었다. 나는 그에게 전화했다. 그 신문들은 친구의 것이었다. 우리는 편집증에 미쳐가고 있었다. 편집증에 미쳐가는 건 비단 중독자만이 아니다.

나는 닉의 연락에 응답하지 않았다. 닉이 약을 끊을 때까지는 닉과 이야기할 엄두가 나지 않았다. 모든 약을 완전히 끊기 전까지는 "메스를 끊으려고 클로노핀만 하고 있어요"라는 말도, "약기운을 죽이려 발리움 한 알만 먹어요"도 용납이 안 됐다.

닉을 사랑하고 언제까지나 그럴 테지만 나를 기만하는 사람을 상대할 수는 없었다. 약을 하지 않는 닉, 맨정신인 닉, 올바른 마음의 닉, 재활 중인 닉은 나를 기만하지 않는다. 어떤 면에선 그 뻔뻔함이 고맙기까지 했다. 그것이 한 꺼풀 남아 있던 내 망설임을 벗겨주었기 때문이다. 평소 같으면 무엇이 진실이고 무엇이 거짓인지, 닉이 약을 하는 건지 아닌지 몰라 지옥살이를 했을 것이다.

 책상 위 책장 선반에는 여러 사진들이 책에 기대어 세워져 있다. 캐런의 사진은 최근에 찍은 것도 있고 짙은 색 피부와 짧은 머리, 줄무늬 셔츠 차림의 어린 캐런이 해변에서 생각에 잠겨 있는 사진도 있다. 어린 캐런은 데이지와 비슷하다. 아니, 초롱초롱한 검은 눈과 검은 머리카락의 데이지가 어린 캐런과 비슷하다고 해야 하나. 모카신과 파란 속옷 바람으로 아파하는 문득의 얼굴을 들여다보는 데이지도 있다. 캐런의 품에 안긴 갓난쟁이 재스퍼의 사진도 있는데, 빨간 플란넬 모직 외투와 펑퍼짐한 바지, 황금색 태슬과 복슬복슬한 방울이 달린 초록색 플란넬 니트 모자, 황금색 자수가 놓이고 앞코가 뾰족하게 올라간 알라딘 신발 차림이다. 수경을 쓰고 찍은 데이지와 재스퍼의 단체 사진들도 있다. 닉의 사진들도 있다. 열 살 때 찍은 사진에서 닉은 청바지와 파란색 지퍼 스웨터, 파란색 운동화 차림으로 양손을 주머니에 넣고 슬며시 웃는 얼굴로 카메라를 바라보고 있다. 좀 더 최근에 찍은 닉의 사진들도 있다. 하와이에서 찍은, 환한 미소, 헐렁한 반바지, 맨가슴의 닉이다. 내 아들 닉, 회복 중인 내 친구 닉, 온전한 닉. 사진 속의 닉이 나를 내려다보는 것이 견딜 수 없어 책상 서랍 안에 넣었다.
 재스퍼는 녹음과 믹싱 프로그램인 가라지밴드를 능숙하게 다뤄 매혹적이고 아름다운 노래를 작곡했다.
 "슬픈 곡이네."
 나는 곡이 흐르는 방에 들어섰을 때 말했다.

"응."

재스퍼가 조용히 대답했다.

"너 슬프니?"

"응."

"왜?"

"오늘 학교에서 달리기를 했는데 계속 형 생각이 났어."

나는 재스퍼에게 형제자매나 부모가 알코올이나 마약 중독자인 아이들이 모이는 곳에 같이 가보자고 말했다.

"거기서 뭐 하는데요?"

"아무것도 안 해도 돼. 그냥 다른 아이들이 말하는 걸 들을 수 있지. 원하면 말해도 되고."

"아······."

"가볼래?"

"그럴까 봐요."

재스퍼는 그날따라 유달리 더 꽉, 더 길게 나를 끌어안았다.

아침이 되자 거뭇한 잿빛 하늘의 구멍 속으로 햇살이 비추었다. 마치 정원에 아크등을 켜둔 것 같았고, 노란 원 주변 여기저기에 황금색과 황갈색, 퇴색하는 백색의 수국들이 흩어져 있었다. 퇴각하는 가을의 색깔들. 포플러나무는 거의 벌거벗은 몸이었다. 이파리는 거의 다 떨어지고, 하늘을 향해 뻗은 허연 맨가지들은 잿빛의 은은한 빛 속에 닿아 있었다. 목련만 하얀 불꽃 셋을 피워냈다.

겨울에 쓸 장작더미가 배달되었다. 나는 오전 중으로 아이들과 장작을 쌓기로 했다. 장작을 쌓는데 역시나 닉 생각이 났다. 긍정적인 생각도 비관적인 생각도 아니었다. 무슨 일이 일어날지 알 수 없었다. 나는 닉의 훌륭한 심성과 두뇌를 깊이 신뢰했지만 이 질병의 잔악함도 간과하지 않았다. 아니, 그 순간 내 심정은 긍정론과는 거리가 멀었다.

내 마음은 닉이 어디에 있느냐에 따라 좌우되었다. 닉이 회복 중일 때는 긍정적이 되었고—지나친 긍정이 아닌 그냥 긍정—그렇지 않을 때는 암담하고 비관적이 되었다.

닉과 단절되는 생각만 해도 공포감에 휩싸이곤 했는데 이상하게도 이제는—오늘은, 오늘 이 순간만큼은—그런 생각이 들어도 괜찮았다. 문득 닉이 죽을 수도 있다는 생각이 들었다. 나는 장작을 쌓으면서 닉이 죽을 수도 있다는 생각에 잠시 동작을 멈추었다.

그렇게 된다면 사는 동안 평생 닉이 그리울 것이다. 닉의 재미난 메시지와 농담과 이야기도, 같이 걷고 영화를 보고 저녁을 먹는 것도 그리울 것이다. 우리 사이에 존재하는 그 초월적인 감정, 사랑도. 모두 다 그리울 것이다. 이미 그리웠다.

이제야 이해가 되었다. 이미 내겐 그것이 없다는 걸. 닉이 마약을 하든, 하지 않든 그것은 내 손을 떠났다는 걸. 닉은 떠났고 그 껍데기만 남았다. 그간 닉을 잃을까 봐 두려웠는데, 미칠 것 같았는데, 이미 닉을 잃은 뒤였다. 과거에는 상상을 초월한 것들을 상상하고, 견딜 수 없는 것들을 견디는 상상을 하곤 했다. 닉을 마약 과용이나 사고로 잃는 상상을 했었는데 이제 보니 이미 닉을 잃은 것이었다. 오늘, 적어도 오늘은 닉을 잃었다.

닉이 죽을 거라는 두려움은 여전했다. 닉이 죽는다면 내 영혼은 돌이킬 수 없이 쪼개질 것이다. 원래 상태로 절대 회복될 수 없을 것이다. 닉이 죽거나 약을 끊지 못해도 내 삶은 계속될 것이다. 쪼개진 영혼을 안고 슬퍼하며, 영원히 슬퍼하며 살아갈 것이다. 하지만 마약이 들이닥친 이후 내가 슬퍼한 것은 닉의 일부가 내게서 떠나갔다는 사실 때문이었다. 슬퍼할 수밖에 없었다. 조앤 디디온의 《상실》은 이런 내 마음을 정확히 대변했다.

"슬픔은 파도처럼, 발작처럼 밀려온다. 느닷없는 불안감은 무릎을 약화시키고, 눈을 멀게 하고, 일상을 지워버린다."

나만 그런 게 아니었다. 그걸 알고 나니 위안이 되었다. 그렇게 슬퍼하면서도 메스나 다른 마약이 건드릴 수 없는 닉의 일부를 생각하며 안도했다. 그리고 그것마저 마약에게 빼앗길 수 없다고 생각했다. 프랭크 비다트는 "광기는 의미에 대한 집착"이라고 말했지만, 나라는 인간의 머리는 의미가 필요했다. 의미 비슷한 것이라도 좋았다. 내가 찾아낸 의미는 이랬다. 약을 할 때의 닉은 닉이 아니라 유령이다. 약에 취한 닉은 귀신이자 망령이다. 닉은 약에 취하면 휴면기에 돌입해 옆으로 밀려난 뒤, 닿을 수 없는 의식의 저편 구석에 묻혀 숨겨진다. 그렇게 확신하니 진짜 닉은 안쪽에 어딘가에 존재한다는 믿음이 생겨났다. 내 아들은—닉, 닉의 핵심, 닉의 자아는—온전하고 안전하며 보호받고 있다. 강하고 해맑고 사랑이 가득한 닉은 다시는 등장하지 않을 수도 있다. 마약이 전투에서 승리해 닉의 몸을 차지할지도 모른다. 하지만 닉은 거기 어딘가에 있다. 닉이 거기 어딘가에 있는 이상 마약은 닉을 건드릴 수 없다. 그렇게 생각하니 숨통이 트였다.

무슨 일이 있든 나는 닉을 사랑할 것이다. 거기 어딘가에 있는 닉도 알 것이다. 틀림없이. 나는 쌓아야 할 장작더미를 바라보았다. 더미 중 아주 일부만 덜어냈을 뿐이었다. 아이들은 징징거리면서 일하기 싫어했다. 풀이 죽고 시무룩해 보였다. 재스퍼가 머리를 뒤로 젖히고 눈을 감더니 크게 앓는 소리를 냈다. 그러고는 통나무 하나를 느슨하게 쌓인 더미 위로 불만스럽게 내던졌다. 나는 머리가 띵했다. 트럭 한 대가 언덕을 올라오는 소리가 들렸다.

알아넌 모임에는 재스퍼와 데이지 또래의 아이들을 위한 모임은 따로 없었다('알아틴'은 더 나이 든 아이들의 모임이었다). 그래서 나는 도움을 얻을 만한 모임이 없는지 전화를 돌려 수소문했다. 너희들은 혼자가 아니고 너희들의 잘못이 아니며 마약이 닉을 빼앗아갔지만 사랑스럽고 사랑이 많은 오빠이자 형을 여전히 사랑해도 괜찮다고 가르쳐주고 싶었다. 나는 재스퍼가 닉이 편지에서 한 말은 진심이었다는 걸, 하지만 닉의 질병이 닉의 선의보다 더 강력했다는 걸 알아주길 바랐다.

성실한 학교 사서들이 전국 학교 사서들의 커뮤니티에 의견을 구했다. 반응은 폭발적이었다. 나는 우리 같은 처지의 아이들에게 도움이 될 만한 도서 목록을 받았다. 아이들이 느끼는 죄책감과 책임감, 그리고 아이들은 물론이고 어른들도 이해하기 힘든 의문들을 다룬 책들이었다. 학교의 상담 교사는 가족 상담을 제공하는 중독 전문 심리 치료사를 수배해 소개해주었다. 캐런과 나는 그를 만나보고 마음에 들면 재스퍼와 데이지를 데리고 다 함께 만나보기로 했다.

어느 날, 데이지와 재스퍼를 학교에서 태워 집으로 향했다. 웨스트 마린의 관문인 올레마는 가을을 맞아 황금빛으로 물들고 건조했다. 올레마 위쪽 언덕바지에 도달했을 때 데이지가 뜨고 있던 목도리에서 고개를 들더니 말했다.

"닉은 내가 아는 우리 오빠 같기도 하고 모르는 사람 같기도 해."

데이지가 뜨개질거리를 옆으로 밀어놓더니 어제 '걸스 온 더 런'에서 마약에 대한 토론을 했다고 말했다. '걸스 온 더 런'은 신체부터 영양에 이르기까지 개인적이고 사회적인 문제들을 폭넓게 토론하는 고학년 여학생들의 모임이었다. 여학생들은 작은 그룹으로 나뉘어 아이들이 술이나 담배, 마약을 시작하는 이유에 대해 토론했다.

"이유가 뭐였는데?"

내가 물었다.

"아이들이 서로에게 화를 냈어. 모니카는 또래들의 압력 때문이라고 했고, 재닛은 스트레스 받아서 그런 거라 했고, 나는 자기 자신을 벗어나고 싶어서 그런 것 같다고 생각했어. 스트레스나 슬픔 같은 것들을 극복하는 방법들을 이야기했는데, 자기 자신에게 만족할 수 있는 방법을 찾고 기분이 좋아지는 것들을 하는 게 현명한 것 같다고 말했어. 예를 들면, 마약을 하기보다 달리기를 하는 거지."

조용히 생각에 잠겨 있던 재스퍼가 말했다.

"나는 현장학습 갔을 때 마약 이야기 했었어."

재스퍼의 학년은 얼마 전, 에이는 듯 춥고 안개가 자욱한 앤젤

아일랜드*에 가서 하룻밤을 자고 왔다. 그때 재스퍼는 한 친구와 덜덜 떨면서 밤새 이야기를 나누었다.

"형은 어쩌다가 마약을 하게 된 거냐고 걔가 물었어. 형이 다시 마약을 하고 있다고 말한 적이 있거든."

재스퍼의 친구는 〈타임스〉 기사를 읽었다면서 "하지만 네 형은 정말 똑똑하고 엄청 멋져 보이던데" 하고 말했다고 했다.

"그래서 걔한테 '나도 알아. 정말 그래'라고 대답했어."

그리고 나서 재스퍼는 친구에게 닉의 어깨에 있는 천사와 악마의 만화 이야기를 해주었다. 그것에 관해 누군가와 이야기를 나눌 예정이라고 말했다. 가족 중에 중독자가 있는 사람들을 도와주는 사람이 있는데 대처하는 방법을 알고 있을 거라 기대한다고.

예전에 재스퍼가 내 휴대폰으로 닉과 메시지를 주고받은 적이 있었다. 그 생각이 났는지 형에게 메시지를 보내도 되냐고 물었다. 내가 허락하자 재스퍼가 메시지를 썼다.

"닉, 우리 똑똑한 형. 사랑해. 재스퍼가."

닉의 휴대폰은 끊긴 지 오래였지만 재스퍼는 문자를 보냈다.

"형이 전화를 다시 살릴 수도 있으니까."

이 질병은 너무 많은 슬픔을 야기한다. 슬픔은 희망에 가로막히고, 희망은 슬픔에 가로막힌다. 우리의 슬픔은 새로운 위기에 다시 한 번 가로막혔다. 내가 자기 전 읽었던 셰익스피어의 구절처럼.

* 샌프란시스코에서 가장 큰 섬으로, 과거 태평양 건너 지역에서 오는 이민자들을 심사하던 검문소가 있었다. 미국 학생들의 현장학습 장소로 쓰인다.

슬픔이 사라진 내 아이의 자리를 채워주네요

슬픔이 그 아이의 침대에 눕고, 나와 함께 거닐고,

어여쁜 내 아이의 얼굴을 하고, 내 아이처럼 말을 하고,

내 아이의 아름다운 면면을 일깨우고,

텅 빈 내 아이의 옷을 입어주니

어찌 슬픔을 좋아하지 않을 수 있을까요*

   나는 닉의 시련과 고통에 분노했다. 그리고 닉의 중독이 우리에게—우리와 그에게—가져오는 커다란 고통에 분노했다. 동시에 닉에 대한 한없는 사랑을, 닉이 우리의 삶에 선사한 기적을 체감했다. 나는 믿지도 않는 신에게 분노했고, 기도하며 매달렸고, 내게 닉을 보내주고 희망을 준 것에 감사했다. 그것은 지금 이 순간도 마찬가지다. 아마도 내 뇌가 커져 과거보다 더 많은 것을 수용하게 된 모양이다. 이제는 더 많은 모순, 재발도 회복의 일부라는 생각마저 포용할 수 있다. 로슨 박사가 말했듯이 중독자는 약을 끊기까지 수많은 재발을 거치기도 한다. 사망하거나 너무 큰 타격을 입지만 않는다면 기회는 있다. 언제나 그렇듯 기회는 있다.

   나는 몇 년 전 한 간호사에게 받았던 암담한 통계 자료를 다시 들춰보았다. 그 자료가 제시한 메스 중독자의 재활 치료 성공률은 한 자릿수였다. 많은 중독자들이 한두 번, 혹은 서너 번, 혹은 여러 번 약을 끊으려 시도한 뒤 영영 약을 끊는다고 보는 것은 무리일 것이다. 한 재활원의 강사는 더 의미 있는 통계 자료를 제시

* 〈존 왕〉 3막 4장.

한 적이 있었다.

"재활 치료에 들어가는 사람들 중 과반수가 10년간 술이나 약을 끊고 지낸 사람들이에요. 게다가 이들이 10년 동안 마약에 손댔다가 끊기를 반복한 것이 아니라는 보장도 없습니다."

매일이 슬픈 나날이었다. 하지만 닉이 아직 살아 있고 기회가 있다는 기적에 감사했다. 아마도 닉을 구하려면 더 큰 기적이 필요할지도 모르겠다. 닉의 이름을 지을 때 아버지에게 조언을 구했다. 닉의 정식 이름은 니콜라스 엘리엇 셰프다. 머리글자 'NES'는 히브리어로 '기적'이라는 뜻이다. 나는 더 큰 기적을 간구했지만 동시에 이미 일어난 기적에 감사했다. 닉이 살아 있는 것이 기적이었다. 토머스 린치는 자식의 중독이라는 버거운 현실에 부딪친 부모들이 예기치 않게 얻는 결론을 이렇게 설명했다. "나는 이 끔찍한—교활하고, 난해하고, 강력한—질병에 감사할 수 있다. 덕분에 눈물을 흘리면서도 더 많이 진심으로 웃는 법을 배웠으니까. 또한 내 아들이 하고많은 죽을병 중에 하필 이 병에 걸린 것도 감사할 일이다. 이 병은 항복하면 살 수 있다는 한 가닥 희망이 있다."

아침에 재스퍼가 붉은색 스웨터를 입고 내 책상에서 새 컴퓨터 게임을 했다. 컴퓨터에서 심벌즈와 프렌치호른, 둥둥거리는 베이스 소리가 나는 와중에 재스퍼가 화면에 대고 말했다.

"뭐야? 에, 에, 에, 잡았다!"

데이지는 책을 덮고 캐런이 콜라주 작업을 하는 원탁으로 가서 곧 같이 자르고, 칠하고, 종이를 붙였다. 간밤에 닉이 전화해 또

다시 메시지를 남겼다. 자기도 여자 친구도 너무 멀리 와버렸다면서 이제부터 약을 끊을 작정이라고 했다. 그리고 의사의 조언을 받았고 도움이 될 만한 약물을 받았다고 했다. 물론 나는 믿지 않았다. 요새 닉이 내놓는 무의미한 말들은 여전히 마약을 하고 있으며 잠시 맨정신일 때는 진심을 말하기도 한다는 씁쓸한 사실의 단면일 뿐이었다.

나는 닉이 바닥을 치기를 기다렸다. 그 모든 일들을 겪고, 수많은 자료를 읽고, 수많은 이야기를 듣고 나서 내린 결론이었다. 중독자들은 바닥을 치고 나서야 비로소 회복된다. 바닥까지 떨어져야 절박하고, 막막하고, 겁을 먹는다. 더없이 절박하고, 눈앞이 캄캄하고, 지독히 겁을 먹어야 살기 위해 안간힘을 쓴다. 그렇다면 닉은 왜? 뉴욕에서 응급실에 실려 간 적이 있는데도—의식을 잃고 죽음의 문턱까지 갔었는데도—더 떨어질 바닥이 있다는 말인가? 그 뒤로 지옥 같은 재발을 겪고도 여전히 바닥을 치지 않았다는 말인가? 이해할 수 없었다. 하지만 확실한 것은 닉이 마약이 만들어낸 환상 속으로 돌아갔으며 그 망상에 기대어 자신의 심각한 상태를 부인하고 있다는 사실이었다. 중독은 그것을 가능하게 한다. 나는 두려웠다. 닉이 다음번 위기가 들이닥칠 때까지 계속 그 기만적 상태에 머무를 게 분명했기 때문이다. 어떤 상황이 벌어질까? 우리는 안갯속에서 그저 기다릴 수밖에 없다. 많은 중독자들이 바닥을 치기 전에 사망한다. 뇌졸중이나 그와 유사한 질병을 일으킨 뒤 빈사 상태, 마비, 두뇌 손상을 입기도 한다. 이것이 대부분의 마약 중독자의 말로인데, 특히 뇌를 곤죽으로 만들어버리는 메스의 경우엔 예외가 없다.

부모는 자식에게 좋은 일만 있기를 바란다. 그런데 여기, 중독을 상대로 사투를 벌이는 현장에서, 한 아버지는 아들에게 재앙이 내리기를 바라고 있다. 나는 재앙이 오기를 바랐다. 감당할 수 있는 재앙이 오기를. 내 아들이 무릎을 꿇고 겸허히 고개를 숙여야 할 만큼 혹독하지만 영웅적인 노력과 내재된 선량함으로 극복할 수 있는 재앙을 바랐다. 그것이 아니고서는 닉이 스스로를 구원하게 만들 방법은 없었다.

어머니가 알코올 중독이라는 한 친구는 10년 동안 '일촉즉발의 상황' — 어머니가 치료를 받아들일 정도로 위급하나 너무 위급하지는 않은 상황 — 이 일어나기를 바랐다고 털어놓았다. 그러나 일촉즉발의 상황은 일어나지 않았다. 그의 어머니는 두 달 전에 사망했다. 그와 그의 누이들은 부모님의 집을 청소하다가 찬장 뒤쪽에서 숨겨진 빈 보드카 병들과 옷장 안에 가지런히 개어놓은 스웨터 더미 밑에서 빈 술병들을 발견했다. 그의 어머니는 사망 시 혈중 알코올 농도가 음주운전 처벌 수치의 서른 배나 되었다.

나는 닉에게 일촉즉발의 상황이 닥치기를 바랐다. 제발 일촉즉발의 상황을 내려달라고 기도했다.

24

더 이상 할 수 있는 게 없다, 할 수 있는 데까지 해야 한다. 우리가 할 수 있는 건 다 했다, 할 일이 아직 더 있다. 비키와 나는 갈팡질팡하며 골머리를 앓았다. 비키는 다시 약에 취해 돈을 요구하는 닉과 통화한 뒤 내게 말했다.

"그래도 시도는 해봐야지."

내가 나서볼까 생각도 했지만 이 모든 걸 겪고 난 지금에 와서 다시 나선다는 게 터무니없고 부질없어 보였다.

"그래봐야 마음대로 안 될 거야."

하지만 닉을 포기할 수 없었다. 아직은. 그럼 언제? 그래도 아직은. 닉을 포기할 수 없었다. 나는 닉을 포기할 생각이 없었다. 그래야만 하는 때가 오기 전에는. 그때는 어쩌면…….

당신은 이것을 유발하지 않았고, 통제하지 못하며, 치료하지 못한다. 나도 안다. 모르는 것도 많지만 중독에 관한 한 몇 가지 교훈은 알고 있다. 잘못된 길은 분명히 존재하지만 처음부터 끝까지 올바른 길은 존재하지 않는다. 아무도 모른다. 재발이 종종 회복의 일부임을 감안하면, 닉은 아직 회복될 기회가 있었다. 아직 빠져나올 기회가 있었다.

나는 재활원과 AA, 알아넌 모임에서 만난 사람들의 수많은 이야기와 친구들의 친구들이 시도했다는 갖가지 수많은 일화를 되새겨보았다. 그중 몇몇은 바닥을 치고 나서야—바닥을 구르다가—약쟁이 굴에서, 시궁창에서, 마약상의 본거지에서, 자기 피가 흥건한 현장에서 말 그대로 기어 나와 재활원이나 해독 치료, AA 모임, 부모님의 집을 찾아갔다. 다른 이들은 아내의 최후통첩에, 법원의 명령에, 부모의 성화에, 친구들과 가족들이 중재에 마지못해 재활 치료를 받았다. 어떤 여자가 우리에게 닥친 시련을 전해 듣고 전화를 주었다.

"포기하지 말라는 말을 해주려고요. 내가 포기했다면 내 아들은 죽었을 거예요. 마지막으로 한 번만 더 해보자 결심했어요. 아들이 일곱 번 재활원과 병원, 감옥을 드나들고 두 번 자살 기도를 한 뒤였죠. 이제 내 아들은 스물다섯 살이 됐는데 3년째 맨정신으로 지내고 있고 어느 때보다 건강해요. 사람들은 그만 아들을 포기하라고 했지만 나는 포기하지 않았어요. 세상에 어떤 엄마가 자기 아들을 포기할 수 있겠어요? 내가 포기했다면 내 아들은 지금 여기 없어요. 그것만은 확실해요. 내 아들은 죽었을 거예요. 이 이야기를 해주려 전화했어요. 희망의 끈을 놓지 말고 아드님을 포기하지 마세요."

불법만 아니었어도 사람을 고용해 납치를 해서라도 어떻게든 닉을 병원에 집어넣고 싶었다. 그래서 약 기운이 떨어지면—아무리 약에 찌들어 미쳐 돌아가는 정신머리라도 — 약을 끊으려 시도하는 척이라도 하지 않을까. 사람을 고용해 다 큰 자식을 납치하는 부모들의 이야기는 익히 들어 알고 있었다. 그렇게 해서 통하기만 한다면 나는 위법 행위와 그에 따르는 결과도 감수했을 것이다. 하지만 닉은 도망칠 게 분명했다. 치료받을 마음이 없다면 분명 도망칠 것이다. 그렇다고 닉이 바닥을 치기만을 손 놓고 기다리는 것도 너무 위험했다.

캐런과 나는 닉이 재활원에 들어가기만 한다면 치료비를 부담하기로 했다. 또다시. 닉의 엄마도 해보자고 말했다. 우리는 또다시 돈을 대기로 결정했다. 물론 공연히 헛돈 쓰는 꼴이 될 수도 있었다. 이번이 마지막이라고 생각했다. 재활원을 드나드는 것에 익숙해지는 중독자들도 있다. 차후 닉이 재발해 또 손을 벌린다면 그때는 중독자들을 위한 공공 기관에 의지해 혼자 힘으로 해결해야 할 것이다. 어쩌면 녀석이 네발로 기어서 공공 프로그램을 찾아가 도움을 요청하는 게 더 효과적일지도 몰랐다. 그게 가능할까? 공공 프로그램은 여러 도시에 있었지만 늘 만원이었다. 대기자 명단이 길었다. 닉이 거기 들어가려면 적어도 두 달에서 네 달은 기다려야 할 것이다. 우리에게 그런 여유는 없었다.

가끔은 살 만했다. 이런 게 놓아준다는 걸까? 놓아주는 것이 가끔 살 만한 거라면 놓아준 게 맞았다. 나는 날마다 일정 시간 동안 위기의식은 뒷전으로 밀어놓고 캐런과 데이지, 재스퍼, 친구들과 어울려 즐거운 시간을 보냈다. 어제는 데이지와 독서 모임을 가졌다. 지난 저녁에는 재스퍼와 함께 왜가리와 마도요가 있는 코르테마데라 습지 길을 따라 신나게 자전거를 탔다. 가끔은 괜찮았고 가끔은 괜찮지 않았다.

나는 전문가들에게 더 조언을 구했다. 그간 온갖 일들을 겪은 터라 전문가라는 사람들이 문제를 명쾌히 해결해주리라고 기대할 만큼 순진하지는 않았다. 내가 해답을 안다고 생각할 만큼 오만하지도 않았다. 누군가의 조언을 맹목적으로 따르지는 않았지만 정보를 모으고 가늠하고 무엇을 해야 할지 결정하려 했다. 처음에 우환이 닥쳤을 때보다는 많은 것들을 알고 있었다. 닉이든 다른 중독자이든, 그들에게 무엇이 올바른 길인지 알려줄 해답을 가진 사람은 없었다. 무엇이 통할지 아무도 몰랐다. 얼마나 시도해야 할지 아무도 몰랐다. 이런 생각만 해도 사랑하는 사람에게 어떤 행동을 강요하거나 금지하는 것을 삼가게 된다.

지난 몇 년 사이 나는 여러 전문가들 중에 몇몇 사람들과 알고 지내면서 그들을 존경하고 믿게 되었다. UCLA의 리처드 로슨 박사는 어느 누구보다 메스암페타민에 정통한 전문가였다. 그는 사실과 진실에 집중하는 연구자였고, 중독자를 도우려는 일념 하나로 연구에 헌신했다. 나는 그에게 이메일을 보내 의견을 구했다. 이제껏 이 모든 일을 겪고도 우리가 다시 개입한다면 미친 헛짓거리가 아니겠냐고 물었다. 나는 상투적인 답변을 예상했다. 닉은 바닥을 쳐야 가망이 있다는. 놓아주는 데 최선을 다해보라는. 그는 개입은 해결책이 아니라고 경고했다. 위험할 수 있다고도 했다. 게다가 개입하는 게 좋다는(혹은 나쁘다는) 주장을 뒷받침하는 데이터는 본 적이 없다고 했다. 그러면서 이렇게 말했다.

"대리인이 가족의 반응을 단속하고 조치하고 개입하는 데 상당히 능숙한 경우, 거부하는 중독자를 치료받게 만드는 일도 종종 있는 것 같습니다. 그가 반복되는 상황에서 개입은 무시할 수 없는 조력입니다. 중독자가 약을 끊고 그 후로도 오랫동안 맨정신을 유지한다면 바로 그 전의 상황이 '바닥 치기'였다고 할 수 있어요. 비슷한 강도로 고초를 겪는다 해도 이후 약이나 술을 끊는 상황으로 연결되지 않는다면 그것은 엄밀히 바닥을 친 게 아닙니다. 어떤 사람들은 '바닥을 치기' 전에 사망합니다. 나는 '바닥 치기'라는 것이 유용한 개념은 아니라고 생각해요. 그래서 거부하는 중독자를 치료받도록 개입하는 것이 도움이 될 수 있다고 생각합니다. 개입한 이후 그 효력이 1년이 갈지, 5년이 갈지, 10년이 갈지 장담할 수는 없지만요."

그러면서 내게 한 가지 방법을 추천했다. 이론이니 통계니 효율성 연구니 하는 건 모두 잊고 닉이 자기 아들이라면 이렇게 할 거라고 했다.

"만약 내게 메스에 중독된 아이가 있다면, 그리고 아이가 도움을 받게끔 할 수 있는 일은 모두 했는데 아이가 메스를(혹은 헤로인, 코카인, 술을) 가까이하는 위험천만한 짓을 계속한다면 대리인의 고용을 진지하게 고려할 겁니다. 중독이 아니라 주기적으로 재발하는 다른 종류의 만성질환이라 해도 아이가 치료를 받도록 총력을 기울이는 건 당연한 일이니까요. 어떻게든 아이가 치료를 받도록 백방으로 노력할 겁니다."

다시 시도하는 것은 미친 짓 같았다. 도움을 원치 않는 사람을 어떻게 도울 수 있단 말인가? 하지만 상관없었다. 우리는 다시 시도하기로 했다. 닉의 엄마와 닉의 새아빠도, 캐런과 나도 다시 시도하기로 했다.

AA 격언 중에 같은 일을 반복하면서 다른 결과를 기대하는 것은 미친 짓 중의 미친 짓이라는 말이 있다. 하지만 재활 치료가 반복해서 말하는 메시지는, 수차례 시도를 하고 나서야 비로소 약을 끊고 지내는 데 성공하는 사람도 있다는 것이다. 나는 자기 자식들의 이야기를 들려준 사람들의 편지를 생각하면서―한 아버지는 "아름답고 사랑스러운 내 딸이, 상냥하기 그지없던 스무 살짜리 내 딸이 작년에 약물 과용으로 죽었다"고 했다―언제 그리고 어떻게 닉을 다시 치료소로 보내야 할지 궁리했다. 로슨 박사는 자신에게 메스에 중독된 아이가 있다는 가정하에 이야기했지만 내게는 현실이었다.

어느 날 아침, 닉이 전화해 새로운 계획을 세웠다고 알렸다. 중독자들은 늘 새로운 계획을 세운다. 자신이 여전히 주도권을 쥐고 있다는 망상에 세상을 끼워 맞추려 세상을 재구성하고 또 재구성한다. 자신도 여자 친구도 쟁여놨던 메스를 모두 소진한 김에 아예 끊었다고 했다. 정말 끝이라고. 그러면서 재활원으로 돌려보내려는 내 술수에 굴복하지 않겠다고 했다. 그리고 '이번엔 달라요' 레퍼토리를 다시 재탕했다.

"우리는 약에 손대는 걸 용납하지 않기로 했어요. 누구 하나가 삐끗하면 서로 경찰에 신고하기로 맹세까지 했어요. Z는 내가 삐끗하면 나를 떠나겠대요."

닉이 전화를 끊었다. 나는 로슨 박사가 추천한 대리인 몇 명과 헤이즐던 재활원의 대표전화로 거기 상담사에게 전화를 걸었다. 그 뒤에 친구에게 전화를 받았는데, 그는 대리인의 고용을 반대했다. 자기는 거의 25년 동안 마약과 알코올 중독으로 재활 치료를 받고 있다면서 개입하는 것도, 재활 치료를 받는 것도 모두 실수일 뿐이라고 주장했다.

"재활 치료 업계는 자동차 수리 업계와 같아요. 그들은 환자가 계속 오기를 바랍니다. 사람들은 계속 그곳을 찾아요. 아무도 낫는 사람이 없기 때문에 번창하는 산업이죠. 그래서 '계속 만납시다' 하고 말하는 거예요." 그가 씁쓸하게 웃었다. "그게 그들이 원하는 거예요. 나는 주위에 아무도, 아무것도 없고, 모든 사람과 모든 걸 잃었어요. 바닥을 친 거죠. 그게 필요해요. 외톨이가 되고, 빈털터리가 되고, 쓸쓸하고, 절박해봐야 해요."

물론이다. 그것이 필요할 수도 있다. 개입도 재활원도 모두 소용없을 수도 있다. 하지만 어쩌면 통할지도 모른다. 계속 반복할 생각은 없었다. 그럴 마음도, 의지도 바닥났고 그럴 형편도 아니었다. 내 뇌는 이미 한 번 터진 전력이 있었고 때때로 다시 도질 기미도 보였다.

하지만 닉은 자동응답기에 자꾸 두서없는 메시지를 남겼고, 나는 대리인들에게 전화를 걸었다. 그 모든 걸 겪고도 여전히 혼란스러웠다. 내부와 외부에서 들려오는 상반된 메시지들이 상충했다. 닉이 자초한 고통을 겪도록 내버려둬라. 아니다, 뭐라도 해서 닉의 생명을 구해야 한다.

첫 번째 대리인은 자신의 승률이 90퍼센트에 달한다고 주장했다. 나는 정중히 시간을 내주어 감사하다고 말하고 끊었다. 사실일 수도 있었지만 어쩐지 의심스러웠다. 다음번 사람은 더 겸손했다.

"성공한다고 보장할 수는 없지만 시도해볼 가치는 있습니다."

그가 내놓은 방안은 닉의 엄마와 나는 물론이고 캐런과 닉의 친구들, 가능하면 여자 친구까지 모두 한목소리로 닉을 압박하면서 재활원으로 돌아갈 기회를 제시하자는 것이었다. 병실을 예약해두고 닉을 차 안에 몰아넣은 다음 즉시 출발하자고.

"그런다고 순순히 따라올 애가 아닙니다."

"통할 때도 있어요. 중독자가 가족과 친구들의 압박에 마음이 약해지는 심리를 이용해 개입하는 겁니다. 그런 상황에 몰리면 죄책감이나 수치심 때문에 따라나서기도 하거든요. 사랑하는 사람들이 팔을 걷어붙이고 나서면 자신의 현실을 어렴풋이나마 깨닫게 되죠. 나를 사랑해주는 사람들이 거짓말을 할 리 없다는 걸 아니까요. 이 사람들이 한마음으로 나를 구하려 한다고 생각하게 되죠."

그는 잠시 말을 멈추었다가 일반적인 질문을 던졌다.

"아드님이 하는 마약이 뭐죠?"

"거리에서 사고파는 마약이란 마약은 전부 다 했지만 마지막엔 메스암페타민으로 돌아갑니다."

전화기에서 깊은 한숨 소리가 들려왔다.

"별의별 마약을 다 다루어봤지만 메스는 저도 싫어요. 너무 파괴적인 데다 예측하기가 어렵거든요."

나는 닉의 엄마와 상의한 뒤 다시 전화를 주겠다고 말했다. 《가정 안의 중독자》에 이런 말이 있다.

"중독자의 가족은 여기저기에 함정과 오류가 널린 험난한 길을 걷게 된다. 실수는 불가피하다. 고통도 불가피하다. 하지만 가족들이 열린 마음, 배우려는 의지, 회복은 중독과 마찬가지로 길고 복잡한 과정임을 수용하는 자세를 가지고 접근한다면 성장과 지혜, 평온을 얻을 수 있을 것이다. 가족들은 절대 회복에 대한 희망을 포기해서는 안 된다. 회복은 날마다 일어날 수 있고 일어나기 때문이다. 자신의 삶을 멈추고 회복의 기적이 일어나기만을 기다려서도 안 된다."

기적은 언제쯤 일어날까? 그러는 동안에도 태양은 기적처럼 아침마다 떠서 저녁마다 넘어갔다. 지구는 자전을 멈추지 않았고, 준비해야 할 철자 시험과 수영반 아이들 카풀, 수학 숙제가 꼬박꼬박 찾아왔다. 저녁이면 저녁상을 차리고 식사 후에는 설거지를 했다. 해야 할 일도 있었다. 정해진 마감일에 맞춰 기사를 써야 했다.

일주일 만에 닉이 메시지를 남겼다. "오늘로 열흘하고 하루째예요. 맨정신으로 지낸 지. 열흘하고 하루요."

정말일까? 그렇다면 12일째로 이어질 수 있을까? 더는 이렇게 살지 말자고 얼마나 더 다짐해야 할까? 닉이 나타나거나 나타나지 않기를 바라면서, 혹은 연락을 하거나 연락하지 않기를 바라면서 속 태우는 짓을 더는 하지 말자고 얼마나 더 다짐해야 할까? 같은 일을 반복하면서 다른 결과를 기대하는 것은 미친 짓의 동의어다. 다시는 이런 짓 하지 말자.

나는 또다시 그 짓을 하고 있었다. 감정의 고조와 하강. 답답함과 우울함, 심란함. 그러다 다시 괜찮아졌다. 나는 그 대리인의 전화번호를 가까운 곳에 두었다.

토요일, 재스퍼는 수영을 마치고 친구의 생일 파티에 갔다. 오늘은 거기서 자고 내일 올 예정이었다. 캐런도 시내에서 내일 전시회 오프닝을 위해 그림들을 거는 중이라 인버네스의 집에는 나와 데이지 둘뿐이었다. 브루투스는 오늘도 정원에 둥지를 튼 메추라기 떼와 한바탕 추격전을 벌이고 들어와 소파 위에서 거친 숨을 몰아쉬었다. 노견인 녀석은 자신의 다리가 후들거리는데도 이 소모전을 마다하지 않았다. 그 바람에 완전히 진이 빠져서는 데이지를 피해 도망도 못 가고 그대로 데이지의 제물이 되고 말았다. 데이지는 매니큐어로—무독성 보라색과 분홍색을 골라—브루투스의 발톱을 칠해주었다. 그러고 나서 요새 재미가 들린 운세 게임 동서남북 놀이를 하려고 브루투스를 위해 동서남북 종이를 하나 접었다. 보통은 사람이 색깔과 숫자와 운수를 고르게 되어 있지만 브루투스는 '하품'이나 '꿈틀대는 몸짓'이나 '헐떡임'으로 선택을 대신했다.

"이리 와봐, 우리 복슬강아지."

데이지가 녀석의 운수를 말해주었다.

"넌 잠을 많이 자고 많이 먹는 멋진 하루를 보내게 될 거야." "오늘은 그레이트데인*과 마주치겠어." "스테이크를 한 점 훔쳤다가 혼쭐이 나게 돼."

두툼한 솜뭉치 같은 안개가 수증기처럼 태양을 가렸지만 난롯불은 여전히 희미하게 타올랐다. 저녁이 되자 우리는 함께 책을 읽었다. 우리가 좋아하는 동화 작가 에바 이보슨의 책이었다. 데이지가 내 어깨에 기댔다. 그러고는 치아 교정기를 입술 사이로 쑥 내밀었다가 안으로 빨아들인 뒤 똑딱거리며 다시 치아에 꼈다. 다시 똑딱 빼고, 내밀고, 다시 똑딱 꼈다.

"교정기 좀 가만둬."

"재밌단 말이야."

데이지가 교정기를 똑딱거렸다.

"의사 선생님이 그러지 말라고 했잖아. 그만해."

"알았어."

데이지가 다시 똑딱거렸다. 우리는《카잔의 별》을 덮었다. 나는 데이지의 이마에 입 맞추었고, 데이지는 잠자리에 들었다. 침실로 돌아와 책을 읽고 있는데 전화벨이 울렸다.

닉이었다. 녀석은 건강히 잘 지내고 있다고 말했지만 분명 약에 취한 목소리였다.

"너 약 했구나."

* 덩치가 가장 큰 견종.

닉은 치료제라고 주장했다.

"그냥 클로노핀, 세복신, 스트라테라, 재낵스만 하는 거예요."

"그냥?"

닉은 계속해서 의사가 처방해준 약이라고 주장했다. 만약 그것이 사실이라면 그 의사가 닉의 마약상과 무슨 차이가 있는지 알 수 없었다.

"AA에서는 맨정신이 아니라고 하겠지만 다 헛소리예요. 나 맨정신이에요."

"AA에서 맨정신이라고 할 때 전화하거라. 그때 다시 이야기하자꾸나."

다음 날 아침 나는 재스퍼를 데리러 가기 전 이메일을 확인했다. 닉의 여자 친구에게서 다급한 이메일이 와 있었다.

"오늘 아침 시장에서 닉이 자기 엄마한테 다녀오겠다고 나를 두고 사라졌어요. 15분이면 된다고 했거든요. 내 차를 가져갔는데, 차 안에 지갑이랑 흡입기랑 다 있어요. 네 시간이나 기다려도 안 와서 내 친구가 택시를 보내줬어요. 저한테 연락 좀 주세요. 급해요."

25

11월이지만 포근한 아침이었다. 날이 밝았는데도 삐삐한 달이 아직 걸려 있었다. 달을 바라보던 데이지가 달이 삐딱한 미소처럼 생겼다고 말했다. 캐런은 데이지를 데리고 시내에 나갔고, 나는 차를 몰고 재스퍼를 데리러 가는 길이었다. 골든게이트 공원의 풍차 옆에 있는 축구장에서 만날 예정이었다.

차가 올레마 언덕 꼭대기에 도달했을 때 나는 Z의 번호로 전화를 걸었다. Z는 정신없이 바쁜 듯 숨을 몰아쉬었고, 분노와 걱정이 어린 목소리로 이메일보다 더 자세한 이야기들을 쏟아냈다. 닉은 아침 5시 45분에 시장 앞에 Z를 내려준 다음, 그녀의 차를 가지고 자기 엄마의 집으로 갔다. 비키의 컴퓨터를 훔치러 간 것이다. Z는 마치 닉이 설탕을 빌리러 간 것처럼 천연덕스럽게 말했다. 닉은 15분 만에 돌아오겠다고 약속했지만 네 시간이 지나도록 돌아오지 않았다. Z는 닉이 체포된 줄 알고 경찰서로 전화했지만 닉이 체포된 기록은 없었다. Z가 흐느껴 울었다.

"시장에서 집까지는 고작 다섯 구역인데 그사이에 무슨 일이라도 생긴 걸까요?"

나는 이제껏 닉 때문에 겪은 비슷한 일을 말해주었다. 닉이 홀연 사라질 때마다 오만 가지 상상에 시달린 일. 사고를 당해 목숨이 위태로운 건 아닐까, 혹시 납치를 당한 건 아닐까. 하지만 알고 보면 매번 재발한 것이었다. 나는 Z에게 물었다.

"그 차를 몰고 샌프란시스코로 갈 수 있을까?"

"그럴 돈이 없어요."

"그럼 LA의 거래상에게 갔겠네."

"나를 길바닥에 버려두고요?"

"마약이 아른거리는데 뭔들 못 하겠어. 그것 말고 또 뭐가 있겠니?"

나는 닉의 엄마와 상의하고 다시 전화를 주겠다고 말했다. 비키는 자다가 전화를 받았다. 내게 자초지종을 듣고 나서 닉은 나타나지 않았다고 말했다.

"왔다 간 흔적은 없어."

30분 만에 비키에게 다시 전화가 걸려왔다.

"그 녀석 여기 있어. 차고 안에 있어. 몰래 들어와서 우리 집을 털고 있지 뭐야. 쇼핑백에 물건들을 잔뜩 넣어놨어. 지금 당황해서 안에 숨어 있어. 겁을 먹고 제정신이 아니야. 소리를 지르고 난리도 아니라고."

"트위킹 증세야."

Z에게 다시 전화하니 닉에게 전화를 받았다고 했다. 닉이 차고 안에서 전화를 한 것이다. Z는 열통이 터져서 닉의 옷가지를 싸고 있었다.

"더는 못 참아요. 닉과 연락이 되면 옷은 현관 밖에 내놓겠다고 좀 전해주세요."

비키는 남편과 상의한 끝에 닉에게 선택권을 주었다. 체포되든가, 재활원으로 돌아가든가. 햇살이 쨍쨍한 그날 아침, 재스퍼를 데리러 공원으로 가던 나는 또다시 가슴이 무너졌다. 제 엄마의 집을 무단 침입하다니. 제정신이 아니었다. 또 메스였다. 트위킹. 재발한 이상 언젠가는 이런 일이 있을 줄 알았지만 막상 일이 닥치고 보니 감정이 봇물 터지듯 밀려들었다. 제발 하느님, 닉을 고쳐주세요.

이미 늦은 걸까? 재발은 회복의 일부다. 하느님, 닉을 고쳐주세요.

축구장에 재스퍼가 친구들과 같이 있었다. 녀석이 나를 보더니 손을 흔들며 달려왔고, 옷과 운동 장비가 든 가방을 뒷좌석에 던져 넣고 올라탔다.

"12시까지 베개 싸움 하고 놀았어."

"많이 피곤하겠네?"

"하나도 안 피곤해."

재스퍼는 몇 분 만에 잠이 들었다. 재스퍼가 옆에서 자고 있을 때 몇 통의 전화를 걸었다. 닉을 어디로 보내야 할지 결정해야 했다. 닉이 동의만 한다면. 나는 허버트 하우스의 책임자 제이스에게 전화를 걸었다. 그는 닉을 잘 알고 좋아할 뿐 아니라 많은 중독자를 돕고 있었다. 그리고 재활 치료에 능통했다. 그는 무슨 수를 써서든 닉을 LA에서 빼내서 최소한 삼사 개월, 가능한 한 그 이상으로 긴 프로그램에 넣어야 한다고 말했다.

"헤이즐던이 비싸긴 하지만 그만큼 효과가 있어요."

헤이즐던의 프로그램은 넉 달 과정이었다. 나는 대표전화로 전화를 걸었다. 전화를 받은 상담사는 미네소타에는 빈자리가 없고 오리건에 한 자리가 비어 있다고 했다. 전화는 그쪽 상담사에게로 연결되었다. 시설 쪽에서 닉과 통화를 먼저 해야 했지만, 닉이 의향만 있다면 입원은 문제없는 것 같았다.

시내에서 캐런의 전시회가 열렸다. 미션 지역에 위치한 잭 핸리 화랑은 사람들로 북적였다. 울 니트 모자 차림의 데이지와 추운 날씨에도 반바지를 입은 재스퍼는 다른 아이들과 놀다가 나의 형 가족과 함께 일찍 돌아갔다.

나는 바깥 공기를 쐬면서 한숨 돌렸다. 인근을 거닐었다. 캐런이 처음 이사 와 우리와 함께 살게 되었을 때 닉과 나는 여기서 몇 구역 떨어진 곳에 살고 있었다. 우리는 근처 거리를 걸어 멕시코 시장에서 토르티야와 망고를 사러 다녔다. 그리고 주말이면 인버네스로 갔다.

그해—1989년—10월이 기억난다. 마침 휴교일이라 우리는 모퉁이 가게에 들러 필요한 것들을 사 들고 인버네스로 갔다. 오후에는 친구 하나가 우리와 합류했고 다 같이 수킬로미터에 달하는 리맨투어 해변을 걸었다. 사파이어빛 하늘을 이고 걷고 있을 때 닉이 일렁이는 파도 속에서 고개를 쏙 내민 물범의 코를 가리켰다. 또 한 마리. 또 한 마리. 어느새 여남은 마리의 물범들이 까만 눈으로 우리를 빤히 바라보고 있었다. 물속에서 그들의 기다란 목이 쏙쏙 솟구쳤다. 별안간 누군가 해변을 움켜쥐고 낡은 깔개를 뒤흔드는 것처럼, 모래알들이 바닷물처럼 일렁이며 솟았다가 가라앉고 다시 솟았다가 꺼졌다.

우리는 몸을 가누면서 적응하려 애썼다. 지진이었다. 오두막으로 돌아와 휴대폰으로 친구들과 가족들에게 전화를 걸어 그들의 안부를 묻고 우리가 무사하다는 것을 알렸다. 오두막에는 자체 발전기가 있어서 전등 몇 개와 낡은 흑백텔레비전에 전기가 들어왔다. 우리는 텔레비전으로 재앙이 들이닥친 샌프란시스코의 모습을 보았다. 마리나 지역의 아파트 건물들이 주저앉았고 자동차들이 쓰러진 베이 브리지 램프에 깔려 뭉개져 있었다.

휴교령이 내려져 며칠을 인버네스에서 지내다가 학교가 다시 문을 연다는 소식에 집으로 돌아왔다. 교사들은 아이들에게 지진을 비롯해 사람들이 두려워하는 것들에 대해 이야기했다. 아이들은 자신이 겪은 이야기를 글로 썼다. 닉은 이렇게 썼다.

"나는 해변에서 모래밭의 움푹 꺼진 구멍을 쳐다보았다. 어떤 사람은 수영장 안에 있다가 밖으로 내던져졌다고 한다. 지진이 일어난 순간 어지러웠다."

쉬는 시간에 어떤 남자애가 운동장에 서서 몸을 발발 떨고 이리저리 휘청거렸다. 교장 선생님이 괜찮은지 묻자 남자애가 고개를 끄덕이며 대답했다.

"난 땅처럼 움직이고 있으니까 다시 지진이 나도 느끼지 못할 거예요."

토요일 밤, 사람들이 가득한 거리를 돌아다니자니 그때 운동장의 남자아이가 생각났다. 그 아이의 기분을 알 것 같았다. 나는 언제 땅이 융기할지 몰라 잔뜩 경계하는 아이의 심정으로 하루하루를 살아왔다. 최대한 나 자신을 보호하다가 다음번 지진이 일어나면 땅과 같이 움직이면서. 지금도 무슨 일이 일어날지 모른다고 단단히 각오하면서 휴대폰을 열어 Z에게 전화했다. Z가 전화기를 닉에게 넘겼다.

"오리건의 헤이즐던에 침대가 하나 비었대. 아침에 거기 상담사에게 전화해 이야기 나눠봐."

"생각해봤는데 갈 필요 없을 거 같아요. 나 혼자 할 수 있어요."

"해봤는데 안 됐잖아."

"이제 어떻게 할지 알아요."

나는 한숨을 쉬었다.

"닉……."

뒤에서 Z의 목소리가 들렸다.

"닉, 너 가야 해."

"알아요, 알아. 알았어요. 네, 가야죠. 알아요."

기세등등하던 초반의 허세는 온데간데없었다. 닉은 체념한 데다 혼란스러운 듯했다.

"끊을 수 있을 줄 알았어요. 정말 끊고 싶었거든요. 사랑하는 사람이 생기면 약을 끊고 지낼 수 있을 줄 알았는데 그것도 아니었어요. 두려워 미칠 것 같아요." 잠시 머뭇거리다 닉이 말했다. "중독자라는 게 이런 건가 봐요."

땅과 같이 움직이자. 그러면 이번 지진에도, 이번 재발에도 무감각해지겠지. 나는 가로등 밑을 걸었다. 머리 위에는 근엄한 하늘이 있고, 옆으로는 차들이 줄줄이 지나갔다. 나는 화랑으로 돌아갔다.

월요일에 닉은 헤이즐던의 상담사와 통화하고 나서 오리건으로 가겠다고 말했다. 나는 닉이 나타나지 않을 수도 있다는 걸 알면서도 비행기를 예약했다. 닉이 짐을 다 꾸렸고 갈 준비가 됐다고 전화를 걸어왔다. Z가 닉을 차에 태워 공항으로 가는 중이었다. 나는 누가 닉을 마중하는지 확인하기 위해 헤이즐던으로 전화를 걸었지만, 전화를 받은 남자는 아무런 기록도 없다고 말했다. 내가 항의하자 책임 상담사에게 연결되었다. 책임자라는 사람이 닉의 입원이 승인되지 않았다고 말했다.

"입원이 승인되지 않았다니, 그게 무슨 소립니까? 우리 애가 이미 그리로 가고 있는데요."

"왜 여기로 오죠? 승인도 안 났는데요."

"아무도 우리에게 그런 말을 안 해줬어요."

"저도 이유를 잘 모르겠지만 이미 결정 난 일이에요."

"하지만 이럴 수는 없습니다……. 우리 애가 공항으로 가고 있다고요. 애가 마음을 먹었을 때 어떻게든 프로그램에 넣어야 해요."

"죄송하지만 저로서는……."

"오늘 밤은 일단 받아주시고 갈 데를 찾을 때까지만이라도 치료해주시면 안 될까요?"

"죄송합니다."

"그럼 어쩌라는 겁니까?"

"여기로 날아와도 아드님은 아무도 못 만날 거예요."

"그럼 도대체 어쩌라는 겁니까?"

"다른 프로그램을 추천해드리죠."

그녀가 내게 이름들을 말했다. 나는 전화를 끊고 제이스에게 전화했다. 그가 몇 군데 전화를 돌려 알아본 뒤 샌퍼낸도 밸리에 치료받을 만한 데가 한 곳 있다면서 이름을 알려주었다.

나는 그곳에 전화해서 닉의 입원 치료를 의뢰했다. 그러고 나서 닉에게 자초지종을 설명했다. 공항으로 가지 말고 그 병원으로 가라고 말하고 주소를 알려주었다. 이제 닉은 병원에서 안전할 것이다. 녀석이 그곳으로 가기만 한다면.

존 레넌은 "아무도 내게 이런 날들이 있을 거라 말해주지 않았다"고 노래했다. 아무도 내게 이런 날들이 있을 거라 말해주지 않았다. 사람들은 이러고 어찌 살아갈까?

자정이 넘어서야 Z는 닉을 병원에 내려주었다. 닉은 해독을 위한 약물 처방을 받았다. 간호사가 설명한 대로 처음 며칠은 대부분 잠만 잤다. 약물 치료를 받지 않으면 금단현상이 어김없이 찾아오는데, 많은 중독자들이 그 지옥살이를 견뎌내지 못한다. 몸뚱어리를 벗어던지고 싶고 우울하고 심란하고 답답한데 고통은 극심해서 그 느낌에서 벗어나려 물불을 가리지 않다가 다시 마약을 찾게 된다. 나는 정기적으로 간호사에게 상황을 확인했다. 간호사는 닉이 잘해내고 있다고 했다. 한번은 이런 말도 했다.

"체내에 있는 약물의 양과 종류를 고려하면 닉이 이렇게 견뎌내는 것도 기적이에요. 치료받지 않았다면 한 달도 못 버텼을 거예요."

비키와 나는 이 과정이 끝나면 닉을 어디로 보내야 할지 의논했다. 나는 다시 로슨 박사에게 조언을 구했고, 그는 친구들과 동료들에게 마땅한 곳을 알아보았다. 나는 헤이즐던의 상담 책임자가 추천한 곳들을 확인했다. 그리고 닉의 치료를 담당하는 의사에게 좋은 곳을 추천해달라고 부탁했다. 요 며칠 사이 비키와 나는 각자 수십 통 넘게 전화 통화를 했다. 입원 담당자들과 통화하고 웹사이트들을 뒤졌다. 우리는 상반되는 조언들을 만났다. 몇몇 프로그램들은 한 달 비용이 4만 달러나 됐지만, 전문가들은 이번에 닉이 수개월간 치료를 받아야 할 거라고 입을 모았다. 이야기를 나눈 사람들 중에는 자동차 영업사원처럼 우리를 밀어붙이는 사람들도 있었다. 헤이즐던에서 추천한 곳들 중 한 곳이 다른 데보다 비용도 저렴하고 적당한 듯 보였다. 그런데 누군가가 그곳은 규율을 어기면 벌로 가위로 잔디를 깎아야 하는 혹독한 프로그램이라고 알려주었다. 어떤 사람들에게는 유용할 수 있지만 닉은 돌아버릴 게 뻔했다. 내가 헛짚는 것일 수도 있지만. 그동안 헛짚은 것들이 너무나 많았다. 그래도 닉은 아직 안전했다. 적어도 이번 주말은.

나는 닉을 담당하는 다른 간호사와 통화했다. 오늘은 조금 나아졌지만 닉의 혈압이 극도로 낮다고 했다. 입원한 후로 통 먹지를 않는다고 했다. 간호사가 닉에게 일어나 전화를 받으러 갈 수 있겠냐고 물었다. 닉은 간호사실까지 걸어와서 전화를 받았다.

"안녕, 아빠."

목소리가 들릴락 말락 했다. 우울하다 못해 땅속으로 꺼질 듯한 목소리였다.

"좀 어떠니?"

"지옥 같아요."

"안다."

"그래도 여기 있어서 다행이에요. 고마워요. 이런 게 조건 없는 사랑인가 봐요."

"참고 넘기기만 해. 아무리 힘들어도 차차 나아질 거야."

"이거 끝나면 또 어떡해요?"

"그건 나중에 이야기하자, 좀 나아지면. 네 엄마랑 내가 알아보고 있어."

비키와 나는 닉에게 가장 좋을 만한 곳을 알아보느라 너무 지쳐 있었다. 로슨 박사는 우리를 대신해 전국의 동료들에게 전화하고 이메일을 보냈다.

"이번에 알아보면서 느낀 건데, 현재 치료 시스템에서 프로그램을 고르는 건 정말이지, 찻잎을 보고 점을 치는 것과 같아요."

해독 치료 사흘째 날 닉이 전화해서 병원 복도의 공중전화로 다시 전화해달라고 했다.

"갈수록 심해요."

닉이 연약하고 비참한 목소리로 말했다. 나는 병원 복도에 서 있는 닉을 상상했다. 불이 환히 밝혀진 하얀 복도, 쇠줄로 묶인 공중전화. 구부정한 자세로 벽에 기대서 있는 닉.

"지긋지긋해. 모든 게 다 무서워요. 혼란스럽고. 뭐가 어떻게 되는 거예요? 왜? 왜 이런 일이 자꾸 나한테 생기는 거예요?"

닉이 울었다.

"나 뭐가 잘못된 거예요? 내 인생을 도둑맞은 기분이야. 더는 못 하겠어요."

"할 수 있어."

내가 해줄 수 있는 말은 그것뿐이었다. 오늘은 더 자주 통화했다. 비키와 나는 플로리다와 미시시피, 애리조나, 뉴멕시코, 오리건, 매사추세츠 등 전국 재활원의 입원 상담사들과 화상 회의를 가졌다. 마침내 우리는 산타페의 한 재활원을 선택했다. 로슨 박사가 말한 "소문과 과장 광고, 허황된 낙관과 나랏돈만 타먹으려는 기회주의에 물든 비체계적인" 곳들은 골라낸 다음 남은 것들 중에서 최선책을 골랐지만 확신은 없었다. 여기가 맞는 곳일까? 그걸 누가 알겠나?

닉이 다시 전화했다. LA에서 지내겠다고 하면서 고작 외래 프로그램만 받겠다고 했다. 나는 반박했다.

"너도 알겠지만 넌 어디든 가야 해. 거기서 지내면서 뭐가 잘못됐고 네가 무얼 할 수 있는지 뼈저리게 깨달을 때까지 지내야 한다."

"왜 계속 신경 쓰는 거예요?"

"신경이 쓰이니까."

"그냥 내가 알아서 하면 안 돼요? 왜 또 프로그램을 받아야 하냐고요!"

"그래야 너한테도 미래가 있으니까. 지난주에 네가 금방이라도 죽을지 모른다고 생각하니까 견딜 수가 없더구나. 행여 네가 실신하면 어쩌나, 약물을 과용하면 어쩌나, 미쳐버리지는 않을까, 회복이 불가능하게 다치거나 죽지는 않을까. 그런 일이 언제든 일어날 수 있다는 생각으로 나는 살고 있어."

"나도 그런 생각 하면서 살아요."

우리는 같이 울었다. 예기치 못한 순간이었다. 지난 몇 달간 참호 속에서 지내면서 꾹꾹 눌러 참았던 눈물이 펑펑 쏟아졌다. 닉은 병원 복도 어딘가 벽에 기대어 울고, 나는 부엌 바닥에 앉아 울었다. 닉이 전화를 끊기 전 말했다.

"이런 게 내 인생이라니 믿을 수가 없어요."

그러고는 숨을 들이켜고 나서 말했다.

"뭐가 됐든 해볼게요."

화요일 아침 일찍 비키는 닉을 병원 앞에서 태워 곧장 공항으로 데려갔고, 공항 경비원에게 사정사정해서 검색대를 통과해 들어간 다음, 닉을 게이트 앞으로 데려가 뉴멕시코행 비행기에 태웠다. 그리고 라운지에서 내게 전화했다. 닉이 비행기에 올랐고 비행기는 이동식 탑승교에서 물러나는 중이었다. 휴대폰을 귀에 댄 채 서서 창밖을 내다보는 비키의 모습이 보이는 것 같았다. 비행기 안의 닉도 보였다. 허약하고, 흐리멍덩하고, 병에 걸린 모습이겠지만 내 눈에는 여전히 사랑하는 내 아들, 아름다운 내 아들이었다.

"전부 다야."

나는 닉에게 말했다.

"전부 다예요."

다행히도 아름다운 소년이 있었어. 불행히도 소년은 끔찍한 병에 걸렸어. 다행히도 사랑과 기쁨이란 게 있어. 불행히도 고통과 불행이라는 것도 있지. 다행히도 아직 이야기는 끝나지 않았어. 비행기가 게이트에서 멀어져 간다. 나는 전화를 끊었다.

⁓

위쪽과 양옆에 튤립이 그려진 작은 보라색 음악상자가 있었다. 데이지의 것이었다. 그것을 열자 발레리나 인형이 일어서더니 춤을 추었다. 나는 상자 안쪽을 살폈다. 작은 칸막이들로 나뉘어져 있었고 아무것도 없었다.

상자는 특대형 초콜릿 선물 상자처럼 아래에 숨겨진 층이 있었다. 나는 맨 위의 펠트 층을 조심스럽게 들어냈다. 그 아래 검은 펠트 칸 위에 박물관의 공예품처럼 플라스틱 주사기가 고이 놓여 있었다. 나는 주사기를 들어 올린 뒤 뒤집어가며 살펴본 다음 내려놓았다. 다음 펠트 칸을 들어 올리니 작은 칸막이 안에 작은 돌멩이만 한 작은 꾸러미들이 각각 티슈에 싸인 채 들어 있었다. 하나를 들어 살펴본 뒤 천천히 포장을 벗겼다. 닉의 치아였다. 뿌리 쪽에 피가 묻어 있었다. 그 옆의 다른 꾸러미를 집어 포장을 벗겼다. 또 다른 치아가 들어 있었다. 그 순간 나는 잠에서 깼다.

부엌으로 들어가니 브루투스가 뒷다리를 뒤로 쭉 뻗고 바닥에 엎드려 있었다. 녀석은 움직이지를 못했다. 캐런이 녀석의 배 밑에 수건을 깔고 나서 깁스 팔걸이처럼 녀석을 들어 올려 일으켜 세웠다. 녀석은 취약한 뒷다리를 덜덜 떨었지만 앞으로 나아갈 수 있었다.

수의사가 다른 약을 처방해주었다. 녀석을 안락사시키는 건 생각조차 할 수 없었다. 브루투스만은. 매일 저녁 자러 가기 전까지 녀석을 끼고 사는 데이지가 감당할 수 있을 것 같지 않았다. 캐런도 못 견딜 것이다. 재스퍼도 마찬가지였다. 재스퍼는 하루에도 몇 시간씩 정원 의자에 앉아 브루투스에게 테니스공을 던졌고, 브루투스는 매번 그것을 물어 와 재스퍼의 무릎에 뱉어놓았다. 우리 모두 견딜 수 없었다. 그래도 그래야 한다면 견딜 수밖에. 이것도 견딜 수밖에.

캐런과 나는 학교를 마치고 온 재스퍼와 데이지를 데리고 가족 심리 치료사를 찾았다. 아이들은 가죽 소파에 웅크리고 앉았다. 운동복 속으로 기어들 것처럼 꼼지락거리는 모습이 껍데기 안으로 움츠러드는 거북이들 같았다. 심리 치료사는 짧게 다듬은 턱수염에 눈이 검은 젊은 남자였다. 그가 부드럽고 달래는 듯한 목소리로 말했다.

"엄마 아빠와는 이미 만나서 집에 무슨 일이 있는지 들었어. 닉 이야기도 들었어. 너희들도 힘든 시간을 보내고 있겠구나."

재스퍼와 데이지는 그를 바라보면서 가만 듣고 있었다.

"형이나 오빠가 마약을 하면 엄청 무서울 거야. 여러 가지 이유로. 그중 하나는 무슨 일이 벌어질지 모른다는 거지. 너희들도 닉을 많이 걱정하고 있을 거야. 지금 닉이 어디 있는지 알고 있지?"

"재활원에 있어요."

재스퍼가 말했다.

"거기가 어떤 곳인지 알고 있니?"

심리 치료사는 그곳에 대해 설명한 뒤 비슷한 처지의 아이들에 대해 말해주었다. 그 아이들이 힘든 시간을 보낸다는 이야기도 했다.

"형을 사랑하면서도 두려워한다면 혼란스러운 게 당연해."

아이들이 그를 날카롭게 쳐다보았다. 심리 치료사는 몸을 앞으로 기울이고 양 무릎에 팔꿈치를 대고는 재스퍼와 데이지를 찬찬히 들여다보았다.

"이제부터 내가 어떤 단어에 대해 이야기할 텐데, 아마도 너희들은 들어본 적 없을 거야. 바로 '양가감정'이라는 말인데, 두 가지를 동시에 느끼는 것이 가능하다는 뜻이지. 말하자면 어떤 사람을 사랑하면서도 동시에 미워할 수 있다는 뜻이야. 그 사람이 가족들에게, 그리고 자기 자신에게 하는 행동이 미운 것일 수도 있어. 그 사람을 몹시 그리워하면서도 동시에 아주 두려워할 수 있다는 뜻이야."

아이들은 불편해 보였지만 처음보다는 덜했다. 재스퍼가 입을 열었다.

"모두들 닉 형을 걱정해요."

그러고는 나를 돌아보았다.

"아빠를 보고 있구나? 아빠도 형을 걱정하시지?"

재스퍼가 고개를 끄덕였다.

"아빠가 걱정되니? 아빠가 입원한 일이 있고부터 더 그렇지? 부모님이 그 이야기도 해주셨어."

재스퍼는 시선을 떨구고 보일락 말락 고개를 끄덕였다. 그 겨울 날 저녁, 처음에는 망설이던 아이들은 안도하는 기색을 띠고 조심스럽게 캐런과 나에 대해 느끼는 것을 털어놓았다. 말을 할수록 구부정하던 자세도 똑바로 펴졌다. 우리는 부인할 수 없지만 그렇다고 대놓고 인정할 수도 없는 것들에 대해 이야기를 나누었다.

심리 치료사는 당분간 닉은 재활원에서 안전할 테지만 앞날에 대해 생각하면 두려움을 느낄 수 있다고 말했다. 닉이 안전하다고 해서 모두 괜찮아진 것은 아니라는 말도 했다.

"닉이 절도 행각을 벌인 이후 뭐든 없어지면 닉이 다시 우리 집에 왔었나 해서 공황 상태에 빠져요."

캐런이 말했다.

"공황이란 말은 정확한 표현이에요. 공격받은 당시의 기분으로 돌아가게 되거든요."

우리는 친구가 난롯가에 놓아둔 신문 뭉치 사건을 이야기했다. 캐런과 나, 둘 다 닉이 가져다둔 신문으로 오해하고 지레짐작으로 잔뜩 경계심부터 발동했었다. 나는 캐런을 걱정시키고 싶지 않았고, 캐런은 내가 화내는 걸 원치 않았다. 하지만 우리는 닉이 집에 왔었다고 생각했다. 결국 무단 침입은 없었다는 것이 밝혀졌지만 우리는 마음에 상처를 입었다.

의사는 그 신문 뭉치처럼 어떤 기폭제에 의해 공황 상태로 돌아갈 수 있다고 설명했다. 그러고 나서 다른 기폭제가 있냐고 물었을 때, 나는 한 가지를 떠올렸다. 없을 리 없었다.

"전화벨이 울릴 때 그런 것 같습니다."

"전화요?"

아이들이 물끄러미 쳐다보았다.

"전화벨이 울려도 그런 공황 상태가 되곤 합니다. 위급한 소식이 언제 날아올지 몰라 늘 불안하죠. 아니면 닉의 전화일까 봐 불안해요. 녀석이 맨정신인지 약에 취했는지 알 수가 없으니까요. 그런데 닉이 아니면 또 실망스럽습니다. 몸이 잔뜩 힘이 들어가요. 식사할 때나 저녁에 돌아다닐 때 전화벨이 울려도 일부러 자동응답기가 받도록 놔두곤 해요. 대면하고 싶지 않아서요. 모두들 긴장을 하는 게 느껴져요. 재스퍼는 왜 전화를 안 받냐고 묻죠. 아마도 그 소리가 녀석을 불안하게 만드나 봅니다."

재스퍼가 고개를 끄덕거렸다.

"그럼 그 신문 뭉치처럼 드물게 무작위로 집 안에 나타나는 것들만 문제가 되는 게 아니군요. 전화벨은 항상 울리는 거니까요. 여러분은 지속적인 불안과 긴장 상태에 있는 게 분명합니다. 유쾌할 수가 없는 상황이에요."

그가 아이들에게 말했다.

"어때, 그런 것 같니?"

두 아이들이 열렬히 고개를 끄덕였다. 깊은 공감대가 형성되는 느낌이었다. 의사가 내게 말했다.

"당분간 전화를 꺼놓는 게 좋겠어요. 전화한 사람들에게는 언제든 전화를 하면 되니까요. 이제 닉이 재활원에 있으니까 시간을 정해두고 연락을 하는 게 아버님에게도 닉에게도 좋겠습니다. 일주일에 한두 번 통화를 하는 거죠. 그러다 보면 알게 되실 겁니다. 그런 식으로 경계를 설정하는 것이 두 사람 모두에게 도움이 된다는 걸요. 닉이 아버님에게 전화를 해야 한다거나 전화했다거나 전화하지 않았다는 지속적인 불안감에서 두 사람 모두 해방될 거예요. 온 가족에게 도움이 될지도 모르죠. 가족들이 아버님과 닉이 통화하는 시간을 알고 있고 닉이 잘 지내는 걸 확인하고 안심할 수도 있으니 계속 마음 졸이지 않아도 되죠."

나는 좋은 생각이라고 일단 대답했지만 곧바로 인정해야 했다.

"심장이 마구 뜁니다. 연락을 차단한다는 생각을 하니 너무 두렵습니다."

"연락을 차단하는 게 아니고 모두를 위해 안전을 기하는 거예요."

우리는 진료실을 나와 별 특징 없는 건물의 콘크리트 계단을 내려갔다. 아이들은 홀가분한 듯 보였다. 볼은 발그레하고 눈빛은 초롱초롱했다.

"어땠어?"

캐런이 아이들에게 물었다. 데이지가 입을 열었다.

"뭐랄까……."

재스퍼가 마무리했다.

"놀라웠어요."

"네, 그랬어요."

데이지가 말했다. 나는 바로 전화 사용을 제한하기 시작했다. 저녁 시간과 주말에는 전화를 꺼두었다. 닉에게는 일주일에 한 번만 전화하기로 했다. 작은 일들이 거대하게 느껴졌다.

닉이 재활원으로 돌아간 지 3주가 흘렀다. 닉은 상태가 좋지 않은 듯했다. 닉에게 들은 대로라면, 초반기에는 안정화에 중점을 둔 치료를 받았을 것이다. 여기 오기 전 산타페에서 일주일간 받은 해독 치료로는 닉의 몸에서 모든 약물이 다 씻기지 않았기 때문이다. 여기서 3주를 보냈는데도 몸과 마음의 극심한 고통은 가실 줄을 몰랐다. 간헐적인 발작에 시달려 인근 병원으로 실려 가기도 했다. 몸에 경련이 일었다. 우울했고, 잠을 이루지 못했다. 고통은 계속되고 계속됐다. 닉의 몸을 틀어쥔 마약의 치명적 위력을 다시금 실감하는 나날이었다.

일요일에 닉이 전화했다. 차갑고 분개한 목소리로 자기를 재활원에 보냈다고 나를 원망했다. 그리고 집으로 갈 비행기 표를 끊어달라고 요구했다.

"잘못됐어. 이건 재앙이야. 시간 낭비야."

"시간을 갖고 더 기다려봐."

"비행기 표 보내줄 거예요, 말 거예요?"

"그건 안 돼."

닉이 전화를 뚝 끊었다. 다음 날 닉은 다시 전화해서 몸이 조금 나아졌다고 말했다. 간밤에는 로스앤젤레스에서 도착한 이후 처음으로 푹 잤다고 했다. 그리고 어제는 미안했다고 사과했다.

"내가 재발했다는 게 아직도 믿기지 않아요. 내가 정말 그런 짓들을 했다니 믿어지지 않아요."

그리고 말로 다 못 할 만큼 죄책감이 든다고 했다.

"아빠한테 무슨 말을 하기가 겁이 나요. 무슨 일이 일어날지 알 수가 없으니까요. 아빠랑 캐런이랑 동생들을 기대하게 해놓고 다시 실망시키고 싶지 않아요."

닉은 여기 프로그램의 접근법이 다른 재활원과 다른 점에 대해 조금 이야기했다.

"처음 단체 상담을 할 때 상담사가 내게 여기 왜 있냐고 묻더라고요. 내 문제가 뭐냐고 물었어요. 그래서 마약과 알코올 중독이라고 말했더니 그 사람이 고개를 저었어요. 그건 내가 내 문제를 대하는 방식이라고 했어요. 그는 내 문제가 뭐냐고, 왜 여기 있냐고 물었어요."

나는 잘됐다는 생각이 들었다. 하지만 희망을 품는 단계는 진작 지나친 상태였다. 닉이 너무 멀리 와버린 건 아닌지, 마약에 너무 많은 손상을 입은 건 아닌지 알 수 없었다. 설령 그렇지 않다고 해도 희망을 품을 엄두가 나지 않았다.

한 주, 다시 한 주. 크리스마스. 새해.

다시 한 주가 지나고 한 달이 지났다. 닉은 재활원에서 안전했지만 나는 여전히 회의적이었다. 그리고 목요일. 나는 방과 후 밴드 연습을 하러 간 재스퍼를 데리러 갔다. 아이들이 연주하는 동안 나는 극장의 위쪽 구석 자리에 앉아서 연주를 감상했다. 연주곡은 밴드 산타나의 〈오예 코모 바〉였고, 재스퍼는 콩가 퍼커션을 연주했다. 한 남학생이 산타나의 기타리스트 카를로스 산타나처럼 기타를 연주했다.

나는 재스퍼를 집으로 데려온 뒤 재스퍼와 데이지, 캐런과 작별 인사를 나누었다. 그들은 사촌의 열한 살 생일 파티에 갈 예정이었다. 나는 가방을 차 안에 던져 넣고 퇴근 시간이 되어 늘어난 차량의 흐름을 따라 오클랜드 공항으로 가서 탑승 수속을 밟고 간단히 저녁을 먹었다.

그리고 만석인 사우스웨스트 항공 비행기에 올랐다. 뉴멕시코 주 앨버커키 공항에 도착해 게이트들을 지나 공항을 가로질렀다. 8주 전쯤 로스앤젤레스를 떠나 여기 도착했을 닉과 이륙하는 닉의 비행기를 지켜보았을 비키의 모습이 생생히 떠올랐다. 나는 닉의 시선으로 공항 청사를 바라보았다. 남서부 지방의 공예품, 인디언 러그, '오키프*의 고장으로 오세요'라고 쓰인 간판. '선더버드 쿠리오' 기념품 가게와 뉴멕시코 음식들을 훑어보는 닉의 모습이 보이는 듯했다. 만약 그때 닉에게 기력이 남아 있었다면 인위적으로 꾸며놓은 이곳에 오게 된 것을 혐오했을 것이다.

밖으로 나왔을 때는 닉을 태우러 나온 '라이프 힐링 센터' 직원이 '닉 셰프'라고 적힌 팻말을 들고 있는 장면을 상상했다. 그는 닉을 단번에 알아보았을 것이다. 로스앤젤레스행 비행기에서 내린 젊은 남자, 수개월에 걸쳐 흥청망청 복용한 마약과 일주일간 치른 고통스런 십여 가지 약물 치료가 만들어낸 핏기 없는 얼굴, 흐릿멍덩한 눈, 흐느적거리는 몸을 어찌 모르겠나.

나는 차를 대여했다. 분명 금연 차일 텐데 차 안에서 담배 냄새가 났다. 널찍한 고속도로를 달리던 중 라디오를 틀었더니 롤링스톤스의 〈피난처를 주오〉의 첫 반복 악절이 흘러나왔다.

---

* 뉴멕시코에서 살면서 그곳의 풍경을 많이 그린 화가 조지아 오키프.

한 시간 정도 달리다가 묵을 모텔을 발견하고 체크인했다. 잠을 청했다. 경험 없는 치대생에게 신경 치료를 받으러 누워 있다고 해도 이보다는 덜 초조할 것 같았다.

수영이라도 하면 나으려나. 방을 나와 차를 몰고 돌아다니다 눈에 띈 쇼핑몰에서 수영복을 하나 샀다. 모텔로 돌아왔을 때 그제야 수영장 문이 닫힌 걸 발견했다. 범죄 현장처럼 노란색 테이프가 둘러져 있었다. 방으로 돌아와 〈뉴요커〉지를 집어 들고 소설을 읽었다. 허츠버그와 앤서니 레인의 칼럼도 읽었다. 닉의 재활원에도 〈뉴요커〉가 있을지 궁금했다. 간신히 얼마간 잠이 들었다가 8시에 깨서 나갈 준비를 했다.

집중치료실에서 나온 직후 만난 것 빼고는 닉과의 첫 만남이었다. 그때 녀석이 집에 다녀간 기억은 거의 나지 않고 이후 일어난 파상 공세만 기억났다. 혀 꼬인 목소리, 전화, 거짓말, 공포감, 비키가 닉의 아파트에 찾아간 일, 표면상으로는 조슈아트리지만 사실은 오클랜드에서 보낸 이메일.

나는 왜 여기 있는가? 한 번의 주말로 수년에 걸친 지옥살이를 어찌 만회하겠나. 한 번의 주말로 닉의 인생을 어찌 돌이키겠나. 내가 한 일들은 아무것도 바꾸지 못했다. 나는 왜 여기 있는가? 닉은 프로그램 상담사들의 권유로 엄마 아빠를 초청했다. 이번이 마지막 시도라면, 닉에게 마지막 기회를 주는 거라면 나는 그들이 하라는 대로 할 것이다. 아무런 보탬이 되지 않는다 해도, 아마도 보탬이 되지 않겠지만 그래도 내 역할을 할 것이다. 솔직하게 정말 있는 그대로 말하자면—아무에게도 말하지 않았고 닉에게도 말하지 않았지만—나는 닉이 보고 싶어 여기 온 것이다.

두려움은 여전했지만 내 가슴 한구석에 자리한 신중하고 튼튼한 마음은 닉을 미치게 그리워했다. 내 아들이 보고 싶었다.

파란 아침 하늘에 비행운이 한 줄 그려졌다. 나는 차를 몰고 시내를 지나 재활원이 이메일로 보내준 지도를 따라갔다. 산쑥과 앙상한 소나무가 늘어선 흙길로 들어섰다. 옛날 서부극의 배경 같았다. 이 재활원은 한때 목장이었던 곳에 자리 잡은 듯했다. 일꾼 숙소들, 식당 하나, 허물어질 듯한 본관 한 채, 쪼갠 통나무로 보수한 별채들. 고지대 사막을 향해 능선을 따라 줄줄이 이어지는 통나무집들. 그 투박하고 평범한 분위기는 '올호프 백작'의 빅토리아풍 저택이나, 와인 지대에 위치한 소박한 현대풍 병원, 맨해튼 스타이버슨 스퀘어 공원의 위풍당당한 브라운스톤, 제이스가 운영하는 멜로즈 플레이스와도 달랐다.

나는 작은 사무실에서 서류를 작성한 다음 밖에서 닉을 기다렸다. 추운 날씨였지만 두툼한 외투를 입고 있어 견딜 만했다. 닉이 저기 있다. 나는 심호흡을 했다. 허물어져가는 오두막 아래층 포치의 축 늘어진 차양 밑에 닉이 서 있었다. 군복 무늬 재킷에 보라색 페이즐리 스카프를 두른 닉. 빛바랜 티셔츠, 작은 가죽 패치를 덧댄 코듀로이 바지, 검은 가죽 스니커즈의 닉. 황금빛이 도는 갈색의 긴 고수머리. 닉이 눈가의 머리카락을 쓸어 넘겼다. 닉이 부서질 듯한 계단을 내려와 나를 향해 걸어왔다. 깡마르고 각진 얼굴. 나를 향해 반짝이는 저 눈에 담긴 것은 뭘까?

"안녕, 아빠."

그 순간 닉을 만나 얼마나 기뻤는지 인정한다면 그간의 분노와 공포를 벌써 다 잊은 거냐고 힐난이 쏟아질지 모르지만, 닉을 보니 그렇게 좋을 수가 없었다. 그리고 죽을 것처럼 두려웠다.

닉이 이쪽으로 건너왔다. 양팔을 내밀었다. 나는 닉의 담배 냄새를 맡으며 닉을 끌어안았다. 우리는 비키를 기다리면서 잡담을 나누었다. 닉이 수줍은 눈초리로 나를 슬쩍 쳐다보고는 말했다.

"와줘서 고마워요. 아빠가 올 줄 몰랐어요."

나는 닉과 같이 밖의 흡연 구역으로 걸어갔다. 목재 지붕 아래 낡은 의자들과 화톳불 자리가 있는 곳이었다. 두려웠다. 닉을 보고 싶어 한 마음도, 닉을 봐서 행복한 마음도 모두 못마땅했다.

우리는 닉의 친구 몇 명을 만났다. 귀에 피어싱을 하고 탈색한 데다 바짝 친 커트 머리의 젊은 여자, 빡빡머리의 젊은 남자, 검은 고수머리의 젊은 남자였다. 햇볕 속에서 평생 지낸 듯한 어떤 남자가 건너와서 내 손을 잡고 악수했다. 피부가 주글주글하고 거친 갈색 가죽 같았다. 그는 내 손을 잡고 흔든 뒤 "멋진 아들을 두었군요" 하고 말했다. 닉이 담배를 피웠다. 우리는 불가에 앉았다. 닉은 많은 것들이 변하고 있다고 말했다.

"이미 들어본 말이겠지만 그래도 이번엔 달라요."

"그 말도 들어본 적 있는데."

"알아요."

우리는 상담 책임자를 만나러 안으로 들어갔다가 거기서 비키를 기다렸다. 얼마 뒤 비키가 왔다. 나는 그녀를 흘깃 보았다. 이런 날들을 겪고 나니 그녀의 눈을 똑바로 보기가 어려웠다. 죄책감이 느껴졌다. 우리가 만났을 때 나는 애송이였다. 정확히는 스물두 살, 지금의 닉보다 고작 한 살 어린 나이였다. 그녀가 나를 용서하든 안 하든, 나 스스로 나 자신을 용서할 수도 있었다. 그

때 나는 애송이였으니까. 하지만 돌이킬 수 없어 그냥 안고 살아야 하는 것들도 있다. 닉을 만나는 것은 긴장되는 일이었으나 비키를 만나는 것도 긴장되는 일이었다. 지난 몇 년간 서로 더 가까워지긴 했어도, 전화 통화를 하고, 서로를 위로하고, 서로를 지지하고, 개입하는 것을 두고 언쟁하고, 보험 보장이 충분하지 않아 함께 걱정했어도(그녀는 닉을 피보험자로 넣기 위해 현재 일하고 있었다) 20년 전 이혼한 이후 우리는 단 몇 분도 같은 방 안에 있어본 적이 없었다. 생각해보니 지난주가 우리의 결혼기념일이었다. 결혼기념일일 뻔했다는 게 정확한 표현일 것이다. 우리가 마지막으로 5분 이상 같이 있었던 것은 닉의 고등학교 졸업식이었다. 우리는 나란히 앉아 있었고, 내 다른 쪽 옆자리에 재스퍼가 앉아 있었다. 나중에 재스퍼가 내게 소곤거렸다.

"비키 아줌마 멋져."

상담 치료사는 닉이 잘하고 있고 현재 모든 것을 고려해야 하는 단계에 있다면서 닉이 과거 재활원 생활에 비해 얼마나 확연히 달라졌는지 봐달라고 했다. 그리고 이번 주말에 무얼 하고 싶은지 생각해보라고 묻고는 행운을 빌어주었다. 우리 세 사람은 점심을 먹었다. 음식들이 차려져 있었다. 타말리, 샐러드, 과일. 닉은 시리얼을 한 그릇 먹었다.

점심 식사 후 닉은 우리를 데리고 다른 건물의 어느 방으로 갔다. 두 벽은 목재 패널로 마감돼 있고 하얗게 칠한 다른 두 벽은 환자들의 미술 작품들로 뒤덮인 방이었다. 미색 타일이 깔린 바닥은 군데군데 울퉁불퉁했다. 아침 내내 버너 위에서 커피 냄새가 진동했다. 둥글게 배치된 의자들이 우리를 맞이했다.

나는 비키를 쳐다보았다. 그녀는 20년 넘게 저널리스트로 일해왔지만 우리가 처음 만났을 당시에는 샌프란시스코의 한 치과에서 일하고 있었다. 그 치과 위층에는 뉴웨스트 출판사의 북부 캘리포니아 신설 지부가 있었는데, 나는 그곳에서 보조 편집자로 일했다. 내가 대학 졸업 후 얻은 첫 직장이었다. 그 치과는 고통이 아니라 즐거움에 초점을 맞춘 신세대 진료를 제공했다. 널찍한 공간에 아치형 천장과 천장을 떠받치는 거칠한 나무 기둥들이 있었다. 십자 모양으로 엮인 철망에 이탈리아식 전등들이 달랑거렸고, 양치식물 화분들이 정글처럼 공중에 매달려 있었다. 환자들이 끼는 헤드폰에서는 비발디, 윈드햄힐이 흘렀고, 마스크에서는 아산화질소가 나왔다. 로라 애슐리 프린트 원피스 위에 헐렁한 흰 작업복을 걸친 비키는 탁한 청색 눈의 샴푸 광고 모델 같았다. 그녀는 얼마 전까지 멤피스에서 치과 의사인 삼촌과 지낸 이력으로 치과 조수 자리를 얻을 수 있었다. 비키는 네 번의 시도 끝에 겨우 내 엑스레이를 찍었지만, 귀에서는 음악이 꽝꽝 울리고 아산화질소에 취한 채 눈앞에 둥둥 떠다니는 비키를 보고 있으려니 그저 만족스러웠다. 이듬해 우리는 결혼했다. 당시 나는 스물세 살, 지금의 닉과 같은 나이였다. 그때 그 하얗고 예뻤던 교회의 목사가 발행한 수표는 부도 처리되었다. 그때 하프문베이에 왔던 하객들은 딱 둘이었는데, 모두 연락이 끊겼다. 스물세 살이었던 나는 3주 전 쉰이 되었다. 반백이던 머리는 이제 백발이 되었다. 내 아버지처럼, 면화처럼 새하얀 머리가 되어간다.

의자들이 사람들로 채워졌다. 나는 원을 둘러보았다. 환자들과 환자의 부모와 형제들이었다. 다시 제자리다. 심리 치료사 두 명이 상담을 진행했다. 한 명은 검은 머리였고 다른 한 명은 밝은 금발이었다. 둘 다 스카프를 두르고 눈빛이 친절하면서도 강렬했다. 둘이 번갈아 발언했고 원칙과 지침을 제시했다. 헛소리라는 생각이 들었다. 이런 자리에 계속 참석하고 있지만 아무 소용도 없었다. 우리는 각자 설문지부터 작성했다. 나도 작성하기 시작했다. 작성한 후에 30분에 걸쳐 자기 대답을 차례로 낭독했다. 한 어머니는 "당신 가족의 문제는 무엇입니까?"라는 질문에 이렇게 적었다.

"나는 우리가 아무 문제 없다고 생각했지만 아무 문제도 없었다면 지금 여기 있지도 않을 겁니다. 나는 우리가 화목한 가족이라 생각했어요."

그녀는 울기 시작했다. 그녀의 딸이 엄마의 무릎에 손을 얹었다.

"우리 화목한 가족 맞아요."

나는 같은 처지의 가족들이 모인 방으로 다시 돌아와 있었다. 모두들 나처럼 중독과 몰이해에 상처를 입어 당황하고, 죄책감을 느끼고, 분노하고, 기죽고, 겁먹은 사람들이었다. 다음은 미술 치료였다. 미술 치료! 그간 겪은 우여곡절도 모자라 이제는 닉하고 이혼한 아내랑 같이 바닥에 앉아 핑거페인팅까지 하라니. 속이 부글부글 끓었다. 대체 여기 왜 왔을까? 나는 여기 왜 있는 걸까? 우리는 각자 종이를 나눠 가졌다. 세 개의 쐐기 모양으로 나뉜 종이였다. 우리는 그 종이의 꼭짓점을 하나씩 차지하고 앉았다. 삼각 대형으로.

히터 온도는 너무 높고 공기는 부족했다. 비키는 수채 물감으로 예쁜 풍경을 그렸다. 해변인지 뭔지, 아무튼 그랬다. 나는 여전히 화가 나 있었다. 비키가 지는 해를 그렸다. 밝은색, 연파란색, 소용돌이. 파란 하늘 아래 초록빛 잔디밭으로 다 같이 닉의 유치원 그림 대회라도 참가한 줄 아는지 예쁘게 예쁘게 그림을 그렸다. 닉을 건너다보니 잉크로 하트를 그리고 있었다. 밸런타인 하트도 아니고, 큐피드 하트도 아니었다. 그것은 근육과 조직, 대동맥과 연결된 심실이 있는, 몸에서 박동하는 심장이었다. 자신의 몸이었다. 대동맥은 한 얼굴로 연결되었고, 그것은 다시 다양한 각도와 다양한 표정의 얼굴들과 연결되었다. 분노한 얼굴, 쓸쓸한 얼굴, 겁먹은 얼굴. 그리고 괴로워하는 여러 개의 얼굴들. 나는 분필로 바닥에서부터 시작해 위로 올라가는 굵은 선을 그렸다. 강물 줄기가 위로 올라가다가 갈라져서 위쪽의 두 구석 자리 안으로 들어갔다. 어찌나 힘을 주어 눌렀는지 분필이 부서져 가루가 됐다.

한마디로 시간 낭비였다. 비키는 한술 더 떠 검은 수채 물감이 묻은 붓을 들고 있었다. 예쁜 연파란색 하늘은 간데없고 물기가 흥건한 검은 물살과 거침없는 붓질 자국으로 가득했다. 닉은 열심히 글자를 쓰기 시작했다. 미. 안. 해. 요. 그것을 쓰고, 쓰고, 쓰고, 또 썼다. 멈출 수 없는 것처럼. 어쭙잖은 헛소리. 저리 애쓰는 걸 보면 헛소리가 아닌 듯도 했다. 닉의 극심한 고통과 절박함이 느껴졌다. 닉은 뭔가를 말하고 싶은 것 같았다. 영 나오지 않는 걸 쏟아내려는 것 같았다. 우리가 얼마나 힘들었든 닉은 더 힘들었을 텐데, 그걸 쉽게 잊곤 한다.

내가 그린 두 나뭇가지에서 눈물방울이 뚝뚝 떨어지고 나뭇가지 위로 여섯 개의 동그라미가 자리 잡았다. 나는 열린 내 뇌와 그 안에 담긴 것들을 모두 그렸다. 눈물, 고통, 피, 분노, 공포. 고장 난 여행 가방과 그 안에서 쏟아진 내용물, 동그라미들, 나, 예전의 나.

비키는 중앙에 작고 빨간 얼룩을 그려놓았다. 그것에서 뭔가가 흘러내렸다. 거기도 피가 있었다. 닉은 계속 '미안해요'라고 쓰고 있었다. 나는 울고 싶었다. 안 돼, 쟤가 다시 이런 일을 겪게 해선 안 돼. 안 돼, 쟤가 다시 이런 일을 겪게 해선 안 돼. 안 돼, 쟤가 다시 이런 일을 겪게 해선 안 돼.

우리는 차례차례 가족 단위로 종이에 그린 것들과 서로 붙어 앉아 작업하는 것이 어떤 느낌이었는지 이야기했다. 비키의 빨간 점은 피가 아니라 그녀가 매달리고 싶은 빨간 풍선이었다. 그녀는 그것을 타고 검은 폭풍우로부터 멀어지고 싶어 했다. 닉은 비키를 보면서 엄마가 여기 있는 것이 너무 신기하다고 말했다. 나는 눈을 들어 비키를 쳐다보았다. 비키가 여기 있었다. 나는 닉을 쳐다보았다. 닉이 엄마와 아빠랑 같이 여기 있었다. 슬픔이 밀려왔다. 비키가 너무 많은 일들을 겪었다는 북받치는 슬픔, 닉이 너무 많은 일들을 겪었다는 강한 슬픔. 나도, 우리도 많은 일을 겪었다. 이렇게 슬픔에 젖다니 난감했다. 이렇게 울컥하다니……. 아, 닉, 내가 미안하구나, 정말 미안해.

닉은 그간 저지른 방탕한 만행의 변명거리나 남을 탓할 구실은 찾고 있지 않다고 말했다. 치유를 하는 중이라고 했다. 닉이 심리 치료사들에게 숱하게 들어온 말은 깨닫고 헤쳐나가라는 것이었다. 스스로를 망가뜨리고, 위험을 자초하고, 사랑하는 친구들을 등지고, 부모님과 사랑하는 사람들을 비난하고, 자기 자신을 비난하고, 스스로를 파괴하게 만든 요인이 무엇이든, 그것을 이해하고 헤쳐나가라고. 닉은 중독자였다. 하지만 왜? 유전자의 우연한 작용은 제외하고 대체 원인이 무엇일까? 그것이 무엇이든, 그들이 닉에게 바라는 것은 그것과 맞닥뜨려 치유하고 앞으로 나아가는 것이었다.

다른 가족들이 그림에 대해 이야기했다. 그들은 그림 작업이 불러일으킨 심상과 감정을 말했다. 그 뒤에 우리는 다른 사람의 그림에 대해 말했다. 닉의 친구인 젊은 여자는 우리 가족의 그림이 각자 판이하면서도 강렬하다면서, 닉의 심장은 심실로 연결되는 반면에 내가 분필로 그린 줄기는 부러진 동맥처럼 보인다고 말했다. 어느새 나는 울고 있었다. 닉의 손이 내 어깨에 닿았다.

밖으로 나오니 해가 넘어가기 전인데 늠름한 달이 산 위에 걸려 있었다. 그것을 쳐다보는 순간, 내가 이 새 프로그램에 아무런 희망도 품지 않았다는 생각이 들었다. 효과가 없기를 바라거나 효과가 없을 거라 믿어서가 아니라, 다시 희망을 갖는 것이 두려웠기 때문이다.

나는 서점에 들어가서 제이디 스미스의 소설 《하얀 이빨》을 샀다. 오늘 밤은 탈출하고 싶었다. 다른 사람의 이야기 속으로 숨고 싶었다. 모텔에 돌아와 책장을 펼치자 E. M. 포스터의 《천사들도 발 딛기 두려워하는 곳》에서 인용한 글이 먼저 눈에 들어왔다.

"어떤 이유에서인지 사소한 것들 하나하나가 헤아릴 수 없게 중요한 듯 보이고, '아무것도 그것에 좌우되지 않는다'는 말이 신성모독처럼 느껴진다. 우리의 어떤 행동, 어떤 나태함이 다른 것을 전혀 좌우하지 않는다고 장담할 수 없다."

몸이 벌벌 떨렸다. 우리는 자신의 실수에 얼마나 무관한가, 또 얼마나 책임이 있는가. 내가 원하는 것은 비난이 아니라 치유였다. 비난을 뛰어넘는 것이 가능할까? 한번은 비키가 나에 대한 분노가 어찌나 끊임없이 펄펄 끓는지 벽돌이 가득한 배낭을 짊어지고 다니는 것 같았다고 말한 적이 있다.

"더 이상 그것들을 짊어지고 다니지 않아도 돼서 얼마나 홀가분한지 몰라."

다음 집단 심리 치료 때 나는 그녀에게 말했다.

"아직 그 안에 벽돌 몇 개는 남아 있는 것 같은데."

그녀는 그런 것 같다고 인정했다. 하지만 지금 우리는 우리의 자식을 구하려는, 인간의 가장 원초적인 행위로 단결한 상태였다. 이번 주말은 비난하기 위함이 아니라 잔재한 분노를 넘어 전진하기 위한 것이라고 치료사가 말했다. 어떤 아버지는 "분노란 독약을 마시고 다른 사람이 죽기를 기다리는 것과 같다"고 말했다.

다음 날 아침 나는 다시 차를 몰고 재활원으로 올라갔다. 닉은 뉴욕 아트 아카데미 티셔츠와 바짓단의 올이 풀린 나팔 청바지, 갖가지 색깔이 섞인 외투 차림으로 니트 모자를 눈 위까지 눌러 쓰고 있었다. 우리는 커피를 마셨다.

가족들이 모여 집단 심리 치료를 받았다. 청중이 있는 단체 심리 치료는 무방비로 벌거벗겨지는 시간이다. 그래도 속내를 털어놓아 후련한 면은 있다. 닉이 발언할 때는 걱정, 두려움, 짜증, 분노, 슬픔, 후회가 뒤섞인 다양한 감정의 소용돌이가 일었다. 자긍심이 치솟는가 하면 함께한 추억, 사랑의 기억들이 위태롭게 되살아났다. 마음을 열고 싶었다. 닉의 이야기를 귀담아듣고 믿고 싶었지만 나 자신을 보호하려 그간 쌓아 올린 미약한 댐을 무너뜨리고 싶지도 않았다. 익사할까 두려웠다.

부모들은 원래 잘 속는 존재다. 나 역시 그러해서 치유라는 개념에 마음을 열어보려 오랫동안 심사숙고해왔다. 그런데 문득 닉을 위해 기도했던 일이 생각났다. 기도하기로 마음먹고 한 것은 아니었다. 기도하고 있었다는 걸 나중에 깨달았을 뿐이다. 어떤 내용으로 기도했더라? 마약을 끊게 해달라거나, 메스를 멀리하게 해달라고 말하지 않았다. 닉을 낫게 해달라고 말했었다. "하느님, 닉을 낫게 해주세요." 나는 다시 기도했다. 하느님, 이 방에 있는 피폐한 사람들을 모두 낫게 해주세요. 이 땅의 피폐한 사람들, 이 상처받은 사람들을 낫게 해주세요. 나는 그들을 둘러보았다. 이들은 용감한 사람들이다. 여기 있으니까. 여기까지 오게 됐지만 그래도 여기 있으니까. 여기 있으니 기회도 있는 것이다.

마지막 상담을 받을 때 우리는 미래에 대해 생각해보는 시간을 가졌다. 미래. 위험이 곳곳에 도사린 미래. 우리는 미래의 지도를 그렸다. 말 그대로 지도였다. 진행자들이 각 가족에게 큰 종이를 나눠주었다. 왼쪽 하단 구석에 땅 모양 — 우리가 현재 있는 곳 — 이 그려져 있고, 상단 오른쪽 구석에 행선지를 나타내는 땅이 있었다. 두 땅 사이에는 작은 원들, 징검다리가 나 있었다.

지시 사항은 오늘 우리가 있는 지점을 설명하는 것이었다. 가고 싶은 곳을 설명하고 거기로 가기 위해 밟아야 하는 구체적인 단계들을 설명해야 했다. 남은 평생이 아니라 몇 달 후를 생각하고 어디로 가고 싶은지, 거기 도달하려면 어떤 단계를 밟게 될지를 생각하는 것이었다.

"아 참, 종이의 나머지 공간은 늪이에요. 여러분이 지금 있는 곳에서 늪을 건너 원하는 곳에 가려면 징검다리를 밟아 늪에 있는 위험들을 피해야 합니다. 거기에 어떤 함정들이 여러분을 기다리고 있을지 설명해보세요."

닉은 굵은 빨간색 마커로 어렵지 않게 그 위험들을 규정했다. 위험들이 너무나 많았다. 오래된 실수, 습관, 마약의 유혹. 닉은 주삿바늘을 그렸다. 다 쓰지 못할 만큼 빨간 글씨들이 넘쳤다. 그에 비해 징검다리는 너무 작고 불안정해 보였다. 하지만 닉은 그 위에 가족의 계획과 자신의 계획을 써나갔다. 어떻게 차근차근 작은 단계를 밟아 전진할지, 어떻게 서로를 방해하지 않고 지원할지. 닉의 징검다리는 AA를 비롯해 관계들을 재건해줄 것으로 닉이 기대하는 성실한 노력들을 포함했다. 닉은 캐런을 언급하고 눈을 들어 나를 보았다.

"나 캐런을 정말 사랑해요. 우린 친구예요. 캐런이 보고 싶어요."

재스퍼와 데이지도 있었다.

"이건 시간이 많이 필요할 거예요."

닉이 말했다. 쓸 것들이 많았다. 지도가 완성되었을 때 비키도 그렇고 나도 그렇고 결코 작지 않은 임무를 맡고 있다는 것이 분명해졌다. 닉이 스스로 회복하도록 뒤로 물러서서 지원하는 한편

건강한 관계, 서로 사랑하고 지원하지만 독립적인 관계를 구축하는 데 힘써야 했다. 가장 큰 짐은 닉의 어깨 위에 있었다. 함정이 작정하고 유혹하려 노리는 것은 닉이었기 때문이다. 거침없는 빨간 글씨 속의 위험들은 치명적이고 동시다발적이고 사악했다. 그곳은 늪이었다. 닉이 거기를 건너가려면 기적이 필요했다. 나는 그런 생각을 하면서 닉의 엄마와 닉을 바라보았다. 우리 셋이 여기 한자리에 있다니. 기적이라는 생각이 들었다. 이 이상을 바란다면 지나친 욕심일까?

나는 집에 돌아왔다. 누군가 내 가슴을 톱질한 것 같았다. 톱은 쇄골부터 어깨뼈까지 여러 번 자른 뒤 등 중앙으로 넘어가 밑으로 내려가면서 가슴과 복부 가운데를 관통하며 사타구니 바로 위까지 내려간 다음, 골반 한쪽 끝에서 반대쪽 끝을 향해 가로로 여러 번 잘랐다. 그러고 나서 비닐장갑을 낀 손이 덜렁거리는 살 속을 헤집고 들어와 힘줄과 근육과 피부를 다 뜯어내는 바람에 내장이 드러난 듯한 기분이었다.

그 느낌은 좀체 사그라들지 않았다. 캐런은 데이지를 데리고 치과에 가고 없었고, 집에는 나와 기타를 퉁기는 재스퍼만 있었다. 재스퍼는 그 애의 말마따나 곡을 '뽑아내면서' 가라지밴드로 노래를 녹음하는 중이었다. 재스퍼가 드럼과 다른 퍼커션, 신시사이저를 추가했다. 그러고 나서 웃긴 가사를 즉흥적으로 가미해 목소리를 녹음했다. '도넛'이라는 말을 반복해 오페라의 대단원 같은 코러스도 만들었다. 녀석은 요란하고 야단법석한 곡 작업을 마치고 그것을 CD로 구웠다.

재스퍼를 라크로스 연습에 데려다줄 시간이 되었다. 우리는 차를 타고 가면서 재스퍼가 만든 곡을 듣고 나서 화이트 스트라입스를 들었다. 운동장에 도착했을 때 재스퍼는 차에서 훌쩍 뛰어내리더니 운동복을 걸치고는 친구들에게 달려갔다.

나는 사이드라인 쪽에 섰다. 쌀쌀한 날씨 때문에 전투 복장을 한 사내아이들이 공룡처럼 입김을 훅훅 내뿜었다. 아이들은 작은 흰 공을 쫓아 달려가서 스틱 끝에 달린 그물망으로 공을 주워 앞쪽에 있는 다른 선수에게 던졌다.

내 휴대폰은 주머니 안에 있었지만 전원이 꺼져 있었다. 이전에는 상상도 할 수 없는 일이었다. 가족 상담에서 언급된 것처럼 휴대폰은 나와 닉을 연결하는 끈이었다. 그 날카로운 벨소리는 심장충격기처럼 내 심장을 벌떡벌떡 뛰게 만들었다. 그 소리는 우리 모두의 심장을 널뛰게 만들었다. 전화가 걸려올 때마다 닉이 괜찮을 거라는 기대감이나 괜찮지 않다는 확신은 강한 집착으로 굳어졌다. 닉의 중독에 중독된 나는 닉에게도, 나 자신에게도, 주변의 누구에게도 보탬이 되지 않았다. 내 삶에서 닉의 중독만큼 시급한 것은 없었다. 자식이 사투를 벌이는 마당에 그러지 않을 부모가 있을까? 나는 닉의 중독에 중독된 상태에서 벗어나는 회복 프로그램을 시작했다. 심오한 치료는 심리 치료사에게 맡기고 나는 나대로 일상에서 단계를 밟아나갔다. 휴대폰을 끄는 것부터 시작했다.

연습을 마치고 재스퍼와 나는 스포츠 용품점에 갔다. 스파이크 운동화가 작아져서 새것을 사야 했다. 재스퍼가 돈을 보태려고 지난 크리스마스 때 받은 기프트카드의 남은 금액을 쓰기로 했다. 녀석이 계단대 옆에 서서 지갑에서 카드를 꺼내는데 종이 한 장이 바닥으로 떨어졌다.

"저거 뭐니?"

내가 재스퍼에게 묻자 재스퍼가 몸을 숙여 그것을 주웠다.

"형이 써준 편지."

재스퍼가 그것을 얼른 접어 지갑 안에 넣었다.

아이들은 잠들었고 캐런과 나는 침대에 누워 책을 읽었다. 브루투스는 꿈속에서 달리는 중이었다. 나는 읽던 책을 내려놓고 가만히 누워 내가 느끼는 감정이 정확히 무엇인지 이해하려 애썼다. 중독자의 부모들은 희망을 자제하면서도 완전히 버리지 않는 법을 배운다. 하지만 낙관을 두려워한다. 그랬다가는 벌을 받을 것 같아 두렵기 때문이다. 낙관은 외면하는 편이 더 안전하다고 느낀다. 하지만 내 마음은 다시 열려 있었다. 과거의 고통과 기쁨, 미래에 대한 걱정과 희망이 자연스레 솟아났다. 나는 그 감정의 정체를 알고 있었다. '전부 다'였다.

마치는 글

아, 이제 무얼 하려느냐, 파란 눈의 아들아?
아, 이제 무얼 하려느냐, 사랑하는 내 아이야?
— 밥 딜런, 〈큰비가 내릴 거야〉

소설가 하 진은 말했다. "위대한 남자와 여자는 시련을 통해 단련되고 발전한다. 심지어 행복보다 슬픔을 찾는다. '슬픔이 기쁨보다 낫다'고 주장한 반 고흐처럼. '고통은 인간의 스승'이라 선언한 발자크처럼. 그러나 이러한 격언은 특별한 영혼들, 선택받은 소수에게나 해당되는 것이다. 우리와 같은 보통 사람들은 지나친 고통을 겪으면 더 비열해지고, 더 발광하고, 더 한심해지고, 더 비참해질 뿐이다."

나는 위대한 남자는 아니지만 그렇다고 더 비열하고, 더 발광하고, 더 한심하고, 더 비참한 사람이 되진 않았다. 그런 시기가 있긴 했지만 지금은 괜찮아진 것 같다. 적어도 대부분은 그렇다.

닉은 산타페에서 3개월간의 치료를 마쳤다. 상담사들은 애리조나의 한 프로그램을 추천했다. 회복 과정을 밟으면서 일자리를 구하고 봉사도 할 수 있다고 했다. 닉은 제안을 거절했다.

"아빠가 걱정할 거 알아요. 하지만 나도 내 삶을 살아야죠. 괜찮을 거예요."

닉은 나를 안심시키려 애썼다.

"아냐, 그럼 안 돼."

나는 일단 그렇게 말했지만 곧 잊고 있던 것을 떠올렸다. 그래, 네 인생이니까. 닉은 동부행 버스를 타고 프로그램에서 만난 친구를 만나러 갔다. 우리는 한동안 연락하지 않았지만 곧 다시 연락하기 시작했다. 정기적으로 서로의 안부를 주고받았다. 닉에게 새로 사귀는 사람이 생겼다. 미술을 전공하는 학생이었다. 둘은 집을 구해 같이 지냈다. 닉은 카페에서 일하면서 손님이 주문하면 디카페인 커피(진짜 디카페인 커피)를 내줬다. 글도 다시 썼다. 단행본도 다시 집필했다. 약을 끊고 지내는 것이 얼마나 힘든 일인지 쓸거리가 더 많아졌다고 했다.

우리는 서로의 책에 대해 의견을 나누었다. 살아가는 이야기, 뉴스, 읽은 책들, 음악, 영화(《미스 리틀 선샤인》!) 이야기도 했다.

따져보니 닉이 로스앤젤레스를 떠난 지도 1년쯤 된 듯했다. 내가 알기로 닉은 다시 1년째 약을 끊고 있었다. 그 모든 일을 겪고도 닉이 계속 맨정신으로 지냈다는 걸 믿느냐고? 그간 겪은 일들을 부정하는 거냐고? 그동안 얼마나 힘들었고 앞으로도 얼마나 힘들지 현실을 외면하는 거냐고? 아니. 하지만 나는 희망을 가졌다. 닉을 계속 믿기로 했다.

뇌출혈에서 회복된 직후 불만이 하나 있었다. 죽음의 문턱을 다녀온 사람들은 세상 최강의 특전, 즉 아직 살아 있다는 생존의 기쁨을 만끽한다는데 나는 그러지 못했다. 앞서 말한 대로 나는 생존자들이 죽을 고비를 넘긴 뒤 깨달음을 얻었다는 이야기를 수없이 듣고 읽었다. 그들은 달라진 인생, 더욱 단순하고 더욱 선명해진 삶을 살았다. 그리고 새삼 살아가는 것에 감사함을 느꼈다. 하지만 뇌출혈을 겪고 나니 인생이 더 두렵게 느껴졌다. 비극이 우리들 중 누구에게도— 우리 자식들에게도— 아무 때나 경고 없이 찾아올 수 있다는 걸 알게 되었기 때문이다.

과거에 나는 너무 성급하게 판단했다. 이후 상황은 달라졌다. 슬퍼하고 죽어가는 데도 단계가 있듯이 트라우마 이후에도 단계가 있는지 신경외과 집중치료실에서 얻은 교훈은 시간에 걸쳐 서서히 드러났다.

12월에 나는 쉰 살이 되었다. 심리 치료를 받으러 가서 지나온 몇 년을 돌이켜 이야기했다. 모든 신경학자들이 내 뇌출혈이 스트레스와 관련 있다는 생각을 일축했다고 말하자, 의사는 너그러운 눈빛으로 나를 쳐다보며 말했다.

"스트레스가 도움이 될 리가 있나요."

그러고는 실제로 내 머리 안에서 피가 터지기 전부터 그럴 기미가 자주 보였다고 지적했다. 나는 닉을 걱정하느라 끊임없이 가슴을 졸이고 속을 끓이며 살아왔다. 그리고 그것을 당연하게 생각했다. 중독자 자식을 둔 부모가 제정신이라면 어찌 행복이 오래가길 바라겠냐고. 그러다가 가끔 닉이 괜찮은 듯 보이거나 정말 괜찮을 때마다 잠시 한숨 돌리면서 그것에 감사했다. 그리고 최선을 다해 내 삶을 살았다. 캐런, 재스퍼, 데이지, 다른 가족들, 친구들과 함께하는 시간을, 아쉽고 짧은 그 유예 기간을 즐겼다.

의사는 다른 선택을 할 수도 있다고 지적했다. 그는 AA나 알아 넌을 거론하지 않고 '평온 기도문'과 같은 맥락의 이야기를 했다. 내가 바꿀 수 없는 것들은 받아들이기로 결단하고, 바꿀 수 있을 때는 바꿀 용기를 내며, 그 차이를 구별하는 지혜를 가지라고. 핵심은 두 번째라고 했다. 바꿀 수 있는 것들을 바꾸려는 용기가 내게 있었던가?

"노력했어요. 오랫동안 노력해왔습니다."

"아직 더 노력할 여지가 있는 것 같습니다."

의사는 왜 일주일에 한 번만 심리 치료를 받느냐고 물었다. 나는 더 자주 올 시간도 돈도 없다고 대답했다. 그는 재정적 여유가 없다는 변명에 대해서 이렇게 대답했다.

"만약 지난 몇 년 동안 닉이 더 자주 심리 치료를 받아야 한다는 말을 들었다면 어떻게든 돈을 마련할 길을 찾지 않았을까요?"

"그랬겠죠."

"닉의 정신 건강이 본인의 정신 건강보다 더 중요한가요?"

무슨 말인지 알 것 같았다. 시간이 부족한 문제에 대해서 그는 이렇게 물었다.

"시간을 얼마나 투자해야 한 사람의 고통을 끝낼 수 있을까요? 지금 고통을 받느라 얼마나 많은 시간을 낭비하고 계십니까? 당신은 하마터면 죽을 뻔했어요. 이제 쉰 살이 되었고요. 남은 인생을 어떻게 살고 싶습니까? 당신에게 달렸어요."

마침내 뇌출혈이 두려움을 밀어내고 깨달음을 가져왔다. '우리의 시간은 유한하다'는 상투적인 말의 심오한 진리가 드러났다. 깨달음을 얻은 나는 의사의 말을 귀담아듣고 닉에게 집착하며 걱정하는 마음을, 일련의 과정을 거쳐 떨쳐낼 수 있었다. 내가 바꿀 수 있는 것은 닉이 아니라 나 자신뿐이었다. 그래서 이후로는 닉의 회복이 아니라 나 자신의 회복에 초점을 맞추었다.

나는 알아넌 모임에 참석했다. 일주일에 두 번 심리 치료를 받았고 난생처음으로 상담실 소파에 눕기도 했다. 그 차이는 엄청났다. 마치 여러 방과 다락이 숨겨진 다층적 레고 건물을 해체하는 것 같았다. 벽돌을 하나씩 들어내고 하나씩 분석하면서 해체하는 시간은 철저하고 때로는 두려운 과정이었다. 나 자신의 위기에 집중하자니 그동안 닉의 위기에 집중한 것은 차라리 안전한 영역이라는 생각이 들었다. 죽을 뻔한 뇌출혈의 위기도 이보다는 더 안전했을 것이다.

심층적인 심리 치료를 받아본 사람이라면 알겠지만, 쉽진 않아도 획기적이고 긍정적인 변화가 일어나기도 한다. 나는 켜켜이 쌓인 죄책감과 수치심을 하나하나 벗겨냈다. 그것들은 내가 닉의 중독을—닉의 인생까지도—기꺼이 책임지려 나서는 데 어느 정도 일조한 것들이었다. 그러자 알아넌과 회복 치료의 상투적 문구들이 더 이상 상투적으로 들리지 않았다. 당신은 이것을 유발하지 않았고, 통제하지 못하며, 치료하지 못한다는 '3C'의 첫 번째 내용은 여전히 미심쩍었지만, 내가 직간접적으로 얼마나 책임이 있는지 절대 알 수 없다는 걸 깨닫게 되었다. 저널리스트 빌 모이어스의 아들 윌리엄 C. 모이어스는 회복 중인 중독자로서 얼마 전 〈뉴욕 타임스 매거진〉에서 "회복은 영혼에 난 구멍을 상대하는 일"이라고 말했다. 누가 구멍을 냈을까? 아무도 모른다. 우리가 우리의 실수에 얼마나 무관하고 얼마나 책임이 있는지. 나는 닉을 키울 때 분명 큰 실수를 저질렀다. 나 자신을 용서할 생각은 없다. 그 생각은 지금도 변함없다. 알겠지만, 닉, 너에게 정말 미안하구나.

'3C'의 나머지는 받아들였다. 나는 통제하지도 치료하지도 못한다. 비벌리 코니어는 말했다.

"눈물과 두통의 나날에도 필사적으로 선한 의지를 지켜온 많은 가족들이 결국 패배하고 만다. 중독자들이 자기 파괴적 행위를 멈추는 것은 그들의 내부에서—타인의 노력과는 전혀 무관하게—어떤 것이 격렬한 변화를 일으킨 결과, 마약에 취하고 싶은 욕망이 사그라들다가 종국에는 더 나은 삶을 바라는 욕망에 의해 완전히 꺼져야 가능하다."

이 말을 읽는 것과 점차 진화해가면서 이 말을 진심으로 수용하는 것은 별개의 문제다. 나로서는 닉을 돕기 위해 전력을 다했다고 자신 있게 말할 수 있다. 이제는 닉에게 달렸다. 나는 닉을 놔주어야 한다. 녀석이 헤쳐나가든 아니든. 내가 더 이상 닉을 회복시키려 나서지 않는다는 사실에 닉도 안도할 것이다. 그렇게 해서 우리는 관계의 다른 단계, 닉이 산타페에서 꿈꿨던 그런 관계에 돌입했다. 서로 의존하고 허락하는 사이, 녀석을 구한다는 구실로 내가 닉을 통제하려 드는 관계가 독립성과 수용과 공감이 보장되고 건전한 경계선이 설정된 관계로 진화했다. 물론 사랑이 전제된 관계다.

뇌출혈은 그 차이를 이해하는 데 도움이 됐다. 머리로는 진작 알고 있었는데 실감하는 데 시간이 걸렸다. 이제 나는 가슴으로 그것을 이해하고 있다. 내 아이들은 내가 있든 없든 살아갈 것이다. 부모들은 이것을 깨닫고 충격을 받지만 결국은 자식들이 성장하도록 자식들을 놓아주게 된다.

더 빨리 이 자리에 왔더라면 좋았겠지만 그럴 수 없었다. 부모 노릇이 조금만 더 쉬웠더라면. 앞으로도 쉽지 않을 것이다. 삶이 조금만 더 평탄했더라면. 내 삶은 평탄하지 못했고 평탄한 삶은 더 이상 목표가 아니다. 한때는 더 단순한 세상을 간절히 바란 적도 있었지만, 닉의 중독과 집중치료실을 경험한 뒤로 그 세계관은 무너져버렸다. 배운 것이 하나 더 있다. 이제는 선명한 흑백이 아니라 거의 모든 것이 회색인 모순된 세상도 수용할 수 있다. 이것을 받아들이게 되어 얼마나 다행인지 모른다. 아름다움과 사랑을 즐기기 위해서는 고통도 감내해야 한다.

실제 경험담들이 쏟아졌다. 우리 가족이 겪은 일이 알려지면서 친구들이며 친구들의 친구들, 친구들의 친구들의 친구들, 생판 모르는 사람들까지 연락을 주었다. 편지들이 계속 날아오는 것을 보면 사람들이 아직도 내 기사를 읽고 있는 게 분명했다. 한 사람 건너 한 사람은 여전히 중독의 지옥 속에 있는 것 같았다. 본인이 중독자이거나, 자식이, 배우자가, 형제자매가, 부모가, 친구가 중독자였다. 조언을 청하는 내용도 많았다. 하지만 지금 이 순간에도 내 조언에 확신은 없다.

나는 합리적인 마약 반대 캠페인의 전면적 시행을 전적으로 지지한다. 일찍부터 자주 아이들에게 마약에 대해 이야기하는 것에 찬성한다. 아니면 다른 사람에게 맡겨서라도 마약에 대해 알려줘야 한다. 마약을 한 적 있는 부모라면 그것을 솔직하게 말해야 할까? 그것은 본인이 결정할 문제다. 세상의 모든 부모와 자식 관계는 일반적으로 정의할 수 없기 때문이다. 나라면 마약 사용이나 음주가 미화되는 일이 없도록 조심할 것이고, 아이의 나이를 고려해서 아이가 이해할 수 있는 이상의 정보는 절대 주지 않을 것이다. 그러나 부모 자신의 경험을 아이들에게 이야기하느냐 안 하느냐, 또 얼마나 이야기하느냐가 정말 중요한지는 모르겠다. 훨씬 더 중요한 것들이 있기 때문이다. 나는 어떻게 하고 있냐고? 내 가족들에게 어디까지 공개하냐고? 아이들이 우리의 생활을 시시콜콜 알 필요도 없고 알아서도 안 되지만, 내 아이들에게 거짓말은 하지 않을 생각이다. 아이들이 물으면 정직하게 대답해줄 것이다. 조만간 재스퍼와 데이지가 이 책을 읽게 될 텐데, 그리 놀라지는 않을 것이다. 그 아이들도 함께 이 일을 겪었으니 말이다. 우리는 닉 이야기뿐 아니라 마약, 또래 압력, 그 아이들의 삶에 발생하는 여러 가지 문제들에 대해 끊임없이 대화한다. 그 아이들도 아버지의 마약 전력과 그로 인해 입은 피해에 대해 알게 될 것이다. 닉의 마약 문제는 이미 알고 있다.

부모들은 세상 무엇보다 내 자식이 언제쯤 좌충우돌하는 실험을 그만두고, 언제쯤 십 대 티를 벗고, 언제쯤 통과 의례를 끝낼지 알고 싶어 한다. 어차피 정해진 답은 없으므로 나는 미리 조심하는 우를 범하기로 결론 내렸다. 손 놓고 있다가 내 아이의 목숨이나 내 아이로 인해 다른 사람의 목숨이 위태로워지는 꼴을 보느니 차라리 일찍 개입하는 것이 낫다는 생각이다. 이제 와 생각해보면 그때—닉이 아직 많이 어려서 강제할 법적 권한이 내게 있었을 때—강제로라도 녀석을 장기 재활 치료에 넣었더라면 좋았을 것이다. 재활의 원리를 이해할 의향도 이해력도 없는 아이를—혹은 성인을—재활원에 보낸다고 해서 재발을 막는다는 보장은 없으나 그간 지켜본 바로는 손해 볼 것이 없는 데다, 도움이 될 여지는 있다. 인격이 형성되는 십 대 시절에는 마약을 하면서 보내는 것보다 억지로라도 약을 끊고 지내는 것이 더 이롭다. 좋은 프로그램에서 강제 치료를 받으면 적어도 한 가지 즉각적인 목표는 달성된다. 치료를 받는 동안만큼은 아이를 마약에서 떼어놓을 수 있다는 점이다. 마약은 덜 사용할수록 멈추기 쉽고, 치료받은 기간은 길수록 좋다.

아이를 어디로 보내야 할까? 어떤 타입의 프로그램이 좋을까? 일부 아이들은 효과를 볼 수도 있지만, 나라면 훈련을 혹독하게 시키는 곳은 경계하겠다. 자식을 부트 캠프 같은 곳에 보내는 심정을 이해하지 못해서가 아니다. 부모들은 포기하는 마음으로 "당신들이 한번 내 자식을 고쳐봐요" 하고 말하곤 한다. 부트 캠프 같은 부류의 프로그램은 효과가 입증되지는 않았지만 아이들이 다칠 가능성이 존재한다. 법무부의 자금 지원으로 여덟 개 주의 부트 캠프에 대한 실태 조사가 이뤄진 적 있는데, 결론은 이렇다. "군대식 훈련, 신체 단련, 고된 노동 같은 부트 캠프의 공통된 요소들이 상습 복용을 완화하지는 않는다." 캔자스의 코흐 범죄 연구소는 보고서에서 "부트 캠프에 감금된다는 두려움은 범죄를 예방하지 못하고" 아이들 넷 중 셋은 부트 캠프 졸업 후 다시 강제 입소한다고 밝혔다. 정신건강협회는 홈페이지에서

"위협과 굴욕의 전술은 젊은이들에게 역효과를 낳으며, 부트 캠프 졸업자들은 다른 범죄자들보다 더 자주, 더 빨리 다시 체포되는 경향이 있다"면서 부트 캠프에서 학대와 관련된 "불미스러운 사건들"이 빈발한다는 더 심각한 문제들을 언급하고 있다. 1998년 조지아 주 법무부는 "군대식 부트 캠프 모델은 비효과적일 뿐 아니라 해롭다"는 조사 결과를 내놓았다. 작가이자 십 대 아이들과의 협업으로 유명한 심리학자 마이크 리에라는 사망과 학대의 경우는 물론이고 "심리적 피해가 빈번한 위험한 상황이 발생한다"고 말했다. 캐런과 나는 닉의 문제로 그를 만난 적이 있다. 그는 이런 말도 했다.

"분노와 혼란이 당면한 문제 밑으로 가라앉으면 아이는 관계를 유지하지 못하거나 폭력성, 우울감, 자살 기도 같은 병적 소인을 보일 가능성이 다분합니다. 또한 가학성 있는 아이들은 더욱 가학적이 되죠."

그렇다면 어떡해야 할까? 나는 자식들을 다양한 타입의 프로그램에 보내 성공했다는 이야기를 들었다. 입원 프로그램, 외래 프로그램, 올호프 재활원, 세인트헬레나, 시에라 투손, 헤이즐던 같은 28일짜리 수많은 프로그램들, 세 달짜리 캠프식 프로그램, 올호프나 헤이즐던 같은 전국에 존재하는 6개월짜리 프로그램, 1년 과정의 고등학교 방식 혹은 대학 방식의 프로그램까지. 많은 중독자들이 맨정신으로 허버트 하우스 같은 동네에서 장기 거주한 뒤 삶이 바뀌었다. 아니, 목숨을 건졌다. 특정한 개인에게 무엇이 도움이 될지는 아무도 모르기 때문에 단일한 정답이나 쉬운 해답은 없다. 믿음직한 전문가의 조언을 얻는 것은 어려운 일이지만 나라면 어떻게든 얻기 위해 노력할 것이다. 다른 의사들의 의견을 계속 구할 것이다. 학계와 민간의 의사, 심리 치료사, 상담사와 상의할 것이다. 그들의 조언을 진지하게 고려하되 이것은 확정된 과학이 아니라는 것과 각각의 아이들과 각각의 가정이 독특하다는 사실을 명심할 것이다.

원하지 않는 아이를 재활원에 보내는 것은 부모에게 어려운 결정일 수밖에 없다. 닉과 같은 학년이었던 한 친구의 어머니는 마약을 하고 메스를 거래하는 열일곱 살짜리 아들을 납치하려고 사람을 고용한 적이 있다고 말했다. 훈련된 전문가들이 그녀의 아들을 붙잡아 데려간 뒤 수갑을 채운 다음 산속의 세 달짜리 프로그램에 넣었다. 그녀는 사흘 내내 울었다. 그 아들은 프로그램을 졸업한 뒤 한 번 재발했지만 그녀는 그때 자기가 개입한 것이 아들의 목숨을 구했다고 말했다.

닉과 함께 참석했던 AA 모임에서도 비슷한 이야기들을 들었다. 회복 중인 중독자들은 부모의 직접 개입이나 의뢰에 의해 강제로 치료를 받은 기억을 떠올렸다. "당시에는 원망스러웠는데, 지금은 그 덕분에 살았다고 생각해요." 물론 실패한 이야기도 들었다. "시도했지만 내 아들은 죽었어요." 중독에 관한 한 어떤 결과도 장담할 수 없다. 통계도 거의 의미가 없다. 내 자식이 어떤 퍼센트에 해당할지, 9퍼센트일지, 17퍼센트일지, 40퍼센트일지, 50퍼센트일지 아무도 모른다. 그럼에도 불구하고 통계는 현실성을 유지하는 측면에서 유용하다. 우리의 적수가 만만찮은 상대임을 일깨우고 비합리적인 낙관으로 흐르지 않게 인도한다.

닉이 재발했을 때 닉의 상담사나 심리 치료사, 재활원을 원망한 적이 있다. 물론 자책도 했다. 돌이켜보니 회복은 지속적인 과정임을 이해하게 되었다. 닉의 재발은 불가피한 일이었는데 재활원이 마약 사용의 사이클을 중간중간에 방해한 것일 수도 있다. 재활원이 아니었다면 닉은 벌써 죽었을지도 모른다. 지금 닉에게는 아직 기회가 있다.

그렇다면 다음 질문은 분명하다. 재발할 경우 나는 내 아이가 재활원으로 돌아가도록 도울 것이다. 이 일이 얼마나 반복될지는 알 수 없다. 한 번? 두 번? 열 번? 모르겠다. 일부 전문가들은 내 의견에 반대하고 아무런 도움도 주지 말라고 조언할 것이다. 중독자 본인이 스스로 회복해야 한다고 믿기 때문이다. 일부 아이들의 경우에는 그들의 말이 맞을지도 모른다. 불행히도 무엇이 옳은지 확신하는 사람은 없다.

몇 가지 깨달은 것들이 더 있다. 재활원은 완벽하지 않지만 우리가 가진 최선의 선택이다. 약물 치료는 일부 중독자들에게 효과를 발휘하지만 재활원이나 지속적인 회복 과정을 대체하지는 못한다. 나는 재활원으로 복귀한다는 전제 없이 마약을 사용하는 사람은 절대 돕지 않을 것이다. 곧장 재활원으로 가지 않는 이상 그들의 집세를 내주거나 보석으로 감옥에서 빼내지도 않을 것이다. 재활원에 간다고 해도 거듭해서 보석으로 빼내고, 빚을 갚아주고, 돈을 대는 일은 없을 것이다. 1986년 낸시 레이건은 마약 금지 캠페인 '안 된다고 말해요'를 시작하면서 이렇게 말했다.

"윤리의 중간 지대는 존재하지 않습니다. 무관심은 선택지가 아닙니다. 우리 아이들을 위해 모두 굴하지 않고 단호하게 마약을 몰아내주시기를 호소합니다."

성숙한 개인이라면 메스 같은 마약을 찬성할 리 없을 것이다. 우리는 우리 아이들이 성장하는 복잡한 세상을 이해하고 그들을 최대한 도와야 한다.

사람들은 닉에게 "아, 좀 끊어"라고 말하곤 했지만 말처럼 그렇게 쉬운 일은 아니다. 사람들은 나더러 할 수 있는 일이 없다면서 걱정하는 마음을 놓아버리라고도 했다. 나는 그럴 수 없었다. 아무리 노력을 해도 그것이 어떤 것인지 짐작조차 쉽지 않았다. 한창 일생일대의 사건에 휘말려 있을 때 그것을 마음에서 몰아내려는 것은 중독자 본인에게도, 다른 가족들에게도 아무런 도움이 안 되기 때문이다. 그래서 내 조언은 이렇다. 견디는 데 필요한 것은 뭐든—심리 치료, 알아넌, 수많은 알아넌—해보라는 것이다. 그리고 자기 자신에게 인내심을 가져야 한다. 자신의 실수에 너그러워야 한다. 자기 자신에게 관대하고 배우자나 파트너에게 더 많은 사랑을 기울여야 한다. 비밀로 간직해서는 안 된다. AA 모임에서 비밀을 반복해 털어놓을 때면 지긋지긋할 때가 많다. 말한다고 해서 해결되는 것은 아니지만 그래도 위안은 된다. 서로의 사연을 공유하는 것은 우리가 무엇을 상대하고 있는지 기억하는 데 도움이 된다. 지속적인 깨달음과 지원은 중독자뿐 아니라 가족들에게도 필요하다. 남들의 사연을 읽는 것은 도움이 된다. 글을 써보는 것도 도움이 된다. 적어도 내게는 도움이 됐다. 앞서 말한 대로 나는 미친 듯이 글을 썼다. 한밤중에 글을 쓰기 시작해서 아침까지 내리 쓰기도 했다. 캐런처럼 화가였다면 아마도 겪고 있는 일들을 그림으로 풀어냈을 것이다. 실제로 캐런은 자주 그렇게 했다. 나는 글을 썼다.

이제 더 이상 닉의 일에 골몰하지 않는다. 앞으로 어떻게 될지 모르지만 현재로서는 닉이 자기 삶을 살고 있다는 것을 인정하고 감사하는 마음마저 가지고 있다. 물론 닉이 앞으로도 쭉 약을 끊고 살아가기를 바란다. 우리의 관계가 치유되기를 바란다. 그것은 닉이 약을 끊어야만, 끊고 있는 동안에만 가능한 일일 것이다.

내 걱정은 어디로 갔을까? 내 머릿속에 그것에 관한 이미지가 있다. 예술가 척 클로스는 "나는 전체에 압도당한다"고 말했다. 그는 이미지를 조절이 가능한 작은 사각형들의 조합으로 잘게 쪼갠다. 그리고 한 번에 사각형을 하나씩 그려서 벽 크기의 환상적인 초상화를 만들어낸다. 나도 한 덩어리의 전체에 자주 압도되곤 한다. 클로스라면 내 삶을 그림으로 그렸겠지만, 나는 닉에 대한 걱정을 작은 사각형 한두 개 안에 담아두는 법을 배웠다. 어쩌다 한 번씩 그것을 살펴본다. 그것을 들여다볼 때면 온갖 감정의 소용돌이가 일지만 압도되지는 않는다.

때로는 미래를 생각하고 두려움에 사로잡힌다. 그래도 예전보다는 훨씬 덜하다. 하루에 하나씩 상대하는 것에 더 능숙해졌달까? 얼핏 단순한 일처럼 들리겠지만 어떤 개념 못지않게 심오한 작업이다. 5년 뒤, 10년 뒤 닉에게—재스퍼에게, 데이지에게—무슨 일이 생길까 걱정하는 것은 여전하다. 하지만 그다음에는 오늘로 돌아온다.

❧

6월. 오늘은 데이지의 생일이다. 데이지는 오늘로 열 살이 되었다. 열 살! 게다가 진학식이 있는 날이다. 데이지는 5학년으로, 재스퍼는 중학생으로 올라가게 되었다.

올해의 졸업식 축가는 교사들의 도움을 받아 학생들이 개사한 〈나는 사랑을 믿어요〉였다. 월드 비트 밴드가 연주를 했다. 그다음 재스퍼의 학년이 일어서서 노래를 불렀다.

그날 저녁, 낸시와 돈의 집에서 매주 열리는 식사 모임은 아이들의 졸업 축하 겸, 낸시와 돈의 생일 축하 겸, 나의 쾌유를 기념하는 자리가 되었다. 내가 뇌출혈을 일으킨 지 정확히 1년이 되는 날이기도 했다. 아이들은 식탁에서 낸시와 체스를 뒀는데, 낸시는 수세에 몰려 불만스런 티를 냈다.

"불공평해."

재스퍼가 이기자 낸시가 씩씩댔다. 재스퍼와 데이지는 사촌들과 함께 낡은 피아노 운반 수레를 꺼내서 스케이트를 타듯 돌아가면서 수레를 타거나 끌었다. 부엌에서는 낸시가 쫑쫑 썬 샬롯을 버터 두른 냄비에 넣었다. 샬롯이 바삭하게 갈색으로 변하자 적포도주 식초를 추가했다. 그러고는 냄비 안을 휘적거린 다음 소스가 끓게 두고 데크로 나갔다. 나무 위쪽을 올려다보며 우스꽝스런 새소리를 냈다. 까마귀와 여치가 크래커를 먹으러 내려왔다.

돈은 휴대용 라디오를 들으면서 정원의 샛길을 따라가며 물을 주었다. 아이들이 부엌으로 뛰어 들어온 뒤 왈왈 짖는 개들이 뒤따라 들어왔다. 마지막에 브루투스가 느린 걸음으로 합류했다. 낸시는 식초와 샬롯 소스를 얹은 양고기, 케일과 신선한 백리향과 마늘을 곁들인 흰강낭콩 요리를 만들었다. 캐런의 오빠가 고기를 잘랐다. 디저트로는 캐런의 언니가 만든 케이크가 나왔다. 연분홍색과 파란색 당의를 입히고 작은 원숭이와 코끼리, 곰 사이사이에 양초를 꽂은 레몬 케이크였다. 우리는 데이지와 낸시에게 생일 축하 노래를 불러주었고, 두 사람은 함께 촛불을 껐다. 내 옆자리에 앉아 있던 재스퍼가 말했다.

"벌써 여름이라니 믿기지가 않네."

여름. 샌타크루스에 서핑 철이 왔다. 우리는 조용한 날을 골라 친한 친구들과 플레저 포인트의 곶 모래사장으로 나갔다. 파도가 작은 날이라 이 지역 서핑광들은 대부분 집에 있었다. 하지만 부드럽게 갈라지는 매끄러운 파도는 아이들이 타고 놀기에 그만이었다. 물은 투명하고 따뜻했다. 나는 보드에 앉아 다음 파도를 기다리면서 순간 머릿속의 격자 그림들을 훑어보았다. 닉이 자리한 네모 조각들에 도달했다. 우리는 여기서 수많은 시간을 함께했다.

해안을 따라 집으로 돌아오는 차 안에서 재스퍼가 CD를 골랐다. 이 나이 때 닉이 그랬듯 재스퍼가 요즘 즐겨 듣는 가수는 벡이었다. 재스퍼가 내게 〈미드나잇 벌처스〉를 건넸고 나는 그것을 플레이어 안에 넣었다. 차 안은 온통 모래투성이였고 우리 모두 모래에 소금기 범벅이었다. 열린 차창으로 바닷바람이 쏟아져 들어왔다. 벡의 노래가 흘러나왔고 재스퍼와 나는 노래를 따라 불렀다. 데이지가 불평하면서 음량을 줄이라고 했다. 나는 파란 바다를 내다보았다. 닉 생각이 많이 났다.

집에 돌아왔다. 재스퍼는 데이지와 함께 데크에 앉아 데이지를 달랬다. 데이지는 지구온난화에 관한 비디오를 보고 화가 나 있었다.

"나는 벽에 기대어 서 있고 거대한 괴물이 천천히 내게 다가오는 것 같아. 멈추고 싶은데 그럴 수가 없어."

데이지가 말했다. 눈물이 그렁그렁했다.

"하늘 위로 날아올라서 오존층에 테이프라도 붙이고 싶어."

그것으로도 모자랐는지 데이지는 명왕성이 행성의 지위를 잃었다는 말도 어디서 들은 모양이다.

"가엾은 꼬맹이 별."

데이지가 눈물을 훔치며 말했다. 하지만 데이지는 금세 지구와 명왕성에 대한 슬픔을 저만치 밀어버렸고, 재스퍼는 데이지를 꼬셔서 둘이 함께 쓴 연극 〈비열한 여왕〉을 상연하기 시작했다.

작업실에서 글을 쓰고 있는데 닉의 여자 친구에게서 이메일이 왔다. 얼마 전 둘이 함께 다녀온 자동차 여행의 사진들이 몇 장 첨부돼 있었다. 닉은 머리가 더 길었고, 큰 선글라스에 빵모자, 검은 티셔츠, 나팔바지 차림이었다. 그는 강가에 서 있었다. 옐로스톤 국립공원 간헐천 앞이었다. 닉은 웃고 있었다. 기쁨이 가득한 미소였다.

아침이 되자 레이스 같은 안개가 정원을 뒤덮었다. 캐런은 데이지를 수영반 연습에 데려다주기 위해 일찍 일어났다. 재스퍼는 위층에서 기타를 퉁기고 있다. 나는 안부 삼아 닉에게 전화를 걸었다. 우리는 잠시 통화했다. 닉의 목소리는…… 진짜 닉 같았다. 내 아들이 돌아왔다. 그다음은 뭘까? 그때 가봐야 알겠지. 닉이 전화를 끊기 전에 말했다.

"캐런이랑 재스퍼, 데이지에게 사랑한다고 전해주세요."

《뷰티풀 보이》가 출간된 이후 10년 동안 수천 명이 내게 연락을 주었다. 그중 많은 사람들이 중독자이거나 중독자를 사랑하는 사람들이었다. 이 일이 터졌을 때 내가 그랬던 것처럼 그들은 고립감과 두려움에 시달렸다. 많은 이들이 내 이야기를 듣고 위안을 얻었을 뿐 아니라, 자기 이야기를 공유할 용기가 났다고 말했다.

《뷰티풀 보이》의 전신은 내가 〈뉴욕 타임스 매거진〉에 기고한 글이었다. 한 친구는 게재되기 전 그 글을 먼저 읽고 나서 기고를 만류했다. 재스퍼나 데이지와 같은 학년의 친구들이, 그들의 부모가 우리 가족을 다른 눈초리로 쳐다보고 우리 아이들을 다르게 취급할 거라고 말했다. 사람들이 우리를 백안시할 거라고. 나는 단단히 각오했다. 그 글은 세상에 나왔고, 그래서 어떻게 되었나?

아이들의 학교나 다른 곳에서 부정적인 평가가 있었는지는 모르지만, 나는 실제로 그런 일을 목격한 적도 느낀 적도 없다. 내가 목격한 것은 쏟아지는 관심과 도움의 손길, 위로, 친절뿐이었다. 나는 모르는 사람들과 강한 유대감을 느꼈다. 한번은 기사가 나간 직후 아이들의 학교 캠퍼스를 걷고 있을 때, 처음 보는 아이 엄마가 내 팔을 붙잡더니 옆으로 끌었다. 그녀는 대뜸 울음부터 터뜨렸다. 자기는 알코올 중독자 아버지의 손에 자랐다고 했다. 아들이 마리화나를 피우는 걸 본 이후 걱정이 끊이질 않는데 아무에게도 말을 못 했다고 했다.

한 아버지는 자기 딸이 식이 장애와 중독 문제로 치료를 받고 있다고 말했다. 목소리가 갈라지고 손은 덜덜 떨렸다. 그는 중병을 앓는 자식이 부끄러운 듯 소곤거리며 말했다. 이 책이 출간된 이후 비슷한 이야기를 수천 번도 더 들었다. 그 구구절절한 사연에 가슴이 아프면서도 내게 온 그 이야기들 하나하나가 영광스럽게 느껴졌다.

앤 라모트는 "당신의 속사정을 타인의 겉모습과 비교하지 말라"고 조언했다. 말하자면, 나만 빼고 모두들 잘 살고 남들의 자식들이 순항하는 것처럼 보이지만, 실상은 순항하는 사람은 없다는 뜻이다. 자기 고민을 남에게 이야기하면 커다란 위안을 얻는다. 위로를 받는다. 도움을 얻는다. 인생은 누구에게나 녹록지 않다는 걸 다시금 깨닫는다. 우리는 누구나 고통과 서로에 대한 지원으로 연대한다.

사람들이 내게 편지를 보낸 이유는 닉이 마약을 하는 동안 도움을 갈구했던 내 심정을 공감했기 때문이다. 마약이 천지에 깔린 환경에서 자식을 길러야 한다는 생각에 답답해하는 사람들도 있었다. 사람들은 어떻게 하면 자식들이 마약을 하지 않게 막을 수 있는지, 이미 시작했다면 어떻게 중단시키는지, 본격적으로 중독되기 전 초반에 마약을 끊게 하려면 어떻게 해야 하는지 물었다. 그들도 나처럼 진로를 정하지 못해 막막한 심정이었고, 대부분은 미국의 형편없는 중독 치료 시스템에 휘둘리고 있었다.

《뷰티풀 보이》 출간 후 나는 차기작인 《클린》의 집필을 위해 자료를 조사하던 중 도움이 필요한 사람들 가운데 90퍼센트가 제대로 된 도움을 받지 못한다는 사실을 알게 되었다. 중독된 사람들이 결국 가는 곳은 십중팔구 재활원이 아니라 감옥이다. 그나마 치료를 받게 된 사람들도 헤매기 십상인 망가진 시스템 안으로 들어간다. 사랑하는 사람을 위해 도움을 구하는 것이든, 스스로 도움을 청하는 것이든 이 시스템과 첫 대면을 하는 순간 대부분의 사람들은 위기에 봉착한다. 두려움과 걱정에 실신할 지경인데도 가장 난해한 일생일대의 결정들을 내려야 하기 때문이다.

진로를 정하지 못한 그들은 도움을 얻으려 온라인을 헤맨다. 구글에 마약 치료 프로그램을 검색하면 7,300만 개의 결과가 뜬다. 프로그램들은 저마다 기적의 치료를 약속하고 성공률을 부풀린다. 객관적 정보를 제공한다고 주장하지만 치료 프로그램을 가장한 광고인 경우가 허다하고, 그들 중 일부는 치료비로 5만 달러 이상을 요구하기도 한다.

사람들은 전문가의 조언을 바라지만 무얼 추천해야 할지 아는 사람은 거의 없다. 나도 그랬듯이 처음에는 지인이 전하는 체험담에 의지하는데, 이 심각하고 치명적인 질병의 치유책을 찾기란 요원하다. 이 점에 대해서는 《클린》에서도 설명한 바 있다.

물론 많은 사람들은 재활을 추천한다. 하지만 정확히 재활이란 무엇인가? 기본적인 정의조차 없다. 그것은 다양한 치료를 아우르는 통칭일 뿐이고 해로운 치료마저 포함한다. 일부 재활은 혹독하고 치욕스런 처벌과 위협마저 적용한다. 수련 경력도 자격증도 없는 자칭 '전문가'라는 사람이 중독에서 회복됐다는 사실 하나만 내세워 운영하는 곳도 있다. 많은 주가 누구든 재활원을 열게 허용하고 있다. 심지어 온라인에는 '마약 재활원 설립법'이라는 안내서도 있다. 광신자 집단에 의해 운영되거나, 서복손과 메타돈 같은 약물을 포함해 많은 경우 기피되는 과학적 치료를 제공하는 프로그램도 있다. 서복손과 메타돈은 아편성 중독 치료에 가장 높은 성공률을 보이지만 널리 거부되는 약물이다. 사람들은 정보를 많이 접할수록 더 혼란스러워진다. 갈수록 환멸과 회의감이 커지고 불신이 가중되는 것은 대부분의 치료들이 종종 무용하고 때로는 해로운 주먹구구식 회복 프로그램들을 엉성하게 짜깁기했기 때문이다. 이런 프로그램들은 의학이 아니라 전통 요법, 막연한 추정, 희망 사항, 사이비 과학에 기반을 두고, 이들 중 일부는 부두교와 구분하기가 어렵다. 나는 중독을 구마 의식과 전생의 복원으로 치료한다는 프로그램에 대해 들은 적이 있다.

나는 《뷰티풀 보이》를 읽은 사람들로부터 연락을 받았다. 명확한 결론 없이 끝나기 때문에 그들은 닉의 안부를 걱정했다. 사람들은 직접, 혹은 편지로, 혹은 개인 페이스북과 트위터 메시지로 최대한 정중하고 세련되게 닉에 대해 물어왔다. 어떤 사람들은 행여 상처를 들쑤시는 꼴이 될까 미리 사과하면서 닉이 아직 살

아 있는지 물었다. 나는 감사를 표하고 닉이 살아 있다고 그들을
안심시켰다.

　여정은 여전히 험난했다. 닉은 2010년 2년간 약을 끊고 지내던
중 재발했다. 재발할 때마다 늘 그랬듯 이번에도 나는 비탄과 두
려움에 빠졌다. 하지만 중요한 변화가 있었다. 예전에는 재발이
곧장 재앙으로 이어져 개입해야 했지만, 이번에는 닉이 스스로
약을 끊었다. 재발했다는 것을 깨닫고, 도움이 필요하다는 것을
인정했으며, 자기 발로 인근의 치료 프로그램을 찾아갔다. 그리
고 외래 치료를 신청했다.

　재발 후 캐런과 나는 닉을 데리고 새 정신과 의사를 만났다. 의
사는 한 시간가량 닉과 이야기하고 나서 캐런과 내게 전화했다.
그는 우리가 두려워하던 것을 이야기했다. 이번 재발은 중독이
여전히 심각한 위협으로 닉의 몸에 도사리고 있다는 증거라고 했
다. 재발이 회복의 일부라는 통념과는 정반대로, 의사는 재발을
불가피한 것으로 인정해서는 안 된다고 주장했다. 닉이 계속 재
발하는 원인이 있을 거라고 추정했다. 그러고는 닉의 심리검사
결과에 주목하라고 했다. 나는 물었다.

　"무슨 심리검사요?"

　의사는 믿지 못하겠다는 투로 대답했다.

　"그동안 닉은 수십 가지 치료 프로그램을 거치고 그 많은 심리
치료사들을 만났잖아요."

　사실 닉이 만난 심리 치료사도 수십 명이나 됐다.

　"그런데 아무도 닉의 심리검사를 하지 않았다는 게 정말인가

요?"

아무도 하지 않았다. 그는 중독 치료 분야의 가장 큰 문제를 집어냈다. 중독이 된 사람들의 대다수는 심리 장애를 동시에 겪고 그 결과 트라우마를 경험한다. 그 문제를 상대하지 않으면 재발은 계속된다. 의사는 심리검사를 실시했고, 그 결과는 명확했다. 닉은 심각한 조울증과 우울감을 보였다. 비키와 이혼한 뒤 나는 닉을 여러 심리 치료사들에게 데려갔다. 몇몇은 우울감과 불안 증세를 거론하긴 했지만 아무도 심각한 질병으로 규정하고 검사를 하거나 치료를 권하지 않았다.

닉은 조울증 진단을 받은 뒤 로스앤젤레스로 다시 이주했고, 중독 치료뿐 아니라 심리 장애 치료를 받기 시작했다. 닉은 여전히 심리 치료와 의사가 처방하고 추적 관찰하는 약물 치료를 받고 있다. 닉은 착실히 항우울제와 조울증 약물을 복용한다. 앞서 아편성 약물의 욕망을 잠재우고 과용을 막는다고 언급한 서복손도 복용한다.

그 후 닉은 재발하지 않았다. 닉이 더 어렸을 때 심리검사를 받고 적절한 조치를 취했더라면 닉의 인생은 어떻게 달라졌을까. 닉도 나도 그런 생각을 하곤 한다. 그때 제대로 진단받고 치료를 받았더라면? 그래도 중독이 되었을까? 중독이 되었더라도 이토록 극단으로 치달았을까? 그랬어도 닉이 치료에 거부감을 가졌을까? 그랬어도 재발을 반복했을까?

진실을 알 길은 없지만 어릴 때, 적어도 십 대 때 제대로 진단을 받았다면 닉이 당한 고통의 상당 부분, 혹은 대부분을 피했을 거라고 우리 둘 다 믿고 있다.

중독을 연구하다가 발견한 사실이 있다. 많은 사람들이 심리 장애를 스스로 해결하려 마약을 사용한다는 점이다. 우울증과 조울증을 앓는 사람이 정식 치료를 받는 대신 마약을 사용한다는 것은 충분히 일리 있는 주장이다. 우울한 닉에게 마약에 취하는 것은 가장 쉬우면서도 유일한 치료제였다. 감당할 수 없는 불안감이 밀려올 때마다 닉은 불안증과 고통을 가라앉히기 위해 마약을 썼다. 꾸준히 심리 장애 치료를 받은 이후 닉은 다시 마약에 손대지 않았다. 이 글을 쓰고 있는 지금, 닉은 8년째 약을 끊고 살고 있다.

6년 전 닉은 결혼했다. 닉의 아내 제트는 닉의 가장 친한 친구였다. 앞서 내가 닉과 닉의 친구 몇 명을 해변에 데려갔다가 집에 데려와 재운 일을 이야기할 때 언급했던 그 아이다. 내가 '스카이'라고 불렀던.

스카이—제트—는 내 며느리다. 닉은 마약을 하고 중독된 이후 10년 동안 제트를 만나지 않았다. 많은 사람들이 중독되고 나면 흔히 그러듯 닉도 제트를 포함한 옛 친구들을 피하고 마약을 하는 사람들과 어울렸다.

닉과 제트는 우연히 같은 시기에 부모님을 보러 베이 지역에 왔다가 캐런의 전시회 오프닝이 있던 날 화랑에서 우연히 마주쳤다. 오프닝 날 내 친구는 그들이 만나는 모습을 보고 와서는 내 귀에 대고 속삭였다.

"쟤들 결혼할 거야."

1년 뒤 그들은 결혼했다. 재스퍼가 신랑 들러리였다. 데이지도 분홍색 꽃무늬 드레스를 입고 큰오빠의 들러리가 되었다.

닉과 제트는 로스앤젤레스에 산다. 닉은 작가로 일한다. 두 권의 회고록 《트윅》과 《우리는 모두 추락한다》 외에 소설을 한 권 냈고 방송 작가로 일하고 있다. 가끔씩 학생들과 일반인을 상대로 중독과 회복에 대한 강의를 한다. (우리는 자주 연락한다.)

물론 성장한 것은 닉만이 아니다. 재스퍼는 스물네 살이 되었고 데이지는 스물두 살이 되었다. 셋은 15분에서 20분 거리에 산다. 서로의 집에서 자주 모여 함께 저녁을 먹거나 영화를 보러 가거나 해변에 간다.

중독에 관한 악몽 같은 이야기가 행복한 결말을 맞은 것처럼 들릴 것임을 안다. 사실이 그렇다. 바꿔 말하면, 아무리 힘들어도 대개는 희망이 있다는 뜻이다. 사람들은 보통 회복이 된다. 내가 극심한 고통 속에 있는 사람에게 해주고 싶은 말은, 중독은 난해한 질병이며 심리 장애를 동반해 훨씬 더 복잡한 경우가 많다는 것이다. 중독과 함께 살아가는 것은 언제나 도전이고 때로는 시련이다. 하지만 이 질병은 치료가 가능하다. 다시 말하고 싶다. 절대로 희망을 버리지 말라고.

"절대 희망을 버리지 말라"고 키보드를 두드릴 때 몸이 덜덜 떨리기 시작했다. 서로 다투는 목소리들이 머릿속을 가득 채웠고, 눈물이 펑펑 쏟아졌다. 나는 날마다 중독자의 부모들과 그들을 사랑하는 사람들로부터 연락을 받는다. 그리고 그들을 만난다. 그들은 비탄이 빠진 사람들이다. 말하지 않아도 그들의 눈을 보면 알 수 있다. 그들은 내게 사진을 보여주며 말한다. "걘 내 삶의 빛이었어요." 혹은 "걘 내 천사였어요." 아이들이 이 병마의 손에 차례로 죽어나가는 것은 필요한 치료를 제때 받지 못했기 때문이다. 희망을 잃었기 때문이다. 내 아들이 아직 살아 있는 것은 감사할 일이지만 이 부모들과 아이들, 형제자매들, 파트너들, 남편들, 아내들, 그리고 사랑하는 사람을 잃은 이들 때문에 가슴이 아프다.

《뷰티풀 보이》를 끝낸 뒤 나는 집필 중이었던 경제경영서를 마무리하기로 했다. 하지만 사랑하는 사람을 잃은 이들 때문에 도저히 그럴 수가 없었다. 고통받는 사람들이 너무 많았다. 문제는 파괴되는 가정들이 있는데 아무도 그것에 대해 말하지 않는다는 것이었다. 그리고 중독이 들이닥쳤을 때 아무도 어떻게 해야 하는지를 몰랐다. 그래서 나는 마약 복용과 중독에 관해 내가 무얼 할 수 있는지 알아보기 시작했고, 우리가 이 골칫거리만 만나면 왜 그토록 판판이 패배하는지 파고들었다.

그 탐구로 《클린》이 탄생했다. 나는 그 책에서 파괴와 그 진행 과정을 다뤘다. 그리고 미래에 대한 희망을 갖게 됐다. 중독의 예방과 치료에 대한 패러다임이 변화하고 있으며, 그 변화는 중독이 인성의 결함이라기보다 질병이라는 인식에 기반을 둔다고 설명했다. 더딘 변화이긴 하지만 나는 분명 변화를 목격했다. 중독을 방지하고 치료하는 고전적 방안에서 과학에 기초한 현대적 방법으로 이행하는 혁명이 일어나고 있다.

나는 세상이 나아지고 있다고 믿었고 실제로 그랬다. 하지만 동시에 더 나빠지기도 했다. 《뷰티풀 보이》가 출간된 해에 미국에서만 3만 6천 명이 약물 과용으로 사망했다. 《클린》이 나온 2013년에는 그 숫자가 4만 명으로 늘었다. 2017년에는 6만 4천 명이었다. 하루에 175명씩, 매시간 8명이 죽어간 셈이다. 2018년에는 그 숫자가 더 늘어날 전망이다. 주범은 옥시코틴과 비코딘 같은 처방 진통제와 헤로인 및 펜타닐 같은 거리의 약물을 포함한 아편계 약물이다. 이것들은 50대 이하의 사람들을 가장 많이 죽이는 약물들이다. 아편계 약물의 남용으로 인한 사망이 자동차 사고사, 자살 같은 비자연사보다 많다. 아편계 약물에 대한 위기의식이 전국적으로 확산되는 와중에도 메스암페타민과 코카인의 사용은 증가 추세에 있다.

아편계 약물 남용의 원인은 여러 가지다. 제약사들은 아편계 약물이 중독성이 없다고 주장했는데, 이것이 부분적으로 작용해 의사들이 약물을 과다 처방하는 결과를 낳았다. 적절히 처방된 경우라 해도 아이들이 손을 대는 경우가 종종 발생했다. 아이들이 이 약물들을 가장 많이 취하는 곳은 부모님의 약장이다. (약을 치우든지 약장을 잠가두시길!) 진통제를 복용하던 사람들이 더 이상 처방을 받지 못하거나 비싼 가격이 부담스러워 비슷한 계열의 값싼 헤로인과 펜타닐을 찾는 경우도 많았다. 펜타닐은 약효가 헤로인보다 50배는 강하다. 또한 우려스러운 것은 펜타닐보다 약효가 100배는 강한 카펜타닐이라는 아편계 약물이다. 〈뉴욕 타임스〉에 따르면 눈송이보다 작은 분량으로도 사람을 죽일 수 있다.

현재의 위기는 반세기에 걸쳐 미국에서 진행된 마약과의 전쟁으로 거슬러 올라간다. 닉슨 대통령이 베트남 전쟁을 이어받았다는 것은 대부분의 사람들이 알고 있지만, 그가 1971년에 마약과의 전쟁을 시작했다는 사실을 기억하는 사람은 거의 없다. 그 전쟁은 1조 달러의 돈을 퍼붓고도 명백히 연패했고, 약물의 사용과 더불어 관련된 질병과 사망 수치도 꾸준히 상승했다.

그것이 내포한 참혹성을 깨닫지 못했다면 정부의 대응은 미미했을 것이다. 사망 사건뿐 아니라 관련된 참사—범죄, 사고, 자살, 성폭행, 학대, 마약·알코올성 질병, 생산성 저하 등—을 고려하면 대부분 숨겨진 문제들의 심각성을 헤아릴 수밖에 없다. 문제가 숨겨져 있는 것은 중독과 관련된 사망의 원인이 대개 공식적으로는 자살, 살인, 사고, 심장마비, 고혈압, 폐 기관 장애, 뇌졸중 및 기타 뇌출혈, 간염 및 기타 감염, 에이즈, 간 질환, 호흡기 질환, 신장 질환, 패혈증 등으로 명시되기 때문이다. 마약이나 알코올 남용으로 사망에 이른 경우 보험사가 보험금 지급을 거부할 수 있으므로 의사들과 검시관들은 슬퍼하는 유족들을 위해 기저의 근본적인 사인보다는 직접 사인—사고나 질병—을 기재하는 '호의'를 베푼다. 이러한 현실적인 요인 외에도 중독이 비밀에 부쳐지는 데는 중독과 연루되는 것에 대한 수치심도 작용한다. 중서부 지방에서 한 유력 사업가 집안의 자손이 돌연 사망했을 때 신문 기사는 검시관의 사망 진단서를 인용해 '오토바이 사고로 인한 상해'라고 사망 원인을 명시했다. 청년의 혈액에서 나온 치명적인 헤로인 검출양은 한마디도 언급되지 않았다.

중독이 어디에나 존재하는 현실을 부정하는 것은 중독 피해자들을 경시하고 모욕하는 것이다. 국가에서 실시한 설문 조사 '회복의 얼굴'에 따르면, 회복 중인 사람들 중 넷의 하나는 취업이나 승진을 거부당하거나 보험 가입에 어려움을 겪고, 열에 일곱은 창피함을 느끼거나 망신을 당한 적이 있다. 우리 사회에서 중독자는 중환자라기보다 인격상에 결함이 있는 사람으로 간주된다. 우리는 그들의 상황을 범죄와 연관 짓고 위험한 행위의 가능성을 유추하는 것 외에는 그들의 상황을 무시하는 때가 많다. 또한 체포와 기소의 위험 때문에 중독자들은 자신의 문제를 인정하고 초반에 치료받는 것을 꺼리게 된다. 그래서 질병은 갈수록 악화되고 중독자가 범죄자가 될 가능성은 높아진다.

마약이 창궐하자 마침내 정치인들은 문제를 논의하기 시작했고, 일부는 마약과 전쟁을 벌이는 방식의 접근법은 역효과만 낳았음을 인정했다. 오바마 대통령은 마약과의 전쟁은 "완패"했다고 선언했다. 나는 〈USA 투데이〉 사설에서 다음과 같이 말했다.

"오바마 정부는 중독이 생리적·심리적·환경적 결정 요인을 가진 두뇌 질환이라는 과학적 진보에 근거해 치료와 예방 프로그램을 강조했다. 대통령은 정신 건강 및 중독 치료 프로그램과 관련 연구를 자금 지원하는 기념비적 법안에 찬성했다. 약물 사용 장애자들에게 하늘의 선물이나 다름없는 부담적정보험법(ACA)은 보험사로 하여금 중독을 포함한 정신 건강 치료도 다른 질병과 동등하게 보장할 것을 명령했다."

오바마 정부의 초대 법무장관 에릭 홀더는 감옥을 비폭력적인 마약사범들로 채우는 가혹한 '최소 의무 형량' 제도를 완화했고, 마약 단속 책임자 마이클 보티첼리는 "실패한 정책과 실패한 집행"을 입증된 예방과 치료, 폐해의 경감으로 바꿔나갈 것을 촉구했다. 오바마 행정부의 공중위생국장 비벡 머시는 음주와 마약, 보건에 관한 획기적인 보고서를 내놓아 과학에 기반을 둔 예방과 치료가 국가 정책의 우선 사안이 되는 데 기여했다.

도널드 트럼프는 대통령 후보 시절 미국의 마약 위기를 "난해한 문제"라 일컬으면서 "이것은 국경도 없고 자비도 없는 전염병입니다. 우리는 서로 공감하고 함께 노력하면서 이 중차대한 사안을 해결해야 합니다"라고 말했다.

하지만 대통령은 중독자와 그들의 가정을 대부분 방치하고 있다고 나는 앞서 말한 사설에서 밝힌 바 있다. 트럼프 대통령은 당선 후 일명 '마약 중독 및 아편 위기와 싸우는 위원회'를 발족하는 행정 명령에 서명했다. 위원회는 치료의 접근성을 높이는 방안을 포함해 56가지의 추천 사항을 발표했으나, 《뷰티풀 보이》의 개정판이 출간된 지금까지 행정부는 거의 아무런 자금도 지원하지 않았다. 오히려 트럼프 대통령은 마약 사용과 중독 문제를 다루는 정부 부처들의 예산을 60억 달러 삭감할 것을 시사했다. 나는 사설에서 말했다.

"트럼프 대통령이 ACA를 폐기하기로 결정한 것은 중독의 질병 진단 기준에 부합하는 미국인들과, 술과 마약을 정기적으로 남용하는 위험한 지경에서 치료가 필요한 4천만 명의 사람들에게는 중차대한 문제이다. 게다가 중독을 포함한 정신질환 치료에 보험이 적용되도록 강제하는 법률을 폐기하려는 움직임이 적어도 37개 주에서 일고 있다."

그러는 사이 트럼프 대통령은 실패한 마약과의 전쟁으로 선회했다. 법무장관 제프 세션스는 '최소 의무 형량'을 복원했다. 그는 "먼저 체포한 다음 파괴적인 습관에 개입해야 한다. 많은 사람들이 무덤에 묻히지 않는 이상 중독에서 회복되지 못한다"고 말했다.

오히려 제대로 치료만 받으면 대부분의 중독자들은 회복된다. 사설에서도 언급했듯이, "아픈 사람을 감옥에 넣으려는 정책은 비인간적이고 해로운 정책"이다.

중독은 가정과 지역공동체를 지속적으로 파괴한다. 하지만 사람들은 그 공격에 속수무책으로 당한다. 그로 인해 겪어야 하는 막대한 고통을 고려하면, 우리—총체적 우리—가 이 질병과의 싸움에서 얼마나 많은 헛발질을 하는지 그저 놀라울 따름이다. 마약의 남용과 중독에 관한 교육에서도 참패를 면치 못한다. 학교에서 제공하는 하루짜리 혹은 일주일짜리 교육은 마약의 사용과 남용을 권하는 메시지에 비하면 질적으로나 양적으로 초라하기 그지없다. 우리는 예방에서도 패배했다. 심리적 문제들과 사회적 문제들이 중독에 비옥한 토양을 제공하는데도 우리가 그것의 진단과 치료에 서투르기 때문이다.

오명과 편견은 중독에 대한 연구 자금 지원과 입증된 치료의 접근성을 제한한다. 그 때문에 중독은 상당히 예후가 나쁘고, 이것은 다시 오명을 강화한다. 많은 사람들이 중독으로 고생하는 사람들이 호전되지 않을 거라 생각하지만, 적절한 치료만 받으면 대부분 회복될 수 있다.

중독자들이 좋은 프로그램을 찾아도 그 비용을 감당 못 하는 경우도 있다. ACA 조항은 보험사에 약물 복용 장애를 포함한 정신질환을 다른 질환과 동등하게 보장할 것을 강제하고 있지만, 필요한 치료에 보험이 적용되는 사례는 드물다. 정부가 지원하는 좋은 프로그램 역시 귀하다.

그 결과 중독자들 중 소수만이 필요한 장기간의 포괄적 치료를 받는다. 또한 치료를 받으려 할 때쯤에는 대개 위급한 상황에 있기 때문에 치료는 더 어렵고 비싸지기 마련이다. 이 단계에 이르면 많은 이들이 공격적이거나, 분노하거나, 우울하거나 심지어 폭력적이기 때문에 의사와 간호사, 상담사, 사회복지사들이 늘 환영할 수 없는 상황이다. 일부 간병인들은 한 간호사가 말한 대로, "일주일마다 혹은 한두 달마다 응급실로 돌아오는 적대적인 환자보다 감사를 표하는 환자"에게 아무래도 더 신경을 쓰게 된다고 인정했다.

1971년 닉슨 대통령이 선포한 것은 마약과의 전쟁만이 아니었다. 그해 연두교서에서 그는 암과의 전쟁도 선포했다. "암 치료법을 찾기 위한 철저한 캠페인의 발족을 위해 예산 책정을 요청합니다. 이제 원자를 쪼개고 사람을 달에 보내는 데 집중한 노력을 이 끔찍한 질병의 정복으로 돌려야 할 때가 왔습니다. 이 목표를 달성하는 데 총력을 다합시다." 연말에 그는 '국가 암 퇴치법'에 서명하면서 선언했다. "훗날 오늘의 이 행동을 내 재임 기간에 일어난 가장 중대한 결단으로 두고두고 돌이키게 되길 바랍니다."

물론 암은 근절되지 않았다. 하지만 한때 사형선고와도 같았던 그 질병은 이제 많은 경우 치료가 가능해졌다. 암의 위력은 1990년부터 조금씩 떨어지기 시작해서 지금까지 해마다 하락했다.

2004년 이후 암 사망률은 20년 전에 비해 무려 절반으로 감소했다.

나는 암과의 전쟁을 본보기 삼아 중독에 대한 전면전을 벌여야 한다고 믿는다. 현재 중독 때문에 헛되이 희생되는 수백만의 인명과 수백만 달러를 구할 수 있다. 그러나 우리가 올바른 전쟁을 해나가기로 결정하지 않는 한 이 문제에 흠집 하나 내지 못한다.

그렇다면 캠페인은 어떤 양상으로 전개되어야 할까? 암과의 전쟁처럼 충분한 조율과 자금 지원 아래 포괄적이고 다면적이며 장기적으로 진행되어야 한다. 예일 암 센터의 의학부 교수 빈센트 드비타에 따르면 "암과의 전쟁은 기초 연구들을 아낌없이 지원했다. 또한 응용 프로그램과 임상 시험 프로그램을 설립하고, 국립보건원의 영향력을 전제로 연구들을 재정적으로 지원하고 조율하는 전권을 국립 암 연구소에 보장했다."

중독과의 전쟁도 연구뿐 아니라 응용 프로그램 및 임상 시험 프로그램에도 충분한 자금을 지원해야 한다. 연구자들은 약물 치료와 인지행동 치료, 복합 치료에 대한 수많은 복안을 가지고 있다. 이 분야로 자금이 흘러든다면 훨씬 폭넓은 연구가 이루어지고 새로운 연구자들을 끌어들여 중독의 메커니즘이 밝혀지면서 희망적 치료법의 개발과 시험이 이루어질 것이다.

또한 치료 체계를 전반적으로 재정비해야 한다. 전문의와 병원이 그렇듯 중독 치료 전문의와 프로그램도 허가제로 운영하고 관리해야 한다. 치료가 기준에 못 미치는 프로그램은 문을 닫게 해야 한다. 그리고 누구나 필요하면 입증된 관리—입원, 외래, 거주 진료—를 받을 수 있게 해야 한다. 양질의 장기 치료에 '메디

케어'*를 포함한 보험이 적용되도록 해야 한다.

한편, 가장 효과적인 치료들 중 일부에 대한 반발 움직임이 있다. 아편계 약물에 대한 갈망을 잠재우고 과용을 예방하기 위해 닉이 복용한다고 앞서 언급한 서복손이 그 예가 되겠다. 서복손을 비롯해 일부 약물들은 아편계 중독 치료에 가장 높은 성과를 보임에도 많은 치료사들이 그 증거를 무시하고 사용을 거부하고 있다.

마약과의 전쟁에서 마지막으로 갖춰야 할 요소는 바로 예방이다. 예방은 최근 비만과 심장병 등 질환 치료에서 가장 조명을 받고 있는 사안이다. 조기에 개입해서 중독의 진행과 그 파급을 예방할 수 있다면 수십억 달러와 막대한 인명을 구할 수 있다. 중독의 예방은 중독으로 자주 이어지는 사회·심리적 상황과 정신질환 같은 위험 요소들을 규정하고 정면으로 대응할 것이다.

암과의 전쟁은 발병률과 사망률을 낮춘 것은 물론이고 질병을 바라보는 시각과 환자를 치료하는 방식도 바꿔놓았다. 암은 더 이상 불치병도 수치스런 비밀도 아니다. 마찬가지로 중독도 오명을 벗고 최선의 진단과 조기 치료를 받아야 할 심각한 질병으로 인정받게 될 것이다. 그렇게 되면 가장 큰 돌파구가 열리는 것이다.

우리는 중독을 치료할 수 있을까? 45년 동안 적극적인 연구들이 진행됐음에도 많은 암들이 치료에 굴복하지 않았다. 하지만

* 미국의 노인의료보험제도.

우리는 극적인 진전을 이뤄냈다. 그리고 그 과정에서 헤아릴 수 없는 고통을 덜고, 수억 달러를 절약하고, 수백만의 인명을 구했다. 중독과의 전쟁도 같은, 아니 더한 성과를 거둘 수 있다. 응급실 진료와 수감 인원을 줄임으로써 다른 질병 치료를 재정적으로 지원할 여력이 생긴다면, 의료 서비스의 전반적 개선이 이뤄질 것이다. 또한 노숙자 문제를 상당 부분 해결하고 아동 학대, 배우자 학대, 성폭행, 폭력 범죄를 포함한 폭력 사태를 급격히 줄일 수 있다. 가족들을 한데 묶어주고 멀어진 이웃 간의 관계를 회복할 수 있다. 막대한 고통이 경감될 것이다.

위기는 현재도 계속되고 있지만 나는 여전히 희망을 가지고 있다. 과학은 계속 진보하고, 치료 전문가들이 점차 입증된 치료를 채택하고 있기 때문이다. 중독이 선택이 아닌 질병임을 인식하는 사람들이 늘어나고 있다는 사실도 희망적이다. 중독을 다루는 국가 기관들의 설립과 자식을 잃은 부모들에 의해 시작된 풀뿌리 운동에서도 희망이 엿보인다. 전국 곳곳에서 서로 단결해 대중을 상대로 마약과 중독을 교육하는 프로그램을 조직했고, 예방 캠페인과 치료 프로그램에 자금을 지원하고 입법자들을 설득해 많은 주에서 '911 선한 사마리아인법'을 제정하는 데 성공했다. 과거에 사람들은 주위에 친구들이 있는데도 약물 과용으로 사망했다. 체포될 것을 두려워한 친구들이 911에 전화하지 않았기 때문이다. 이 법은 인명을 구하려 당국에 전화한 사람들을 보호한다. 또한 그들은 날록손 혹은 나르칸으로 불리는 약물이 널리 보급되는 데 일조했다. 이 약물은 아편계 약물을 과용한 사람을 일시적으로 깨워 구급대원이 도착할 때까지 시간을 벌어주는 역할을 한다.

나는 전국 각지를 여행하면서 중독의 종식을 위해 헌신하는 많은 부모들을 만나왔다. 그들은 다른 부모들이 같은 고통을 겪지 않도록 자신의 아픔을 활용하고 있고, "더 이상 안 돼!"를 외치고 있다. 더 이상 이 질병이 간과되는 꼴을 좌시하지 않겠다는 것이다. 그들은 오명과 맞서 싸우면서 음지에 숨기를 거부하고 있다. 어떻게든 이 위기를 끝내기 위해 서로를 지원하고 눈물겨운 노력을 기울이고 있다.

그러면 나는? 우리가, 닉과 내가, 우리 가족이 얼마나 운이 좋았는지 깨닫지 않는 날이 단 하루도 없다. 다른 사람들은 자식을 땅에 묻어야 했으나 내 아들은 아직 살아 있는 이유는 단 하나, 순전히 운이라는 것을 알고 있다. 나는 우리가 무사하다는 사실을 떠올리면서 날마다 그들을 생각한다.

이제껏 잘해왔고 계속 혼자 힘으로 살아가고 있는 닉이 너무나 자랑스럽지만, 여전히 아무것도 장담할 수는 없다. 그래도 나는 낙관적이다. 약을 끊은 기간은 앞으로 약을 끊을 기간을 나타낸다는 연구 결과가 있기 때문이다. 하지만 위험은 상존한다. 나는 20년 이상 약을 끊고 지낸 뒤 재발하는 사람들의 이야기를 알고 있다. 이 글을 쓰는 지금 닉은 서른여섯 살이다.

그간 겪은 일들을 생각하면 서른여섯 살이란 나이가 기적처럼 느껴진다.

옮긴이 **황소연**

글 노동자. 연세 대학교를 졸업하고 출판 기획자를 거쳐 전문 번역가로 활동하고 있다. 옮긴 책으로 《호오포노포노의 비밀》, 《심연》, 《모든 것을 기억하는 남자》, 《인생의 베일》, 《브루클린으로 가는 마지막 비상구》, 《사랑은 지옥에서 온 개》, 《망할 놈의 예술을 한답시고》, 《창작 수업》 등이 있다.

뷰티풀 보이

2019년 3월 26일 초판 1쇄 발행
2019년 4월 3일 초판 2쇄 발행

지은이 | 데이비드 셰프
옮긴이 | 황소연
발행인 | 이원주
책임편집 | 조예원
책임마케팅 | 정재영

발행처 | (주)시공사
출판등록 | 1989년 5월 10일(제3-248호)

주소 | 서울특별시 서초구 사임당로 82(우편번호 06641)
전화 | 편집 (02)2046-2869 · 마케팅 (02)2046-2883
팩스 | 편집 · 마케팅 (02)585-1755
홈페이지 | www.sigongsa.com

ISBN 978-89-527-9568-7(03840)

도서의 국립중앙도서관 출판예정도서목록(CIP)은 서지정보유통지원시스템 홈페이지 (http://seoji.nl.go.kr)와 국가자료공동목록시스템(http://www.nl.go.kr/kolisnet)에서 이용하실 수 있습니다.(CIP제어번호: CIP2019002512)